NUIT ET JOUR

Virginia Woolf

NUIT ET JOUR

ROMAN

Traduit de l'anglais
par Catherine Naveau

Préface de Camille Laurens

Éditions Points

L'éditeur remercie Charles Duquesnoy pour ses précieux conseils de lecture.

TEXTE INTÉGRAL

TITRE ORIGINAL
Night and Day

ÉDITEUR ORIGINAL
The Hogarth Press

ISBN 978-2-7578-2307-1

Des étoiles et des soleils

Nuit et Jour est le deuxième roman de Virginia Woolf. Paru quatre ans après *La Traversée des apparences*, il est souvent considéré comme le plus classique de ses livres, en amont de la révolution littéraire que constitueront *Mrs Dalloway* ou *La Promenade au phare*. Katherine Mansfield le rattachait non sans raison à la tradition de Jane Austen, et Virginia Woolf estimait elle-même n'avoir véritablement trouvé sa voix que l'année suivante, en écrivant *La Chambre de Jacob*. Cependant, ce roman exerce d'emblée sur le lecteur une séduction bouleversante, qui tient pour une grande part à l'extraordinaire présence de son auteure : qu'on l'ait déjà lue ou non, on la reconnaît, du moins éprouve-t-on avec acuité qu'elle est là. En effet, si les héroïnes, le thème central du mariage et l'humour rappellent la romancière de *Orgueil et Préjugés*, si la forme et le style n'ont pas la liberté de l'œuvre à venir, c'est bien Virginia Woolf qui s'offre à nous à travers ses personnages, leurs aspirations, leurs ambivalences, leurs craintes, c'est bien elle qui se *présente* avec cet « éclat mêlé de tristesse » qui brille dans les yeux des jeunes femmes, et la tension d'une écriture innervée tout ensemble de désespoir et de joie, traversée de détails infimes et cosmiques, creusée de vides puis soudain gorgée de plénitude. Le titre du roman – traduction scrupuleuse de *Night and Day* – dit certes le passage du temps, le rythme quotidien de la vie, mais il exprime surtout l'alternance, voire la coexistence d'états contradictoires, de sentiments violents qui d'un coup s'affaissent ou peu à peu s'effacent, de sensations insaisissables et de contrastes intimes, comme il y a des ombres au soleil et des lumières dans la nuit. C'est cette double frappe qui nous fascine dès les premières pages, cette « obscure clarté » qui irradie le texte et nous révèle avec minutie ce qu'il a d'unique : sa tristesse solaire, son énergie mélancolique – son sourire, aussi, qui, au-delà de l'humour dont il témoigne, jette sur la souffrance et la vérité une émouvante douceur.

De fait, Virginia Woolf a écrit *Nuit et Jour* dans une période plutôt favorable de sa vie. Les crises d'angoisse qui la terrassaient depuis la mort de sa mère en 1895 se sont espacées, et après plusieurs séjours en maison de santé, elle va mieux. La réception positive de son premier roman lui a rendu des forces, et la rédaction du suivant ne lui a pas coûté les mêmes sacrifices : « Si la joie et l'intérêt que l'on a pris à écrire est un gage de réussite, je peux espérer qu'un certain nombre de personnes du moins liront ce livre avec plaisir », écrit-elle dans son journal le 27 mars 1919, peu avant la publication de *Nuit et Jour*. Mais à la même date, elle note : « L.[1] trouve la philosophie du livre très mélancolique [...] Pourtant, si l'on veut prendre la plus large mesure des êtres et dire ensuite ce que l'on en pense, comment échapper à la mélancolie ? » Virginia Woolf a donc conçu dans la joie un roman sombre. Cette disposition est sensible dès l'incipit, où l'on voit Katherine Hilbery, sous le regard amusé de l'auteur, se livrer « pour la six centième fois peut-être », à cette occupation *so british* : servir le thé, tout en ayant l'esprit ailleurs, et « éclater de rire » alors qu'elle ne se sent « pas particulièrement gaie ». Sous la mondanité, la pensée vogue vers « les choses que l'on fait de son plein gré » ; derrière la façade

1. Leonard Woolf.

sociale, le flux de la conscience, telle la Tamise si présente au cours des promenades, charrie rêves, doutes et désirs vifs.

L'héroïne principale de *Nuit et Jour* n'est pas sans points communs avec son auteure, et il serait aisé de montrer les aspects autobiographiques du roman, au moins en ce qui concerne les trois personnages féminins : Mrs Hilbery, par sa tendresse, son excentricité, son goût des arts évoque la mère adorée de Virginia, capable de « retrouver sa bonne humeur en se rappelant l'existence de Mozart ». Quant aux deux jeunes femmes, elles se partagent ses traits de caractère et son identité intellectuelle : Mary Datchet, suffragette engagée, convaincue de la nécessité de travailler et fort active dans son bureau londonien, permet à Virginia Woolf d'esquisser une réflexion sur le féminisme, qu'elle poursuivra plus tard avec *Une chambre à soi* et *Trois Guinées*. « La cause des femmes, dites-vous ? Moi, je dis : la cause de l'humanité. » Mais elle fait preuve aussi d'une mélancolie qui la rend indifférente à l'idée de mourir et capable de répéter longuement ces « deux mots distincts : sans bonheur – sans bonheur ». En Katherine, « fragmentaire, insaisissable », on reconnaît davantage encore l'auteure elle-même, et l'influence d'un milieu littéraire de haute volée, très proche du sien. Cependant, l'essentiel, qui les anime toutes deux, tient dans leur exploration du sentiment amoureux, dans le questionnement sur la différence et l'attraction des sexes que leur inspirent Ralph Denham et William Rodney, leurs prétendants. Certes, il s'agit d'abord pour chacune de trouver un mari, car, dans l'Angleterre édouardienne, « la passion n'est qu'une histoire rapportée par un explorateur ». Mais cette quête, pour concrète qu'elle soit, ne cède rien à l'exigence qui la sous-tend. « Voir la vérité en face est notre seule chance en ce monde », pense Mary. « Chercher un sentiment vrai dans le chaos d'indifférence ou de faux-semblants dont la vie est faite », voilà à quoi se voue Katherine.

La vérité est tout au long de ce roman comme la lumière du jour qui révèle soudain la beauté d'un visage, mais aussi comme ce soleil éclatant qui, arrivant à flots dans un salon, rend « plus visible l'usure des chaises ». C'est le faisceau de cette lumière qui seul permet de traverser les apparences. Alors, dans la valse-hésitation de ce quatuor sentimental, les certitudes les plus conformistes se défont, le réel le plus solide devient instable. « La lutte primitive entre l'homme et la femme », notamment, s'éclaire de manière neuve. Gestes brusques, pensée plus mathématique, virile aspiration à l'action, d'un côté ; élans maternels, songeries romanesques, univers domestique, de l'autre : l'homme et la femme, est-ce le jour et la nuit ? Ce n'est pas si tranché, et l'on doit entendre la conjonction du titre comme l'indice moins d'une succession que d'une simultanéité : chacun de nous est un précipité de jour *et* de nuit, et c'est d'abord en nous que les contraires se rencontrent. Ainsi, Virginia Woolf souligne à plusieurs reprises la pose « plus masculine que féminine » de Katherine, tout en insistant sur la cécité des femmes face à la sensibilité des hommes. Lorsqu'elle explique à Rodney, son fiancé, qu'elle ne l'aime pas, Katherine est muette d'étonnement de le voir pleurer. Quant à Mary, elle combat avec vigueur la souffrance en se vouant à une « réalité exigeante » et à sa démarche militante. D'une manière générale, les héroïnes de ce roman, quoique capables des rêveries les plus tumultueuses, témoignent d'une énergie, d'un refus du sentimentalisme et d'une détermination à maîtriser leur vie qui mettent à mal le stéréotype de la féminité en ce début de XXe siècle et donnent lieu à des dialogues tendus, puissants, d'une franchise presque violente. En effet, les personnages, doués d'une grande force d'introspection, n'esquivent pas les difficultés qu'il y a à se comprendre et à s'aimer au-delà de la différence des sexes, des générations, des milieux sociaux. Le désir érotique est peu exprimé, la sensualité et le bien-être physique proviennent moins des corps que de la nature ou des promenades dans l'anonymat peuplé de la ville, et le vrai sujet reste « l'interprétation du mot amour ».

Or ce décryptage qui mobilise les jeunes gens est rendu très difficile par la brume qui recouvre instants et émotions : dès lors qu'ils quittent « la région où les lumières de l'illusion donnent envie de posséder, d'aimer, de lutter », ils affrontent la mélancolie. Celle-ci touche tous les êtres à qui apparaît « la nature imaginaire de la vie ». Les habitudes, la matérialité des choses, les certitudes se dissolvent d'un seul coup, souvent en une fraction de seconde, le monde semble s'inverser, la présence se change en absence, l'amour en indifférence, l'espoir en amertume et le désir en rien. Katherine est la plus sujette à ces défaillances de l'être, elle qui rêve quelquefois de devenir impersonnelle : « La réalité m'échappe, dit-elle. C'est une hallucination pure et simple. » *Je vous aime, je n'ai jamais dit que je vous aimais, je l'aime, je l'ai aimé, je n'aime personne, je t'aimerai toujours, qu'est-ce qui pourrait l'inciter à m'aimer ?* Les hésitations se propagent lors de duos qui sacrifient rarement au badinage. Les moments les plus intenses, passé la jalousie, la colère ou la ferveur, sont comme grevés d'une sorte d'intuition de la perte. Parce que personne n'accède à la totalité de soi-même, parce qu'autrui demeure une énigme, la perception garde « un point aveugle » et la confusion se répète. Cette « vicissitude des sentiments » rappelle les intermittences du cœur décrites par Proust, que Virginia Woolf admirait. Mais la mélancolie y est peut-être plus étendue encore. C'est comme si le monde était emporté par les eaux grises de la rivière. « En quoi peut-on croire ? Ni aux hommes, ni aux femmes, ni aux rêves. Il ne reste rien – rien. »

Pourtant, ce constat désolé de Ralph n'est pas celui du lecteur. Certes, de nombreuses pages serrent le cœur et le *happy end*, malgré son infinie délicatesse, n'efface pas « le souvenir du chaos ». Mais la mémoire garde aussi présents des instants de plénitude, des personnages secondaires justes et drôles, des images miroitantes. La mère de Katherine Hilbery, véritable ange protecteur des jeunes gens, veille avec une tendre excentricité sur ce roman triste et gai. Commençant une après-midi d'automne, finissant un soir de printemps, *Nuit et Jour* tient à distance le feu qui nous consume et les cendres qui nous ensevelissent. Il se lit « dans cette région de clair-obscur où il nous est donné de survoler notre vie avec le sens de l'humour » et nous permet, comme le fait Mary en comprimant ses paupières, de voir « dans le noir des étoiles et des soleils ».

Camille Laurens

I

C'était un dimanche après-midi d'octobre, et, tout comme nombre de jeunes filles de sa condition, Katherine Hilbery servait le thé. Seul un cinquième de son esprit prenait part à cette occupation ; les quatre autres avaient franchi allègrement la petite barrière de jour qui s'interposait entre le lundi matin et ce moment plutôt maussade, et jouaient avec les choses que l'on fait de son plein gré, à la lumière du jour. Quoiqu'elle fût silencieuse, elle était manifestement maîtresse d'une situation familière, et encline à la laisser se dérouler, pour la six centième fois peut-être, sans faire entrer en jeu aucune de ses facultés demeurées libres. Il suffisait d'un coup d'œil pour deviner que Mrs. Hilbery possédait sans conteste ce don qui assure le succès des thés fréquentés par des personnes distinguées d'un âge respectable. L'aide de sa fille ne lui était pas absolument nécessaire, pourvu que la tâche fastidieuse qui consistait à distribuer les tasses et à beurrer les toasts lui fût épargnée.

Étant donné que le petit groupe était assis autour de la table depuis moins de vingt minutes, l'animation peinte sur les visages et la rumeur agitée qu'ils produisaient ensemble étaient tout à l'honneur de l'hôtesse. Katherine pensa soudain que, si quelqu'un avait ouvert la porte à cet instant précis, il aurait eu l'impression que tout le monde s'amusait beaucoup : « Quelle agréable maison ! » se serait-il dit, et spontanément elle éclata de rire, puis elle participa au brouhaha général, sans doute pour maintenir la bonne réputation de la maison, car elle ne se sentait pas particulièrement gaie. Tout à coup – coïncidence amusante – la porte s'ouvrit toute grande, et un jeune homme entra dans la pièce. Katherine lui serra la main. « Alors, pensez-vous que nous nous amusons beaucoup ? » lui demanda-t-elle en son for intérieur.

– Mr. Denham, Mère, dit-elle tout haut, voyant que sa mère avait oublié son nom.

Ce fait n'échappa pas à Mr. Denham et augmenta la gêne qui accompagne, inévitablement, l'entrée d'un inconnu dans une pièce pleine de gens fort à leur aise et lancés dans de grandes phrases. Mr. Denham eut également l'impression que mille portes capitonnées se refermaient entre lui et la rue. Une fumée raffinée – essence éthérée du brouillard – flottait dans ce salon spacieux et plutôt vide – argentée par la présence des chandeliers groupés sur la table à thé, et rougeoyante dans les reflets du feu. La tête encore pleine du bruit des omnibus et des taxis, le corps tout tremblant de sa marche rapide dans les rues, parmi le flot inégal de la circulation et des passants, ce salon lui parut paisible et à l'écart de tout ; les visages de ces gens âgés, légèrement séparés les uns des autres, étaient suaves et empreints d'un éclat que leur donnait l'air du salon, rendu plus dense par le grain bleuté de la fumée. Mr. Denham était entré au moment où Mr. Fortescue, le célèbre romancier, se trouvait au beau milieu d'une très longue phrase. Il la laissa en suspens le temps que le nouveau venu se fût assis ; Mrs. Hilbery se pencha en avant et réunit adroitement les deux parties en présence :

– Dites-nous, Mr. Denham, que feriez-vous si vous étiez une femme mariée à un ingénieur et que vous deviez habiter Manchester ?

– Elle peut toujours apprendre le persan, intervint un vieux monsieur décharné. N'y a-t-il pas de professeur à la retraite à Manchester, ou d'homme de lettres avec qui elle pourrait déchiffrer le persan ?

– L'une de nos cousines s'est mariée et habite maintenant Manchester, expliqua Katherine.

Mr. Denham marmonna quelques mots et, à la vérité, on ne lui en demandait pas plus, puis le romancier termina sa phrase interrompue. Pour sa part, Mr. Denham se maudissait d'avoir perdu la liberté des rues pour ce salon sophistiqué où, entre autres désagréments, il n'apparaîtrait certainement pas à son avantage. Il regarda autour de lui et vit qu'à l'exception de Katherine, tous les assistants avaient dépassé la quarantaine. Seule consolation : Mr. Fortescue était une célébrité et, le lendemain, on pourrait se féliciter de l'avoir rencontré.

– Êtes-vous déjà allée à Manchester ? demanda-t-il à Katherine.

– Jamais, répondit-elle.

– Alors, qu'avez-vous contre cette ville ?

Katherine tourna sa cuillère dans sa tasse ; elle devait se demander, songeait-il, si toutes les tasses étaient bien remplies.

En fait, elle s'interrogeait sur la façon de concilier la présence de cet étrange jeune homme avec celle des autres. Elle remarqua qu'il serrait sa tasse avec une force qui mettait en péril la fine porcelaine. Elle voyait bien qu'il était nerveux ; il n'était pas surprenant qu'un jeune homme au visage anguleux, rougi par le vent, aux cheveux quelque peu ébouriffés, montrât des signes de nervosité, au milieu d'une telle assemblée. De plus, il n'aimait certainement pas ce genre de réunion et, s'il se trouvait là, c'était sans doute par curiosité, ou parce que son père à elle l'avait invité – quoi qu'il en soit, il s'intégrerait mal au reste de la compagnie.

– Je pense qu'à Manchester on ne doit trouver personne à qui parler, répliqua-t-elle au hasard.

Mr. Fortescue observait Katherine depuis un bon moment, comme les romanciers aiment à observer ; sa remarque le fit sourire et lui donna la possibilité de pousser plus avant son raisonnement.

– En dépit d'une légère tendance à l'exagération, Katherine a touché juste, dit-il.

Sur ce, il se renversa dans son fauteuil, leva au plafond des yeux songeurs et voilés et, joignant le bout de ses doigts, il dépeignit l'horreur des rues de Manchester, immenses terrains nus aux abords de la ville, la petite maison minable dans laquelle habiterait la jeune femme, puis les professeurs et les jeunes étudiants misérables, attachés aux œuvres les plus difficiles de nos jeunes dramaturges, qui viendraient lui rendre visite. Elle deviendrait peu à peu méconnaissable et on la verrait accourir à Londres ; Katherine devrait alors promener la pauvre petite comme on promène un chien affamé au bout d'une laisse devant des boucheries bruyantes. Pauvre chère créature.

– Oh, Mr. Fortescue, s'exclama Mrs. Hilbery quand il eut terminé, je viens juste de lui écrire pour lui dire combien je l'envie ! J'imaginais les grands jardins et les chères vieilles dames avec leurs mitaines, qui ne lisent que le *Spectator* et mouchent les chandelles. Ont-elles vraiment toutes disparu ? Je lui ai dit qu'elle trouverait là-bas tout le charme de Londres sans ses horribles rues déprimantes.

– Il y a l'université, dit le vieux monsieur décharné qui avait déjà évoqué la possibilité d'apprendre le persan.

– Je sais qu'il y a des landes autour de Manchester, parce que je l'ai lu dans un livre, l'autre jour, dit Katherine.

– L'ignorance de ma famille me désole et me surprend, déclara Mr. Hilbery.

C'était un homme âgé, aux prunelles ovales, couleur noisette, qui brillaient d'un éclat inhabituel pour son âge et adoucissaient la tristesse de son visage. Il jouait constamment avec une petite pierre verte attachée à la chaîne de sa montre, en exhibant des doigts longs et sensibles. Il avait la manie de bouger la tête d'un côté et de l'autre, d'un geste rapide, sans modifier la position de son corps plutôt pesant, comme s'il cherchait sans cesse matière à distraction et à réflexion, en dépensant le moins d'énergie possible. À le voir, on pouvait penser qu'il avait passé ce stade de la vie où l'on a encore des ambitions personnelles ou bien qu'il les avait satisfaites dans la mesure du possible et qu'à présent il consacrait toute son intelligence à l'observation et à la méditation plutôt qu'à la poursuite d'un but.

Katherine, décida Denham – tandis que Mr. Fortescue échafaudait une nouvelle construction harmonieuse de paroles – ressemblait à son père et à sa mère, et ces deux ressemblances se combinaient de manière insolite. Elle avait les mouvements vifs et impulsifs de sa mère, les lèvres souvent entrouvertes, prêtes à parler puis se refermant, et l'ovale sombre des prunelles de son père qui, chez elle, brillaient d'un éclat mêlé de tristesse ; mais, puisqu'elle était trop jeune pour avoir acquis une vision pessimiste des choses, il s'agissait sans doute moins de mélancolie que d'une inclination à la méditation et à la maîtrise de soi. Ses cheveux, son teint, la forme de ses traits attiraient les regards, même si elle n'était pas vraiment belle. Elle était calme et résolue, deux qualités dont le mélange contribuait à lui donner une forte personnalité, peu faite pour mettre à l'aise un jeune homme qui la connaissait à peine. Par ailleurs, elle était grande ; sa robe, d'une couleur discrète, était ornée d'une dentelle jaune tendre, rehaussée par l'éclat vermeil d'un bijou ancien. Denham remarqua que, malgré son silence, elle gardait une maîtrise suffisante de la situation pour répondre immédiatement aux appels de sa mère. Pourtant, il était certain que son esprit ne participait à la réunion qu'en surface. Il pensa soudain que son rôle, parmi des gens âgés, autour de cette table à thé, n'était pas si facile, et il combattit l'antipathie naturelle que Katherine, ou du moins son attitude, lui inspirait. Après avoir nourri une conversation si fertile, la ville de Manchester avait été rejetée dans l'oubli :

– Katherine, est-ce la bataille de Trafalgar ou l'Invincible Armada ? demanda sa mère.

– Trafalgar, mère.

– Trafalgar, évidemment ! Suis-je bête ! Encore une tasse de thé avec une rondelle de citron, cher Mr. Fortescue ? et puis j'aurai une petite énigme à vous soumettre. Pourquoi ne peut-on s'empêcher de faire confiance aux hommes qui ont le nez aquilin même quand on les rencontre dans un omnibus ?

Mr. Hilbery choisit ce moment pour se mêler à la conversation. Avec beaucoup de bon sens, il parla de la profession d'avocat et des changements intervenus durant le cours de sa vie. Ces propos intéressaient Denham. En effet, il avait écrit un article sur une question juridique, publié par Mr. Hilbery dans sa revue, et qui était à l'origine de leur rencontre. Mais lorsque, un peu plus tard, on annonça Mrs. Sutton Bailey, Mr. Hilbery se tourna vers elle, et Mr. Denham se retrouva plongé dans le silence, évitant divers propos qu'il aurait pu tenir, assis à côté de Katherine qui se taisait également. Étant à peu près du même âge et ayant tous les deux moins de trente ans, il leur était impossible d'utiliser la plupart des phrases conventionnelles qui dirigent la conversation vers des eaux tranquilles. Ce silence s'expliquait aussi par la détermination malicieuse de Katherine de ne pas venir en aide, avec les amabilités coutumières aux femmes, à ce jeune homme qu'elle soupçonnait – à sa façon de se tenir bien droit et à son air farouche – d'être hostile au milieu qui était le sien. Ils restaient donc assis sans parler, Denham refoulant son envie de dire quelque chose de déplacé, de scandaleux, qui la forcerait à s'exprimer. Mais Mrs. Hilbery percevait le moindre silence dans son salon comme une fausse note, aussi se pencha-t-elle au-dessus de la table pour faire observer, de cette façon détachée, curieusement hésitante, qui donnait à ses phrases l'allure de papillons voletant d'une tache de lumière à l'autre :

– Savez-vous, Mr. Denham, vous me rappelez tellement ce cher Mr. Ruskin, c'est prodigieux… Est-ce sa cravate,

Katherine ? ou ses cheveux, ou peut-être sa façon de s'asseoir dans un fauteuil ? Dites-moi, Mr. Denham, êtes-vous un admirateur de Ruskin ? L'autre jour, quelqu'un m'a dit : « Oh non, Mrs. Hilbery, nous ne lisons pas Ruskin. » Mais que lisez-vous donc, je me le demande ? Vous ne pouvez tout de même pas passer votre temps à monter dans des avions et à plonger dans les entrailles de la terre.

Elle regarda gentiment Denham, qui bafouilla quelque chose, puis elle regarda Katherine, qui sourit, mais ne dit rien non plus. Sur ce, Mrs. Hilbery parut avoir une idée lumineuse et s'exclama :

– Je suis sûre que Mr. Denham aimerait voir notre collection, Katherine. Je suis sûre qu'il n'est pas comme cet horrible jeune homme, Mr. Ponting, qui m'a avoué considérer comme un devoir de vivre exclusivement dans le présent. Après tout, qu'est-ce que le présent ? La moitié est déjà le passé et, à mon avis, c'est aussi la meilleure part, ajouta-t-elle en se tournant vers Mr. Fortescue.

Denham, qui pensait avoir vu tout ce qu'il y avait à voir, fit mine de partir, mais au même instant Katherine se leva, et suggéra : « Peut-être aimeriez-vous voir les tableaux ? » l'invitant à la suivre jusqu'à une petite pièce contiguë au salon.

Cette pièce ressemblait un peu à une chapelle à l'intérieur d'une cathédrale ou à une grotte souterraine. Le grondement atténué de la circulation rappelait le mouvement lent de la houle, et les miroirs ovales avec leur surface argentée ressemblaient à de profondes fontaines, frémissant sous la clarté des étoiles. Mais la comparaison avec un temple était la plus appropriée, car la petite pièce regorgeait de reliques.

Katherine effleura divers meubles et la lumière jaillit ici et là, découvrant une masse carrée de livres rouge et or, une longue jupe peinte en bleu et blanc sous un verre, un bureau en acajou avec ses accessoires bien rangés et enfin un tableau carré au-dessus de la table, qui avait droit à un éclairage particulier. Lorsque Katherine eut allumé partout, elle recula, l'air de dire : « Voilà ! » Denham prit conscience que les yeux du célèbre poète Richard Alardyce étaient posés sur lui. L'émotion qu'il ressentit l'aurait poussé à ôter son chapeau, s'il en avait eu un. Du fond des roses et des jaunes veloutés du tableau, les yeux l'observaient avec une bienveillance divine qui l'embrassait et le dépassait pour contempler le monde entier. La peinture était si fanée qu'il en restait peu de chose, hormis les yeux immenses, magnifiques et sombres, au milieu de leur décor éteint.

Katherine attendit, sembla-t-il, le temps qu'il eut reçu une impression assez forte, puis elle dit :

– Voici son bureau. Il se servait de cette plume.

Elle souleva une plume d'oie et la reposa. Le bureau était éclaboussé de vieilles taches d'encre et la plume ébouriffée était toujours en bon état. Les lunettes gigantesques à monture dorée étaient à portée de sa main et sous le bureau il y avait une paire de grandes pantoufles usées jusqu'à la corde. Katherine en ramassa une et fit observer :

– Je crois que mon grand-père devait être au moins deux fois plus grand que les gens d'aujourd'hui. Ceci, poursuivit-elle comme si elle savait par cœur ce qu'elle avait à dire, est le manuscrit original de l'*Ode à l'Hiver*. Les premiers poèmes sont beaucoup moins corrigés que les plus récents. Aimeriez-vous le regarder ?

Tandis que Mr. Denham examinait le manuscrit, elle leva un instant les yeux sur son grand-père et, pour la millième fois, s'absorba dans une agréable rêverie où elle avait l'impression d'être la compagne de ces géants, tout au moins de faire partie de leur race, et l'insignifiance du moment présent lui fit honte. Cette tête splendide, peinte sur la toile et qui ressemblait à une apparition, n'avait certainement jamais vécu toute la banalité d'un dimanche après-midi, et d'ailleurs peu importaient les paroles qu'elle pouvait bien échanger aujourd'hui avec ce jeune homme, tant ils étaient l'un et l'autre des êtres négligeables.

– Voici un exemplaire de la première édition des poèmes, poursuivit-elle, sans tenir compte du fait que Mr. Denham n'en avait pas terminé avec le manuscrit. Il contient plusieurs poèmes qui n'ont pas été réimprimés, et aussi des corrections.

Elle se tut un instant, puis ajouta, comme si chaque intervalle était minuté :

– Cette femme en bleu, c'est ma grand-mère, peinte par Millington. Voici la canne de mon oncle, Sir Warburton, vous savez, celui qui se rendit à cheval avec Havelock au secours de Lucknow. Et, voyons… oh, voilà le premier Alardyce, le fondateur de la prospérité de notre famille, en compagnie de sa femme. Quelqu'un nous a donné cette coupe l'autre jour parce qu'elle portait leurs armoiries et leurs initiales. Nous pensons qu'il s'agit d'un cadeau qu'on leur a fait le jour de leurs noces d'argent.

Elle se tut un moment, se demandant pourquoi Mr. Denham ne disait rien. L'hostilité qu'elle avait pressentie en lui et qu'elle avait oubliée pendant qu'elle pensait au patrimoine familial lui parut de nouveau si manifeste qu'elle interrompit brusquement son inventaire pour le regarder. Sa mère l'avait comparé à Mr. Ruskin pour l'associer, de façon flatteuse, aux morts illustres ; Katherine avait cette comparaison à l'esprit, ce qui l'amena à se montrer plus critique envers le jeune homme qu'il ne le méritait, car un jeune homme en habit qui rend une visite n'est pas dans une situation aussi avantageuse qu'un visage, peint à l'apogée de son acuité, regardant inlassablement sous un morceau de verre ; c'était tout ce qu'elle se rappelait à propos de Mr. Ruskin. Mr. Denham avait un visage singulier – un visage façonné pour loger un esprit vif et résolu plutôt que pour la contemplation passive : le front large, le nez long et puissant, le menton rasé de près, les lèvres tout ensemble obstinées et sensuelles, les joues maigres et empourprées. Ses yeux qui exprimaient, en ce moment, l'objectivité et l'autorité que l'on rencontre habituellement chez les hommes, pouvaient refléter, dans des circonstances favorables, des sentiments plus nuancés, car ils étaient grands, d'un marron très clair – chose curieuse, ils semblaient hésiter et se perdre en conjectures ; mais Katherine ne l'observa que pour se demander si son visage n'aurait pas davantage ressemblé au type de ses chers héros, eût-il seulement porté des favoris. Ses joues creuses, mais saines, témoignaient, à son avis, d'une intelligence sauvage et acerbe. Elle remarqua qu'il y avait dans sa voix une légère vibration, peut-être même une certaine aigreur, au moment où il lui dit en posant le manuscrit :

– Vous devez être fière de votre famille, Miss Hilbery.

– Oui, en effet, répondit Katherine et elle ajouta : Trouvez-vous qu'il y ait quelque chose à redire à cela ?

– À redire ? Comment pourrais-je trouver à y redire ? Mais ce doit être très ennuyeux de montrer vos souvenirs aux visiteurs, ajouta-t-il d'un air pensif.

– Non, s'ils y prennent plaisir.

– N'est-ce pas difficile de vous montrer à la hauteur d'ancêtres aussi prestigieux ?

– Je n'ai pas l'intention d'écrire des poèmes, répondit Katherine.

– C'est une chose que je détesterais. Je ne supporterais pas d'avoir été supplanté par mon grand-père. D'ailleurs, poursuivit Denham, jetant autour de lui un coup d'œil que Katherine jugea ironique, ce n'est pas seulement votre grand-père ; ce sont tous vos proches qui vous ont supplantée. Je crois savoir que vous appartenez à l'une des familles les plus éminentes d'Angleterre. Il y a les Warburton et les Manning – et vous êtes parente des Otway, n'est-ce pas ? J'ai lu cela dans une quelconque revue, ajouta-t-il.

– Les Otway sont mes cousins, répondit Katherine.

– Eh oui ! fit Denham d'un ton de voix décisif, comme si cela démontrait la justesse de son raisonnement.

– Mais, dit Katherine, je ne vois pas ce que cela prouve ?

Denham eut un sourire particulièrement provocant. Il était visiblement satisfait de découvrir qu'il pouvait irriter une hôtesse si négligente et hautaine, à défaut de pouvoir l'impressionner, bien qu'il eût préféré cette hypothèse.

Il s'assit sans parler, tenant fermé dans ses mains le précieux petit livre de poèmes. Katherine l'observa. La mélancolie ou l'expression songeuse de son regard s'approfondit et son mécontentement s'effaça. Elle semblait penser à plusieurs choses en même temps. Elle en avait oublié ses devoirs.

– Bon, dit Denham en ouvrant soudain le petit livre, comme s'il avait dit tout ce qu'il voulait ou pouvait dire, dans les limites de la bienséance.

Il tourna les pages d'un air décidé, comme s'il jugeait le livre dans son intégralité, l'impression, le papier et la reliure tout autant que les poèmes, puis, s'étant assuré de sa bonne ou de sa mauvaise qualité, il le replaça sur le bureau et examina la canne de jonc au pommeau doré qui avait appartenu au soldat.

– Et vous, n'êtes-vous pas fier de votre famille ? demanda Katherine.

– Non, dit Denham. Nous n'avons jamais rien fait pour cela, à moins que ce ne soit un sujet de fierté de payer ses traites.

– Ce n'est pas très passionnant, fit remarquer Katherine.

– Vous ne nous trouveriez pas du tout passionnants, approuva Denham.

– C'est possible, mais je ne crois pas que je vous trouverais ridicules, ajouta Katherine comme si Denham avait accusé sa famille de ce travers.

– Non, pour la bonne raison que nous ne sommes pas ridicules. Nous sommes une respectable famille de la moyenne bourgeoisie qui habite à Highgate.

– Nous n'habitons pas à Highgate mais nous faisons aussi partie de la moyenne bourgeoisie, je suppose.

Denham se contenta de sourire et, remettant la canne sur son support, fit glisser une épée hors de son fourreau sculpté.

– Nous disons qu'elle a appartenu à Clive, dit Katherine, reprenant machinalement son rôle d'hôtesse.

– Ce n'est pas vrai ? demanda Denham.

– C'est une tradition familiale. Je ne sais pas si nous pouvons le prouver.

– Vous voyez, nous n'avons pas de traditions dans ma famille, dit Denham.

– Ce ne doit pas être très passionnant, fit remarquer Katherine pour la seconde fois.

– C'est la moyenne bourgeoisie, voilà tout, répondit Denham.

– Vous payez vos traites et vous dites la vérité. Je ne vois pas pourquoi vous devriez nous mépriser.

Mr. Denham rengaina avec précaution l'épée dont les Hilbery disaient qu'elle avait appartenu à Clive.

– Je n'aimerais pas être à votre place ; je ne dis pas autre chose, répondit-il comme s'il exprimait le plus fidèlement possible sa pensée.

– Mais personne n'aimerait être à la place de quelqu'un d'autre.

– Moi, si. J'aimerais être beaucoup d'autres gens.

– Et pourquoi pas nous ? demanda Katherine.

Denham la regarda tandis qu'elle s'asseyait dans le fauteuil de son grand-père en prenant délicatement la canne de jonc de son grand-oncle, avec, à l'arrière-plan, la peinture chatoyante aux tons bleus et blancs et les livres rouges ornés de mots dorés. Sa force sereine, comparable à celle d'un oiseau superbement empanaché, qui suspend un instant son vol avant de poursuivre sa route, incita Denham à lui montrer les limites de son milieu. Il serait si vite rejeté, si facilement oublié !

– Vous n'apprendrez jamais rien par vous-même, commença-t-il presque sauvagement. On a déjà tout fait à votre place. Vous ne connaîtrez jamais le plaisir d'acheter des choses après avoir économisé, ni celui de lire des livres pour la première fois, ni celui de faire des découvertes.

– Continuez, dit Katherine lorsqu'il se tut, hésitant tout à coup en s'entendant proclamer à haute voix ce dont il n'était pas vraiment sûr.

– Évidemment, je ne sais pas comment vous passez vos journées, poursuivit-il assez sèchement, mais j'imagine que vous devez être le guide de ces trésors. Vous écrivez aussi une biographie de votre grand-père, n'est-ce pas ? Et ce genre d'activité – d'un signe de tête, il montra l'autre pièce, d'où leur parvenaient des éclats de rire distingués – doit vous prendre beaucoup de temps.

Elle le regarda avec curiosité, comme s'ils étaient tous deux en train de décorer une petite effigie d'elle-même, et elle le vit hésiter sur l'emplacement d'un nœud ou d'un ruban.

– C'est à peu près ça, dit-elle, mais je ne fais qu'aider ma mère. Je n'écris pas moi-même.

– Y a-t-il quelque chose que vous fassiez vous-même ? lui demanda-t-il.

– Que voulez-vous dire ? Je ne sors pas à dix heures du matin pour rentrer à six heures du soir.

– Ce n'est pas ce que je veux dire.

Mr. Denham avait retrouvé son sang-froid ; il parlait avec une douceur qui rendait Katherine impatiente qu'il s'expliquât, mais en même temps elle avait envie de l'agacer, de le renvoyer loin d'elle, sur le courant léger de la dérision ou du sarcasme, comme elle en avait l'habitude avec les jeunes gens invités par son père.

– Personne ne fait plus rien de valable actuellement, fit-elle remarquer. Vous voyez – elle tapota le volume des poèmes de son grand-père – on n'imprime même plus aussi bien qu'à cette époque. Quant aux poètes, aux peintres ou aux romanciers, il n'y en a plus : aussi ne suis-je pas un cas particulier.

– Nous n'avons pas de grands hommes, c'est vrai, répondit Denham. Et je suis très heureux que nous n'en ayons pas. Je hais les grands hommes. L'adoration de la grandeur, au dix-neuvième siècle, me semble expliquer la médiocrité de cette génération.

Katherine ouvrit les lèvres et prit sa respiration comme si elle se préparait à répliquer avec une égale vigueur, mais le bruit d'une porte qui se ferma dans la pièce voisine détourna son attention et ils prirent tous deux conscience que le flux et le reflux des voix autour de la table à thé avaient cessé ; même la lumière semblait atténuée. Un instant plus tard, Mrs. Hilbery apparut sur le seuil. Elle les regarda avec un sourire attentif comme si une scène du drame de la jeune génération se jouait sous ses yeux. C'était une femme remarquable, bien avancée dans la soixantaine, mais la légèreté de son corps et l'éclat de ses yeux donnaient l'impression qu'elle avait été poussée à la surface des ans sans souffrir de la traversée. Son visage amenuisé avait un profil aquilin, mais ses grands yeux bleus étaient dénués d'aigreur : innocents et avisés, ils semblaient regarder le monde avec l'immense désir de le voir se conduire noblement, sans douter un seul instant qu'il pût le faire s'il voulait bien s'en donner la peine.

Certaines rides sur son front haut et au pourtour de ses lèvres suggéraient peut-être qu'elle avait connu au cours de sa vie des épreuves et des vicissitudes, mais sa confiance n'avait pas été entamée et manifestement elle était toujours prête à donner à chacun une nouvelle chance et à la civilisation le bénéfice du doute. Elle ressemblait beaucoup à son père et, d'une certaine façon, évoquait comme lui les souffles d'air frais et les espaces libres d'un monde jeune.

– Alors, dit-elle, que pensez-vous de notre collection, Mr. Denham ?

Mr. Denham se leva, posa son livre, ouvrit la bouche mais resta muet, ainsi que le remarqua Katherine, quelque peu amusée.

Mrs. Hilbery mania le livre qu'il avait posé.

– Certains livres vivent bel et bien, dit-elle, l'air songeur. Ils sont jeunes et vieillissent en même temps que nous. Aimez-vous la poésie, Mr. Denham ? Mais quelle question absurde ! À vrai dire, Mr. Fortescue m'a épuisée ou peu s'en faut. Il est si éloquent, si spirituel, si pénétrant et si profond qu'au bout d'une demi-heure environ j'ai envie d'éteindre les lumières. Mais peut-être serait-il encore plus merveilleux dans l'obscurité. Qu'en penses-tu, Katherine ? Si nous organisions un thé dans une obscurité complète ? Il y aurait des pièces éclairées pour les raseurs…

Là-dessus, Mr. Denham lui tendit la main.

– Mais nous avons beaucoup d'autres choses à vous montrer ! s'exclama Mrs. Hilbery, passant outre. Des livres, des tableaux, des porcelaines, des manuscrits, et la chaise sur laquelle était assise Marie Stuart quand on vint lui annoncer l'assassinat de Darnley. Il faut que je me repose un peu et Katherine doit se changer (bien que cette robe soit très jolie) mais, si cela ne vous ennuie pas de rester seul, on sert le dîner à huit heures. Vous écrivez sans doute des poèmes. Ah, comme j'aime la lueur du feu ! Cette pièce n'est-elle pas ravissante ?

Elle recula d'un pas et les invita à contempler le salon vide, à l'éclairage somptueux, rehaussé par le reflet des flammes.

– Cette chère maison ! s'exclama-t-elle. Fauteuils et tables chers à mon cœur ! Mes vieux amis – amis fidèles et silencieux. Ce qui me fait penser, Katherine, que le petit Mr. Anning vient ce soir, et Tite Street, et Cadogan Square… Pense à faire mettre sous verre ce dessin de ton grand-oncle. Ta tante Millicent l'a remarqué la dernière fois qu'elle est venue ici et je sais que cela me ferait de la peine de voir mon propre père sous un verre brisé.

Dire au revoir et s'échapper ressemblait à la traversée de toiles d'araignée scintillantes. À chaque tentative, Mrs. Hilbery se rappelait une nouvelle vilenie des encadreurs ou un nouvel attrait de la poésie et, à un moment, le jeune homme eut l'impression qu'il subissait son emprise, se prêtant à ce qu'elle s'amusait à exiger de lui, car il ne croyait pas qu'elle tînt réellement à sa présence. Katherine lui donna finalement l'occasion de prendre congé, et il lui en fut reconnaissant, comme un individu jeune est heureux de la compréhension qu'un autre lui témoigne.

II

Le jeune homme claqua la porte plus violemment qu'aucun visiteur ne l'avait fait cet après-midi-là, et il remonta la rue à grands pas, fendant l'air de sa canne. Il était heureux d'avoir enfin quitté ce salon et de retrouver le brouillard humide de la rue où il côtoyait des gens sans façon, qui ne voulaient pas autre chose qu'un bout de trottoir. C'est là qu'il aurait aimé rencontrer Mr. ou Mrs. ou Miss Hilbery pour leur donner une idée de sa supériorité. Le souvenir de ses phrases maladroites qui n'avaient pas réussi à donner à la jeune femme au regard triste, mais secrètement moqueur, un aperçu de sa force, l'exaspérait. Il chercha à se rappeler les mots exacts qu'il avait employés dans un accès de colère et, d'instinct, il en ajouta d'autres, beaucoup plus expressifs ; l'irritation due à son échec s'apaisa quelque peu. Pourtant, comme il n'était pas d'un tempérament à embellir ses faits et gestes, la vérité sans fard le tourmentait toujours de façon lancinante. Ce n'est qu'à force d'entendre le bruit de ses pas résonner sur le trottoir et d'entrevoir, derrière les rideaux à demi tirés, des cuisines, des salles à manger et des salons, illustrant d'autres scènes, muettes, et d'autres vies, que son aventure perdit de sa douloureuse acuité.

Son expérience récente subit une curieuse métamorphose. Il ralentit le pas, pencha légèrement la tête sur sa poitrine, et bientôt, la lueur intermittente des réverbères éclaira un visage devenu étrangement paisible. Mr. Denham était à ce point absorbé dans ses pensées qu'en voulant vérifier le nom d'une rue, il le regarda un moment sans le voir ; à un croisement, on eût dit qu'il lui fallait se rassurer, comme un aveugle, par deux ou trois petits coups de canne contre le bord du trottoir. Quand il arriva devant la station de métro, la lumière vive le fit cligner des yeux. Il jeta un coup d'œil à sa montre, décida qu'il pouvait s'accorder encore un peu d'obscurité et repartit droit devant lui.

Sa pensée, depuis le début, n'avait pas changé d'objet. Il songeait encore à ces gens rencontrés dans la maison qu'il venait de quitter ; mais, au lieu de faire appel, le plus fidèlement possible, à l'impression qu'il avait gardée d'eux ou à ce qui s'était dit, il avait sciemment renoncé à la vérité objective. Un tournant de la rue, une pièce éclairée, quelque chose d'imposant dans le défilé des réverbères, on ne sait quel effet fortuit de lumière ou d'ombre changea soudain le cours de ses réflexions et l'incita à murmurer à voix haute :

– Elle fera l'affaire… Oui, Katherine Hilbery fera l'affaire… Je vais prendre Katherine Hilbery.

Dès qu'il eut murmuré ces mots, il marcha plus lentement, laissa tomber sa tête, et son regard se voila. Le désir obsédant de se justifier qu'il avait tout d'abord ressenti l'abandonna. Débarrassé de cette contrainte, il retrouva ses moyens, et ses pensées libérées se fixèrent tout naturellement sur le souvenir de Katherine Hilbery. Il était merveilleux d'y puiser une telle richesse, alors qu'en la présence de la jeune fille, le caractère destructeur de Denham s'était déchaîné. Le charme qu'il avait voulu nier sur le moment, la beauté, la personnalité, la réserve qu'il n'avait pas voulu voir, prenaient maintenant entièrement possession de lui ; et lorsque, comme il arrive habituellement, il eut épuisé ses souvenirs, son imagination prit le relais. Il était conscient de cette quête, car, en faisant ressortir de la sorte les qualités de Miss Hilbery, il faisait preuve de méthode, comme si cette vision d'elle devait servir un dessein particulier. Il la grandit, assombrit ses cheveux ; mais physiquement, il n'y avait pas beaucoup de choses à modifier. C'est avec le caractère de Katherine qu'il prit des libertés plus grandes : pour des raisons personnelles, il désirait qu'elle fût passionnée et infaillible, si indépendante qu'elle ne condescendît à modifier la trajectoire de son vol que pour Ralph Denham ; ainsi, bien que très exigeante, Katherine finissait par quitter son pinacle pour le couronner de son estime. Ces détails délicieux demandaient à être développés dans leurs prolongements, à tête reposée ; le point le plus important demeurait que Katherine Hilbery faisait l'affaire ; elle ferait l'affaire pendant des semaines. En fixant son choix sur elle, il avait à portée de main de quoi remplir le vide éprouvé depuis un temps infini. Il poussa un soupir de satisfaction et s'avisa soudain qu'il se trouvait près de Knightsbridge ; peu après, le métro l'emportait à vive allure vers Highgate.

La conscience de posséder un bien d'une valeur inestimable le soutenait, mais ne le mettait pas à l'abri des pensées familières que lui suggéraient les rues de la banlieue, les arbustes détrempés des jardins, et les noms absurdes peints en blanc sur les portails. Il montait la pente et ne cessait de penser avec tristesse à la maison dont il approchait, où il trouverait ses six ou sept frères et sœurs, sa mère veuve, et sans doute une tante ou un oncle, assis devant un méchant repas, sous une lumière crue. Mettrait-il à exécution la menace que, deux semaines auparavant, la famille lui avait arrachée : si des visiteurs venaient le dimanche, il dînerait seul dans sa chambre ? Un regard en direction de Miss Hilbery le décida à entamer une résistance immédiate. Il entra donc chez lui et, averti de la présence de l'oncle Joseph grâce à un chapeau melon et à un parapluie imposant, donna des ordres à la bonne et alla dans sa chambre.

Il monta plusieurs étages et remarqua plus nettement que jamais l'usure prononcée du tapis qui finissait par s'interrompre, totalement élimé, ainsi que sur les murs jaunis, au papier décollé dans les coins, les taches d'humidité et les marques laissées par des tableaux qui avaient été retirés, sans oublier un gros morceau de plâtre tombé du plafond. Quant à sa chambre, elle n'avait rien d'engageant à cette heure néfaste. Un canapé affaissé lui servirait un peu plus tard de lit ; l'une des tables cachait les ustensiles de toilette ; ses vêtements et ses bottes se mêlaient dans le plus grand désordre aux livres qui portaient les armoiries dorées du collège. Et, en guise de décoration, le mur était recouvert de photographies représentant des ponts, des cathédrales et des groupes de jeunes gens peu avenants, médiocrement habillés, assis en rangs sur les marches d'un escalier de pierre. Les meubles et les rideaux étaient en piteux état ; il n'y avait pas le moindre signe de luxe ni même la marque d'un esprit cultivé, à moins de considérer les classiques bon marché sur les étagères comme une tentative en ce sens. Le seul objet qui jetât quelque lumière sur le caractère du propriétaire de la chambre était un grand perchoir, placé dans l'embrasure de la fenêtre pour mieux capter l'air et le soleil, et sur lequel une corneille apprivoisée et décrépite sautillait de façon saccadée. L'oiseau, encouragé par une pichenette derrière l'oreille, se posa sur l'épaule de Denham, qui alluma le chauffage au gaz et commença une réussite d'un air morose en attendant son dîner. Au bout d'un moment, une petite fille passa brusquement la tête dans la pièce.

– Mère demande… vous ne descendez pas, Ralph ? Oncle Joseph…

– On va me monter mon repas ici, dit Ralph d'un ton sans réplique.

À ces mots, elle disparut en hâte, laissant la porte entrebâillée. Ralph attendit quelques minutes de plus, durant lesquelles ses yeux, ainsi que ceux de l'oiseau, restèrent fixés sur le feu, puis, marmonnant un juron, il dévala l'escalier quatre à quatre, arrêta au passage la femme de chambre, et se coupa lui-même un morceau de pain et une tranche de viande froide. Juste à ce moment, la porte de la salle à manger s'ouvrit toute grande et une voix s'écria : « Ralph ! » mais il n'y prêta pas attention et remonta en tenant son assiette à la main. Il la posa sur un fauteuil en face de lui, et mangea avec une férocité due en partie à la colère et en partie à la faim. Sa mère était donc résolue à ne pas respecter ses désirs ; il était quelqu'un d'insignifiant au sein de sa propre famille ; on l'envoyait chercher, on le traitait comme un enfant. Il songea, avec un sentiment croissant d'injustice, que presque tous ses gestes, depuis le moment où il avait ouvert la porte de sa chambre, étaient des victoires sur l'emprise du système familial. En toute logique, il aurait dû être assis en bas dans le salon, racontant ses aventures de l'après-midi, ou bien écoutant celles des autres ; sa chambre elle-même, le chauffage au gaz, le fauteuil : il avait lutté pour tout ; même l'oiseau pitoyable qui avait perdu la moitié de ses plumes et qu'un chat avait estropié avait été sauvé au milieu de protestations ; mais ce qui contrariait le plus sa famille, songea-t-il, c'était son besoin de solitude. Dîner seul ou s'asseoir à l'écart après le dîner était une rébellion pure et simple qui devait être combattue avec des armes sournoises ou une hostilité déclarée. Que détestait-il le plus, la duperie ou les larmes ? En tout cas, on ne lui volerait pas ses pensées ; on ne lui ferait pas dire où il était allé ni qui il avait vu. Cela ne regardait que lui ; et c'était assurément un pas en avant dans la bonne direction. En allumant sa pipe et en découpant les restes de son repas pour la corneille, Ralph sentit fondre son agressivité et se mit à réfléchir à ses perspectives d'avenir.

L'après-midi qui venait de s'écouler était un pas dans la bonne direction : en effet cela faisait partie de ses projets de nouer des relations avec des gens extérieurs au cercle familial, comme d'apprendre l'allemand à l'automne ou de faire des comptes rendus de livres de droit pour la *Revue critique* de Mr. Hilbery. Il avait toujours fait des projets depuis qu'il était enfant ; la pauvreté ajoutée au fait qu'il était le fils aîné d'une famille nombreuse lui avait donné l'habitude d'envisager le printemps, l'été, l'automne et l'hiver comme autant d'étapes d'une campagne prolongée. Bien qu'il n'eût pas encore trente ans, cette habitude de prévoir avait tracé au-dessus de ses sourcils deux rides qui menaçaient, en cet instant, de se creuser à leur manière habituelle. Mais au lieu de réfléchir, il se leva, prit un petit bout de carton sur lequel était inscrit en lettres majuscules le mot SORTI et le suspendit à la poignée de la porte. Cela fait, il tailla un crayon, alluma une lampe de bureau et ouvrit son livre. Mais il hésitait toujours à s'asseoir. Il gratta la tête de la corneille, marcha jusqu'à la fenêtre, dont il écarta les rideaux pour regarder la ville qui s'étendait au-dessous de lui, dans sa luminosité nébuleuse. Il chercha Chelsea du regard, loin devant lui, avant de retourner s'asseoir. Mais toute l'épaisseur d'un traité sur les actes délictueux, écrit par un avocat érudit, ne suffisait pas à le protéger. À travers les pages, il voyait un salon, vide et spacieux ; il entendait des voix chuchoter, revoyait des silhouettes de femmes, et humait encore le parfum de la bûche de cèdre flambant dans la cheminée. Sa tension se relâcha et son esprit fut en mesure de lui restituer ce qu'il avait enregistré à son insu. Il se rappelait mot pour mot les paroles de Mr. Fortescue, l'accent emphatique que celui-ci prenait, et il se répéta, sur le même ton, ce que Mr. Fortescue avait dit à propos de Manchester. Puis sa pensée vagabonda dans la maison des Hilbery ; il se demanda s'il y avait d'autres pièces comparables au salon ; enfin, sans logique apparente, il se dit que la salle de bains devait être magnifique et que la vie de ces gens raffinés, sans doute toujours assis dans la même pièce, mais chaque jour habillés de façon différente, devait être bien douce. Il y avait sûrement le petit Mr. Anning, et la tante qui serait contrariée si l'on n'avait pas remplacé le verre du tableau de son père. Miss Hilbery aurait revêtu une autre robe – « bien que sa robe soit très jolie », comme avait dit sa mère – et à présent elle parlait de livres avec Mr. Anning, quadragénaire et chauve de surcroît. Comme tout cela était paisible et spacieux ! En lui se fit une paix si complète que ses muscles se relâchèrent, son livre s'échappa de ses mains, et il oublia que chaque minute qui passait était une minute de travail perdue.

Un craquement dans l'escalier le fit sortir de sa torpeur. Il sursauta et se donna une contenance. Il prit un air austère et concentra toute son attention sur la page cinquante-six de son livre. Un pas s'arrêta devant la porte de sa chambre ; il savait que la personne qui était là regardait la pancarte en se demandant si elle respecterait son décret ou passerait outre. Selon sa politique, Ralph se devait de rester immobile et de garder un silence autocratique : aucune coutume ne peut prendre racine dans une famille à moins de punir sévèrement chaque infraction pendant au moins les six premiers mois. Mais Ralph désirait aussi être dérangé, et son désappointement fut manifeste quand il entendit le craquement un peu plus bas dans l'escalier, comme si son visiteur anonyme avait décidé de battre en retraite. Il se leva, ouvrit la porte avec une brusquerie inutile et attendit sur le palier. La personne s'arrêta aussitôt au milieu de l'escalier.

– Ralph ? fit une voix interrogatrice.

– Joan ?

– Je voulais te parler mais j'ai vu ton mot.

– Eh bien, entre.

Ralph masqua sa satisfaction sous une mauvaise grâce exagérée.

Joan entra, mais elle tenait à montrer, par son attitude très droite, une main posée sur la cheminée, qu'elle était là pour une raison précise et qu'elle repartirait aussitôt.

Elle avait trois ou quatre ans de plus que Ralph. Son visage rond mais fatigué exprimait cette bonne humeur à la fois tolérante et inquiète qui est l'attribut des sœurs aînées dans les familles nombreuses. Ses jolis yeux bruns ressemblaient à ceux de son frère, mais leur expression était différente. Alors que Ralph portait sur le monde un regard direct et incisif, Joan avait, semblait-il, l'habitude de considérer chaque chose sous plusieurs aspects, ce qui la faisait paraître son aînée plus qu'elle ne l'était. Son regard se posa un moment sur la corneille, puis elle déclara sans préambule :

– C'est à propos de Charles et de l'offre d'Oncle John… Mère m'a parlé. Elle dit qu'elle ne pourra plus payer pour lui, à la fin du trimestre, et qu'elle devra solliciter un prêt à la banque si cela continue.

– Mais c'est absolument faux, dit Ralph.

– Oui, je pense. Mais elle ne veut pas me croire quand je le lui dis.

Ralph, comme s'il devinait que cette discussion familière allait durer, tira un fauteuil pour sa sœur et s'assit.

– Je ne te dérange pas ? demanda-t-elle.

Ralph secoua la tête, et ils restèrent un moment silencieux. Au-dessus des ses yeux, ses rides se creusèrent.

– Elle ne comprend pas qu'il faut prendre des risques, fit-il observer enfin.

– Je crois que Mère prendrait des risques si elle pensait que Charles est quelqu'un qui peut en tirer profit.

– Il est intelligent, non ? dit Ralph.

Dans le ton de sa voix perçait à présent cette ombre de pugnacité qui faisait penser à sa sœur qu'un grief personnel l'avait conduit à suivre la voie qu'il s'était tracée. Elle se demanda ce que cela pouvait être, mais se ressaisit aussitôt et acquiesça.

– D'une certaine façon, il est horriblement en retard par rapport à toi au même âge. Et il n'est pas facile à la maison non plus. Il fait trimer Molly comme une esclave.

Ralph émit un son qui signifiait son mépris pour cet argument. Pour Joan, il était clair qu'elle était tombée sur l'une des sautes d'humeur de son frère. Il allait s'opposer à tout ce que sa mère avait dit. Il disait « elle », c'était déjà une preuve suffisante. Elle soupira involontairement et ce soupir excéda Ralph qui s'écria avec colère :

– C'est une solution plutôt cruelle de clouer un garçon de dix-sept ans dans un bureau !

– Personne ne veut le clouer dans un bureau, dit-elle.

Elle aussi se sentait irritée. Elle avait passé l'après-midi à débattre avec sa mère des détails fastidieux de l'éducation et des charges domestiques, et elle était venue voir son frère dans l'espoir qu'il lui viendrait en aide simplement parce qu'il était allé quelque part cet après-midi-là – elle ne savait pas où et ne voulait pas le lui demander.

Ralph aimait beaucoup sa sœur et la colère de Joan lui fit sentir qu'il était injuste que tout le fardeau domestique reposât sur ses seules épaules.

– La vérité, dit-il d'un air sombre, c'est que j'aurais dû accepter l'offre d'Oncle John. Je gagnerais six cents livres par an, maintenant.

– Je ne le pense pas un instant, répondit Joan vivement, regrettant son irritation. La question, à mon avis, est de savoir si nous ne pourrions pas diminuer nos dépenses, d'une façon ou d'une autre.

– Une maison plus petite ?

– Moins de domestiques, peut-être.

Ni le frère ni la sœur ne parlait avec beaucoup de conviction et, après avoir réfléchi un moment à la signification de ces réformes dans une maison déjà tenue avec parcimonie, Ralph prononça d'un ton décidé :

– Il n'en est pas question.

Il n'était pas question d'alourdir encore la charge domestique de Joan. Non, c'était à lui de se priver. Il ne voulait pas que sa famille eût moins de chances de se distinguer qu'une autre – que celle des Hilbery, par exemple. Il croyait secrètement, et avec un certain orgueil – car c'était un fait impossible à prouver –, qu'il y avait quelque chose de remarquable dans sa famille.

– Si Mère ne veut pas prendre de risques…

– Tu ne peux pas lui demander de vendre une nouvelle fois.

– Elle devrait considérer cela comme un investissement ; mais si elle ne le veut pas, nous trouverons une autre solution, voilà tout.

Il y avait une menace dans cette phrase et Joan savait, sans le demander, quelle était cette menace. Au cours de sa vie professionnelle, qui durait maintenant depuis six ou sept ans, Ralph avait économisé environ trois ou quatre cents livres. Étant donné les sacrifices qu'il avait faits pour mettre cette somme de côté, Joan s'étonnait toujours qu'il s'en servît pour spéculer, acheter des actions ou les revendre, gagnant et perdant de l'argent tour à tour, courant le risque de voir disparaître jusqu'au dernier sou, un jour de malchance. Mais, malgré son étonnement, elle ne pouvait s'empêcher d'aimer en lui ce bizarre mélange de maîtrise spartiate et de ce qui lui semblait être un romantisme naïf et puéril. Elle s'intéressait plus à Ralph qu'à n'importe qui au monde, et se taisait souvent au milieu d'une de ces discussions concernant l'économie domestique, en dépit de leur gravité, pour réfléchir à un nouvel aspect de son caractère.

– Je crois que ce serait de la folie de risquer ton argent pour ce pauvre Charles, fit-elle observer. Je l'aime beaucoup, mais je ne le trouve pas précisément brillant… Et pourquoi serait-ce à toi de te sacrifier ?

– Chère Joan, s'exclama Ralph en s'étirant de tout son long dans un mouvement d'impatience, ne vois-tu pas que nous avons tous été sacrifiés ? À quoi sert de le nier ? À quoi sert de s'en défendre ? Il en a toujours été ainsi et il en sera toujours ainsi. Nous n'avons pas d'argent et nous n'en aurons jamais. Nous mangerons simplement de la vache enragée chaque jour de notre vie jusqu'à ce que nous tombions et mourions exténués comme la plupart des gens, si l'on y pense.

Joan le regarda, fit mine de lui parler, y renonça, puis demanda timidement :

– Tu n'es pas heureux, Ralph ?

– Non. Et toi ? Mais je ne suis peut-être pas plus malheureux que la plupart des gens. Dieu seul sait si je suis heureux ou non. Qu'est-ce que le bonheur ?

Malgré sa mauvaise humeur, il ébaucha un sourire en observant sa sœur. Elle le regardait comme à l'accoutumée, et l'on eût dit qu'elle mettait en balance plusieurs idées avant de prendre une décision.

– Le bonheur…, dit-elle enfin d'une manière énigmatique, un peu comme si elle savourait le mot, puis elle se tut.

Elle resta silencieuse un long moment, pendant lequel elle parut examiner tous les sens du mot « bonheur ».

– Hilda était là, aujourd'hui, poursuivit-elle soudain, comme s'ils n'avaient jamais fait mention du bonheur. Elle a amené Bobbie – c'est un beau garçon, maintenant.

Ralph remarqua, avec un amusement qui n'était pas dénué d'ironie, qu'elle esquivait les abords périlleux des questions personnelles pour revenir à des sujets d'intérêt général et familial. Néanmoins, se dit-il, elle était la seule dans la famille avec qui il était possible de parler du bonheur, alors qu'il aurait très bien pu discuter du bonheur avec Miss Hilbery, dès leur première rencontre. Il regarda Joan d'un œil critique. Si seulement elle avait l'air moins provincial, moins bourgeois, dans sa robe vert vif ornée de garnitures fanées, si patiente, presque résignée déjà ! Il eut envie de lui parler des Hilbery pour les dénigrer, car, au cours de la bataille miniature qui faisait souvent rage dans son esprit entre deux impressions fugitives sur les modes de vie différents, celui des Hilbery l'emportait sur celui des Denham, et il voulait s'assurer qu'il y avait chez Joan au moins une qualité qui la mettrait bien au-dessus de Miss Hilbery. Il aurait dû sentir que sa propre sœur était plus originale et avait une force de caractère plus grande que Miss Hilbery, mais l'impression qu'il avait de Katherine, à présent, était justement celle d'une personnalité exceptionnelle. Il ne voyait vraiment pas ce que cette pauvre Joan gagnait à avoir été la petite-fille d'un homme qui tenait un magasin, obligée, elle aussi, de travailler pour vivre. La monotonie sordide de leur vie était sans limites et l'accablait en dépit de sa foi fondamentale dans le caractère remarquable de leur famille.

– En parleras-tu à Mère ? demanda Joan. Parce que, tu sais, cette affaire doit être réglée, d'une façon ou d'une autre. Charles doit écrire à Oncle John s'il va là-bas.

Ralph eut un soupir impatient.

– Quelle importance, après tout ! s'écria-t-il. Il est voué à la misère, en fin de compte.

Une légère rougeur monta aux joues de Joan.

– Tu sais bien que tu dis n'importe quoi, dit-elle. Cela ne fait de mal à personne de gagner sa vie. Je suis très heureuse d'avoir à gagner la mienne.

Ralph était content qu'elle réagît de la sorte ; il souhaitait qu'elle précisât sa pensée mais ajouta par pure méchanceté :

– N'est-ce pas aussi que tu as perdu l'habitude de te distraire ? Tu ne trouves jamais le temps de faire des choses plaisantes.

– Par exemple ?

– Eh bien, aller te promener, écouter de la musique, lire des livres, voir des gens intéressants. Pas plus que moi, tu ne fais jamais rien qui vaille vraiment la peine.

– Je pense toujours que tu pourrais rendre cette pièce beaucoup plus agréable si tu le voulais, fit-elle remarquer.

– Quelle importance puisque je suis obligé de passer les meilleures années de ma vie à rédiger des actes notariés dans un bureau ?

– Il y a deux jours, tu as dit que tu trouvais le droit très intéressant.

– Oui, si l'on a le loisir de l'étudier un tant soit peu.

– C'est Herbert qui se couche seulement maintenant, l'interrompit Joan, en entendant claquer violemment une porte sur le palier. Il n'arrivera jamais à se lever demain matin.

Ralph regarda le plafond et serra les lèvres. Pourquoi donc Joan ne pouvait-elle jamais oublier un seul instant les détails de la vie domestique ? Il avait l'impression qu'elle s'y trouvait de plus en plus empêtrée et qu'elle était de moins en moins capable de faire une incursion dans le monde extérieur. Pourtant, elle n'avait que trente-trois ans.

– Rends-tu quelques visites, en ce moment ? demanda-t-il à brûle-pourpoint.

– Je n'ai pas beaucoup de temps. Pourquoi me demandes-tu cela ?

– Ce serait une bonne chose de te faire de nouvelles relations, c'est tout.

– Pauvre Ralph ! dit soudain Joan avec un sourire. Tu penses que ta sœur se fait vieille et ennuyeuse, n'est-ce pas ?

– Ce n'est pas du tout ce que je pense, dit-il énergiquement, mais il rougit. En tout cas, tu mènes une vie de chien, Joan. Quand tu ne travailles pas dans un bureau, tu te fais du souci pour nous. Et je ne suis pas très gentil avec toi, je le crains.

Joan se leva et resta un moment debout, réchauffant ses mains, se demandant visiblement si elle ajouterait quelque chose ou non. Un sentiment de grande intimité unissait le frère et la sœur, et les rides creusées au-dessus de leurs sourcils disparurent. Non, aucun d'eux n'avait plus rien à ajouter. Joan caressa la tête de son frère et, en passant devant lui, lui souhaita à voix basse une bonne nuit avant de quitter la chambre. Après son départ, Ralph resta un moment immobile, la tête dans la main. Peu à peu, ses yeux devinrent songeurs, les rides réapparurent sur son front et l'agréable impression d'amicale complicité s'estompa. Il resta seul avec ses pensées.

Au bout d'un moment, il ouvrit son livre et se concentra sur sa lecture, ne détournant les yeux que pour jeter un coup d'œil à sa montre, comme s'il s'était fixé une certaine tâche dans un laps de temps donné. De temps à autre, il entendait des voix dans la maison, et des claquements de portes révélant que la bâtisse en haut de laquelle il logeait était habitée jusqu'au moindre recoin. Quand minuit sonna, Ralph ferma son livre, et, une bougie à la main, descendit au rez-de-chaussée, pour s'assurer que les lumières étaient éteintes et les portes bien fermées. La maison qu'il inspecta offrait un spectacle de désolation, comme si les occupants avaient épuisé toutes les marques d'opulence jusqu'à la limite de la décence ; et, dans la nuit, dénués de vie, les lieux désertés et les taches anciennes agressaient péniblement la vue. C'était une maison, se dit-il, que Katherine Hilbery condamnerait sans appel.

III

Denham avait accusé Katherine Hilbery d'appartenir à l'une des familles les plus distinguées d'Angleterre, et si l'on veut bien prendre la peine de consulter le *Génie héréditaire* de Mr. Galton, on découvrira que cette affirmation n'était pas très éloignée de la vérité. Les Alardyce, les Hilbery, les Millington et les Otway nous donnent, semble-t-il, la preuve que l'intelligence est un bien qui peut se transmettre d'un membre d'un groupe donné à un autre, et cela indéfiniment ou presque, avec la certitude que l'excellence des dons tombera dans neuf cas sur dix, en de bonnes mains. Ils comptèrent longtemps parmi eux des juges éminents et des amiraux, des hommes de loi et des serviteurs de l'État, jusqu'au jour où la richesse du sol engendra la fleur la plus rare qu'une famille puisse se glorifier de posséder : un grand écrivain, un poète fameux parmi les poètes d'Angleterre, Richard Alardyce ; après l'avoir fait naître, ils donnèrent une nouvelle preuve des vertus étonnantes de leur race en continuant, avec insouciance, leur tâche familière : élever des hommes distingués. Ils avaient parcouru les mers jusqu'au pôle nord avec Sir John Franklin, et chevauché avec Havelock au secours du Lucknow, et lorsqu'ils ne s'élevaient pas comme l'un de ces phares solidement érigés sur le roc pour guider leur génération, ils étaient la bougie fidèle prodiguant sa lumière à la vie quotidienne. Observez n'importe quelle profession, vous trouverez toujours un Warburton ou un Alardyce, un Millington ou un Hilbery à un poste influent.

On peut prétendre – la société anglaise étant ce qu'elle est – qu'il n'est pas besoin d'avoir beaucoup de mérites, dès lors que l'on porte un nom célèbre, pour acquérir une position où il est somme toute plus facile d'être connu qu'obscur. Ce qui est vrai pour les garçons s'applique aussi aux filles, même au dix-neuvième siècle, où elles deviennent le plus souvent des personnages importants, philanthropes ou éducatrices si elles sont célibataires, épouses d'hommes distingués quand elles se marient. Il faut reconnaître qu'il y eut plusieurs exceptions regrettables à cette règle dans la lignée des Alardyce, ce qui laisse supposer que les cadets de ces maisons s'écartent plus facilement du droit chemin que les enfants de père et de mère ordinaires, comme si c'était un soulagement pour eux. Mais, dans l'ensemble, au début du vingtième siècle, les Alardyce et leurs alliés gardaient la tête bien au-dessus de l'eau. On les trouve aux postes les plus importants dans toutes les professions, portant des titres ajoutés à leur nom. Ils occupent les bureaux somptueux de l'administration publique, sont entourés de secrétaires particulières, rédigent des livres sérieux, aux couvertures noires, publiés par les presses des deux grandes universités, et, lorsque l'un d'eux disparaît, il y a de grandes chances pour qu'un autre écrive sa biographie.

Le poète était, aujourd'hui, à l'origine de cette célébrité, et ses descendants immédiats jouissaient en toute logique d'une considération plus grande que les branches collatérales. Mrs. Hilbery, en vertu de sa position (elle était fille unique) était spirituellement le chef de famille. Katherine, sa fille, tenait un rang légèrement supérieur à celui de ses cousins et de ses parents plus éloignés, d'autant que Mrs. Hilbery n'avait pas d'autre enfant. Les Alardyce s'étaient mariés souvent entre eux, et leur progéniture était généralement nombreuse. L'habitude qu'ils avaient de se retrouver régulièrement les uns chez les autres, à l'occasion de repas ou de fêtes de famille, revêtait un caractère presque sacré, et ils s'y conformaient aussi scrupuleusement qu'à l'observance des jours de fête et des jours de jeûne dans l'Église.

À une époque de sa vie, Mrs. Hilbery connaissait tous les poètes, tous les romanciers, toutes les plus belles femmes et les hommes les plus distingués. Comme, à présent, tous ces gens étaient morts, ou retranchés dans leur gloire évanouie, elle avait fait de sa maison un lieu de rencontre pour ses proches. Elle se plaignait souvent auprès d'eux de la fin de l'époque glorieuse du dix-neuvième siècle où chacun des domaines des lettres et des arts était représenté par deux ou trois noms illustres. Où sont leurs successeurs ? demandait-elle, et l'absence de poètes contemporains, de peintres ou de romanciers d'envergure était un thème qu'elle aimait à ressasser, prise par la douceur des réminiscences – une humeur suscitée par la tombée du jour et qu'il n'était pas facile d'interrompre, même en cas de nécessité. Mais loin d'elle la pensée de punir la jeune génération de la supériorité de ses pères : elle recevait au contraire très chaleureusement ses représentants, leur racontait ses histoires, leur donnait des pièces d'or, des glaces, de sages conseils, et les enrobait dans des fables qui n'avaient généralement aucun rapport avec la vérité.

Dès qu'elle fut en mesure de percevoir le monde extérieur, de multiples éléments imprégnèrent la conscience de Katherine du sentiment d'appartenir à une condition élevée. Au-dessus de la cheminée, dans sa chambre d'enfant, il y avait une photographie de la tombe de son grand-père dans le Coin des Poètes, à l'abbaye de Westminster, et on lui apprit, dans un de ces élans de confiance propres aux grandes personnes et qui marquent tant les enfants, qu'il avait été enterré là parce que c'était « un grand homme vertueux ». Plus tard, à l'occasion d'un anniversaire, sa mère la fit monter dans un joli fiacre, par un jour de brume, et lui donna un grand bouquet de fleurs brillantes et parfumées à déposer sur sa tombe. Les bougies dans l'église, la musique imposante de l'orgue, tout cela, pensa-t-elle, était en l'honneur de son grand-père. Maintes et maintes fois, on la fit descendre dans le salon pour recevoir la bénédiction de quelque sinistre vieillard, assis – contrairement aux invités ordinaires – tout tassé, dans le propre fauteuil de son père, cramponné à une canne et qui, même à ses yeux d'enfant, avait quelque chose d'insolite. Son père aussi était méconnaissable, animé et très respectueux. Ces êtres âgés et redoutables la prenaient dans leurs bras, plongeaient leur regard au fond de ses yeux, puis la bénissaient et lui disaient qu'elle devait être une gentille petite fille, ou bien remarquaient sur son visage une expression qui leur rappelait Richard enfant. Cela attirait sur elle les effusions de sa mère puis on la renvoyait dans sa chambre, fière et pénétrée du caractère énigmatique et mystérieux des choses, que le temps, peu à peu, lui dévoilait.

Il y avait toujours des visites – des oncles et des tantes et des cousins « venus des Indes », qu'il fallait respecter uniquement parce qu'ils faisaient partie de la famille, et d'autres amis appartenant à la classe unique et redoutable que ses parents l'exhortaient à « ne jamais oublier ». Ainsi, à force d'entendre parler constamment de grands hommes et de leurs œuvres, sa première vision du monde groupa un cercle d'êtres augustes qui portaient les noms de Shakespeare, Milton, Wordsworth, Shelley, pour ne citer qu'eux, plus apparentés aux Hilbery qu'au reste de l'humanité. Ils donnèrent en quelque sorte des limites à sa vision du monde et jouèrent un rôle considérable dans la détermination de ses critères du bien et du mal. Qu'elle descendît de l'un de ces dieux n'était pas une surprise pour elle, mais une satisfaction. Et puis, à mesure que les années passèrent, elle tint pour acquis les privilèges de sa destinée, tandis que certains désavantages lui devinrent manifestes. Peut-être est-il un peu déprimant d'hériter, non pas de terres, mais d'un modèle de vertu intellectuelle et morale ; l'exemple édifiant d'un ancêtre illustre a peut-être quelque chose de décourageant pour ceux qui courent le risque de lui être comparés. C'était comme si, après une floraison trop somptueuse, il ne pouvait y avoir place que pour une pousse ferme, une tige verte et sa feuille, vivaces dans le sol. Pour ces raisons parmi d'autres, Katherine traversait des périodes de dépression. Le passé glorieux, avec ses hommes et ses femmes d'une stature inégalable, interférait trop avec le présent, l'écrasait trop pour l'encourager à vivre sa vie parmi les vivants, à présent que l'âge d'or était révolu.

Elle était amenée à réfléchir à ces problèmes plus qu'il n'était naturel, d'abord à cause de l'attention que sa mère leur portait, ensuite parce qu'elle consacrait une grande partie de son temps à vivre avec les morts depuis qu'elle aidait sa mère à écrire une biographie du grand poète. Lorsqu'elle avait dix-sept ou dix-huit ans – c'est-à-dire une dizaine d'années auparavant –, sa mère, débordant d'enthousiasme, avait annoncé que, grâce à l'aide de Katherine, la biographie ne tarderait pas à être publiée. À cet effet, des entrefilets furent glissés dans les journaux littéraires, et pendant quelque temps Katherine travailla, emportée par un sentiment de fierté, presque d'exploit.

Mais, plus tard, il lui sembla qu'elles n'avançaient pas du tout ; c'était d'autant plus désespérant que quiconque avait l'ombre d'un tempérament littéraire ne pouvait douter qu'elles eussent en leur possession tous les matériaux nécessaires pour écrire une biographie des plus remarquables. Les précieux documents s'amoncelaient sur des étagères et dans des boîtes. La vie privée des gens les plus intéressants se trouvait contenue dans des liasses de manuscrits à l'écriture serrée. Ajoutons à cela que Mrs. Hilbery gardait en mémoire une vision aussi claire de la vie de cette époque que de celle de ses contemporains. Elle était capable d'insuffler aux mots fanés un éclat et une émotion qui leur donnaient presque la texture de la chair. Elle n'éprouvait aucune difficulté à écrire et noircissait une page chaque matin aussi aisément que sifflent les grives. Néanmoins, malgré toutes ces bonnes raisons pour l'inciter à l'inspiration et une ferveur des plus vives, le livre n'était toujours pas rédigé. Les papiers s'accumulaient mais le travail n'avançait pour ainsi dire pas et, dans ses moments de pessimisme, Katherine se demandait si elles arriveraient jamais à présenter quelque chose de convenable au public. D'où venaient leurs difficultés ? Pas des matériaux, hélas ! ni de leurs ambitions ; il y avait quelque chose de plus profond, qui tenait à l'incapacité même de Katherine, et surtout à la personnalité de sa mère. Katherine calcula qu'elle ne l'avait jamais vue écrire plus de dix minutes à la suite. Les idées lui venaient surtout lorsque son corps était en mouvement. Elle aimait à se promener dans la pièce un chiffon à la main pour astiquer le dos de livres déjà lustrés, tout en donnant libre cours à sa fantaisie romanesque. Soudain la phrase juste, ou le point de vue perspicace, faisait irruption ; elle abandonnait son chiffon pour écrire, au comble du ravissement, pendant quelques minutes fiévreuses ; puis, son inspiration retombée, elle reprenait son chiffon et astiquait derechef le dos des vieux livres. Ces périodes d'exaltation se consumaient rapidement ; elles projetaient sur la masse gigantesque du sujet une lueur vacillante, capricieuse comme un feu follet, éclairant tantôt tel détail, tantôt tel autre. Katherine parvenait tout juste à maintenir de l'ordre dans le manuscrit de sa mère, mais quant à classer les pages afin que la seizième année de Richard Alardyce succédât à la quinzième, cela dépassait sa compétence. Pourtant ils étaient si fulgurants, ces paragraphes, si brillamment écrits, ils projetaient des éclairs si intuitifs que le mort semblait présent dans la pièce. Leur lecture ininterrompue provoquait une sorte de vertige : accablée, Katherine se demandait ce qu'elle allait bien pouvoir en faire. Sa mère refusait aussi d'affronter une question fondamentale : que fallait-il préserver ou écarter ? Elle n'arrivait pas à décider dans quelle mesure le public devait être informé ou non de la séparation du poète et de sa femme. Elle écrivait des passages appropriés à l'une et l'autre des situations et ils lui plaisaient tant qu'elle ne pouvait se résoudre à trancher.

Pourtant, le livre restait à faire. C'était un travail qu'elles devaient au monde, et pour Katherine, du moins, cela signifiait plus encore : si elles ne pouvaient pas, à elles deux, mener ce livre à bien, elles ne méritaient pas leur position privilégiée. Leurs privilèges devenaient, d'année en année, moins justifiés. De plus, il fallait démontrer de façon irréfutable que son aïeul était un très grand homme.

À vingt-sept ans, ces pensées avaient eu le temps de lui devenir familières. Elles lui vinrent à l'esprit un matin qu'elle était assise en face de sa mère, devant une table recouverte de liasses de vieilles lettres et d'un attirail de crayons, de ciseaux, de pots de colle, d'élastiques, de grandes enveloppes et autres accessoires utiles à la fabrication des livres. Peu avant la visite de Ralph Denham, Katherine avait pris la décision de soumettre, à tout hasard, les habitudes littéraires de sa mère à un règlement rigoureux : chaque matin, à dix heures, elles auraient à se trouver devant leur bureau en disposant d'une longue matinée devant elles. Elles ne devraient pas détourner leur regard de leurs feuilles de papier et ne se laisseraient pas aller à parler, en dehors des dix minutes de détente qu'elles s'accorderaient toutes les heures. Elle calcula sur une feuille que si elles observaient ce règlement pendant un an, le livre serait achevé, et elle déposa son projet sous les yeux de sa mère avec le sentiment d'avoir accompli une grande partie de leur tâche. Mrs. Hilbery examina la feuille de papier avec beaucoup d'attention, puis elle battit des mains et s'exclama avec enthousiasme :

– Bravo, Katherine ! Tu as vraiment le sens de l'organisation ! Je vais garder ce papier devant moi. Chaque jour je ferai une petite marque dans mon carnet et le dernier jour… voyons, que ferons-nous pour fêter le dernier jour ? À moins que ce ne soit l'hiver, nous pourrions faire un tour en Italie ? On dit que la Suisse est très jolie sous la neige, mais il fait froid. Enfin, l'essentiel est de terminer le livre, tu as raison. Allons, voyons…

Lorsqu'elles examinèrent les manuscrits classés par Katherine, elles les trouvèrent dans un état propre à les démoraliser si elles n'avaient pris résolutions décisives. La biographie devait commencer par un certain nombre de paragraphes grandioses ; beaucoup d'entre eux, il est vrai, étaient inachevés, et ressemblaient à des arcs de triomphe boiteux, mais, ainsi que le fit remarquer Mrs. Hilbery, on pouvait les rafistoler en dix minutes avec un peu d'application. Il y avait aussi la description de l'ancienne maison des Alardyce, ou plutôt de leur résidence de printemps dans le Suffolk, fort bien écrite mais loin d'être indispensable. Katherine avait pourtant rassemblé une suite de noms et de dates, permettant ainsi au poète de venir au monde, et il atteignait sa neuvième année sans autre contretemps. Ensuite, Mrs. Hilbery désirait, pour des raisons sentimentales, évoquer les souvenirs d'une vieille dame très diserte qui avait été élevée dans le même village, mais Katherine décida de les supprimer. Il pouvait être judicieux de présenter alors un aperçu de la poésie contemporaine écrit par Mr. Hilbery – un travail concis, érudit et sans aucun rapport avec le reste –, mais Mrs. Hilbery pensait que ce texte était trop dépouillé : à le lire, elle avait l'impression d'être une petite fille perdue dans une salle de conférences, ce qui n'avait rien à voir avec son père. Puis venait l'époque de son adolescence, où il fallait choisir de cacher ou de révéler ses aventures sentimentales : là aussi, Mrs. Hilbery hésitait entre deux points de vue et, finalement, une grosse pile de manuscrits fut mise de côté dans l'attente d'un examen ultérieur.

Plusieurs années se trouvaient passées sous silence, parce que cette période lui remémorait quelque chose de déplaisant, et qu'elle leur avait préféré ses propres souvenirs d'enfance. Après cela, Katherine avait l'impression que le livre prenait l'allure d'une danse désordonnée de feux follets, sans forme ni continuité, sans cohérence ni construction. On trouvait vingt pages sur les goûts de son grand-père pour les chapeaux, un essai sur la porcelaine contemporaine, le long récit d'une excursion à la campagne un jour d'été où ils avaient manqué le train, ainsi que des fragments sur toutes sortes d'hommes et de femmes célèbres, qui semblaient en partie imaginaires et en partie authentiques. On trouvait également des milliers de lettres et, racontés par de vieux amis, une masse de souvenirs fidèles, qui avaient jauni sous leurs enveloppes, mais qu'il fallait bien placer quelque part pour ne froisser personne. On avait écrit tant de livres sur le poète depuis sa mort qu'elle devait aussi se débarrasser d'un grand nombre d'erreurs de détail, ce qui nécessitait de minutieuses recherches et une abondante correspondance. Parfois Katherine rêvassait, au bord de l'épuisement, au milieu de tous ces papiers ; parfois elle sentait qu'il était nécessaire, pour vivre enfin, qu'elle se libérât du passé ; mais parfois aussi le passé semblait avoir complètement évincé un présent qui, lorsqu'on rentrait dans le monde après une matinée passée en compagnie des morts, s'avérait d'une texture moins consistante et moins riche.

Le pire était qu'elle n'avait aucune disposition pour la littérature. Elle n'aimait pas les phrases. Elle éprouvait même une antipathie naturelle pour l'introspection, cet effort perpétuel pour analyser ses propres sentiments, et les exprimer avec élégance, justesse ou acuité par des mots – activité qui comblait une grande partie de l'existence de sa mère. Katherine, en revanche était de nature plus secrète ; elle répugnait à parler d'elle-même, de vive voix ou par écrit. Cette inclination était extrêmement prisée dans une famille qui s'adonnait passionnément à l'expression écrite, et dénotait, semblait-il, le don de l'initiative ;

depuis son enfance, on lui avait donc confié la charge des affaires domestiques. Elle avait une réputation de femme pratique et rien dans ses agissements ne contredisait ce point. Commander les repas, diriger les domestiques, payer les factures et s'arranger pour faire coïncider les carillons des horloges, emplir régulièrement les vases de fleurs fraîches, tout cela passait pour un don naturel de Katherine – et Mrs. Hilbery faisait souvent remarquer que c'était là le revers de la poésie. De bonne heure, Katherine dut exercer un autre talent : conseiller, aider, d'une manière générale soutenir sa mère. Mrs. Hilbery aurait très bien pu se soutenir toute seule, si le monde n'était pas ce qu'il est. Elle était admirablement faite pour vivre sur une autre planète. Mais le génie inné avec lequel elle dirigeait ses affaires là-bas ne lui servait vraiment à rien ici. Sa montre, par exemple, était pour elle une source perpétuelle d'étonnement, et, à soixante-cinq ans, l'ascendant que la raison et les contraintes exerçaient sur la vie des autres la stupéfiait toujours. Elle n'avait jamais retenu sa leçon et devait être punie pour son ignorance. Mais comme cette ignorance était associée à une intuition qui portait très loin, si tant est qu'elle portât jamais sur quelque chose, il était impossible de prendre Mrs. Hilbery pour une sotte ; au contraire, ses manières étaient celles de quelqu'un qui en sait long. Pourtant, dans l'ensemble, elle ne pouvait se passer du soutien de sa fille.

Katherine était donc membre d'une profession insigne ne conférant aucun titre, ni aucun égard, même si le travail du paysan et de l'ouvrier à l'usine n'est pas plus dur ni utile à la société. Elle habitait chez ses parents. Et elle s'en sortait bien. Quiconque venait à Cheyne Walk avait l'impression d'une maison bien tenue et accueillante – un lieu où la vie avait appris à se montrer sous son meilleur jour, et qui, malgré ses éléments disparates, présentait un caractère harmonieux et original. C'était peut-être la grande réussite de l'art de Katherine, que la personnalité de Mrs. Hilbery y prédominât. Son mari et sa fille constituaient un arrière-plan somptueux aux qualités les plus remarquables de Mrs. Hilbery.

De ce silence de Katherine, à la fois naturel et forcé, les amis de sa mère disaient volontiers qu'il n'était ni sot ni indifférent. Mais de quelle nature était ce silence ? – car il devait y avoir une explication – voilà une question que personne ne se donnait la peine de se poser. On admettait qu'elle aidait sa mère à écrire un livre très important. On savait qu'elle dirigeait la maison. Elle était belle, assurément. On ne cherchait pas à en savoir davantage. Mais quelle surprise, non seulement pour les autres, mais aussi pour Katherine, si une pendule magique avait fait le compte des moments qu'elle occupait à tout autre chose, à l'insu de tous ! Assise devant les feuilles jaunies, elle se mettait en scène dans une succession de tableaux où elle domptait des poneys sauvages dans les prairies d'Amérique, ou bien gouvernait un immense navire au cœur d'un ouragan pour contourner un sombre promontoire rocheux ; ou encore participait à des activités plus paisibles, mais qui se distinguaient par une parfaite indépendance à l'égard de ce qui l'entourait à ce moment-là, et par la compétence incomparable dont elle faisait preuve dans ses nouvelles vocations. Quand elle abandonnait la plume et le papier, l'art de rédiger et la biographie, c'était pour privilégier son jardin secret, et pourtant, curieusement, elle aurait préféré confesser ses rêves les plus fous, ses rêves d'ouragans et de prairies que de dire la vérité : là-haut, seule dans sa chambre, elle se levait le matin de bonne heure ou veillait tard le soir, pour étudier… les mathématiques. Rien au monde n'aurait pu le lui faire avouer. Ses gestes, dans ces moments-là, étaient furtifs et dissimulés comme ceux de certains animaux nocturnes. Dès qu'un pas craquait dans l'escalier, elle glissait ses feuilles de papier dans un grand dictionnaire de grec qu'elle avait dérobé à cette fin dans le bureau de son père. C'était la nuit seulement qu'elle se sentait suffisamment à l'abri des indiscrétions pour user de son attention avec un maximum de concentration.

Le caractère peu féminin de cette science la poussait peut-être à cacher instinctivement la passion qu'elle lui portait. Mais la raison la plus profonde à ses yeux résidait dans le fait que les mathématiques étaient diamétralement opposées à la littérature. Elle n'aurait pas aimé révéler à quel point elle préférait l'exactitude et l'anonymat cosmique des chiffres à la confusion, à l'agitation et à l'imprécision de la prose la plus parfaite. Il y avait quelque chose d'un peu indécent à s'opposer ainsi à la tradition familiale – quelque chose d'un peu pervers et qui la disposait plus que jamais à camoufler ses désirs et à les entretenir avec une tendresse toute particulière. Combien de fois n'accordait-elle pas sa réflexion à des problèmes de mathématiques au lieu de penser à son grand-père ? Elle se réveillait de ces états d'hypnose pour observer sa mère plongée dans une rêverie aussi profonde que la sienne, car ceux qui y jouaient un rôle comptaient depuis longtemps parmi les morts. Mais en voyant se refléter sur son visage l'état où elle-même se trouvait, Katherine avait un sursaut de colère. Sa mère était la dernière personne à qui elle désirait ressembler, même si elle avait beaucoup d'admiration pour elle. Son bon sens faisait valoir ses droits presque brutalement, et Mrs. Hilbery, regardant Katherine du coin de l'œil, de sa façon étrange, mi-malicieuse, mi-caressante, la comparait au « satanique oncle Peter, le juge que l'on entendait prononcer des condamnations à mort dans sa salle de bains. Dieu merci, Katherine, je n'ai pas une seule goutte de son sang ! »

IV

Un mercredi sur deux, vers neuf heures du soir, Mary Datchet prenait la même résolution : jamais plus elle ne prêterait son appartement pour quelque raison que ce fût. Comme il était effectivement assez grand et bien situé, dans une rue comportant surtout des bureaux et donnant sur le Strand, les personnes qui souhaitaient se rencontrer, pour se distraire, pour discuter d'art ou pour réformer l'État, faisaient comprendre à Mary qu'elle devrait leur prêter son appartement. Elle acquiesçait à leur requête avec un froncement de sourcils simulant l'ennui, qui se transformait bientôt en un haussement d'épaules bourru et plein d'humour, un peu comme un gros chien, tourmenté par des enfants, secoue les oreilles. Elle prêterait son appartement, mais à une condition : elle s'occuperait des préparatifs. Cette réunion bimensuelle destinée à des discussions libres occasionnait un grand remue-ménage, car il fallait ranger les meubles contre le mur et mettre à l'abri les objets fragiles et précieux. Miss Datchet était tout à fait capable, au besoin, de soulever une table de cuisine ; quoique bien proportionnée et vêtue avec goût, il émanait d'elle une force et une détermination hors du commun.

Elle devait avoir vingt-cinq ans, mais paraissait plus vieille parce qu'elle gagnait ou, en tout cas, avait l'intention de gagner sa vie ; elle avait déjà perdu l'air de la spectatrice irresponsable pour prendre celui du soldat de deuxième classe dans l'armée des travailleurs. Ses gestes semblaient avoir un but précis ; les muscles autour de ses yeux et de ses lèvres paraissaient fermes comme s'ils étaient soumis à une sorte de discipline et se tenaient prêts à répondre à l'appel. Elle avait contracté deux rides imperceptibles entre les sourcils, non pas à cause de ses préoccupations, mais à force de réfléchir, et chez elle, de toute évidence, l'instinct féminin de plaire, de caresser et de charmer était contrecarré par d'autres instincts moins spécifiques de son sexe. Pour le reste, elle avait les yeux bruns et une démarche un peu lourde accréditant une origine paysanne, une ascendance de travailleurs consciencieux, d'hommes de foi intègres et non de sceptiques ou de fanatiques.

À la fin d'une dure journée de travail, il lui fallait un certain effort pour ranger son appartement, enlever le matelas de son lit, le mettre par terre, remplir un pot de café froid, débarrasser la longue table, y poser des assiettes, des tasses, des soucoupes, en panachant le tout de pyramides de petits biscuits roses. Mais quand ces transformations étaient accomplies, Mary se sentait tout à coup l'esprit léger comme si elle avait ôté le lourd uniforme de ses heures de travail et enfilé des vêtements de soie brillante. Elle s'agenouilla devant le feu et regarda autour d'elle. La lumière traversait avec un doux éclat le papier jaune et bleu des abat-jour et la pièce, avec ses sofas informes qui ressemblaient à des collines verdoyantes, paraissait particulièrement grande et paisible. Mary se mit à penser aux collines du Sussex et au cercle vert d'un camp retranché. Comme le clair de lune devait être apaisant, à cette heure, là-bas ! – elle imaginait sa trace d'argent sur la peau ridée de la mer.

– Et nous, dit-elle à voix haute d'un ton quelque peu moqueur mais avec un orgueil manifeste, nous allons parler d'art.

Elle saisit un panier contenant des pelotes de laine de différentes couleurs, une paire de bas qui avaient besoin d'être reprisés et ses doigts se mirent au travail ; son esprit, pendant ce temps, reflétant la lassitude de son corps, continuait, par pure contradiction, à créer des scènes de solitude et de tranquillité. Elle se voyait, posant son ouvrage et marchant jusqu'aux collines où elle n'entendait plus que le bruit des moutons broutant l'herbe jusqu'à la racine, tandis que les ombres des petits arbres se balançaient doucement sous la caresse du vent, au clair de lune. Mais elle était parfaitement consciente de la réalité présente, et elle prenait un plaisir certain à la pensée qu'elle pouvait être heureuse à la fois dans la solitude et en compagnie de nombreuses personnes très différentes les unes des autres qui, en ce moment même, s'acheminaient par les rues à travers Londres, jusqu'à cette pièce où elle était assise.

Tandis que son aiguille effectuait des va-et-vient dans la laine, elle pensa aux diverses étapes de sa vie qui faisaient de sa position actuelle l'aboutissement de miracles successifs. Elle se mit à songer à son père qui faisait partie du clergé, dans son presbytère à la campagne, à la mort de sa mère, à sa volonté de recevoir une éducation. Et aussi à sa vie au collège qui s'était amalgamée, il n'y avait pas si longtemps, à ce merveilleux labyrinthe qu'était Londres, – ville qui lui apparaissait toujours, malgré sa pondération naturelle, comme une gigantesque ampoule électrique, illuminant des myriades d'hommes et de femmes agglutinés tout autour. Et elle restait là, assise, au cœur même de cette ville à laquelle pensaient tant de gens perdus au fin fond des forêts canadiennes ou dans les plaines de l'Inde, dès qu'ils évoquaient l'Angleterre. Les neuf coups harmonieux qui sonnaient l'heure étaient comme un message de la grosse horloge de Westminster. Quand le carillon se fut évanoui, quelqu'un frappa d'un coup décidé à la porte. Mary se leva pour aller ouvrir. Elle revint dans la pièce avec, au fond des yeux, une lueur de plaisir : elle parlait à Ralph Denham qui la suivait.

– Seule ? demanda-t-il comme s'il était agréablement surpris.

– Je suis seule, parfois, répondit-elle.

– Mais vous attendez beaucoup de monde, ajouta-t-il, en regardant autour de lui. On dirait une scène de théâtre. Qui va venir ce soir ?

– William Rodney, qui parlera de la métaphore à l'époque élizabéthaine. Je compte sur une conférence substantielle, avec beaucoup de citations classiques.

Ralph réchauffa ses mains devant le feu qui flambait gaiement dans la cheminée, et Mary reprit son bas.

– Vous êtes probablement la seule femme à Londres qui raccommode ses bas, observa-t-il.

– Je suis la seule parmi des milliers, plutôt ! répliqua-t-elle. Je dois avouer que je me trouvais exemplaire au moment où vous êtes arrivé. Mais maintenant que vous êtes là, je ne le pense plus du tout. Comme c'est méchant de votre part ! J'ai peur que vous ne soyez beaucoup plus remarquable que moi. Vous avez fait beaucoup plus de choses que moi.

– Si je représente pour vous la norme, ce n'est pas très brillant, dit Ralph d'un air lugubre.

– C'est que je pense avec Emerson que c'est être, et non agir, qui compte, poursuivit-elle.

– Emerson ? s'écria Ralph avec dédain. Vous n'allez pas me dire que vous lisez Emerson ?

– Peut-être n'était-ce pas Emerson ! Mais pourquoi ne devrais-je pas lire Emerson ? demanda-t-elle avec une pointe d'inquiétude.

– Je ne vois pas de raison particulière. C'est l'association qui est curieuse – les livres et les bas. Très curieuse, vraiment.

Mais en fin de compte cette association n'avait pas l'air de tant l'ennuyer, et Mary éclata d'un rire qui trahissait sa joie ; les points minutieux qu'elle ajouta pour achever son ouvrage lui parurent empreints d'une grâce et d'une félicité extraordinaires. Elle tendit le bas et le regarda d'un air approbateur.

– Vous dites toujours la même chose, reprit-elle. Je

vous assure que cette « association », comme vous dites, est très banale dans les familles de pasteurs. La seule chose étrange, en ce qui me concerne, c'est que j'aime les deux – j'aime Emerson et j'aime repriser mes bas.

On entendit frapper à la porte et Ralph s'écria :

– Que le diable les emporte ! Si seulement ils pouvaient ne pas venir !

– C'est Mr. Turner, à l'étage au-dessous, dit Mary, reconnaissante à Mr. Turner d'avoir fait peur à Ralph, en donnant une fausse alerte.

– Il y aura beaucoup de monde ? demanda Ralph, après quelques instants de silence.

– Il y aura les Morrise, les Crashaw, Dick Osborne, Septimus et toute la bande. Au fait, Katherine Hilbery viendra aussi, d'après ce que William Rodney m'a dit.

– Katherine Hilbery ! s'exclama Ralph.

– Vous la connaissez ? demanda Mary, quelque peu surprise.

– J'ai pris le thé chez elle.

Mary le pria de tout lui raconter, et Ralph, de bonne grâce, étala les preuves de son récent savoir. Il décrivit la scène avec quelques ajouts et exagérations qui intéressèrent énormément son interlocutrice.

– En dépit de ce que vous dites, je l'admire vraiment, dit-elle. Je ne l'ai vue qu'une ou deux fois, mais elle m'a donné l'impression d'avoir ce qu'on appelle une « personnalité ».

– Je ne voulais pas dire du mal d'elle. J'ai simplement senti qu'elle n'était pas très bienveillante à mon égard.

– On dit qu'elle va épouser Rodney, cet être bizarre.

– Épouser Rodney ? Alors, elle doit être plus aveugle que je ne le pensais.

– Cette fois, c'est bien ici, s'écria Mary en rangeant soigneusement ses pelotes de laine. Plusieurs coups frappés à la porte retentirent, accompagnés de piétinements et d'éclats de rire. Un instant plus tard, la pièce était pleine de jeunes gens et de jeunes femmes, impatients d'entrer, qui firent « Oh ! » en apercevant Denham et s'arrêtèrent un peu sottement, bouche bée.

La pièce fut bientôt emplie d'une trentaine de personnes, qui, pour la plupart, prirent place à même le sol ou sur les sofas, répartis en triangles. Ils étaient tous jeunes et, chez certains, la coiffure, les vêtements, quelque chose de sombre et d'agressif dans l'expression du visage, trahissaient la révolte contre l'individu passe-partout que l'on rencontre dans un omnibus ou une rame de métro. Manifestement la conversation se faisait par petits groupes, et de manière hachée ; chacun parlait à mi-voix, se méfiant, semblait-il, des autres invités.

Katherine Hilbery arriva assez en retard. Elle s'assit par terre, le dos contre le mur. Elle jeta un coup d'œil autour d'elle, reconnut une demi-douzaine de personnes environ, et leur adressa un signe de tête, mais elle ne remarqua pas Ralph, à moins qu'elle n'eût déjà oublié son nom. L'instant d'après, ces éléments dispersés se trouvèrent unifiés par la voix de Mr. Rodney qui se dirigea soudainement vers la table et commença très rapidement, d'une voix affectée :

– En m'engageant à parler de l'emploi de la métaphore dans la poésie à l'époque élizabétaine…

Toutes les têtes pivotèrent légèrement ou s'immobilisèrent de façon à regarder en face le visage de l'orateur. Sur chacune d'elles on pouvait lire la même expression solennelle. Mais, subitement, tous les visages sans exception, même ceux qui étaient le plus exposés aux regards et soumis à un contrôle plus vigilant, furent parcourus d'un tremblement nerveux prêt à dégénérer, s'il n'avait été aussitôt maîtrisé, en un énorme éclat de rire. La vision de Mr. Rodney était d'un comique irrésistible. La rougeur extrême de son visage – causée par cette froide nuit de novembre ou par la nervosité –, ses gestes, de sa façon de se tordre les mains à celle de lancer la tête de droite à gauche, tantôt vers la porte, tantôt vers la fenêtre, comme à l'apparition d'une vision, tout en lui trahissait l'atroce malaise d'être le point de mire de si nombreux regards. Il était tiré à quatre épingles et une perle, au centre de sa cravate, lui conférait une touche d'opulence aristocratique. Pourtant ses yeux légèrement exorbités et la précipitation de son bégaiement, qui semblait provoqué par la pression intermittente d'un torrent d'idées cherchant à se frayer une voie mais toujours arrêtées par un accès de nervosité, ne suscitaient pas la pitié, comme dans le cas d'un personnage plus imposant, mais une envie de rire bon enfant. Mr. Rodney était si douloureusement conscient du caractère dérisoire de son apparence, sa rougeur même et les sursauts qui secouaient son corps donnaient une preuve si nette de sa gêne, qu'il y avait quelque chose d'attachant dans cette émotivité grotesque. Et pourtant la plupart des assistants auraient sans doute souscrit à l'exclamation que Denham se fit à part lui : « Quelle idée d'épouser un type pareil ! »

Sa conférence avait été soigneusement rédigée, mais, malgré cette précaution, Mr. Rodney trouva moyen de tourner deux pages au lieu d'une, de choisir la mauvaise phrase là où il en avait écrit deux, et de découvrir brusquement que son écriture était illisible. Quand il tombait sur un passage cohérent, il agressait son auditoire avec ostentation, puis il repartait dans sa quête maladroite. À une laborieuse recherche succédait une nouvelle découverte, qu'il exposait de la même façon. Après plusieurs attaques de ce genre, l'animation de l'assistance atteignit une intensité peu habituelle à ces réunions. Il était difficile de dire si l'entrain du public provenait de l'enthousiasme que l'orateur montrait pour la poésie ou des contorsions qu'il exécutait pour plaire. Finalement, Mr. Rodney s'assit subitement au beau milieu d'une phrase et, après un moment de surprise, l'auditoire exprima son soulagement de pouvoir enfin rire tout haut, dans un tonnerre d'applaudissements.

Mr. Rodney répondit en jetant un regard féroce à la ronde ; au lieu d'attendre les questions, il se leva d'un bond, se rua dans le coin où se trouvait Katherine assise parmi d'autres, et s'exclama très distinctement :

– Alors, Katherine, me suis-je rendu assez ridicule ? Vous devez être contente ! C'était épouvantable, épouvantable !

– Chut ! Vous devez répondre à leurs questions, murmura Katherine, désirant à tout prix l'apaiser.

Étrangement, dès que l'orateur ne se trouva plus en face des assistants, on découvrit beaucoup de choses intéressantes dans ce qu'il avait dit. Quoi qu'il en soit, un jeune homme au teint pâle et au regard triste s'était déjà levé pour prendre la parole ; il s'exprimait avec une grande précision et une maîtrise parfaite. William Rodney l'écoutait, la lèvre supérieure curieusement relevée, le visage tremblant sous le coup de l'émotion.

– L'imbécile ! chuchota-t-il. Il n'a pas compris un seul mot de ce que j'ai dit !

– Eh bien, expliquez-vous, murmura Katherine.

– Non ! Ils se moqueraient de moi. Pourquoi vous ai-je crue quand vous me disiez que ces gens-là aimaient la littérature ? ajouta-t-il.

Il y avait beaucoup à dire pour ou contre la conférence de Mr. Rodney. Elle foisonnait d'assertions selon lesquelles tels ou tels passages, tirés à profusion de l'anglais, du français et de l'italien, étaient les perles de la littérature à son apogée. De plus, il aimait les métaphores qui, accumulées dans son étude, pouvaient sembler contraintes ou déplacées, quand il ne les citait que par bribes. La littérature était une fraîche guirlande de fleurs printanièrcs, avait-il déclaré, dans laquelle les baies d'ifs et la morelle pourpre se mêlaient aux diverses nuances de l'anémone ; et, d'une manière ou d'une autre, cette guirlande ceignait des fronts de marbre. Il avait fort mal lu de très belles citations. Mais il ressortait de son attitude et de la confusion de ses formules une sensibilité passionnée qui, tout au long de son discours, avait fait naître, chez la plupart des assistants une petite image ou une idée, que chacun était impatient d'exprimer. Presque tous ceux qui étaient présents comptaient vouer leur vie à écrire ou à peindre, et au premier coup d'œil, on devinait qu'en écoutant Mr. Purvis d'abord, puis Mr. Greenhalgh, ils estimaient que ces messieurs accaparaient un bien leur appartenant en propre. Chacun se leva à tour de rôle, et, comme s'il maniait une hache mal assurée, essaya d'élaguer sa conception de l'art, puis se rassit avec le sentiment d'avoir manqué son but et que, pour une raison incompréhensible, ses coups n'avaient pas porté. Chacun se tournait alors vers son voisin pour rectifier et approfondir ce qu'il venait de dire à l'attention de tous. Bientôt, les différents groupes assis sur les sofas et dans les fauteuils se mirent à discuter ensemble, et Mary Datchet, qui avait repris le raccommodage de ses bas, se pencha vers Ralph et lui dit :

– Voilà ce que j'appelle une conférence de premier ordre.

Instinctivement, ils se tournèrent tous deux vers le conférencier. Il se tenait adossé contre le mur, les yeux apparemment fermés et le menton enfoncé dans son col. Katherine feuilletait les pages de son manuscrit, comme si elle cherchait un passage qui l'avait particulièrement frappée mais qu'elle n'arrivait pas à trouver.

– Allons lui dire que cela nous a plu, dit Mary, suggérant ainsi à Ralph une initiative qui le séduisait mais que sa fierté l'aurait empêché de prendre seul, car il craignait de s'intéresser davantage à Katherine qu'elle ne s'intéressait à lui.

– C'était une conférence très intéressante, commença Mary sans aucune timidité en s'asseyant par terre en face de Rodney et de Katherine. Vous voudrez bien me prêter votre manuscrit pour que je puisse le lire tranquillement ?

Rodney, qui avait ouvert les yeux à leur arrivée, la regarda un moment dans un silence méfiant :

– Dites-vous cela simplement pour rendre moins rude mon échec ? demanda-t-il.

Katherine leva les yeux en souriant :

– Il dit qu'il ne se soucie pas de ce que nous pensons de lui, fit-elle remarquer. Il dit que nous nous fichons complètement de l'art quel qu'il soit.

– Je lui demande de me plaindre et elle se moque de moi ! s'exclama Rodney.

– Je n'ai pas l'intention de vous plaindre, Mr. Rodney, dit Mary gentiment mais fermement. Quand une conférence est mauvaise, personne n'ouvre la bouche ; tandis que, maintenant, il suffit de les écouter !

Le brouhaha qui remplissait la pièce, avec ses brèves syllabes, ses silences brusques, ses reprises soudaines, ressemblait au vacarme inarticulé d'un animal pris de frénésie.

– Croyez-vous vraiment que ce soit à cause de ma conférence ? demanda Rodney, transfiguré, après un temps de réflexion.

– Bien sûr, dit Mary. Cette conférence était très fertile.

Elle se tourna vers Denham qui acquiesça.

– Ce sont les dix minutes qui suivent une conférence qui montrent si elle était bonne ou mauvaise, dit-il. Si j'étais vous, Rodney, je serais très satisfait.

Cet éloge eut l'air de réconforter totalement Mr. Rodney, et il se mit à réfléchir à tous les passages de sa conférence qui méritaient le qualificatif de « fertiles ».

– Partagez-vous mon avis, Denham, sur l'emploi que fait Shakespeare des figures de rhétorique dans la dernière partie de son œuvre ? Je crains de ne pas m'être fait clairement comprendre.

Il se recroquevilla et, en sautillant comme une grenouille, se rapprocha de Denham.

Denham lui répondit avec la concision propre à celui qui a préparé une phrase destinée à une autre personne. Il souhaitait dire à Katherine : « Avez-vous pensé à faire mettre le tableau sous verre avant la venue de votre tante pour le dîner ? » mais, outre qu'il lui fallait répondre à Rodney, il n'était pas sûr que sa remarque, avec ce qu'elle supposait d'intimité, ne serait pas jugée impertinente par Katherine. Elle écoutait quelqu'un dans un autre groupe. Pendant ce temps, Rodney parlait des dramaturges de l'époque élizabéthaine.

C'était un homme singulier, à première vue, qui avait l'air plutôt ridicule lorsqu'il prenait le risque de parler avec animation ; mais, l'instant d'après, son visage apaisé, avec son nez fort, ses joues maigres et ses lèvres sensibles, évoquait une tête de Romain taillée dans une pierre rouge translucide et couronnée de lauriers. Elle n'était pas exempte de dignité ni de caractère. Employé dans un ministère, il faisait partie de ces êtres martyrisés pour qui la littérature est à la fois une source de joie divine et d'irritation à la limite du supportable. Non contents de se reposer dans l'amour qu'ils lui vouent, il leur faut s'essayer à le mettre en pratique et il se trouve qu'ils présentent généralement peu de dispositions pour la création littéraire et qu'ils condamnent tout ce qu'ils écrivent. De plus, la violence de leurs sentiments est telle qu'ils rencontrent rarement une compréhension suffisante, et le développement de leur sensibilité leur fait endurer des humiliations constantes envers eux-mêmes et envers l'art qu'ils vénèrent. Mais Rodney ne résistait jamais à l'envie d'éprouver un interlocuteur favorablement disposé, et l'éloge de Denham avait stimulé sa vanité.

– Vous vous souvenez du passage juste avant la mort de la duchesse ? poursuivit-il, se rapprochant de Denham, ses coudes et ses genoux formant un angle bizarre.

À ce moment-là, Katherine, que ces manœuvres avaient coupée du monde extérieur, se leva et s'assit sur le rebord de la fenêtre où Mary Datchet la rejoignit. Les deux jeunes femmes pouvaient ainsi embrasser du regard toute l'assemblée. Denham les surveillait en faisant semblant d'arracher du tapis des poignées d'herbe. Mais, comme il entrait dans sa conception de la vie que nos désirs sont destinés à être déçus, il se concentra sur la littérature et décida, avec philosophie, de tirer tout le profit possible de la discussion.

Katherine était dans une douce euphorie. Bien des routes s'offraient à elle. Elle connaissait déjà plusieurs personnes et, à tout moment, l'une d'elles pouvait se lever et venir lui parler ; d'un autre côté, la possibilité s'offrait à elle de choisir quelqu'un, ou encore d'intervenir dans le discours de Rodney qu'elle écoutait par moments. Elle avait conscience du corps de Mary auprès d'elle, mais en même temps, le sentiment d'être femmes toutes deux ne rendait pas nécessaire de s'adresser à elle. Mary au contraire, comme elle l'avait dit, sentait que Katherine était une « personnalité » et désirait tant lui parler qu'elle n'attendit pas plus longtemps :

– On dirait vraiment un troupeau de moutons, ne trouvez-vous pas ? dit-elle, faisant allusion à la rumeur qui montait de l'assistance disséminée.

Katherine se tourna et sourit :

– Je me demande ce qui les rend si bruyants ? dit-elle.

– Les Élizabéthains, sans doute.

– Non, je ne crois pas que cela ait le moindre rapport avec les Élizabéthains. Tenez ! Vous n'avez pas entendu : « compagnie d'assurances » ?

– Je me demande pourquoi les hommes parlent toujours de politique ? demanda Mary. Je suppose que si nous avions le droit de voter, nous ferions de même.

– Oui, certainement. Mais vous consacrez votre vie à essayer d'obtenir le droit de vote pour les femmes, n'est-ce pas ?

– Oui, dit Mary énergiquement. De dix heures à six heures, je ne m'occupe que de cela.

Katherine regarda Ralph Denham qui se démenait comme un beau diable dans la métaphysique des métaphores avec Rodney et elle se rappela la conversation de ce dimanche après-midi. Elle associa vaguement Denham à Mary.

– J'imagine que vous faites partie de ces gens qui pensent que nous devrions toutes avoir un métier ? demanda-t-elle prudemment comme si elle se frayait un chemin parmi les fantasmes d'un monde inconnu.

– Oh, mon Dieu, non ! dit Mary, aussitôt.

– Eh bien, moi, c'est ce que je pense, poursuivit Katherine avec un petit soupir. Vous pourrez toujours dire que vous avez fait quelque chose, tandis que dans une foule comme celle-ci je me sens plutôt triste.

– Dans une foule ? Pourquoi une foule ? demanda Mary.

Les deux rides entre ses yeux se creusèrent et elle se hissa à la hauteur de Katherine, sur le rebord de la fenêtre.

– Vous ne voyez pas ce à quoi s'intéressent ces gens ? Je voudrais pouvoir les vaincre – enfin, je veux dire, se reprit-elle, je voudrais pouvoir m'affirmer – mais ce n'est pas facile quand on n'exerce pas de profession.

Mary sourit. Elle pensait que s'affirmer ne devrait pas présenter de difficultés pour Miss Katherine Hilbery. Elles se connaissaient si peu que l'ébauche d'une relation plus étroite, esquissée par Katherine en parlant ainsi d'elle-même, avait quelque chose de solennel ; elles se turent toutes les deux comme pour décider si elles iraient plus loin : elles tâtaient le terrain.

– Ah, je voudrais piétiner leurs corps prosternés ! déclara Katherine, un moment plus tard, en riant, semblait-il, de l'association d'idées qui l'avait amenée à cette conclusion.

– On ne piétine pas nécessairement le corps des gens parce que l'on dirige un bureau, fit remarquer Mary.

– Non. Peut-être pas, répondit Katherine.

La conversation tomba. Mary vit Katherine examiner la pièce d'un air maussade, les lèvres serrées : le désir de s'épancher ou d'engager une amitié l'avait apparemment quittée. Mary était frappée par cette facilité qu'elle avait de pouvoir rester silencieuse, occupée par ses seules pensées. C'était une habitude qui trahissait une vie solitaire et un esprit secret ; ce silence de Katherine embarrassa Mary.

– Oui, on dirait des moutons, reprit-elle bêtement.

– Et pourtant, ils sont intelligents – du moins, ajouta Katherine, je suppose qu'ils ont tous lu Webster.

– Vous ne pensez tout de même pas que ce soit une

preuve d'intelligence ? J'ai lu Webster, j'ai lu Ben Johnson, mais je ne me trouve pas intelligente – pas vraiment, du moins.

– Mais si, je trouve que vous êtes très intelligente, affirma Katherine.

– Pourquoi ? Parce que je dirige un bureau ?

– Ce n'est pas à cela que je pensais. Je pensais au fait que vous viviez seule dans cet appartement, et à ces réunions.

Mary réfléchit une seconde.

– Cela signifie surtout une façon d'être désagréable avec sa famille, je pense. C'est peut-être mon cas. Je ne voulais pas vivre dans ma famille et je l'ai dit à mon père. Cela ne lui a pas plu... Mais j'ai une sœur, et je ne crois pas que vous en ayez, vous ?

– Non, je n'en ai pas.

– Et vous écrivez une biographie de votre grand-père ? poursuivit Mary.

Katherine parut soudain confrontée à une pensée familière dont elle voulait s'évader :

– Enfin, j'aide ma mère, répondit-elle d'une voix telle que Mary se sentit déroutée et renvoyée à la position qu'elle occupait au début de leur conversation.

Mary avait l'impression que Katherine possédait la faculté étrange de s'approcher et de s'éloigner des autres, et qu'elle était en proie à des émotions contradictoires qui la maintenaient sur le qui-vive. Poussée par le désir de la définir, Mary la qualifia, par paresse, d'« égoïste ».

« Elle est égoïste », se dit-elle et elle mit ce mot en réserve dans sa mémoire pour le proposer à Ralph un jour où ils discuteraient dc Miss Hilbery.

– Seigneur ! Quel fouillis il y aura demain matin ! J'espère que vous ne dormez pas dans cette pièce, Miss Datchet ?

Mary éclata de rire.

– Pourquoi riez-vous ? demanda Katherine.

– Je ne vous le dirai pas.

– Laissez-moi deviner. Vous riez parce que vous avez pensé que j'ai changé de sujet de conversation ?

– Non.

– Parce que vous pensiez… » Elle se tut.

– Si vous voulez le savoir, je riais à cause de la façon dont vous avez dit Miss Datchet.

– Mary, alors. Mary, Mary, Mary.

Disant cela, Katherine écarta soigneusement le rideau, pour dissimuler un rougissement de plaisir.

– Mary Datchet, dit Mary. Ce n'est pas un nom aussi imposant que Katherine Hilbery, j'en ai peur.

Elles regardèrent toutes les deux par la fenêtre le croissant argenté de la lune, haut dans le ciel, immobile derrière la course de petits nuages gris-bleu, puis, plus bas, les toits de Londres et leurs cheminées toutes droites, et enfin, au-dessous d'elles, éclairé par le clair de lune, le trottoir désert où l'on distinguait nettement le dessin des pavés. Puis Mary vit Katherine lever à nouveau les yeux vers la lune, d'un air songeur, comme si elle la comparait avec les lunes d'autres nuits, enfouies dans sa mémoire. Mais quelqu'un fit une plaisanterie sur les gens dans la lune, ce qui gâcha leur plaisir, et elles regardèrent de nouveau dans la pièce.

Ralph, qui attendait ce moment, débita aussitôt sa phrase :

– Miss Hilbery, je me demande si vous avez pensé à faire mettre le portrait sous verre ?

Le ton de sa voix montrait que c'était une question préparée à l'avance.

– Seigneur, qu'il est bête ! s'exclama Mary, comme pour signifier que Ralph avait dit quelque chose de vraiment stupide. On aurait dit un collégien qui, après trois leçons de grammaire latine, corrigerait un camarade ignorant de l'ablatif.

– Le portrait – quel portrait ? demanda Katherine. Oh, à la maison, vous voulez dire – ce dimanche après-midi où Mr. Fortescue est venu ? Oui, j'y ai pensé.

Ils gardèrent tous trois un silence embarrassé, puis Mary les quitta pour s'assurer que la grande cafetière n'était pas en danger car son éducation lui avait légué les réflexes des gens qui possèdent des objets en porcelaine.

Ralph ne trouvait rien d'autre à dire ; mais, si on avait pu arracher son masque de chair, on aurait vu que sa volonté était tendue vers un seul but : que Miss Hilbery lui obéît. Il souhaitait qu'elle restât là pour l'obliger, par une démarche qu'il ignorait encore, à s'intéresser à lui. Un tel état d'esprit se communique souvent sans paroles, et, pour Katherine, il ne faisait pas de doute que ce jeune homme avait jeté son dévolu sur elle. Elle se souvint brusquement de l'impression qu'il lui avait faite la première fois et elle se revit en train de présenter les reliques familiales. Elle se rappela les dispositions dans lesquelles il l'avait quittée ce dimanche-là et se dit qu'il avait dû la juger très sévèrement. En ce cas, décida-t-elle, c'était à lui de faire les frais de la conversation. Elle se força à rester parfaitement immobile, les yeux fixés sur le mur d'en face, et les lèvres serrées, réprimant son envie de rire.

– Vous connaissez le nom des étoiles, sans doute ? lui demanda Denham.

D'après le ton de sa voix, on aurait pu penser qu'il reprochait à Katherine le savoir qu'il lui attribuait.

Elle garda sa gravité, non sans peine.

– Je sais retrouver l'étoile polaire si je suis perdue.

– Cela ne doit pas vous arriver souvent.

– Non. Il ne m'arrive jamais rien d'intéressant, dit-elle.

– Je pense que vous vous plaisez à dire systématiquement des choses désagréables, Miss Hilbery, lança-t-il, allant, cette fois-ci encore, plus loin qu'il ne le voulait. Je suppose que c'est une caractéristique de votre classe sociale. Vous ne parlez jamais sérieusement à vos inférieurs.

Était-ce le fait de le rencontrer sur un terrain neutre, ce soir-là, ou le vieux manteau gris que Denham portait lui donnait-il une aisance qu'il n'avait pas dans des vêtements classiques, quoi qu'il en soit, Katherine ne se sentait nullement l'envie de l'exclure du monde singulier dans lequel elle vivait.

– En quel sens êtes-vous mon inférieur ? demanda-t-elle, le regardant gravement comme si elle se demandait sincèrement ce qu'il avait voulu dire.

Ce regard le rasséréna. Pour la première fois, il se sentait à égalité avec une femme à laquelle il souhaitait faire bonne impression, mais il n'aurait pas su dire en quoi importait l'opinion qu'elle avait de lui. Peut-être, après tout, voulait-il seulement puiser en elle de quoi nourrir ses pensées, une fois de retour chez lui. Mais il ne devait pas tirer profit de son avantage.

– Je crois que je ne comprends pas ce que vous voulez dire, répéta Katherine. Puis elle fut obligée de s'interrompre et de répondre à quelqu'un qui voulait savoir si elle voulait bien acheter un billet pour un opéra, à un prix intéressant. L'atmosphère de la réunion ne se prêtait plus aux conversations particulières ; il régnait à présent, parmi ces gens qui se connaissaient à peine, une désinvolture euphorique. Ils s'appelaient par leur prénom avec une cordialité manifeste, et faisaient preuve de cette sorte d'indulgence joyeuse, de bienveillance générale que les êtres humains, en Angleterre, n'acquièrent qu'après trois ou quatre heures de tête-à-tête, avant que la première bourrasque d'air froid dans la rue ne les fige de nouveau dans leur isolement. Les manteaux volèrent autour des épaules, les chapeaux coiffèrent les têtes ; et Denham eut l'humiliation de voir le ridicule Rodney aider Katherine à se préparer. Il n'était pas d'usage dans ces réunions de se dire au revoir ni même d'adresser un signe de tête aux personnes avec qui l'on avait parlé ; Denham fut pourtant déçu par l'indifférence royale avec laquelle Katherine le quitta, sans même tenter de terminer sa phrase. Elle était partie avec Rodney.

V

Sur le moment, Denham n'avait pas eu l'intention de suivre Katherine, mais en la voyant partir il saisit son chapeau et descendit l'escalier avec une précipitation plus grande que si la jeune femme n'avait pas été devant lui. Il rejoignit l'un de ses amis, Harry Sandys, qui avait pris la même direction et ils se mirent en route derrière Katherine et Rodney.

La nuit était fort calme ; par de telles nuits, au moment où la circulation se raréfie, les passants prennent conscience de la présence de la lune dans la rue, comme si quelqu'un avait écarté les rideaux des cieux, et mis le ciel à nu, tel qu'il s'offre à nos yeux à la campagne. La fraîcheur de l'air était agréable et les gens, qui avaient été confinés dans un espace clos, avaient envie de faire quelques pas avant de prendre l'omnibus ou de retrouver la lumière du métro. Sandys était un avocat passionné de philosophie ; il sortit sa pipe, l'alluma, fit « hum », « oh », et se tut. Les deux jeunes gens qui marchaient devant eux côte à côte paraissaient, autant que Denham pouvait en juger à la réciprocité de leurs mouvements l'un vers l'autre, se parler sans cesse. Il observa que si un piéton venant en sens inverse les forçait à se séparer, ils se rejoignaient aussitôt. Sans avoir l'intention de les surveiller, Ralph ne perdait pourtant jamais de vue l'écharpe jaune enroulée autour de la tête de Katherine, ni le léger manteau de Rodney, qui lui prêtait une élégance insolite parmi la foule. Sur le Strand, il pensa qu'ils allaient se quitter, mais en fait ils traversèrent la rue et s'engagèrent dans l'un de ces étroits passages qui, à travers d'anciennes cours, mènent jusqu'au fleuve. Dans la foule, au long des grandes artères, Rodney semblait simplement escorter Katherine, mais comme les promeneurs se faisaient rares et que résonnait distinctement le bruit de leurs pas dans le silence de la nuit, Denham ne put s'empêcher d'imaginer que leur conversation avait pris un tour différent. L'effet d'ombre et de lumière grandissait leurs silhouettes et leur prêtait une solennité enveloppée de mystère, si bien que Denham ne ressentait plus aucune irritation contre Katherine, mais plutôt une sorte d'acquiescement distrait à la marche de l'univers. Oui, Katherine était bien la femme dont on rêve – mais Sandys s'était mis à parler. C'était un homme solitaire qui avait rencontré ses amis au collège et qui s'adressait à eux comme s'ils étaient des étudiants et discutaient dans sa chambre, même si des lustres s'étaient écoulés depuis la dernière phrase échangée. Ces façons singulières avaient le mérite d'être reposantes car elles permettaient d'ignorer les accidents de la vie et d'enjamber des gouffres béants à l'aide de quelques mots simples.

Sandys prit donc la parole, tandis qu'ils attendaient un instant sur le Strand :

– Il paraît que Bennett a abandonné sa théorie du vrai ?

Denham fit une réponse appropriée et Sandys lui expliqua pourquoi Bennett avait pris cette décision et les changements qu'elle impliquait dans son système philosophique. Pendant ce temps, Katherine et Rodney continuaient d'avancer, et Denham gardait une parcelle de son esprit fixée sur eux – si telle est l'expression qui convient à un acte involontaire – tandis que le reste de sa pensée cherchait à comprendre ce que disait Sandys.

Ils traversèrent les cours tout en poursuivant leur discussion. À un moment donné, Sandys posa le bout de sa canne sur la pierre d'une voûte usée par le temps et frappa deux ou trois coups d'un air méditatif, afin d'illustrer un point particulièrement épineux de la théorie de l'appréhension des faits. Pendant cette pause, Katherine et Rodney débouchèrent sur le quai et disparurent. Denham s'arrêta involontairement au beau milieu d'une phrase qu'il termina avec le sentiment d'avoir perdu quelque chose.

Ignorant qu'ils étaient observés, Katherine et Rodney étaient arrivés sur le quai. Quand ils eurent traversé la rue, Rodney posa la main sur le garde-fou de pierre surplombant le fleuve et s'exclama :

– Je vous promets de ne pas revenir là-dessus, Katherine ! Mais arrêtez-vous un instant pour regarder les reflets de la lune.

Katherine s'arrêta, elle regarda l'eau et huma l'air.

– Je suis sûre qu'on peut sentir la mer quand le vent souffle dans cette direction, dit-elle.

Ils restèrent silencieux quelques instants. Le fleuve coulait dans son lit et les lumières rouges et argentées reflétées sur l'eau se déchiraient par endroits sous la pression du courant puis se reformaient. Très loin, en amont, la sirène d'un bateau à vapeur fit entendre sa voix sourde, d'une tristesse infinie. On eût dit qu'elle sortait du cœur des traversées solitaires enveloppées d'un linceul de brume.

– Ah ! s'écria Rodney, frappant une nouvelle fois de la main la balustrade, pourquoi ne nous est-il pas permis de dire toute cette beauté ? Katherine, pourquoi suis-je condamné à ressentir ce que je ne peux exprimer ? Tout ce que je pourrais dire est inutile. Croyez-moi, Katherine, ajouta-t-il précipitamment, je n'en reparlerai plus. Devant la beauté – regardez cette irisation autour de la lune ! – on éprouve… on éprouve… Si vous m'épousiez… Je suis un peu poète, voyez-vous, et je ne peux pas faire semblant de ne pas sentir ce que je ressens si fort. Si je pouvais écrire – ah, tout serait différent ! Je ne vous ennuierais plus avec notre mariage, Katherine.

Il tint ces propos décousus avec une certaine brusquerie, contemplant tour à tour la lune et le fleuve.

– Mais pour moi, vous recommandez le mariage, j'imagine ? dit Katherine, les yeux levés vers la lune.

– Certainement. Pas seulement pour vous, mais pour toutes les femmes. Mais quoi ! vous n'êtes rien en dehors du mariage. Vous n'êtes qu'à moitié vivante et vous n'utilisez que la moitié de vos capacités ; vous devez bien le sentir. C'est pourquoi... » Il se tut et ils se mirent à marcher lentement le long du quai, face à la lune.

« De quel pas triste elle gravit le ciel,
Silencieuse et pâle »,
cita Rodney.

– On m'a dit beaucoup de choses désagréables, ce soir, déclara Katherine, sans faire attention à lui. Mr. Denham semble s'être fait un devoir de me sermonner ; pourtant je le connais à peine. Mais, à propos, vous devez le connaître, William ; dites-moi, comment est-il ?

William soupira.

– On peut toujours perdre sa salive à vous sermonner...

– Oui... mais comment est-il ?

– Et écrire des sonnets sur vos sourcils, créature sans cœur. Denham ? ajouta-t-il, comme Katherine gardait le silence. C'est un brave type. Évidemment, il est très exigeant avec lui-même. Mais vous ne devez pas l'épouser. Il vous a tiré les oreilles, vraiment ? – qu'a-t-il dit ?

– Voilà ce qui s'est passé : Mr. Denham vient prendre le thé. Je fais tout mon possible pour le mettre à l'aise. Il s'assied et se contente de me jeter un regard mauvais. Puis je lui montre nos manuscrits. Et là, il se met réellement en colère. Il me dit que je ne peux pas appartenir à la moyenne bourgeoisie puisque je ne travaille pas. Là-dessus, nous nous quittons fâchés ; et, la fois suivante, c'est-à-dire, ce soir, il vient droit à moi et déclare : « Allez au diable ! » Cette attitude déplairait certainement à ma mère. Dites-moi, que dois-je en conclure ?

Elle se tut, et, ralentissant le pas, elle regarda le train éclairé qui glissait doucement sur le pont d'Hungerford.

– Cela signifie simplement qu'il vous trouve froide et antipathique.

Sincèrement amusée, Katherine partit d'un rire aux notes claires et harmonieuses.

– Il est temps que je saute dans un taxi pour aller me cacher chez moi, s'exclama-t-elle.

– Votre mère verrait-elle un inconvénient à ce que l'on nous voie ensemble ? Personne ne peut nous reconnaître, n'est-ce pas ? demanda Rodney avec sollicitude.

Katherine le regarda. Elle sentit que sa prévenance était sincère. Elle se remit à rire, mais avec, cette fois-ci, une sorte d'ironie.

– Riez toujours, Katherine, mais je peux vous dire que si l'un de vos amis nous voyait ensemble, à cette heure de la nuit, on jaserait et je trouverais cela très désagréable. Pourquoi riez-vous ?

– Je ne sais pas. Parce que vous êtes un amalgame si bizarre. Il y a en vous du poète et de la vieille fille.

– Je sais que vous me trouvez ridicule au plus haut point. Mais ce n'est pas ma faute si j'ai hérité de certaines traditions que je m'efforce de mettre en pratique.

– Oh, ne dites pas de sottises, William. Vous descendez peut-être d'une des plus vieilles familles du Devonshire, mais il n'y a pas lieu d'être inquiet si l'on nous voit ensemble sur le quai.

– J'ai dix ans de plus que vous, Katherine, et je connais le monde mieux que vous.

– Fort bien. Laissez-moi et rentrez chez vous.

Rodney regarda en arrière par-dessus son épaule et il s'aperçut qu'ils étaient suivis d'assez près par un taxi qui n'attendait qu'un signe. Katherine le vit aussi et elle s'exclama :

– N'appelez pas ce taxi pour moi, William. Je préfère marcher.

– C'est absurde, Katherine. Vous ne ferez pas cela. Il est presque minuit et nous avons beaucoup marché.

Katherine éclata de rire et se mit à allonger le pas si bien que Rodney et le taxi durent accélérer leur allure pour rester à sa hauteur.

– Écoutez, William, dit-elle, si les gens nous voient faire la course sur le quai, ils vont jaser. Vous feriez mieux de me souhaiter une bonne nuit, si les ragots vous sont désagréables à ce point.

Sur ce, William héla le taxi, d'un geste despotique, tout en arrêtant Katherine.

– Pour l'amour de Dieu, ne nous battons pas devant cet homme, murmura-t-il.

Katherine resta immobile un instant.

– Vous tenez plus de la vieille fille que du poète, fit-elle observer sèchement.

William ferma la porte brusquement, donna l'adresse au chauffeur et s'écarta, levant bien haut son chapeau pour saluer cérémonieusement la dame invisible.

Il se retourna deux fois pour regarder le taxi, dans la crainte que Katherine le fît arrêter et descendît ; mais il l'emportait rapidement et, bientôt, il disparut. William se sentait d'humeur à exprimer tout haut son indignation ; Katherine avait trouvé le moyen de le pousser à bout.

– Parmi toutes les femmes déraisonnables et inconsidérées que j'ai rencontrées, c'est la pire ! s'exclama-t-il en rebroussant chemin, à grands pas, le long du fleuve. Plaise à Dieu que je ne me rende pas stupide une nouvelle fois avec elle. Je ferais mieux d'épouser la fille de ma logeuse que Katherine Hilbery ! Elle ne me laissera pas en paix un seul instant et elle ne me comprendra jamais, jamais !

Prononcé d'une voix forte et avec véhémence, afin d'être entendu du ciel, car il n'y avait personne aux alentours, ce raisonnement avait un caractère irréfutable. Rodney s'apaisa et continua de marcher en silence. Il aperçut quelqu'un qui venait vers lui. Il y avait dans sa démarche ou dans son costume quelque chose de familier. C'était Denham. Il avait laissé Sandys en bas de chez lui et se dirigeait maintenant vers la station de métro de Charing Cross, plongé dans des pensées suscitées par sa conversation. Il avait oublié la réunion chez Mary Datchet. Il avait oublié Rodney, les métaphores et le théâtre élizabéthain ; il aurait pu jurer qu'il avait également oublié Katherine Hilbery, mais cela était plus discutable. Son esprit escaladait les hautes cimes d'horizons où seules subsistaient la lueur des étoiles et la blancheur vierge de la neige. Il jeta un regard curieux sur Rodney lorsqu'ils se rencontrèrent sous un réverbère.

– Ah ! s'exclama Rodney.

S'il avait été maître de lui, Denham aurait probablement poursuivi son chemin après avoir échangé un bref salut. Mais cette interruption brutale l'immobilisa et, avant de savoir comment, il avait fait demi-tour et acceptait de venir boire un verre chez Rodney. Denham n'avait aucune envie d'aller chez Rodney, mais il l'accompagna passivement. Cette obéissance fit plaisir à Rodney. Il ressentait le désir de se confier à cet homme silencieux manifestement doté de ces qualités masculines si précieuses qui faisaient, hélas, cruellement défaut à Katherine.

– Vous faites bien, Denham, commença-t-il sans préambule, de rester à l'écart des jeunes femmes. Croyez-en mon expérience – quand on leur fait confiance, on s'en repent immanquablement un jour ou l'autre. Ce n'est pas, ajouta-t-il vivement, que j'aie des raisons de me plaindre d'elles. C'est une pensée qui me traverse l'esprit de temps à autre, sans raison particulière. À mon avis, Miss Datchet est une exception. Vous aimez bien Miss Datchet ?

Ces remarques ne laissaient aucun doute sur son état de nervosité. Denham se rappela tout à coup la situation du monde telle qu'elle se présentait une heure plus tôt : il avait aperçu Rodney, pour la dernière fois, en train de marcher à côté de Katherine. Il déplora l'empressement avec lequel son esprit se saisissait de ce sujet et le tracassait pour des vétilles. Il baissa dans sa propre estime. La raison lui commandait de se libérer de Rodney qui s'engageait manifestement dans la voie des confidences, avant de perdre complètement contact avec les grands problèmes philosophiques. Il regarda devant lui, repéra un réverbère situé à une centaine de mètres et résolut de quitter Rodney dès qu'ils seraient arrivés à sa hauteur.

– Oui, j'aime bien Mary ; je ne vois pas comment on pourrait ne pas l'aimer, dit-il prudemment, les yeux fixés sur le réverbère.

– Ah, Denham, vous êtes si différent de moi ! Vous ne vous trahissez jamais. Je vous observais ce soir avec Katherine Hilbery. Moi, je crois instinctivement la personne à qui je parle. C'est sans doute pour cela que je me laisse toujours avoir.

Denham parut apprécier cette déclaration ; en fait, il se sentait très loin de Rodney et de ses révélations. Une seule chose lui importait : que Rodney prononçât le nom de Katherine avant qu'ils atteignissent le réverbère.

– Par qui vous laissez-vous avoir ? demanda-t-il. Par Katherine Hilbery ?

Rodney s'arrêta et, une fois de plus, il se mit à battre la mesure, comme s'il scandait une phrase musicale d'une symphonie sur la pierre lisse du garde-fou.

– Katherine Hilbery, répéta-t-il, avec un gloussement curieux. Non, Denham, je ne me fais aucune illusion sur cette jeune personne. Je crois que je le lui ai fait clairement comprendre, ce soir. Mais ne partez pas sur une impression fausse, poursuivit-il avec empressement, se retournant et prenant le bras de Denham comme pour l'empêcher de s'échapper ; ainsi prisonnier, Denham passa devant le réverbère repère, auquel il adressa secrètement ses excuses. Pouvait-il s'échapper alors que le bras de Rodney entourait le sien ?

– Ne pensez pas que j'éprouve du ressentiment à son égard, il s'en faut de beaucoup. Ce n'est pas entièrement sa faute, la pauvre. Elle mène une existence odieuse, égocentrique – du moins, je pense que ce n'est pas là une vie pour une femme ; elle nourrit son esprit de n'importe quoi, elle est maîtresse chez elle, et elle a pris l'habitude de faire ce qui lui plaît. Elle est trop gâtée, à force de sentir tout le monde à ses pieds. Elle ne se rend pas compte qu'elle peut faire du mal – je veux parler de son attitude insolente envers ceux qui n'ont pas les mêmes privilèges. Mais il faut lui rendre justice, elle n'est pas sotte, ajouta-t-il comme pour empêcher Denham de parler. Elle a du goût. Elle a du bon sens. Elle peut comprendre ce qu'on lui dit. Mais ce n'est qu'une femme, après tout, conclut-il avec un nouveau gloussement, en lâchant le bras de Denham.

– Et vous lui avez dit tout cela, ce soir ? demanda Denham.

– Oh, mon Dieu, non. Il ne me viendrait jamais à l'esprit de dire à Katherine ses quatre vérités. Cela n'irait pas du tout. Il faut afficher l'adoration pour s'entendre avec elle.

« Maintenant que je sais qu'elle a refusé de l'épouser, pourquoi ne pas rentrer ? » se dit Denham, mais il n'en continua pas moins à marcher au côté de Rodney. Ils restèrent un moment sans parler. Rodney fredonna l'air d'un opéra de Mozart. On ressent souvent un mélange de mépris et de sympathie pour ceux qui se confient aveuglément, dévoilant ainsi leurs sentiments plus qu'ils ne l'auraient voulu, et Denham commença de s'interroger au sujet de Rodney. Rodney, lui se mit à penser à Denham.

– Vous êtes un esclave comme moi, sans doute ? demanda-t-il.

– Oui, je suis avocat.

– Je me demande parfois pourquoi nous ne laissons pas tout tomber. Pourquoi n'émigrez-vous pas, Denham ? J'aurais cru que cela vous tenterait.

– J'ai une famille.

– Moi-même, je pense souvent à partir. Mais je sais que je ne pourrais pas vivre sans cela – et d'un geste de la main, il montra la Cité de Londres, qui, en cet instant, ressemblait à une ville de carton-pâte gris-bleu découpée sur un fond de ciel d'un bleu plus soutenu.

– Il y a ici une ou deux personnes que j'aime bien. On entend de la bonne musique, de temps en temps, et il y a quelques tableaux, – enfin, suffisamment pour ne pas s'ennuyer. Ah, non, je ne pourrais pas vivre parmi des sauvages ! Aimez-vous les livres ? La musique ? Les tableaux ? Est-ce que les éditions originales vous intéressent ? J'ai quelques belles pièces, là-haut, des choses que j'ai obtenues à bon prix. Je ne pourrais pas me permettre de les acheter au tarif qu'elles demandent.

Ils étaient arrivés dans une petite cour bordée de hautes maisons du dix-huitième siècle. Rodney habitait l'une d'elles. Ils gravirent un escalier escarpé. À travers des fenêtres sans rideaux, la lune éclairait la rampe aux colonnes torses, des piles d'assiettes posées sur le rebord des fenêtres et des pots à moitié pleins de lait. L'appartement de Rodney était petit, mais le salon donnait sur une cour dallée plantée d'un arbre solitaire, et sur des façades de briques d'un rouge mat qui n'auraient pas dérouté le Dr Johnson s'il était sorti de sa tombe pour se promener au clair de lune. Rodney alluma sa lampe, tira les rideaux, avança un fauteuil pour Denham et, jetant sur la table le manuscrit de sa conférence sur la métaphore à l'époque élizabéthaine, s'écria :

– Oh, quelle perte de temps ! Mais c'est fini, maintenant, je vais pouvoir penser à autre chose.

Il s'affaira habilement à allumer le feu, et apporta des verres et du whisky, un cake, des tasses et des soucoupes. Il passa une robe de chambre d'un pourpre fané, une paire de pantoufles rouges, et s'avança vers Denham, un verre à la main et dans l'autre un livre à la reliure lustrée.

– Le Congreve en Baskerville, dit Rodney en le présentant à son invité. Je ne pourrais pas le lire dans une édition bon marché.

À le voir ainsi parmi ses livres et ses objets de valeur, prévenant et soucieux de mettre son hôte à l'aise, évoluant avec la dextérité et la grâce d'un chat persan, Denham abandonna son attitude critique et se sentit plus détendu qu'il ne l'avait été en compagnie d'amis de plus longue date. L'appartement de Rodney était celui d'une personne qui préserve ses goûts avec un soin jaloux loin des atteintes des autres. Ses documents et ses livres s'amoncelaient en tas inégaux sur la table ou le sol. Il les contournait précautionneusement pour ne pas risquer de les déplacer, serait-ce en les effleurant de sa robe de chambre. Sur une chaise, gisait un tas de photographies de statues et de tableaux, qu'il avait l'habitude d'exposer une par une, pendant un jour ou deux. Les livres sur les rayons étaient aussi ordonnés que des régiments de soldats et leurs dos ressemblaient à autant d'ailes satinées de scarabées ; en fait ils masquaient d'autres livres moins bien reliés, au hasard du manque de place. Un miroir de Venise était accroché audessus de la cheminée ; son ovale terni reflétait le jaune et le pourpre délicats d'un pot de tulipes disposé sur le manteau de cheminée au milieu des lettres, des pipes et des cigarettes. Un petit piano occupait un coin de la pièce et la partition de *Don Giovanni* était ouverte sur le pupitre.

– Eh bien, Rodney, dit Denham qui garnissait sa pipe en regardant autour de lui, c'est fort beau et confortable.

Rodney tourna légèrement la tête et sourit avec une fierté de propriétaire, puis maîtrisa son sourire.

– Supportable, marmonna-t-il.

– Mais je crois que c'est aussi bien que vous soyez obligé de gagner votre vie.

– Si vous entendez par là que je ne ferais rien de bien si j'en avais le temps, vous avez probablement raison. Cependant, je serais dix fois plus heureux si je pouvais passer mes journées comme bon me semble.

– J'en doute, répondit Denham.

Ils gardèrent un moment le silence et les volutes de fumée de leurs pipes se mêlèrent en un nuage bleu.

– Je pourrais passer trois heures par jour à lire Shakespeare, fit remarquer Rodney. Et puis il y a la musique, la peinture, sans compter la société de gens aimables.

– Vous vous ennuieriez à mourir au bout d'un an.

– Oh, je vous accorde que je m'ennuierais si je ne faisais rien. Mais j'écrirais des pièces.

– Ah ?

– J'écrirais des pièces, reprit-il. J'ai déjà écrit les trois quarts d'une pièce, vous savez. J'attends un congé pour la terminer. Ce n'est pas si mauvais – non, certains passages sont même très beaux.

Ralph se demanda s'il lui demanderait de voir sa pièce comme il devait s'y attendre. Il regarda Rodney à la dérobée qui, armé du tisonnier, tracassait nerveusement les morceaux de charbon, frissonnant presque – pensait Denham – du désir de parler de sa pièce, sous l'emprise de son orgueil frustré. Il était à la merci de Denham et Denham ne pouvait s'empêcher de l'aimer, en partie, pour cette raison.

– Et… pourrais-je la lire ? demanda Denham. Aussitôt Rodney parut apaisé. Il resta néanmoins assis un moment, sans rien dire, brandissant le tisonnier en l'air, le fixant de ses yeux saillants, ouvrant la bouche pour parler, puis se ravisant.

– Ce genre de choses vous intéresse, vraiment ? demanda-t-il enfin, d'une voix changée. Et sans attendre la réponse, il poursuivit d'un ton quelque peu plaintif : Très peu de gens s'intéressent à la poésie. Je suis presque sûr que cela vous ennuiera.

– Peut-être, dit Denham.

– Bon, je vais vous la prêter, annonça Rodney en posant le tisonnier.

Au moment où il se levait pour aller chercher sa pièce, Denham tendit le bras vers la bibliothèque qui se trouvait à portée de sa main et il prit le premier volume qui se présentait. C'était une petite édition, ravissante, de Sir Thomas Browne et, l'ouvrant à un passage qu'il connaissait presque par cœur, Denham s'absorba quelque temps dans sa lecture.

Rodney se rassit, son manuscrit sur les genoux. Il jeta à plusieurs reprises un coup d'œil sur Denham, puis il joignit le bout de ses doigts, et croisa ses jambes maigres au-dessus du garde-feu avec un bien-être évident. Finalement, Denham ferma le livre et, le dos tourné à la cheminée, fit entendre quelques borborygmes qui semblaient se référer à Sir Thomas Browne. Il mit son chapeau, et, dominant Rodney toujours allongé dans son fauteuil, les pieds près du garde-feu, il annonça :

– Je repasserai dans quelque temps.

Rodney lui tendit le manuscrit en disant simplement :

– Comme il vous plaira.

Denham prit le manuscrit et s'en alla. Deux jours plus tard, au petit déjeuner, il découvrit avec surprise un petit paquet posé sur son assiette. Il trouva à l'intérieur l'exemplaire de Sir Thomas Browne qu'il avait feuilleté, avec une si vive attention, chez Rodney. Par pure paresse, il n'écrivit pas pour remercier, mais il pensa plusieurs fois à Rodney avec sympathie, sans l'associer à Katherine, et décida de passer le voir, un soir, pour fumer la pipe en sa compagnie. Rodney était heureux de faire présent à ses amis des livres qu'ils aimaient. Sa bibliothèque s'appauvrissait régulièrement.

VI

Parmi toutes les heures d'une journée de travail, quelles sont celles que l'on savoure et que l'on évoque avec le plus de plaisir ? Si un exemple suffit à construire une théorie, on peut dire que les minutes comprises entre 9 h 25 et 9 h 30 du matin avaient, pour Mary Datchet, un charme tout particulier. Elle les passait dans une bonne humeur enviable ; son contentement était presque parfait. Élevé comme il était, même au mois de novembre, son appartement recevait les rayons du soleil matinal, qui venaient frapper le tapis, le rideau et un fauteuil, pour peindre trois taches lumineuses, verte, bleue et pourpre, sur lesquelles le regard se posait avec un plaisir qui réchauffait les sens.

Le matin, Mary ne manquait presque jamais de lever les yeux, tandis qu'elle se penchait pour lacer ses bottines, et, à la vue du rayon doré entre le rideau et la table où était préparé son petit déjeuner, elle poussait un soupir de gratitude pour ces moments de plénitude que la vie lui prodiguait. Elle ne volait rien à personne, et pourtant elle tirait un plaisir si vif des choses simples : prendre son petit déjeuner seule dans une pièce aux couleurs agréables, propre des plinthes jusqu'aux encoignures du plafond, au point qu'elle avait commencé par chercher quelqu'un envers qui s'excuser ou par inventer quelque faille dans son existence. Mais elle était à Londres depuis six mois et n'avait toujours pas trouvé de faille – tout cela, concluait-elle immanquablement, une fois ses bottines lacées, grâce au fait qu'elle travaillait. Chaque jour, elle se retournait sur le seuil, son porte-documents à la main, jetait un dernier regard dans la pièce pour s'assurer que tout était en ordre avant de s'en aller, se disant qu'elle était très heureuse de devoir quitter son domicile au lieu d'y passer ses journées dans une énervante oisiveté.

Dans la rue, elle aimait à s'imaginer qu'elle était l'un de ces travailleurs qui, à cette heure, avancent en file indienne sur les larges trottoirs de la Cité, la tête légèrement baissée, comme si tous leurs efforts consistaient à se suivre le plus près possible. Mary se disait souvent que ces trottoirs foulés lui rappelaient le cheminement de moutons de Panurge. Elle aimait à se croire identique aux autres, et les jours où la pluie la contraignait à prendre le métro ou l'omnibus, elle se sentait solidaire de la foule des employés de bureau, des dactylos et des gens de commerce ; elle partageait avec eux la bousculade, l'humidité et la noble tâche de remonter une nouvelle fois le mécanisme du monde pour vingt-quatre heures.

Ce matin-là, comme elle poursuivait ses réflexions, elle traversa Lincoln's Inn Fields, remonta Kingsway et Southampton Row jusqu'à son bureau situé dans Russel Square. Elle s'arrêtait de temps en temps et regardait la vitrine d'un libraire ou d'un fleuriste qui, à cette heure matinale, restait à aménager ; les vides donnaient comme une impression d'inachevé. Mary se sentait favorablement disposée envers eux et formait des vœux pour qu'à midi ils trouvent des acheteurs car à cette heure-là, elle se rangeait entièrement du côté des commerçants et des employés de banque, et considérait tous ceux qui se levaient tard, ou qui avaient de l'argent à dépenser, comme ses ennemis héréditaires. Dès qu'elle eut traversé la rue, à Holborn, son travail occupa tout naturellement ses pensées. Elle oublia qu'elle était, à proprement parler, une dilettante, dont les services n'étaient pas rémunérés, et qui pouvait difficilement se vanter de remonter le mécanisme du monde puisque le monde, jusque-là, n'avait guère montré d'enthousiasme devant les bienfaits de son Association pour le suffrage des femmes.

En remontant Southampton Row, elle se demandait comment réduire la consommation de papier à lettres et de papier ministre (en ménageant bien sûr, la susceptibilité de Mrs. Seal) ; Mary Datchet, en effet, ne doutait pas que les grands organisateurs commencent toujours par s'attaquer à des vétilles de ce genre afin d'asseoir le triomphe de leurs réformes sur une base solide. Sans se l'avouer, Mary Datchet était résolue à devenir une grande organisatrice. Elle avait déjà amené son association à une réorganisation radicale. Mais il faut dire aussi que, depuis quelques jours, elle était sortie brusquement de ses méditations en débouchant dans Russell Square et qu'elle s'était reproché assez âprement de n'agir que par routine, d'avoir les mêmes pensées chaque matin, à la même heure, si bien que les briques couleur noisette des maisons de Russell Square s'associaient curieusement aux économies du bureau, et lui rappelaient qu'il était temps de s'apprêter à rencontrer Mr. Clacton, Mrs. Seal ou qui que ce fût l'ayant précédée au bureau. N'ayant pas de croyance religieuse, elle dirigeait sa vie avec d'autant plus de scrupules : elle examinait très sérieusement sa position de temps à autre et rien ne l'ennuyait davantage que de se découvrir l'une de ces mauvaises habitudes qui rongent à notre insu le caractère. À quoi bon, après tout, être une femme si c'était pour perdre sa spontanéité et ne pas aller à la rencontre d'idées et d'expériences nouvelles ? Elle se secouait en tournant le coin de la rue et, le plus souvent, parvenait à sa porte en sifflotant quelques mesures d'une ballade du Somersetshire.

Le bureau de l'Association pour le suffrage des femmes se trouvait en haut d'une des hautes maisons de Russell Square, habitée autrefois par un grand négociant de la Cité et sa famille. À présent, la maison était louée par appartements à plusieurs associations qui exhibaient leurs sigles sur le verre dépoli des portes et, qui, toutes, possédaient une machine à écrire crépitant sans relâche. De dix heures du matin à six heures du soir, la vieille maison avec son grand escalier de pierre retentissait comme une caverne du bruit des machines à écrire et du va-et-vient des garçons de courses. Le crépitement des différentes machines à écrire, déjà au travail, qui diffusaient leurs opinions respectives sur la protection des indigènes ou sur la valeur des céréales comme denrées alimentaires, accélérait les pas de Mary et elle montait toujours quatre à quatre le dernier étage qui menait à son palier quelle que fût l'heure, afin d'associer sa machine à écrire au rythme des autres.

Elle s'assit devant ses lettres et, très vite, oublia toutes ses spéculations. Les deux rides entre ses sourcils s'accentuèrent au fur et à mesure que le contenu des lettres, le mobilier du bureau et l'activité perceptible dans la pièce voisine exerçaient leur emprise sur elle. À onze heures, son esprit était à ce point concentré sur son travail que toute autre pensée se trouvait immédiatement refoulée. Son travail consistait à organiser une série de spectacles dont les bénéfices devaient renflouer les caisses de l'association qui périclitait, faute de fonds. C'était sa première tentative d'organisation sur une grande échelle et elle souhaitait la voir couronnée de succès. Elle voulait mettre en marche la lourde machine pour choisir une personne intéressante, au milieu de la confusion générale, et la placer, pendant une semaine, dans un cadre qui devait attirer l'attention des ministres puis, une fois ce résultat acquis, présenter les vieux arguments sous un jour nouveau. Tel était son plan, et, en y pensant, l'impatience enflammait ses joues ; il lui fallait alors passer en revue tous les détails qui s'interposaient entre le succès et elle.

La porte s'ouvrit et Mr. Clacton entra. Il était à la recherche d'un tract quelconque, enseveli sous une pyramide de paperasses. C'était un homme maigre aux cheveux d'un blond roussâtre, d'environ trente-cinq ans, qui parlait avec un accent cockney. Il avait un air chiche comme si la nature ne s'était pas montrée généreuse à son égard, ce qui avait eu pour effet de le rendre avare envers les autres. Quand il eut mis la main sur son tract et qu'il eut fait quelques plaisanteries sur la nécessité de garder les papiers en ordre, la machine à écrire se tut brusquement, et Mrs. Seal entra en coup de vent, tenant à la main une lettre qui réclamait des explications. C'était une interruption plus sérieuse que l'autre parce que Mrs. Seal ne savait jamais exactement ce qu'elle voulait. Elle lançait à la cantonade une demi-douzaine de questions dont aucune n'était clairement formulée. Vêtue de velours prune, les cheveux gris coupés court, avec un visage qui semblait régulièrement empourpré par l'enthousiasme philanthropique, elle était toujours désorientée et pressée. Elle portait deux crucifix qui s'emmêlaient sur sa poitrine autour d'une lourde chaîne en or et qui, selon Mary, reflétaient bien son ambiguïté. Seuls son enthousiasme immense et son adoration pour Miss Markham, l'une des pionnières de l'association, lui valaient de garder une place pour laquelle elle n'était pas vraiment qualifiée.

Au fur et à mesure que la matinée avançait, la pile de lettres grossissait et Mary avait l'impression d'être le centre d'un réseau qui traversait l'Angleterre ; un jour prochain, elle atteindrait le cœur du système. Les nerfs ainsi sensibilisés, leur influx surgirait de toutes parts et provoquerait l'éclat magnifique d'un feu d'artifice révolutionnaire – cette métaphore traduisait parfaitement la façon dont elle percevait son rôle, après trois heures de travail assidu.

Peu avant une heure, Mr. Clacton et Mrs. Seal cessèrent leur travail et l'éternelle plaisanterie à propos du déjeuner fut répétée presque mot pour mot. Mr. Clacton était le client fidèle d'un restaurant végétarien ; Mrs. Seal apportait des sandwichs qu'elle dégustait sous les platanes de

Russell Square ; quant à Mary, elle allait le plus souvent à côté, dans un établissement aux couleurs criardes tapissé de peluche rouge, où, à la grande réprobation des végétariens, on pouvait commander un bifteck épais ou une part de poulet rôti, baignant dans un plat en étain.

– Ces branches nues sous le ciel rendent tout si bon ! affirma Mrs. Seal, en regardant le square.

– Mais on ne peut pas goûter les arbres, Sally, dit Mary.

– J'avoue que je ne vois pas comment vous faites, Miss Datchet, remarqua Mr. Clacton. Je dormirais tout l'après-midi, j'en suis sûr, si je prenais un repas aussi consistant au milieu de la journée.

– Quelles sont les nouvelles tendances littéraires ? demanda Mary avec bonne humeur, indiquant du doigt le volume à la couverture jaune, serré sous le bras de Mr. Clacton. Il lisait toujours quelque nouvel auteur français, pendant la pause du déjeuner, quand il ne faisait pas un petit tour dans une galerie de peinture afin de contrebalancer son travail social par cette culture fervente dont il se targuait secrètement, ce que Mary eut tôt fait de deviner.

Ils se séparèrent et, tout en marchant, Mary se demanda s'ils avaient deviné qu'elle voulait les quitter tout de bon ; à son avis, ils n'étaient pas assez perspicaces pour cela. Elle s'acheta un journal du soir qu'elle lut en mangeant, levant les yeux de temps à autre pour regarder les gens étrangers qui achetaient des gâteaux ou se confiaient leurs secrets. Puis une jeune femme de sa connaissance entra et elle s'écria :

– Eleanor ! Viens donc t'asseoir à côté de moi !

Elles terminèrent ensemble leur repas, se quittèrent sur le trottoir dans le flot de la circulation, avec le sentiment agréable qu'elles rejoignaient, l'une et l'autre, une fois de plus, leur place bien définie dans l'immense tableau éternellement mouvant de la vie.

Mais ce jour-là, au lieu de rentrer directement au bureau, Mary se rendit au British Museum et déambula dans la galerie des sculptures grecques, jusqu'à ce qu'elle découvrît une chaise vide juste sous les marbres d'Elgin. Elle les contempla et, comme chaque fois, elle fut envahie par cette vague d'exaltation qui donnait à sa vie une beauté majestueuse – impression causée tout autant par le silence, la solitude et la fraîcheur de la galerie que par la véritable beauté des statues. Pourtant, il nous faut reconnaître que ses émotions n'étaient pas d'un ordre purement esthétique, car après avoir contemplé l'Ulysse pendant quelques minutes, ses pensées se fixèrent sur Ralph Denham. Elle se sentait tellement en sécurité au milieu de ces formes silencieuses de pierre qu'elle se surprit presque à dire : « Je vous aime. » Devant le spectacle de cette infinie beauté, victorieuse du temps, elle prit conscience, non sans émoi, de son désir, et au même instant, elle tira une certaine fierté de ce sentiment, si différent de ses occupations quotidiennes.

Elle réprima son envie de parler tout haut et se leva, flâna entre les statues, puis se retrouva dans une autre galerie consacrée aux obélisques et aux taureaux assyriens munis de leurs ailes. Alors son émotion prit un autre cours. Elle imagina qu'elle voyageait avec Ralph dans un pays où des monstres semblables étaient allongés sur le sable. « Car », se dit-elle en son for intérieur, regardant d'un air vague une note explicative derrière un morceau de verre, « ce qu'il y a de merveilleux avec vous, c'est que vous êtes prêt à tout ; vous n'êtes pas conventionnel comme le sont la plupart des hommes intelligents ».

Et elle se représenta une scène dans laquelle elle voyageait à dos de chameau dans le désert, tandis que Ralph avait, sous ses ordres, une tribu d'indigènes.

« Vous pourriez le faire, poursuivit-elle en avançant jusqu'à la statue suivante. Vous arrivez toujours à vos fins. »

Une douce sensation de bien-être l'envahit et son regard s'éclaira. Pourtant, au moment de quitter le musée, elle était loin de se dire, en pensant à Ralph, – même dans l'intimité de son cœur : « Je vous aime ». C'était comme si cette phrase ne s'était jamais formée sur ses lèvres. En vérité, elle s'en voulait de s'être si étourdiment départie de sa réserve, et de risquer, par là-même, de voir sa détermination faiblir si cette impulsion revenait. Et, tandis qu'elle regagnait à pied le bureau, toutes les bonnes raisons qu'elle se donnait ordinairement pour ne pas tomber amoureuse reprirent leur ascendant. Mary ne voulait pas se marier. Il lui semblait qu'il y avait quelque chose de grossier à faire intervenir l'amour dans une amitié aussi solide que celle qu'elle éprouvait pour Ralph, fondée depuis bientôt deux ans sur leur intérêt commun pour des sujets impersonnels, tels que la construction de logements pour les pauvres ou les impôts fonciers.

Son humeur de l'après-midi différait radicalement de celle de la matinée. Mary se surprit à suivre le vol d'un oiseau ou à dessiner les branches des platanes sur son buvard. Des gens venaient voir Mr. Clacton pour parler affaires et une bonne odeur de fumée de cigarettes s'échappait de son bureau. Mrs. Seal errait avec des coupures de journaux qui lui semblaient « tout à fait extraordinaires », ou « vraiment trop médiocres pour même en parler ». Elle les collait dans des livres ou les envoyait à ses amis après avoir tracé un large trait au crayon bleu dans la marge, procédé qui indiquait indistinctement les abîmes de sa réprobation ou les cimes de son enthousiasme.

Vers quatre heures de l'après-midi, ce même jour, Katherine Hilbery remontait Kingsway. La question du thé se posa. On allumait déjà les becs de gaz. Elle s'arrêta un moment, sous l'un d'eux, et chercha dans son souvenir un salon, assez proche, où il y aurait un feu de bois et une conversation, en accord avec son humeur du moment, une humeur occasionnée par le tourbillon des voitures et le clair-obscur irréel du soir qui convenait mal à une ambiance familiale. Peut-être, après tout, un salon de thé serait-il l'endroit idéal pour préserver ce sentiment étrange de vie en suspens ? En même temps, elle avait envie de bavarder.

Se souvenant de Mary Datchet et de ses invitations répétées, elle traversa la rue, tourna dans Russell Square et regarda autour d'elle, cherchant les numéros avec une sensation d'aventure disproportionnée avec la réalité. Elle se retrouva dans un hall faiblement éclairé, privé de la surveillance d'un concierge, et ouvrit la première porte entrebâillée ; le garçon de bureau n'avait jamais entendu parler de Miss Datchet. Faisait-elle partie de la RFRS ? Katherine secoua la tête avec un sourire déçu. De l'intérieur une voix cria :

– Non. C'est l'ASF – tout en haut.

À mesure qu'elle montait les étages et passait devant d'innombrables portes vitrées arborant les sigles de diverses associations, Katherine doutait de plus en plus du bien-fondé de son équipée. Parvenue en haut, elle s'arrêta un moment pour reprendre ses esprits. Elle entendit le crépitement d'une machine à écrire et des voix protocolaires, à l'intérieur, qui n'appartenaient pas à des gens connus d'elle. Elle effleura la sonnette. Presque aussitôt la porte fut ouverte par Mary en personne. Son visage changea complètement d'expression quand elle aperçut Katherine.

– C'est vous ! s'exclama-t-elle. Nous pensions que c'était l'imprimeur.

Tenant toujours la porte ouverte, elle cria en se retournant :

– Non, Mr. Clacton, ce n'est pas Penningtons. Je les rappellerai – 33 88, bureau central. Eh bien, quelle surprise ! Entrez, ajouta-t-elle. Vous arrivez juste à temps pour prendre le thé.

Une lueur de détente éclaira le regard de Mary et sa fatigue de l'après-midi se dissipa aussitôt. Elle était contente que Katherine les eût tous surpris dans un moment d'activité fébrile, par suite d'un oubli de l'imprimeur qui avait omis de renvoyer des épreuves.

La lumière crue qui éclairait la table couverte de papiers étourdit un instant Katherine. Après le désordre de ses pensées durant sa promenade au crépuscule, la vie concentrée à l'intérieur de cette petite pièce lui parut extrêmement animée. Instinctivement, elle se tourna vers la fenêtre dépourvue de rideaux pour regarder au-dehors, mais Mary la rappela à la réalité :

– Vous avez dû déployer beaucoup d'ingéniosité pour nous trouver, dit-elle.

Et Katherine, prise tout à coup d'une indifférence totale à l'égard de ce qui l'entourait, se demanda ce qu'elle était venue faire là. Aux yeux de Mary, Katherine en effet ne semblait pas à sa place dans ce bureau. Sa silhouette drapée dans un long manteau aux plis profonds, son visage qui portait un masque d'appréhension ombrageuse, inspiraient à Mary le sentiment désagréable d'être en présence d'une créature d'un autre monde, susceptible d'ébranler le sien. Elle désira aussitôt convaincre Katherine de l'importance de son propre univers, espérant que ni Mrs. Seal ni Mr. Clacton n'apparaîtraient avant qu'elle y soit parvenue. Mais ses espoirs furent déçus : Mrs. Seal fit irruption dans la pièce, en tenant une bouilloire qu'elle posa sur le réchaud. Avec une hâte fébrile, elle entreprit d'allumer le gaz qui explosa, puis s'éteignit.

– C'est toujours la même chose, marmonna-t-elle. Kit Markham est la seule à savoir comment s'y prendre.

Mary dut l'aider et elles mirent ensemble la table en s'excusant de la disparité entre les tasses et de la frugalité du goûter.

– Si nous avions su que Miss Hilbery allait venir, nous aurions acheté un cake, dit Mary.

Sur quoi Mrs. Seal regarda Katherine pour la première fois, avec un œil soupçonneux pour une personne qui aimait le cake au goûter.

Mr. Clacton ouvrit la porte et entra, lisant tout haut une lettre tapée à la machine :

– Salford a donné son adhésion, annonça-t-il.

– Bravo, Salford ! s'exclama Mrs. Seal avec enthousiasme, martelant la théière sur la table, en guise d'applaudissements.

– Oui, on dirait que les centres de province s'alignent enfin, dit Mr. Clacton.

Mary le présenta à Miss Hilbery et il lui demanda d'un ton formel si elle s'intéressait à leur travail.

– Les épreuves n'arrivent toujours pas ? s'écria Mrs. Seal, les deux coudes sur la table, le menton appuyé dans les mains, tandis que Mary versait le thé. C'est quand même malheureux ! À ce train-là, nous manquerons le courrier de province. À propos, Mr. Clacton, ne pensez-vous pas que nous devrions envoyer en province des circulaires sur le dernier discours de Partridge ? Comment ? Vous ne l'avez pas lu ? Mais c'est la meilleure chose que l'on ait entendue au Parlement au cours de cette cession ! Même le Premier ministre…

Mary l'interrompit.

– On ne doit pas parler boutique à l'heure du thé, Sally, dit-elle fermement. Nous lui infligeons une amende d'un penny chaque fois qu'elle l'oublie, et avec cet argent, nous achetons des gâteaux, expliqua-t-elle, cherchant à introduire Katherine dans la communauté.

Elle avait abandonné tout espoir de l'impressionner.

– Je suis désolée, vraiment désolée, s'excusa Mrs. Seal. Je suis d'un naturel enthousiaste, pour mon malheur, dit-elle en se tournant vers Katherine. Mais comment pourrait-il en être autrement en étant la fille de mon père ! J'ai fait partie de plus de comités que la plupart des gens : Les Enfants Abandonnés, Les Travaux de Sauvetage, Les Œuvres de la Paroisse, La SOC – la section locale –, et j'ai rempli mes devoirs civiques de ménagère. Mais j'ai tout abandonné pour notre travail, et je ne le regrette pas une seconde, ajouta-t-elle. C'est un problème fondamental, à mon sens – tant que les femmes n'auront pas le droit de vote…

– Cela fera au moins six pence, Sally, dit Mary en tapant

du poing sur la table. Et nous en avons tous par-dessus la tête du suffrage des femmes !

Mrs. Seal parut ne pas en croire ses oreilles ; elle fit entendre un « tut-tut-tut » désapprobateur et regarda tour à tour Katherine et Mary. Puis, se tournant vers Katherine, elle désigna Mary d'un signe de tête et déclara en confidence :

– Elle se dévoue plus pour la cause qu'aucun d'entre nous. Elle donne sa jeunesse – car, quand j'étais jeune, hélas ! les circonstances familiales…

Elle soupira et se tut.

Mr. Clacton s'empressa de revenir à la plaisanterie du déjeuner. Il expliqua que Mrs. Seal se nourrissait d'un paquet de biscuits sous les arbres, par n'importe quel temps. On aurait dit, pensa Katherine, qu'il parlait des manies d'un petit chien.

– C'est vrai, j'apporte mon petit paquet au square, dit Mrs. Seal avec l'air craintif d'un enfant pris en faute par ses aînés. C'est vraiment très nourrissant, et les branches nues sous le ciel rendent tout si bon. Mais je devrais renoncer au square, poursuivit-elle en plissant le front. C'est trop injuste ! Pourquoi aurais-je un square à moi toute seule, alors que de pauvres femmes, qui ont besoin de repos, n'ont nulle part où s'asseoir ?

Elle lança un regard féroce à Katherine et secoua légèrement ses courts cheveux bouclés.

– Nous restons d'affreux despotes malgré tous nos efforts. On essaie de mener une vie honnête, mais on n'y arrive pas. Il suffit de réfléchir une seconde pour se rendre compte que tous les squares, sans exception, devraient être ouverts à tous. Existe-t-il une association qui ait cet objectif, Mr. Clacton ? Parce que, sinon, il faudrait la créer !

– Voilà un excellent objectif, dit Mr. Clacton de sa voix professionnelle. En même temps, la ramification des organisations est regrettable, Mrs. Seal. Tant d'efforts gaspillés, sans parler des livres, des shillings et des pence. Tenez,

Miss Hilbery, combien pensez-vous qu'il existe d'organisations de nature philanthropique dans la seule Cité de Londres ? » Il grimaçait d'un petit air entendu, comme s'il voulait donner à la question un côté frivole.

Katherine sourit aussi. Mr. Clacton, qui n'était pourtant pas un observateur-né, avait fini par remarquer la discordance entre elle et les autres ; il se demandait qui elle était. C'était cette discordance qui avait tant excité Mrs. Seal, lui inspirant le désir de la gagner à leur cause. Quant à Mary, elle implorait plus ou moins Katherine du regard pour qu'elle facilitât les choses. Elle avait peu parlé, et son silence, grave et songeur, était pour elle un silence critique.

– Eh bien, je vois qu'il existe dans cette maison plus d'associations que je ne l'imaginais, dit Katherine. Au rez-de-chaussée, vous protégez les indigènes, au premier, vous faites émigrer des femmes et vous dites aux gens de manger des noisettes…

– Pourquoi nous attribuez-vous ces occupations ? intervint Mary assez sèchement. Nous ne sommes pas responsables de tous les excentriques qui ont jeté leur dévolu sur cette maison.

Mr. Clacton s'éclaircit la voix et regarda les deux jeunes femmes : il était frappé par l'apparence et les manières de Miss Hilbery qui, lui semblait-il, faisait partie de ces gens cultivés et oisifs dont il rêvait souvent. Mary, plus proche de lui, avait en revanche une fâcheuse tendance à le tyranniser. Il ramassa des miettes de biscuits et les mit dans sa bouche avec une vélocité surprenante.

– Vous ne faites pas partie de notre association, alors ? demanda Mrs. Seal.

– Non, malheureusement, répondit Katherine avec une sincérité déconcertante. Mrs. Seal se mit à la dévisager d'un air perplexe comme si elle ne savait pas dans quelle catégorie d'êtres humains il fallait la ranger.

– Mais si vous…, commença-t-elle.

– Mrs. Seal se passionne pour ces questions, interrompit Mr. Clacton, cherchant à l'excuser. Nous sommes parfois obligés de lui rappeler que chacun a le droit d'avoir un point de vue différent du nôtre… Il y a un dessin très amusant cette semaine dans *Punch*. C'est une suffragette avec un ouvrier agricole. Avez-vous vu le *Punch* de cette semaine, Miss Datchet ?

Mary éclata de rire et répondit que non.

Mr. Clacton expliqua le comique du dessin dont le succès devait beaucoup à l'expression des visages. Mais Mrs. Seal ne se départit pas de son sérieux. Dès qu'il eut fini, elle reprit la parole :

– Mais si vous vous souciez un tant soit peu du bien-être des personnes de votre sexe, vous devez leur souhaiter d'obtenir le droit de vote ?

– Je n'ai jamais dit que j'étais contre le droit de vote pour les femmes, protesta Katherine.

– Alors, pourquoi ne faites-vous pas partie de notre association ? insista Mrs. Seal.

Sans mot dire, Katherine tourna et retourna sa cuillère, les yeux fixés sur son thé. Mr. Clacton pendant ce temps, avait élaboré une question ; il la posa après une petite hésitation :

– Je me demande si vous ne seriez pas de la même famille qu'Alardyce, le poète ? Sa fille, je crois, a épousé un Hilbery.

– Oui, je suis la petite-fille du poète, dit Katherine en soupirant.

Pendant un moment, ils restèrent silencieux.

– La petite-fille du poète ! répéta Mrs. Seal, en partie pour elle-même, secouant la tête comme si elle avait trouvé la clé du mystère.

Les yeux de Mr. Clacton pétillèrent.

– Ah ! Cela m'intéresse énormément, dit-il. Je dois beaucoup à votre grand-père, Miss Hilbery. À une époque, je savais la plus grande partie de son œuvre par cœur. Mais on perd l'habitude de lire de la poésie, malheureusement. Vous ne vous souvenez pas de lui, je présume ?

Un coup sec frappé à la porte rendit la réponse de Katherine inaudible. Un regain d'espoir éclaira les yeux de Mrs. Seal qui s'exclama :

– Les épreuves, enfin !

Elle courut ouvrir la porte.

– Non, c'est seulement Mr. Denham ! s'écria-t-elle, sans cacher son désappointement.

Ralph, pensa Katherine, était un habitué car elle était la seule personne qu'il crut nécessaire de saluer. Mary lui donna la raison de la présence insolite de Katherine parmi eux :

– Katherine est venue voir comment fonctionne un bureau.

Ralph, mal à l'aise, s'entendit balbutier :

– J'espère que Mary ne vous a pas convaincue qu'elle savait diriger un bureau ?

– Pourquoi ? Elle ne sait pas ? demanda Katherine, les observant tous deux.

Ces remarques provoquèrent chez Mrs. Seal un malaise qui se traduisit par des hochements de tête nerveux ; quand Ralph sortit une lettre de sa poche et montra du doigt une phrase, elle le devança en s'exclamant, toute confuse :

– D'accord, je sais ce que vous allez dire, Mr. Denham ! Mais c'était le jour où Kit Markham était ici. C'est un véritable ouragan : on perd la tête quand elle est là. Elle a toujours des idées sur ce que nous devrions faire et que nous ne faisons pas – je me suis bien aperçue que je m'embrouillais dans les dates. Cela n'a absolument rien à voir avec Mary, je vous assure.

– Ma chère Sally, ne vous excusez pas, dit Mary en riant. Les hommes sont si pédants – ils ne savent pas distinguer ce qui est important de ce qui ne l'est pas.

– Allons, Denham, défendez notre sexe, dit Mr. Clacton d'un ton enjoué.

Mais, comme tous les hommes insignifiants, il était très

susceptible avec les femmes. Quand il discutait avec elles, il aimait se qualifier « un homme, tout simplement ». Il souhaitait néanmoins engager une conversation littéraire avec Miss Hilbery et, par conséquent, il n'insista pas.

– Est-ce que cela ne vous paraît pas étrange, Miss Hilbery, dit-il, que les Français, malgré tant de noms illustres, n'aient pas de poète comparable à votre grand-père ? Voyons. Il y a Chénier, Hugo, Alfred de Musset – des hommes extraordinaires, mais il y a une telle richesse, une telle fraîcheur chez Alardyce…

À cet instant, la sonnerie du téléphone retentit et il dut s'absenter avec un sourire et un salut qui signifiaient que, si la littérature était un plaisir, le travail était le travail. Mrs. Seal se leva, elle aussi, tout en restant près de la table pour déclamer une tirade contre le parti gouvernemental.

– Si je devais vous dire ce que je sais des intrigues de couloir, et ce que l'on peut faire pour l'amour de l'argent, vous ne me croiriez pas, Mr. Denham ! Vous refuseriez de me croire, j'en suis sûre. C'est pourquoi je sens que le seul travail que puisse faire la fille de mon père – car ce fut un pionnier, Mr. Denham, et sur sa tombe j'ai fait graver ce vers des psaumes sur le grain qui ne meurt… Que ne donnerais-je pour qu'il soit encore en vie et qu'il puisse voir ce que nous allons voir ! » Puis, songeant que la magnificence de l'avenir dépendait en partie de l'activité de sa machine à écrire, elle leur fit un bref salut, et regagna en hâte l'isolement de sa petite pièce, d'où parvint aussitôt le bruit d'une frappe aussi enthousiaste que capricieuse.

En abordant un nouveau sujet d'intérêt général, Mary fit comprendre tout de suite que, même si les ridicules de sa collègue ne lui échappaient point, elle ne voulait pas pour autant qu'on se moquât d'elle.

– La moralité courante me semble effroyablement médiocre, observa-t-elle d'un air songeur en versant une seconde tasse de thé, surtout parmi les femmes qui n'ont pas reçu une bonne éducation. Elles ne voient pas que les détails ont de l'importance. C'est là que le bât blesse, et ensuite, nous rencontrons des problèmes – j'ai failli perdre mon sang-froid, hier, poursuivit-elle en regardant Ralph avec un petit sourire, comme s'il savait ce qui s'était passé. Cela me met en colère d'entendre des mensonges – pas vous ? demanda-t-elle à Katherine.

– Étant donné que personne ne dit la vérité, remarqua Katherine, en jetant un coup d'œil autour d'elle pour voir où elle avait posé son parapluie et son paquet.

Il y avait une familiarité dans la façon dont Mary et Ralph se parlaient qui lui donnait envie de s'en aller. Mary, elle, désirait, superficiellement du moins, que Katherine restât et renforçât ainsi sa détermination de ne pas tomber amoureuse de Ralph.

Quant à Ralph, tout en portant sa tasse à ses lèvres, il avait décidé que si Miss Hilbery partait, il s'en irait avec elle.

– Je ne crois pas que je mente, et je ne pense pas que Ralph mente non plus. Mentez-vous, Ralph ? continua Mary.

Katherine se mit à rire. Sa gaieté dépassait, sembla-t-il à Mary, la portée de sa remarque. De quoi riait-elle ? D'eux, probablement. Katherine s'était levée et regardait, çà et là, les presses, les placards et tout l'outillage du bureau, comme pour les inclure dans son appréciation amusée. Mary lui lança un regard farouche, comme si elle était un oiseau malicieux au plumage chatoyant qui se posait sur la plus haute branche pour cueillir, à l'improviste, les cerises les plus rouges. On pouvait difficilement imaginer deux femmes plus dissemblables, songea Ralph, en les observant tour à tour. Puis il se leva lui aussi et, adressant un signe de tête à Mary, tandis que Katherine lui disait au revoir, il ouvrit la porte et la suivit dehors.

Mary resta assise. Elle ne tenta pas de les retenir. Après leur départ, ses yeux restèrent fixés sur la porte avec une fureur à laquelle se mêla l'espace d'un instant une certaine stupéfaction ; puis, après une légère hésitation, elle posa sa tasse et entreprit de débarrasser la table.

L'impulsion qui avait poussé Ralph à suivre Katherine était née d'un raisonnement hâtif et, de ce fait, lui donnait un caractère plus réfléchi qu'il n'apparaissait au premier abord. Il avait soudain compris que, s'il manquait cette occasion de parler à Katherine, il lui faudrait, une fois seul, affronter un fantôme irrité qui lui tiendrait rigueur d'une lâche indécision. Il était préférable, tout compte fait, de risquer une déconvenue momentanée que de perdre une soirée à imaginer des scènes invraisemblables et à se répandre en excuses auprès de cette part exigeante de lui-même. Depuis qu'il avait rendu visite aux Hilbery, il était souvent la proie d'une Katherine fantomatique, qui s'approchait de lui quand il était seul, lui répondait selon ses désirs, qui se trouvait toujours à ses côtés pour couronner les exploits imaginaires qu'il accomplissait presque chaque soir, quand il rentrait chez lui, après le bureau, par les rues éclairées à la lueur des réverbères. Marcher à côté de Katherine en personne insufflerait à ce fantôme une énergie nouvelle. Et Ralph savait, comme tous ceux qui nourrissent des chimères, que ce processus était nécessaire de temps à autre, – ou bien que cette image finirait par être privée de toute consistance : un tel changement est parfois bénéfique aux rêveurs. Ralph n'oubliait jamais que pour l'essentiel Katherine lui échappait dans ses rêves, et quand il la rencontra il fut surpris de ne pas reconnaître la femme à laquelle il ne cessait de songer.

Une fois dans la rue, Katherine s'aperçut que Mr. Denham lui emboîtait le pas ; elle en fut surprise et, peut-être, légèrement ennuyée. Elle aussi avait son espace imaginaire, et ce soir-là, ses activités dans cette région obscure de l'esprit réclamaient un peu de solitude. Seule, elle aurait descendu rapidement Tottenham Court Road et sauté dans un taxi pour rentrer au plus vite chez elle. Sa vision fugitive de l'intérieur d'un bureau relevait du domaine des songes.

Une fois coupée de cet univers, elle compara Mrs. Seal, Mary Datchet et Mr. Clacton à des personnages de conte de fée en haut d'une tour ensorcelée, s'affairant dans une pièce où pendaient des toiles d'araignée, tous les attributs de la nécromancie à portée de la main. Dans leur maison aux innombrables machines à écrire, récitant leurs incantations, fabriquant leurs drogues et lançant leurs frêles toiles d'araignée au-dessus du torrent de la vie qui grondait à leurs pieds, ils lui étaient apparus comme des êtres séparés du monde réel.

Peut-être se rendait-elle compte des excès de son imagination, car elle n'avait aucune envie de les partager avec Ralph. Elle pensait que Mary Datchet, composant ses tracts pour des ministres au milieu de ses machines à écrire, devait symboliser l'intelligence et la sincérité aux yeux de Denham. En conséquence, elle les exclut tous deux de l'agitation de la rue qui, avec son enfilade de becs de gaz, ses vitrines illuminées et sa foule, lui procurait une telle joie qu'elle en oublia presque son compagnon. Elle marchait vite, et les gens qui les croisaient en sens inverse leur donnaient une étrange sensation de vertige, comme d'isolement.

– Mary Datchet est très compétente dans ce genre de travail… C'est elle qui est responsable, je suppose ?

– Oui. Les autres ne l'aident en rien… Vous a-t-elle convertie ?

– Oh non. C'est-à-dire, je suis déjà convertie.

– Elle ne vous a pas persuadée de travailler pour eux ?

– Oh, mon Dieu, non, cela n'irait pas du tout !

Ils descendirent ainsi Tottenham Court Road, tour à tour séparés et réunis, et Ralph avait l'impression de s'adresser à la cime d'un peuplier, au cœur d'une violente bourrasque.

– Si nous prenions cet omnibus ? proposa-t-il.

Katherine accepta et ils grimpèrent sur l'impériale vide.

– Mais où allez-vous ? demanda Katherine, sortant de l'état d'hypnose où l'avaient jetée l'agitation et le mouvement.

– Je vais au Palais de Justice, répondit Ralph, s'inventant aussitôt une destination.

Il sentit qu'un changement se faisait en elle lorsque l'omnibus commença de rouler. Il l'imagina contemplant l'avenue de son regard triste et droit, qui semblait le tenir à distance. Le vent qui fouettait leur visage souleva une seconde son chapeau. Elle tira une épingle et l'y enfonça. Ce geste rapide la fit paraître plus fragile. Si seulement son chapeau pouvait s'envoler, la laissant échevelée ! Avec quelle joie il le lui rendrait !

– On se croirait à Venise, fit-elle remarquer en levant la main, à cause de toutes ces lumières.

– Je n'ai jamais vu Venise, dit-il. Je me la réserve entre autres choses pour mon vieil âge.

– Quelles sont ces autres choses ? demanda-t-elle.

– Il y a Venise, l'Inde, et Dante également.

Elle éclata de rire.

– Quelle idée de faire des projets pour ses vieux jours ! Et vous refuseriez de voir Venise si vous en aviez l'occasion ?

Au lieu de lui répondre, il se demanda s'il allait lui livrer quelque chose de lui-même ; et, réfléchissant à la question, il le lui dit.

– J'ai cloisonné ma vie, depuis mon enfance, pour la faire durer plus longtemps. Voyez-vous, j'ai toujours peur de rater quelque chose…

– Moi aussi ! s'exclama Katherine. Mais, ajouta-t-elle, pourquoi rateriez-vous quelque chose ?

– Pour commencer, parce que je suis pauvre, répliqua Ralph. Pour vous, ce n'est pas difficile de vous offrir Venise, l'Inde et Dante, tous les jours de votre vie.

Elle ne dit rien pendant un moment, mais posa sa main nue sur la rampe devant eux, réfléchissant à une quantité de choses, et au fait que ce jeune homme étrange prononçait Dante comme elle avait l'habitude de l'entendre. Il avait paradoxalement une vision de la vie qui ne lui était pas étrangère. Peut-être deviendrait-il quelqu'un d'intéressant, après tout, une fois qu'elle le connaîtrait. Comme elle avait commencé par le classer parmi les gens indifférents, cela suffisait à expliquer son silence. L'opinion qu'elle s'était faite de lui dans la petite pièce aux souvenirs lui revint soudain à la mémoire et elle traça un trait sur une grande partie de ses impressions comme on barre une phrase mal écrite, après avoir trouvé la bonne.

– Mais savoir que l'on peut obtenir certaines choses ne change rien au fait que l'on ne les a pas, dit-elle avec une certaine gêne. Par exemple, comment pourrais-je aller en Inde ? De plus… – reprit-elle spontanément, mais elle s'arrêta.

À ce moment, le contrôleur les interrompit. Ralph attendit qu'elle terminât sa phrase, mais elle demeura silencieuse.

– J'ai un message pour votre père, dit Ralph. Peut-être pourriez-vous le lui donner, à moins que je ne vienne ?…

– Oui, venez, répondit Katherine.

– Mais je ne vois pas pourquoi vous ne pourriez pas aller en Inde, reprit-il afin de l'empêcher de se lever, comme elle se décidait à le faire.

Elle se leva pourtant et le salua impérieusement, le quittant avec cette vivacité que Ralph associait maintenant à tous ses gestes. Il baissa les yeux et la vit, debout, sur le bord du trottoir : silhouette alerte et fière qui attendait le moment opportun pour traverser, puis rejoignait d'un pas hardi le trottoir opposé. Ce mouvement, cette attitude s'ajouteraient à l'image qu'il avait d'elle, et, en cet instant, la femme réelle délogea complètement la femme imaginaire.

VII

– Alors le petit Augustus Pelham m'a dit : « C'est la jeune génération qui frappe à la porte », et je lui ai répondu : « La jeune génération entre sans frapper, Mr. Pelham. » C'est une plaisanterie plutôt médiocre, n'est-ce pas ? mais il l'a tout de même notée dans son carnet.

– Espérons que nous serons enterrés avant la parution de son livre, dit Mrs. Hilbery.

Le vieux couple attendait la cloche sonnant le dîner, et l'arrivée de leur fille. Leurs fauteuils étaient disposés de part et d'autre de la cheminée. Tous deux étaient ramassés dans leurs sièges ; ils contemplaient les braises avec l'expression de ceux qui ont eu leur part d'expérience et qui attendent passivement ce qui va se produire. Pour le moment, Mr. Hilbery concentrait son attention sur un morceau de charbon qui avait roulé à l'extérieur de la grille du foyer, cherchant à le replacer parmi ceux qui brûlaient déjà. Mrs. Hilbery l'observait en silence. Un sourire flottait sur ses lèvres, comme si son esprit s'amusait encore des événements de l'après-midi.

Quand Mr. Hilbery eut accompli sa tâche, il se recroquevilla de nouveau dans son fauteuil et se mit à jouer avec une petite pierre verte attachée à la chaîne de sa montre. Ses yeux sombres fixaient les flammes, mais au fond des prunelles vitreuses un esprit observateur et fantasque semblait tapi, qui les dotait d'un éclat extraordinaire. Une certaine indolence née du scepticisme ou d'un goût trop raffiné pour trouver à se satisfaire facilement, lui donnait une expression presque mélancolique. Après être resté assis un moment, il parut prendre conscience de la futilité de sa réflexion ; il soupira et prit un livre posé sur la table à proximité.

Dès que la porte s'ouvrit, il referma l'ouvrage ; le père et la mère de Katherine fixèrent leurs yeux sur la jeune fille dont l'apparition sembla leur redonner une raison de vivre. En s'approchant dans sa légère robe du soir, elle leur parut merveilleusement jeune, et sa jeunesse et son ignorance les réconfortèrent comme si elles donnaient plus de poids à leur connaissance du monde.

– Ta seule excuse, Katherine, c'est que le dîner est plus en retard que toi, dit Mr. Hilbery en ôtant ses lunettes.

– Je ne lui en veux pas d'être en retard quand le résultat est si charmant, dit Mrs. Hilbery en regardant sa fille avec fierté. Mais je n'aime pas te savoir dehors si tard, Katherine, poursuivit-elle. As-tu pris un taxi au moins ?

Le dîner fut annoncé et Mr. Hilbery offrit cérémonieusement le bras à sa femme pour monter à la salle à manger. Ils s'étaient habillés tous les trois et la table était si jolie qu'elle méritait bien cette attention. Il n'y avait pas de nappe et le bleu soutenu de la porcelaine ressortait sur le bois verni. Une coupe de chrysanthèmes rouges et jaunes aux nuances rousses, avec une fleur d'un blanc pur, était posée au centre de la table ; les minuscules pétales s'enroulaient sur eux-mêmes pour former une sphère immaculée. Sur les murs, les portraits d'un trio d'écrivains célèbres de l'époque victorienne embrassaient du regard ce spectacle. De petites étiquettes autographes collées sous le tableau certifiaient que les grands hommes étaient affectueusement vôtres à jamais. Le père et la fille se seraient satisfaits de dîner en silence ou en échangeant quelques rares propos sibyllins dans un code ignoré des domestiques, mais le silence déprimait Mrs. Hilbery et, loin d'être gênée par leur présence, elle les prenait souvent à partie, guettant leur approbation ou leur désapprobation. Elle les prit à témoin : la pièce était plus sombre que d'habitude ; il fallait allumer toutes les lumières.

– C'est plus gai ! s'écria-t-elle. Tu ne sais pas, Katherine, cette oie ridicule est venue prendre le thé avec moi. Comme j'aurais voulu que tu sois là ! Il n'a cessé de faire des épigrammes, ce qui m'a rendue si nerveuse que j'ai renversé le thé – alors, il a fait une épigramme là-dessus !

– Quelle oie ridicule ? demanda Katherine à son père.

– Je ne connais qu'une oie capable d'écrire des épigrammes, Augustus Pelham, bien sûr, fit Mrs. Hilbery.

– Je ne regrette pas de ne pas avoir été là, dit Katherine.

– Pauvre Augustus ! s'exclama Mrs. Hilbery. Nous sommes trop durs avec lui. Pensez à la façon dont il se dévoue pour sa vieille mère.

– C'est bien parce que c'est sa mère – tous ceux qui le connaissent…

– Non, non, Katherine – c'est trop méchant. C'est – Trevor, quel est le mot que je cherche ? Un mot latin, très long – ce genre de mots que connaît Katherine.

– Cynique, proposa Mr. Hilbery.

– Oui, si vous voulez. Je ne crois pas qu'il soit bon d'envoyer les filles au collège, mais je leur enseignerais ce genre de choses. Cela confère une certaine dignité de risquer ces petites allusions avant de passer avec grâce au sujet suivant. Je ne sais pas ce qui m'a pris – j'ai été obligée de demander à Augustus le nom de la femme dont Hamlet était amoureux. Dieu fasse qu'il n'en parle pas dans son journal !

– Si seulement…, lança Katherine avec fougue sans terminer sa phrase.

Sa mère avait le don de faire naître ses impressions et ses idées, mais elle s'était souvenue que son père était là, attentif.

– Si seulement quoi ? demanda-t-il comme elle se taisait.

Il la prenait souvent ainsi au dépourvu, si bien qu'elle lui disait ce qu'elle avait eu l'intention de lui taire ; ils se mettaient alors à discuter pendant que Mrs. Hilbery poursuivait le fil de ses pensées.

– Si seulement Maman n'était pas aussi célèbre ! J'ai pris le thé en ville et on m'a aussitôt parlé de poésie.

– En te trouvant poétique, sans doute ; ne l'es-tu pas ?

– Qui t'a parlé de poésie, Katherine ? s'enquit Mrs. Hilbery.

Et Katherine dut faire à ses parents un compte rendu de sa visite au bureau de l'Association pour le suffrage des femmes.

– Ils ont un bureau au sommet d'une des demeures anciennes de Russell Square. Je n'ai jamais vu des gens aussi bizarres. Quelqu'un a deviné que j'étais de la famille du poète, et m'a parlé de poésie. Même Mary Datchet devient méconnaissable dans cette atmosphère.

– Oui, l'atmosphère d'un bureau ne vaut rien pour l'âme, dit Mr. Hilbery.

– Je ne me souviens pas de bureaux dans Russell Square, quand Maman habitait là, autrefois, dit Mrs. Hilbery d'un air pensif ; non, je ne peux pas imaginer ces pièces grandioses transformées en petits bureaux étouffants où l'on milite pour le vote des femmes. Enfin, si les employés lisent la poésie, ils doivent avoir un certain charme.

– Mais ils ne la lisent pas comme nous, insista Katherine.

– Tout de même, c'est beau de penser qu'ils lisent les poèmes de ton grand-père au lieu de remplir d'affreux petits formulaires toute la journée, s'obstina Mrs. Hilbery.

L'idée qu'elle se faisait de la vie de bureau venait d'un coup d'œil jeté par hasard derrière le comptoir de sa banque, tandis qu'elle glissait des pièces dans son porte-monnaie.

– En tout cas, ils n'ont pas converti Katherine à leur cause ; c'est cela qui me faisait peur, fit remarquer Mr. Hilbery.

– Oh non, dit Katherine, d'un ton très décidé, je ne travaillerais avec eux pour rien au monde.

– C'est curieux, poursuivit Mr. Hilbery, approuvant sa fille, mais les enthousiasmes des autres ont toujours quelque chose de choquant. Celui qui défend une cause en trahit mieux les défauts que ses adversaires. On peut se passionner pour une idée mais dès que l'on est en contact avec des gens qui partagent le même point de vue, le charme disparaît. C'est l'impression que j'ai toujours eue.

Et il leur raconta, tandis qu'il pelait sa pomme, comment, dans sa jeunesse, il avait prononcé un discours pendant une réunion politique. Il avait fait preuve d'un enthousiasme débordant mais, en écoutant parler les porte-parole de son groupe, il avait pris fait et cause pour la façon de penser opposée, si toutefois « penser » était bien le terme qui convenait. Il avait dû feindre un malaise afin d'éviter de se rendre ridicule ; cette expérience l'avait à jamais dégoûté des meetings.

Katherine l'écoutait en silence ; elle éprouvait ce qu'elle éprouvait presque toujours lorsque son père ou, à un moindre degré, sa mère dépeignait ses sentiments : elle les comprenait, admettait leurs raisons, mais en même temps elle voyait quelque chose qu'ils ne voyaient pas. Elle était toujours un peu déçue quand ils restaient en deçà de sa propre vision. Les plats se succédèrent rapidement ; on passa au dessert, et, tandis que la conversation suivait son cours habituel, elle écoutait ses parents, qui étaient heureux de la faire rire.

La vie quotidienne dans une maison est pleine de petites cérémonies et de rites singuliers observés ponctuellement – même si leur signification demeure obscure – et enveloppés d'un certains mystère, qui donne un charme à leur célébration. Tel était le cas de la cérémonie vespérale du cigare et du verre de porto qui étaient placés l'un à droite, et l'autre à gauche de Mr. Hilbery au moment où Mrs. Hilbery et Katherine quittaient la pièce. Durant toutes ces années passées ensemble, elles n'avaient jamais vu Mr. Hilbery fumer son cigare ni boire son porto, et elles auraient trouvé inconvenant de le surprendre à ce moment-là. Ces courts intervalles qui délimitaient une séparation entre les sexes, étaient toujours mis à profit pour commenter les propos du dîner. Le sentiment d'être une femme se faisait plus vif quand les hommes étaient, selon une sorte de rite religieux, mis à l'écart. Katherine savait par cœur déjà ce qu'elle éprouverait quand elle passerait au salon, le bras de sa mère sous le sien ; elle pouvait anticiper le plaisir avec lequel, une fois les lumières allumées, elles regarderaient la pièce, apprêtée pour le soir avec les perroquets rouges se balançant sur les rideaux de chintz et les fauteuils devant la cheminée. Mrs. Hilbery mit un pied sur le garde-feu et releva légèrement le bas de sa robe.

– Katherine, s'exclama-t-elle, si tu savais comme tu m'as fait penser à Maman et aux jours d'autrefois, à Russell Square ? Je revois les chandeliers, la soie verte sur le piano et Maman, enveloppée dans son châle en cachemire, assise près de la fenêtre, chantant jusqu'à ce que les petits va-nu-pieds s'arrêtent pour l'écouter. Papa m'avait envoyée lui porter un bouquet de violettes. Lui, il attendait au coin de la rue. Ce devait être un soir d'été. C'était avant qu'il n'y ait plus d'espoir…

Tout en parlant, son visage prit l'expression mélancolique qui avait dû être sienne assez fréquemment, comme l'attestaient les rides autour de ses lèvres et de ses yeux. Le mariage du poète n'avait pas été heureux. Il avait quitté sa femme et, après quelques années d'une vie désordonnée, elle était morte prématurément. Ce malheur avait entraîné de grandes irrégularités dans l'éducation de Mrs. Hilbery ; on pouvait même dire qu'elle avait complètement échappé à l'éducation. Mais elle avait été la compagne de son père au moment où il avait écrit ses plus beaux poèmes. Elle s'était assise sur ses genoux dans des tavernes et autres repaires de poètes ivres. C'était pour elle, disait-on, qu'il s'était guéri de sa vie dissipée, devenant un personnage littéraire, irréprochable et célèbre, que l'inspiration avait abandonné. En vieillissant, Mrs. Hilbery pensait de plus en plus au passé, et ce malheur ancien semblait parfois la ronger comme si, en se séparant de la vie elle avait à emporter avec elle le chagrin de ses parents.

Katherine désirait réconforter sa mère, mais sa tâche était difficile, car le passé lui-même ressemblait à une légende. La maison de Russell Square, par exemple, ses pièces grandioses, le magnolia dans le jardin, le piano à la sonorité caressante, le bruit des pas dans les couloirs – tous ces signes de la démesure romanesque – avaient-ils vraiment existé ? Pourquoi Mrs. Alardyce aurait-elle habité toute seule dans ce gigantesque hôtel particulier ? Et, si elle n'habitait pas seule, avec qui habitait-elle ? Katherine aimait bien cette histoire tragique ; elle aurait été heureuse d'en connaître les détails et d'en parler librement. Mais si Mrs. Hilbery revenait constamment sur son passé, c'était toujours d'une façon hésitante et inquiète, comme si elle eût voulu par quelques touches, ici et là, rétablir l'ordre dans un chaos datant de soixante ans. Peut-être ne savait-elle plus elle-même où était la vérité.

– S'ils vivaient de notre temps, conclut-elle, je sens que tout cela ne serait pas arrivé. On ne prend plus les choses à ce point au tragique. Si mon père avait pu voyager à travers le monde ou si ma mère avait suivi une cure de repos, tout se serait arrangé. Mais que pouvais-je faire ? Même certains de leurs amis leur ont causé du tort. Ah, Katherine, quand tu te marieras, sois certainc d'aimer ton mari !

Des larmes perlèrent dans les yeux de Mrs. Hilbery.

Tout en réconfortant sa mère, Katherine se disait : « Mary Datchet et Mr. Denham ne peuvent pas comprendre cela. Je me suis toujours retrouvée dans cette position. Comme cela doit être simple de vivre comme eux ! »

Pendant toute la soirée, elle avait comparé sa maison, son père et sa mère avec les personnes qui se trouvaient réunies dans le bureau de l'association pour le suffrage des femmes.

– Katherine, poursuivit Mrs. Hilbery, fidèle à ses sautes d'humeur, Dieu sait si je ne veux pas te voir mariée, mais, si jamais un homme a aimé une femme, William t'aime. Il a aussi un joli nom ; voilà qui fait très cossu : Katherine Rodney. Malheureusement, cela ne veut pas dire qu'il ait de l'argent ; d'ailleurs, il n'en a pas.

Katherine se sentit irritée en entendant sa mère changer ainsi son nom et elle déclara tout net qu'elle ne voulait épouser personne.

– Quel dommage que tu ne puisses avoir qu'un mari ! poursuivit Mrs. Hilbery. J'aimerais tant que tu épouses tous ceux qui veulent obtenir ta main. Peut-être sera-ce possible un jour ?… Entretemps, j'avoue que ce cher William…

À cet instant, Mr. Hilbery entra et le moment le plus sérieux de la soirée commença. Il s'agissait pour Katherine de lire, à haute voix, un passage d'une œuvre en prose, pendant que sa mère tricotait de façon intermittente des châles sur un petit cadre circulaire, et que son père lisait le journal sans se priver de commenter avec humour la destinée du héros et de l'héroïne. Les Hilbery étaient abonnés à une bibliothèque qui leur distribuait des livres, le mardi et le vendredi ; Katherine faisait de son mieux pour intéresser ses parents aux œuvres d'écrivains vivants fort respectables, mais Mrs. Hilbery était troublée par l'aspect des légers volumes aux guirlandes dorées et elle faisait de petites grimaces, au cours de la lecture, comme si elle goûtait quelque chose d'amer. Quant à Mr. Hilbery, il traitait les modernes avec une ironie qui aurait pu s'appliquer aux bouffonneries d'un enfant prometteur. Donc, ce soir-là, après cinq ou six pages écrites par l'un de ces maîtres, Mrs. Hilbery se plaignit que c'était vraiment trop intelligent, trop artificiel, trop mauvais.

– Katherine, s'il te plaît, lis-nous quelque chose de vrai.

Katherine choisit dans la bibliothèque un gros volume relié de cuir jaune, qui eut un effet sédatif immédiat sur ses parents, mais la distribution du courrier du soir interrompit la lecture de Henry Fielding et Katherine comprit que ses lettres méritaient toute son attention.

VIII

Katherine monta ses lettres dans sa chambre après avoir persuadé sa mère d'aller se coucher dès le départ de Mr. Hilbery, car tant qu'elles resteraient toutes deux assises dans la même pièce, sa mère risquait à tout moment de s'intéresser à son courrier. Un simple coup d'œil sur les multiples feuillets avait suffi à lui faire comprendre qu'elle se trouvait confrontée à plusieurs sujets d'inquiétude. Il y avait d'abord une lettre de Rodney contenant un exposé minutieux de son état d'âme, illustré par un sonnet. Il demandait une remise en question de leur situation, ce qui agitait Katherine plus qu'elle ne l'aurait voulu. Puis venaient deux lettres qu'il lui fallut poser côte à côte et comparer avant de pouvoir reconstituer les faits qui s'y trouvaient relatés, sans pour autant savoir qu'en penser. Elle finit par une longue lettre de l'un de ses cousins qui se trouvait dans une situation financière difficile et se voyait forcé d'enseigner le violon aux jeunes filles distinguées de Bungay.

Les deux lettres exposant chacune une version différente de la même histoire étaient celles qui l'embarrassaient le plus. Elle était, il faut l'avouer, choquée d'apprendre qu'un autre de ses cousins, Cyril Alardyce, vivait depuis quatre ans avec une femme avec laquelle il n'était pas marié ; ils avaient déjà deux enfants et allaient en avoir un troisième. Cette situation avait été découverte par sa tante Celia,

Mrs. Milvain, investigatrice zélée en ce domaine. Cyril, disait-elle, devait épouser cette femme tout de suite ; Cyril, à tort ou à raison, s'indignait d'une telle intrusion dans ses affaires, et ne se reconnaissait pas coupable. Avait-il lieu de l'être ? se demanda Katherine qui revint à la lettre de sa tante.

« N'oublie pas, disait-elle dans son style éloquent, qu'il porte le nom de ton grand-père comme le portera l'enfant qui doit naître. Le pauvre garçon est moins à blâmer que la femme qui l'a trompé, le prenant avec raison pour un gentleman, et, à tort, pour un homme fortuné. »

« Qu'en penserait Ralph Denham ? » se demanda Katherine qui se mit à faire les cent pas dans sa chambre.

Elle tira les rideaux d'un coup sec et se trouva face à la nuit. Elle distinguait seulement les branches d'un platane et les lumières d'une maison voisine.

« Qu'en penseraient Mary Datchet et Ralph Denham ? » s'interrogea Katherine. La nuit était douce ; elle ouvrit la fenêtre pour sentir l'air sur son visage et se fondre dans le néant des ténèbres. La fenêtre ouverte laissant entrer la rumeur assourdie de la ville. Le bourdonnement incessant de la circulation dans le lointain lui parut soudain comparable à la trame de son existence, si entremêlée d'autres vies que le bruit de ses propres pas était presque inaudible. Les gens comme Ralph et Mary suivaient leur route et un large horizon s'offrait à eux, songea Katherine. Elle les envia. Elle imagina un pays neuf où la mesquinerie entre les sexes aurait disparu, où la vie ne serait plus un écheveau de relations compliquées entre les hommes et les femmes. Même à présent, seule, la nuit, face à la masse informe de Londres, force lui était de se rappeler qu'elle était liée à ce point-ci et à cet autre là-bas. William Rodney, à cet instant précis, était assis sous un point lumineux, quelque part à l'est, et il ne pensait pas à son livre mais à elle. Si seulement personne au monde n'avait pensé à elle ! Hélas, il n'y avait pas moyen d'échapper aux autres, conclut-elle avec un soupir en refermant la fenêtre. Elle reprit ses lettres.

À n'en pas douter, la lettre de William était la plus sincère qu'il lui eût écrite jusque-là. Il avait compris qu'il ne pouvait vivre sans elle, disait-il. Il pensait la connaître et pouvoir la rendre heureuse ; leur mariage ne ressemblerait à aucun autre. Le sonnet, en dépit de son achèvement, n'était pas dénué de passion et Katherine devinait, en relisant sa lettre, ce qu'elle aurait dû éprouver si elle l'avait aimé. Elle sentait plutôt une sorte de tendresse amusée pour lui, un soin jaloux pour ses susceptibilités et, somme toute, qu'était-ce que l'amour ? se dit-elle en pensant à ses parents.

Avec sa beauté, sa position et le milieu où elle évoluait, Katherine connaissait bien entendu des jeunes gens qui désiraient l'épouser et lui déclaraient leur amour mais, comme elle ne les aimait pas, cela ne la touchait pas vraiment. N'ayant jamais aimé, elle avait à son insu élaboré depuis plusieurs années toute une imagerie amoureuse ; le mariage était l'aboutissement de l'amour et l'homme qui inspirerait ce sentiment éclipsait naturellement tous ceux qu'elle venait à rencontrer. Son imagination vagabondait librement dans un univers enchanteur projetant une lumière somptueuse, mais irréelle, sur les faits qui se déroulaient à l'avant-scène. L'amour dont elle rêvait avait la splendeur d'un flot tumultueux, tombant de hautes corniches dans les profondeurs bleutées de la nuit, et qui entraînait chaque goutte de vie jusqu'à l'apothéose où tout s'abandonnait sans retour. L'homme était un héros magnanime montant un fier coursier sur une plage de sable. Ils galopaient ensemble à travers les forêts ou le long des vagues. Pourtant, au sortir de ses rêves, elle était capable d'envisager un mariage sans amour comme une chose appartenant à la vie réelle, car les rêveurs de cette sorte sont peut-être ceux qui font les choses les plus prosaïques.

Katherine avait très envie de s'asseoir au cœur de la nuit et d'échafauder ses histoires jusqu'à ce qu'elle fût lasse de leur futilité et retournât à ses problèmes de mathématiques ;

mais il lui fallait voir son père avant de se coucher. La situation de Cyril Alardyce devait être débattue ; les illusions de sa mère et les droits de la famille l'exigeaient. Ne sachant pas très bien elle-même que penser, elle allait demander conseil à son père. Elle prit les lettres et descendit. Onze heures sonnaient à l'horloge normande, dans le vestibule, rivalisant avec la petite horloge du palier. Le bureau de Mr. Hilbery se trouvait au rez-de-chaussée, à l'arrière de la maison. C'était un endroit très silencieux et souterrain ; le jour, le soleil projetait à travers une lucarne une lumière abstraite sur les livres et la grande table recouverte de feuilles blanches, éclairés à présent par une petite lampe verte. C'était là que Mr. Hilbery corrigeait les articles pour sa revue, ou classait des documents qui permettraient de prouver que Shelley avait écrit « de » et non pas « et », ou bien que l'auberge dans laquelle Byron avait dormi s'appelait « la Tête de Cheval » et non « le Chevalier Turc », ou encore que le prénom de l'oncle de Keats était John plutôt que Richard ; il connaissait, il est vrai, la vie de ces poètes plus en détail que quiconque en Angleterre et préparait une édition de Shelley qui observerait scrupuleusement son système de ponctuation. L'humour de ces recherches ne lui échappait pas mais il les menait néanmoins avec une fidélité scrupuleuse.

Il était confortablement assis dans un profond fauteuil, fumant un cigare, tournant et retournant dans son esprit la passionnante question de savoir si Coleridge avait voulu épouser Dorothy Wordsworth, quelles conséquences cela aurait entraîné pour le poète et pour la littérature en général, quand Katherine entra. Il pensa qu'il connaissait le but de sa visite, rédigea une note au crayon avant de lui parler, puis, voyant qu'elle lisait, la regarda un moment sans rien dire. Elle avait pris *Isabelle et le Pot de basilic*, et imaginait les collines d'Italie, la lumière bleue du jour, les haies de rosiers rouges et blancs. Devinant que son père attendait, elle soupira et referma le livre en disant :

– J'ai reçu une lettre de Tante Celia au sujet de Cyril, Père… Cela semble vrai – ce mariage. Que devons-nous faire ?

– Il semble que Cyril se soit conduit comme un sot, déclara Mr. Hilbery de sa voix douce et mesurée.

Katherine éprouva quelque peine à poursuivre la conversation alors que son père faisait jouer le bout de ses doigts et paraissait garder pour lui tant de pensées secrètes.

– Je crois qu'il est perdu, maintenant, poursuivit-il.

Sans rien dire, il prit les lettres que Katherine tenait à la main, ajusta son lorgnon et les lut.

– Hum ! fit-il enfin en les lui rendant.

– Maman n'est au courant de rien, dit Katherine. Vous lui en parlerez ?

– J'en parlerai à ta mère. Mais je lui dirai qu'il n'y a rien à faire.

– Et le mariage ? demanda Katherine, déconcertée.

Mr. Hilbery resta silencieux, les yeux fixés sur le feu.

– Pour l'amour de Dieu, pourquoi a-t-il fait cela ? s'écria-t-il enfin, plus pour lui-même que pour répondre à Katherine.

Katherine avait recommencé de lire la lettre de sa tante et elle en cita une phrase : « Ibsen et Butler… Il m'a envoyé une lettre pleine de citations – des billevesées, cela n'a ni queue ni tête, mais c'est intelligent. »

– Eh bien, si la jeune génération veut prendre cette voie, cela ne nous regarde pas, dit-il.

– Mais ne devrions-nous pas intervenir pour qu'ils se marient ? demanda Katherine avec lassitude.

– En quoi diable ont-ils besoin de moi ? s'écria son père brusquement en colère.

– En tant que chef de famille…

– Mais je ne suis pas le chef de famille ! C'est Alfred le chef de famille. Qu'ils s'adressent à lui, dit Mr. Hilbery en retombant dans son fauteuil.

Katherine sentit qu'elle avait touché un point sensible en mentionnant la famille.

– Je pense que la meilleure chose à faire serait peut-être que j'aille les voir, observa Katherine.

– Je ne veux pas que tu aies quoi que ce soit à voir avec eux, répliqua Mr. Hilbery d'un ton singulièrement autoritaire. D'ailleurs, je ne comprends pas pourquoi on t'a mêlée à cette histoire ; je ne vois pas en quoi cela te concerne.

– Cyril et moi, nous avons toujours été amis, fit remarquer Katherine.

– T'a-t-il parlé de tout cela ? demanda Mr. Hilbery assez sèchement.

De la tête, Katherine fit signe que non. En fait, elle en voulait à Cyril de ne pas s'être confié à elle. Pensait-il, comme peut-être aussi Ralph Denham et Mary Datchet, qu'elle était antipathique, voire hostile ?

– En ce qui concerne ta mère, dit Mr. Hilbery après un moment de silence pendant lequel il sembla considérer la couleur des flammes, tu devrais lui rapporter les faits. Il vaut mieux qu'elle sache la vérité avant que l'on se mette à jaser. Je ne sais vraiment pas ce qui pousse Tante Celia à venir. Moins on en parlera, mieux cela vaudra.

Présumant que les hommes de soixante ans cultivés, et qui ont une grande expérience de la vie, doivent penser à beaucoup de choses qu'ils ne formulent pas, Katherine n'en trouva pas moins l'attitude de son père déroutante. Comme il était loin de tout cela ! Avec quelle facilité il donnait à ces événements une apparence décente en harmonie avec sa propre vision des choses ! Il n'avait même pas cherché à comprendre les mobiles de Cyril, pas plus qu'il n'avait été tenté d'examiner les aspects cachés de cette affaire. Il semblait simplement admettre, sans grande conviction, que Cyril s'était conduit sottement parce que tout le monde n'agissait pas de cette façon. Il avait l'air d'observer à travers un télescope de minuscules silhouettes qui s'agitaient à des centaines de kilomètres de là.

L'inquiétude égoïste qu'elle ressentait de ne pas avoir à prévenir elle-même Mrs. Hilbery la décida à suivre son père dans le vestibule le lendemain matin, après le petit déjeuner.

– Avez-vous parlé à Maman ? demanda-t-elle.

Son attitude à l'égard de son père était presque sévère. Il y avait, semblait-il, un tourbillon de pensées dans l'éclat sombre de ses yeux.

Mr. Hilbery soupira.

– Ma chère enfant, cela m'est complètement sorti de la tête.

Il lissa son chapeau de soie d'un geste énergique et affecta subitement la plus grande hâte :

– J'enverrai un mot de mon bureau… Je suis en retard. Il me reste encore beaucoup d'épreuves à corriger.

– C'est impossible, dit Katherine d'un ton décidé. Il faut le lui dire – il faut que toi ou moi nous le lui disions – nous aurions dû la mettre au courant tout de suite…

Mr. Hilbery avait mis son chapeau et sa main était déjà sur le bouton de la porte. Katherine reconnut dans son regard l'expression de malice, d'humour et d'irresponsabilité qu'il avait toujours eue quand il lui demandait de s'acquitter d'un devoir à sa place. Il balança éloquemment la tête de droite à gauche, ouvrit la porte d'un geste souple et fit un pas dehors, avec une légèreté surprenante pour son âge. Il adressa un signe de la main à sa fille et disparut. Restée seule, Katherine ne put s'empêcher de rire ; elle se retrouvait jouée une fois de plus dans des négociations d'ordre domestique, et il ne lui restait plus qu'à accomplir une tâche désagréable qui, de droit, revenait à son père.

IX

Pas plus que son père et en grande partie pour les mêmes raisons, Katherine n'avait envie de parler à sa mère de l'inconduite de Cyril. Ils appréhendaient l'un et l'autre la discussion qui s'ensuivrait, de la même façon que l'on redoute un coup de feu au théâtre. En outre, Katherine ne savait que penser de cette affaire. Comme toujours, elle pressentait quelque chose que son père et sa mère ne voyaient pas, ce qui la conduisait à suspendre dans son esprit son jugement sur la conduite de Cyril. Ils se demanderaient si c'était bien ou mal ; pour elle, ce n'était qu'un événement parmi d'autres.

Quand Katherine entra dans le bureau, Mrs. Hilbery avait déjà plongé sa plume dans l'encre.

– Katherine, dit-elle en levant sa plume, je viens de comprendre une chose fort étrange à propos de ton grand-père. J'ai trois ans et six mois de plus que lui au moment de sa mort. Je n'aurais pas pu être sa mère, mais j'aurais pu être sa grande sœur ; cette idée m'a beaucoup amusée. Je sens que j'ai pris un bon départ ce matin ; je vais bien avancer.

Du moins commença-t-elle sa phrase ; Katherine s'assit à sa table, défit le paquet de vieilles lettres sur lesquelles elle travaillait, les plia d'un air absent, et se mit à déchiffrer l'écriture fanée. Au bout d'une minute, elle regarda sa mère pour juger de son humeur. Une douce béatitude avait relâché chacun des muscles de son visage ; ses lèvres étaient légèrement entrouvertes, sa respiration s'échappait par vagues régulières comme celle d'un enfant qui dresse autour de lui une construction de cubes et s'extasie chaque fois qu'il en pose un de plus. De même, à chaque tracé de sa plume, Mrs. Hilbery élevait autour d'elle les ciels et les arbres du passé et se remémorait les voix des morts. Dans cette pièce silencieuse, à l'écart du bruit, Katherine avait l'impression d'être immergée dans le temps passé et de baigner avec sa mère dans la lumière qui avait rayonné soixante ans plus tôt. Le présent pouvait-il apporter quelque chose d'analogue à la richesse du passé ? se demanda-t-elle. C'était un jeudi ; la matinée avançait. L'une après l'autre, les secondes s'égrenaient à l'horloge de la cheminée. Elle tendit l'oreille et entendit au loin le coup de klaxon d'une automobile, le bruit des roues qui se rapprocha puis s'éloigna, les voix des marchands de ferraille et des quatre saisons dans l'une des rues pauvres, derrière la maison. Les pièces d'une habitation acquièrent avec le temps un pouvoir d'évocation, et une pièce où l'on a eu coutume d'exercer une activité ressuscite le souvenir des impressions, des idées, des attitudes dont on a été le témoin, si bien que toute tentative pour y effectuer un travail quelconque s'avère impossible.

Inconsciemment, Katherine était émue chaque fois qu'elle entrait dans le bureau de sa mère par ces sensations remontant à des années auparavant, quand elle n'était encore qu'une enfant ; elles avaient un côté tendre et solennel qui s'associait au souvenir plus ancien des ténèbres et des échos sonores de l'abbaye de Westminster où était enterré son grand-père. Les livres et les tableaux, les chaises, les tables lui avaient appartenu ou avaient un rapport avec lui ; il avait acheté un penny pièce les chiens de porcelaine qui ornaient la cheminée et les petits bergers avec leurs moutons, à un homme qui se tenait généralement dans Kensington High Street avec sa boîte de jouets, ainsi que sa mère se plaisait à le raconter. Katherine s'était souvent trouvée dans cette pièce, l'esprit si absorbé par les figures disparues qu'elle voyait presque les rides autour de leurs yeux et de leurs lèvres ; elle avait doté chacun d'une voix et d'une intonation propres, d'un manteau et d'une cravate. Elle avait souvent eu l'impression de se mouvoir parmi eux comme un fantôme invisible parmi les vivants, plus proche d'eux que de ses amis, car elle connaissait tous leurs secrets et possédait jusqu'à la prescience de leur destinée. Ils avaient été, à ses yeux, si malheureux, si maladroits, si butés ! Elle aurait pu leur dire ce qu'il fallait ou ne fallait pas faire. Malheureusement, ils faisaient fi de ses conseils et ne pouvaient échapper à leur antique mode de vie. Leur conduite était souvent aussi saugrenue qu'irrationnelle ; leurs conventions monstrueusement absurdes ; et pourtant, lorsqu'elle songeait à eux, c'était avec un attachement si profond qu'elle eût été incapable de les juger. Il lui arrivait parfois de ne plus savoir qu'elle était un être à part doté d'un avenir qui lui appartenait en propre. Certains jours de découragement, comme ce matin-là, elle tentait de découvrir une clé à l'imbroglio que leurs vieilles lettres offraient, une raison qui aurait donné un sens à leur existence, un but enfin – mais elle fut interrompue.

Mrs. Hilbery s'était levée et regardait par la fenêtre une file de chalands qui remontaient la rivière.

Katherine l'observa. Soudain, Mrs. Hilbery se retourna et s'écria :

– Je dois vraiment être ensorcelée ! Il me faut seulement trois phrases, vois-tu, quelque chose d'assez simple et banal, mais impossible de les écrire.

Ellc se mit à arpenter la pièce, saisissant au passage son chiffon à poussière, mais elle était trop contrariée pour trouver un quelconque soulagement à polir les reliures.

– Au reste, dit-elle, tendant à Katherine la feuille sur laquelle elle avait commencé à écrire, je ne crois pas que cela convienne. Ton grand-père est-il vraiment allé aux

Hébrides, Katherine ? demanda-t-elle en posant sur sa fille un regard étrangement implorant. J'ai pensé aux Hébrides et je n'ai pas pu m'empêcher d'écrire quelques lignes là-dessus. Cela pourrait peut-être constituer le début d'un chapitre ? Les chapitres commencent souvent très différemment de leur développement, tu sais.

Katherine lut ce que sa mère avait écrit, un peu comme une institutrice appréciant une rédaction d'enfant. Son visage ne laissa aucun espoir à Mrs. Hilbery qui l'observait anxieusement.

– C'est très beau, déclara-t-elle, mais, tu comprends, Maman, nous devrions aller d'un point à un autre…

– Oui, je sais, s'exclama Mrs. Hilbery. Mais c'est justement ce que je ne peux pas faire. Les idées se pressent dans ma tête. Ce n'est pas que je ne sache rien ou que je ne sente rien (qui l'a mieux connu que moi ?) mais il m'est impossible de le mettre par écrit, comprends-tu ? Il y a une sorte de tache aveugle, là, dit-elle en touchant son front. La nuit, quand je ne trouve pas le sommeil, je me dis que je mourrai avant d'avoir fini.

De la jubilation, elle était passée aux affres de la mélancolie que l'évocation de sa mort avait suscitées. Katherine se sentit découragée. Comme elles étaient impuissantes, à s'affairer ainsi toute la journée au milieu de leurs feuilles de papier ! Onze heures sonnaient à l'horloge et elles n'avaient encore rien fait ! Katherine regarda sa mère en train de fouiller dans une grande boîte placée près de sa table, mais elle n'alla pas l'aider. Sa mère avait dû égarer un papier et elles allaient perdre le reste de la matinée à le chercher. Irritée, Katherine baissa les yeux et relut les phrases musicales décrivant les mouettes argentées, les petites fleurs roses baignées par des flots transparents et les nuages bleu de jacinthe, quand le silence de sa mère attira son attention. Elle leva les yeux. Mrs. Hilbery avait vidé sur la table un dossier rempli de vieilles photographies et elle les contemplait une à une.

– Il n'y a pas de doute, Katherine, dit-elle. Les hommes étaient beaucoup plus élégants qu'aujourd'hui, en dépit de leurs affreux favoris. Regarde le vieux John Graham dans son gilet blanc, regarde Oncle Harley. Celui-là, c'est probablement Peter, le valet de chambre. Oncle John l'avait ramené des Indes.

Katherine regarda sa mère en silence. Une violente colère l'envahit, d'autant plus vive que la nature même de ses liens avec elle l'empêchait de la manifester. Elle ressentit toute l'injustice qu'il y avait de la part de sa mère à s'arroger ainsi tacitement son temps et sa bienveillance, et tout cela pour les gaspiller, pensa Katherine avec amertume. Mais tout à coup elle se souvint qu'elle devait lui parler de Cyril. Sa colère se dissipa immédiatement, se brisant comme une vague à son point le plus haut ; les eaux retombèrent dans la mer et Katherine se sentit une nouvelle fois en paix, pleine de sollicitude et soucieuse simplement d'épargner des soucis à sa mère ; instinctivement, elle traversa la pièce et vint se poser sur l'accoudoir du fauteuil où celle-ci était assise. Mrs. Hilbery appuya la tête contre l'épaule de sa fille.

– Existe-t-il quelque chose de plus beau qu'une femme vers qui chacun se tourne dans le malheur ? Les jeunes femmes de ta génération ont-elles fait mieux, Katherine ? Je les revois encore à Melbury House, balayant les pelouses de leurs volants et de leurs falbalas, si calmes, si hautaines, si majestueuses (le singe et le nain noir derrière elles), comme si rien d'autre ne comptait que la beauté et la douceur. Pourtant, je me dis parfois qu'elles ont fait plus que nous. Elles existaient ; cela vaut mieux qu'agir. Elles me font penser à des navires, de majestueux navires, tenant leur cap, à l'écart des remous, sans se soucier comme nous de vétilles, suivant leur cap simplement, toutes voiles dehors.

Katherine essaya d'interrompre ce discours, mais l'occasion ne se présenta pas et elle ne pouvait s'empêcher de feuilleter les pages de l'album dans lequel étaient rangées les vieilles photographies. Les visages de ces hommes et de ces femmes rayonnaient d'une façon admirable par rapport au tohu-bohu des vivants ; ils semblaient, ainsi que sa mère l'avait dit, pénétrés d'une dignité et d'un calme exceptionnels, comme s'ils avaient gouverné leur royaume à bon droit et mérité d'être aimés. Certains étaient très beaux. D'autres étaient assez laids, mais ils avaient une physionomie très expressive ; aucun n'était insipide ni insignifiant. Les superbes plis empesés des crinolines seyaient aux femmes ; les manteaux et les chapeaux des messieurs avaient beaucoup d'allure. Une fois de plus, Katherine ressentit une atmosphère sereine autour d'elle et crut entendre la rumeur solennelle des vagues se brisant sur la grève. Elle n'oubliait pas pour autant qu'elle devait relier le présent au passé.

Mrs. Hilbery passait d'une histoire à l'autre.

– Voici Janie Mannering, dit-elle, montrant du doigt une magnifique vieille dame aux cheveux blancs dont les vêtements de satin ressemblaient à des résilles de perles. J'ai dû te dire qu'elle avait découvert son cuisinier complètement ivre sous la table de la cuisine, le jour où l'Impératrice était attendue à dîner ; elle retroussa ses manches de velours (elle-même s'habillait toujours comme une reine), prépara le repas et entra au salon comme si elle avait reposé tout le jour sur un tapis de roses. Elle pouvait faire ce qu'elle voulait de ses doigts – elles avaient toutes ce don – construire une maison ou broder un jupon.

« Voilà Queenie Colquhoun, poursuivit-elle en tournant les pages, celle qui apporta son cercueil à la Jamaïque, rempli de châles et de bonnets ravissants parce qu'il était impossible d'en trouver un à la Jamaïque et qu'elle redoutait de mourir là-bas (où elle mourut en effet) et d'être dévorée par les fourmis blanches. Ah, Sabine ! La plus belle de toutes ; on croyait voir une étoile lorsqu'elle entrait. Et voilà Miriam dans sa houppelande de cocher avec toutes les petites capes par-dessus ; dessous, elle portait de grandes bottes à revers. Vous, les jeunes, vous pouvez vous vanter de n'être pas conventionnels, ce n'est rien à côté d'elle.

Elle tourna la page et tomba sur la photographie d'une femme élégante mais très masculine, que le photographe avait coiffée d'une couronne impériale.

– Ah, misérable ! s'exclama Mrs. Hilbery. Quel tyran as-tu été ! Comme nous nous sommes abaissés devant toi ! « Maggie, aimait-elle à répéter, sans moi, où serais-tu, à présent ? » Elle avait raison ; c'est elle qui les a fait se rencontrer, tu sais. Elle a dit à mon père : « Épouse-la » et il l'a épousée ; elle a dit à la pauvre petite Clara, « prosterne-toi et vénère-le » ; c'est ce qu'elle a fait mais elle s'est relevée, bien sûr. Que pouvait-on espérer d'autre ? Ce n'était qu'une enfant – dix-huit ans – à moitié morte de peur. Mais cette vieille despote n'a jamais eu le moindre regret. Elle aimait à répéter qu'elle leur avait donné trois mois incomparables et que personne n'avait le droit d'exiger plus ; je pense parfois que cela est juste, Katherine, vois-tu. La plupart d'entre nous n'en avons pas autant ; nous faisons semblant, chose que ni l'un ni l'autre n'a jamais su faire. J'imagine, poursuivit Mrs. Hilbery d'un ton rêveur, qu'à cette époque il existait une sorte de sincérité entre les hommes et les femmes, que vous ne possédez pas malgré votre franc-parler.

Katherine cherchait en vain à l'interrompre. Mais Mrs. Hilbery avait puisé un nouvel entrain dans ses souvenirs et, sa vivacité retrouvée, elle poursuivit :

– Au fond, ils ont dû être bons amis. Elle chantait souvent ses chansons. Comment était-ce déjà ? » Et Mrs. Hilbery entonna d'une voix ravissante un célèbre poème lyrique de son père qui avait été mis en musique avec une mièvrerie charmante par quelque compositeur du début de l'époque victorienne.

– C'est cela leur vitalité ! conclut-elle en frappant de la main sur la table. C'est cela qui nous manque ! Nous sommes vertueux, nous sommes sérieux, nous allons à des réunions politiques, nous donnons aux pauvres leurs gages, mais nous ne vivons pas comme eux. Mon père ne dormait pour ainsi dire que quatre nuits sur sept ; pourtant, le matin, il était toujours frais comme l'œil. Je l'entends encore monter en chantant jusqu'à ma chambre d'enfants ; il lançait en l'air le pain du déjeuner, le rattrapait au bout de sa canne-épée, puis nous partions en excursion – Richmond, Hampton Court, Surrey Hills !

Mrs. Hilbery scrutait le ciel par la fenêtre quand, soudain, on frappa à la porte. Une dame âgée et menue entra. « Tante Celia ! » s'exclama Katherine qui accueillit la nouvelle venue avec un visage consterné car elle devinait l'objet de sa visite. Elle était certainement venue dans l'intention de parler de Cyril et de la femme avec laquelle il n'était pas marié, et, en raison de la fâcheuse tendance de Katherine à tout remettre au lendemain, Mrs. Hilbery n'était pas du tout préparée. Elle leur suggéra d'aller faire un tour à Blackfriars afin d'examiner le site du théâtre de Shakespeare puisque le temps ne permettait pas d'envisager une excursion à la campagne.

Mrs. Milvain écouta cette proposition avec un sourire patient qui montrait manifestement que, depuis de nombreuses années, elle accueillait avec philosophie les excentricités de sa belle-sœur. Katherine prit place un peu à l'écart, un pied posé sur le garde-fou comme si, par cette attitude, elle pouvait avoir une idée plus claire du problème. La situation de Cyril et la question morale qu'elle soulevait lui apparaissaient toujours aussi abstraites malgré la présence de sa tante. La difficulté, semblait-il présentement, consistait non pas à annoncer avec ménagement les faits à Mrs. Hilbery, mais à les lui faire comprendre. Comment saisir son esprit au lasso pour l'amener jusqu'à ce point minuscule, insignifiant ?

– Je crois que Tante Celia est venue pour parler de Cyril, Mère, dit-elle brusquement. Tante Celia a découvert que Cyril est marié. Il a une femme et des enfants.

– Non, non, il n'est pas marié, intervint Mrs. Milvain à voix basse en s'adressant à Mrs. Hilbery. Il a deux enfants et il y en a un autre en route.

L'air stupéfait, Mrs. Hilbery regarda les deux femmes.

– Nous pensions qu'il valait mieux en être sûr avant de te le dire, ajouta Katherine.

– Mais j'ai rencontré Cyril il y a juste quinze jours à la National Gallery ! s'écria Mrs. Hilbery. Je ne crois pas un mot de tout cela.

Elle hocha la tête et esquissa un sourire à l'adresse de Mrs. Milvain comme pour signifier qu'une telle méprise était bien compréhensible de la part d'une femme sans enfant dont le mari végétait au ministère du Commerce.

– Je ne voulais pas le croire non plus, Maggie, dit Mrs. Milvain. Pendant longtemps, je m'y suis refusée. Mais maintenant que je l'ai vu de mes yeux, je suis bien obligée de le croire.

– Katherine, demanda Mrs. Hilbery, ton père est-il au courant ?

Katherine fit signe que oui.

– Cyril marié ! répéta Mrs. Hilbery. Mais il ne nous en a jamais rien dit ; pourtant, il vient chez nous depuis qu'il est petit. Le fils du noble William ! Je n'en crois pas mes oreilles !

Sentant qu'il lui incombait d'apporter des preuves, Mrs. Milvain se mit en devoir de raconter toute l'affaire. C'était une femme frêle, mais sa puérilité semblait toujours lui imposer de douloureux devoirs : vénérer la famille, la conserver saine et sauve était devenu le principal objectif de sa vie. Elle parlait d'une voix basse, légèrement étranglée par l'émotion :

– Je le soupçonnais depuis quelque temps de ne pas être heureux. Il avait de nouvelles rides. Aussi, quand j'appris qu'il avait été engagé au collège des pauvres, je décidai d'aller le voir. Il donne un cours de droit romain, je crois, ou de grec, peut-être bien. La logeuse m'a dit que Mr. Alardyce ne dormait là que deux fois par mois environ. Il avait l'ait bien malade, selon elle. Elle l'avait aperçu en compagnie d'une jeune personne. J'ai tout de suite soupçonné quelque chose. Je suis allée chez lui et j'ai trouvé une enveloppe sur la cheminée avec une lettre portant une adresse dans Seton Street, une rue qui part de Kennington Road.

Mrs. Hilbery ne tenait pas en place et fredonnait des morceaux de son air comme si elle voulait lui couper la parole.

– Je suis allée à Seton Street, continua Tante Celia sans sourciller. C'est un endroit affreux – des pensions, tu sais, avec des canaris aux fenêtres. Le numéro 7 n'était pas différent des autres. J'ai sonné, j'ai frappé ; personne. Je suis descendue dans la courette. Je suis sûre d'avoir vu quelqu'un à l'intérieur – des enfants – un berceau. Mais pas de réponse, rien.

Mrs. Milvain soupira ; ses yeux bleus dénués d'expression fixèrent un point devant elle.

– J'ai attendu dans la rue, poursuivit-elle, dans l'espoir de rencontrer l'un ou l'autre. Le temps m'a paru long. Des hommes ivres chantaient dans le pub voisin. Finalement, la porte s'est ouverte et une femme – elle, probablement – est passée devant moi. Seule la boîte à lettres nous séparait.

– Comment est-elle ? demanda Mrs. Hilbery.

– Il est évident que le pauvre garçon a été dupe, fut la seule réponse que Mrs. Milvain consentit à faire.

– Pauvre petite ! s'exclama Mrs. Hilbery.

– Pauvre Cyril ! dit Mrs. Milvain en insistant légèrement sur Cyril.

– Mais ils n'ont pas de quoi vivre, reprit Mrs. Hilbery. S'il était venu nous voir en homme responsable, s'il nous avait dit : « Je me suis conduit comme un sot », on aurait eu pitié de lui ; on aurait cherché à l'aider. Qu'y a-t-il de si déshonorant, après tout ? Mais il a feint tout ce temps, il nous a laissé croire qu'il était célibataire. Et sa pauvre petite femme…

– Ce n'est pas sa femme, intervint Tante Celia.

– Je n'ai jamais rien entendu d'aussi détestable ! » conclut Mrs. Hilbery en frappant du poing le bras de son fauteuil. En prenant conscience des faits, elle ressentait un immense écœurement bien que la dissimulation du péché la blessât davantage peut-être que le péché lui-même. Son indignation était splendide et Katherine profondément soulagée se sentit fière de sa mère. De toute évidence, cette indignation était sincère et se concentrait essentiellement sur les faits, à l'opposé de Tante Celia qui paraissait se mouvoir timidement, avec un plaisir morbide, parmi ces ombres déplaisantes. Katherine et sa mère prendraient la situation en main ; elles iraient voir Cyril et arrangeraient les choses.

– Nous devons d'abord comprendre les raisons de Cyril, dit-elle, s'adressant à sa mère comme à une personne du même âge, mais au même instant un bruit se fit entendre à l'extérieur et Cousine Caroline, la cousine de Mrs. Hilbery, restée vieille fille, fit son entrée dans la pièce. Bien qu'elle fût une Alardyce de naissance et Tante Celia une Hilbery, la complexité des relations familiales était telle qu'elles étaient à la fois cousines germaines et cousines au second degré et, par conséquent, tantes et cousines du coupable Cyril, de sorte que son inconduite était presque autant l'affaire de Cousine Caroline que de Tante Celia. Cousine Caroline était une dame d'une taille et d'un embonpoint imposants mais, malgré sa nature et la richesse de sa toilette, elle avait quelque chose de fragile dans l'expression du visage : l'on eût dit que sa peau délicate et rosée, son nez recourbé et son double menton qui lui donnaient le profil d'un cacatoès, avaient été exposés à tous les vents plusieurs étés de suite ; elle était célibataire mais avait su, disait-on, conduire elle-même sa vie, et à ce titre, elle avait qualité pour être écoutée avec respect.

– Quelle triste affaire, commença-t-elle, sans même reprendre son souffle. Si je n'avais pas manqué le train, je serais arrivée plus tôt. Celia vous a probablement raconté. Vous serez d'accord avec moi, Maggie ; il faut qu'il l'épouse immédiatement, pour les enfants.

– Parce qu'il refuse de l'épouser ? interrogea Mrs. Hilbery, reprenant l'air hébété.

– Il m'a envoyé une lettre absurde, contre nature, pleine de citations, dit Cousine Caroline tout essoufflée. Il croit bien agir mais nous nous rendons compte qu'il fait une folie… La fille a l'esprit aussi mal tourné que lui et c'est ce que je reproche à Cyril.

– Elle l'a entortillé, s'interposa Tante Celia d'une voix étrangement suave qui évoquait un réseau de mailles étroites enserrant une victime.

– Cela ne sert à rien de connaître tous les détails de l'affaire, maintenant, Celia, dit Cousine Caroline avec une certaine aigreur ; elle se prenait pour la seule personne pratique de la famille, déplorant que Mrs. Milvain eût déjà embrouillé la pauvre chère Maggie par sa version incomplète des faits. Le mal est fait et bien fait. Allons-nous laisser un troisième enfant naître en dehors du mariage ? (Je regrette de parler de cela devant toi, Katherine.) Il portera ton nom, Maggie, le nom de ton père, ne l'oublie pas.

– Espérons que ce sera une fille, dit Mrs. Hilbery.

Katherine, qui n'avait pas quitté sa mère du regard pendant ce déluge de paroles, sentit que le regard de juste indignation s'était déjà évanoui ; de toute évidence sa mère cherchait une échappatoire quelconque, une idée lumineuse, qui pourrait démontrer à la satisfaction générale que tout s'était passé, miraculeusement, mais incontestablement, pour le mieux.

– Voilà qui est très désagréable, vraiment très désagréable ! répéta-t-elle sans grande conviction.

Puis un sourire éclaira son visage ; hésitant d'abord, il se fit peu à peu plus assuré.

– Aujourd'hui, les gens ne blâment plus ces choses-là avec la même rigueur qu'autrefois, commença-t-elle. Ils rencontreront peut-être des difficultés mais s'ils font preuve de courage et d'intelligence, et je n'en doute pas, ils deviendront certainement des personnages remarquables. Robert Browning disait souvent que les grands hommes ont du sang juif. Nous devons essayer de voir les choses sous cet angle. Après tout, Cyril a agi selon des principes. Que l'on soit en désaccord avec ses principes n'empêche pas qu'on puisse les respecter, comme la Révolution française ou la décapitation du roi par Cromwell. Certaines atrocités de l'histoire ont été commises au nom de principes, conclut-elle.

– Je crains d'avoir une conception différente des principes, remarqua Cousine Caroline d'une voix acerbe.

– Les principes ! répéta Tante Celia, l'air de désapprouver qu'un tel mot se trouvât lié à ce contexte. J'irai le voir demain, ajouta-t-elle.

– Mais, Celia, pourquoi prendre à cœur toutes ces choses désagréables ? intervint Mrs. Hilbery.

Et Cousine Caroline invoqua de nouveaux arguments où se révélait son abnégation.

Lassée, Katherine se tourna vers la fenêtre, le front collé contre le carreau, regardant tristement la rivière, dans l'attitude d'un enfant déprimé par les propos incohérents de ses aînés. Elle était très déçue par sa mère – et par elle-même. Elle imprima une secousse au store qui s'enroula avec un bruit sec à la mesure de son ennui. Une sorte d'indignation l'habitait mais elle était incapable de l'exprimer et ignorait contre qui elle était en colère. Il fallait les entendre parler, moraliser, inventer des histoires conformes à leur propre idée de la bienséance, tout en se louant secrètement de leur dévoucment et de leur tact ! Décidément, se dit Katherine, elles appartenaient à un monde de brume situé à des centaines de kilomètres de là – où exactement ? « Peut-être ferais-je mieux d'épouser William ? » s'avisa-t-elle soudain et cette idée parut surgir de la brume tel un coin de terre ferme. Elle resta là, réfléchissant à son destin tandis que les vieilles dames n'en finissaient plus de parler. Elles résolurent finalement d'inviter la malheureuse à déjeuner et de lui expliquer gentiment la signification de sa conduite aux yeux de femmes comme elles qui connaissaient le monde ; mais Mrs. Hilbery eut une meilleure idée.

X

MM. Grateley et Hooper, les avocats de la compagnie dans laquelle Ralph Denham était employé, avaient leurs bureaux à Lincoln's Inn Fields, et Ralph Denham s'y rendait chaque matin, à dix heures très précises. Sa ponctualité et ses nombreuses qualités le distinguaient des autres clercs et faisaient présager de sa réussite ; on aurait pu parier sans risque que, dix ans plus tard, il se retrouverait au sommet de sa profession, si une excentricité ne menaçait parfois de tout compromettre : sa passion pour la spéculation qui, mettant en péril ses économies, avait déjà à plusieurs reprises inquiété sa sœur Joan. À force d'observer son frère avec le regard de l'affection, elle avait pris conscience de son caractère obstiné qui lui donnait beaucoup de soucis et lui en aurait donné davantage si elle n'avait reconnu en elle-même les germes d'une obstination semblable. Selon elle, Ralph pouvait sacrifier sa carrière sur un coup de tête, pour une idée ou même (comme son imagination la portait à le croire) pour une femme aperçue d'un train, étendant du linge dans une arrière-cour. S'il se passionnait pour une femme ou pour une idée, rien, elle le savait, ne pourrait l'en détourner. L'Orient lui inspirait aussi une certaine méfiance ; elle n'était pas tranquille quand elle le voyait feuilleter un livre sur l'Inde, comme si les pages eussent pu le contaminer. Par contre, une histoire d'amour banale, si jamais telle chose existe, ne pouvait en aucun cas concerner son frère. Elle ne doutait pas qu'une destinée hors du commun lui fût réservée pour le meilleur ou pour le pire. Pourtant, personne n'aurait pu travailler plus dur ni mieux que Ralph, à chaque étape importante de sa vie, et Joan nourrissait ses craintes de petits riens qui auraient échappé à d'autres yeux. Son anxiété était naturelle : la vie avait été si dure pour eux tous, depuis toujours, qu'elle vivait dans la crainte perpétuelle qu'il ne lâchât prise brusquement, sachant d'expérience que le besoin de se libérer de la discipline d'un travail pénible et ingrat était une impulsion parfois irrésistible. Toutefois si Ralph rompait les amarres, ce serait pour s'atteler à une tâche plus rude encore ; elle l'imaginait dans un désert de sable, avançant péniblement sous un soleil de plomb à la découverte d'une source ou d'un insecte rare ; ou bien elle le voyait dans un taudis, vivant du travail de ses mains, victime de l'une de ces terribles théories sur le bien et le mal, si répandues à l'époque ; elle l'imaginait prisonnier à jamais d'une femme dont l'infortune l'aurait séduit. Ainsi donc, partagée entre la fierté et l'inquiétude, elle se perdait en conjectures tandis qu'ils bavardaient tous deux à une heure avancée de la nuit, près du radiateur à gaz, dans la chambre de Ralph.

Il est probable que Ralph n'aurait pas reconnu l'avenir dont il rêvait dans les prévisions qui troublaient la tranquillité de sa sœur. S'il en avait eu connaissance, il les aurait rejetées l'une après l'autre dans un éclat de rire car ce genre de vie n'exerçait aucun attrait sur lui. Il n'aurait pas su dire comment ces notions absurdes étaient entrées dans la tête de sa sœur. En fait, il s'enorgueillissait de s'être lancé dans une vie de labeur, à propos de laquelle il ne se faisait aucune illusion. Sa vision de l'avenir, à la différence de la plupart des prévisions de sa sœur, aurait pu être rendue publique à tout moment, sans qu'il eût à en rougir ; il se prêtait une intelligence certaine et s'accordait un siège à la Chambre des communes à cinquante ans, une fortune moyenne et, avec un peu de chance, un petit rôle dans un gouvernement libéral. Il n'y avait là rien d'extravagant, rien de déshonorant. Néanmoins, comme le devinait sa sœur, Ralph avait besoin de toute sa volonté, outre la pression des événements, pour rester sur la voie qui le conduirait au but. Il lui fallait, en particulier, se répéter constamment l'expression consacrée selon laquelle il partageait le lot commun, le plus enviable, et n'en souhaitait pas d'autre ; c'est en se répétant de telles phrases qu'il était devenu ponctuel et assidu au travail et qu'il avait réussi à se convaincre que la condition d'employé dans un bureau d'avocats était des plus enviables et que toute autre ambition eût été vaine.

Cependant, comme toutes les convictions qui ne sont pas tout à fait sincères, celle-ci dépendait pour une grande part de l'approbation qu'elle pouvait rencontrer et, une fois seul, à l'écart de la pression sociale, Ralph se laissait facilement entraîner loin de la conjoncture réelle pour d'étranges voyages dont, à vrai dire, il n'aurait pas parlé sans honte. Dans ses rêves, il était, bien sûr, un héros noble et romantique mais le culte du moi n'en était pas le thème unique. Il s'agissait plutôt d'un exutoire pour une part de lui-même coupée de la réalité ; à cause du pessimisme que le sort lui avait instillé, Ralph avait décidé qu'il n'y avait pas de place en ce monde pour ce qu'il nommait, avec un certain mépris, « le rêve ». Il lui semblait parfois que cette part de lui-même était son bien le plus précieux ; elle pouvait lui insuffler l'énergie de faire fleurir des étendues désertiques, de guérir des malades ou faire jaillir la beauté là où elle n'existait point ; c'était une force impérieuse capable d'engloutir d'un seul coup les livres poussiéreux et les parchemins du bureau pour le laisser, en un instant, nu comme un ver s'il relâchait un tant soit peu son attention. Sa préoccupation constante depuis de nombreuses années était de maîtriser cette force et, à vingt-neuf ans, il se montrait somme toute assez fier de sa vie rigoureusement partagée entre le travail et le rêve qui coexistaient sans heurt. À vrai dire, cet effort de discipline avait été rendu possible par l'intérêt qu'il portait à une profession difficile, mais la conclusion à laquelle il était parvenu au sortir du collège demeurait toujours ancrée dans son esprit et imprégnait ses idées ; il croyait, non sans mélancolie, que la vie nous contraint à exercer nos talents les plus médiocres et à gaspiller les plus précieux, de sorte qu'en définitive nous sommes obligés de reconnaître qu'il y a peu de mérite et peu de profit dans ce qui nous avait semblé la meilleure part de nous-mêmes.

Tout compte fait, Denham n'était pas plus populaire au bureau que chez lui. Il était trop sûr, à cette étape de sa vie professionnelle, de la justesse de ses jugements, trop fier de son sang-froid et, comme il est naturel chez ceux qui ne sont pas pleinement heureux ni tout à fait adaptés à leur situation, trop enclin à démontrer la sottise du bonheur s'il trouvait un interlocuteur à convaincre. Au bureau, sa compétence plutôt ostentatoire ennuyait ceux qui prenaient leur travail moins à cœur et, si l'on prévoyait son avancement, ce n'était pas uniquement par sympathie. À la vérité, Ralph donnait l'image d'un jeune homme plutôt dur et arrogant, imprévisible, irréductible, bourru, dévoré par le désir de réussir, ce qui était tout naturel, pensaient les esprits critiques, chez un homme sans fortune qui n'était pas séduisant.

Les jeunes gens du bureau étaient en droit d'émettre une telle opinion car Denham ne montrait aucun désir de se lier d'amitié avec eux. Il les aimait bien, mais les reléguait dans le compartiment de sa vie consacré au travail. Jusqu'ici, il n'avait pas rencontré de difficultés à organiser son temps aussi méthodiquement qu'il équilibrait ses dépenses, mais à cette époque de sa vie, il fit des expériences nouvelles qui ne s'avérèrent pas aussi simples à classifier. Mary Datchet avait été la première à jeter en lui la confusion, deux ans plus tôt, en éclatant de rire dès leur première rencontre à la suite d'une remarque qu'il avait faite. Elle n'avait pas su dire pourquoi. Elle le trouvait totalement bizarre. Quand il la connut suffisamment, il lui raconta la façon dont il passait le lundi, le mercredi et le samedi, et cela l'amusa encore plus ; elle se mit à rire et il finit par rire avec elle sans savoir pourquoi. Elle trouvait très curieux qu'il connût autant de choses que n'importe qui en Angleterre sur l'élevage des bouledogues et qu'il possédât une collection de fleurs sauvages trouvées dans la banlieue de Londres ; quant à ses visites hebdomadaires à Ealing, chez la vieille Miss Trotter, qui faisait autorité en matière de science héraldique, elles ne manquaient jamais de déclencher le fou rire de Mary Datchet. Elle voulait tout savoir, même le genre de gâteau que la vieille dame lui offrait à cette occasion ; et leurs excursions, l'été venu, dans les églises aux alentours de Londres, afin de copier le dessin de plaques tombales, devenaient de véritables fêtes grâce à l'intérêt que Mary y prenait. En six mois, elle en apprit davantage sur ses amis et ses passe-temps insolites que ses frères et sœurs qui vivaient avec lui depuis toujours ; Ralph trouvait cela très agréable, quoique déconcertant, car il se prenait pour quelqu'un de profondément sérieux.

Oui, c'était bien agréable d'être en compagnie de Mary Datchet et de devenir, sitôt la porte franchie, un autre, original et sympathique, ayant peu de ressemblance avec celui que la plupart des gens connaissaient. Il devint moins sérieux et légèrement moins tyrannique chez lui, car il croyait entendre le rire de Mary quand elle lui disait qu'il ne connaissait rien à rien. Elle le poussa également à s'intéresser aux questions politiques pour lesquelles elle avait un goût inné ; elle était d'ailleurs sur le point de le détourner des Tories en faveur des Radicaux, après une série de meetings qui l'assommaient immanquablement au début mais finissaient toujours par le passionner encore plus qu'elle.

Ralph, pourtant, demeurait distant. Quand il pensait à quelque chose, il faisait automatiquement le partage entre ce qu'il pouvait dire à Mary et ce qu'il préférait garder pour lui. Elle le savait et cela piquait sa curiosité ; les jeunes gens qu'elle rencontrait habituellement se livraient facilement et elle les écoutait comme on écoute des enfants, sans penser à elle. Avec Ralph, en revanche, ce sentiment maternel était le plus souvent absent et un sens plus aigu de son individualité l'habitait.

Un jour, en fin d'après-midi, Ralph marchait sur le Strand ; il avait rendez-vous avec un avocat pour discuter d'une affaire. La lumière de l'après-midi avait presque disparu pour faire place à un éclairage électrique jaune et vert tandis qu'à cette heure, dans les chemins de campagne, l'air devait être doux et sentir le feu de bois ; de chaque côté de la rue, les vitrines étaient pleines de chaînes scintillantes et de luxueux coffrets en cuir disposés sur d'épaisses tablettes de verre. Denham ne distinguait pas ces objets qui pourtant, tous ensemble, lui procuraient une certaine ivresse. Tout à coup, il aperçut Katherine Hilbery. Elle venait droit vers lui. Il la regarda fixement comme si elle n'était qu'une illustration de sa pensée. C'est dans cet état d'esprit qu'il remarqua l'expression assurée de son regard, le mouvement imperceptible et involontaire de ses lèvres, qui, associés à sa taille et à l'élégance de sa robe, donnaient l'impression que la foule entravait sa marche et qu'elle suivait une autre direction. Ralph se fit ces remarques calmement mais, à l'instant où il la croisa, ses mains et ses genoux se mirent à trembler et son cœur cogna douloureusement. Elle ne le vit pas et continua de se répéter pour elle-même une phrase qui l'avait frappée : « C'est la vie qui compte, seulement la vie – le processus de la connaissance – ce processus infini, non pas la connaissance elle-même. » Toute à ses pensées, elle passa sans voir Denham et il n'eut pas le courage de l'arrêter. Cette scène sur le Strand revêtit néanmoins aussitôt une harmonie propre aux choses les plus disparates dès lors qu'une musique s'élève ; cette impression était si agréable qu'il se félicita de ne pas l'avoir accostée. L'impression s'atténua peu à peu, mais l'accompagna jusqu'à la porte du cabinet de l'avocat.

Après l'entretien, il était trop tard pour retourner au bureau. Curieusement, sa rencontre avec Katherine lui avait ôté toute envie de passer une soirée en famille. Où aller ? Marcher dans les rues de Londres jusque chez Katherine, guetter les fenêtres et l'imaginer à l'intérieur – cela lui parut possible l'espace d'un instant, mais il repoussa cette idée, rougissant comme lorsqu'on cueille une fleur par sentimentalisme pour la jeter aussitôt après. Non, il irait voir Mary Datchet. À cette heure-ci, elle serait rentrée de son travail.

La visite inattendue de Ralph plongea Mary en plein désarroi. Elle était en train de nettoyer des couteaux dans sa minuscule cuisine où elle retourna après avoir fait entrer Ralph ; elle tourna trop fort le robinet d'eau froide, puis le ferma à fond. « Allons », se dit-elle en le serrant bien, « je ne vais pas me laisser troubler par ces idées stupides… »

– Ne pensez-vous pas que Mr. Asquith mérite d'être pendu ? demanda-t-elle en direction du salon.

Elle le rejoignit en se séchant les mains et le mit au courant de la dernière échappatoire du gouvernement à propos du vote des femmes. Ralph ne tenait pas à discuter politique, mais il ne pouvait s'empêcher de respecter Mary de manifester un tel intérêt pour les questions sociales. Il l'observa tandis qu'elle se penchait pour tisonner le feu ; elle parlait avec clarté et ses phrases rappelaient vaguement les accents de la tribune. « Comme elle me trouverait bête, pensa-t-il, si elle savait que j'ai failli marcher jusqu'à Chelsea pour épier les fenêtres de Katherine. Elle ne comprendrait pas, mais je l'aime ainsi. »

Ils discutèrent un moment de l'action que devaient mener les femmes puis quand Ralph commença à s'intéresser sincèrement à ce problème, l'attention de Mary se relâcha et elle eut soudain envie de parler d'elle-même, et d'aborder un sujet plus personnel qui lui eût permis de révéler ses sentiments à l'égard de Ralph. Elle ne put malheureusement lui cacher son peu d'intérêt pour ce qu'il était en train de dire et ils finirent par se taire tous les deux. Ralph pensa à diverses choses qui, toutes, se rapportaient plus ou moins à Katherine ou aux images romanesques qu'elle lui inspirait. Il ne pouvait en faire part à Mary et la plaignait d'ignorer ce qu'il ressentait. « Voilà », pensa-t-il, « ce qui nous différencie des femmes : elles n'ont aucun sens du romanesque. »

– Alors, Mary, dit-il enfin, pourquoi ne me racontez-vous rien d'amusant ?

Son ton était nettement provocant, mais, en règle générale, Mary ne répondait pas à ses provocations. Pourtant, ce soir-là, elle répliqua assez sèchement :

– Parce que je n'ai rien d'amusant à dire, sans doute.

Ralph réfléchit un moment, puis il ajouta :

– Vous travaillez trop. Je ne veux pas parler de votre santé, précisa-t-il pour répondre au rire dédaigneux de Mary. Je veux dire que vous consacrez trop de temps à votre travail.

– Ce n'est pas bien ? demanda-t-elle en cachant ses yeux derrière sa main.

– À mon avis, non, répondit-il avec brusquerie.

– Mais il y a une semaine, vous disiez juste le contraire !

Sa voix vibrait de défi, mais elle se sentait étrangement lasse. Ralph ne s'en aperçut pas et il saisit cette occasion pour la sermonner et lui exposer ses nouvelles idées sur sa manière de vivre. Elle l'écouta avec le sentiment qu'il subissait l'emprise de quelqu'un. Il lui conseilla de lire davantage et d'accepter qu'il y eût d'autres points de vue que les siens. Comme elle l'avait vu pour la dernière fois quitter le bureau en compagnie de Katherine, elle attribua évidemment ce changement à la jeune femme ; Katherine avait montré un tel mépris pour eux, ce jour-là, qu'elle avait dû, après son départ, les critiquer ou marquer sa désapprobation par son attitude. Mais Mary savait que Ralph n'admettrait jamais d'avoir subi l'influence de quelqu'un.

– Vous ne lisez pas assez, Mary, reprit-il. Vous devriez lire plus souvent de la poésie.

Mary, il est vrai, avait quelque peu limité ses lectures aux programmes de ses examens ; et, à Londres, elle avait peu de temps pour lire. Quelle qu'en soit la raison, il n'est jamais agréable de s'entendre dire que l'on ne lit pas assez de poésie, mais le ressentiment de Mary se révéla uniquement par sa façon de bouger les mains et la fixité de son regard. « Je me conduis exactement comme je m'étais promis de ne pas le faire », se reprocha-t-elle. Elle relâcha tous les muscles et dit de sa voix raisonnable :

– Alors dites-moi ce que je devrais lire ?

Inconsciemment, Ralph était agacé par Mary et il pensa à quelques noms de grands poètes qui formaient le prétexte d'un discours sur les défauts de Mary et de son mode de vie.

– Vous vivez avec vos inférieurs, dit-il, s'animant déraisonnablement à mesure qu'il parlait, et vous vous enlisez parce que, tout compte fait, c'est plutôt confortable. Vous avez tendance à oublier pourquoi vous êtes là. Vous faites preuve de cette habitude féminine qui consiste à donner trop d'importance aux détails. Vous n'opérez pas la distinction entre ce qui est important et ce qui ne l'est pas. C'est ce qui explique l'échec de toutes ces associations. Voilà pourquoi les suffragettes ne sont arrivées à rien durant toutes ces années. À quoi bon ces réunions de salon, ces ventes de charité ? Vous voulez avoir des idées, Mary ? Choisissez-en une qui en vaille la peine. N'ayez pas peur de vous tromper. Ne soyez pas tatillonne. Pourquoi ne pas quitter tout ça pendant un an pour voyager ? Découvrir le monde ? Ne vous contentez pas de croupir toute votre vie avec une demi-douzaine de personnes, mais ce n'est pas ce que vous ferez, j'en suis sûr, conclut-il.

– C'est un peu ce que je me suis dit moi-même, dit Mary dont la docilité surprit Ralph. J'aimerais partir quelque part loin d'ici.

Pendant un moment, ils restèrent silencieux, puis Ralph ajouta :

– Vous n'avez pas pris cela au sérieux, Mary, dites-moi ? » Son irritation était retombée ; la détresse sensible dans la voix de Mary lui fit comprendre qu'il lui avait fait de la peine, et il s'en voulut.

– Vous ne partirez pas, n'est-ce pas ? demanda-t-il.

Et comme elle ne disait rien, il ajouta :

– Ne partez pas, je vous en prie !

– Je ne sais pas encore exactement ce que je compte faire, répondit-elle.

Mary aurait aimé l'entretenir de ses projets mais elle ne reçut pas d'encouragement. Ralph s'enferma dans l'un de ses étranges silences qui, pensa Mary, devait concerner le sujet auquel elle ne pouvait s'empêcher de penser, elle aussi, en dépit de toutes ses précautions : la nature de leur relation et leurs sentiments l'un pour l'autre. Elle sentit que leurs pensées se frayaient un chemin à travers deux tunnels, deux tunnels parallèles, très proches l'un de l'autre, mais qui ne se rencontraient pas.

Après que Ralph l'eut quittée, sans avoir brisé le silence, si ce n'est pour la saluer, elle resta assise un certain temps, passant en revue ce qu'il avait dit. Si l'amour est un feu ravageur au point qu'il transforme l'être humain en un torrent de montagne, Mary n'aimait pas plus Denham que le tisonnier ou les pincettes. Mais ces passions extrêmes sont probablement très rares ; elles ne se rencontrent qu'au stade le plus avancé de l'amour, quand toute résistance a été rongée semaine après semaine, jour après jour. Comme la plupart des gens intelligents, Mary était quelque peu égoïste, dans la mesure où elle attachait une grande importance à ses impressions, et son moralisme naturel la poussait à s'assurer de temps à autre du caractère honorable de ses sentiments. Après le départ de Ralph, elle réfléchit longuement et conclut que ce serait une bonne chose d'apprendre une langue étrangère, l'italien par exemple, ou l'allemand. Puis elle se leva, ouvrit un tiroir et en tira des pages manuscrites, surchargées de ratures. Elle les parcourut, levant de temps à autre les yeux, analysant de son mieux les qualités de Ralph qui suscitaient son émotion et se persuada qu'elle était justifiée. Puis elle reprit l'étude de son manuscrit et jugea que bien écrire l'anglais était la chose la plus difficile du monde. Mais comme elle pensait beaucoup plus à elle-même qu'à la prose anglaise ou à Ralph Denham, on peut se demander si elle était réellement amoureuse et, si elle l'était, à quelle sorte de passion se rattachait son amour.

XI

« C'est la vie qui importe – la vie uniquement – le processus infini de découverte, et non la découverte elle-même ! » se dit Katherine en passant sous le porche voûté qui débouchait sur la grande place de King's Bench Walk.

Elle prononça ces derniers mots en regardant les fenêtres de Rodney, éclairées en son honneur de reflets rougeoyants. Il l'avait invitée à venir prendre le thé. Mais elle était dans cet état d'esprit où il est presque insupportable d'avoir à interrompre le cours de ses pensées et elle marcha de long en large sous les arbres au lieu de s'approcher de l'escalier. Elle aimait à se procurer des livres que ni son père ni sa mère n'avait lus ; elle les mettait de côté pour les savourer en secret et réfléchir à leur signification, sans être obligée de partager l'avis de quiconque ni décider si le livre était bon ou mauvais. Cet après-midi-là, elle avait modelé les paroles de Dostoïevsky d'après sa vision du monde – une vision fataliste – pour proclamer que le processus de découverte était la vie, et que peu importait le but poursuivi. Elle s'assit un moment. Un tourbillon d'idées se pressait dans sa tête mais elle décida de but en blanc, comme à son habitude, qu'il était temps de s'arracher à ses réflexions, et se leva, laissant un panier d'huîtres sur le banc. Deux minutes plus tard, elle frappait d'un geste décidé à la porte de Rodney.

– J'ai bien peur d'être en retard, William, dit-elle.

Elle était en retard, en effet, mais il se réjouissait tant de la voir qu'il oublia sa contrariété. Il avait passé plus d'une heure à tout préparer pour sa venue, et il était enfin récompensé de ses efforts en voyant Katherine regarder autour d'elle et se débarrasser silencieusement de son manteau avec une satisfaction évidente. Un bon feu pétillait dans la cheminée ; les pots de confiture étaient disposés sur la table, les couvercles en étain brillaient dans le foyer et le sobre confort de la pièce était apaisant. Il avait revêtu sa vieille robe de chambre pourpre inégalement fanée, bigarrée de nouvelles pièces plus vives. Il prépara le thé. Katherine ôta ses gants et croisa les jambes avec une aisance presque masculine. Ni l'un ni l'autre ne parlèrent beaucoup tant qu'ils ne furent pas assis près du feu avec une cigarette, leur tasse de thé posée par terre entre les deux fauteuils.

Ils ne s'étaient pas revus depuis leur échange de lettres concernant leur relation. Katherine avait répondu par une missive brève et empreinte de sagesse aux déclarations de William. L'ensemble tenait sur une demi-feuille de papier à lettres – elle s'était contentée de dire qu'elle n'était pas amoureuse de lui et que, par conséquent, elle ne pouvait pas l'épouser ; mais elle espérait que leur amitié n'en souffrirait pas. Elle avait ajouté en post-scriptum : « J'ai beaucoup aimé votre sonnet. »

William, quant à lui, paraissait fort à l'aise. Par trois fois, au cours de l'après-midi, il avait enfilé son habit pour le remplacer ensuite par sa vieille robe de chambre ; par trois fois, il avait mis son épingle de cravate en nacre, et, par trois fois, il l'avait retirée en prenant à témoin de ces métamorphoses l'unique petit miroir de son logis. La question était de savoir ce que Katherine préférerait en cet après-midi de décembre ? Il lut une nouvelle fois son mot. Le post-scriptum sur le sonnet régla la question. Il était évident qu'elle admirait le poète en lui, ce qui, somme toute, correspondait à son opinion personnelle, et, quitte à se tromper, il opta pour le dépouillement. Son comportement n'en était pas moins prémédité ; il parlait peu et uniquement de choses impersonnelles ; il désirait lui faire sentir qu'en venant seule chez lui pour la première fois, elle ne faisait là rien d'extraordinaire, quoiqu'il n'en fût pas tout à fait certain.

Katherine paraissait plutôt indifférente et, si William avait été totalement maître de lui, il aurait regretté son air absent, mais le bien-être, le caractère familier de ce tête-à-tête avec Rodney parmi les tasses de thé et les chandeliers, avaient plus d'effet sur Katherine qu'il n'y paraissait. Elle demanda à voir ses livres, puis ses photographies. Elle était en train de regarder une vue de la Grèce, quand elle s'écria :

– Les huîtres ! Mon panier d'huîtres ! J'ai dû l'oublier quelque part. Oncle Dudley vient dîner à la maison, ce soir. Qu'ai-je bien pu en faire ?

Elle se leva et se mit à errer dans la pièce. William se leva aussi et, devant le feu, il marmonna : « Des huîtres, des huîtres, un panier d'huîtres ! » Il regarda vaguement, ici et là, comme s'il s'attendait à trouver les huîtres sur les étagères, entre les livres, mais son regard revenait toujours se poser sur Katherine. Elle écarta le rideau et regarda les feuilles des platanes.

– Je l'avais sur le Strand, dit-elle ; je me suis assise. Oh, et puis tant pis ! conclut-elle en faisant volte-face. À l'heure qu'il est, elles doivent faire la joie d'un pauvre bougre.

– Je pensais que vous n'oubliez jamais rien ? fit remarquer William lorsqu'ils se rassirent.

– Oui, je sais, cela fait partie du mythe, répliqua Katherine.

– Je me demande, dit William avec prudence, qui vous êtes véritablement. Mais je sais que ce genre de choses ne vous intéresse pas, ajouta-t-il vivement avec un rien de mauvaise humeur.

– Non, pas beaucoup, répondit-elle sincèrement.

– De quoi parlerons-nous alors ? demanda-t-il.

Elle regarda les murs de la pièce d'un air malicieux.

– Quel que soit le sujet, nous finissons toujours par parler de la même chose : de poésie. Je me demande si vous vous rendez compte, William, mais je n'ai jamais lu Shakespeare ! C'est étonnant d'avoir sauvé les apparences depuis tant d'années !

– En ce qui me concerne, voilà dix ans que vous sauvez merveilleusement les apparences, dit-il.

– Dix ans ? Aussi longtemps vraiment ?

– Et je ne crois pas que cela vous ait toujours ennuyée, ajouta-t-il.

Katherine regarda le feu sans parler. Elle ne pouvait nier que rien dans la personnalité de William ne troublait sa tranquillité ; avec lui, elle était sûre de n'être jamais prise au dépourvu. Elle goûtait en sa présence une paix qui laissait son esprit libre de vagabonder loin de toute discussion. Même à présent, bien qu'assise à quelques pas de lui, avec quelle facilité s'abandonnait-elle à son imagination ! Une image aussi nette qu'un tableau lui vint soudain à l'esprit : elle se trouvait dans cette même pièce ; elle arrivait d'un cours, les bras chargés de livres, des livres de mathématiques et des livres d'astronomie qui n'avaient plus de secrets pour elle ; elle les posait sur cette table-là. C'était elle dans deux ou trois ans, quand elle serait mariée à William ; elle chassa aussitôt cette vision.

Elle ne pouvait oublier tout à fait la présence de William qui, en dépit de ses efforts, ne parvenait pas à dissimuler sa nervosité. Ses yeux exorbités ressortaient davantage et son visage présentait plus que jamais une mince couche transparente, trahissant les moindres fluctuations de son sang. En cet instant, il avait construit, écarté tant de phrases, il avait senti, refréné tant d'élans qu'il était devenu écarlate.

– Vous ne lisez peut-être pas, dit-il ; il n'empêche que vous connaissez les livres dont nous parlons. D'ailleurs, qui vous demande d'être savante ? Laissez cela aux malheureux qui n'ont rien de mieux à faire. Vous, vous – euh… !

– Bon, pourquoi ne liriez-vous pas quelque chose avant que je m'en aille ? dit Katherine en regardant sa montre.

– Mais, Katherine, vous venez à peine d'arriver ! Oui, voyons, qu'ai-je à vous montrer ?

Il se leva et retourna les feuilles sur sa table comme s'il cherchait quelque chose ; il prit un manuscrit, le lissa soigneusement sur son genou et, jetant sur Katherine un regard plein de suspicion, surprit son sourire.

– C'est par complaisance que vous me demandez de lire quelque chose, s'écria-t-il. Nous pouvons parler d'autre chose. Qui avez-vous vu dernièrement ?

– Je n'ai pas l'habitude d'être complaisante, fit observer Katherine, mais si vous ne tenez pas à lire, rien ne vous y oblige.

William eut un mouvement d'impatience ; il ouvrit une nouvelle fois son manuscrit sans quitter Katherine des yeux. Aucun visage n'aurait pu être plus sérieux ni plus impassible.

– Vous vous y entendez pour dire des choses désagréables, dit-il.

Il lissa la page, s'éclaircit la voix et lut pour lui-même une demi-strophe.

– Hum ! La princesse est perdue dans les bois, expliqua-t-il. Elle entend le son du cor. (Sur scène, ce serait très beau, mais je ne peux pas rendre l'effet ici.) Sylvain entre, accompagné de la suite des gentilshommes de la cour de Gratian. Je commence par son monologue.

Il balança la tête et commença la lecture.

Bien que Katherine vînt juste de désavouer toute culture littéraire, elle n'en écouta pas moins attentivement les vingt-cinq premiers vers, puis son front s'assombrit. Mais elle tendit de nouveau l'oreille quand Rodney leva le doigt – signal que le mètre allait changer.

Selon la théorie de William, à chaque état d'âme correspondait un mètre particulier. Sa science des mètres était très grande et, si la beauté d'une pièce de théâtre n'avait tenu qu'à la diversité des mètres déclamés par chaque personnage, les pièces de Rodney auraient rivalisé avec les œuvres de Shakespeare. Katherine connaissait peut-être mal Shakespeare, mais elle était à peu près sûre que les pièces de théâtre ne devaient pas figer l'assistance dans une stupeur glaciale comme celle qui la saisissait devant la succession de vers plus ou moins longs, scandés d'une voix uniforme qui semblait marteler un point précis du cerveau. Elle pensa que ce genre de talent se rencontrait plus fréquemment chez les hommes : les femmes ne s'y exercent pas, elles en méconnaissent la valeur ; la compétence de leur mari en ce domaine pourrait légitimement les inciter à le respecter davantage, dans la mesure où l'ignorance n'est pas une mauvaise base pour le respect. Personne ne pouvait douter que William fût un érudit. La lecture s'acheva avec la fin de l'acte. Katherine avait préparé un petit discours.

– Je trouve que c'est très bien écrit, William, mais évidemment, je ne m'y connais pas assez pour analyser en détail.

– C'est surtout la technique qui vous frappe, plus que l'émotion ?

– Oui, dans ce passage, c'est surtout la technique qui me frappe.

– Peut-être… Avez-vous le temps d'écouter un autre passage, très court ? La scène entre les amants ? Je crois que c'est vraiment très émouvant. Denham pense aussi que c'est ce que j'ai fait de mieux.

– Vous avez lu votre pièce à Ralph Denham ? demanda Katherine, surprise. Il est meilleur juge que moi. Qu'a-t-il dit ?

– Ma chère Katherine, s'écria Rodney, je ne vous demande pas un jugement d'érudit. Il y a en Angleterre tout au plus cinq personnes dont l'opinion m'intéresse. C'est à votre sensibilité que je fais appel. J'ai souvent pensé à vous en écrivant ces scènes. Je me disais sans cesse : « Qu'en penserait Katherine ? » Je pense toujours à vous lorsque j'écris, Katherine, et je préférerais… oui, je préférerais que mes poèmes vous plaisent à vous, Katherine, avant quiconque.

C'était là un aveu si sincère que Katherine en fut émue.

– Vous avez une trop haute opinion de moi, William, dit-elle, oubliant qu'elle ne voulait pas parler de cette façon.

– Non, Katherine, répondit-il en rangeant son manuscrit dans le tiroir. Penser à vous me fait du bien.

Une réponse si douce, qui ne fut suivie, en l'occurrence, d'aucune déclaration d'amour (il ajouta simplement que si elle devait partir, il l'accompagnerait jusqu'au Strand, après avoir échangé sa robe de chambre contre un manteau, si elle voulait bien attendre un instant) alla droit au cœur de Katherine. Pendant qu'il se changeait dans la pièce à côté, elle resta près de la bibliothèque, prenant des livres au hasard et les ouvrant sans les lire.

Elle était sûre d'épouser Rodney. Comment y échapper ? Qui trouverait à y redire ? Elle soupira, chassa l'idée du mariage et s'absorba dans une rêverie où elle devint aussitôt une autre et l'univers entier se métamorphosa. Étant une habituée de cet univers, elle pouvait reconnaître son chemin sans hésitation. Si quelqu'un lui avait demandé de le décrire, elle aurait répondu que c'était là que résidait la réalité dont nous ne connaissons qu'une apparence ; elle se sentait incomparablement plus spontanée, plus forte, plus libre que dans le monde réel. Dans cet ailleurs, il était enfin donné de connaître ce qui nous échappe sans cesse ici-bas : le bonheur parfait dont nous ne goûtons que des miettes ; la beauté dont nous n'avons qu'une vision fugitive. Le mobilier de ce monde imaginaire était emprunté en grande partie au passé et même directement à l'époque élizabéthaine, mais la décoration était susceptible de modifications ; deux seules caractéristiques demeuraient constantes : c'était un lieu où les sentiments n'obéissaient à aucune des contraintes que le monde réel nous impose, et le retour à la réalité était toujours accompagné d'un sentiment de résignation et d'acceptation stoïque des faits. Dans cet autre monde, elle ne faisait aucune rencontre à l'instar de Denham, miraculeusement transfiguré ; elle n'accomplissait aucune action d'éclat. Mais nul doute qu'elle aimât quelque héros généreux ; ils chevauchaient tous deux sous les arbres d'un monde nouveau et leur amour avait la force vive des vagues. Mais ses instants de liberté étaient comptés ; même à travers les branches de la forêt résonnait le choc des objets que Rodney déplaçait sur sa table de toilette ; renonçant à sa rêverie, Katherine ferma le livre qu'elle tenait à la main et le replaça dans la bibliothèque.

– William, dit-elle, d'une voix faible, comme quelqu'un qui s'éveille, William, reprit-elle d'un ton plus ferme, si vous voulez toujours m'épouser, j'accepte.

Quelle expérience plus déconcertante pour un homme que d'entendre la grande question de sa vie tranchée par une voix si placide, dénuée de joie et d'entrain ? William ne répondit rien. Katherine attendit, stoïque. Peu après, il sortit de sa chambre d'un pas allègre et observa que si elle voulait racheter des huîtres, il savait où trouver une poissonnerie encore ouverte. Elle poussa un soupir de soulagement.

Extrait d'une lettre envoyée quelques jours plus tard par Mrs. Hilbery à sa belle-sœur, Mrs. Milvain :

« … Comme j'ai été sotte d'oublier son nom dans mon télégramme. Un nom si beau, si cossu, si anglais aussi, et de plus il a tout le charme de l'homme cultivé ; il a littéralement tout lu. Je dirai à Katherine que je le placerai toujours à ma droite au dîner pour l'avoir près de moi quand on parlera des personnages de Shakespeare. Ils ne seront pas riches, mais ils seront très heureux. Un soir, très tard, j'étais assise dans ma chambre ; j'avais le sentiment que rien d'heureux ne m'arriverait plus quand j'ai entendu

Katherine dans le couloir. J'ai songé à l'appeler. Puis je me suis dit (dans l'un de ces accès de désespoir où l'on tombe quand le feu s'éteint et que l'on vient d'avoir un an de plus) : "Pourquoi lui faire porter mes soucis ?" Mais ma résolution a été récompensée car, un instant plus tard, elle frappait à la porte et entrait. Elle s'est assise sur le tapis et bien que nous n'eussions rien dit, je me suis sentie si détendue, tout à coup, que je me suis écriée : "Oh, Katherine, quand tu auras mon âge, j'espère que tu auras une fille, toi aussi !" Tu sais comme Katherine est réservée. Elle ne disait rien et, à la longue, avec ma nervosité ridicule, j'ai redouté quelque chose, sans savoir quoi au juste. Puis elle m'a confié qu'elle s'était enfin décidée. Elle avait écrit. Elle l'attendait pour le lendemain. Au début, cela ne m'a pas du tout fait plaisir. Je ne voulais pas qu'elle se marie, mais quand elle m'a dit : "Cela ne changera rien. Je t'aimerai toujours, et Père aussi", alors je me suis rendu compte à quel point j'étais égoïste et je lui ai dit qu'elle devait tout lui donner, tout ! Je lui ai dit que je serais très heureuse de venir en second. Quand les choses se passent comme on l'espérait, pourquoi ne peut-on s'empêcher de pleurer, de se sentir une pauvre vieille femme qui a raté sa vie, et qui n'en a plus pour longtemps ? L'âge est si cruel ! Mais Katherine m'a rassurée : "Je suis heureuse, très heureuse." Alors j'ai pensé, bien qu'à cet instant tout me parût désespérément sombre, que Katherine avait affirmé qu'elle était heureuse ; j'allais avoir un fils et tout se passait bien mieux que je ne pouvais l'espérer ; car même si ce n'est pas dit dans les sermons, je crois vraiment que le monde est fait pour le bonheur. Elle m'a raconté qu'ils habiteraient près de chez nous et qu'ils viendraient nous voir tous les jours, qu'elle continuerait à s'occuper de la biographie et que nous en viendrions à bout, comme c'était notre intention. Après tout, ce serait bien pire si elle ne se mariait pas ou, imagine, si elle tombait amoureuse d'un homme déjà marié !

On a beau penser que personne n'est assez bien pour ceux que l'on aime, c'est, j'en suis sûre, le plus gentil et le plus fidèle des hommes. Il est emporté, il n'a pas beaucoup d'autorité, mais j'y pense uniquement parce qu'il s'agit de Katherine. En écrivant cela, je me rends compte que Katherine a justement ce qu'il n'a pas. Elle a de l'autorité, elle est calme ; elle règne naturellement. Il est temps qu'elle donne tout cela à quelqu'un qui aura besoin d'elle quand nous ne serons plus là, sauf en esprit, car quoi que les gens disent, je suis sûre que je reviendrai dans ce monde merveilleux où l'on a été si heureux et si malheureux et où, même maintenant, il me semble que je tends la main vers un nouveau don de l'Arbre féerique sur lequel pendent encore des jouets enchanteurs, bien qu'ils soient plus rares peut-être à présent, et que l'on ne voie plus le bleu du ciel entre ses branches, mais seulement les étoiles et la cime des montagnes.

On n'en sait pas plus, n'est-ce pas ? On n'a pas de conseils à donner à ses enfants. On peut tout juste espérer qu'ils auront la même vision, la même foi, sans lesquelles la vie n'aurait aucun sens. Voilà ce que je souhaite à Katherine, et à son mari. »

XII

– Mr. Hilbery est-il chez lui – ou Mrs. Hilbery ? demanda Denham à la femme de chambre, à Chelsea, une semaine plus tard.

– Je regrette, monsieur. Seule Miss Hilbery est là, répondit-elle.

Ralph avait imaginé toutes les réponses sauf celle-là et il comprit soudain que c'était uniquement dans l'espoir de voir Katherine qu'il avait fait le chemin jusqu'à Chelsea, sous prétexte de voir son père.

Il fit semblant de réfléchir, puis suivit la femme de chambre dans l'escalier qui menait au salon. Ainsi que la première fois, quelques semaines auparavant, la porte se referma derrière lui comme si des milliers de portes capitonnées l'isolaient du reste du monde ; Ralph eut de nouveau l'impression d'entrer dans une pièce pleine d'ombres épaisses, entre la lumière du feu et la flamme fixe des chandeliers en argent, et d'avoir à traverser de grands espaces vides pour parvenir jusqu'à la table ronde, placée au milieu de la pièce, avec son délicat fardeau de plateaux en argent et de tasses en porcelaine. Mais, cette fois, Katherine était seule ; le livre qu'elle tenait à la main montrait qu'elle n'attendait pas de visite.

Ralph dit quelques mots sur l'espoir qu'il avait eu de rencontrer son père.

– Mon père est sorti, répondit-elle. Mais si vous pouvez attendre, il ne tardera pas.

Peut-être était-ce pure politesse de sa part, mais elle l'accueillit presque amicalement. Était-elle lasse de boire du thé et de lire toute seule ? Quoi qu'il en soit, elle jeta avec soulagement son livre sur un canapé.

– Est-ce là l'un de ces écrivains modernes dont vous ne faites aucun cas ? demanda-t-il en souriant devant l'insouciance de son geste.

– Oui, dit-elle. Je pense que même vous, vous le trouveriez sans intérêt.

– Même moi ? répéta-t-il. Pourquoi même moi ?

– Vous avez dit que vous aimiez les choses modernes, alors que je ne les aimais pas.

Ce n'était peut-être pas un compte rendu très exact de leur conversation parmi les reliques, mais Ralph fut flatté à l'idée qu'elle n'avait pas oublié.

– Vous ai-je avoué que je détestais tous les livres ? poursuivit-elle devant son air interrogateur. J'oubliais…

– Détestez-vous tous les livres ? demanda-t-il.

– Ce serait ridicule de dire que je déteste tous les livres alors que j'en ai lu une dizaine tout au plus, mais…

Katherine se tut brusquement sans terminer sa phrase.

– Oui ?

– C'est vrai, je déteste les livres, dit-elle. Pourquoi faites-vous toujours appel à vos sentiments ? C'est une chose que je ne comprends pas. Dans toute la poésie, il n'est question que de sentiments – et dans les romans aussi, il n'est question que de sentiments.

Elle découpa un gâteau d'un geste énergique, prépara un plateau avec du pain et du beurre pour Mrs. Hilbery clouée dans sa chambre par un rhume, et se leva pour aller le lui porter.

Ralph lui ouvrit la porte, puis il se retrouva seul, au milieu de la pièce. Ses yeux brillaient ; il n'aurait pas su dire si ce qu'il voyait était un songe ou la réalité. Dans la rue, sur le pas de la porte, et dans l'escalier, la Katherine de ses rêves l'avait hanté ; devant la porte du salon, il avait chassé son image afin de se préserver d'un contraste trop douloureux entre la femme imaginaire et la femme réelle. En cinq minutes, Katherine avait empli la coquille vide du rêve ancien avec la chair de sa vie ; l'ombre de son regard s'était animée sous l'éclat de ses yeux. Il regardait autour de lui et s'étonnait de se trouver parmi les chaises et les tables de Katherine ; il saisit le dossier de la chaise sur laquelle Katherine s'était assise ; mais rien ne lui parut réel pour autant ; il avait l'impression de rêver. Il rassembla ses esprits pour prendre ce que ces quelques instants avaient à lui donner, et il acquit soudain la conviction fantastique que la nature humaine dépasse en beauté nos rêves les plus fous, qui n'en sont que de pâles reflets.

Katherine revint peu après. Il la regarda venir vers lui et il songea qu'elle était plus belle et plus étrange que dans ses rêves, car la vraie Katherine pouvait prononcer les mots que ses yeux et ses lèvres semblaient si impatients d'exprimer et la phrase la plus banale dite par elle avait un éclat incomparable. Katherine débordait le cadre de ses rêves. Il remarqua qu'elle avait la douceur d'un harfang des neiges ; un rubis brillait à son doigt.

– Ma mère, dit-elle, m'a prié de vous dire qu'elle espère que vous avez commencé votre poème. Elle dit que tout le monde devrait écrire de la poésie… Tous les gens que je connais écrivent des poèmes, poursuivit-elle. Parfois je trouve cela insupportable, car bien entendu il n'y en a pas un seul de beau – mais du moins n'est-on pas obligé de les lire…

– Vous ne m'encouragez guère à en écrire, dit Ralph.

– Mais vous, vous n'êtes pas poète, n'est-ce pas ? demanda-t-elle en se tournant vers lui en riant.

– Vous le dirais-je si je l'étais ?

– Oui. Parce que je crois que vous dites la vérité, dit-elle, cherchant sur son visage une preuve de ce qu'elle avançait avec un regard confiant.

Ce serait facile, pensa Ralph, d'adorer une femme si lointaine et pourtant si franche ; facile de tomber en son pouvoir sans penser aux souffrances à venir.

– Êtes-vous poète ? demanda-t-elle.

Il sentit que sa question avait un sens caché.

– Non. Je n'ai pas écrit de poèmes depuis des années, répliqua-t-il. Pourtant, je ne partage pas votre avis. Je pense que c'est la seule chose qui vaille la peine.

– Pourquoi dites-vous cela ? demanda-t-elle, tapotant le bord de sa tasse avec sa cuillère sans déguiser son impatience.

– Pourquoi ?

Ralph saisit les premiers mots qui lui vinrent à l'esprit :

– Parce que je crois que la poésie sauvegarde un idéal qui, sinon, mourrait.

Le visage de Katherine prit une expression étrange, comme envoûtée ; elle regarda Ralph d'un air interrogateur, avec cet air qu'il avait jugé mélancolique, faute d'un terme plus approprié.

– À mon avis, avoir un idéal ne rime pas à grand-chose, dit-elle.

– Mais vous en avez un, rétorqua-t-il avec sévérité. Pourquoi l'appeler idéal ? C'est un mot stupide. Des rêves, je veux dire…

Elle écoutait ses paroles, pressée, semblait-il, de lui répondre, mais, au moment où il dit : « Des rêves, je veux dire… », la porte du salon s'ouvrit. Ils attendirent, silencieux.

Ils entendirent le bruissement éloigné d'une jupe dont la propriétaire apparut peu après dans l'encadrement de la porte, dissimulant la silhouette d'une femme beaucoup plus petite qui l'accompagnait.

– Mes tantes ! murmura Katherine à voix basse.

Il y avait dans sa voix une intonation tragique, mais, songea Ralph, la situation l'exigeait. Elle appela la femme la plus corpulente des deux : « Tante Millicent » ; la plus petite était Tante Celia, Mrs. Milvain, qui avait pris à cœur depuis peu de marier Cyril à sa femme. Les deux femmes, surtout Mrs. Cosham (Tante Millicent), avaient ce teint vif, tendre et rosé, propre aux vieilles dames qui font des visites à Londres, vers cinq heures de l'après-midi. Les portraits de Romney, protégés par un verre, ont quelque chose du rose velouté et de la douceur moelleuse des abricots accrochés à un mur rouge au soleil de l'après-midi. Mrs. Cosham disparaissait derrière son manchon, ses colliers et les ondulations de ses drapés ; c'est à peine si l'on reconnaissait une forme humaine sous la masse de tissus bruns et noirs posée dans le fauteuil. Mrs. Milvain était beaucoup plus mince, mais Ralph observa tristement que les contours de sa silhouette étaient tout aussi imprécis. Quelle question pourrait atteindre ces fabuleux personnages ? Les oscillations et les mouvements de tête de Mrs. Cosham avaient quelque chose d'irréel, comme si elle était montée sur ressorts. Il y avait dans sa voix une sorte de roucoulement qui prolongeait les mots, ou bien les abrégeait, de sorte que la langue anglaise ne semblait plus adaptée aux banalités. Dans un mouvement de nervosité, Katherine alluma un grand nombre de lumières. Entretemps, Mrs. Cosham avait puisé l'énergie nécessaire (ses balancements servaient peut-être à cela) pour soutenir une conversation. Elle prit résolument la parole :

– Je suis de Woking, Mr. Popham. Vous allez me demander : pourquoi Woking ? Eh bien, je vous répondrai, pour la centième fois peut-être, pour ses couchers de soleil. Nous sommes allés là-bas pour les couchers de soleil, mais cela fait vingt-cinq ans. Que sont devenus les couchers de soleil ? Hélas ! Il faut aller sur la côte sud pour trouver encore des couchers de soleil.

Elle accompagnait ses intonations riches et romantiques d'un balancement de sa longue main blanche, dont les diamants, les rubis et les émeraudes jetaient mille feux. Ralph se demanda si elle ressemblait davantage à un éléphant paré d'une coiffe incrustée de pierreries ou à un superbe cacatoès, se balançant d'un air inquiet sur son perchoir et donnant des coups de bec dans un morceau de sucre.

– Que sont devenus les couchers de soleil ? reprit-elle. Mais est-ce qu'ils existent encore aujourd'hui, Mr. Popham ?

– J'habite Highgate, répondit-il.

– Highgate ? Ah oui, Highgate a son charme ; ton oncle John habitait Highgate, dit-elle en se tournant vers Katherine.

Elle enfonça la tête dans sa poitrine, comme pour méditer sur le passé, releva les yeux et déclara :

– Il y a des endroits ravissants à Highgate. Je me souviens de promenades avec ta mère, Katherine, le long des allées bordées d'aubépine sauvage. Mais qu'est devenue l'aubépine, aujourd'hui ? Vous rappelez-vous cette description exquise dans de Quincey, Mr. Popham ? Mais j'oubliais que les gens de votre génération, avec toutes leurs activités et tout leur savoir qui m'émerveillent d'ailleurs, dit-elle en agitant ses belles mains blanches, ne lisent pas de Quincey. Vous avez votre Belloc, votre Chesterton, votre Bernard Shaw, pourquoi donc liriez-vous De Quincey ?

– Mais je lis De Quincey, protesta Ralph, plus que Belloc ou Chesterton, en tout cas.

– Vraiment ! s'exclama Mrs. Cosham, l'air surpris et soulagé. Alors, vous êtes l'oiseau rare de votre génération. Je suis ravie de rencontrer un lecteur de De Quincey.

Elle mit sa main devant ses lèvres et, se penchant vers Katherine, lui demanda à voix basse mais intelligible :

– Ton ami écrit-il ?

– Mr. Denham écrit pour la Revue, répondit Katherine avec une fermeté inhabituelle. Il est avocat.

– Le menton rasé de près qui laisse voir l'expression de la bouche ! Je les reconnais tout de suite. Je me sens à l'aise avec les hommes de loi, Mr. Denham…

– Ils étaient nombreux à venir chez nous, autrefois,

intervint Mrs. Milvain d'une voix qui avait le timbre délicat et argenté d'une cloche ancienne.

– Vous habitez Highgate, poursuivit-elle, je me demande si vous ne connaîtriez pas Tempest Lodge, une vieille maison blanche avec un jardin ?

De la tête Ralph fit signe que non et Mrs. Cosham soupira.

– Non, bien sûr ; on a dû la démolir, comme toutes les vieilles maisons. Il y avait de si jolis chemins, à l'époque. C'est comme cela que ton oncle a rencontré ta tante Emily, tu sais, dit-elle à l'attention de Katherine. Ils rentraient chez eux en suivant les allées.

– Un brin d'aubépine sur son chapeau, s'écria Mrs. Cosham à ce souvenir. Et le dimanche suivant, il portait des violettes à sa boutonnière. C'est cela qui nous a fait deviner.

Katherine éclata de rire. Elle regarda Ralph. À voir son air recueilli, elle s'étonna de ce qu'il trouvât dans ces bavardages de vieilles femmes matière à une méditation si sereine. Sans très bien savoir pourquoi, elle eut pitié de lui.

– Oncle John – oui ce « pauvre John », comme vous l'appeliez ? demanda-t-elle, pour inciter ses tantes à parler bien qu'il ne fût point nécessaire de les prier beaucoup.

– C'est ainsi que son père, le vieux Sir Richard, l'appelait : le pauvre John, l'idiot de la famille, leur expliqua avec empressement Mrs. Milvain. Les autres garçons étaient tous très brillants mais lui, il ne réussit jamais à passer ses examens ; alors, ils l'ont envoyé aux Indes, le pauvre – un long voyage, à cette époque. On le fera chevalier et il recevra une pension, je crois, dit-elle en se tournant vers Ralph, seulement, voilà, ce n'est pas l'Angleterre.

– Non, ce n'est pas l'Angleterre, approuva Mrs. Cosham. À cette époque, nous pensions qu'exercer les fonctions de juge aux Indes correspondait à peu près aux fonctions d'un juge de comté, ici. Son Honneur – un joli titre, ma foi, mais ce n'est pas le haut de l'échelle. Enfin, conclut-elle en soupirant, quand on a une femme et sept enfants – aujourd'hui, les gens oublient si vite le nom de leur père – il faut prendre les choses comme elles sont, conclut-elle.

– Je crois, confia Mrs. Milvain d'un ton confidentiel, que John aurait mieux réussi sans sa femme, ta tante Emily. C'était une très brave femme, entièrement dévouée à son mari, mais elle n'était pas assez ambitieuse pour lui. Quand une femme n'a pas assez d'ambition pour son mari, surtout dans les professions juridiques, les clients ne tardent pas à le savoir. Dans notre jeunesse, Mr. Denham, nous étions sûres de deviner lesquels de nos amis deviendraient juges, d'après le genre de femme qu'ils épousaient. Nous ne nous trompions guère, et je crois que les choses n'ont pas changé. Je ne pense pas, ajouta-t-elle pour résumer ses réflexions, qu'un homme puisse être totalement heureux s'il ne réussit pas dans sa vie professionnelle.

De l'autre côté de la table à thé, Mrs. Cosham approuva avec une sagacité solennelle en hochant la tête ; elle ajouta :

– Oui, les hommes sont différents des femmes. Je crois qu'Alfred Tennyson avait raison sur ce point comme sur bien d'autres. Comme j'aurais aimé qu'il vécût assez longtemps pour écrire *Le Prince* comme suite à *la Princesse* ! J'avoue que je commence à me lasser des princesses. Il faudrait que quelqu'un nous montre ce que peut être un homme d'honneur. Nous avons Laure et Béatrice, Antigone et Cordelia, mais aucun héros. En tant que poète, comment expliquez-vous cela, Mr. Denham ?

– Je ne suis pas poète, dit Ralph avec bonne humeur. Je ne suis qu'avocat.

– Mais vous écrivez aussi ? insista Mrs. Cosham, inquiète de se voir dépossédée d'une découverte sans prix : un jeune homme féru de littérature.

– À mes heures perdues, la rassura Denham.

– À vos heures perdues ! répéta-t-elle. C'est bien là une preuve de votre dévotion, assurément.

Les yeux mi-clos, elle se complut à tracer le tableau

séduisant de l'avocat sans causes, logé dans une mansarde, composant des romans impérissables à la lumière d'une chandelle de quatre sous. Mais la fable qui entourait les grandes figures de la littérature n'était pas, dans son cas, éclairée d'un lustre artificiel. Elle emportait toujours avec elle les œuvres de Shakespeare en édition de poche et avançait dans la vie, affermie par la parole des poètes. S'adressait-elle à Denham, ou le confondait-elle avec quelque héros fictif ? Personne n'aurait pu le dire, tant la littérature avait imprégné jusqu'à ses souvenirs. Mais sans doute comparait-elle Ralph à un personnage de roman car, après un bref silence, elle déclara à brûle-pourpoint :

– Tout compte fait, jamais je ne pardonnerai à Laura de n'avoir pas épousé George. George Eliot a agi exactement de la même façon ; Lewes était petit, avec un visage de grenouille et des manières de maître à danser. Tandis que Warrington avait tout pour lui : l'intelligence, la fougue, le charme, la distinction ; mais tout cela n'était qu'une folie d'étudiant. J'avoue que j'ai toujours pris Arthur pour un dandy. Je ne comprends pas que Laura l'ait épousé. Mais vous êtes avocat, Mr. Denham, dites-vous ; alors il y a deux questions que j'aimerais vous poser à propos de Shakespeare.

Là-dessus, elle sortit non sans peine un petit volume fatigué, l'ouvrit et l'agita en l'air.

– On dit aujourd'hui que Shakespeare était avocat ; on dit aussi que cela peut expliquer sa connaissance de la nature humaine. Voilà un bon exemple pour vous, Mr. Denham. Étudiez vos clients, jeune homme : vous trouverez le « monde » plus enrichissant, à la longue, j'en suis sûre. À votre avis, comment nous en sortons-nous aujourd'hui, mieux ou moins bien que vous ne l'escomptiez ?

Invité à se prononcer en quelques mots sur le mérite de la nature humaine, Ralph répondit sans hésitation :

– Moins bien, Mrs. Cosham, beaucoup moins bien. J'ai peur que l'homme quelconque ne soit un vil gredin…

– Et les femmes…

– Je n'aime pas non plus les femmes quelconques…

– Ah, mon Dieu ! Voilà qui est très juste, sans aucun doute, dit Mrs. Cosham en soupirant. En tout cas, Swift vous aurait approuvé…

Elle l'observa et découvrit sur son front les signes d'un caractère entier. Il irait loin, pensa-t-elle, s'il se consacrait à la Satire.

– Charles Lavington était avocat, souvenez-vous ! intervint Mrs. Milvain qui trouvait que c'était du temps perdu de parler de personnages fictifs alors que l'on pouvait parler de personnes bien vivantes. Te souviens-tu de lui, Katherine ?

– Mr. Lavington ? Oui, je m'en souviens, dit Katherine qui, arrachée à ses rêves, sursauta légèrement. L'été où nous habitions une maison près de Tenby. Je me souviens du champ, de l'étang aux têtards, et des meules de foin avec Mr. Lavington.

– Elle a raison. Il y avait un étang avec des têtards, dit Mrs. Cosham. Millais en avait fait des études pour « Ophélie ». D'aucuns ont dit que c'était là son meilleur tableau…

– Je me souviens aussi du chien enchaîné dans la cour, et des serpents morts accrochés dans la cabane à outils…

– C'est à Tenby qu'un taureau t'a poursuivie, reprit Mrs. Milvain. Mais cela, tu ne peux pas t'en souvenir, même s'il est vrai que tu étais une enfant précoce. Elle avait des yeux, Mr. Denham ! Je disais souvent à son père : « Elle nous regarde et elle comprend tout. » Ils avaient une nurse à cette époque, poursuivit-elle, racontant son histoire avec une solennité charmante. Suzanne était une très brave femme, mais elle était fiancée à un marin. Au lieu de s'occuper du bébé, elle contemplait la mer. Mrs. Hilbery permit au marin de rester au village. Je regrette d'avoir à le dire, mais ils abusèrent de sa confiance pour se promener dans la campagne, après avoir abandonné la voiture d'enfant dans un champ où se trouvait un taureau. L'animal devint enragé à la vue de la couverture rouge, et Dieu sait ce qui serait advenu si un monsieur n'était passé par là, juste à temps pour prendre Katherine dans ses bras !

– Je crois que le taureau était une vache, Tante Celia ! dit Katherine.

– Ma chérie, c'était un grand taureau roux du Devonshire qui, peu après, tua quelqu'un d'un coup de corne. Il fallut l'abattre. Ta mère a pardonné à Suzanne – moi, je n'aurais pas pu.

– Je suis sûre que Maggie trouvait Suzanne et son marin sympathiques, dit Mrs. Cosham, d'un ton acerbe. Ma belle-sœur, ajouta-t-elle, s'en est remise à la Providence à chaque phase critique de sa vie, et la Providence, il faut l'avouer, a répondu noblement tant que…

– Oui, approuva Katherine en riant, car elle aimait l'imprudence qui irritait le reste de la famille. Les taureaux de Maman se sont toujours transformés en vaches, au moment critique.

– Eh bien, dit Mrs. Milvain, je suis heureuse que tu aies enfin quelqu'un pour te protéger contre les taureaux.

– J'imagine mal William protégeant quelqu'un contre un taureau, dit Katherine.

Mrs. Cosham, qui avait sorti une fois de plus son édition de poche des œuvres de Shakespeare, consultait Ralph au sujet d'un passage obscur de *Mesure pour mesure*. Il ne comprit pas tout de suite le sens des propos échangés entre Katherine et sa tante ; William, pensait-il, devait être quelque petit cousin, car en cet instant il imaginait Katherine enfant, vêtue d'un tablier ; cependant, il était si distrait que ses yeux avaient du mal à distinguer les phrases imprimées. Un moment plus tard, il les entendit distinctement parler d'une bague de fiançailles.

– J'aime bien les rubis, disait Katherine.

– *« Ou bien, emprisonné dans les vents invisibles,*
Violents et sans repos, tourbillonner autour
De ce monde en suspens… »
psalmodiait Mrs. Cosham.

Au même instant, dans l'esprit de Ralph, « William » s'associa à « Rodney ». Il acquit la certitude que Katherine était fiancée à Rodney. Il ressentit aussitôt une violente colère contre celle qui l'avait trompé depuis le début ; elle l'avait abreuvé de contes de bonne femme, elle lui avait permis de l'imaginer enfant, jouant dans un pré ; elle avait partagé sa jeunesse avec lui, alors qu'elle n'avait cessé d'être une étrangère et qu'elle allait épouser Rodney.

Était-ce possible ? Non, c'était impossible. À ses yeux, elle n'était encore qu'une enfant. Il resta si longtemps silencieux que Mrs. Cosham eut le temps de regarder par-dessus son épaule et de demander à sa nièce :

– Avez-vous déjà choisi une maison, Katherine ?

Cette question lui confirma l'exactitude de ce fait monstrueux. Il leva subitement les yeux et dit :

– En effet, c'est un passage difficile.

Il parla avec une certaine brusquerie et d'une voix si changée, presque méprisante, que Mrs. Cosham le regarda d'un air surpris. Elle appartenait heureusement à une génération qui s'attend à une certaine rudesse de la part des hommes et cela la conforta simplement dans la haute opinion qu'elle avait de ce Mr. Denham. Elle reprit son Shakespeare puisque Denham n'avait, semblait-il, plus rien à dire, et l'enfouit de nouveau, avec la résignation pathétique des gens âgés.

– Katherine est fiancée à William Rodney, annonça-t-elle pour combler le silence ; c'est un très vieil ami. Lui aussi connaît la littérature à merveille. » Elle fit un vague signe de tête. « Vous devriez le rencontrer. »

Le seul souhait de Denham était de quitter la maison au plus vite ; mais les deux vieilles dames s'étaient levées et proposaient d'aller voir Mrs. Hilbery dans sa chambre, l'empêchant de prendre une initiative. Il aurait voulu dire quelque chose – quoi au juste, il ne savait pas – à Katherine, en particulier. Elle conduisit ses tantes à l'étage au-dessus et redescendit, s'avançant vers lui d'un air d'innocence enjouée qui le surprit.

– Mon père ne va pas tarder, dit-elle. Vous ne voulez pas vous asseoir ? » Et elle se mit à rire comme si, maintenant, ils pouvaient rire en toute amitié en buvant leur thé.

Mais Ralph ne se donna pas la peine de s'asseoir.

– Je dois vous féliciter, dit-il. Je ne savais pas.

Le visage de Katherine devint plus grave.

– Mes fiançailles ? demanda-t-elle. Oui, je vais épouser William Rodney.

La main posée sur le dossier d'une chaise, Ralph restait immobile dans un silence absolu. Des gouffres béants parurent s'ouvrir entre eux. Il la regarda ; son visage montrait qu'elle ne pensait pas à lui. Ni regrets, ni remords ne la troublaient.

– Eh bien, je dois partir, dit-il enfin.

Elle fit mine de parler, mais se ravisa et dit simplement :

– J'espère que vous reviendrez ? Nous sommes toujours – elle hésita – … interrompus.

Il la salua et sortit de la pièce.

Ralph suivit le quai à longues enjambées. Tous ses muscles étaient tendus comme pour se prémunir contre une éventuelle agression de l'extérieur. Pour l'instant, cette agression semblait devoir être dirigée contre son corps et son cerveau se trouvait en état d'alerte sans savoir pourquoi. Au bout de quelques minutes, sa surveillance s'étant relâchée et aucune agression ne s'étant produite, il ralentit le pas. C'est alors que la douleur prit possession de lui sans qu'il eût la force de résister, épuisé par ses premiers efforts pour se défendre. Il marcha tristement le long de la rivière, s'éloignant peu à peu de chez lui. Le monde le tenait à sa merci. Son regard se voila. Il était avec ceux à qui il reprochait de flotter à la dérive, incapables de remonter le courant. Il était devenu l'un de ces hommes qui assistent, impuissants, au déroulement de la vie. Les petits vieux lamentables traînant devant les débits de boisson n'étaient pas différents de lui et devaient éprouver eux aussi une jalousie mêlée de haine pour les gens qui les dépassaient d'un pas rapide sans perdre de vue leur but. Comme lui, ils ne discernaient que des ombres et changeaient de route au moindre souffle du vent. À la nouvelle des fiançailles de Katherine, le monde réel, avec sa perspective infinie d'avenues menant jusqu'à un point invisible, lui avait échappé. À présent, il voyait sa vie entière dont la mince ligne droite s'arrêtait brusquement. Katherine était fiancée ; elle l'avait trompé. Il sentit aussi qu'une part de lui-même avait été épargnée par ce malheur ; pourtant Katherine lui avait causé un tort irréparable : il était totalement dépossédé. Katherine l'avait trompé ; elle s'était mêlée à toutes ses pensées et maintenant qu'elle se retirait, il les jugeait factices, et ne pouvait y repenser sans rougir. Sa vie s'en trouvait infiniment appauvrie.

Il s'assit sur un banc, au bord du fleuve, malgré le brouillard glacé qui estompait la rive opposée, où les lumières semblaient suspendues dans le vide. Une vague de mélancolie le submergea. Tous les points lumineux de sa vie étaient voilés ; tout le relief était aplani. Au début, il chercha à se convaincre que Katherine avait mal agi envers lui ; il éprouva quelque réconfort à la pensée qu'une fois seule elle en prendrait conscience, penserait à lui et lui ferait, en son for intérieur, des excuses. Mais cette petite consolation fut de courte durée. À la réflexion, il dut admettre que Katherine ne lui devait rien. Katherine n'avait rien promis, elle n'avait rien pris ; les rêves de Ralph ne signifiaient rien pour elle. Cette pensée le mit au comble du désespoir. Si le meilleur de nous-mêmes ne signifie rien pour la personne qui tient le plus de place dans notre vie, que nous reste-t-il ? L'histoire d'amour qui avait ensoleillé sa vie, la pensée de Katherine qui avait coloré chaque heure du jour, tout cela lui semblait, à présent, dérisoire et fade. Il se leva pour regarder la rivière. La course rapide des eaux grisâtres était le symbole de la futilité et de l'oubli.

– En quoi peut-on donc croire ? se demanda-t-il en se penchant.

Il se sentait si faible, si inconsistant, qu'il répéta sa question à haute voix.

– En quoi peut-on croire ? Ni aux hommes, ni aux femmes, ni aux rêves. Il ne reste rien – rien.

Denham comprit qu'il pourrait désormais nourrir sa colère et la garder vivace. Rodney était la cible idéale. Pourtant, en cet instant, Rodney et Katherine elle-même n'étaient plus que des êtres fantomatiques. Il avait presque oublié leurs visages. Il sombra dans le désespoir. Leur mariage ne lui semblait pas important. Plus rien n'avait d'importance ; le monde entier n'était plus qu'une vapeur inconsistante, enveloppant une étincelle solitaire dont il pouvait se rappeler le point d'incandescence, mais la flamme s'était éteinte. Son espoir s'était incarné en Katherine mais elle y avait mis fin. Il ne lui en voulait pas ; il n'accusait rien ni personne ; il voyait la vérité. Il voyait la course des eaux grisâtres le long de la rive embrumée. Mais la vie est tenace ; le corps est vivant et le corps lui dicta sans doute des pensées qui l'incitèrent à se remettre en route, le persuadant qu'il est possible de se détacher de l'apparence des êtres tout en gardant la passion qui semblait inséparable de leur corps. Cette passion brûlait maintenant à l'horizon comme un soleil hivernal caché derrière un nuage vaporeux projetant à l'ouest un losange de verdure. Ses yeux fixaient un point infiniment vague et lointain ; c'est grâce à cette lueur qu'il pourrait avancer désormais et qu'il lui faudrait, à l'avenir, trouver sa route. C'était tout ce qui lui restait d'un univers dense et foisonnant.

XIII

Denham ne consacrait qu'une partie de la pause de la mi-journée à déjeuner. Par tous les temps, inlassablement, il arpentait les chemins de gravier de Lincoln's Inn Fields. Sa silhouette était devenue familière aux enfants et les moineaux attendaient leur portion de pain quotidien. Comme il donnait souvent une petite pièce et distribuait presque toujours un peu de pain, il devait passer moins inaperçu qu'il ne le pensait.

Les journées d'hiver se résumaient pour lui à de longues attentes devant les pages blanches sous une ampoule électrique, et à de courtes incursions dans les rues nappées de brouillard. Lorsqu'il retournait au bureau, après le déjeuner, il gardait en tête l'image du Strand avec ses omnibus et celle des feuilles pourpres tombées sur le gravier, comme si ses yeux étaient restés fixés au sol. Son cerveau fonctionnait sans cesse, mais ses pensées étaient si tristes qu'il n'aimait pas à se les rappeler : il allait de l'avant au hasard ; et il rentrait chez lui chargé de livres brunâtres empruntés dans une bibliothèque.

Mary Datchet, venant du Strand, l'aperçut un jour à l'heure du déjeuner, emmitouflé dans son pardessus soigneusement boutonné, plongé dans ses pensées, comme s'il avait été seul dans sa chambre.

En le reconnaissant, une sorte de timidité la retint, puis elle eut envie de rire malgré les battements plus rapides de son cœur. Elle le dépassa, mais il ne la vit pas ; elle revint alors sur ses pas et lui toucha l'épaule.

– Juste ciel, Mary ! s'exclama-t-il. Vous m'avez fait peur !

– Vraiment ? Vous aviez l'air de dormir debout ! dit-elle. Seriez-vous mêlé à quelque terrible histoire d'amour ? Vous êtes-vous mis en tête de réconcilier un couple au bord du désespoir ?

– Je ne pensais pas à mon travail, répliqua Ralph précipitamment. Et, de toute façon, ce genre de problèmes n'est pas dans mes cordes, ajouta-t-il d'un air lugubre.

Il faisait beau, ce matin-là, et ils avaient encore quelques minutes devant eux. Ils ne s'étaient pas revus depuis deux ou trois semaines et Mary avait beaucoup de choses à dire à Ralph mais elle craignait de l'importuner. Pourtant, après quelques pas, qu'elle mit à profit pour lui donner certaines nouvelles, il lui proposa de s'asseoir à côté de lui. Les moineaux vinrent voleter autour d'eux et Ralph sortit de sa poche la moitié d'un petit pain, rescapé de son déjeuner. Il lança quelques miettes.

– C'est la première fois que je vois des moineaux aussi apprivoisés, observa Mary pour dire quelque chose.

– En effet, dit Ralph. Les moineaux de Hyde Park sont plus farouches. Si nous restons parfaitement immobiles, je pourrai peut-être en faire venir un sur mon bras.

Mary se serait volontiers passée de cette démonstration de l'obligeance animale, mais voyant que Ralph, curieusement, faisait grand cas des moineaux, elle paria six pence qu'il n'y parviendrait pas.

– Pari tenu ! dit-il.

Son regard, sombre jusque-là, s'éclaira. Il s'adressa dès lors uniquement à un moineau mâle, à la tête chauve, qui semblait plus hardi que les autres, et Mary eut tout le loisir de l'observer. Elle ne fut pas satisfaite ; Ralph avait les traits tirés et le regard dur. Un enfant fit rouler son cerceau au milieu des oiseaux et, dans un mouvement d'impatience, Ralph jeta ses derniers bouts de pain dans les buissons.

– C'est toujours comme ça – juste au moment où j'allais y arriver, dit-il. Voilà vos six pence, Mary. Vous avez gagné, mais c'est uniquement à cause de cet idiot. On devrait interdire les cerceaux, ici…

– Interdire les cerceaux ! Mon pauvre Ralph, vous dites n'importe quoi !

– Vous répétez toujours la même chose, se plaignit Ralph. Et d'abord, je ne dis pas n'importe quoi ! À quoi servent les jardins si on ne peut pas observer tranquillement les oiseaux ? Il y a les rues pour les enfants qui jouent avec des cerceaux. Et si les enfants ne sont pas en sécurité dans les rues, leurs mères n'ont qu'à les garder à la maison.

Mary ne répliqua rien, mais son visage se rembrunit.

Elle renversa la tête en arrière et regarda les grandes maisons alentour dont les cheminées entamaient le tendre gris-bleu du ciel.

– Ah, fit-elle, Londres est une ville merveilleuse ! Je crois que je pourrais rester assise toute la journée à regarder les gens qui passent. J'aime les gens…

Ralph poussa un soupir d'impatience.

– Si, si, quand on les connaît, ajouta-t-elle, comme s'il avait exprimé de vive voix sa désapprobation.

– Moi, je ne les aime pas, répliqua-t-il. Mais je ne vois pas pourquoi vous ne vous berceriez de cette illusion, si tel est votre bon plaisir.

Figé, Ralph approuvait ou critiquait avec la même indifférence.

– Réveillez-vous, Ralph ! Vous dormez ! s'écria Mary, se tournant vers lui et le tirant par la manche. Qu'avez-vous fait tout ce temps ? vous avez broyé du noir, travaillé, ou condamné le monde à votre habitude ?

Comme il se contentait de secouer la tête en bourrant sa pipe, elle poursuivit :

– C'est de l'affectation pure et simple ?

– Pas plus qu'autre chose, dit-il.

– Bon, dit Mary. J'ai beaucoup de choses à vous dire, mais je dois partir – il y a une réunion du comité.

Elle se leva, hésita et posa sur lui un regard grave.

– Vous n'avez pas l'air heureux, Ralph, dit-elle. Qu'y a-t-il ?

Il ne répondit pas tout de suite. Il se leva aussi et marcha avec elle jusqu'à la grille. Comme à l'accoutumée, il n'osait lui parler sans se demander si ses paroles étaient appropriées.

– J'ai eu des ennuis, dit-il enfin. Au bureau, mais aussi dans ma famille. Charles se conduit comme un imbécile. Il veut aller au Canada pour être fermier.

– Eh bien, ce n'est pas une si mauvaise idée, dit Mary.

Ils franchirent la grille et contournèrent lentement le parc, débattant des problèmes qui, à vrai dire, étaient plus ou moins constants chez les Denham. Si Ralph les mettait en avant, à présent, c'était uniquement pour satisfaire Mary dont la sollicitude l'apaisait plus qu'il ne le pensait. Elle l'obligea à concentrer son attention sur des soucis bien réels, en ce sens que l'on pouvait leur trouver une solution ; et la véritable cause de sa mélancolie, qui n'était pas susceptible de bénéficier d'un tel traitement, s'enfonça plus profondément dans les limbes de sa mémoire.

Mary était prévenante et serviable. Ralph lui en était reconnaissante d'autant plus, peut-être, qu'il ne lui avait pas dit la vérité et, quand ils atteignirent à nouveau la grille, il eut envie de la retenir. Mais sa tendresse prit la forme maladroite d'une remontrance à propos de son travail.

– Pourquoi faites-vous partie d'un comité ? demanda-t-il. Vous perdez votre temps, Mary !

– J'admets comme vous qu'une promenade à la campagne nous ferait à tous plus de bien, dit-elle. Écoutez, ajouta-t-elle soudain, pourquoi ne viendriez-vous pas chez nous, à Noël ? C'est presque le meilleur moment de l'année.

– Chez vous, à Disham ? répéta Denham.

– Oui, nous ne vous dérangerons pas. Vous pouvez me donner votre réponse plus tard, ajouta-t-elle en hâte, s'éloignant vers Russell Square.

Elle l'avait invité spontanément, pensant tout à coup à la campagne ; et maintenant, elle s'en voulait – et elle s'en voulait de s'en vouloir.

« Si je tremble à l'idée d'une promenade dans un pré seule avec Ralph, se dit Mary, je ferais mieux de m'acheter un chat et de m'installer dans une pension à Lodging Ealing, comme Sally Seal – d'ailleurs il ne viendra pas. Mais s'il venait… ? »

Elle hocha la tête. Quelle était son intention, en fin de compte ? Elle ne le savait pas au juste. Elle ne savait jamais ce qu'il pensait ; mais, cette fois, elle était encore plus déroutée que d'habitude. Lui cachait-il quelque chose ? Elle l'avait trouvé bizarre ; sa concentration l'avait frappée ; il y avait quelque chose en lui qui la dérangeait et sa nature secrète l'attirait plus qu'elle ne l'aurait voulu. Du reste, elle ne put s'empêcher de faire ce qu'elle avait bien souvent critiqué chez les autres femmes, auréoler son ami d'un pouvoir céleste et lui soumettre sa vie.

Dans ces conditions, la réunion du comité perdit de son importance ; la lutte pour le droit de vote des femmes passa au second plan ; elle se promit d'apprendre plus sérieusement l'italien ; elle projeta de commencer l'étude des oiseaux. Mais ce programme pour une vie parfaite menaçait de devenir tellement absurde qu'elle reprit bientôt ses mauvaises habitudes et elle se récitait son discours pour le comité au moment où les briques couleur châtaigne de Russell Square apparurent. Il faut dire qu'elle ne les remarquait jamais. Elle monta comme toujours les étages quatre à quatre, et la vue de Mrs. Seal sur le palier, devant le bureau, acheva de la réveiller. Mrs. Seal essayait de faire boire dans un gobelet un énorme chien.

– Miss Markham est arrivée, annonça Mrs. Seal avec une solennité appropriée. Voici son chien.

– Il est très beau, dit Mary en lui caressant la tête.

– Oui, splendide, approuva Mrs. Seal. Une sorte de Saint-Bernard, m'a-t-elle dit… – Cela ressemble bien à Kit d'avoir un Saint-Bernard. Et il défend bien sa maîtresse, n'est-ce pas, Matelot ? Tu protèges son garde-manger contre les voleurs quand elle part secourir les âmes qui ont perdu leur chemin… Mais nous sommes en retard, ça va commencer !

Elle renversa le reste d'eau sur le plancher et fit entrer en hâte Mary dans la salle du comité.

XIV

Mr. Clacton rayonnait. Le mécanisme qu'il avait mis au point et qu'il contrôlait était désormais en mesure de fabriquer, deux fois par mois, une réunion du comité, et il s'enorgueillissait du déroulement exemplaire de ces assemblées. Il aimait le jargon des salles de comité ; il aimait la façon dont la porte s'ouvrait quand la pendule sonnait l'heure, conformément à quelques traits de sa plume sur une feuille de papier ; et quand elle s'était ouverte assez souvent, il aimait sortir de son bureau, les bras chargés de documents, visiblement importants, avec l'air préoccupé qui sied à un Premier ministre rejoignant son cabinet. Selon ses ordres, la table avait été préalablement décorée de six feuilles de papier buvard, de six porte-plume, de six encriers, d'un verre et d'une cruche d'eau, d'une clochette et, par déférence pour les membres féminins, d'un vase de vigoureux chrysanthèmes. Il avait subrepticement redressé les feuilles de papier buvard pour les placer dans l'axe des encriers et conversait à présent devant le feu avec Miss Markham. Mais il ne quittait pas la porte des yeux et, quand Mary et Mrs. Seal entrèrent, il eut un petit rire et s'adressa à l'assistance dispersée dans la salle :

– Mesdames, Mesdemoiselles, Messieurs, je crois que nous pouvons commencer.

Il s'assit alors au bout de la table et, classant un paquet de feuilles à sa droite et un autre à sa gauche, il demanda à Miss Datchet de lire le compte rendu de la réunion précédente. Mary obéit. Un observateur perspicace se fût peut-être étonné de l'air sévère de la secrétaire à la lecture du rapport prosaïque qu'elle avait sous les yeux. Ignorait-elle qu'il avait été décidé d'envoyer en province le tract numéro 3, de faire paraître un schéma statistique montrant le pourcentage des femmes mariées par rapport aux célibataires en Nouvelle Zélande, et que le bénéfice net de la vente de charité de Mrs. Hipsley avait atteint un total de cinq livres huit shillings deux pence et demi ?

Pouvait-elle avoir des doutes sur la véritable signification et le bien-fondé de ces déclarations ? À la voir, personne n'aurait pu deviner que quelque chose n'allait pas. Jamais, dans une salle de comité, on ne vit de femme plus agréable et plus saine d'esprit que Mary Datchet. Elle faisait penser à la fois aux feuilles d'automne et au soleil hivernal ; pour parler d'une façon moins poétique, elle représentait la douceur et la force, l'indicible promesse de la maternité et un goût manifeste pour le travail. Elle n'en éprouvait pas moins de grandes difficultés à se concentrer ; sa lecture manquait de conviction, comme si elle avait perdu le pouvoir de visualiser ce qu'elle lisait. Quand elle eut terminé, sa pensée vogua vers Lincoln's Inn Fields et les battements d'ailes des moineaux. Ralph encourageait-il toujours le moineau chauve à venir se poser sur sa main ? Y parviendrait-il ? Elle avait voulu lui demander pourquoi les moineaux de Lincoln's Inn Fields étaient plus apprivoisés que les moineaux de Hyde Park – peut-être était-ce parce que les promeneurs étaient plus rares et qu'ils arrivaient à reconnaître leurs bienfaiteurs ? Pendant la première demi-heure de la réunion du comité, Mary dut lutter avec la présence sceptique de Ralph Denham, qui menaçait d'effacer tout le reste. Mary essaya plusieurs méthodes pour le chasser. Elle éleva la voix, elle articula distinctement, elle regarda fixement la tête chauve de Mr. Clacton, elle prit des notes. Malheureusement, son crayon dessina sur le papier buvard une petite forme ronde qui ressemblait indiscutablement à un moineau mâle à tête chauve. Elle regarda de nouveau Mr. Clacton ; oui, il était chauve comme les moineaux mâles. Jamais secrétaire ne fut plus tourmentée par autant de visions aussi saugrenues que déplacées, et qui risquaient à tout moment de l'entraîner à des impertinences qui auraient choqué à jamais ses collègues. Elle se mordait les lèvres pour refouler les idées qui lui traversaient l'esprit, comme si ses lèvres étaient capables de la protéger.

Mais toutes les idées n'étaient que des épaves à la surface, cachant un désordre plus profond qui, faute d'être pris en considération dans l'immédiat, se manifestait par des rêveries cocasses. Une pause pour la réflexion s'imposait aussitôt après la réunion. En attendant, la conduite de Mary était scandaleuse ; par la fenêtre elle regardait la couleur du ciel et les décorations de l'Hôtel Impérial, au lieu de guider ses collègues et de maintenir leur attention sur le problème en question. Elle n'arrivait pas à donner plus d'importance à un projet qu'à un autre. Ralph avait dit… elle ne pouvait s'empêcher de penser à ce qu'il avait dit : Ralph avait rendu cette réunion du comité irréelle. Et puis, sans effort, par un artifice de l'esprit, Mary se surprit à s'intéresser à l'organisation d'une campagne de presse. Il fallait écrire certains articles ; des éditeurs se proposaient. Quel était le meilleur parti à prendre ? Et voilà qu'elle désapprouvait avec vigueur les propos de Mr. Clacton. Elle déclara que le moment était venu d'attaquer. Aussitôt après, elle sentit qu'elle prenait à partie le fantôme de Ralph ; et elle chercha, avec une impatience croissante, à gagner les autres à son point de vue. Une fois de plus, elle savait parfaitement quelle direction était la bonne. Émergeant de la brume, les vieux ennemis du bien public se dressaient devant elle – les capitalistes, les propriétaires de journaux, ceux qui étaient contre le suffrage des femmes, et, les plus nuisibles d'une certaine façon, les masses qui se désintéressent de tout, au milieu desquelles elle distinguait la figure de Ralph Denham. Lorsque Miss Markham lui demanda de proposer les noms de quelques-uns de ses amis, elle répondit avec une amertume inhabituelle :

– Mes amis pensent que tout cela ne sert à rien.

Mary sentit qu'elle pensait surtout à Ralph.

– Ah oui, ils sont comme ça ? fit Miss Markham avec un petit rire.

Mary était déprimée en entrant dans la salle du comité, mais elle se sentait beaucoup mieux à présent. Elle connaissait les habitudes de ce monde : c'était un lieu où régnaient l'ordre et la discipline ; elle se sentait sûre d'elle-même, elle connaissait ses droits ; et le sentiment de pouvoir porter un coup décisif à ses ennemis lui réchauffait le cœur et faisait briller ses yeux. Dans un débordement d'imagination, rare chez elle, mais terriblement fréquent cet après-midi-là, elle se vit bombardée d'œufs pourris, sur une tribune d'où Ralph la suppliait de descendre. Mais…

– Ce qui compte, ce n'est pas moi, c'est notre cause ! dit-elle, et ainsi de suite.

Il faut dire, à son actif, que malgré les folles pensées qui l'assaillaient sa modération et sa vigilance n'étaient pas complètement endormies, et elle subjugua habilement à plusieurs reprises Mrs. Seal en proclamant : « Agissons ! Tout de suite ! » en digne fille de son père.

Les autres membres du comité, gens plutôt âgés, étaient très impressionnés par Mary. Ils étaient enclins à se rendre à son avis, en partie peut-être à cause de sa jeunesse. Mary avait l'impression de les dominer et elle en tirait un sentiment de toute-puissance ; elle sentit que rien n'était plus intéressant ni plus fascinant que de faire faire aux autres ce qu'on voulait qu'ils fissent. Mais, quand elle eut finalement obtenu gain de cause, elle éprouva un certain mépris pour ceux qui s'étaient laissé fléchir.

À présent, les membres du comité se levaient, rassemblaient leurs papiers, les mettaient en ordre, les rangeaient dans leurs mallettes, faisaient claquer les serrures et se hâtaient de partir ; ils avaient, pour la plupart, des trains à prendre pour rejoindre d'autres comités, car c'étaient tous des gens fort occupés. Mary, Mrs. Seal et Mr. Clacton restèrent seuls ; il faisait chaud dans la pièce en désordre, les buvards roses traînaient un peu partout sur la table, et un verre à moitié vide avait été oublié par quelqu'un.

Mrs. Seal s'occupa du thé, et Mr. Clacton se retira dans son bureau pour y déposer une nouvelle masse de documents. Mary était trop exaltée, fût-ce pour aider Mrs. Seal à disposer les tasses et les soucoupes. Elle ouvrit la fenêtre et regarda au dehors. Les réverbères étaient déjà allumés ; à travers le brouillard qui enveloppait la place, on apercevait de petites silhouettes qui traversaient la rue et se hâtaient sur le trottoir d'en face. Dans un moment d'arrogance ridicule, Mary contempla ces petites silhouettes et pensa : « Si je le voulais, je pourrais vous faire entrer, là, ou vous faire arrêter net ; je pourrais vous faire marcher en file indienne ou deux par deux ; je peux vous faire faire ce que je veux. » C'est alors que Mrs. Seal s'approcha d'elle.

– Vous devriez mettre quelque chose sur vos épaules, Sally, dit Mary d'un ton légèrement condescendant.

Elle éprouvait une sorte de pitié pour cette petite femme enthousiaste et incompétente. Mais Mrs. Seal ignora son conseil.

– Alors, vous êtes-vous bien amusée ? demanda Mary en riant.

Mrs. Seal respira profondément, se retint, puis s'écria en regardant à son tour Russell Square, Southampton Row et les passants :

– Ah, si seulement on pouvait les faire entrer dans cette pièce et leur expliquer cinq minutes ! Mais un jour ou l'autre, ils seront bien obligés de voir la vérité en face… Si seulement on pouvait la leur mettre sous les yeux…

Mary se jugeait bien plus sage que Mrs. Seal ; par exemple, elle pensait automatiquement à tous les arguments que l'on pouvait opposer aux idées de Mrs. Seal quand bien même elle les aurait approuvées. Cette fois, elle sentit faiblir sa croyance arrogante en sa toute-puissance.

– Buvons notre thé, dit-elle, tournant le dos à la fenêtre et baissant le store. Nous avons bien travaillé, n'est-ce pas, Sally ? ajouta-t-elle avec désinvolture en s'asseyant à la table.

Mrs. Seal devait sûrement penser que Mary avait été extrêmement efficace.

– Mais nous avançons aussi lentement que des escargots, dit Sally en hochant la tête avec impatience.

Sur quoi Mary éclata de rire et tout ce qui lui restait d'arrogance s'envola.

– Vous pouvez vous permettre de rire, dit Sally, hochant de nouveau la tête. Moi, je ne peux pas. J'ai cinquante-cinq ans et je serai certainement dans ma tombe quand nous gagnerons – si nous gagnons un jour.

– Mais non, vous ne serez pas dans votre tombe, dit gentiment Mary.

– Ce sera un grand jour, dit Mrs. Seal, secouant les boucles de ses cheveux. Un grand jour, pas seulement pour nous, mais pour la civilisation. Voyez-vous, je pense que chaque meeting est un pas en avant dans la marche de l'humanité. Nous voulons que ceux qui suivent vivent mieux, mais il y a tant de gens, hélas, qui ne le comprennent pas. Je me demande comment on peut ne pas comprendre.

Tout en parlant, elle sortait des assiettes et des tasses du placard, de sorte qu'elle parlait d'une voix encore plus entrecoupée que d'habitude. Mary ne put s'empêcher d'admirer l'étrange petite prêtresse de l'humanité. Mary pensait uniquement à elle ; Mrs. Seal ne pensait qu'à son idéal.

– Vous ne devez pas trop vous fatiguer, Sally, si vous voulez voir ce grand jour, dit Mary qui se leva pour prendre l'assiette de biscuits des mains de Mrs. Seal.

– Ma chère enfant, à quoi d'autre peut servir ma pauvre carcasse ? s'écria-t-elle en se cramponnant à son assiette de biscuits. Comment ne serais-je pas fière de tout donner pour la cause ? – je n'ai pas votre intelligence. Il y a eu des circonstances familiales – je vous en parlerai un jour – mais je dis des bêtises. Je perds la tête, vous voyez. Pas vous. Mr. Clacton non plus. C'est une grave erreur de perdre la tête. Mais mon cœur reste à sa place. Et je suis si heureuse que Kit ait un gros chien car je ne l'ai pas trouvée en forme.

Elles burent leur thé et reparlèrent d'un grand nombre de sujets abordés par le comité, plus librement qu'elles n'avaient pu le faire alors ; elles avaient l'agréable impression d'être dans les coulisses, de tenir dans leurs mains les ficelles qui, d'un seul coup, pouvaient changer du tout au tout le spectacle quotidien présenté dans les journaux. Bien que leur divergence d'opinions fût très importante, ce sentiment les unissait et les rendait presque chaleureuses l'une envers l'autre.

Mary partit néanmoins assez vite car elle désirait être seule et écouter un peu de musique au Queen's Hall. Elle voulait profiter d'un moment de solitude pour réfléchir à sa relation avec Ralph ; mais tout en retournant vers le Strand avec cette idée en tête, son attention se dispersa douloureusement. Ses pensées se succédaient sans qu'elle pût en fixer une : on eût dit qu'elles prenaient la couleur des rues qu'elle suivait. Sa vision de l'humanité s'associa plus ou moins à Bloomsbury pour se dissiper lorsqu'elle traversa l'avenue ; un joueur d'orgue de Barbarie attardé dans Holborn entraîna alors ses pensées dans une ronde incongrue ; mais, en arrivant au square de Lincoln's Inn Fields, le froid la saisit et elle se sentit à nouveau déprimée et affreusement lucide. L'obscurité la privait de la chaleur et de la présence stimulante de ses semblables, et une vraie larme coula sur sa joue ; elle eut alors la conviction qu'elle aimait Ralph et qu'il ne l'aimait pas. Le chemin qu'ils avaient pris le matin même était à présent sombre et désert. Les moineaux se taisaient sur les branches dénudées des arbres. Mais peu après, les lumières de son immeuble la réconfortèrent ;

toutes ses impressions fugitives se trouvèrent englouties sous la vague puissante des désirs, des pensées, des perceptions et des conflits qui bouillonnaient sans cesse au plus profond d'elle-même et qui remontaient à la surface quand le monde extérieur s'y prêtait. Elle décida d'attendre Noël pour clarifier ses idées, en se disant, tandis qu'elle allumait le feu, qu'il était impossible de réfléchir sérieusement à Londres ; de toute façon, Ralph ne viendrait pas et elle aurait tout le temps, au cours de ses longues promenades à travers la campagne, d'examiner ce problème et tous ceux qui attendaient une réponse. Puis elle posa les pieds sur le garde-feu et se dit que la vie était d'une grande complexité ; la vie était une chose qu'il fallait aimer jusqu'à la dernière fibre.

Elle était assise depuis cinq ou six minutes et ses pensées avaient eu le temps de s'estomper quand un coup de sonnette retentit. Ses yeux s'éclairèrent ; elle ne douta pas un instant que ce fût Ralph. Elle ne lui ouvrit pas tout de suite ; elle voulait être sûre de pouvoir maîtriser le trouble qui l'envahirait immanquablement à sa vue. Elle se domina en pure perte, car elle ne fit pas entrer Ralph, mais Katherine et William Rodney. Leur élégance la frappa tout de suite. À côté d'eux, elle se sentit pauvrement vêtue, négligée ; elle se demanda ce qu'elle allait leur raconter et pourquoi ils étaient venus la voir. Elle n'avait pas entendu parler de leurs fiançailles. Mais sa déception fut de courte durée et elle se réjouit de leur visite car elle sentit tout de suite que Katherine était une personnalité. En outre, elle n'avait plus besoin de se donner une contenance.

– En passant, nous avons aperçu de la lumière à votre fenêtre, alors nous sommes montés, expliqua Katherine, qui lui parut aussi grande et distinguée que distraite.

– Nous sommes allés voir des tableaux, dit William. Mon Dieu ! s'exclama-t-il en regardant autour de lui, cette pièce me rappelle l'un des plus mauvais souvenirs de toute mon existence – le jour de ma conférence. Vous étiez tous assis en rond, et vous vous moquiez de moi. Katherine était la plus méchante. Elle jubilait chaque fois que je disais une bêtise. Miss Datchet était gentille – c'est grâce à elle que j'ai pu aller jusqu'au bout, je m'en souviens très bien.

Il s'assit et retira une paire de gants jaunes avec lesquels il se donna des pichenettes sur les genoux. Sa vitalité était agréable, pensa Mary, mais il la faisait rire ; rien qu'à le voir, elle était prise de cette envie. Ses yeux globuleux allaient de l'une à l'autre et des mots se formaient silencieusement sur ses lèvres.

– Nous avons vu des tableaux de maîtres à la Grafton Gallery, dit Katherine, qui semblait ne pas faire attention à William.

Elle accepta la cigarette que Mary lui offrait, puis elle s'enfonça dans son fauteuil et la fumée flottant devant son visage parut l'isoler encore davantage.

– Katherine n'aime pas le Titien, figurez-vous, dit William. Elle n'aime pas les abricots, elle n'aime pas les pêches, elle n'aime pas les petits pois. Elle aime la frise du Parthénon et les jours gris. Elle est l'exemple même de la froide nature nordique. Je suis du Devonshire…

Venaient-ils de se disputer ? se demanda Mary. Avaient-ils, pour cette raison, cherché refuge chez elle ? Peut-être étaient-ils fiancés, à moins que Katherine ne vînt juste de le repousser ? Mary ne savait que penser.

Katherine émergea de son voile de fumée pour faire tomber les cendres de sa cigarette dans la cheminée. Elle regarda avec une curieuse sollicitude son irascible compagnon.

– Mary, dit-elle timidement, pourriez-vous nous faire du thé ? Nous avons cherché un endroit où en boire mais il y avait trop de monde dans le premier salon de thé, et dans l'autre il y avait un orchestre bruyant ; la plupart des tableaux étaient sans intérêt malgré ce que vous pouvez dire, William, ajouta-t-elle avec une sorte de douceur indifférente.

Mary les abandonna pour aller préparer le thé dans sa petite arrière-cuisine.

« Mais que me veulent-ils donc ? » demanda-t-elle à l'image que lui renvoyait le petit miroir accroché là. Elle n'eut pas à se poser longtemps la question. Quand elle rentra au salon avec le service à thé, Katherine, manifestement à la prière de William, lui annonça leurs fiançailles.

– William pense que vous n'êtes pas au courant : nous allons nous marier.

Mary se vit serrer la main de William et le féliciter comme si Katherine était inaccessible ; elle s'était d'ailleurs emparée de la bouilloire.

– Voyons, dit Katherine, on verse d'abord de l'eau chaude dans les tasses, c'est bien cela ? Quel est votre secret, William, pour le thé ?

Mary sentit que ces paroles devaient cacher une certaine nervosité, mais en ce cas l'illusion était parfaite. Le sujet du mariage fut écarté. Katherine semblait assise dans son propre salon, maîtrisant une situation qui ne présentait aucune espèce de difficulté pour son esprit exercé. Quelque peu surprise, Mary se trouva lancée dans une conversation avec William sur les grands peintres italiens, tandis que Katherine versait le thé, coupait le gâteau et veillait à remplir l'assiette de William, se bornant à quelques banalités. Elle avait l'air d'être la maîtresse des lieux et tendait les tasses comme si c'étaient les siennes. Mais elle le faisait si naturellement que Mary n'éprouvait aucun ressentiment ; dans un geste affectueux, elle posa même un instant la main sur le genou de Katherine. Y avait-il quelque chose de maternel dans cette démonstration ? À la pensée que Katherine allait bientôt se marier, cette attitude maternelle emplit le cœur de Mary d'une tendresse nuancée de respect. Katherine semblait beaucoup plus âgée et plus expérimentée qu'elle.

Rodney parlait toujours. Son apparence ne plaidait pas en sa faveur mais ses qualités, réelles, créaient un effet de surprise tout à son avantage. Il avait des carnets pleins de notes ; il possédait de grandes connaissances en peinture. Il pouvait citer en exemple divers tableaux de diverses galeries et ses réponses éclairées à des questions intelligentes étaient rehaussées, dans une mesure non négligeable, par ses petits coups de canne élégants contre les morceaux de charbon. Mary était impressionnée.

– Votre thé, William, dit gentiment Katherine.

Il marqua un temps d'arrêt, but docilement une gorgée et poursuivit.

Juste à ce moment, Mary eut l'impression que Katherine, dissimulée par son chapeau à large bords derrière le halo de fumée et le mystère de son personnage, esquissait un sourire qui n'avait rien de maternel. Elle disait des choses très simples, mais prononçait chaque phrase, même « Votre thé, William », avec la douceur et la prudence d'un chat persan s'aventurant parmi des bibelots de porcelaine. Pour la seconde fois, ce jour-là, Mary se sentit déroutée par quelque chose d'impénétrable dans le caractère de cette femme envers qui elle éprouvait de l'attirance. Elle pensa que si elle avait été fiancée à Katherine, elle aussi aurait rapidement adopté ce ton chagrin avec lequel, de toute évidence, William taquinait sa fiancée. Et pourtant la voix de Katherine était modeste.

– Je me demande comment vous faites pour être aussi savant en peinture qu'en littérature ? dit-elle.

– Comment je fais ? répéta William, manifestement ravi de ce petit compliment. Eh bien, je ne me déplace jamais sans mon carnet. Et le matin, mon premier souci est de demander le chemin du musée. Je rencontre des gens et je m'adresse à eux. Il y a quelqu'un dans mon bureau qui connaît parfaitement l'école flamande. Je parlais justement à Miss Datchet de l'école flamande. Il m'a appris beaucoup de choses – cela se passe souvent comme ça entre hommes – il se nomme Gibbons. Il faut que vous le rencontriez. Nous l'inviterons à déjeuner. Cette indifférence pour l'art est une affectation pure et simple, ajouta-t-il en se tournant vers Mary. Saviez-vous, Miss Datchet, que Katherine prend des attitudes ? Elle prétend n'avoir jamais lu Shakespeare. Et pourquoi lirait-elle Shakespeare puisqu'elle *est* Shakespeare – Rosalinde, vous savez ! » fit-il avec un petit rire curieux. Inexplicablement, ce compliment prit une résonance très vieillotte et presque de mauvais goût. Mary sentit le rouge monter à ses joues comme s'il avait dit « sexe » ou « toilettes ». À cause de sa nervosité, Rodney continua dans la même veine.

– Elle en sait assez – assez pour rester dans les limites de la décence. Pourquoi les femmes s'obstinent-elles à être savantes ? Vous avez déjà tant de choses – vous avez tout, devrais-je dire – tout. Laissez-nous au moins quelque chose, Katherine !

– Vous laisser quelque chose ? dit Katherine, comme si elle émergeait d'une profonde méditation. Je crois que nous devrions partir…

– Est-ce ce soir que Lady Ferrilby dîne avec nous ? Eh bien, soit, ne nous mettons pas en retard, dit Rodney en se levant. Connaissez-vous les Ferrilby, Miss Datchet ? Ils possèdent l'abbaye de Trantem, ajouta-t-il devant son air interrogateur. Et si ce soir Katherine sait se montrer agréable, peut-être nous prêteront-ils ce lieu pour notre lune de miel.

– Cela peut en valoir la peine, j'en conviens. Mais c'est une femme bornée, dit Katherine. Du moins, reprit-elle, comme pour corriger la rudesse de ses paroles, j'ai du mal à parler avec elle.

– Parce que vous laissez les autres se donner tout le mal. J'ai déjà vu Katherine rester toute une soirée sans parler, dit-il, se tournant vers Mary. Pas vous ? Parfois, quand nous sommes seuls, je regarde ma montre et je compte les minutes qui passent entre deux remarques. (Ce disant, il sortit une grosse montre en or et tapota le verre.) Une fois, en dix minutes et vingt secondes, elle a simplement dit « Hum ! »

– Je suis vraiment désolée, affirma Katherine. Je sais que c'est une mauvaise habitude, mais vous comprenez, à la maison…

Mary, qui avait refermé la porte, ne distingua pas le reste de son explication. Elle crut entendre William formuler d'autres critiques dans l'escalier. Peu après, la sonnette retentit de nouveau et Katherine réapparut. Elle avait oublié son porte-monnaie sur une chaise. Elle le retrouva et, s'arrêtant un instant sur le seuil, dit d'une voix changée parce qu'elles étaient seules :

– Je pense que les fiançailles ne me valent rien.

Elle agita son porte-monnaie pour faire tinter les pièces, comme si elle voulait simplement faire allusion à son étourderie. Mais cette remarque laissa Mary songeuse ; elle semblait signifier autre chose ; et comme elle était différente maintenant que William ne pouvait plus l'entendre ! Elle la regardait, dans l'attente d'une explication. Katherine avait l'air sévère, et Mary, qui voulait lui sourire, parvint seulement à lui lancer un regard interrogateur.

Quand elle eut refermé la porte pour la seconde fois, Mary se laissa glisser par terre devant le feu, cherchant, maintenant que leurs corps n'étaient plus là pour la distraire, à rassembler ses impressions. Et, quoiqu'elle s'enorgueillît, comme tout un chacun, d'être une observatrice-née, elle se représentait mal les motifs qui inspiraient Katherine Hilbery dans la vie. Il y avait en Katherine quelque chose qui la mettait imperceptiblement hors d'atteinte – quelque chose, oui, mais quoi ? – quelque chose qui la fit penser à Ralph. Curieusement, elle avait la même impression avec lui ; il la déroutait. D'autant plus curieux, conclut-elle hâtivement, qu'il n'existait pas deux personnes plus dissemblables. Et pourtant, ils avaient en commun cet élan retenu, cette force impulsive – cette chose à laquelle ils tenaient, et dont ils ne parlaient pas – mais qu'était-ce donc ?

XV

Le village de Disham se trouve sur une colline cultivée, aux alentours de Lincoln, pas très loin de la côte, de sorte que l'on entend durant les nuits d'été la rumeur lointaine des flots et, en hiver, l'écho des tempêtes lançant les vagues à l'assaut de la longue plage. L'église est tellement vaste, en particulier la tour, en regard de la petite rue bordée de maisons basses qui constitue le village, que le nouveau venu se croit volontiers transporté au Moyen Âge, seule époque où pouvait exister une piété si grande. Pareille foi en l'Église ne se rencontre plus de nos jours et, poursuivant sa réflexion, l'étranger en vient à penser que les habitants de ce village ont atteint le terme de l'existence humaine. Oui, voilà ce qu'il se dira car son premier contact avec la population, représentée par deux ou trois paysans en train de biner dans un champ de navets, un petit enfant portant une cruche, une jeune femme secouant un tapis sur le seuil de sa porte, ne lui montrera pas grand-chose qui n'appartienne encore au Moyen Âge. Ces gens, d'apparence assez jeune, ont l'air si décharnés, si frustes, qu'ils font penser aux petites enluminures peintes par les moines dans les lettres majuscules de leurs manuscrits. Le nouveau venu comprend mal ce qu'on lui dit ; il parle fort et articule distinctement, comme si sa voix devait traverser cent ans ou davantage pour parvenir jusqu'à eux. Il aurait beaucoup plus de chances de comprendre un habitant de Paris ou de

Rome, de Berlin ou de Madrid, que ses compatriotes qui ont vécu deux mille ans à moins de deux cents milles du cœur de Londres.

Le presbytère est situé à environ un demi-mille du village. C'est une vaste maison qui s'est agrandie régulièrement au fil des siècles autour de l'immense cuisine et qui est recouverte d'étroites tuiles rouges, comme le fait remarquer le pasteur à ses invités, le soir de leur arrivée. Un chandelier de cuivre à la main, il leur signale les marches qu'il faut monter ou descendre, et leur fait découvrir l'énorme épaisseur des murs, les vieilles poutres en travers du plafond, les escaliers aussi raides que des échelles, et les greniers, avec leurs toits aussi pentus que des tentes, qui abritaient les nids des hirondelles et même, une fois, celui d'un harfang des neiges. Mais rien de très intéressant ni de très beau n'avait résulté des ajouts successifs effectués par les différents pasteurs.

Néanmoins la maison était entourée d'un jardin qui faisait la fierté du pasteur. La pelouse qui bordait les fenêtres du salon était d'un vert somptueux et uniforme, sans la moindre trace de pâquerette, et, à l'autre bout, deux chemins rectilignes, longeant des parterres de grandes fleurs, menaient à une délicieuse allée verdoyante où le révérend Wyndham Datchet faisait les cent pas, à la même heure, chaque matin, sous un cadran solaire. La plupart du temps, il tenait un livre à la main, y jetait un coup d'œil, puis le refermait et récitait de mémoire la fin de l'ode. Il savait presque tout Horace par cœur et il avait pris l'habitude d'associer cette promenade à quelques odes qu'il récitait, notant en même temps l'état de ses fleurs, se baissant ici et là pour cueillir celles qui étaient flétries ou trop ouvertes. Les jours de pluie, la force de cette habitude était telle qu'il se levait machinalement à la même heure et marchait dans son bureau pendant le même laps de temps, s'arrêtant de temps à autre pour redresser un livre dans la bibliothèque ou changer la position sur la cheminée des deux crucifix de cuivre sur leur socle en serpentine. Ses enfants avaient beaucoup de respect pour lui ; ils lui prêtaient un savoir beaucoup plus étendu que celui qu'il avait en réalité et ils veillaient à ce qu'il fût dérangé le moins possible. Comme la plupart des gens méthodiques, la détermination et l'esprit de sacrifice du pasteur dépassaient sa force de caractère ou son originalité. Par des nuits froides et venteuses, il sortait à cheval, stoïque, pour visiter des malades qui pouvaient avoir besoin de son aide ; et parce qu'il effectuait avec assiduité de petites tâches, on le réclamait dans les comités locaux et les conseils municipaux. À cette époque de sa vie (il avait soixante-huit ans), de vieilles dames au cœur tendre commençaient à s'apitoyer sur son sort à cause de l'extrême maigreur de sa personne qui, selon elles, sillonnait les routes sans répit, au lieu de se reposer devant un bon feu. Sa fille aînée, Elizabeth, habitait avec lui et s'occupait de la maison. Elle ressemblait déjà beaucoup à son père par sa franchise austère et son esprit méthodique ; quant à ses deux fils, l'un, Edward, était agent immobilier, l'autre, Christopher, préparait le barreau. Ils se retrouvaient à Noël et, un mois durant, les préparatifs de la semaine de Noël occupaient maîtresse de maison et servante, qui se flattaient chaque année davantage de l'excellence de leur équipement domestique. Feu Mrs. Datchet avait laissé un placard de linge de maison bien rempli, dont Elizabeth avait hérité à dix-neuf ans, après la mort de sa mère, quand lui échut la charge de la famille. Elle élevait une belle volée de poussins jaunes, dessinait des esquisses, s'occupait personnellement de certains rosiers ; entre la maison, les poussins et les pauvres, elle n'avait pratiquement pas un instant de loisir. C'était sa droiture exceptionnelle, plus que d'autres qualités, qui expliquait son influence au sein de sa famille. Lorsque Mary lui écrivit pour annoncer qu'elle avait invité Ralph Denham chez eux, elle avait ajouté, par égard pour Elizabeth, qu'il était original mais très gentil, et qu'il s'était trop surmené à Londres. Elizabeth en déduirait certainement que Ralph était amoureux d'elle, mais ni l'une ni l'autre n'en soufflerait mot, à moins de ne pas pouvoir faire autrement.

Mary était arrivée à Disham sans savoir si Ralph viendrait. Deux ou trois jours avant Noël, il lui envoya un télégramme pour la prier de réserver une chambre pour lui au village. Suivait une lettre où il expliquait qu'il pourrait prendre ses repas avec eux ; mais le calme essentiel à son travail rendait nécessaire qu'il logeât à l'extérieur.

Mary se promenait dans le jardin en compagnie d'Elizabeth et elles inspectaient les roses lorsque la lettre arriva.

– Mais c'est ridicule, dit résolument Elizabeth quand elle fut mise au courant de ce projet. Même en comptant les garçons, il y a cinq chambres d'amis. D'ailleurs, il ne trouvera pas de chambre au village et il ne devrait pas travailler s'il s'est surmené.

« Peut-être ne tient-il pas à nous voir trop », pensa Mary bien qu'apparemment elle approuvât Elizabeth et lui sût gré en son for intérieur de soutenir son désir. Elles cueillaient des roses qu'elles posaient une à une dans un panier à fond plat.

« Si Ralph était là, il s'ennuierait », se dit Mary qui, dans un mouvement d'humeur, plaça la rose à l'envers. Sur ces entrefaites, elles étaient arrivées au bout du chemin, et tandis qu'Elizabeth redressait quelques fleurs, Mary regarda son père qui faisait les cent pas, la main derrière le dos et la tête penchée, dans une attitude méditative. Obéissant à une impulsion qui répondait au désir d'interrompre cette promenade méthodique, Mary avança sur la pelouse et posa la main sur son bras :

– Une fleur pour votre boutonnière, Père, dit-elle en lui offrant une rose.

– Hein ? fit Mr. Datchet qui, sans s'arrêter, prit la fleur et la tint à une distance adaptée à sa mauvaise vue. D'où vient-elle ? C'est une des roses d'Elizabeth – j'espère que tu lui as demandé la permission ? Elizabeth n'aime pas que l'on cueille ses roses sans sa permission et il faut la comprendre.

Il avait l'habitude, remarqua Mary (c'était la première fois qu'elle le remarquait aussi nettement), de laisser ses phrases se perdre dans un murmure indistinct pour prendre ensuite un air préoccupé – signe, selon ses enfants, que ses pensées étaient trop profondes pour être formulées.

– Comment ? dit Mary, l'interrompant peut-être pour la première fois de sa vie, quand le murmure cessa. Il ne répondit pas. Elle savait parfaitement qu'il préférait être seul, mais elle resta à ses côtés comme si elle accompagnait un somnambule qu'elle jugeait bon de réveiller doucement. Elle ne trouva rien d'autre à lui dire pour le tirer de sa torpeur, sinon :

– Le jardin est magnifique, Père.

– Oui, oui, fit Mr. Datchet, prononçant ces mots du même air distrait et baissant davantage encore la tête sur sa poitrine.

Et soudain, tandis qu'ils faisaient demi-tour pour revenir sur leurs pas, il proféra d'un ton bref :

– Le trafic a énormément augmenté, tu sais. Quarante wagons sont arrivés par le train de 12 h 15 – je les ai comptés moi-même. Ils ont enlevé le train de 9 h 03 et ils nous ont donné celui de 8 h 30, à la place – c'est une bonne chose pour les hommes d'affaires. Tu as dû arriver par le vieux train de 15 h 10, hier, n'est-ce pas ?

Elle dit « Oui » car il semblait attendre une réponse, puis il regarda sa montre et fila vers la maison, tenant toujours la rose à la même distance devant lui. Elizabeth avait contourné la maison jusqu'à l'abri des poussins si bien que Mary se retrouva seule avec la lettre de Ralph. Elle se sentait mal à l'aise. Elle avait retardé le moment de réfléchir à certains problèmes importants et, alors que Ralph allait arriver le lendemain, elle s'inquiétait seulement de savoir quelle opinion il aurait de sa famille. Son père l'entretiendrait probablement des horaires des trains ;

Elizabeth serait spirituelle, pleine de bon sens, et quitterait toujours la pièce pour donner des ordres aux servantes. Ses frères avaient déjà annoncé qu'ils l'emmèneraient un jour à la chasse. Cela ne la dérangeait pas de laisser dans le vague le problème des relations entre Ralph et ses frères car elle se fiait au bon sens masculin pour trouver un terrain d'entente. Mais que penserait-il d'elle, surtout ? Verrait-il qu'elle était différente du reste de la famille ? Elle échafaudait des plans pour l'amener dans son salon et diriger habilement la conversation sur les poètes anglais, qui, dorénavant, étaient placés en évidence dans sa petite bibliothèque. Seule avec lui, elle pourrait lui faire comprendre qu'elle aussi trouvait sa famille bizarre – bizarre, oui, mais pas inintéressante. C'était l'écueil au-delà duquel elle s'appliquerait à le guider. Et elle réfléchissait au moyen d'attirer son attention sur la passion d'Edward pour Jorrocks et sur l'enthousiasme qui poussait Christopher à collectionner, à vingt-deux ans, les phalènes et les papillons. Les esquisses d'Elizabeth, si les fruits en étaient indiscernables, réussiraient peut-être à colorer l'effet général qu'elle souhaitait donner d'une famille excentrique et bornée, peut-être, mais pas ennuyeuse. Elle vit Edward tondre la pelouse pour le plaisir de l'exercice ; et à la vue de ses joues roses, de ses yeux marrons, petits et brillants qui lui donnaient l'allure d'un jeune cheval de trait maladroit au pelage poussiéreux, Mary eut honte de ses intrigues et de son ambition. Elle l'aimait tel qu'il était ; elle les aimait tous ; et tout en marchant à ses côtés, montant et descendant les pentes, son solide sens moral administra une saine raclée à l'élément frivole et romanesque qui surgissait dans son esprit à la simple évocation de Ralph. Pour le meilleur ou pour le pire, elle ressemblait beaucoup aux autres membres de sa famille.

Assis dans le coin d'un wagon de troisième classe, l'après-midi du jour suivant, Ralph posa plusieurs questions à un commis voyageur installé dans le coin opposé.

Ses questions portaient sur un village nommé Lampsher, à moins de trois milles, à ce qu'il comprit, de Lincoln ; y avait-il une grande maison à Lampsher, demanda-t-il, habitée par un gentleman répondant au nom d'Otway ?

Le voyageur ne savait pas ; il répéta « Otway » d'un air pensif et, à l'entendre, Ralph se sentit étonnamment satisfait. Cela lui donna une excuse pour tirer une lettre de sa poche et vérifier l'adresse.

« Stogdon House, Lampsher, Lincoln », lut-il à haute voix.

– Quelqu'un vous indiquera le chemin à Lincoln, dit l'homme.

Ralph dut avouer qu'il n'irait pas ce soir-là.

« J'irai en partant de Disham », se dit-il et, dans le secret de son cœur, il s'émerveilla de la joie qu'il éprouvait à faire croire à un commis voyageur, rencontré dans un train, une chose à laquelle il ne croyait pas lui-même. Car la lettre, bien que signée par le père de Katherine, ne contenait aucune invitation, ni la moindre indication pouvant laisser supposer que Katherine serait là elle aussi. Cette lettre ne révélait qu'une chose : pendant quinze jours, cette adresse serait l'adresse de Mr. Hilbery. Mais quand il regarda par la fenêtre, c'est à Katherine qu'il songea ; elle aussi avait vu ces champs gris, et elle était peut-être quelque part, là-bas, à l'endroit où les arbres montaient à l'assaut d'une pente. Une lumière jaune brilla puis s'éteignit au pied de la colline. Il imagina un vieux manoir gris, toutes fenêtres éclairées. Il retourna s'asseoir et oublia complètement le commis voyageur. Mais l'image de Katherine disparut avec celle du manoir ; il devina instinctivement que s'il allait plus loin, la réalité reprendrait ses droits ; il ne pouvait pas non plus ignorer la silhouette de William Rodney. Depuis le jour où il avait appris leurs fiançailles de la bouche même de Katherine, il s'était abstenu de mêler le rêve à la réalité. Mais en cette fin d'après-midi, la lumière qui colorait la campagne de reflets roux derrière les arbres devint le symbole de sa présence. Face à cette lumière son cœur débordait. Katherine planait au-dessus des champs gris ; elle était près de lui dans le wagon, pensive, silencieuse, infiniment douce ; puis la vision se fit trop intense et il dut la chasser car le train ralentissait. Les secousses le réveillèrent tout à fait ; au moment où le wagon glissait le long du quai, il aperçut Mary Datchet, solide silhouette couleur d'automne avec une tache écarlate. Un grand jeune homme l'accompagnait ; ce dernier lui serra la main, prit son sac et ouvrit la marche sans prononcer un mot.

Jamais les voix ne sont aussi belles qu'en hiver, à la tombée du jour, quand les lignes du corps s'estompent et qu'elles semblent s'élever du néant avec une intonation intime si rare en plein jour. Telle était la voix de Mary lorsqu'elle l'accueillit. La brume qui s'accroche aux haies en hiver, et le rouge vif des mûres sauvages, semblaient flotter autour d'elle. Ralph eut tout de suite l'impression de poser le pied sur la terre ferme d'un monde nouveau, mais il ne s'abandonna pas complètement à cette impression de bien-être. On lui proposa de faire le trajet en carriole avec Edward ou de passer à travers champs avec Mary – un chemin qui n'était pas plus court, expliquèrent-ils, mais Mary le trouvait plus joli. Devinant que la présence de Mary le réconforterait, il décida d'aller avec elle. Quelle pouvait être la raison de sa gaieté, se demanda-t-il, mi-sarcastique, mi-jaloux, tandis que le poney emmenait la carriole d'un bon pas. La forme élancée d'Edward, conduisant debout, les rênes dans une main et le fouet dans l'autre, se fondit dans l'obscurité. Des villageois qui s'étaient rendus au marché grimpaient dans leur cabriolet ou s'en retournaient à pied chez eux par petits groupes. Plusieurs saluèrent Mary qui, haussant la voix, répondait à chacun. Puis elle franchit une haie et s'engagea dans un étroit chemin légèrement plus sombre que le tapis vert alentour. Devant eux, le ciel prenait une teinte orangée, telle une pierre légèrement translucide derrière laquelle vacille une flamme ; une lisière d'arbres noirs se dessinait à contre-jour ; seule une inégalité de terrain masquait l'horizon. Partout ailleurs, la campagne s'étendait, infiniment plate, jusqu'aux confins du ciel. Un des oiseaux de cette nuit d'hiver, silencieux et vif comme l'air, parut les suivre dans le champ, tournoyant à quelques pas devant eux, disparaissant, revenant, inlassable.

Mary avait fait cette promenade des centaines de fois dans sa vie, généralement seule, et il suffisait de la vue de trois arbres sous un certain angle ou du cri d'un faisan dans le fossé pour que resurgisse des ombres de sa mémoire une scène oubliée, ou que change le cours de ses pensées. Mais cette nuit-là, les circonstances étaient assez extraordinaires pour chasser toute autre scène ; elle contempla intensément le champ et les arbres comme s'ils n'avaient aucun pouvoir d'évocation.

– Alors, Ralph, dit-elle, n'est-ce pas mieux que Lincoln's Inn Fields ? Regardez, voici un oiseau pour vous ! J'espère que vous avez apporté des jumelles. Edward et Christopher veulent vous emmener à la chasse. Savez-vous tirer ? Je penserais plutôt le contraire…

– Écoutez, il faut d'abord que vous m'expliquiez, dit Ralph. Qui sont ces jeunes gens ? Où vais-je habiter ?

– Chez nous, bien sûr, répondit-elle avec assurance. Vous allez habiter chez nous, cela ne vous ennuie pas, non ?

– Si vous me l'aviez dit plus tôt, je ne serais pas venu, dit-il sèchement.

Ils avançaient tous deux sans parler ; Mary était attentive à ne pas rompre tout de suite le silence. Elle pensait que Ralph finirait par sentir la fraîcheur enivrante de la terre et de l'air. Elle ne se trompait pas. Peu après, Mary l'entendit avec soulagement exprimer son bien-être.

– Voilà le genre de campagne où j'aimerais vivre, Mary, dit-il, relevant son chapeau sur le haut de sa tête et regardant autour de lui. C'est la vraie campagne, sans gentilhommière.

Il huma l'air et, pour la première fois depuis de nombreuses semaines, savoura le plaisir d'avoir un corps.

– Maintenant il faut franchir une haie, dit Mary.

Dans la trouée de la haie, Ralph arracha le collet d'un braconnier, placé sur un terrier de lapin.

– Il est compréhensible qu'ils braconnent, dit Mary en le regardant tirer d'un coup sec sur le fil de fer. Je me demande si c'est Alfred Duggins ou Sid Rankin ? Comment pourraient-ils vivre sans braconner, avec quinze shillings par semaine en tout et pour tout ? Quinze shillings par semaine, répéta-t-elle, se faufilant de l'autre côté de la haie et passant la main dans ses cheveux pour en retirer une ronce. Moi, je pourrais vivre facilement avec quinze shillings par semaine – facilement.

– Vraiment ? dit Ralph. Je n'en suis pas aussi sûr que vous.

– Si, si. Ils ont aussi une maison et un jardin portager. Ce ne serait pas si mal, dit Mary avec un sérieux qui impressionna beaucoup Ralph.

– Mais vous vous en lasseriez vite, dit-il.

– Je pense parfois que c'est la seule chose dont on ne puisse jamais se lasser, répliqua-t-elle.

À la perspective d'habiter une chaumière avec un jardin potager et quinze shillings, Ralph goûta une paix profonde.

– Mais si cette chaumière se trouve au bord de la grand-route, ou juste à côté d'une autre où vit une mère de six marmots brailleurs, qui vient étendre sa lessive dans votre jardin ?

– La chaumière à laquelle je pense se trouve au milieu d'un verger.

– Et le suffrage des femmes ? demanda-t-il d'un ton résolument sarcastique.

– Oh, il n'y a pas que le suffrage des femmes dans la vie, répondit-elle avec une désinvolture mystérieuse.

Ralph se tut. Il était contrarié qu'elle eût des projets qu'il ignorait ; mais il sentit qu'il n'avait pas le droit de la questionner davantage. Il se mit à penser à ce que pourrait être sa vie à la campagne. Il n'avait pas le temps d'y réfléchir pour le moment, mais c'était a priori une chance inouïe, la solution à de nombreux problèmes. Il frappa la terre de sa canne et chercha à discerner les contours de la terre à travers les ténèbres.

– Savez-vous situer les points cardinaux ? demanda-t-il.

– Oui, bien sûr, répondit Mary. Pour qui me prenez-vous ? Pour une Londonienne, comme vous ?

Et elle lui indiqua précisément où était le nord et où était le sud.

– Je suis née ici, dit-elle. Je pourrais trouver mon chemin les yeux bandés, en me fiant seulement à mon flair.

Elle pressa le pas comme pour donner la preuve de ses propos fanfarons, et Ralph eut du mal à la suivre. Chose curieuse, c'était la première fois qu'il était aussi attiré par elle, sans doute parce qu'il la trouvait plus indépendante qu'à Londres et qu'elle semblait profondément attachée à un univers où il n'avait pas sa place. À présent, l'obscurité était telle qu'il devait la suivre de très près ; il dut même poser la main sur son épaule au moment de franchir un obstacle dans le chemin exigu. Il se sentit curieusement intimidé quand elle se mit à crier entre ses mains, en direction d'une tache de lumière qui se balançait au cœur du brouillard dans un champ voisin. Quelqu'un lui répondit, et la lumière s'immobilisa.

– C'est Christopher. Il est déjà rentré et il donne à manger aux poules, dit-elle.

Elle le présenta à Ralph qui ne vit qu'une haute silhouette en guêtres, s'élevant au milieu d'un cercle piaillant de corps duveteux sur lesquels la lumière projetait des cercles, éclairant tantôt une tache jaune clair, tantôt une tache noire ou écarlate. Mary plongea la main dans le seau qu'il portait et aussitôt le cercle duveteux se reforma autour d'elle ; tout en lançant les grains, elle s'adressait successivement aux volatiles et à son frère de la même voix gloussante, à peine intelligible pour Ralph, debout dans son pardessus noir à la lisière des plumes qui voletaient.

Il avait ôté son manteau pour prendre place autour de la table du dîner, mais il ne détonnait pas moins au milieu des autres. Une vie et une enfance à la campagne leur avaient conservé une expression presque candide ou juvénile, même au pasteur, comme le remarqua Mary, assise parmi eux autour de la table ovale, dans le halo des chandelles. Le visage du pasteur, bien que légèrement ridé, était d'un rose clair et ses yeux bleus avaient cette paisible expression de myope qui cherche à distinguer le tournant de la route ou une lumière lointaine dans la nuit et la tourmente de l'hiver. Elle regarda Ralph : jamais il ne lui avait paru plus taciturne, plus résolu, comme si derrière son front étaient amassées tant d'expériences qu'il pouvait choisir ce qu'il partagerait ou ce qu'il garderait pour lui. À côté de cette mine sombre et grave, les visages de ses frères, penchés au-dessus de leur assiette de soupe, formaient de simples cercles de chair rose.

– Êtes-vous arrivé par le train de 15 h 10, Mr. Denham ? demanda le révérend Wyndham Datchet en nouant sa serviette autour du cou, de sorte que presque toute sa personne disparaissait derrière le grand losange blanc. Ils nous traitent bien, dans l'ensemble. Si l'on tient compte de la progression du trafic, ils nous traitent vraiment bien. J'ai parfois la curiosité de compter les wagons des trains de marchandises : il y en a plus de cinquante – plus de cinquante – en cette période de l'année.

Le vieux monsieur avait été agréablement surpris par la présence de ce jeune homme attentif et bien informé, ainsi qu'en témoignaient le soin avec lequel il prononçait les derniers mots de ses phrases et sa légère tendance à exagérer le nombre des wagons des trains. Évidemment, c'était à lui qu'il revenait d'alimenter la conversation et il le fit, ce soir-là, de façon telle qu'il souleva plusieurs fois l'admiration de ses fils. Denham les intimidait et ils étaient contents de ne pas avoir à prendre la parole. Le lot d'informations présentes et passées dont disposait le vieux Mr. Datchet sur cette région du Lincolnshire étonna ses enfants, car, même s'ils n'étaient pas sans en connaître l'existence, ils avaient oublié son ampleur, tout comme ils auraient pu, à l'occasion d'une fête, redécouvrir la valeur de l'orfèvrerie familiale rangée dans le buffet.

Après le dîner, les obligations de la paroisse ramenèrent le pasteur dans son bureau et Mary proposa d'aller dans la cuisine.

– Ce n'est pas vraiment une cuisine, s'empressa d'expliquer Elizabeth à son hôte, mais nous l'appelons ainsi…

– C'est la plus belle pièce de la maison, dit Edward.

– Près de la cheminée, il y a encore les anciens supports qui servaient à pendre les fusils, dit Elizabeth, avant de s'engager la première dans un couloir, un grand chandelier de cuivre à la main. Montre les marches à Mr. Denham, Christopher… Lorsque la Commission d'administration des biens de l'Église anglicane est venue ici, il y a deux ans, ils ont dit que c'était la partie la plus intéressante de la maison. Ces briques étroites sont vieilles de cinq cents ans – cinq cents ans, je crois – ou peut-être même six cents ans !

Elle avait, elle aussi, envie d'exagérer l'âge des briques comme son père avait exagéré le nombre des wagons. Un grand lustre et un magnifique feu de bois éclairaient une vaste pièce haute de plafond, aux poutres apparentes et au sol de carreaux rouges ; la cheminée massive était construite avec ces mêmes briques prétendument vieilles de cinq cents ans. Quelques tapis, quelques fauteuils épars avaient transformé cette ancienne cuisine en salon. Elizabeth montra les emplacements pour les fusils, les crochets pour fumer le jambon et autres preuves incontestables d'une époque révolue ; elle expliqua que Mary avait eu l'idée de transformer cette pièce en salon – auparavant, c'était là que l'on faisait sécher le linge et que les hommes se changeaient après la chasse. Considérant alors son rôle d'hôtesse comme terminé, elle s'assit sur une chaise près d'une longue table étroite, juste sous la lampe. Elle posa une paire de lunettes à monture d'écaille sur son nez et prit un panier plein de fils et de laines. Quelques minutes plus tard, un sourire flotta sur ses lèvres et y resta tout le reste de la soirée.

– Viendrez-vous à la chasse avec nous demain ? demanda Christopher qui éprouvait plutôt de la sympathie pour l'ami de sa sœur.

– Je ne chasserai pas, mais je vous accompagnerai, dit Ralph.

– Vous n'aimez pas la chasse ? s'enquit Edward dont les soupçons n'étaient pas entièrement dissipés.

– Je n'ai jamais chassé, dit Ralph, se tournant pour le regarder en face car il se demandait comment on prendrait cet aveu.

– Vous ne devez pas en avoir souvent l'occasion à Londres, dit Christopher. Mais vous risquez de vous ennuyer à nous regarder.

– J'observerai les oiseaux, répondit Ralph avec un sourire.

– Je vous montrerai un endroit d'où l'on peut les guetter, dit Edward, si cela vous plaît. Je connais quelqu'un qui vient de Londres tous les ans à cette époque, uniquement pour observer les oiseaux. Il y a énormément d'oies et de canards sauvages par ici. Cet homme a dit que c'était l'un des coins les plus giboyeux de toute l'Angleterre.

Ralph renchérit :

– C'est le plus bel endroit qui soit pour trouver des oiseaux.

Ils furent tous très sensibles à ce compliment sur leur comté natal ; et dès lors Mary eut le bonheur d'entendre l'enchaînement rapide des questions et des réponses perdre tout caractère suspicieux chez ses frères et se transformer en véritable conversation sur les mœurs des oiseaux, suivie d'une discussion sur celles des avocats, à laquelle il n'était presque pas nécessaire qu'elle prît part. Elle était heureuse de voir que ses frères aimaient bien Ralph, au point de vouloir lui faire bonne impression. Quant à savoir ce qu'il pensait d'eux, il était impossible de le deviner à sa courtoisie de circonstance. De temps en temps, elle mettait une nouvelle bûche sur le feu qui diffusait dans la pièce la bonne chaleur sèche du bois qui flambe ; hormis Elizabeth, ils étaient restés légèrement à l'écart, de moins en moins soucieux de l'image qu'ils donnaient d'eux-mêmes et de plus en plus somnolents. C'est alors qu'un grattement impérieux se fit entendre à la porte.

– Bon sang ! Piper ! Il faut que j'y aille, murmura Christopher.

– Ce n'est pas Piper, c'est Pitch, grommela Edward.

– De toute façon, il faut que j'y aille, grogna Christopher.

Il fit entrer le chien et resta un instant près de la porte qui donnait sur le jardin, pour respirer l'air vif de cette nuit étoilée.

– Rentre donc et ferme la porte ! s'écria Mary.

– Nous aurons une belle journée demain, dit Christopher d'un air satisfait.

Il s'assit par terre aux pieds de Mary, cala son dos contre ses genoux et étendit ses longues jambes couvertes de grands bas tricotés – preuve qu'il ne sentait plus aucune contrainte en présence de l'étranger. Il était le plus jeune de la famille et le préféré de Mary, car leurs caractères s'accordaient comme le caractère d'Edward s'accordait à celui d'Elizabeth. Elle arrondit ses genoux et passa ses doigts dans ses cheveux.

« J'aimerais que Mary me caresse la tête comme cela », pensa Ralph soudain, et il regarda Christopher presque affectueusement parce qu'il savait susciter la tendresse de sa sœur. Aussitôt, il pensa à Katherine ; il l'imagina au cœur de la nuit ; Mary, qui l'observait, vit se creuser les rides de son front. Le bras tendu, il déposa une bûche sur le feu, en s'efforçant de la placer délicatement sur le frêle échafaudage rougeoyant et de limiter ses pensées à cette seule pièce.

Mary avait cessé de caresser la tête de son frère ; il la remua impatiemment contre ses genoux et, comme elle aurait fait à un enfant, elle passa les doigts dans ses épaisses boucles rousses. Pourtant une passion beaucoup plus vive avait pris possession de son âme – une passion que jamais son frère ne pourrait faire naître ; et, quand elle vit Ralph changer d'expression, sa main poursuivit machinalement son geste mais son âme se débattit, voulant désespérément se raccrocher à une berge insaisissable.

XVI

Au même instant, et presque sous le même ciel étoilé, Katherine Hilbery contemplait le firmament sans pour autant nourrir l'espoir d'une belle journée pour chasser le canard le lendemain matin. Elle marchait de long en large sur un chemin de gravier, dans le jardin de Stogdon House. De l'endroit où elle se trouvait, les légers arceaux dénudés de la pergola dérobaient partiellement le ciel. C'est ainsi qu'une branche de clématite pouvait cacher Cassiopée, ou faire disparaître sous sa forme noire des myriades et des myriades d'étoiles de la voie lactée. Mais au bout de la pergola, il y avait un banc de pierre d'où l'on pouvait voir le ciel libre de toute aspérité terrestre, à part, il est vrai, sur la droite, une rangée d'ormes toute parée d'étoiles, et une écurie basse avec sa cheminée d'où s'échappait une goutte d'argent tremblotante. C'était une nuit sans lune, mais la clarté des étoiles suffisait à éclairer la silhouette de la jeune femme et son visage grave et sévère tourné vers le ciel. Si elle était sortie dans cette douce nuit d'hiver, c'était moins pour observer les étoiles avec une curiosité d'astronome que pour fuir des désagréments purement terre à terre. De même qu'un intellectuel feuillette des livres un à un d'un air absent, elle se promenait dans le jardin pour avoir les étoiles à sa portée, dût-elle ne pas les regarder. Ne pas connaître le bonheur alors qu'elle était supposée connaître une joie sans mélange suffisait à expliquer l'angoisse apparue presque dès son arrivée, deux jours auparavant, et qui lui était devenue si intolérable qu'elle avait quitté la réunion de famille pour venir réfléchir tranquillement en ce lieu. Katherine ne se trouvait pas malheureuse ; c'étaient ses cousins qui pensaient qu'elle l'était. La maison regorgeait de cousins ; beaucoup avaient son âge, certains étaient plus jeunes, et parmi eux il y avait des regards extrêmement pénétrants. Ils semblaient toujours à l'affût de quelque chose entre Rodney et elle, qu'ils étaient déçus de ne pas trouver ; Katherine prenait alors conscience de vouloir ce qu'elle n'avait pas eu conscience de vouloir à Londres, seule avec William et ses parents. Ou à supposer qu'elle ne le voulût pas, elle éprouvait la sensation d'un manque. Cet état d'esprit la déprimait parce qu'elle avait toujours su donner pleine satisfaction et que, pour la première fois, elle se sentait blessée dans son amour-propre. Elle aurait aimé sortir de sa réserve habituelle afin de justifier ses fiançailles auprès de quelqu'un pour qui elle aurait éprouvé de l'estime. Personne ne l'avait ouvertement critiquée, mais ils la laissaient seule avec William ; non pas qu'elle y eût attaché de l'importance mais ils s'étaient montrés trop polis ; et peut-être, n'en eût-elle pas attaché du tout sans ce silence étrange qu'ils observaient en sa présence, un silence presque respectueux qu'elle ressentait comme une agression.

Regardant par moments le ciel, elle se remémora la liste des noms de ses cousins : Eleanor, Humphrey, Marmaduke, Silvia, Henry, Cassandra, Gilbert, Mostyn – Henry, celui qui donnait des leçons de violon aux jeunes filles dc Bungay, c'était le seul de ses cousins à qui elle pût se confier, ct en faisant les cent pas sous la pergola, elle improvisa un petit discours à son attention dont voici à peu près la teneur :

« D'abord, j'aime beaucoup William. Vous ne pouvez le nier. Je le connais mieux que quiconque ou presque. Mais, je l'avoue, si je l'épouse, c'est parce que – je serai très franche avec vous, vous ne devrez souffler mot à personne de ce que je vais vous dire – si je l'épouse, c'est parce que je veux me marier. Je veux avoir une maison à moi. La vie n'est plus possible chez nous. Vous, vous n'avez aucun problème, Henry ; vous pouvez faire ce que vous voulez. Moi, je dois toujours être là. Vous savez bien comment cela se passe à la maison. Vous ne seriez pas heureux non plus si vous ne faisiez rien. Ce n'est pas que je n'aie pas le temps – c'est l'atmosphère. »

À ce stade de son raisonnement, elle imagina que son cousin, qui l'avait écoutée jusque-là avec une bienveillance pleine de sagesse, haussait légèrement les sourcils et demandait :

– Mais que voulez-vous donc faire ?

Même dans ce dialogue purement fictif, Katherine éprouvait des difficultés à confier ses ambitions à son compagnon imaginaire.

« J'aimerais… », dit-elle, puis, après un long moment d'hésitation, elle ajouta à contrecœur, d'une voix changée : « J'aimerais étudier les mathématiques et l'astronomie. »

Henry était pour le moins stupéfait, mais il était trop gentil pour manifester sa perplexité ; il se contentait de dire quelques mots sur la complexité des mathématiques et de faire observer qu'on savait très peu de chose sur les étoiles.

Katherine poursuivit son plaidoyer :

« Peu importe de savoir ou non quelque chose – ce que je veux, c'est faire des combinaisons mathématiques – avoir une occupation qui n'ait aucun rapport avec les êtres humains. Je n'ai que faire des autres. D'une certaine manière, Henry, je suis une usurpatrice : je veux dire que je ne suis pas celle pour qui vous me prenez tous. Je ne suis pas une femme d'intérieur. Je n'ai pas beaucoup de sens pratique ni même de bon sens, voilà la vérité. Si je pouvais faire des opérations, me servir d'un télescope, résoudre des problèmes mathématiques et savoir très précisément où je me suis trompée, je serais parfaitement heureuse et je crois que je pourrais donner à William tout ce qu'il désire toujours. »

Mais son instinct l'avertit qu'elle avait franchi la limite au-delà de laquelle l'avis de Henry ne pouvait plus lui être d'aucun secours ; elle chassa de son esprit ce désagrément passager, s'assit sur le banc de pierre et, les yeux levés vers le ciel, aborda les problèmes qu'il lui fallait résoudre. Pourrait-elle vraiment donner à William tout ce qu'il attendait d'elle ? Pour en juger, elle passa en revue la petite collection de propos, de regards, de compliments et de gestes significatifs accumulés au cours des deux derniers jours. Rodney avait été contrarié parce qu'une malle pleine de vêtements qu'il avait spécialement choisis pour elle avait été acheminée par erreur dans une autre gare, par suite d'une négligence de Katherine. La malle était arrivée juste à temps, et en voyant Katherine descendre, le premier soir, il avait dit que jamais il ne l'avait trouvée aussi belle. Elle éclipsait toutes ses cousines. Il avait découvert qu'elle n'avait aucun geste disgracieux, et que la forme de sa tête lui permettait, contrairement à la plupart des autres femmes, de porter les cheveux sur la nuque. Il lui avait reproché deux fois son silence pendant le dîner, et aussi de ne pas faire attention à ce qu'il disait. La pureté de son accent français l'avait surpris, mais il pensait que c'était égoïste de sa part de ne pas accompagner sa mère chez les Middleton, car c'étaient de vieux amis de la famille, des gens charmants. Dans l'ensemble, l'équilibre était plutôt maintenu ; élaborant une sorte de synthèse où elle faisait le bilan du présent, elle leva les yeux pour ne plus voir que les étoiles.

Elles semblaient si étroitement rivées au ciel et baignaient ses yeux d'une clarté si douce que Katherine se plut à penser qu'elles rayonnaient ce soir-là de bonheur. Elle n'était pas moins ignorante ni plus soucieuse des rites pratiques de l'Église que la plupart des gens de son âge, mais à Noël elle ne pouvait contempler la voûte céleste sans avoir la sensation que les cieux se penchaient amicalement au-dessus de la terre et signalaient par un rayonnement exceptionnel qu'eux aussi prenaient part à sa joie. Elle eut l'impression qu'ils assistaient à la procession des rois Mages en un point éloigné du globe. Mais pendant la minute qui suivit, les étoiles exercèrent leur pression habituelle sur l'esprit, réduisant en cendres la courte histoire de l'humanité, ramenant le corps humain à une forme simiesque tapie parmi les broussailles, dans la fange d'un monde barbare. À ce stade en succéda bientôt un autre : rien n'existait plus dans l'univers, hormis les étoiles et la lumière des étoiles ; en fixant du regard le ciel, l'éclat stellaire dilata à ce point ses pupilles que Katherine sentit que tout son être se noyait dans le firmament et se dissipait dans l'espace infini. Chose curieuse et pour le moins inattendue, presque simultanément, elle chevauchait avec le héros magnanime le long des vagues ou au cœur de forêts profondes et elle ne s'en fût jamais lassée sans l'admonestation du corps qui, satisfait des conditions de vie normale, ne favorise aucunement les tentatives de l'esprit pour s'en évader. Katherine, commençant à avoir froid, se leva et marcha vers la maison.

Sous les étoiles, Stogdon House avait une pâleur romantique, et paraissait environ deux fois plus grande qu'en réalité. Construite par un amiral en retraite dans les premières années du dix-neuvième siècle, les fenêtres en rotonde de la façade, éclairées à présent d'une couleur orangée, faisaient penser à un vaisseau à trois ponts, parcourant des mers peuplées de dauphins et de licornes comme on en voit sur le bord des vieilles cartes maritimes. Un escalier de marches basses en demi-cercle menait à une très grande porte que Katherine avait laissée entrouverte. Elle hésita, observa la façade de la maison, aperçut une petite fenêtre éclairée à un étage supérieur, puis poussa la porte. Elle resta un instant dans le vestibule carré, parmi les nombreux crânes de cerfs, les globes jaunâtres, les peintures à l'huile craquelées, les hiboux empaillés, se demandant apparemment si elle ouvrirait à sa droite la porte d'où lui parvenait la rumeur de la vie. Prêtant l'oreille, elle entendit quelque chose qui la décida manifestement à ne point entrer ; son oncle, Sir Francis, faisait sa partie de whist vespérale et il était probablement en train de perdre.

Elle monta l'escalier en demi-cercle qui représentait la seule tentative de cérémonial dans le manoir, par ailleurs plutôt délabré, et suivit un étroit couloir jusqu'à la chambre où, du jardin, elle avait aperçu de la lumière. Après un coup frappé à la porte, on lui dit d'entrer. Un jeune homme, Henry Otway, lisait, les pieds sur le garde-feu. Il avait une belle tête, les sourcils arqués dans le style élizabéthain, mais son regard doux et franc était plus sceptique qu'empreint de la vitalité élizabéthaine. Il donnait l'impression de ne pas avoir encore trouvé la cause adaptée à son tempérament.

Il se retourna, posa son livre et la regarda. Il remarqua sa relative pâleur, le regard humide de ceux dont l'âme et le corps sont dissociés. Il lui avait souvent fait part de ses problèmes et il devinait, espérait même qu'elle eût à son tour besoin de lui. Mais elle menait sa vie avec une telle indépendance qu'il ne s'attendait pas vraiment à des confidences.

– Alors, vous avez fui, vous aussi ? dit-il, en regardant son manteau.

Katherine avait oublié de se débarrasser de ce vêtement révélateur de sa promenade sous les étoiles.

– Fui ? demanda-t-elle. Fui qui ? Que voulez-vous dire ? Ah oui, la réunion de famille ! Il faisait trop chaud : je suis sortie dans le jardin.

– Vous n'avez pas froid ? » s'inquiéta Henry qui mit du charbon dans le feu, approcha un fauteuil près de la cheminée et la débarrassa de son manteau. L'indifférence de Katherine pour ce genre de détails forçait souvent Henry à jouer le rôle généralement tenu par les femmes en de telles circonstances. C'était l'un des liens qui les unissaient.

– Merci, Henry, dit-elle. Je ne vous dérange pas ?

– Je ne suis pas ici, je suis à Bungay, répondit-il. Je donne un cours de musique à Harold et à Julia. C'est pour cela que j'ai dû quitter la table avec les dames – je passe la nuit là-bas et je ne reviendrai pas avant la veille de Noël.

– J'aimerais…, fit Katherine sans terminer sa phrase. Ces réunions sont une grave erreur, ajouta-t-elle en soupirant.

– Oh oui, c'est épouvantable ! dit-il, et ils se turent l'un et l'autre.

Henry, qui l'avait entendu soupirer, la regarda. Lui demanderait-il la raison de ce soupir ? La réticence qu'elle montrait à parler de ses problèmes personnels était-elle aussi inflexible que s'était plu à le croire un jeune homme égoïste ? Mais depuis les fiançailles de Katherine avec Rodney, les sentiments de Henry pour sa cousine étaient plus complexes : il se sentait également partagé entre le désir de blesser et le désir d'être tendre. À vrai dire, il souffrait étrangement de la sentir s'éloigner toujours plus loin de lui, sur des mers inconnues. Katherine, de son côté, comprit, dès qu'elle se trouva en présence de Henry et que l'impression laissée par les étoiles l'eut quittée, que les relations humaines sont toujours limitées : parmi toutes ses pensées, il n'y en avait qu'une ou deux qu'elle pût soumettre délibérément à l'appréciation de Henry. C'était là l'explication de son soupir. Puis elle leva les yeux sur lui et, quand leurs regards se croisèrent, ils donnèrent l'impression d'avoir beaucoup plus de choses en commun qu'il n'avait d'abord semblé possible. Ils avaient le même grand-père et ils étaient unis par cette sorte de loyauté qui lie parfois des personnes de même parenté qui n'ont pas plus d'autre raison de s'aimer qu'ils n'en avaient tous deux.

– Alors, quelle est la date du mariage ? demanda Henry, dont l'humeur malicieuse avait pris le dessus.

– Au mois de mars, je pense, répondit-elle.

– Et après ? fit-il.

– Nous prendrons probablement une maison à Chelsea.

– Très intéressant, fit-il en la regardant à la dérobée.

Elle s’enfonça dans son fauteuil, les pieds posés sur le bord de la grille du foyer, tenant devant elle, en guise d’écran, un journal dont elle lisait de temps à autre une phrase. Henry, qui l’observait, remarqua :

– Le mariage vous rendra peut-être plus humaine.

À ces mots, elle baissa son journal de quelques centimètres sans répondre. Son silence se prolongea plus d’une minute.

– Quand on pense aux étoiles, par exemple, nos problèmes semblent plutôt dérisoires, ne trouvez-vous pas ? dit-elle soudain.

– Je crois n’avoir jamais pensé aux étoiles, rétorqua Henry. Mais il se peut que ce soit là l’explication, ajouta-t-il, l’observant attentivement.

– Je crois qu’il n’y a pas d’explication, répondit-elle précipitamment, sans bien comprendre ce qu’il voulait dire.

– Comment ? Aucune explication à quoi que ce soit ? demanda-t-il avec un sourire.

– Les choses arrivent. Voilà tout, fit-elle de cette façon désinvolte et décidée qui lui était particulière.

« Ce qui explique certaines de vos réactions », se dit Henry à part soi.

– Une chose en vaut une autre et il faut bien agir, dit-il, à la manière de Katherine, exprimant à haute voix ce qui, à son avis, résumait sa pensée.

Peut-être perçut-elle la parodie, car elle le regarda gentiment et répliqua d’un ton moqueur :

– Bah, si vous estimez que la vie est si simple, Henry.

– Mais ce n’est pas du tout ce que je crois, dit-il sèchement.

– Moi non plus, répliqua-t-elle.

– Et les étoiles ? demanda-t-il. J’ai cru comprendre que vous vous dirigiez par rapport aux étoiles.

Elle ne répondit pas, peut-être parce qu’elle n’attachait

pas d'importance à ses paroles, ou parce que le ton de sa voix ne lui plut pas.

Une nouvelle fois, elle garda le silence, puis demanda :

– Mais savez-vous toujours pourquoi vous faites telle ou telle chose ? Doit-on le savoir ? Les gens comme ma mère le savent, dit-elle. Eh bien, il faut que je descende pour aller voir ce qui se passe.

– Que pourrait-il se passer ? interrogea Henry.

– Il se peut qu'ils décident quelque chose, répondit-elle vaguement.

Elle posa les pieds par terre, cala son menton dans ses mains et contempla le feu de ses grands yeux sombres.

– Et puis il y a William, ajouta-t-elle comme après coup.

Henry eut envie de rire, mais se maîtrisa.

– Sait-on au juste de quoi est fait le charbon, Henry ? demanda-t-elle un instant plus tard.

– De prêles, je crois, dit-il.

– Êtes-vous déjà descendu dans une mine de charbon ? poursuivit-elle.

– Laissons les mines de charbon, Katherine, protesta-t-il. C'est probablement la dernière fois que nous nous voyons. Quand vous serez mariée…

Stupéfait, il aperçut des larmes briller dans ses yeux.

– Pourquoi me taquinez-vous tous ainsi ? demanda-t-elle. Ce n'est pas gentil.

Henry ne pouvait faire semblant de ne pas comprendre ce qu'elle voulait dire ; pourtant il n'avait jamais pensé un seul instant que ces taquineries risquaient de la chagriner. Mais avant qu'il eût trouvé une réponse, ses yeux avaient retrouvé leur limpidité et la brèche ouverte en surface s'était presque refermée.

– De toute façon, rien n'est simple, affirma-t-elle.

Dans un élan vers elle, Henry s'écria :

– Katherine, promettez-moi de me laisser vous aider si cela était nécessaire.

Elle parut réfléchir, les yeux fixés une nouvelle fois sur le feu ; finalement, elle renonça à s'expliquer.

– Oui, je vous le promets, dit-elle enfin.

Henry se sentit récompensé par son accent de sincérité et se mit à lui parler des mines de charbon pour satisfaire son amour des faits.

Ils s'imaginaient être à l'intérieur d'une petite cage descendant au fond d'un puits de mine, et ils entendaient les pics des mineurs qui résonnaient comme des grignotements de rats, dans la terre au-dessous d'eux, quand la porte s'ouvrit brusquement sans avertissement préalable.

– Ah, vous voilà ! s'exclama Rodney.

Katherine et Henry se retournèrent subitement, l'air coupable. Rodney, en habit, était manifestement en colère.

– Voilà donc où vous étiez depuis tout à l'heure, répéta-t-il en regardant Katherine.

– Je ne suis là que depuis une dizaine de minutes, répondit-elle.

– Ma chère Katherine, vous avez quitté le salon voilà bientôt plus d'une heure.

Elle ne répondit pas.

– Cela a-t-il beaucoup d'importance ? demanda Henry.

Rodney, hésitant à se montrer déraisonnable en présence d'un autre homme, ne répondit pas.

– Ils ne sont pas contents, dit-il. Ce n'est pas gentil de laisser seuls des gens âgés – mais je ne doute pas qu'il soit beaucoup plus amusant de bavarder avec Henry.

– Nous étions en train de parler des mines de charbon, expliqua courtoisement ce dernier.

– Oui. Et avant, nous parlions de choses encore plus intéressantes, dit Katherine.

Elle prononça ces paroles avec l'intention évidente de le blesser ; Henry crut que Rodney allait exploser.

– Je comprends parfaitement, dit Rodney avec un petit rire étouffé.

Il se pencha sur le dossier de son fauteuil en tapotant

légèrement le bois. Aucun d'eux ne parlait et ce silence mit Henry extrêmement mal à l'aise.

– Était-ce très ennuyeux, William ? demanda soudain Katherine d'un ton radicalement différent, avec un petit geste de la main.

– Naturellement, c'était ennuyeux, répondit William d'un air maussade.

– Eh bien, restez et parlez un peu avec Henry. Je descends.

Ce disant, elle se leva et, au moment où elle s'apprêtait à quitter la pièce, posa la main sur l'épaule de Rodney dans un geste curieusement caressant. Rodney agrippa aussitôt sa main, en proie à une émotion si vive que Henry gêné, ouvrit un livre avec ostentation.

– Je descends avec vous, dit William au moment où elle retirait sa main et faisait mine de s'en aller.

– Non, fit-elle vivement. Discutez un peu avec Henry.

– Mais oui, discutons un peu, dit Henry en refermant son livre.

Son invitation était polie, sans plus. Manifestement Rodney ne savait quel parti prendre mais, voyant Katherine à la porte, il s'écria :

– Non, je viens avec vous.

Elle tourna la tête et dit d'un ton sans réplique :

– Il est inutile que vous m'accompagniez. J'irai me coucher dans dix minutes. Bonne nuit.

Elle leur adressa à tous deux un signe de tête mais Henry remarqua que son dernier salut avait été pour lui. Rodney s'assit pesamment.

Son humiliation était si manifeste que Henry n'avait pas très envie de se lancer dans une conversation littéraire. D'un autre côté, s'il n'intervenait pas, Rodney pouvait s'épancher et cette seule perspective lui était déjà très pénible. Il préféra adopter une solution intermédiaire ; il écrivit quelques mots sur la page de garde de son livre : « La situation devient intolérable. » Puis il dessina tout autour les fioritures et les gribouillages que l'on crayonne distraitement en de telles occasions ; et, tout en griffonnant, il se dit que les difficultés de Katherine ne justifiaient en rien sa conduite. Elle l'avait traité avec une rudesse qui donnait à penser que les femmes, par nature ou par affectation, ont une cécité étrange face à la sensibilité masculine.

Cette annotation donna à Rodney le temps de se reprendre. C'était un homme orgueilleux, et peut-être souffrait-il plus d'avoir été repoussé devant Henry que de la rebuffade elle-même. Il était amoureux de Katherine, et l'orgueil n'est pas diminué mais amplifié par l'amour, et plus particulièrement, peut-être, en présence d'un homme. Mais Rodney avait le courage qui découle de ce défaut adorable et risible ; et quand il eut maîtrisé son premier mouvement, qui le poussait à se rendre plus ou moins ridicule, il puisa l'inspiration dans l'ajustement impeccable de son habit. Il prit une cigarette, en donna un petit coup sur le dos de sa main, cala ses escarpins sur le bord du garde-feu, et fit appel à sa dignité.

– Vous avez plusieurs propriétés aux alentours, Otway, dit-il. Quelques bonnes chasses, sans doute ? Quel gibier chassez-vous ?

– C'est Sir William Budge, le roi du sucre, qui possède la plus grande. Il a racheté le pauvre Stanham qui a fait faillite.

– De quel Stanham s'agit-il ? Verney ou Alfred ?

– Alfred… Pour ma part, je ne chasse pas. Vous, vous êtes bon chasseur, je crois. Vous avez une réputation de cavalier, en tout cas, ajouta-t-il, désireux d'aider Rodney à retrouver son assurance.

– Oui, j'adore monter à cheval, répondit Rodney. Peut-on trouver des chevaux par ici ? Suis-je bête ! J'ai oublié mon équipement. Mais qui a pu vous dire que je montais ?

À la vérité, cette question mettait Henry dans l'embarras ; il ne tenait pas à prononcer le nom de Katherine. Il répondit donc vaguement qu'il avait toujours entendu dire que Rodney était bon cavalier. En vérité, il savait très peu de chose sur son compte, se résignant plus ou moins à le trouver chez sa tante, et dans l'entourage de sa cousine à laquelle il était inexplicablement mais inéluctablement fiancé.

– La chasse ne m'intéresse pas tellement, poursuivit Rodney, mais c'est une obligation si l'on ne veut pas rester à l'écart. J'imagine que la campagne doit être très belle, dans les environs. Je suis allé une fois à Bolham Hall. Le jeune Cranthorpe a fait ses études avec vous, je crois ? Il a épousé la fille de Lord Bolham. Des gens charmants – dans leur genre.

– Je ne fréquente pas ces gens-là, fit remarquer Henry assez sèchement.

Mais Rodney, dont les réflexions avaient pris un tour plus agréable, ne put résister au plaisir de les poursuivre encore un peu. Il se considérait comme quelqu'un qui évoluait avec aisance dans la haute société et qui connaissait assez les vraies valeurs de la vie pour rester lui-même.

– Mais c'est un tort, poursuivit-il. Cela vaut toujours la peine de séjourner chez eux une fois dans l'année. Ils sont très simples et les femmes sont ravissantes.

« Les femmes ? » se dit Henry en son for intérieur, avec dédain. « Comment pourriez-vous plaire à une femme ? » Sa patience était à bout, mais il éprouvait malgré lui de la sympathie pour Rodney et il s'en étonnait, car il était exigeant, et chez un autre de tels mots auraient irrémédiablement condamné celui qui les avait prononcés. Bref, il commença à s'intéresser à cet homme qui allait épouser sa cousine. Qui oserait, sinon un caractère hors du commun, se permettre d'être si ridiculement vaniteux ?

– Je crois que je serais mal à l'aise dans ce milieu, répondit-il. Je crois que je ne saurais pas quoi dire à Lady Rose si je la rencontrais.

– Mais ce n'est pas difficile, dit Rodney avec un petit rire. Vous leur parlez de leurs enfants si elles en ont, ou bien de leurs passe-temps favoris – peinture, jardinage, poésie : elles sont si adorables, si compréhensives. Vous savez, je crois qu'il est toujours intéressant d'avoir l'avis d'une femme sur ce que l'on écrit. Ne leur demandez pas leurs raisons. Demandez-leur simplement ce qu'elles ressentent. Katherine, par exemple…

– Katherine, dit Henry, en insistant sur ce nom comme s'il s'offusquait presque de l'entendre prononcer par Rodney, ne ressemble pas du tout aux autres femmes.

– C'est juste, approuva Rodney. Elle est… » Il parut vouloir en dire davantage mais hésita longuement. « Elle est très en beauté », déclara-t-il, d'un air légèrement interrogateur, différent de celui qu'il avait eu jusque-là. Henry baissa la tête.

– Mais dans votre famille, vous êtes sujets aux sautes d'humeur.

– Pas Katherine, dit Henry fermement.

– Pas Katherine, répéta Rodney comme s'il pesait ses mots. Non, vous avez peut-être raison. Mais nos fiançailles l'ont changée. Naturellement, ajouta-t-il, c'était prévisible.

Il attendit une approbation de Henry, mais Henry resta silencieux.

– D'une certaine façon, Katherine a une vie difficile, poursuivit-il. Je pense que le mariage lui fera du bien. Elle a des dispositions étonnantes.

– Étonnantes, répéta Henry fermement.

– Oui, mais maintenant, quelles voies s'ouvrent à elle, selon vous ?

Rodney avait complètement oublié ses manières d'homme du monde et semblait implorer le secours de Henry.

– Je ne sais pas, répondit Henry prudemment.

– Pensez-vous que des enfants – une maison – ce genre de choses – pensez-vous que cela puisse la satisfaire ? Je suis absent toute la journée, ne l'oubliez pas.

– Elle sera certainement très compétente, affirma Henry.

– Oui, elle est extrêmement compétente, dit Rodney.

Mais la poésie m'absorbe beaucoup. Katherine n'a pas ce secours. Elle aime mes poèmes, vous savez, mais est-ce suffisant ?

– Non, dit Henry, et il marqua un temps d'arrêt. Je pense que vous avez raison, ajouta-t-il, comme s'il résumait sa pensée. Katherine ne s'est pas encore trouvée. La vie n'est pas tout à fait réelle pour elle. Je pense parfois…

– Oui ? fit Rodney comme s'il était impatient que Henry poursuivît. C'est pour cette raison que je…, commença-t-il comme Henry gardait le silence, mais il ne put terminer sa phrase car la porte s'ouvrit et Gilbert, le plus jeune frère de Henry apparut, au grand soulagement de ce dernier qui pensait en avoir déjà trop dit.

XVII

Lorsque le soleil se leva, particulièrement radieux en cette semaine de Noël, il dévoila l'état de délabrement et d'abandon d'une grande partie de Stogdon House et de son parc. Il faut dire que Sir Francis avait quitté le service d'administration des Indes avec une pension qu'il estimait insuffisante par rapport à son poste et qui était loin de répondre à son attente. Sa carrière avait déçu ses ambitions et, bien qu'il fût un très beau vieillard, avec des favoris blancs et un teint acajou, et qu'il eût emmagasiné dans son cerveau un grand choix de lectures et de bonnes histoires, on ne pouvait ignorer longtemps que des orages l'avaient aigri ; son cœur était plein d'amertume. Cette amertume datait du milieu du siècle dernier, quand, par suite d'une intrigue officielle, on lui préféra injustement l'un de ses subalternes.

Les droits et les torts dans cette affaire, à supposer qu'ils ne fussent pas sans fondement, avaient fini par échapper à sa femme et à ses enfants ; mais cette déception avait joué un grand rôle dans leur vie et avait empoisonné celle de Sir Francis comme on dit d'une déception amoureuse qu'elle empoisonne la vie d'une femme. Une longue rumination de son échec, une organisation et une réorganisation continuelles de ses mérites et de ses rebuffades, avaient rendu Sir Francis très égoïste depuis qu'il était à la retraite, et il devenait chaque jour plus irascible et plus acariâtre.

Sa femme opposait à présent si peu de résistance à ses sautes d'humeur qu'elle ne lui était pratiquement d'aucune utilité. Il avait pris pour confidente sa fille Euphemia dont les plus belles années furent rapidement consumées par son père. Il lui dictait des mémoires vengeurs et elle devait lui assurer sans cesse qu'il avait été traité d'une façon indigne. À trente-cinq ans, ses joues pâlissaient déjà comme avaient pâli celles de sa mère ; mais pour elle, malheureusement, il n'y aurait pas de souvenirs de soleils indiens, de rivières indiennes et de cris d'enfants dans la nursery ; ses pensées manqueraient de substance quand elle s'assiérait, ainsi que Lady Otway s'asseyait maintenant, pour tricoter avec de la laine blanche, les yeux presque toujours baissés sur le même oiseau brodé et le même écran de cheminée. Mais Lady Otway, elle, faisait partie de ces gens pour qui fut inventé le trompe-l'œil de la vie sociale en Angleterre ; elle passait la plupart de son temps à se convaincre et à convaincre ses voisins qu'elle était une personne respectable et fort occupée, d'une position sociale élevée, à la tête d'une fortune confortable. Étant donné le véritable état de choses, ce jeu nécessitait une grande dextérité ; et à l'âge qui était le sien – elle avait plus de soixante ans –, peut-être y jouait-elle plus pour se tromper elle-même que pour tromper les autres. De plus, l'armure s'était amincie à l'usage : elle oubliait de plus en plus souvent de sauver les apparences.

Les tapis élimés et la pâleur du salon où ni fauteuils ni tapisseries n'avaient été renouvelés depuis des années, ne s'expliquaient pas seulement par la modestie de la pension ; il fallait compter avec les assauts répétés de douze enfants, dont huit garçons. Comme il arrive souvent dans les familles nombreuses, une ligne de démarcation délimitait deux groupes à peu près égaux entre les descendants, rappelant le moment où l'argent nécessaire à leur éducation avait manqué : les six cadets avaient été élevés beaucoup plus chichement que leurs aînés. Si les garçons étaient intelligents, ils obtenaient des bourses et allaient à l'école ; s'ils ne l'étaient pas, ils prenaient ce que leur famille avait à leur offrir. Les filles se résignaient parfois à travailler, mais il y en avait toujours une ou deux à la maison ; elles soignaient des animaux malades, élevaient des vers à soie ou jouaient de la flûte dans leur chambre. La distinction entre les aînés et les cadets correspondait presque à la distinction qui existe entre la classe dominante et la classe moyenne, car, avec une éducation fortuite et des moyens insuffisants, les plus jeunes avaient glané des talents, des amis et des idées introuvables entre les murs d'un collège ou d'un ministère. Entre les deux clans régnait une hostilité profonde, les aînés traitant avec condescendance les cadets, les cadets refusant des égards aux aînés ; pourtant, ils restaient unis par un sentiment commun, colmatant instantanément la moindre brèche : leur croyance en la supériorité de leur famille sur les autres. Henry était l'aîné et le chef du groupe des cadets ; il achetait des livres étranges et adhérait à des associations bizarres ; il ne portait jamais de cravate et possédait six chemises de flanelle noire. Il avait longtemps refusé une place dans une agence maritime, puis dans le magasin d'un négociant en thés, et il avait persisté, malgré la désapprobation de ses oncles et de ses tantes, à étudier le violon et le piano, mais n'était parvenu à jouer d'aucun de ces deux instruments en professionnel. À trente-deux ans, il n'avait rien dont il pût se prévaloir, hormis la partition manuscrite d'une moitié d'opéra. Katherine l'avait toujours soutenu et, comme on la tenait généralement pour une personne extrêmement raisonnable, qui s'habillait trop bien pour être excentrique, son soutien lui avait été fort utile. En fait, lorsqu'elle venait à Noël, elle passait une grande partie de son temps à s'entretenir en privé avec Henry et Cassandra, la plus jeune des filles, qui élevait des vers à soie. Dans la section des cadets, elle était très réputée pour son bon sens et pour quelque chose qu'ils dédaignaient mais qu'au fond d'eux-mêmes ils respectaient et appelaient la connaissance du monde – connaître les pensées et le comportement des vieilles gens respectables, qui vont à leur club et dînent avec des ministres, qui savent penser et se conduire. Elle avait joué plus d'une fois le rôle d'ambassadeur entre Lady Otway et ses enfants. Cette pauvre femme la consulta justement pour lui demander son avis, le jour où, étant entrée à l'improviste dans la chambre de Cassandra pour une mission d'exploration, elle découvrit des feuilles de mûrier pendues au plafond, les fenêtres bloquées par des cages et les tables encombrées de machines artisanales pour la confection de vêtements de soie.

– J'espère que tu pourras l'aider à s'intéresser à ce qui retient l'attention des jeunes filles de son âge, Katherine, dit-elle d'une voix légèrement plaintive en exposant ses griefs. C'est la faute de Henry si elle a abandonné ses réceptions pour s'amouracher de ses vilains insectes. Une femme ne peut pas forcément se permettre les mêmes choses qu'un homme.

Ce matin-là, un soleil éclatant rendait plus visible l'usure des chaises et des canapés du salon privé de Lady Otway, et les vaillants gentlemen, ses frères et ses cousins, qui avaient défendu l'Empire et payé de leur personne sur maints champs de bataille, regardaient le monde à travers une pellicule jaune que la lumière matinale semblait avoir tendue sur leurs photographies. Lady Otway soupira, peut-être à cause de ces reliques défraîchies, et retourna, résignée, à ses pelotes de laine qui, curieusement, n'étaient pas d'une teinte blanc ivoire mais plutôt jaune terne. Elle avait appelé sa nièce pour bavarder un peu, ayant toujours fait confiance à Katherine et davantage encore depuis ses fiançailles avec Rodney, qui représentait, aux yeux de Lady Otway, l'homme idéal que toute mère pouvait souhaiter pour sa fille. Katherine contribua involontairement à renforcer sa réputation de jeune femme sage en demandant une paire d'aiguilles à tricoter.

– C'est si plaisant, dit Lady Otway, de tricoter en

bavardant. Alors, ma chère Katherine, parle-moi un peu de tes projets.

Après les émotions de la nuit précédente qui l'avaient maintenue éveillée jusqu'à une heure avancée de la nuit, Katherine éprouvait une lassitude qui la disposait plus que jamais à se montrer prosaïque. Elle était tout à fait disposée à détailler ses projets – maisons et loyers, servantes et économie domestique – sans se sentir particulièrement concernée. Elle parlait, tout en tricotant méthodiquement, et Lady Otway qui l'observait, constata avec satisfaction le comportement irréprochable et responsable de sa nièce qui montrait, à la veille du mariage, une gravité seyante chez une future épouse et bien rare de nos jours. Oui, les fiançailles avaient légèrement changé Katherine.

« Quelle fille ou quelle belle-fille parfaite », pensa-t-elle à part soi, sans pouvoir s'empêcher de la comparer à Cassandra, entourée d'innombrables vers à soie dans sa chambre.

« Oui, se dit-elle, fixant discrètement sur Katherine ses prunelles vertes et rondes aussi inexpressives que deux billes mouillées. Katherine me rappelle les jeunes filles de mon temps. Nous prenions au sérieux les choses sérieuses de la vie. » Mais à l'instant même où elle s'attardait à la pensée de cette sagesse accumulée, dont aucune de ses filles, hélas ! ne semblait pour le moment avoir besoin, la porte s'ouvrit et Mrs. Hilbery entra, ou plutôt elle n'entra pas : elle resta sur le seuil, souriante, s'étant manifestement trompée de pièce.

– Je ne saurai jamais me retrouver dans cette maison ! s'écria-t-elle. J'allais à la bibliothèque ; je ne veux pas vous déranger. Vous bavardiez ?

L'apparition de sa belle-sœur mit Lady Otway dans l'embarras. Comment pouvait-elle continuer ce qu'elle était en train de dire, en présence de Maggie ? Car ce qu'elle était en train de dire, elle ne l'avait jamais confié à personne, fût-ce à Maggie.

– Je racontais à Katherine quelques lieux communs sur le mariage, dit-elle avec un petit rire. N'y a-t-il aucun de mes enfants pour s'occuper de toi, Maggie ?

– Sur le mariage, répéta Mrs. Hilbery, qui entra dans la pièce en hochant la tête à deux reprises. Je dis toujours que le mariage est une école. On n'a pas de prix si l'on ne va pas à l'école. Charlotte a remporté tous les prix », ajouta-t-elle en donnant à sa belle-sœur une petite tape, ce qui ne fit qu'accroître la gêne de Lady Otway. Elle rit à moitié, bredouilla quelque chose et finalement soupira.

– Tante Charlotte disait qu'une femme n'est pas heureuse si elle n'est pas soumise à son mari, dit Katherine, en précisant les paroles de sa tante mais, dans sa bouche, ses propos ne parurent pas du tout vieux jeu. Lady Otway la regarda et hésita un instant.

– C'est-à-dire que je ne conseille pas aux femmes qui veulent agir à leur guise de se marier, dit-elle, en commençant minutieusement un nouveau rang.

Mrs. Hilbery était vaguement au courant des circonstances qui, à son avis, avaient inspiré cette remarque. Son visage exprima aussitôt une compassion qu'elle ne savait comment formuler.

– Quelle pitié ! s'écria-t-elle, oubliant que l'enchaînement de ses idées pouvait échapper à ses auditrices. Mais Charlotte, cela eût été bien pire si Frank s'était déshonoré. L'important, ce n'est pas ce que nos maris obtiennent, mais ce qu'ils sont. Moi aussi, j'ai rêvé de chevaux blancs et de palanquins ; mais finalement je préfère les encriers. Et qui sait ? conclut-elle en regardant Katherine, ton père sera peut-être fait baron, demain.

Lady Otway, qui était la sœur de Mr. Hilbery, savait très bien que dans l'intimité les Hilbery appelaient Sir Francis « le tyran », et si elle n'avait pas suivi le fil des idées de Mrs. Hilbery, du moins devinait-elle ce qui les avait suggérées.

– Mais si l'on sait s'effacer devant son mari, dit-elle à

l'intention de Katherine, comme s'il y avait entre elles une entente tacite, un mariage réussi est la chose la plus heureuse du monde.

– Oui, dit Katherine, mais... » Elle ne tenait pas à terminer sa phrase. Elle voulait simplement inciter sa mère et sa tante à continuer de parler du mariage, car elle se sentait d'humeur à croire que d'autres personnes pouvaient l'aider si elles le voulaient. Elle reprit son ouvrage, mais ses doigts remuaient les aiguilles avec une énergie qui contrastait étrangement avec le balancement régulier et recueilli de la main potelée de Lady Otway. De temps en temps, elle lançait un regard furtif à sa mère et à sa tante. Mrs. Hilbery tenait un livre à la main et se rendait probablement à la bibliothèque afin d'ajouter un passage supplémentaire au bric-à-brac de paragraphes qui constituait la biographie de Richard Alardyce. En temps normal, Katherine eût pressé sa mère de descendre et elle eût pris soin de lui éviter toute distraction. Mais son attitude vis-à-vis de la biographie du poète ayant changé, elle était contente de pouvoir oublier un moment leur plan de travail, ce dont Mrs. Hilbery était secrètement ravie. Elle se sentait justifiée et manifestait son soulagement par une série de regards espiègles en direction de sa fille ; l'indulgence la mettait dans une humeur radieuse. Avait-elle vraiment la permission de s'asseoir et de bavarder un peu ? Il était tellement plus agréable d'être assise dans une belle pièce remplie de toutes sortes de curiosités passionnantes qu'elle n'avait pas regardées depuis un an, que de chercher une date en contredisant une autre dans un dictionnaire.

– Nous avons toutes des maris parfaits, conclut-elle, pardonnant à Sir Francis toutes ses fautes dans un élan de générosité. Non pas qu'un mauvais caractère soit vraiment un défaut chez un homme – je ne parle pas d'un mauvais caractère, se reprit-elle en dirigeant son regard vers Sir Francis, je voulais dire un tempérament fougueux, impatient. En fait, tous les grands hommes ont mauvais caractère, hormis ton grand-père, Katherine. » Là-dessus, elle soupira et suggéra de se rendre à la bibliothèque.

– Alors, en général, dans le mariage, une femme doit s'effacer devant son mari ? demanda Katherine sans faire attention à la remarque de sa mère, sourde même au découragement qui s'était emparé de Mrs. Hilbery à la pensée de sa mort inéluctable.

– Je réponds oui sans hésiter, dit Lady Otway d'un air décidé, inhabituel chez elle.

– Alors, il faut bien réfléchir avant de se marier, murmura Katherine comme si elle se parlait à elle-même.

Ces remarques n'intéressaient guère Mrs. Hilbery, qui leur trouvait une certaine mélancolie et, pour reprendre espoir, elle eut recours à une méthode infaillible : elle regarda par la fenêtre.

– Regardez ce ravissant petit oiseau bleu ! » s'écria-t-elle, contemplant avec un plaisir infini le ciel clair audessus des arbres, les champs verts qui s'étendaient à perte de vue, et les branches dénudées encadrant la petite mésange. Communier avec la nature était une chose délicieuse.

– La plupart des femmes savent d'instinct si elles pourront s'effacer, laissa échapper Lady Otway dans un murmure, comme si elle voulait profiter de l'inattention de sa belle-sœur. Sinon, alors, à mon avis, il vaut mieux ne pas se marier.

– Oh, mais le mariage est bien la plus heureuse des vies pour une femme, assura Mrs. Hilbery en attrapant le mot mariage au vol, le regard de nouveau tourné vers la pièce. Puis elle réfléchit à ce qu'elle venait de dire.

– Enfin, la vie la plus intéressante, rectifia-t-elle.

Elle observa sa fille d'un air vaguement inquiet. Son regard à la fois maternel et scrutateur donnait à penser qu'en regardant sa fille une mère se regarde elle-même. Mrs. Hilbery ne fut pas entièrement satisfaite ; mais, sciemment, elle ne fit aucune tentative pour faire sortir sa fille de sa réserve – qualité qu'elle admirait particulièrement chez Katherine et qui lui était indispensable. Quand elle entendit sa mère dire que le mariage était la vie la plus intéressante pour une femme, Katherine sentit, comme il lui arrivait parfois sans raison précise, qu'elles se comprenaient en dépit de toutes les différences qui existaient entre elles. Mais la sagesse des personnes âgées semble s'appliquer davantage aux sentiments que nous partageons avec le reste de l'humanité qu'à nos sentiments en tant qu'individus, et Katherine savait que seul quelqu'un de son âge pouvait comprendre ce qu'elle voulait dire. Ces deux vieilles femmes semblaient s'être contentées de très peu de joies et, sur le moment, Katherine n'eut pas la force suffisante pour penser que leur version du mariage était erronée. Certes, à Londres, cette attitude sage à l'égard de son propre mariage lui avait semblé juste. Pourquoi avait-elle changé ? Pourquoi cela l'attristait-il, à présent ? Elle n'avait jamais pensé que sa mère pût trouver son comportement mystérieux, ni même que les vieilles personnes ne sont pas moins touchées par les jeunes que les jeunes ne le sont par elles. Il était vrai que l'amour – la passion – quelque nom qu'on lui donnât, avait joué un rôle beaucoup moins important dans la vie de Mrs. Hilbery qu'on ne pouvait le supposer d'après son tempérament enthousiaste et rêveur. Elle s'était toujours intéressée davantage à d'autres choses. Lady Otway, aussi étrange que cela pût paraître, devinait plus sûrement l'état d'esprit de Katherine.

– Pourquoi n'habiterions-nous pas tous à la campagne ? s'écria Mrs. Hilbery en regardant de nouveau par la fenêtre. Je suis sûre que l'on doit penser à des choses très belles quand on habite à la campagne. Loin de ces horribles taudis déprimants, loin des tramways et des automobiles ! Les gens ont tous l'air si replets, si joyeux. N'y a-t-il pas de petite maison pour nous près de chez toi, Charlotte ? Avec une chambre d'amis, peut-être, au cas où nous inviterions quelqu'un ? Nous économiserions tant d'argent que nous pourrions voyager…

– Oui. Cela te plairait certainement une semaine ou deux, dit Lady Otway. Pour quelle heure aimerais-tu avoir la voiture, ce matin ? poursuivit-elle en posant la main sur la sonnette.

– Katherine décidera, dit Mrs. Hilbery, se sentant incapable de préférer une heure à une autre. J'allais te dire, Katherine, que lorsque je me suis réveillée ce matin, tout était limpide dans ma tête ; si j'avais eu un crayon, je crois que j'aurais pu écrire un long chapitre. Je profiterai de notre excursion pour chercher une maison. Quelques arbres, un petit jardin, un bassin avec un canard chinois, un bureau pour ton père, un bureau pour moi et un salon pour Katherine – car à cette époque elle sera mariée.

À ces mots, Katherine frissonna ; elle s'approcha du feu et réchauffa ses mains au-dessus des braises. Elle avait envie de ramener la conversation sur le mariage afin de connaître l'avis de Tante Charlotte, mais ne savait comment s'y prendre.

– Laissez-moi donc regarder votre bague de fiançailles, Tante Charlotte.

Elle prit la fleur de pierre verte, la tourna et la retourna, sans savoir que dire.

– Cette pauvre vieille bague m'a beaucoup déçue la première fois que je l'ai vue, dit Lady Otway, pensive. Je désirais par-dessus tout un diamant, mais évidemment je n'aurais jamais osé le dire à Frank. Il l'a achetée à Simla.

Katherine fit tourner encore une fois la bague entre ses doigts, puis la rendit à sa tante, sans un mot. En la contemplant, elle avait serré les dents : il lui avait semblé qu'elle pourrait satisfaire William comme ces femmes avaient satisfait leur mari ; elle pourrait feindre d'aimer les émeraudes alors qu'elle préférait les diamants. Lady Otway remit sa bague et observa qu'il faisait plutôt froid pour cette époque de l'année ; il fallait même s'estimer heureux qu'il y eût du soleil. Elle leur conseilla à toutes deux de s'habiller chaudement pour la promenade en voiture. Katherine songea que sa tante recourait à son répertoire de lieux communs à seule fin de combler les silences et qu'ils n'avaient pas grand-chose à voir avec ce qu'elle ressentait. Mais cette fois-ci, ses propos semblaient étrangement en accord avec ses propres conclusions ; elle reprit son tricot, tendit l'oreille, soucieuse d'avoir la confirmation qu'être fiancée à un homme que l'on n'aime pas est une étape inévitable dans un monde où la passion n'est qu'une histoire rapportée par un explorateur revenant des forêts profondes – histoire si rare que les gens sages doutent de sa véracité. Elle s'efforça de s'intéresser aux questions de sa mère à propos de John, et aux réponses de sa tante sur les fiançailles de Hilda avec un officier de l'armée des Indes, mais elle avait en tête des sentiers forestiers, des bouquets d'étoiles et des pages recouvertes de signes mathématiques. Quand ses pensées prenaient cette direction, elle considérait son mariage comme une arche sous laquelle elle devait passer pour réaliser son désir. Dans ces moments-là, elle donnait libre cours à sa nature véritable, avec un dédain inquiétant pour les sentiments d'autrui. Au moment où les deux vieilles dames avaient fini de passer en revue les dernières nouvelles de la famille et que Lady Otway redoutait un aphorisme de sa belle-sœur concernant la vie et la mort, Cassandra fit irruption dans la pièce pour annoncer que la voiture était avancée.

– Pourquoi Andrews n'est-il pas venu mc l'annoncer lui-même ? demanda avec humeur Lady Otway, qui reprochait à ses domestiques de ne pas vivre conformément à son idéal.

Quand Mrs. Hilbery et Katherine arrivèrent dans le vestibule, prêtes pour la promenade, elles surprirent une discussion sur les projets des autres membres de la famille. Des portes claquaient, deux ou trois personnes hésitaient dans l'escalier, manifestement indécises, montant quelques marches puis redescendant ; Sir Francis lui-même sortit de son bureau avec le *Times* sous le bras, pour se plaindre du bruit et des courants d'air, ce qui eut au moins pour effet de rassembler ceux qui ne voulaient pas aller en voiture et de renvoyer dans leur chambre ceux qui ne voulaient pas rester. Il fut décidé que Mrs. Hilbery, Katherine, Rodney et Henry iraient jusqu'à Lincoln ; ceux qui souhaitaient les accompagner prendraient leur bicyclette ou l'attelage à poney. Quiconque descendait à Stogdon House devait faire cette expédition jusqu'à Lincoln, conformément à la conception que Lady Otway se faisait de son rôle d'hôtesse, inspirée de la lecture de journaux en vogue sur le déroulement des fêtes de Noël dans les maisons ducales. Les deux vieux chevaux étaient néanmoins bien assortis, la voiture brinquebalante et inconfortable mais les armoiries des Otway visibles sur les côtés. Lady Otway, debout sur la plus haute marche, enveloppée dans un châle blanc, agita la main presque machinalement jusqu'à ce qu'ils eussent tourné derrière les buissons de laurier ; puis elle se retira à l'intérieur avec le sentiment d'avoir joué son rôle, soupirant à la pensée qu'aucun de ses enfants ne ressentait le besoin de jouer le sien.

La voiture allait bon train, sans à-coups, sur la route légèrement sinueuse. Mrs. Hilbery tomba dans une douce rêverie, à travers laquelle elle restait consciente de la ligne verte des haies, de la courbe des terres de labour et du bleu du ciel, paysage qui lui servit de toile de fond pastorale pour le drame de la condition humaine ; puis elle imagina un jardin, avec l'éclat jaune des jonquilles sur l'eau bleue, et, entre ces diverses perspectives et la construction de quelques belles phrases, elle ne remarqua pas que les jeunes gens assis dans la voiture étaient restés silencieux. Henry, qui avait été emmené contre son gré, se vengeait en portant sur Katherine et Rodney un regard sans illusions ; Katherine, taciturne, avait un visage sombre. Quand Rodney lui parlait, elle se contentait d'acquiescer d'un air si distrait qu'il finit par s'adresser à sa mère. Sa déférence était agréable à Mrs. Hilbery, le savoir-vivre de Rodney lui semblait exemplaire et, quand apparurent les tours de l'église et les cheminées de l'usine de la ville, elle se souleva sur son siège, se souvenant du bel été de l'année 1853, en totale harmonie avec une vision enchanteresse de l'avenir.

XVIII

Pendant ce temps-là, d'autres voyageurs approchaient de Lincoln par d'autres chemins. Un chef-lieu attire une ou deux fois par semaine dans ses murs les habitants des presbytères, des fermes, des manoirs et des chaumières, dans un rayon d'au moins dix milles. Et cette fois, Ralph Denham et Mary Datchet se trouvaient parmi eux. Ils avaient délaissé les routes pour prendre à travers champs ; pourtant, à les voir, ils semblaient indifférents au chemin qu'ils suivaient pourvu que celui-ci ne les fît pas trop trébucher. En quittant le presbytère, ils avaient entamé un débat qui avait réglé leur marche sur un rythme si rapide qu'ils avaient parcouru plus de quatre milles à l'heure sans rien voir des haies, des champs ni du bleu du ciel. Ils avaient devant les yeux le palais de Westminster et le siège du gouvernement à Whitehall. Ils appartenaient l'un et l'autre à la classe des êtres conscients d'avoir été privés de leur patrimoine, qui s'efforcent de trouver un refuge où loger leur propre conception du droit et du gouvernement. À dessein peut-être, Mary soutenait une opinion différente de celle de Ralph ; elle adorait sentir son esprit en conflit avec le sien pour avoir la certitude que sa mâle énergie n'épargnerait en rien son opinion féminine : il discutait tout aussi âprement avec Mary que si elle eût été son frère. Pourtant, ils croyaient, l'un comme l'autre, que c'était à eux que revenait la mission de remettre sur pied l'Angleterre. Ils étaient d'accord sur le fait que la nature ne s'était pas montrée généreuse envers nos membres du conseil. Ils partageaient sans le savoir le même amour muet pour le champ boueux qu'ils traversaient d'un pas lourd, les yeux plissés à force de tension. À la fin, ils respirèrent plus profondément, laissant la discussion s'envoler dans les limbes de la pensée et, se penchant au-dessus d'une barrière, ouvrirent les yeux pour la première fois et regardèrent autour d'eux. Un sang chaud leur picotait les pieds et leur haleine formait une vapeur blanche autour d'eux. L'exercice physique les rendait plus spontanés et moins timides qu'à l'habitude, et Mary ressentait même une sorte d'ivresse qui lui donnait l'impression que rien de ce qui pouvait arriver n'avait beaucoup d'importance, si peu d'importance qu'elle se sentait sur le point de dire à Ralph :

« Je vous aime ; je n'aimerai jamais que vous. Épousez-moi ou allez-vous-en ! Pensez ce que vous voulez de moi – cela m'est égal. » Mais en cet instant, il lui était tout aussi indifférent de parler que de ne rien dire et elle se contenta de frapper ses mains l'une contre l'autre et de regarder au loin, par-delà le souffle chaud de leur respiration, les bois couleur de rouille et l'horizon vert et bleu. Elle aurait pu aussi bien dire : « Je vous aime » que « J'aime les hêtres » ou même « Amour – ô amour. »

– Vous savez, Mary, dit Ralph, l'interrompant brusquement dans ses pensées, j'ai pris une décision.

L'indifférence de Mary n'était sans doute que très superficielle car elle se dissipa immédiatement. Elle ne vit plus les arbres, mais seulement sa main, posée sur le haut de la barrière. Il poursuivit :

– J'ai décidé de quitter mon travail et de venir habiter ici. J'aimerais que vous me donniez des détails sur cette petite maison dont vous parliez l'autre jour. Je présume que ce ne doit pas être très difficile de trouver quelque chose par ici ?

Il affectait une certaine nonchalance, comme s'il s'attendait à ce qu'elle le dissuadât.

Elle se taisait pour le laisser poursuivre, convaincue qu'il abordait d'une manière détournée la question de leur mariage.

– Je ne peux plus supporter cette vie de bureau, dit-il. Je ne sais pas ce que ma famille en dira, mais j'ai raison, j'en suis sûr. Qu'en pensez-vous ?

– Vous habiterez seul ici ? demanda-t-elle.

– Une vieille femme s'occupera sans doute de moi, répondit-il. Je suis las de tout, ajouta-t-il en ouvrant brusquement la barrière. Ils commencèrent à traverser le champ, côte à côte.

– Je vous assure, Mary, c'est de la destruction pure et simple de travailler, jour après jour, à quelque chose dont on se moque éperdument. Je l'ai supporté pendant huit ans, mais je ne le supporterai pas plus longtemps. Tout cela doit vous sembler complètement fou.

Mary avait retrouvé son sang-froid.

– Non, je pense seulement que vous êtes malheureux, dit-elle.

– Qu'est-ce qui vous fait penser cela ? demanda-t-il, quelque peu surpris.

– Avez-vous oublié ce matin à Lincoln's Inn Fields ? demanda-t-elle.

– Non, fit Ralph qui ralentit le pas et se souvint tout à coup de Katherine, de ses fiançailles, des feuilles pourpres jonchant le chemin, du papier blanc sous l'ampoule électrique, du désespoir qui semblait envelopper toutes ces choses.

– Vous avez raison, Mary, dit-il, avec un effort sur lui-même, mais comment avez-vous deviné ?

Elle gardait le silence, espérant qu'il lui donnerait les raisons de sa tristesse car ses excuses ne l'avaient pas abusée.

– J'étais malheureux – très malheureux, répéta-t-il.

Six semaines environ le séparaient maintenant de cet après-midi où il était assis sur le quai, regardant ses rêves se dissoudre dans le brouillard tandis que le fleuve continuait sa course ; il frissonnait encore à ce souvenir. Il se ressentait toujours de cette hantise. Mais il avait enfin l'occasion d'y faire face car, à présent, ce n'était plus qu'une ombre sentimentale qu'il valait mieux exorciser en l'exposant sans pitié à un regard comme celui de Mary, plutôt que de la laisser s'attacher à chacune de ses pensées, de ses actions, comme cela avait été le cas depuis le premier jour où il avait vu Katherine Hilbery servir le thé. Il devait commencer par mentionner son nom ; pourtant, il n'arrivait pas à s'y résoudre. Il se persuada qu'il pouvait donner une explication valable sans prononcer son nom – il se persuada que son découragement n'avait presque rien à voir avec elle.

– La tristesse est un état d'esprit, dit-il. Je veux dire par là qu'elle n'est pas nécessairement l'effet d'une cause particulière.

Ce début plutôt maladroit ne lui plut pas : il était de plus en plus évident que seule Katherine était la cause de sa mélancolie.

– J'ai commencé à trouver ma vie décevante, reprit-il. Ma vie m'a semblé dénuée de sens.

Il fit une nouvelle pause. Il sentit qu'il approchait de la vérité, qu'il devait poursuivre dans cette direction.

– À quoi sert d'amasser de l'argent et de travailler dix heures par jour dans un bureau ? Vous comprenez, quand on est jeune, on a tant de rêves en tête que l'on attache peu d'importance à ce que l'on fait. Et si l'on a de l'ambition, tout va bien ; on a, du moins, un motif de continuer. Mes raisons ont cessé de me satisfaire : peut-être n'en ai-je jamais eu. C'est seulement maintenant que j'en prends conscience. D'ailleurs, quelle raison avons-nous vraiment de faire une chose plutôt qu'une autre ? Après un certain âge, il devient impossible d'être dupe. Je sais ce qui me poussait – un motif réel : je voulais être le bienfaiteur de ma famille, qu'elle réussisse socialement. C'était un leurre, sans doute – de l'orgueil. Je me suis bercé d'illusions comme, je suppose, la plupart des gens ; j'en prends conscience seulement maintenant et c'est un passage difficile. Sans illusions, je ne peux plus continuer. Voilà pourquoi je suis triste, Mary.

Mary avait gardé le silence durant ce discours ; deux rides rectilignes s'étaient creusées sur son visage car Ralph n'avait fait aucune allusion au mariage et puis il ne disait pas la vérité.

– Je crois qu'il ne vous sera pas difficile de trouver une maison, dit-elle avec un entrain forcé, feignant d'ignorer ses explications. Vous avez un peu d'argent, n'est-ce pas ? Oui, vraiment, je crois que c'est une très bonne idée.

Ils traversèrent le champ dans un silence absolu. Ralph ne s'était pas attendu à la réaction de Mary et il en fut légèrement froissé mais, tout compte fait, il était plutôt rassuré. Persuadé qu'il ne pouvait se confier en toute sincérité à Mary, il était secrètement soulagé de n'avoir pas renoncé à son rêve. Elle était toujours égale à elle-même, l'amie sage et fidèle, la femme en qui il avait toute confiance, sur qui il pourrait toujours compter, pourvu qu'il ne dépassât pas certaines limites. Il n'était pas mécontent de découvrir que ces limites étaient clairement définies. Quand ils eurent franchi la haie suivante, elle lui dit :

– Oui, Ralph, il est temps que vous vous accordiez un peu de répit. Je suis arrivée à la même conclusion que vous. Seulement pour moi, ce ne sera pas une maison à la campagne, ce sera l'Amérique. L'Amérique ! s'écria-t-elle. Voilà l'endroit qu'il me faut ! Là-bas, j'apprendrai à diriger un mouvement, et quand je reviendrai, je vous montrerai comment on s'y prend !

Si elle avait eu l'intention, consciente ou inconsciente, de déprécier l'isolement et la sécurité d'une vie à la campagne, elle n'y parvint pas ; la résolution de Ralph était prise. Mais Mary lui donna l'occasion de la voir telle qu'elle était. Il l'observa tandis qu'elle marchait à quelques pas devant lui dans le champ labouré ; pour la première fois depuis le début de la matinée, il la voyait vraiment, sans penser à lui ni même à Katherine. Elle semblait marcher à la tête d'un défilé, un peu gauche mais indépendante et énergique, faisant preuve d'un courage qui lui inspirait le plus grand respect :

– Ne partez pas, Mary, s'écria-t-il en s'arrêtant.

– Vous l'avez déjà dit, Ralph, dit-elle, se retournant sans le regarder. Vous voulez partir mais vous ne voulez pas que je parte. Ce n'est pas très logique, ne trouvez-vous pas ?

– Mary, s'écria-t-il, prenant brutalement conscience de ses exigences et de son autoritarisme, je me conduis comme une brute avec vous !

Elle dut faire appel à toute sa volonté pour ne pas éclater en sanglots et pour écarter violemment la tentation qu'elle pouvait tout lui pardonner, s'il le voulait. Une sorte de respect obstiné pour elle-même, ancré à la racine de son être, lui interdisait de s'abandonner, même dans la tourmente de la passion. Et, en cet instant, bien que perdue au milieu des tempêtes et des hautes vagues déferlantes, elle connaissait un pays où le soleil brillait au-dessus des grammaires d'italien et des coupures de journaux. Pourtant, devant la fadeur dépouillée de cette campagne écorchée par la pierre, elle sut que sa vie serait dure et solitaire, presque au-delà de ce qui est humainement supportable. Elle marchait toujours dans le champ labouré, le devançant de quelques pas. Ils contournèrent un bois d'arbres minces dressés au sommet d'une pente raide. En regardant entre les troncs d'arbres, au pied de la colline, sur le tapis vert sombre de la prairie, Ralph aperçut un petit manoir gris, avec des bassins, des terrasses et des haies, un bâtiment de ferme sur le côté, et un rideau de sapins dans le fond. Derrière la maison, la colline s'élevait de nouveau et les arbres les plus hauts se découpaient sur le ciel qui était d'un bleu plus vif entre leurs troncs. Il eut aussitôt le sentiment que Katherine était toute proche ; la maison grise et le ciel intensément bleu lui firent croire à sa présence à ses côtés. Il s'appuya contre un arbre et son nom se forma sur ses lèvres :

– Katherine, Katherine, dit-il tout haut, puis, regardant autour de lui, il vit Mary s'éloigner lentement et arracher une longue branche de lierre en passant devant les arbres. Elle était si diamétralement opposée à sa rêverie qu'il ferma les yeux dans un mouvement d'impatience.

– Katherine, Katherine, répéta-t-il.

Il avait l'impression d'être avec elle, et perdit conscience de ce qui l'entourait : toutes ces choses concrètes – l'heure qu'il était, ce qu'il avait fait, ce qu'il allait faire, la présence des autres, et le soutien que nous apporte leur foi en une réalité commune – tout lui échappait. Il aurait eu la même sensation si la terre avait cédé sous ses pas, si l'azur s'était répandu dans son cœur, si l'air avait été imbibé d'une présence féminine. Le chant d'un rouge-gorge sur la branche, au-dessus de sa tête, le réveilla et il soupira. Tel était le monde dans lequel il lui fallait vivre : le champ labouré, la grande route, là-bas, et Mary arrachant le lierre des arbres. Quand il la rejoignit, il passa son bras sous le sien :

Alors, Mary, parlez-moi de l'Amérique.

Il y avait une gentillesse fraternelle dans sa voix qui parut généreuse à Mary quand elle se rappela avoir coupé court à ses explications et montré peu d'intérêt pour ses projets. Elle lui expliqua comment elle en était venue à envisager un tel voyage, taisant l'unique raison qui l'avait déterminée à partir. Il l'écouta attentivement, sans tenter de la faire revenir sur sa décision. À dire vrai, il accueillait avec une joie fébrile chaque nouvelle preuve de son bon sens comme si cela pouvait l'aider à prendre lui-même une décision. Mary oublia la peine qu'il lui avait faite ; une sensation de bien-être l'envahit qui s'harmonisa avec le bruit de leurs pas sur la route sèche et la pression de son bras sur le sien. Son bonheur était d'autant plus grand qu'il semblait la récompense de sa volonté de se montrer avec lui telle qu'elle était, sans essayer d'être une autre. Au lieu de prétendre s'intéresser à la poésie, elle évita instinctivement d'en parler et mit en avant son sens pratique, lui posant des questions concrètes sur sa maison qu'il se représentait mal, l'aidant à préciser des détails :

– Assurez-vous qu'il y a l'eau, dit-elle avec un intérêt feint.

Elle évita de lui demander ce qu'il avait l'intention de faire dans cette maison et, à la fin, quand ils eurent discuté longuement de toutes les questions pratiques, il la remercia par une remarque plus personnelle.

– Dans l'une des pièces, j'installerai mon bureau. Voyez-vous, Mary, je vais écrire un livre.

Il retira son bras, alluma sa pipe, et ils marchèrent ensemble, unis par une sorte de camaraderie plus solide que jamais.

– Un livre sur quoi ? demanda-t-elle, s'enhardissant comme s'il n'y avait jamais eu de dispute entre eux à propos de livres.

Il lui répondit qu'il voulait étudier l'histoire du village anglais, de l'âge teutonique à l'époque actuelle. Ce projet avait mûri comme une graine dans son esprit, depuis des années ; et, après qu'il eut décidé, sur un coup de tête, d'abandonner son métier, la graine était soudain devenue une pousse haute et vigoureuse. Ralph était surpris de s'entendre parler avec tant de conviction. Il en allait de même avec la maison : l'idée avait pris forme, bien concrète, d'une maison blanche, carrée, au bord de la grand-route, avec un voisin qui élèverait un cochon et une dizaine d'enfants piailleurs – projet sans caractère romanesque aucun ; d'ailleurs le plaisir qu'il en éprouvait était mutilé dès qu'il s'évadait de l'univers réel. Il était pareil à un homme raisonnable, qui, ayant perdu l'occasion de faire un héritage fabuleux, eût parcouru les limites étroites de son véritable domaine pour s'assurer que la vie y était supportable, à condition de faire pousser des navets et des choux, et non des melons ou des grenades. Certes, Ralph tirait une certaine fierté de ses facultés intellectuelles et la confiance que Mary lui témoignait augmenta celle qu'il avait en lui-même. Elle enroula le lierre autour de sa canne en frêne et, pour la première fois depuis longtemps, étant seule avec lui, elle cessa de questionner ses intentions, ses paroles et ses sentiments pour simplement s'abandonner à la joie.

Ils conversaient ainsi paisiblement, s'arrêtant de temps à autre pour contempler en silence le paysage par-dessus la haie ou trouver le nom d'un petit oiseau gris-brun voletant parmi les ramilles, quand ils arrivèrent à Lincoln. Après avoir arpenté la rue principale, ils fixèrent leur choix sur une auberge dont la fenêtre accueillante laissait présager une nourriture copieuse : depuis plus de cent cinquante ans, des rôtis chauds, des pommes de terre, des légumes verts et des puddings aux pommes y étaient servis à des générations de gentilshommes campagnards ; Ralph et Mary, une fois assis à une table dans l'encoignure de la fenêtre, prirent part eux aussi à ce festin. Vers le milieu du repas, lui glissant un regard par-dessus le rôti, Mary se demanda si Ralph ressemblerait jamais aux autres hommes présents dans la salle. Aurait-il un jour, lui aussi, ce visage rond et rose, hérissé de petits poils blancs, ces mollets serrés dans un cuir brun poli, ce costume à carreaux noirs et blancs ? Elle l'espéra presque ; elle pensa que seule sa manière de penser était singulière. Elle ne souhaitait pas qu'il fût trop différent des autres. La promenade lui avait donné des couleurs ; il arborait un regard franc qui eût mis à l'aise le plus modeste des fermiers – un regard que le plus dévot des pasteurs n'aurait pu soupçonner de tourner la foi en dérision. Elle aimait son front droit qu'elle comparait à celui d'un jeune écuyer grec maîtrisant son cheval qui se cabre. Ralph lui donnait toujours l'impression de chevaucher un cheval fringant. Et son cœur battait plus vite lorsqu'elle se trouvait avec lui, tant il était imprévisible. Assise en face de lui, à la petite table près de la fenêtre, elle retrouva cette sensation d'ivresse qui l'avait saisie quand ils s'étaient arrêtés près de la barrière, sensation nuancée à présent de bon sens ; elle sentait qu'ils éprouvaient l'un pour l'autre une affection qui n'avait guère besoin d'être traduite en mots. Comme il était silencieux ! Il tenait son front dans sa main, quand il n'observait pas d'un air grave le dos des hommes assis à la table voisine, si absorbé dans ses pensées qu'elle pouvait lire sur son visage comme dans un livre ; elle pouvait même le sentir penser à travers la chair de ses doigts, et pouvait deviner à quel moment exact il mettrait fin à ses réflexions, se tournerait légèrement, et dirait :

« Alors, Mary… ? » pour l'inviter à reprendre leur conversation à l'endroit où il l'avait interrompue.

Juste à cet instant, il se tourna vers elle.

– Alors, Mary ? dit-il avec cette timidité étrange qu'elle aimait en lui.

Elle se mit à rire et, suivant l'inspiration du moment, lui expliqua qu'elle riait à cause des gens dans la rue. Une vieille dame, enveloppée de voiles bleus, était assise dans une automobile et, sur le siège opposé, une dame de compagnie portait dans les bras un épagneul ; au milieu de la rue, une paysanne poussait une voiture d'enfant remplie de morceaux de bois ; un intendant portant des guêtres discutait du marché aux bestiaux avec un pasteur.

Mary s'amusa à les décrire sans craindre d'être jugée frivole. Était-ce à cause de la chaleur qui régnait dans la salle, du rôti savoureux, ou bien Ralph en avait-il terminé avec le processus qu'il appelait « prendre parti », toujours est-il qu'il avait renoncé à évaluer le bon sens, l'indépendance de caractère et l'intelligence transparaissant dans les remarques de Mary. À partir de propos saisis au hasard des conversations et du chaos de sa pensée, il avait échafaudé un raisonnement aussi chancelant et tarabiscoté qu'une pagode chinoise, où intervenaient pêle-mêle la chasse au canard sauvage, l'histoire du droit, l'occupation de Lincoln par les Romains et les relations des gentilshommes campagnards avec leurs femmes, quand soudain l'idée de demander Mary en mariage lui traversa l'esprit. C'était une pensée si spontanée qu'elle sembla se formuler d'elle-même. Ce fut à ce moment-là qu'il se tourna vers elle, retrouvant instinctivement son expression familière :

– Alors, Mary ?

Le caractère insolite de cette idée lui donna l'envie d'en parler immédiatement. Mais l'instinct qui le poussait à partager ses pensées en deux groupes distincts avant de les exprimer reprit le dessus. Mary regardait par la fenêtre ; elle décrivait la vieille dame, la femme avec la voiture d'enfant, l'intendant et le pasteur ; Ralph eut soudain les larmes aux yeux. Il aurait aimé poser sa tête sur cette épaule et pleurer ; Mary aurait passé les doigts dans ses cheveux, elle l'aurait consolé en murmurant :

« Là, là, ne pleurez pas ! Dites-moi ce qui ne va pas. » Ils se seraient étreints et Mary l'aurait serré contre son cœur comme l'eût fait sa mère. Il se sentit très seul et il eut peur des autres personnes dans la salle.

– Tout cela est odieux ! s'écria-t-il brusquement.

– De quoi voulez-vous parler ? demanda-t-elle distraitement, le visage tourné vers la fenêtre.

Cette inattention le froissa peut-être plus qu'il n'en eut conscience ; il s'avisa que Mary allait bientôt partir en Amérique.

– Mary, dit-il, je veux vous parler. Mais nous avons terminé ! Pourquoi n'enlève-t-on pas nos assiettes ?

Mary perçut son agitation, sans même le regarder ; elle savait ce qu'il voulait lui dire.

– Ils vont venir, dit-elle ; et elle sentit la nécessité d'afficher le plus grand calme en soulevant une salière et en rassemblant quelques miettes de pain.

– Il faut que je vous demande pardon, poursuivit Ralph

sans bien savoir ce qu'il allait dire, mais cédant à une impulsion qui le poussait à s'engager irrémédiablement pour retenir ce moment d'intimité.

– Je crois que je me suis mal conduit envers vous. Je vous ai raconté des mensonges. Avez-vous deviné que je mentais ? Une fois à Lincoln's Inn Fields, et de nouveau aujourd'hui, pendant notre promenade. Je suis un menteur, Mary. Le saviez-vous ? Croyez-vous bien me connaître ?

– Oui, dit-elle.

À ce moment-là, le serveur changea leurs assiettes.

– C'est vrai, je ne veux pas que vous partiez en Amérique, dit-il, les yeux fixés sur la nappe. En fait, je suis sans cœur avec vous, dit-il avec force tout en se contraignant à parler à voix basse.

– Si je n'étais pas une brute, je vous dirais que vous ne devez plus jamais me revoir. Et pourtant, Mary, j'ai beau penser ce que je dis, je crois aussi que c'est bien que nous nous connaissions, le monde étant ce qu'il est… – et d'un signe de tête il montra les gens dans la salle – car, bien sûr, dans une société idéale, ou même simplement dans une société convenable, vous devriez me fuir ; je ne plaisante pas.

– Vous oubliez que je ne suis pas parfaite non plus, dit Mary avec la même conviction. Et sa voix, même étouffée, suffisait à créer autour de leur table une tension perceptible aux autres dîneurs qui leur lançaient des coups d'œil furtifs où se mêlaient la bienveillance, l'amusement et la curiosité.

– Je suis beaucoup plus égoïste que je n'en ai l'air ; je suis plus superficielle que vous ne le pensez ; j'aime donner des ordres – c'est peut-être mon plus grand défaut. Je n'ai aucunement votre passion pour… – elle hésita, le regardant comme pour définir la nature de sa passion – … votre passion pour la vérité, ajouta-t-elle, comme si elle avait enfin trouvé le terme qu'elle cherchait.

– Je vous ai dit que j'étais un menteur, répéta Ralph avec obstination.

– Sur des petites choses, peut-être, dit-elle avec impatience. Mais pas sur l'essentiel, et c'est cela qui compte. Il se peut que je dise plus souvent la vérité que vous sur des détails. Mais je ne pourrais jamais aimer – elle fut surprise d'entendre ce mot dans sa bouche et elle dut faire un effort pour le prononcer à haute voix –, je ne pourrais jamais aimer quelqu'un qui mentirait sur l'essentiel. J'aime la vérité jusqu'à un certain point et même davantage, mais pas de la façon dont vous l'aimez.

Sa voix devint inaudible et chavira comme si elle allait fondre en larmes.

« Mon Dieu ! » se dit Ralph. « Elle m'aime ! Pourquoi ne m'en suis-je pas aperçu plus tôt ? Elle va pleurer ; elle peut à peine parler. »

Cette certitude le bouleversa au point qu'il ne savait plus très bien ce qu'il faisait ; le rouge lui monta au front et bien qu'il vînt de prendre la décision de lui demander sa main, la certitude qu'elle l'aimait changeait complètement la situation ; ce n'était plus possible. Il n'osait pas la regarder. Que ferait-il si elle se mettait à pleurer ? Il avait l'impression qu'il venait de se passer quelque chose d'irréparable. Le serveur changea une nouvelle fois leurs assiettes.

Dans son agitation, Ralph se leva, tourna le dos à Mary et regarda par la fenêtre. Les gens dans la rue n'étaient pour lui qu'un dessin changeant de grains noirs, qui, en cet instant, représentaient parfaitement l'enchaînement rapide des sentiments et des pensées qui se formaient dans son esprit. À un moment donné, la pensée que Mary l'aimait le transporta ; l'instant d'après, il pensa qu'il ne l'aimait pas ; son amour lui répugnait. Puis il sentit qu'il devait l'épouser tout de suite ; mais ensuite il décida de disparaître, de ne plus jamais la revoir. Afin de dominer ce tourbillon confus d'émotions, il se força à lire le nom inscrit sur la pharmacie, juste en face de lui, à observer les objets dans la vitrine, à fixer un petit groupe de femmes qui regardaient la devanture d'un magasin d'étoffes. Cet effort de discipline eut au moins pour effet de lui donner une maîtrise de soi apparente et il allait se retourner pour demander au serveur d'apporter l'addition, quand son regard s'arrêta sur une silhouette élancée qui avançait rapidement, sur le trottoir opposé – une silhouette élancée, sombre et majestueuse, détachée de tout ce qui l'entourait. Elle tenait ses gants dans la main gauche. Ralph observa la jeune femme et la reconnut avant de se rappeler son nom – Katherine Hilbery. Elle semblait chercher quelqu'un. Ses yeux, en fait, scrutaient les deux côtés de la rue. Pendant une seconde, ils fixèrent la fenêtre en rotonde derrière laquelle se tenait Ralph ; mais elle regarda aussitôt ailleurs sans que rien dans son attitude indiquât qu'elle l'eût reconnu. Cette apparition eut un effet extraordinaire sur Ralph : c'était comme s'il avait pensé à elle si intensément que son esprit avait façonné sa silhouette au lieu qu'il l'eût vue en chair et en os. Et pourtant, il n'avait pas du tout pensé à elle. Cette sensation était si intense qu'il était comme fasciné ; il était incapable de se demander s'il l'avait vraiment vue, ou s'il avait été le jouet d'une illusion. Il se rassit et dit d'une voix étrange, plus pour lui-même que pour Mary :

– C'est Katherine Hilbery.

– Katherine Hilbery ? Que voulez-vous dire ? demanda-t-elle, ne sachant pas très bien d'après son attitude s'il l'avait vue ou non.

– Katherine Hilbery, répéta-t-il. Mais elle est partie, maintenant.

« Katherine Hilbery ! » songea Mary dans un éclair de lucidité. « Oui, j'ai toujours su que c'était Katherine Hilbery ! » Elle comprenait tout, à présent.

Après un moment d'anéantissement, elle leva les yeux et regarda Ralph attentivement ; il fixait d'un air rêveur un point invisible, au-delà du cadre qui les entourait, un point où elle n'avait jamais pu le rejoindre depuis qu'elle le connaissait. Elle remarqua ses lèvres entrouvertes, ses mains abandonnées, son attitude contemplative qui jetait comme un voile entre eux. Elle vit tout ; s'il y avait eu d'autres signes d'envoûtement, ils ne lui auraient pas échappé. Elle sentait que ce n'était qu'en assemblant tous les éléments de la vérité qu'elle pouvait rester assise là sans vaciller. La vérité la soutenait ; ce qui la frappa dans le visage de Ralph, c'est que la vérité brillait loin de lui : la vérité, se dit-elle en se levant pour partir, brille sur un monde qui n'est pas ébranlé par nos infortunes personnelles.

Ralph lui tendit son manteau et sa canne. Elle les prit, boutonna son manteau et saisit sa canne. Le lierre était encore enroulé autour ; elle enleva deux feuilles qu'elle mit dans sa poche, faisant le sacrifice de ce qui restait au sentimentalisme et à l'individualisme. Elle prit sa canne par le milieu et enfonça son chapeau de fourrure sur sa tête comme pour affronter une longue promenade sous l'orage. Puis, debout au milieu de la route, elle sortit un morceau de papier de son porte-monnaie et lut à haute voix la liste des commissions qui lui avait été remise – fruits, beurre, ficelle… – sans s'adresser à Ralph directement ni le regarder.

Il l'entendit passer des commandes à des hommes affables aux joues roses, habillés de tabliers blancs, et malgré ses préoccupations, il remarqua la détermination avec laquelle elle lui faisait savoir ce qu'elle voulait. Une fois de plus, il enregistra machinalement ses traits de caractère. Observateur distrait, il attendait, remuant d'un air méditatif la sciure sur le sol avec la pointe de sa botte, quand sa curiosité fut éveillée par une voix musicale et familière derrière lui, suivie d'une légère pression sur son épaule.

– Je ne me trompe pas ? Vous êtes bien Mr. Denham ? J'ai aperçu votre manteau en passant devant la boutique. J'étais sûre de l'avoir déjà vu. N'auriez-vous pas rencontré Katherine ou William ? J'erre dans Lincoln à la recherche des ruines.

C'était Mrs. Hilbery ; son entrée provoqua une certaine agitation dans la boutique ; beaucoup de gens se retournèrent pour la regarder.

– Avant tout, dites-moi où je me trouve, dit-elle.

Puis, apercevant le boutiquier attentif, elle s'adressa à lui :

– Les ruines – je suis attendue dans les ruines. Les ruines romaines – ou grecques, Mr. Denham ? Votre ville est pleine de merveilles, mais j'aurais préféré qu'il n'y eût pas autant de ruines. De ma vie, je n'ai vu de petits pots de miel aussi ravissants. Ce sont vos abeilles qui le font ? Donnez-m'en un et ayez la bonté de m'indiquer le chemin pour aller aux ruines.

– Et maintenant… » commença-t-elle après avoir reçu l'information souhaitée et le pot de miel, avoir été présentée à Mary et avoir insisté pour qu'ils l'accompagnent jusqu'aux ruines, car dans une ville où il y avait tant de tournants, de panoramas et d'adorables petits garçons à moitié nus barbotant dans les mares, tant de canaux vénitiens et de porcelaines bleues dans les magasins de brocante, il était impossible pour une personne seule de ne pas se perdre. « Maintenant, s'exclama-t-elle, veuillez me raconter ce que vous faites ici, Mr. Denham – vous êtes bien Mr. Denham, n'est-ce pas ? demanda-t-elle en le dévisageant, craignant soudain quelque méprise. Le brillant jeune homme qui écrit pour la Revue, c'est bien cela ? Hier encore mon mari me confiait qu'il pensait que vous étiez l'un des jeunes gens les plus doués qu'il connaît. Vous êtes certainement le messager de la Providence car, si je ne vous avais pas rencontré, je suis sûre que je n'aurais jamais trouvé les ruines. »

Ils étaient arrivés devant l'arc romain et Mrs. Hilbery aperçut ses amis, debout comme des sentinelles de part et d'autre de la rue, pour l'intercepter si, comme ils le prévoyaient, elle s'était attardée dans une boutique.

– J'ai trouvé beaucoup mieux que les ruines ! s'écria-t-elle. J'ai trouvé deux amis qui m'ont conduite jusqu'à vous, car sans eux je me serais perdue. Ils doivent prendre le thé avec nous. Quel dommage que nous n'ayons pu déjeuner tous ensemble !

Katherine, qui s'était éloignée, regardait la devanture d'une quincaillerie comme si sa mère pouvait se trouver parmi des tondeuses et des ciseaux de jardinier. Dès qu'elle entendit sa voix, elle se retourna et vint à leur rencontre. Elle tomba des nues à la vue de Denham et de Mary Datchet. Que sa cordialité allât de soi pour une rencontre fortuite à la campagne ou qu'elle se réjouît vraiment de les voir, elle leur serra la main et s'écria avec un entrain inhabituel :

– Je ne savais pas que vous habitiez ici. Pourquoi ne pas l'avoir dit ? Nous aurions pu nous voir. Logez-vous chez Mary ? ajouta-t-elle en se tournant vers Ralph. Quel dommage que nous ne nous soyons pas rencontrés plus tôt !

À moins d'un mètre du corps de la femme dont il avait rêvé des milliers de fois, Ralph balbutiait ; il essaya de se ressaisir ; il rougit ou il pâlit, il ne savait pas très bien ; il était résolu à la regarder en face et, sous la lumière crue du jour, à déceler la moindre parcelle de vérité contenue dans ses rêves obstinés. Mais il ne put articuler un seul mot. Ce fut Mary qui parla en leur nom. Ralph découvrait que Katherine était complètement différente de son souvenir et l'étonnement le rendait muet. Il lui fallait remplacer l'image erronée par la nouvelle. Le vent chassait son foulard pourpre contre son visage ; le vent l'avait décoiffée et une mèche bouclait au coin de l'un de ses grands yeux sombres qui lui avaient paru tristes, mais qui avaient à présent la même luminosité que la mer sous un rayon de soleil ; tout en elle semblait rapide, fragmentaire, insaisissable. Il prit soudain conscience que c'était la première fois qu'il la voyait à la lumière du jour.

Entre-temps, il avait été décidé qu'il était trop tard pour partir à la recherche des ruines comme ils en avaient eu l'intention ; et toute la compagnie se mit en marche vers l'écurie où était garée la voiture.

– Savez-vous, dit Katherine, marchant légèrement en tête des autres à côté de Ralph, j'ai cru vous voir ce matin, debout derrière une fenêtre. Je me suis dit que cela ne pouvait être vous. Mais tout compte fait ce devait être vous.

– J'ai cru vous voir aussi – mais ce n'était pas vous, dit-il.

Cette remarque et la menace sourde dans sa voix rappelèrent à Katherine tant d'entretiens difficiles et de rencontres manquées, qu'elle revit soudain le salon de Londres, les reliques familiales et la table où était servi le thé ; elle se souvint en même temps d'une remarque restée en suspens qu'elle avait voulu faire ou qu'il n'avait pas terminée – elle n'arrivait pas à se rappeler au juste.

– Ce devait être moi, dit-elle. Je cherchais ma mère. Cela se passe ainsi, chaque fois que nous venons à Lincoln. En fait, il n'existe pas de famille plus irresponsable que la nôtre. Heureusement pour nous, il y a toujours quelqu'un qui arrive à temps pour nous tirer d'embarras. Un jour, quand j'étais toute petite, on m'a laissée seule dans un champ où se trouvait un taureau. Mais où avons-nous laissé la voiture ? Dans cette rue ou dans l'autre ? Dans l'autre, je pense.

Elle jeta un coup d'œil en arrière et aperçut les autres qui suivaient docilement, écoutant Mrs. Hilbery évoquer ses souvenirs de Lincoln.

– Mais que faites-vous donc ici ? demanda-t-elle.

– Je vais acheter une maison. Mary m'a dit que ce ne serait pas difficile.

– Mais, s'exclama-t-elle, si surprise qu'elle faillit s'arrêter, vous voulez abandonner le barreau, alors ?

L'idée qu'il devait être fiancé à Mary lui traversa brusquement l'esprit.

– Le bureau d'avocats ? Oui.

– Mais pourquoi ? demanda-t-elle.

Elle ajouta aussitôt d'une voix changée, presque mélancolique, qui contrastait étrangement avec son entrain précédent :

– Je pense que c'est une sage décision. Vous serez beaucoup plus heureux.

À l'instant précis où les paroles de Katherine semblaient frayer un chemin dans l'avenir de Ralph, ils entrèrent dans la cour d'une auberge. On avait déjà attaché un premier cheval pommelé à la voiture familiale des Otway et un valet sortait le second de l'écurie.

– Je ne sais pas ce que veut dire être heureux, dit-il laconiquement, s'écartant pour laisser passer un palefrenier avec un seau à la main. Qu'est-ce qui vous fait penser que je serai plus heureux ? Je ne me fais aucune illusion. J'espère seulement être moins malheureux. J'écrirai un livre et je pesterai contre ma femme de ménage – si c'est cela être heureux. À quoi pensez-vous ?

Elle ne put répondre car les autres les avaient rejoints – Mrs. Hilbery, Mary, Henry Otway et William.

Rodney s'approcha immédiatement de Katherine et lui dit :

– Henry va rentrer à la maison avec votre mère. Je propose qu'ils nous déposent à mi-chemin, pour que nous fassions le reste du trajet à pied.

Katherine hocha la tête en signe d'acquiescement et le regarda à la dérobée avec une expression étrange.

– Malheureusement, nous allons dans des directions opposées, sinon vous seriez monté avec nous, poursuivit-il à l'adresse de Denham.

Il se comportait d'une façon péremptoire, inhabituelle chez lui ; il semblait soucieux de hâter le départ et Denham remarqua que Katherine le regardait d'un air mi-interrogateur, mi-fâché. Elle aida sa mère à mettre son manteau et dit à Mary :

– J'aimerais vous voir. Rentrez-vous tout de suite à Londres ? Je vous écrirai.

Elle adressa un vague sourire à Ralph, mais elle pensait

déjà à autre chose. En un rien de temps, la voiture des Otway sortit de la cour pour s'engager sur la grand-route en direction du village de Lampsher.

Le trajet du retour se déroula presque aussi silencieusement qu'à l'aller ; Mrs. Hilbery s'adossa dans son coin, les yeux clos, et dormit ou feignit de dormir, comme elle en avait l'habitude dans les intervalles d'activité, ou continua l'histoire qu'elle avait commencé à se raconter ce matin-là.

À environ deux milles de Lampsher, la route passait au sommet de la lande ; un obélisque de granit marquait en cet endroit solitaire la reconnaissance de quelque dame du dix-huitième siècle attaquée par des bandits de grand chemin et sauvée de la mort in extremis. En été, c'était un endroit agréable ; on entendait le bruissement des bois, et la bruyère, qui poussait très touffue autour du piédestal de granit, embaumait l'air léger ; en hiver, la plainte du vent dans les arbres avait quelque chose de lugubre et la lande était aussi grise, aussi triste que la course vaine des nuages dans le ciel.

Rodney fit arrêter la voiture et aida Katherine à descendre. Elle prit aussi la main que Henry lui tendait et la pressa légèrement comme pour lui transmettre un message. Mais la voiture repartit aussitôt sans réveiller Mrs. Hilbery, laissant les deux jeunes gens près de l'obélisque. Katherine savait pertinemment que Rodney était en colère et qu'il voulait profiter de cette occasion pour lui parler ; elle n'était ni heureuse ni désolée que ce moment fût venu ; à vrai dire, elle ne savait pas très bien à quoi s'en tenir et, pour cette raison, gardait le silence. La voiture s'amenuisait sur la route sombre et Rodney ne parlait toujours pas. Peut-être attendait-il qu'elle eût disparu au bout de la route et qu'ils fussent complètement seuls. Pour masquer leur silence, elle fit le tour de l'obélisque afin de lire l'inscription qui y était gravée. Elle prononça à voix basse quelques-unes des paroles de remerciement de la pieuse Lady, et Rodney la rejoignit. En silence, ils suivirent la route en lisière du bois.

Rompre le silence, voilà ce que Rodney désirait mais il ne savait comment s'y prendre. Il était beaucoup plus facile d'approcher Katherine en société ; en tête à tête, son attitude distante et sa ténacité réduisaient à néant toutes les méthodes d'abord naturel. Elle s'était mal conduite avec lui, il en était sûr, mais chaque exemple de sa méchanceté, pris séparément, semblait trop insignifiant pour être évoqué à présent qu'ils étaient seuls.

– Nous n'avons pas besoin de faire la course, dit-il enfin d'un ton plaintif.

Elle ralentit immédiatement le pas, mais il trouva alors qu'elle marchait trop lentement. En désespoir de cause, il lança d'un air pitoyable la première chose qui lui vint à l'esprit, sans le prélude plein de dignité qu'il avait préparé.

– Je n'ai pas passé de bonnes vacances.

– Vraiment ?

– Non. Je serai content de retrouver mon travail.

– Samedi, dimanche, lundi – il ne reste que trois jours, dit-elle.

– Personne n'aime passer pour un idiot, laissa-t-il échapper, car l'entendant parler il sentait monter une colère attisée par sa peur d'elle.

– Vous voulez parler de moi, j'imagine, dit-elle calmement.

– Depuis notre arrivée, il ne s'est pas passé de jour que vous ne me tourniez en ridicule, poursuivit-il. Bien sûr, tant que cela vous amuse, libre à vous ; mais nous allons vivre ensemble, ne l'oubliez pas. Ce matin, par exemple, je vous ai invitée à venir faire un tour avec moi dans le jardin. J'ai patienté dix minutes, en vain. Tout le monde m'a vu attendre. Les palefreniers m'ont vu. Je suis rentré car je mourais de honte. Et dans la voiture, vous m'avez à peine parlé. Les autres l'ont remarqué… Avec Henry, par contre, vous parlez facilement.

Elle écouta ses doléances, décidant avec philosophie de

ne répondre à aucune, bien que la dernière la piquât au vif. Elle voulait connaître l'étendue de sa rancœur.

– Rien de tout cela ne me semble très important, dit-elle.

– En ce cas, je ferais mieux de tenir ma langue, répliqua-t-il.

– Ces choses ne me paraissent pas très importantes ; mais si elles vous blessent, c'est qu'elles le sont », rectifia-t-elle scrupuleusement. Le ton attentif de sa voix le réconforta et il marcha quelque temps sans rien dire.

– Nous pourrions être si heureux, Katherine ! » s'écria-t-il tout à coup en prenant son bras, qu'elle retira immédiatement.

– Nous ne serons jamais heureux tant que vous verrez les choses de cette façon, dit-elle.

La rudesse que Henry avait pu observer resurgit dans l'intonation de sa voix. William accusa le choc et resta silencieux. Ces derniers temps, Katherine n'avait cessé de le traiter publiquement avec dureté et froideur. À titre de compensation, il avait affiché une vanité ridicule qui le mettait encore davantage à sa merci. À présent qu'il était seul avec elle, aucune diversion ne pouvait l'arracher à la blessure de son amour-propre. Par un effort considérable de volonté, il se força à garder le silence pour chercher à dissocier dans sa souffrance la part de vanité de la certitude qu'une femme qui l'aimerait vraiment ne lui parlerait pas ainsi.

« Quels sont mes sentiments pour Katherine ? » se demanda-t-il. Il la trouvait assurément très séduisante et très élégante ; elle régnait sur son petit univers ; plus encore, elle était celle qui, entre toutes, lui semblait l'arbitre de la vie, la femme dont l'esprit de discernement dépassait le sien en dépit de toute son érudition. Il ne pouvait la voir entrer dans une pièce sans penser aussitôt à l'onctuosité des étoffes, aux fleurs en bouquets, à l'onde mauve de la mer, à toutes ces choses, adorables et inconstantes en surface, mais passionnées au fond.

« Si elle avait toujours été indifférente, si elle n'avait fait que se jouer de moi, je n'éprouverais pas cela, songea-t-il Je ne suis pas complètement idiot. Je n'ai pas pu me tromper à tel point durant plusieurs années. Et pourtant, quand elle me parle de cette façon ! La vérité, c'est que je suis si méprisable que l'on ne peut s'empêcher de me parler sur ce ton. Katherine a raison. Comment puis-je me changer ? Qu'est-ce qui pourrait l'inciter à m'aimer ? » À ce moment il fut terriblement tenté de sortir de son silence pour demander à Katherine ce qu'il devait faire pour lui plaire ; au lieu de quoi il chercha une consolation dans l'énumération de ses qualités et de ses talents : sa connaissance du grec et du latin, sa connaissance des arts et de la littérature, sa maîtrise des vers, ainsi que son sang de vieille souche du sud-ouest. Mais un sentiment plus fort que les autres le déroutait profondément et l'empêchait de parler : la certitude qu'il aimait Katherine plus sincèrement qu'il n'avait jamais aimé aucune femme. Et pourtant, Katherine pouvait lui parler sur ce ton ! Dans son désarroi, il perdit tout désir de s'exprimer et il eût volontiers discuté d'autre chose si Katherine avait changé de sujet. Mais elle ne le fit pas.

Il la regarda à la dérobée pour voir si son expression permettait de deviner ses pensées. Fidèle à son habitude, elle avait accéléré le pas sans s'en rendre compte et le devançait légèrement ; mais ses yeux fixés sur la lande grise et les rides soucieuses qui barraient son front ne le renseignèrent pas beaucoup. Perdre ainsi le contact avec elle – car il n'avait pas la moindre idée de ce qui la préoccupait – lui était si pénible qu'il en revint sans grande conviction à ses griefs.

– Si vous n'éprouvez aucun sentiment pour moi, ne serait-ce pas plus gentil de me le dire seul à seul ?

– Oh, William ! s'écria-t-elle comme s'il avait interrompu des pensées captivantes, comme vous y allez avec les sentiments ! Ne vaudrait-il pas mieux en parler moins et ne pas se tourmenter pour de petites choses sans importance ?

– C'est justement la question, dit-il. Je voudrais simplement que vous me disiez qu'elles sont sans importance. Parfois, vous semblez indifférente à tout. Je suis vaniteux, j'ai des milliers de défauts ; mais vous savez qu'il n'y a pas que cela, vous savez que je vous aime.

– Si je vous dis que je vous aime, me croirez-vous ?

– Dites-le, Katherine ! Dites-le si vous le pensez ! Faites-moi sentir que vous m'aimez !

Elle fut incapable de prononcer un mot. L'obscurité tombait sur la lande et un brouillard blanc effaçait l'horizon. Demander à Katherine de la passion ou des serments revenait à exiger des flammes à ce paysage voilé de pluie, et le bleu outremer du printemps à ce ciel maussade.

Il continua à lui déclarer son amour avec des mots qui, même pour l'esprit critique de Katherine, avaient un accent de vérité ; aucun pourtant ne réussit à l'émouvoir ; ils arrivèrent devant une porte aux gonds rouillés. William l'ouvrit d'un coup d'épaule sans cesser de parler, comme si de rien n'était. La virilité de ce geste impressionna Katherine qui jusque-là n'avait jamais attaché d'importance particulière au fait d'ouvrir une porte : la force musculaire n'avait rien de commun avec celle des sentiments ; pourtant, cette énergie dépensée en pure perte suscita son intérêt, qui se mêla à son désir de capter cette force masculine séduisante et la réveilla de sa torpeur.

Pourquoi ne lui dirait-elle pas simplement la vérité ? c'est-à-dire qu'elle avait accepté de l'épouser quand tout était encore vague dans son esprit, quand rien n'avait encore de contours précis ? Peut-être fallait-il le déplorer mais, en toute lucidité, le mariage était hors de question ! Elle ne voulait épouser personne. Elle voulait partir, seule, de préférence dans une lande nordique désolée, pour étudier les mathématiques et l'astronomie. Vingt mots suffiraient à lui expliquer toute la situation. Il avait cessé de parler ; il lui avait redit qu'il l'aimait et pourquoi. Elle fit appel à tout son courage, contempla un frêne frappé par la foudre et, comme si elle lisait une sentence inscrite sur le tronc :

– Je me suis trompée en acceptant de me fiancer avec vous. Jamais je ne vous rendrai heureux. Je ne vous ai jamais aimé.

– Katherine ! protesta-t-il.

– Non, jamais, répéta-t-elle obstinément. Pas vraiment. Je ne savais pas ce que je faisais, ne vous en êtes-vous pas rendu compte ?

– Aimez-vous quelqu'un d'autre ? l'interrompit-il.

– Absolument pas.

– Henry ? demanda-t-il.

– Henry ? J'aurais cru, William, que même vous…

– Il y a quelqu'un, persista-t-il. Vous avez changé ces dernières semaines. Vous me devez d'être sincère, Katherine.

– Si cela était, je vous le dirais, répondit-elle.

– Alors pourquoi m'avez-vous dit que vous vouliez m'épouser ? demanda-t-il.

Pourquoi, pourquoi, en effet ? Un moment de pessimisme, la conviction soudaine de l'indéniable prosaïsme de la vie, la fin de l'illusion qui soutient la jeunesse à mi-chemin entre le ciel et la terre, la tentative désespérée de se réconcilier avec le réel – de tout cela, elle n'avait gardé qu'un vague souvenir, comme au sortir d'un rêve : le souvenir d'une capitulation. Mais comment invoquer de semblables raisons pour expliquer son attitude ? Elle hocha la tête avec tristesse.

– Mais vous n'êtes pas une enfant ! Vous n'êtes pas une femme capricieuse ! insistait Rodney. Je ne veux pas croire que vous ayez songé à m'épouser sans m'aimer !

Katherine, qui avait réussi à se dissimuler ses torts vis-à-vis de Rodney en concentrant son attention sur ses défauts, fut soudain accablée de remords. Qu'étaient les défauts de William comparés au fait qu'il l'aimait ? Et ses qualités à elle, comparées au fait qu'elle ne l'aimait pas ? La conviction soudaine que ne pas aimer était le plus grand péché, envahit sa pensée et elle se sentit à jamais coupable.

Il lui avait pris le bras et tenait sa main fermement dans la sienne ; l'impossibilité où elle était de le fuir semblait démontrer sa supériorité écrasante. Eh bien, elle se soumettrait comme sa mère, comme sa tante, comme la plupart des femmes, peut-être, s'étaient soumises ; pourtant, elle savait que chaque seconde de cette soumission n'était qu'une trahison de plus.

– J'ai dit que je vous épouserais mais j'ai eu tort, se força-t-elle à prononcer, et elle durcit son bras comme pour annuler cette apparence soumise d'une part d'elle-même. Je ne vous aime pas, William ; vous le savez bien, et tout le monde l'a remarqué ; pourquoi ferions-nous semblant ? Quand je vous ai dit que je vous aimais, c'était faux. Je l'ai dit, mais je savais que ce n'était pas vrai.

Comme aucune de ses paroles ne semblait vraiment exprimer ce qu'elle sentait, elle dut les répéter, les accentuer, sans se rendre compte de l'effet qu'elles pouvaient produire sur un homme amoureux d'elle. Elle fut déconcertée de découvrir que William avait lâché son bras et que ses traits étaient bizarrement crispés : se moquait-il ? L'idée lui traversa l'esprit. L'instant d'après, elle le vit pleurer. L'étonnement la rendit muette. Instinctivement elle voulut faire cesser, coûte que coûte, cette minute atroce : elle l'entoura de ses bras, posa sa tête sur ses épaules et le guida en lui chuchotant des paroles consolantes jusqu'à ce qu'il soupirât. Ils se tenaient étroitement enlacés ; Katherine sentit les larmes lui monter aux yeux ; ils se taisaient. Remarquant la difficulté avec laquelle William marchait, se sentant elle aussi extrêmement lasse, elle lui proposa de se reposer un moment au pied d'un chêne, parmi les fougères brunes et desséchées. Il acquiesça, poussa un nouveau soupir, essuya ses yeux avec l'insouciance d'un enfant et se mit à parler, toute trace de colère dissipée. Tout en remarquant les feuilles mortes, éparpillées autour d'eux, que le vent avait amassées ici et là, Katherine pensa qu'ils ressemblaient à des enfants de conte de fée, perdus au fond d'un bois.

– Depuis quand ressentez-vous tout cela, Katherine ? Je ne vous crois pas quand vous dites que c'est depuis toujours. J'avoue que je me suis conduit comme un sot, le premier soir, quand vous avez découvert que vous aviez perdu vos vêtements. Mais où est le mal ? Je peux vous promettre de ne plus jamais m'occuper de vos affaires ! J'avoue que j'ai été en colère en vous trouvant dans la chambre de Henry. Peut-être ne l'ai-je pas assez caché ? Mais avouez que ce n'est pas raisonnable quand on est fiancée. Demandez à votre mère. Et maintenant, cette chose terrible ! » Il s'interrompit un moment, incapable de parler, avant de poursuivre : « Cette décision que vous prétendez avoir prise, en avez-vous parlé à quelqu'un ? À votre mère, par exemple, ou à Henry ?

– Non. Bien sûr que non, dit-elle, caressant les feuilles de la main. Vous ne me comprenez pas, William…

– Aidez-moi à comprendre…

– Je veux dire : vous ne comprenez pas ce que je ressens ; mais comment le pourriez-vous ? Je viens juste d'en prendre conscience moi-même. Je n'éprouve pas cette sorte d'attachement… je veux parler de l'amour… je ne sais quel nom lui donner… » – elle regarda distraitement l'horizon noyé dans le brouillard – « mais, de toute manière, sans cela, notre mariage serait une farce…

– Pourquoi une farce ? Ce genre d'analyse me paraît déplorable, s'écria-t-il.

– J'aurais dû la faire plus tôt, dit-elle d'un air sombre.

– Vous imaginez éprouver des choses que vous n'éprouvez pas, poursuivit-il, soulignant ses propos par de grands gestes, à son habitude. Croyez-moi, Katherine, avant de venir ici, nous étions très heureux. Vous faisiez des projets pour notre maison – les housses des fauteuils, vous vous souvenez ? – comme n'importe quelle femme sur le point de se marier. Et voilà que vous vous tracassez pour vos sentiments ou pour les miens ; il n'en résultera rien de bon, je vous assure. Je suis passé par là moi aussi, Katherine. À une époque, je ne cessais de me poser des questions absurdes qui, d'ailleurs, ne menaient à rien. Ce qu'il vous faut, à mon avis, c'est une occupation pour vous sortir de vous-même quand vous sombrez dans vos idées noires. Sans la poésie, je sentirais souvent la même chose que vous. Pour vous confier un secret, ajouta-t-il avec un petit rire, plus assuré à présent, je suis parfois si agacé lorsque je vous quitte qu'en rentrant chez moi je me force à écrire une page ou deux pour arriver à vous chasser de mon esprit. Demandez à Denham : il vous dira dans quel état il m'a trouvé, un soir.

Katherine tressaillit en entendant prononcer le nom de Ralph. La pensée d'une conversation entre William et Ralph à son sujet la mit hors d'elle, mais elle sentit immédiatement qu'elle n'avait guère le droit de dénier à William l'usage de son prénom, tant ses torts envers lui étaient grands.

Mais Denham ! Elle se le représentait comme un juge. Elle l'imaginait, pesant d'un air sévère les exemples de sa légèreté devant une commission d'enquête, composée d'hommes, sur la moralité féminine, et l'acquittant, ainsi que sa famille, d'une phrase mi-sarcastique, mi-tolérante, tout en la condamnant sans appel en son for intérieur. Avoir rencontré Ralph tard dans sa vie lui faisait ressentir plus fortement son caractère. Ces pensées n'avaient rien d'agréable pour une femme orgueilleuse, mais elle n'avait pas encore appris l'art de masquer son visage. Ses yeux fixés à terre, ses sourcils froncés laissaient deviner ce dépit qu'elle s'efforçait de dissimuler. L'amour de William avait toujours été mêlé d'une certaine appréhension allant parfois jusqu'à l'angoisse – une angoisse qui, à sa vive surprise, n'avait cessé de grandir depuis leurs fiançailles. Sous un dehors lisse, couvait sa passion qu'il jugeait tantôt néfaste, tantôt excessive, du fait qu'elle ne servait jamais à glorifier ses faits et gestes comme elle eût dû le faire ; d'ailleurs, il préférait presque le solide bon sens qui avait toujours caractérisé leurs relations à un attachement plus romanesque. C'était une femme passionnée, il ne pouvait le nier ; jusque-là, il avait toujours voulu associer cette passion aux enfants qu'ils auraient.

« Ce sera une mère parfaite – une mère de garçons », songea-t-il ; mais la voyant assise, sombre et silencieuse, il se mit à éprouver des doutes sur ce point. « Une farce, une farce », se répéta-t-il en lui-même. « Elle a dit que notre mariage serait une farce », et soudain il prit conscience de leur situation : il était assis par terre, au milieu des feuilles mortes, à moins de cinquante mètres de la route ; un passant pouvait les apercevoir et les reconnaître. Il essuya son visage pour effacer toute trace de ce débordement affectif indécent. Mais il se souciait surtout de l'apparence de Katherine, assise aussi par terre, plongée dans ses pensées ; son abandon avait quelque chose de déplacé. Rodney était très formaliste et se conduisait d'une manière très conventionnelle avec les femmes, tout spécialement envers celles avec qui il était lié. La vue d'une longue mèche de cheveux noirs sur l'épaule de Catherine et des feuilles de hêtre tombées sur sa robe le mit mal à l'aise ; mais attirer son attention sur ces détails, en cet instant précis, était impossible. Elle restait assise, manifestement indifférente à tout. Il comprit qu'elle se faisait des reproches, mais il souhaitait avant tout qu'elle songeât à ses cheveux et aux feuilles de hêtre. Chose curieuse, ces petits détails le distrayaient de ses tourments ; se mêlant à sa peine, un émoi singulier estompa sa détresse et submergea son amertume. Pour tromper cette agitation fiévreuse et interrompre une scène dont l'incongruité l'affectait, il se redressa brusquement et aida Katherine à se lever. Le soin méticuleux qu'il prit à remettre de l'ordre dans sa toilette la fit sourire. Puis il ôta les feuilles mortes accrochées à son propre manteau, et le cœur de Katherine se serra devant ce geste d'un homme solitaire.

– William, dit-elle, je vous épouserai. J'essaierai de vous rendre heureux.

XIX

Le jour baissait déjà lorsque les deux autres voyageurs, Mary et Ralph Denham, arrivèrent sur la grand-route, à la sortie de Lincoln. La grand-route, ils en avaient conscience l'un et l'autre, convenait mieux au trajet du retour que la pleine campagne ; ils parlèrent à peine pendant le premier mille. Ralph imaginait la voiture des Otway sur la lande ; puis il repensa aux cinq ou dix minutes qu'il avait passées en compagnie de Katherine, et il pesa chaque mot avec le soin maniaque d'un lettré qui déchiffre les obscurités d'un texte ancien. Il était déterminé à ce que l'émotion, le romanesque et l'atmosphère propres à cette rencontre n'embellissent pas ce qu'il devait, par la suite, considérer comme de simples faits. Mary se taisait aussi, non qu'elle fût absorbée par ses pensées, mais elle se sentait la tête et le cœur vides. Seule la présence de Ralph la maintenait dans cet état de torpeur ; elle pressentait qu'une fois seule, mille tourments l'assailliraient. Pour l'instant, tous ses efforts visaient à sauver ce qu'elle pouvait du naufrage de son amour-propre, car c'est ainsi qu'elle ressentait la révélation fugitive et involontaire de son amour pour Ralph. Vue à la lumière de la raison, cette révélation n'avait peut-être pas beaucoup d'importance, mais Mary se cramponnait instinctivement à cette image d'elle-même que chacun nourrit si fidèlement en soi-même et que son aveu avait écornée. La nuit grise qui tombait sur la campagne avait une action bienfaisante sur son cœur ; elle pensa qu'un jour prochain elle trouverait un réconfort à être assise à même la terre, seule, sous un arbre. Scrutant les ténèbres, elle distingua le renflement du sol et l'arbre. Ralph la fit sursauter en disant brusquement :

– Ce que je voulais vous dire au moment où nous avons été interrompus, dans le restaurant, c'est que si vous allez en Amérique, je partirai avec vous. Gagner sa vie là-bas ne peut pas être plus difficile qu'ici. Mais ce n'est pas l'essentiel. L'essentiel, Mary, c'est que je veux vous épouser. Qu'en dites-vous ?

Il avait parlé d'un ton décidé et, passant son bras sous le sien, il attendit sa réponse.

– Vous me connaissez bien à présent ; vous savez quels sont mes bons et mes mauvais côtés. Je n'ai pas essayé de dissimuler mes défauts. Alors, qu'en dites-vous, Mary ?

Elle ne répondit pas, mais il fit semblant de ne pas le remarquer.

– Oui, vraiment, nous nous connaissons assez bien, nous avons les mêmes idées et nous sommes d'accord sur l'essentiel. Je crois que vous êtes la seule personne avec qui je pourrai être heureux. Et si vous sentez la même chose… – et vous sentez la même chose, n'est-ce pas, Mary ? – ce bonheur sera réciproque.

Il se tut un instant, sans paraître pressé d'obtenir une réponse ; on eût dit qu'il semblait uniquement préoccupé de ses propres pensées.

– Oui, mais c'est malheureusement impossible, dit-elle enfin.

Cette brève réponse, prononcée de façon désinvolte, ajoutée au fait qu'elle avait dit le contraire de ce qu'il prévoyait, le déconcerta à tel point qu'il relâcha instinctivement la pression qu'il exerçait sur le bras de Mary ; elle se dégagea calmement.

– Impossible ? demanda-t-il.

– Oui, impossible, répondit-elle.

– Vous ne m'aimez pas ?

Elle resta sans répondre.

– Seigneur ! fit-il avec un rire étrange. Que je suis bête ! j'avais cru que vous m'aimiez.

Ils marchèrent une minute ou deux en silence, puis il se tourna brusquement vers elle, s'écriant :

– Je ne vous crois pas, Mary. Vous ne dites pas la vérité.

– Je suis trop lasse pour discuter, Ralph, répliqua-t-elle en détournant les yeux. Je vous demande de me croire. C'est impossible : je ne veux pas me marier avec vous.

La manière dont elle articula ces mots trahissait un déchirement si manifeste que Ralph ne put faire autrement que de lui obéir. Mais, dès qu'il eut oublié le ton de sa voix et qu'il fut remis de sa surprise, il se prit à penser qu'elle avait dû dire la vérité ; il n'avait aucune vanité et le refus de Mary lui apparut bientôt justifié. Il traversa tous les stades du découragement jusqu'à ce que la tristesse inondât son cœur. L'échec semblait devoir être le lot de sa vie ; il avait perdu Katherine, et à présent il perdait Mary. Il repensa à Katherine et un sentiment exaltant de liberté l'envahit, qu'il refoula aussitôt. Rien de bénéfique ne lui était jamais parvenu à travers Katherine ; sa relation avec elle avait été purement imaginaire et, songeant au peu de réalité qui soutenait ses rêves, il se mit à les accuser de la catastrophe présente.

« N'ai-je pas toujours pensé à Katherine quand j'étais avec Mary ? J'aurais pu aimer Mary si je n'avais été si rêveur. Elle m'aimait, j'en suis sûr, mais je l'ai tellement tourmentée que j'ai perdu toutes mes chances et qu'elle ne veut plus prendre le risque de m'épouser. Qu'ai-je fait de ma vie ? Un véritable gâchis. »

Le bruit de leurs bottes sur la route sèche paraissait répéter en écho : « Un gâchis, un gâchis. » Et Mary s'expliqua le silence de Ralph par son soulagement. Elle attribuait l'abattement de Ralph au fait d'avoir revu Katherine et de l'avoir laissée en compagnie de William Rodney. Comment lui en vouloir d'aimer Katherine ? Mais elle trouvait cruel de sa part qu'il la demande en mariage alors qu'il en aimait une autre. Leur amitié de longue date, fondée sur des valeurs indestructibles, s'écroulait ; tout son passé lui parut dérisoire ; elle-même perdait confiance et la personnalité honnête de Ralph lui sembla une coquille vide. Ce passé tellement imprégné de Ralph, elle l'avait fabriqué de toutes pièces. Elle tenta de se remémorer ce qu'elle s'était dit au moment où il avait réglé l'addition, mais il était plus présent à son esprit que la phrase qu'elle cherchait. Il y avait là, du moins, une part de vérité – voir la vérité en face est notre seule chance en ce monde.

– Vous ne voulez pas m'épouser, reprit Ralph d'une voix douce, presque humble, mais ce n'est pas une raison pour cesser de nous voir, Mary. À moins que vous préfériez que nous ne nous voyions plus pour le moment ?

– Ne plus nous voir ? Je ne sais pas. Je vais réfléchir.

– Répondez-moi, Mary, poursuivit-il. Ai-je fait quelque chose qui vous ait fait changer d'avis ?

Elle fut sur le point de s'abandonner à la foi aveugle qu'elle avait en lui, ravivée par l'intonation profonde et mélancolique de sa voix – de lui dire qu'elle l'aimait, de lui expliquer pourquoi ce n'était plus possible. Il lui eût été assez facile de surmonter sa colère, mais la conviction qu'il ne l'aimait pas, renforcée par chacun des mots de sa demande en mariage, l'empêcha de parler. Se sentir incapable de lui répondre, ou s'en tenir à des réponses forcées, lui était si pénible qu'elle avait hâte d'être enfin seule. Une femme plus souple n'eût pas perdu cette occasion de s'expliquer, quels qu'en fussent les risques, mais pour le tempérament orgueilleux de Mary, l'abnégation avait quelque chose de dégradant. Même portée par la vague qui gonflait son cœur, elle ne pouvait fermer les yeux sur la vérité et gardait un silence déconcertant. Ralph cherchait à se rappeler quelles paroles ou quelles actions avaient pu motiver ce refus ; dans sa disposition d'esprit, les exemples ne lui manquèrent pas et il ne pouvait repenser sans rougir à cette preuve indéniable de sa bassesse : il lui avait demandé sa main par égoïsme, sans conviction.

– Vous n'avez pas besoin de répondre, dit-il d'un air sombre. Vous avez assez de raisons, je sais. Mais notre amitié doit-elle être sacrifiée ? Laissez-moi au moins cela, Mary.

« Seigneur ! pensa-t-elle, le cœur étreint par une angoisse qui mettait en péril sa fierté, voilà où nous en sommes déjà, alors que j'aurais pu tout lui donner ! »

– Oui, nous pouvons rester amis, dit-elle dans un ultime sursaut de volonté.

– J'ai besoin de votre amitié – j'aimerais vous voir le plus souvent possible. J'ai besoin de vous.

Elle promit ce qu'il voulait et ils se lancèrent dans une conversation d'ordre général – une conversation qui, du fait de son côté artificiel, leur était à tous deux infiniment douloureuse.

Ce soir-là, quand Elizabeth eut regagné sa chambre, et que les deux jeunes gens furent allés se coucher après une journée de chasse qui les avait laissés fourbus, ils firent de nouveau allusion à leurs relations. Mary rapprocha légèrement sa chaise du feu car le feu baissait : à cette heure avancée de la nuit, autant le laisser mourir. Ralph lisait, mais elle avait remarqué que ses yeux avaient cessé de suivre le texte pour fixer un point situé au-dessus de la page, avec une expression de détresse qui finit par l'angoisser. Sa résolution n'avait pas faibli ; elle ne céderait pas. Réflexion faite, elle avait acquis la plus amère des certitudes : céder aurait satisfait son désir à elle, mais pas celui de Ralph. Néanmoins il n'y avait aucune raison qu'il souffrît de son silence, si telle était la cause de sa souffrance ; aussi, bien que cela lui fût très difficile, elle parla :

– Vous m'avez demandé ce qui m'avait fait changer d'avis, Ralph ? Une seule chose, je pense. Quand vous m'avez demandé de vous épouser, je crois que vous n'étiez pas sincère. Cela m'a mise en colère. Jusque-là, vous aviez toujours dit la vérité.

Ralph laissa échapper son livre qui tomba sur le sol. Il posa le front dans sa main, regarda le feu, essayant de se rappeler les termes précis de sa demande en mariage.

– Je n'ai jamais dit que je vous aimais, prononça-t-il enfin.

Elle tressaillit, mais respecta sa franchise qui, après tout, était un fragment de cette vérité à laquelle elle avait voué sa vie.

– Pour moi, le mariage sans amour est inconcevable, dit-elle.

– Mary, je ne veux en rien vous contraindre. Je vois bien que vous ne voulez pas m'épouser. Mais, à propos de l'amour, ne dit-on pas beaucoup de bêtises ? Qu'est-ce que l'amour ? Je crois que mon attachement pour vous est plus sincère que l'attachement que montrent la plupart des hommes pour les femmes qu'ils aiment. L'amour, ce n'est qu'une histoire que l'on se raconte, tout en sachant qu'elle est fausse. On le sait, oui ; mais on défend ses illusions coûte que coûte. On veille à ne pas voir trop souvent sa femme, ni à rester seul avec elle trop longtemps. On préfère ses illusions à la réalité, mais il me semble que l'on court des périls sans nom à épouser quelqu'un par amour.

– Je n'en crois pas un mot ! D'ailleurs, vous non plus, répondit-elle avec colère. Nous ne sommes pas d'accord ; j'aurais seulement voulu que vous compreniez.

Elle fit mine de partir ; le désir de la retenir incita Ralph à se lever au même instant. Il se mit à marcher de long en large dans la cuisine presque vide, réprimant, chaque fois qu'il atteignait la porte, son envie de sortir dans le jardin. Un moraliste eût sans doute pensé qu'il se reprochait amèrement de l'avoir fait souffrir ; mais non : il éprouvait une profonde colère, la colère impuissante de celui qui, à tort ou à raison, se sent frustré, prisonnier de l'illogisme de la vie. Les obstacles semés sur la voie de son désir lui semblaient purement artificiels ; pourtant, il ne voyait pas comment les écarter. Les paroles de Mary, le ton même de sa voix, excitaient sa colère car elle ne lui était d'aucun secours. Elle participait au chaos d'un monde qui entrave la vie sensible. Il avait envie de claquer la porte ou de briser les pieds d'une chaise, car dans son esprit les obstacles s'étaient bizarrement concrétisés.

– Je doute fort que deux personnes puissent arriver à se comprendre un jour, dit-il, s'arrêtant tout près de Mary. Menteurs comme nous le sommes, comment serait-ce possible ? Mais rien ne nous empêche d'essayer. Si vous ne voulez pas m'épouser, ne m'épousez pas ; mais votre idée de l'amour, votre décision de ne plus me voir, n'est-ce pas du sentimentalisme ? Vous pensez que je me suis mal conduit, poursuivit-il tandis qu'elle restait silencieuse. Certes, je me suis mal conduit, mais vous ne pouvez pas vous contenter de juger les gens d'après ce qu'ils font. Vous ne pouvez pas passer votre vie à peser le bien et le mal sur une balance. Pourtant vous n'arrêtez pas de le faire, Mary, et c'est ce que vous faites en ce moment.

Mary se vit dans le bureau de l'Association en faveur du suffrage des femmes, mesurant le bien et le mal, et reconnut le bien-fondé de ces critiques, mais sa décision n'en fut pas changée.

– Je ne suis pas fâchée, dit-elle lentement, je continuerai à vous voir comme je vous l'ai dit.

Il était vrai qu'elle le lui avait promis et Ralph n'aurait pas su dire ce qu'il voulait de plus : une intimité plus grande ou une aide dans son combat contre le fantôme de Katherine – quelque chose peut-être qu'il savait ne pas avoir le droit de lui demander. Lorsqu'il se laissa tomber dans son fauteuil et regarda une fois encore le feu qui mourait, il eut l'impression d'avoir été vaincu, moins par Mary que par la vie elle-même. Il se sentit revenu au commencement de la vie, là où tout doit se conquérir, mais si la jeunesse est dotée d'une foi aveugle, Ralph, lui, n'était plus certain de triompher jamais.

XX

Mary Datchet retourna au bureau pour apprendre que, par quelque obscure manœuvre parlementaire, le droit de vote avait une fois de plus échappé aux femmes. Mrs. Seal était au désespoir : la duplicité des ministres, la trahison du genre humain, l'outrage fait aux femmes, le piétinement de la civilisation, l'échec de toute une vie de labeur, l'attachement d'une fille à son père – toutes ces questions furent abordées tour à tour ; des coupures de journaux portant les marques de sa colère désabusée jonchaient le bureau. Elle avoua s'être trompée sur la nature humaine.

– La justice la plus élémentaire, proclama-t-elle avec un geste de la main vers la fenêtre comme pour désigner les piétons et les omnibus qui se croisaient en bas, de l'autre côté de Russell Square, est plus inaccessible que jamais. Que faire, Mary, sinon nous considérer comme des pionnières sur une terre sauvage ? Que faire, sinon continuer inlassablement à leur mettre la vérité devant les yeux ? Ce ne sont pas eux les responsables, ce sont leurs porte-parole – les responsables, ce sont ces messieurs qui siègent au Parlement et qui soutirent chaque année des centaines de livres au peuple. Si nous avions la possibilité de le leur expliquer, justice nous serait bientôt rendue. J'ai toujours fait confiance au peuple et je continue de lui faire confiance, mais…

Elle secoua la tête, laissant entendre qu'elle lui donnait

une nouvelle chance et que, s'il ne la saisissait pas, elle ne pourrait répondre des conséquences.

L'attitude de Mr. Clacton était plus modérée et s'inspirait davantage des statistiques. Entré dans la pièce après la déclaration de Mrs. Seal, il fit observer, en citant quelques événements historiques, que de tels revers s'étaient produits à chaque campagne politique importante. Ce désastre lui avait plutôt remonté le moral. L'ennemi, dit-il, avait pris l'offensive ; c'était maintenant au tour de l'Association de contre-attaquer. Il fit comprendre à Mary qu'il avait évalué leurs forces et qu'il n'attendrait pas pour relever le défi, seul, à ce qu'elle comprit, contre tous. Il l'invita dans son bureau pour une conférence privée d'où il ressortait que tout dépendait d'une révision systématique du fichier, de la mise en circulation de certains tracts couleur citron, rassemblant de nouveau les faits d'une manière frappante, et aussi d'une carte d'Angleterre hérissée de petites épingles ayant chacune un plumet de couleur différente. Chaque district, dans le nouveau système, avait son drapeau, sa bouteille d'encre, sa somme de documents disposés en tableaux et classés dans un tiroir, de sorte qu'en regardant à M ou S, par exemple, on trouvait tous les faits relatifs aux organisations en faveur du suffrage des femmes de ce comté. Cela demandait bien sûr beaucoup de travail.

– Il nous faut essayer de fonctionner comme un central téléphonique, pour ce qui est de la circulation des idées, Miss Datchet. Et, trouvant cette image plaisante, il la développa : « Nous devrions nous considérer comme le centre d'un énorme réseau de lignes, nous reliant à chaque district du pays, et être en contact étroit avec le pouls de la population ; nous devons savoir ce que chacun pense vraiment dans toute l'Angleterre ; alors nous pourrons les forcer à penser juste. »

Bien sûr, ce n'était là qu'une ébauche de projet : à vrai dire, il ne s'agissait que de quelques notes griffonnées durant les vacances de Noël.

– Vous auriez dû prendre un peu de repos, Mr. Clacton, dit Mary doucement, mais sa voix était lasse.

– On apprend à se passer de vacances, Miss Datchet, dit Mr. Clacton, une lueur de satisfaction au fond des yeux.

Il souhaitait tout particulièrement connaître son opinion sur le tract couleur citron. Conformément à ses plans, celui-ci devrait être distribué rapidement en grand nombre afin de stimuler et de régénérer dans le pays, « stimuler et régénérer », répéta-t-il, « une pensée juste, avant la prochaine séance au Parlement ».

– Nous devons prendre l'ennemi par surprise, dit-il. Ils ne perdent pas de temps. Avez-vous écouté le discours de Bingham à ses électeurs ? Cela nous donne un avant-goût de ce que nous devrons affronter, Miss Datchet.

Il lui tendit une liasse de coupures de journaux et, la priant de lui donner son avis sur le tract jaune avant la pause du déjeuner, il retourna en hâte à ses feuilles de papier et ses bouteilles d'encre.

Mary ferma la porte, posa les documents sur sa table et enfouit la tête dans ses mains. Elle avait le cerveau étrangement vide. Elle tendit l'oreille comme si, en écoutant, elle avait pu se replonger dans l'atmosphère du bureau. De la pièce voisine, lui parvenait le crépitement discontinu à la machine à écrire de Mrs. Seal ; manifestement elle avait déjà entrepris de mettre le peuple d'Angleterre sur la bonne voie ; « régénérer et stimuler », tels étaient les propres termes de Mr. Clacton, qui lui revenaient fidèlement. D'un geste las, Mary tira les journaux vers elle, mais c'était inutile ; le trouble envahit son esprit, brouillant sa vue. Elle se souvint que ce malaise s'était déjà produit une fois, après sa rencontre avec Ralph dans le square de Lincoln's Inn Fields ; lors de la réunion du comité, elle n'avait cessé de penser aux moineaux et aux couleurs ; ce n'est que vers la fin de la réunion qu'elle avait repris possession de ses idées. Mais elle n'en avait repris possession, pensa-t-elle, avec mépris pour sa propre faiblesse, que parce qu'elle voulait s'en servir pour se battre contre Ralph, et non par conviction personnelle. Elle ne croyait pas le monde divisé entre les bons et les méchants, pas plus qu'elle ne croyait aveuglément à la justesse de ses idées au point de vouloir les faire partager à toute la population des îles Britanniques. Elle regarda le tract couleur citron et se prit à envier la foi qui permettait de trouver un réconfort dans la parution de tels documents ; elle se serait, quant à elle, contentée de garder à jamais le silence en échange d'une part de bonheur. Mary lut le rapport de Mr. Clacton avec une sensation étrange de dédoublement ; elle fut consciente de son style verbeux et pompeux mais, d'autre part, elle sentit que la foi – une foi en quelque chose d'illusoire peut-être, mais, en tout cas, une foi en quelque chose, était le plus précieux des biens. Certes, c'était une illusion. Elle regarda le mobilier du bureau et l'outillage qui avaient été sa fierté, et s'étonna à la pensée que la presse à copier, le fichier, les classeurs, aient pu lui sembler comme enveloppés d'un voile de brume qui leur donnait une dignité et une finalité indépendantes de leur fonction particulière. Seule la frappait à présent la laideur du mobilier. Quand la machine à écrire s'arrêta dans la pièce voisine, elle avait perdu tout courage. Mais elle se ressaisit immédiatement, posa les mains sur une enveloppe qui n'était pas encore décachetée et prit une expression de nature à cacher son sentiment à Mrs. Seal ; une sorte de pudeur lui enjoignait de dérober son visage. Recouvrant ses yeux de sa main, elle observa Mrs. Seal qui tirait les tiroirs l'un après l'autre à la recherche d'une enveloppe ou d'un tract quelconque. Elle fut tentée d'abaisser la main et de s'écrier :

« Asseyez-vous, Sally, et racontez-moi comment vous faites pour vous agiter ainsi en croyant à la nécessité de vos occupations qui me semblent aussi dérisoires que l'agitation d'un insecte. » Mais elle ne dit rien. Le semblant d'activité qu'elle avait observé, le temps que Mrs. Seal se trouvait dans la pièce, finit par se transmettre à son cerveau, tant et si bien qu'elle expédia autant de travail que d'ordinaire. À une heure, elle découvrit avec surprise combien elle avait été efficace ! Mettant son chapeau, elle décida d'aller déjeuner dans un restaurant sur le Strand afin de faire fonctionner cet autre rouage du mécanisme : son corps. Avec un cerveau et un corps en état de marche, on peut se mêler à la foule sans que personne soupçonne jamais votre vide intérieur.

En descendant Charing Cross Road, elle se posa une foule de questions. Cela lui ferait-il quelque chose, par exemple, d'être écrasée par cet omnibus ? À vrai dire, non, pas du tout. D'avoir une aventure avec cet homme peu engageant, planté devant l'entrée du métro ? Non plus. Tout lui était indifférent. La souffrance, sous une forme ou sous une autre, lui faisait-elle peur ? Non, la souffrance ne comptait pas. Et cette chose essentielle ? Elle avait surpris dans le regard des passants une étincelle qui semblait jaillir au contact des choses qui s'offraient à leur vue et les portait en avant : les jeunes femmes regardant la devanture des magasins de mode avaient cet éclat au fond des yeux ; et des hommes âgés qui feuilletaient des livres chez les bouquinistes, attendant impatiemment d'en connaître le prix – le plus bas possible – l'avaient aussi. Mais Mary ne s'intéressait ni aux vêtements ni à l'argent, et se méfiait des livres car ils touchaient Ralph de trop près. Elle poursuivit résolument son chemin comme une étrangère au milieu de la foule.

Des pensées bizarres surgissent dans l'esprit du promeneur qui marche au hasard des encombrements, à la façon de ces formes et de ces images qui surgissent quand on écoute de la musique d'une oreille distraite. Après un sentiment très vif de sa singularité, Mary s'interrogea sur sa place dans l'ordre de l'univers. Elle eut comme une intuition, qui se mua en une vision voilée. Elle eût souhaité avoir un crayon et un morceau de papier pour essayer de la retenir, cette vision nourrie par sa marche dans Charing

Cross Road. Mais si elle avait adressé la parole à quelqu'un, son idée lui eût échappé. Sa vie se déroulait devant elle jusqu'à sa mort, d'une façon qui satisfaisait son sens de l'harmonie : il suffisait d'un effort de concentration, étrangement stimulé par la foule et le bruit, pour atteindre la crête de cette vie toute tracée. Sa souffrance personnelle était déjà loin derrière elle. Au cours de ce cheminement austère de son esprit, nourri d'associations d'idées qui la menaient d'une crête à l'autre, et où se dessinaient ses perspectives d'avenir, deux mots distincts revenaient sur ses lèvres : sans bonheur – sans bonheur.

Elle s'assit sur un banc, en face de la statue de l'un des héros de Londres, sur le quai, et prononça ces mots à haute voix. Ils avaient pour elle la même valeur que la fleur rare, ou le morceau de pierre rapporté par l'alpiniste comme preuve qu'il avait atteint le sommet. Elle était montée très haut ; elle avait embrassé un horizon immense. Pour se tenir à sa nouvelle résolution, elle devrait maintenant changer d'attitude : elle serait une sentinelle en faction dans l'un de ces endroits solitaires et désolés que fuient d'instinct les gens heureux. Elle mettait au point les détails de sa vie nouvelle, non sans une satisfaction amère.

« Bien, se dit-elle en se levant, pensons un peu à Ralph. »

Quelle place lui donnerait-elle à l'avenir dans sa vie ? Dans son exaltation, Mary avait cru possible d'envisager cette question en toute sécurité. Mais la rapidité avec laquelle sa passion resurgit la consterna. Elle s'identifiait à Ralph en abdiquant sa volonté propre, puis, soudain, par violente contradiction, elle se retourna contre lui et l'accusa de cruauté.

« Mais je refuse – je refuse de haïr qui que ce soit », dit-elle à haute voix. Elle traversa la rue avec circonspection et, dix minutes plus tard, déjeunait sur le Strand, et coupait sa viande d'un air décidé sans donner à ses voisins de table aucun autre motif de la trouver excentrique. Son monologue se cristallisait en quelques petites phrases fragmentaires, émergeant brusquement de la confusion de ses pensées, surtout quand elle devait agir d'une manière ou d'une autre, se déplacer, compter de l'argent, tourner à droite ou à gauche. « Savoir la vérité – se résigner sans amertume », telles étaient les rares paroles intelligibles de cet étrange jargon qu'elle avait commencé de murmurer face à la statue de Francis, duc de Bedford, mais où revenait de temps à autre le nom de Ralph, un peu comme si, après avoir prononcé ce prénom, elle souhaitait, par superstition, en annuler l'effet en ajoutant aussitôt d'autres mots pour ôter tout sens aux phrases.

Ces champions de la cause des femmes, Mr. Clacton et Mrs. Seal, ne remarquèrent rien d'insolite dans le comportement de Mary, sinon qu'elle arriva au bureau avec presque une demi-heure de retard. Par bonheur ils étaient très occupés et Mary ne reçut pas leur visite. Mais l'eussent-ils surprise, ils l'auraient trouvée perdue dans la contemplation du grand hôtel de l'autre côté de la place ; après avoir écrit quelques mots, sa plume était restée posée sur le papier, et son esprit poursuivait son vagabondage parmi les fenêtres éclairées de soleil et les volutes de fumée mauve. Ce décor s'accordait bien avec ses pensées. Elle acceptait ces espaces lointains qui s'étendaient derrière les conflits quotidiens et qu'elle percevait depuis qu'elle avait renoncé à ses propres revendications et jouissait d'une perspective plus vaste où partager les désirs et les souffrances de l'humanité. Les faits l'avaient terrassée trop brutalement, depuis trop peu de temps, pour qu'elle trouvât une consolation facile dans le renoncement ; son sentiment de satisfaction découlait uniquement de sa découverte : en renonçant à tout ce qui rend la vie gaie, simple et belle, il lui restait une réalité exigeante, à l'abri des vicissitudes, aussi lointaine que les étoiles et tout aussi inextinguible.

Tandis que Mary Datchet opérait cette transposition du particulier à l'universel, Mrs. Seal se rappela qu'elle avait la responsabilité de la bouilloire et du réchaud à gaz. Ce ne fut pas sans surprise qu'elle découvrit Mary assise près de la fenêtre ; elle se pencha pour allumer le feu, puis se redressa et l'observa. Seul un malaise pouvait expliquer une telle attitude de la part d'une secrétaire. Mais Mary, qui fit un effort pour se lever, décréta qu'elle n'était pas souffrante.

– Je suis affreusement paresseuse cet après-midi, ajouta-t-elle en jetant un coup d'œil sur son bureau. Vous devriez trouver une autre secrétaire, Sally.

Ces paroles furent prononcées sur le ton de la plaisanterie, mais une certaine inflexion réveilla la crainte jalouse qui sommeillait dans le cœur de Mrs. Seal. Elle craignait par-dessus tout que Mary, la jeune femme qui symbolisait pour elle tant d'idées romanesques et enthousiastes, celle qui avait une sorte d'existence visionnaire et qui avançait un lys à la main, n'annonçât d'un ton désinvolte qu'elle allait se marier.

– Vous ne voulez pas dire que vous allez nous quitter ?

– Je n'ai pas encore pris de décision, répondit Mary – remarque qui pouvait se comprendre de mille façons.

Mrs. Seal sortit les tasses à thé du placard et les posa sur la table.

– Vous n'allez pas vous marier ? reprit-elle précipitamment.

– Pourquoi posez-vous des questions aussi absurdes cet après-midi, Sally ? demanda Mary d'une voix mal assurée. Toutes les femmes doivent-elles donc se marier ?

Mrs. Seal eut un petit rire forcé. L'espace d'un instant, elle donna l'impression de connaître ce terrible versant de la vie réservé aux sentiments, à la vie privée et à la sexualité, mais elle s'enfuit le plus vite possible à l'ombre de sa virginité frissonnante. Elle était si gênée par le tour que prenait la conversation qu'elle plongea la tête dans le placard à la recherche de quelque mystérieux récipient en porcelaine qui s'y trouvait caché.

– Nous avons notre travail, dit-elle, en sortant la tête.

Ses joues étaient plus empourprées que d'habitude lorsqu'elle posa résolument sur la table un pot de confiture. Mais sur le moment, elle fut incapable de se lancer dans l'une de ses longues tirades passionnées sur la liberté, la démocratie, les droits du peuple ou les iniquités du gouvernement, qui faisaient ses délices. Un souvenir, surgi de sa mémoire ou de la mémoire de son sexe, lui était entré dans l'esprit et acheva de la décontenancer. Elle lança un coup d'œil à Mary, de nouveau assise près de la fenêtre, un bras posé sur le rebord. Elle remarqua qu'elle était jeune et pleine des promesses de la féminité. Cette pensée la troubla tellement qu'elle entrechoqua les tasses et les soucoupes.

– Oui ! assez de travail pour toute une vie ! dit Mary, comme si elle tirait la conclusion de ses pensées secrètes.

Le visage de Mrs. Seal se rasséréna. Elle déplora son manque de formation scientifique et son défaut d'esprit logique, mais elle s'évertua à présenter les perspectives de la cause sous l'aspect le plus séduisant possible. Elle déclama une tirade toute emplie de questions auxquelles elle répondait elle-même en tapant du poing sur la table.

– Pour toute une vie ? Ma chère enfant, cela durera toute la vie. Lorsque l'un de nous tombe, un autre prend sa place. Mon père était un pionnier à son époque – je l'ai remplacé et je fais ce que je peux, dans la mesure de mes moyens. Hélas ! Que peut-on faire de plus ? Maintenant, c'est votre tour, à vous autres, les jeunes femmes – nous avons les yeux braqués sur vous – l'avenir a les yeux braqués sur vous. Ah, ma chère, si j'avais mille vies, je les donnerais pour notre cause ! La cause des femmes, dites-vous ? Moi, je dis : la cause de l'humanité. Et il y en a – elle lança un regard féroce vers la fenêtre – qui ne comprennent pas ! Il y en a qui refusent d'admettre la vérité ! Et nous qui savons – est-ce que l'eau bout ? Non, non, laissez-moi faire – nous qui connaissons la vérité », poursuivit-elle en gesticulant, la bouilloire d'une main et la théière de l'autre. C'est peut-être à cause de ce poids qu'elle perdit le fil de son discours et conclut d'un air songeur : « Tout est si simple. » Elle faisait allusion à ce qui était pour elle une source permanente d'étonnement – l'incapacité phénoménale de la race humaine – dans un monde où le bien et le mal sont pourtant nettement définis – à distinguer l'une de l'autre et à légiférer pour changer rapidement le destin de l'humanité.

– On pouvait penser, dit-elle, que des hommes ayant une formation universitaire, comme Mr. Asquith, entendraient l'appel à la raison. Mais la raison, dit-elle, d'un air songeur, qu'est-ce que la raison sans la Réalité ?

Rendant hommage à sa phrase, elle la répéta une seconde fois ; Mr. Clacton l'entendit au moment où il sortait de son bureau. Il la répéta une troisième fois avec l'intonation ironique qu'il prenait généralement pour relever les phrases de Mrs. Seal. Il était fort satisfait du monde, et fit observer courtoisement qu'il aimerait voir cette phrase imprimée en gros titre sur un tract.

– Mais, Mrs. Seal, nous devons rechercher une combinaison judicieuse des deux, ajouta-t-il de ce ton important qu'il affectait pour contenir l'enthousiasme instable des femmes. La réalité doit passer par la raison pour devenir tangible. Le point faible de tous ces mouvements, Miss Datchet, poursuivit-il, prenant place à table et se tournant vers Mary comme il le faisait toujours au moment de communiquer les réflexions auxquelles il tenait le plus, c'est qu'ils n'ont pas de bases intellectuelles suffisantes. À mon avis, c'est une erreur. Le public britannique aime un grain de raison pour relever son pudding, ajouta-t-il, aiguisant sa phrase pour lui donner un degré satisfaisant de précision littéraire.

Son regard se posa, avec cette pointe de vanité propre aux auteurs, sur le tract jaune que Mary tenait à la main. Elle se leva, prit sa place au bout de la table, versa le thé à ses collègues et donna son opinion sur le texte. Elle avait versé le thé et critiqué les tracts de Mr. Clacton des centaines de fois déjà, mais cette fois-ci il lui sembla qu'elle le faisait différemment ; elle n'était plus une simple volontaire, elle s'était engagée dans l'armée. Elle avait renoncé à quelque chose et maintenant – comment dire ? – elle n'était plus vraiment « dans la course » pour la vie. Elle avait toujours su que Mr. Clacton et Mrs. Seal n'étaient pas dans la course et, de l'autre côté du gouffre qui les séparait, ils lui étaient apparus comme des fantômes, errant dans les rangs des vivants – êtres excentriques, sans maturité, privés d'une substance essentielle. Elle en fut plus consciente que jamais, en cet après-midi où elle sentit qu'elle partagerait leur sort. Face à une vision du monde plongé dans les ténèbres, une nature plus insouciante que la sienne eût peut-être décidé, après un moment de détresse, de laisser la terre tourner dans l'espoir de découvrir une vision moins pessimiste. Mais, témoignant en cela d'une loyauté stoïque envers ce qui lui semblait être juste, Mary refusait, après avoir perdu ses illusions, de faire semblant de croire en autre chose. « Quoi qu'il arrive, je ne veux pas de faux-semblants dans ma vie. » Ses propos mêmes avaient cette sorte de précision qui est parfois l'indice d'une douleur physique aiguë. Mrs. Seal jubilait secrètement de voir levée l'interdiction de parler métier à l'heure du thé. Mary et Mr. Clacton discutèrent avec une vivacité qui fit sentir à la petite femme qu'il se passait quelque chose de très important dont la portée lui échappait. Elle s'anima de plus en plus ; ses croix s'emmêlèrent sur sa poitrine et elle s'acharnait à perforer la table de la pointe de son crayon pour renforcer les meilleures répliques. Comment les différentes équipes ministérielles pouvaient-elles résister à de tels argumcnts ?

Elle faillit en oublier son outil personnel au service de la justice – sa machine à écrire. La sonnerie du téléphone retentit et, se hâtant d'aller répondre, ce qui lui semblait toujours une preuve d'importance en soi, elle sentit que c'était en cet endroit précis du globe qu'aboutissaient tous les fils souterrains de la pensée et du progrès. Quand elle revint avec un message de l'imprimeur, Mary était en train d'ajuster son chapeau ; il y avait en elle quelque chose d'impérieux qui commandait le respect.

– Écoutez, Sally, dit-elle, il faut faire des duplicata de ces lettres. Celles-ci, je ne les ai pas regardées. Il faudra étudier avec soin le problème du nouveau recensement. Je rentre à la maison, maintenant. Bonsoir, Mr. Clacton ; bonsoir, Sally.

– Nous ne pouvons que nous féliciter de notre secrétaire, Mr. Clacton, dit Mrs. Seal quand Mary eut refermé la porte.

Mr. Clacton lui-même avait été vaguement impressionné par l'attitude de Mary à son égard. Il pensa même qu'il devrait lui dire un jour qu'il ne pouvait y avoir deux chefs dans un bureau – mais elle était certainement très capable, très capable, et en contact avec un groupe de jeunes gens extrêmement brillants. C'étaient eux qui avaient dû lui suggérer quelques-unes de ses nouvelles idées.

Il acquiesça à la remarque de Mrs. Seal, mais fit observer, en jetant un coup d'œil sur la pendule qui indiquait seulement cinq heures et demie :

– Si elle prend son travail au sérieux, Mrs. Seal – mais c'est justement ce que certaines de vos demoiselles si intelligentes ne font pas.

Sur ce, il regagna son bureau, et Mrs. Seal, après un moment d'hésitation, retourna bien vite à son travail.

XXI

Mary marcha jusqu'à la station de métro la plus proche et elle arriva chez elle en un rien de temps – juste le temps nécessaire pour parvenir à comprendre les événements dans le monde tels qu'ils étaient rapportés dans la *Westminster Gazette*. Quelques minutes après avoir ouvert sa porte, elle était prête pour une soirée studieuse. Elle ouvrit un tiroir et en sortit un manuscrit de quelques pages, intitulé, d'une écriture énergique : « De quelques aspects de la Démocratie ». L'exposé se terminait par des ratures et des pâtés au beau milieu d'une phrase, laissant à penser que l'auteur avait été interrompu ou s'était persuadé de l'inutilité de sa démarche, la plume suspendue en l'air… Oui, Ralph lui était apparu à ce moment précis. Mary raya cette page d'une main ferme, prit une feuille neuve et se mit à rédiger au fil de la plume des considérations sur la structure de la société, bien plus audacieuse encore que d'habitude. Ralph lui avait dit une fois qu'elle ne savait pas écrire, ce qui expliquait ces taches et ces digressions fréquentes ; mais elle refusa de se laisser décourager, et persévéra avec lcs mots qui lui venaient ; au bout d'une demi-page, elle se permit de souffler un peu. Elle tendit l'oreille. Un vendeur de journaux cria en bas, dans la rue ; un omnibus s'arrêta, puis repartit péniblement ; les sons lui parvenaient assourdis et elle pensa que le brouillard avait dû se lever depuis son retour, si tant est que le brouillard eût le pouvoir d'assourdir les sons. Ralph savait ce genre de choses. Mais peu importait après tout, et elle s'apprêtait à retremper sa plume dans l'encre lorsque des pas résonnèrent dans l'escalier en pierre. Ils dépassèrent l'appartement de Mr. Chippen, l'appartement de Mr. Gibson, l'appartement de Mr. Turner ; ils venaient chez elle : facteur, blanchisseuse, circulaire, facture ? – elle envisagea chacune de ces possibilités ; mais sans savoir pourquoi, elle les écarta l'une après l'autre avec une impatience et même une appréhension grandissantes. Les pas ralentirent comme il est habituel en haut d'un escalier aussi raide ; ce bruit régulier pesait sur Mary comme une menace. Elle se pencha sur la table et sentit son cœur battre plus vite dans sa poitrine – un état de nervosité surprenant et répréhensible chez une femme équilibrée. Elle imagina des choses absurdes : elle était seule, au dernier étage – un inconnu approchait – fuir ! comment ? il n'y avait pas d'issue. Elle ne savait même pas si cette tache oblongue au plafond était une trappe donnant sur le toit. Et si elle arrivait à atteindre le toit, une hauteur de trente mètres la séparait du trottoir ! Mais elle n'en resta pas moins assise, parfaitement immobile, et, quand on frappa, elle alla aussitôt ouvrir. Une haute silhouette se profilait dans l'encadrement de la porte, qui lui sembla de mauvais augure.

– Que voulez-vous ? dit-elle sans reconnaître le visage à la triste lumière du palier.

– Mary ? C'est moi, Katherine Hilbery !

Mary retrouva son sang-froid et son accueil fut plutôt frais, comme pour compenser son débordement ridicule d'émotion. Elle déplaça sa lampe à abat-jour vert sur une autre table et dissimula « De quelques aspects de la Démocratie » sous une feuille de papier buvard.

« Pourquoi ne peuvent-ils pas me laisser tranquille ? » songea-t-elle avec amertume, associant Katherine et Ralph comme deux complices qui lui volaient jusqu'à cette heure d'étude solitaire, jusqu'à ce pauvre refuge loin du monde.

Lissant le buvard sur le manuscrit, elle se prépara à affronter Katherine ; elle ressentait comme toujours très intensément sa présence d'où émanait aussi, cette fois-ci, quelque chose de menaçant.

– Vous étiez en train de travailler ? dit Katherine, hésitante, percevant qu'elle n'était pas la bienvenue.

– Rien d'important, répondit Mary, qui avança son meilleur fauteuil et raviva le feu.

– Je ne savais pas que vous aviez à travailler après vos heures de bureau, dit Katherine d'une voix indifférente comme si elle pensait à autre chose, et c'était d'ailleurs le cas.

Elle avait accompagné sa mère et, entre deux visites, Mrs. Hilbery s'était ruée dans les boutiques où elle avait acheté, contre toute logique, des taies d'oreiller et de la papeterie pour la maison de Katherine. Celle-ci avait le sentiment que nombre d'obstacles se dressaient autour d'elle. Finalement, elle avait quitté sa mère afin de se rendre chez Rodney qui l'attendait pour dîner. Ne voulant pas arriver chez lui avant sept heures, elle avait tout loisir de marcher de Bond Street jusqu'au Temple, si tel était son bon plaisir. Le flot des visages l'avait plongée dans un découragement profond auquel contribuait la perspective d'une soirée en tête-à-tête avec Rodney. Ils étaient redevenus très bons amis, meilleurs amis que jamais, disaient-ils tous deux. En ce qui la concernait, c'était vrai. Il y avait plus de choses en lui qu'elle ne le supposait avant que l'émotion ne les eût révélées – force, tendresse, sensibilité. Elle pensa à William et à elle, en regardant les visages qui défilaient, et trouva qu'ils se ressemblaient beaucoup, qu'ils étaient inexpressifs ; personne ne sentait rien comme elle-même ne sentait rien ; l'indifférence séparait inévitablement les plus proches et leur intimité était le pire des mensonges. « Mon Dieu ! » soupira-t-elle en regardant la devanture d'un débit de tabac. « Je n'aime personne ; je n'aime pas William ; aimer est, paraît-il, la chose la plus importante du monde mais moi, je ne sais pas ce que c'est. »

Elle se demanda si elle passerait par le Strand ou par l'Embankment. La question n'était pas simple car il lui fallait moins choisir entre deux rues qu'entre deux humeurs différentes. Si elle passait par le Strand, elle s'obligerait à réfléchir à son avenir, ou à quelque problème de mathématiques ; si elle longeait la rivière, elle se laisserait aller à ses rêveries – la forêt, les plages de l'océan, les tapis de verdure, le héros romantique. Non, non ! Cent fois non ! – ce n'était plus possible : ces pensées commençaient à devenir lassantes ; elle devait trouver autre chose ; elles ne la tentaient plus. C'est alors qu'elle pensa à Mary ; cette pensée lui donna confiance et même une certaine joie nuancée de tristesse, comme si la réussite de Ralph et de Mary prouvait que son échec ne dépendait que d'elle et non de la vie. L'intuition que Mary pourrait l'aider d'une façon ou d'une autre, augmentée de la confiance instinctive que Katherine avait en elle, lui donna l'idée d'aller lui rendre visite ; semblable sympathie ne pouvait être que réciproque. Après une seconde d'hésitation, elle se décida, obéissant à une impulsion, contre son habitude. Tournant dans une rue latérale, elle arriva chez Mary. Mary l'accueillit sèchement ; manifestement, elle n'avait aucune envie de voir Katherine ; elle n'avait fait aucun effort vers elle et Katherine perdit tout désir de se confier. Elle s'amusait de sa propre déception, semblait absente, chiffonnant nerveusement ses gants comme si elle accordait avec parcimonie quelques minutes de son temps avant de prendre congé.

Ces quelques minutes auraient très bien pu se passer à poser des questions sur la situation exacte du projet de loi sur le droit de vote des femmes, ou à donner son point de vue raisonnable sur la situation. Mais une certaine intonation dans la voix de Katherine, le geste nerveux de ses gants, suffirent à énerver Mary Datchet dont l'attitude se fit bourrue et même hostile. Elle prit conscience qu'elle désirait faire comprendre à Katherine l'importance de ce travail dont elle discutait avec autant de froideur que si elle aussi avait sacrifié tout ce que Mary avait sacrifié. Le geste nerveux de Katherine cessa, et au bout de dix minutes elle s'apprêta à partir. Mary sentit alors – elle avait une intuition exceptionnelle des choses, ce soir-là – un autre désir la gagner : elle ne permettrait pas que Katherine disparût dans le monde libre et insouciant des gens irresponsables. Il fallait lui ouvrir les yeux.

– Je ne comprends pas, dit-elle, comme si Katherine eût formulé quelque objection, non, vraiment, je ne comprends pas comment, dans la situation actuelle, on peut s'abstenir de faire quelque chose !

– Que voulez-vous dire ?

Mary pinça les lèvres et eut un sourire narquois ; elle tenait Katherine à sa merci ; elle pouvait, si elle le voulait, lui assener la masse de preuves révoltantes inconnues de l'employé temporaire, de l'amateur, du spectateur, de l'observateur cynique ou indifférent. Pourtant, elle hésita. Comme toujours, en parlant avec Katherine, elle éprouvait des sentiments contradictoires ; des fulgurances traversaient l'écran de sa personnalité, cette personnalité qui nous protège si bien de nos semblables. Qu'elle était égoïste et distante ! Et malgré tout, non pas dans ses propos peut-être, mais dans l'intonation de sa voix, sur son visage, dans son attitude, se dévoilait une humeur songeuse, une sensibilité profonde, non émoussée, se reflétant dans ses pensées et dans ses gestes, d'où résultait son habituelle douceur. Les arguments et les phrases de Mr. Clacton étaient sans prise devant une telle armure.

– Vous allez vous marier et vous penserez à d'autres choses, dit-elle avec un rien de condescendance.

Elle n'expliquerait pas à Katherine, comme elle en avait eu l'intention, tout ce qu'elle-même avait appris par de telles souffrances. Non, Katherine devait être heureuse, et rester dans l'ignorance ; Mary garderait pour elle cette connaissance de l'universel. Le souvenir de son renoncement, le matin même, la tourmentait et elle tenta de redevenir un être impersonnel, condition à la fois si noble et si douloureuse. Elle devait refouler son envie d'être de nouveau un individu à part entière, dont les désirs entrent en conflit avec les désirs des autres. Elle regrettait son amertume.

Katherine renouvela les signes de son départ imminent ; elle avait déjà enfilé un gant et regardait autour d'elle comme si elle cherchait quelque banalité pour conclure. N'y avait-il aucun tableau, aucune pendule, aucune commode pouvant donner matière à une remarque ? Quelque chose de pacifique et d'amical pour clore cette entrevue difficile ? La lampe avec son abat-jour vert, dans le coin, éclairait des livres, des stylos, un buvard. Cette vision changea le cours de ses pensées et s'imposa à elle comme le symbole d'une liberté enviable ; dans une pièce comme celle-là, on pouvait travailler – on pouvait être maître de sa vie.

– Je crois que vous êtes heureuse, fit-elle observer. Je vous envie de vivre seule et de faire ce que vous avez envie de faire… » – « je vous envie d'être fiancée corps et âme sans bague de fiançailles », ajouta-t-elle en son for intérieur.

Les lèvres de Mary s'entrouvrirent. Elle ne comprenait pas comment Katherine pouvait l'envier.

– Vous n'avez aucune raison de m'envier, dit-elle.

– On envie toujours les autres, peut-être, observa Katherine d'un air vague.

– Mais vous avez tout ce que l'on peut souhaiter.

Katherine resta silencieuse. Elle regardait fixement le feu, sans trace de gêne. L'hostilité qu'elle avait perçue dans la voix de Mary avait complètement disparu et elle oublia qu'elle avait été sur le point de partir.

– C'est sans doute vrai, dit-elle enfin. Mais je pense parfois… » Elle se tut ; elle ne savait comment exprimer ce qu'elle éprouvait.

– J'en ai pris conscience l'autre jour dans le métro, expliqua-t-elle avec un sourire. Pourquoi les gens vont-ils dans un sens plutôt que dans l'autre ? Ce n'est pas l'amour qui les guide ; ce n'est pas la raison ; je pense que ce doit être une idée. L'amour que nous éprouvons pour les autres n'est peut-être que l'ombre d'une idée, Mary. Ce qu'on appelle l'amour n'existe peut-être pas réellement…

Elle parlait d'une voix légèrement moqueuse, s'exprimant sans gêne apparente et sans faire allusion à Mary ou à quelqu'un en particulier. Mais Mary Datchet jugea ces paroles vides, arrogantes et cyniques tout à la fois. D'instinct tout son être se révolta.

– Je pense tout à fait le contraire, dit-elle.

– Oui, je sais, répondit Katherine, la regardant comme si elle était sur le point de dire une chose très importante.

Mary sentit que Katherine parlait en toute bonne foi.

– Je crois que l'amour seul est vrai, dit-elle.

– Oui, fit Katherine, presque tristement.

Elle comprit que Mary pensait à Ralph, mais comment eût-elle pu lui demander le secret de son bonheur ? Force lui était d'admettre que, dans quelques cas très rares, la vie se combinait harmonieusement. Il ne lui restait plus qu'à s'en aller ; elle se leva. Mais Mary la pria de ne pas partir tout de suite : elles se rencontraient si rarement, elle voulait lui parler… Katherine fut surprise de sa gravité soudaine. Ce ne serait pas une indiscrétion, pensa-t-elle, que de mentionner le nom de Ralph.

S'asseyant « pour dix minutes », elle lui demanda : « À propos, Mr. Denham m'a dit qu'il allait abandonner le barreau pour vivre à la campagne ? Est-il parti ? Il allait m'en parler quand nous avons été interrompus. »

– Il y pense », dit Mary brièvement. Ses joues s'empourprèrent soudain.

– C'est une très bonne idée, dit Katherine avec assurance.

– Vous croyez ?

– Oui, car il va faire quelque chose qui vaut la peine : il va écrire un livre. Mon père dit toujours que, parmi les jeunes gens qui écrivent pour lui, c'est le plus remarquable.

Mary se pencha au-dessus du feu pour remuer les morceaux de charbon à l'aide du tisonnier. En entendant Katherine parler de Ralph, elle sentit naître en elle le désir presque irrésistible de la mettre au courant de leur situation véritable. Elle savait, d'après le ton de sa voix, que Katherine ne parlait pas de Ralph pour épier ses secrets ni pour faire quelque révélation. De plus, elle aimait bien Katherine ; elle avait confiance en elle ; elle la respectait. Le premier pas dans la confidence était relativement simple ; mais une confidence bien plus difficile à faire s'était imposée tandis que Katherine parlait ; Mary devait dire à Katherine ce qu'elle ignorait manifestement – elle devait lui révéler que Ralph était amoureux d'elle.

– Je ne sais pas ce qu'il compte faire, dit-elle précipitamment, cherchant à gagner du temps pour se soustraire à la pression qu'exerçait sur elle sa certitude. Je ne l'ai pas vu depuis Noël.

Katherine se dit que c'était étrange ; peut-être, après tout, avait-elle mal compris la situation. Elle se jugeait mauvaise observatrice de la subtilité des mouvements de l'âme, et prit son erreur présente pour une nouvelle preuve de son esprit pratique et distrait, plus apte aux mathématiques qu'à l'intuition des sentiments. C'est du moins ce que William Rodney aurait dit.

– Ah…, fit-elle.

– Oh, je vous en prie, restez ! s'écria Mary, tendant la main pour l'arrêter.

Dès que Katherine fit mine de partir, elle sentit violemment qu'elle devait l'en empêcher. Si Katherine s'en allait, elle ne retrouverait pas une seconde chance de parler. Quelques mots suffisaient à réveiller l'attention de Katherine ; la fuite et le silence seraient alors impossibles. Mais elle ravalait dans sa gorge les mots qu'elle avait sur les lèvres. Tout compte fait, pourquoi parler ? se demanda-t-elle. Parce que c'était bien, lui souffla une voix intérieure, c'était bien de se livrer à d'autres êtres humains. À cette idée, son courage faiblit. C'était trop demander à quelqu'un qui était déjà complètement dépouillé. Elle devait garder quelque chose pour elle. Mais si elle gardait quelque chose pour elle ? Elle s'imagina tout à coup emmurée à perpétuité dans son silence, prisonnière de ses sentiments immuables et durs comme la pierre. La vision de cet isolement l'effraya ; pourtant, parler, perdre sa solitude, qui lui était déjà si chère, c'était au-dessus de ses forces.

Sa main retomba jusqu'à l'ourlet de la robe de Katherine, et, palpant la bordure de fourrure, elle baissa les yeux comme pour l'examiner.

– J'aime cette fourrure, dit-elle, j'aime vos vêtements. Vous avez tort de croire que je vais épouser Ralph, poursuivit-elle sur le même ton, parce qu'il ne m'aime pas. Il aime une autre femme.

Elle garda la tête penchée, sans lâcher la robe.

– C'est une vieille robe, dit Katherine.

Seul un léger sursaut indiqua qu'elle avait bien entendu ce que Mary avait dit.

– J'espère que vous ne m'en voulez pas de vous avoir dit cela, dit Mary en se levant.

– Non, non, fit Katherine ; mais vous devez sûrement vous tromper.

En vérité, elle se sentait affreusement mal à l'aise, désappointée. Elle n'aimait pas la façon dont les choses évoluaient. L'indécence de la situation l'affligeait. La souffrance perceptible dans la voix de Mary l'épouvantait. Elle la regarda à la dérobée, avec des yeux craintifs… Mais si Katherine avait espéré découvrir que ces paroles avaient été prononcées à la légère, elle fut tout de suite déçue. Mary était assise dans son fauteuil, les traits tirés ; elle semblait avoir vieilli de dix ans en l'espace de quelques secondes.

– Ne croyez-vous pas qu'il y a des instincts qui ne trompent pas ? demanda Mary calmement, presque avec froideur. C'est ce que je ne comprends pas dans l'amour. Je me suis toujours targuée d'être une personne raisonnable, ajouta-t-elle. Je ne pensais pas que j'aurais pu en arriver là, je veux dire : en arriver à aimer quelqu'un qui ne m'aime pas. J'ai été ridicule. Je me suis joué la comédie.

Elle se tut un instant.

– Car, voyez-vous, Katherine, poursuivit-elle, sortant de sa torpeur pour s'exprimer avec force, je suis amoureuse. Il n'y a aucun doute… Je suis amoureuse de Ralph.

Une légère secousse de sa tête fit voler une boucle de ses cheveux et colora son teint, lui donnant aussitôt un port fier et un air de défi.

« Voilà donc ce que l'on éprouve », songea Katherine. Elle hésita, sentant que ce n'était pas à elle de parler ; puis, à voix basse, elle déclara :

– Vous l'aimez.

– Oui, dit Mary, je l'aime… Mais ce n'est pas de cela que je voulais vous parler ; je voulais seulement que vous sachiez. Il y a autre chose que je tiens à vous dire…

Elle marqua un temps d'arrêt.

– Je n'ai pas qualité pour en parler, mais je suis sûre d'une chose : Ralph est amoureux de vous.

Katherine la regarda une nouvelle fois comme pour corriger sa première impression, car il devenait évident que Mary parlait dans un état d'exaltation et ne savait plus ce qu'elle disait. Mais non. Elle avait gardé la même mine soucieuse, comme si elle cherchait à se retrouver dans les tours et les détours d'un raisonnement complexe : elle ressemblait davantage à quelqu'un qui raisonne qu'à une personne qui se laisse aller à des sentiments.

– Vous vous trompez du tout au tout, dit Katherine, adoptant le même ton mesuré.

Elle n'avait pas besoin de faire appel à ses souvenirs pour savoir que Mary se trompait ; elle était intimement convaincue que Ralph n'éprouvait pour elle que de l'hostilité. Elle n'y réfléchit pas plus longuement ; Mary, quant à elle, ne cherchait pas à donner des preuves de ce qu'elle avait avancé, mais essayait de comprendre les raisons qui l'avaient poussée à parler.

Elle s'était armée de courage pour faire ce qu'un instinct impérieux lui avait dicté ; une vague l'avait soulevée au-delà de toute prévision.

– Je vous ai dit cela parce que j'aimerais que vous m'aidiez. Je ne veux pas être jalouse. Mais je suis… je suis terriblement jalouse… j'ai pensé que la seule solution était de tout vous confier.

Elle hésita, s'efforçant de déchiffrer ce qu'elle éprouvait.

– Cet aveu nous permet de parler ; si je suis jalouse, je pourrai vous le dire. Si je suis tentée de faire quelque chose d'affreusement mesquin, je pourrai m'en ouvrir à vous ; vous m'avez permis de parler. C'est si difficile de parler ! La solitude m'effraie. Je devrais garder tout cela pour moi, oui, mais c'est justement cela qui me fait peur. Avancer dans la vie avec toujours les mêmes choses dans la tête. Il est si difficile de changer. Quand je pense qu'une chose est mauvaise, je le pense définitivement ; Ralph avait tout à fait raison quand il disait que le bien et le mal n'existent pas, et que l'on ne doit pas juger les gens…

– Ralph Denham a dit cela ? » dit Katherine, profondément indignée. Pour que Mary souffrît à ce point, il avait dû faire preuve d'une grande dureté. Elle pensa qu'il avait dû rejeter l'amitié quand cela l'arrangeait sous le prétexte de quelque théorie philosophique, et cette attitude était condamnable au-delà de tout. Elle allait faire part de ses réflexions à Mary quand celle-ci s'écria :

– Non, non, vous ne comprenez pas. S'il y a quelqu'un qui doit se reprocher quelque chose, c'est moi, moi seule ; après tout, si l'on choisit de prendre des risques…

Sa voix se troubla, et elle se tut. Elle songea qu'elle

avait pris des risques et perdu ; elle avait perdu si totalement qu'elle n'avait plus le droit de penser connaître Ralph mieux que quiconque. L'amour qu'elle avait pour lui ne lui appartenait plus, puisque cet amour n'était pas partagé ; et, pour accroître son amertume, sa vision lucide de la vie n'était plus aussi nette depuis que quelqu'un d'autre était au courant de son échec. La nostalgie de la solitude lui fit monter les larmes aux yeux ; elle se leva, gagna le coin le plus éloigné de la pièce, entrouvrit les rideaux, et resta là un moment, vaincue. Ce n'était pas son chagrin qui était indigne ; ce qui était insupportable, c'était d'avoir été poussée à se trahir elle-même. Prise au piège, trompée, volée, d'abord par Ralph, puis par Katherine, Mary se sentait cruellement humiliée, dépossédée de tout. Des larmes de lassitude inondèrent ses yeux, glissèrent le long de ses joues. Mais les larmes, au moins elle pouvait les refouler ; c'est ce qu'elle allait faire avant de se retourner pour faire face à Katherine et sauver ce qu'elle pouvait de la faillite de son courage.

Elle se retourna. Katherine n'avait pas bougé ; elle était assise dans son fauteuil, légèrement penchée en avant, les yeux fixés sur le feu. Il y avait dans son attitude quelque chose qui lui rappela Ralph. Lui aussi se tenait ainsi, penché en avant, le regard fixe, pendant que son esprit était ailleurs, explorant, méditant, avant de dire tout à coup : « Alors, Mary ? » – et le silence, nourri de rêveries, cédait la place aux conversations les plus délicieuses qu'elle eût jamais connues.

Quelque chose d'insolite dans l'attitude silencieuse de Katherine, quelque chose de solennel et d'éloquent la fit retenir son souffle. Mary hésita. Elle n'éprouvait aucun ressentiment. Elle avait retrouvé son calme, sa confiance. Sans parler, elle revint s'asseoir à côté de Katherine. Ce fut comme si elle avait perdu sa solitude ; elle était à la fois victime et spectatrice compatissante de sa douleur ; elle était plus heureuse qu'elle ne l'avait jamais été ; elle était encore plus dépouillée ; elle était rejetée, mais immensément aimée. En vain eût-elle essayé d'exprimer ses pensées ; du reste, elle ne pouvait s'empêcher de croire que, sans paroles de sa part, elles étaient partagées. Elles restèrent donc toutes deux assises quelque temps, côte à côte, et Mary caressait la bordure de fourrure de la robe de son amie.

XXII

Le fait d'être en retard à son rendez-vous avec William n'était pas la seule raison qui poussait Katherine à remonter rapidement le Strand. Elle aurait pu arriver à l'heure en prenant un taxi, mais elle avait espéré que l'air vif attiserait la flamme qu'avaient fait naître les paroles de Mary. Parmi toutes les impressions que lui laissait son entrevue avec Mary, il en était une surtout qui lui parut une révélation, effaçant tout le reste. C'était ainsi qu'il fallait regarder, qu'il fallait parler, tel était l'amour !

Elle s'est assise bien droite, elle m'a regardée, puis elle a dit : « Je suis amoureuse », se rappela Katherine, cherchant à revivre la scène. Cette scène, à y repenser, était si extraordinaire que la pitié ne l'effleura pas un seul instant. C'était une flamme jaillie dans le noir ; à la lueur de cette flamme, Katherine ne percevait que trop bien la tiédeur et l'insécurité de ses propres sentiments comparés à ceux de Mary. Elle décida de mettre aussitôt à l'épreuve son savoir tout neuf et se souvint de la scène sur la lande, du moment où elle avait cédé, Dieu seul savait pourquoi – pour des raisons qui lui paraissaient à présent extrêmement confuses. Ainsi, à la lumière crue du jour, devrait-on retourner sur les lieux où l'on a avancé à tâtons, rebroussé chemin et cédé, l'esprit dans un brouillard. « Tout est si simple », se dit-elle. « Il ne peut y avoir le moindre doute.

Je n'ai qu'à parler. Je n'ai qu'à lui parler», se répétait-elle en allongeant le pas, sans plus penser à Mary Datchet.

William Rodney, rentré plus tôt que prévu du bureau, s'était mis au piano pour retrouver les airs de *La Flûte enchantée*. Katherine était en retard, mais ce n'était pas la première fois, et comme elle n'aimait pas spécialement la musique, et qu'il se sentait d'humeur à en faire, c'était peut-être bien ainsi. Cette lacune chez Katherine était d'autant plus étrange que dans sa famille les femmes étaient généralement des musiciennes remarquables. Sa cousine, par exemple, Cassandra Otway, avait un goût musical très sûr ; William gardait le souvenir charmé de son allure étonnante lorsqu'elle avait joué de la flûte dans le petit salon à Stogdon House. Il se rappelait avec délice la façon amusante dont son nez, long comme le nez des Otway, semblait s'allonger dans la flûte, comme si elle était une espèce infiniment gracieuse de taupe musicienne. Ce petit tableau rendait bien son tempérament tendre et fantasque. William trouvait irrésistibles les enthousiasmes d'une jeune fille ayant de l'éducation et il envisageait mille façons de lui être utile grâce à son instruction et à ses talents. Il fallait lui donner l'occasion d'entendre de la bonne musique, comme savent la jouer les héritiers de la grande tradition. De plus, au hasard de leurs propos, il pensait qu'elle avait ce que Katherine, à l'en croire, n'avait pas : un goût passionné, à défaut d'être savant, pour la littérature. En attendant, puisque Katherine serait certainement en retard et que *La Flûte enchantée* n'est rien sans la voix, il eut envie de passer le temps à écrire à Cassandra pour lui conseiller de lire Pope de préférence à Dostoïewski jusqu'à ce que son goût pour la forme fût plus sûr. Il s'installait pour rédiger sa lettre en cherchant une tournure légère et enjouée, qui pourtant ne portât pas préjudice à une cause qui lui tenait à cœur, quand il entendit Katherine dans l'escalier. Au bout de quelques instants, il comprit qu'il s'était trompé : ce n'était pas Katherine – mais il n'arrivait plus à écrire. Sa courtoisie et son contentement avaient cédé la place à l'inquiétude et à l'attente. On apporta le dîner qu'il dut placer près du feu pour le garder au chaud. Katherine avait déjà un quart d'heure de retard. Il se rappela alors quelque chose qui l'avait chagriné le matin même. L'un de ses collègues du bureau était tombé malade, et il ne pourrait probablement pas prendre de vacances avant la fin de l'année, ce qui allait retarder leur mariage. Mais cette nouvelle était somme toute moins désagréable que la certitude, renforcée par chaque battement de l'horloge, que Katherine avait oublié leur rendez-vous. Ce genre de choses s'était produit moins souvent depuis Noël, mais si cela allait recommencer ? Que se passerait-il si leur mariage s'avérait être une farce, comme elle l'avait dit ? Il ne la croyait pas coupable de vouloir le blesser à dessein, mais il y avait en elle quelque chose qui la rendait blessante malgré elle. Était-elle froide ? Égocentrique ? Il essaya de la définir, mais dut reconnaître qu'elle restait une énigme.

« Il y a tant de choses qu'elle ne voit pas », pensa-t-il en jetant un coup d'œil sur la lettre destinée à Cassandra, inachevée et mise de côté. Pourquoi ne pas terminer cette lettre qu'il avait pris tant de plaisir à commencer ? Pour la simple raison que Katherine pouvait arriver à tout instant. L'idée d'être sous la dépendance de Katherine l'agaça énormément. Le désir le prit soudain de laisser la lettre ouverte en sorte qu'elle la vît ; il profiterait de cette occasion pour lui dire qu'il avait envoyé sa pièce de théâtre à Cassandra afin de lui demander son avis. Rien n'était moins certain, mais peut-être en serait-elle piquée – au moment où cette pensée lui procurait une légère consolation, on frappa à la porte et Katherine entra. Ils s'embrassèrent avec froideur et elle ne s'excusa pas de son retard. Sa seule présence, pourtant, le troublait étrangement, mais il était fermement décidé à lui résister coûte que coûte et à découvrir la vérité. Il la laissa s'installer et s'occupa des assiettes.

– J'ai quelque chose à vous annoncer, Katherine, dit-il dès qu'ils furent assis. Je n'aurai pas de vacances en avril. Nous allons être obligés de reculer la date de notre mariage.

Il parlait d'un ton très sec et Katherine tressaillit légèrement, comme si elle avait été dérangée dans ses pensées.

– Cela ne fait rien, n'est-ce pas ? Je veux dire que le bail n'est pas encore signé, répondit-elle. Mais pourquoi ? Que s'est-il passé ?

Il lui raconta d'un air dégagé que l'un de ses collègues de bureau était tombé malade et pourrait bien être absent pendant quelques mois, six mois peut-être, auquel cas leur situation devrait être reconsidérée. Elle fut frappée par la façon désinvolte dont il lui annonçait cette nouvelle. Elle le regarda. Rien n'indiquait qu'il fût en colère contre elle. Était-elle bien habillée ? Oui, suffisamment. Peut-être était-elle arrivée en retard ? Elle regarda l'horloge.

– C'est une bonne chose de n'avoir pas pris la maison, alors, dit-elle d'un air songeur.

– Cela veut dire aussi, malheureusement, que j'aurai moins de temps libre, poursuivit-il.

Elle eut le temps de se dire qu'elle gagnait quelque chose dans ce contretemps, bien qu'il fût encore trop tôt pour savoir précisément ce que c'était. La flamme qui l'avait accompagnée dans sa marche à travers les rues avait disparu, à cause de l'attitude de William et de cette nouvelle. Elle s'était attendue à rencontrer une opposition contre laquelle il eût été facile de lutter, par comparaison à… elle ne savait quoi au juste. Pendant le repas la conversation fut paisible, minutieusement limitée à des choses sans importance. La musique n'était pas un sujet de son ressort mais Katherine aimait entendre William en parler et elle pouvait imaginer ses soirées de femme mariée, passées ainsi, au coin du feu, ou avec un livre peut-être, car elle aurait alors le temps de lire, et de comprendre, par tous les rouages restés inactifs de son cerveau, ce qu'elle désirait depuis si longtemps savoir. L'atmosphère était très détendue. Soudain, William se tut. Elle le regarda avec appréhension, chassant à contrecœur ses pensées.

– Où dois-je faire adresser une lettre pour Cassandra ? » lui demanda-t-il. Il était de nouveau manifeste que William avait quelque idée derrière la tête ou qu'il était de mauvaise humeur. « Nous nous sommes liés d'amitié », ajouta-t-il.

– Elle est chez elle, je pense, répondit Katherine.

– Ils la gardent trop à la maison, dit William. Pourquoi ne l'invitez-vous pas pour qu'elle puisse écouter un peu de bonne musique ? Je vais terminer ma lettre car je tiens beaucoup à ce qu'elle puisse la lire dès demain.

Katherine s'enfonça dans son fauteuil et Rodney prit le papier à lettres sur ses genoux et continua sa phrase. « Le style, voyez-vous, est trop souvent négligé… » ; mais le regard de Katherine posé sur lui l'empêchait de réfléchir à ce qu'il voulait dire sur le style. Il savait qu'elle l'observait, mais il n'arrivait pas à deviner si c'était avec colère ou indifférence.

Elle était plus ou moins tombée dans son piège ; elle se sentait piquée au vif et dans l'incapacité de suivre la voie qu'elle s'était tracée. Cette indifférence, voire cette animosité que lui montrait William rendait possible une rupture sans éclat, définitive et complète. Comme la situation de Mary était préférable, et les choses plus simples pour elle ! Elle ne put s'empêcher de penser qu'il entrait une part de mesquinerie dans le raffinement, les réserves et les subtilités que maniaient si brillamment ses amis et sa famille. Par exemple, bien qu'elle eût beaucoup d'affection pour Cassandra, elle jugeait son excentricité parfaitement frivole : il y avait eu successivement le socialisme, puis les vers à soie, puis la musique – ce dernier engouement, s'avisa-t-elle, expliquait sans doute l'intérêt soudain que William lui portait. Celui-ci n'avait jamais encore employé le temps qu'ils passaient ensemble à faire du courrier. Tout ce qui, jusque-là, était resté opaque, s'illumina dans un éclair de lucidité : oui, il était possible, il était même certain que la dévotion de William pour elle, qu'elle avait prise, non sans une certaine lassitude, comme chose convenue, existait bien moins qu'elle ne l'avait cru ; peut-être même n'existait-elle déjà plus. Elle le regarda attentivement comme si cette découverte devait se lire sur son visage. Jamais elle n'avait remarqué chez lui tant d'éléments qui forçaient le respect, tant de signes témoignant d'une sensibilité et d'une intelligence qui l'attiraient. Mais si elle appréciait ses qualités, c'était comme celles d'un inconnu. Penché au-dessus de la lettre, son visage pensif comme d'habitude révélait maintenant un recueillement qui semblait l'isoler, comme s'il s'adressait à quelqu'un derrière une vitre.

Il écrivait toujours, sans lever les yeux. Elle aurait voulu lui parler, mais ne put se résoudre à lui demander des preuves d'affection qu'elle n'était pas en droit d'exiger. La conviction qu'il était un étranger pour elle l'attrista et lui fit ressentir la solitude infinie des êtres humains. C'était la première fois qu'elle en avait conscience avec une telle intensité. Elle tourna son regard vers le feu ; il lui sembla que même leurs corps étaient hors d'atteinte et qu'il n'existait aucun être au monde dont elle pût revendiquer l'amitié ; aucun rêve ne la satisfaisait plus ; il ne lui restait rien de réel à quoi elle pût croire, hormis ces idées abstraites : les chiffres, les lois, les étoiles – des faits auxquels elle pouvait à peine se raccrocher, faute d'un savoir suffisant et par une sorte de honte.

Lorsque Rodney s'avoua la mesquinerie de son stratagème, il leva les yeux, prêt à trouver un prétexte pour rire de bon cœur, ou à passer aux aveux, mais ce qu'il vit le déconcerta. Katherine semblait également indifférente à ce qu'elle aimait et à ce qu'elle n'aimait pas en lui. Elle avait une expression qui laissait supposer que son attention vagabondait à mille lieues de là. Sa pose lui parut plus masculine que féminine et son désir impulsif de briser la glace retomba. Une fois de plus, le sentiment irritant de son impuissance l'envahit. Il ne put s'empêcher de comparer Katherine à sa vision de la douce, de la spirituelle Cassandra – Katherine réservée, silencieuse, et pourtant si imposante qu'il ne pourrait jamais rien faire sans son approbation.

Katherine reporta son attention sur William, quelques instants plus tard, comme si, sa méditation achevée, elle reprenait conscience de sa présence.

– Avez-vous terminé votre lettre ? demanda-t-elle.

Il perçut dans sa voix une intonation légèrement amusée, mais dénuée de toute jalousie.

– Non, je vais m'arrêter pour ce soir, dit-il. Je ne sais pourquoi, je ne suis pas d'humeur à écrire. Je n'arrive pas à exprimer ce que je veux dire.

– Cassandra ne saura pas démêler si c'est bien écrit ou pas, remarqua Katherine.

– Je n'en suis pas si sûr ! Je crois qu'elle a une sensibilité littéraire très fine.

– Peut-être, dit Katherine avec détachement. À propos, vous avez négligé mon éducation depuis quelque temps. J'aimerais que vous me lisiez quelque chose. Laissez-moi choisir un livre.

À ces mots, elle s'approcha de la bibliothèque et promena son regard sur les volumes. N'importe quoi plutôt qu'une querelle, ou que l'étrange silence soulignant la distance qui les séparait. Elle prit un livre, puis un autre ; elle repensa ironiquement à sa propre certitude moins d'une heure auparavant ; sa certitude disparue, elle cherchait à présent à tuer le temps, sans savoir où ils se trouvaient, ce qu'ils éprouvaient, si William l'aimait ou non. La position de Mary lui semblait de plus en plus enviable – si tant est qu'elle fût conforme à ce qu'elle croyait – si tant est que la simplicité existât pour la fille d'une femme.

– Swift, dit-elle enfin, prenant un volume au hasard pour régler la question. Lisons un peu Swift !

Rodney prit le livre et passa son doigt sur les pages

sans rien dire. L'expression curieuse de son visage trahissait un conflit intérieur comme s'il pesait plusieurs choses entre elles sans parler avant d'avoir pris une décision.

Katherine s'assit à côté de lui, remarqua son silence et le regarda avec appréhension. Elle n'aurait pas su dire si elle espérait ou redoutait quelque chose ; un besoin irrationnel et injustifiable de s'assurer de son affection dominait peut-être ses pensées. Elle était habituée à la maussaderie, aux plaintes, aux interrogatoires, mais ce flegme, qui semblait le reflet d'une force intérieure, la déroutait. Elle ne savait pas ce qui allait se passer.

– Je trouve cela étrange, ne trouvez-vous pas ? déclara-t-il enfin d'une voix neutre. Je veux dire que peu de gens ne seraient pas contrariés d'apprendre le report de la date de leur mariage. Mais pas nous ; comment l'expliquez-vous ?

Elle remarqua son expression impartiale qui semblait éviter toute émotion.

– Cela tient, reprit-il sans attendre sa réponse, au fait que nous n'éprouvons aucun sentiment romanesque l'un pour l'autre. Cela peut venir de ce que nous nous connaissons depuis très longtemps ; mais je crois plutôt qu'il y a autre chose. C'est une question de tempérament. Je pense que vous êtes trop réservée ; je me soupçonne d'être un peu égoïste. Cela pourrait expliquer en grande partie notre désenchantement réciproque. Je ne dis pas que les mariages les plus réussis ne sont pas fondés sur un accord de ce genre. Pourtant, j'ai vraiment été surpris, ce matin, en écoutant Wilson, de ne pas être plus contrarié. À propos, êtes-vous sûre que nous ne nous sommes pas engagés pour la maison ?

– J'ai gardé les lettres, je les relirai demain, mais je suis certaine que nous sommes dans notre droit.

– Bien. Revenons au problème psychologique, poursuivit-il, comme s'il s'y intéressait d'un point de vue purement objectif. À mon avis, il est certain que nous sommes tous deux en mesure d'éprouver ce que, pour des raisons de simplicité, je nommerai un sentiment amoureux pour une tierce personne – du moins, en ce qui me concerne, je n'en doute pas.

C'était peut-être la première fois, depuis que Katherine connaissait William, qu'il lui faisait délibérément, et sans émotion apparente, des confidences intimes. Il décourageait généralement ce genre de propos par un petit rire, ou détournait la conversation sous prétexte, par exemple, que pour les hommes – du moins les hommes du monde – c'étaient là des sujets inintéressants ou de mauvais goût. William désirait manifestement expliquer quelque chose ; intéressée et intriguée, Katherine en oublia sa blessure d'amour-propre. Pour quelque raison, elle se sentait plus à son aise avec lui que d'habitude ; cette impression venait peut-être de ce qu'ils étaient à égalité – mais elle ne pouvait pas y réfléchir présentement. Elle était trop intéressée par les remarques de William qui l'éclairaient sur un sujet qui la tenait en haleine :

– Comment reconnaît-on le sentiment amoureux ? demanda-t-elle.

– Toute la question est là. Je n'ai pas encore trouvé de définition pleinement satisfaisante, bien que certaines soient excellentes, dit-il en jetant un coup d'œil sur ses livres.

– Ce n'est pas le fait de connaître l'autre, c'est peut-être, au contraire, l'ignorance de ce qu'il en est…, dit-elle d'une voix hésitante.

– Certains auteurs disent qu'il s'agit d'un problème de distance. L'amour dans la littérature, c'est…

– Peut-être. Mais dans la vie, c'est peut-être… » Elle hésita.

– N'avez-vous jamais éprouvé cela vous-même ? demanda-t-il, la dévisageant l'espace d'un instant.

– Je crois que cela a joué un grand rôle dans ma vie, dit-elle du ton d'une personne absorbée dans la perspective d'une idée nouvelle, mais j'ai si peu de temps pour penser, ajouta-t-elle.

Elle passa en revue ses tâches journalières, les appels incessants à son bon sens, à son sang-froid et à son exactitude dans une maison habitée par une mère sentimentale. Mais son idée de l'amour était différente. C'était un désir, un écho, un son ; elle pouvait lui donner une couleur, une forme, le reconnaître dans la musique, mais non le définir avec des mots – non, avec des mots, jamais. Elle soupira, tourmentée par le tumulte de ses pensées indicibles.

– Mais ne trouvez-vous pas curieux, reprit William, que vous ne ressentiez jamais cela pour moi, ni moi pour vous ?

Katherine lui accorda que cela était curieux, très curieux, mais ce qu'elle trouvait plus curieux encore, c'était d'en discuter avec William. Voilà qui ouvrait un horizon nouveau et pouvait transformer leur relation. Elle avait l'impression qu'il l'aidait à comprendre ce qu'elle n'avait jamais compris ; et par gratitude elle voulait l'aider aussi, comme une sœur, oui, comme une sœur, si ce n'est qu'elle éprouvait un pincement au cœur à l'idée qu'il ne l'aimait pas.

– Je crois que vous pourriez être très heureux avec une femme que vous aimeriez ainsi, dit-elle.

– Pensez-vous que l'amour puisse durer une fois que l'on connaît mieux l'être aimé ?

Il posa la question d'un ton cérémonieux, pour se garder de toute sentimentalité. Dans l'ensemble, la situation nécessitait beaucoup de savoir-faire pour éviter qu'elle ne dégénérât en une scène aussi dégradante et angoissante que celle de la lande, au milieu des feuilles mortes, à laquelle il ne pouvait repenser sans rougir. Et pourtant chaque nouvelle phrase était pour lui un soulagement. Ses désirs confus et qui étaient l'origine de ses difficultés avec Katherine, commençaient à se préciser. Cette envie de la blesser qu'il avait éprouvée au début l'avait abandonné, et il sentit que seule Katherine pourrait l'aider, dorénavant. Il devait prendre son temps. Il y avait tant de mots qu'il ne pouvait prononcer – par exemple, ce prénom de Cassandra. Il ne pouvait détacher les yeux de la cheminée, des braises rougeoyantes. Il attendait, le cœur battant, que Katherine poursuivît. Elle avait dit qu'il pourrait être très heureux avec une femme qu'il aimerait ainsi.

– Je ne vois pas pourquoi on ne vous aimerait pas toujours, reprit-elle. À mon avis, un certain genre de femme…

Elle se tut ; elle était consciente qu'il l'écoutait avec une tension extrême et que sa raideur masquait une vive anxiété. Donc, il y avait bien une femme – de qui pouvait-il s'agir ? de Cassandra ? Oui, peut-être…

– Une femme, reprit-elle de la voix la plus neutre possible, comme Cassandra Otway, par exemple. Cassandra est la personne la plus intéressante chez les Otway, à l'exception de Henry. Mais je préfère Cassandra. Elle n'est pas seulement intelligente : elle a beaucoup de personnalité – c'est vraiment quelqu'un.

– Oh, ces horribles insectes ! s'écria William avec un rire nerveux, et Katherine surprit le tressaillement qui parcourut son corps. C'était donc Cassandra.

Machinalement, elle ajouta d'un ton las :

– Vous pourriez l'inciter à se consacrer à… à… autre chose… Mais elle aime la musique ; je crois qu'elle écrit des poèmes ; il est indéniable qu'elle a beaucoup de charme…

Elle s'interrompit, comme si elle cherchait à définir la qualité de ce charme. Après quelques minutes de silence, William sortit de sa torpeur.

– Elle m'a paru affectueuse.

– Oui, très affectueuse. Elle adore Henry. Quand on pense à la vie qu'ils ont chez eux, à l'humeur lunatique d'Oncle Francis !

– Seigneur ! marmonna William.

– Vous avez beaucoup de choses en commun.

– Ma chère Katherine ! s'exclama William, s'enfonçant

dans son fauteuil et détournant les yeux du feu. Je me demande bien de quoi nous sommes en train de parler… Je vous assure…

Il était rouge de confusion.

Il retira son doigt qui marquait toujours une page de *Gulliver*, ouvrit le livre et parcourut du regard la liste des chapitres, comme pour choisir le plus propice à une lecture à haute voix. Katherine observa combien son angoisse ne cessait de croître. Mais elle était convaincue que s'il trouvait la bonne page, sortait ses lunettes, s'éclaircissait la voix et parvenait à lire, ils perdraient tous deux une occasion qui ne se représenterait jamais plus.

– Nous parlons de choses essentielles, dit-elle. Pourquoi ne pas continuer et garder Swift pour une autre fois ? Je ne me sens pas d'humeur à m'intéresser à Swift – il est regrettable de lire un auteur dans ces conditions, surtout Swift.

Comme elle l'avait prévu, cette considération littéraire pleine de sagesse redonna confiance à William ; il replaça le livre sur les rayons et, profitant de ce qu'il tournait le dos à Katherine, rassembla ses idées.

Mais une seconde d'introspection eut un résultat alarmant : sa conscience lui parut une terre étrangère. Un sentiment le traversa dont il n'avait encore jamais pris conscience : il était différent de celui qu'il pensait être ; il flottait sur une mer inconnue et profonde. Il marcha de long en large dans la pièce puis se laissa retomber dans son fauteuil, à côté de Katherine. Non, il n'avait jamais rien senti de pareil ; il s'en remettait entièrement à Katherine ; il déclinait toute responsabilité. Il faillit s'écrier :

« C'est vous qui avez déchaîné cette émotion odieuse et tumultueuse. C'est à vous de trouver une solution. »

La simple présence de Katherine exerçait déjà un effet apaisant sur son âme fiévreuse ; il se sentait en sécurité auprès d'elle ; elle le devinerait et l'exaucerait.

– Je ferai ce que vous me direz de faire, dit-il. Je m'en remets entièrement à vous, Katherine.

– Essayez donc de me dire ce que vous ressentez, dit-elle.

– Mais, ma chère, je sens mille choses différentes au même moment. À la vérité, je suis incapable de dire ce que je ressens. Cet après-midi-là dans la lande – il s'est passé… oui, c'est à ce moment-là…

Il se tut, ne voulant pas lui dire ce qui s'était passé alors.

– Votre épouvantable bon sens m'a convaincu, comme toujours – sur le moment – mais la vérité, Dieu seul la connaît ! s'écria-t-il.

– N'est-ce pas la vérité que vous êtes – ou que vous pourriez être – amoureux de Cassandra ? demanda-t-elle avec bonté.

William baissa la tête, resta silencieux quelques instants, puis murmura :

– Je crois que vous avez raison, Katherine.

Elle laissa échapper un soupir. Contrairement à ce qu'elle avait dit, elle n'avait cessé d'espérer que les choses n'en arriveraient pas là. Après un instant de douloureux vertige, elle rassembla son courage pour lui assurer qu'elle souhaitait l'aider mais à peine avait-elle prononcé ces paroles qu'un coup retentit à la porte, inattendu et terrifiant pour deux êtres en proie à une telle tension.

– Katherine, je vous adore, chuchota-t-il.

– Oui, répondit-elle avec un mouvement de recul, mais allez donc ouvrir.

XXIII

Lorsque Ralph Denham entra dans la pièce et vit Katherine, il eut conscience d'une variation de l'atmosphère telle que peut en éprouver un promeneur à la campagne, après le coucher du soleil, quand le froid et l'humidité cèdent soudain la place à une vague de chaleur qui sent bon le foin, comme si le soleil brillait encore, bien que la lune fût levée. Ralph hésita, frissonna, s'appliqua à marcher jusqu'à la fenêtre, et abandonna son manteau. Avec un soin minutieux, il posa sa canne en équilibre contre les plis du rideau. Ainsi absorbé par ses préparatifs, il eut peu de temps pour observer ce que l'un ou l'autre ressentaient. Ces symptômes perceptibles d'un trouble extrême – l'éclat de leurs yeux, la pâleur de leurs joues en étaient les preuves certaines – lui semblaient convenir parfaitement aux acteurs d'un drame aussi grandiose que la vie quotidienne de Katherine Hilbery. La beauté et la passion étaient l'essence de son existence.

Celle-ci le remarqua à peine, ou seulement dans la mesure où sa présence la forçait à feindre un sang-froid qu'elle était très loin d'avoir. William était encore plus nerveux et elle vint à son secours opportunément, grâce à quelque banalité sur l'époque de la maison ou le nom de son architecte, ce qui donna à William un prétexte pour fouiller dans un tiroir à la recherche de plans qu'il étala sur la table.

Il serait difficile de dire lequel des trois prêtait davantage attention aux plans, mais ce qui est sûr, c'est que chacun d'eux resta muet. Des années d'éducation et de vie mondaine vinrent finalement au secours de Katherine et lui inspirèrent des réflexions de circonstance. Au même instant, s'étant aperçue qu'elle tremblait, elle cacha sa main. William exprima bruyamment son approbation ; Denham acquiesça d'une voix nasillarde ; ils rangèrent alors les plans et se rapprochèrent du feu.

– À Londres, c'est l'endroit où je préférerais habiter, dit Denham.

« Moi, je n'ai nulle part où habiter », se dit Katherine à part soi ; elle n'en approuva pas moins à haute voix.

– Vous pourriez certainement trouver à vous loger ici, si vous le souhaitiez, répliqua Rodney.

– Non, je quitte Londres pour de bon, cette fois-ci. J'ai trouvé la petite maison dont je vous avais parlé.

La nouvelle ne sembla pas enthousiasmer ses deux interlocuteurs.

– Vraiment ? Quel dommage… Il faut que vous me donniez votre adresse. Mais vous n'avez pas l'intention de tout abandonner, si…

– Vous allez sans doute déménager aussi ? demanda Denham.

William trahit tellement son embarras que Katherine se ressaisit et demanda :

– Où se trouve votre maison ?

Pour lui répondre, Denham se retourna et la regarda. Quand leurs regards se croisèrent, elle se rendit compte qu'elle s'adressait à Ralph Denham, et elle se souvint vaguement qu'elle avait parlé de lui, tout récemment, et qu'elle avait des raisons de le mal juger. Elle ne se rappelait plus les paroles exactes de Mary, mais elle sentit que sa mémoire recelait des connaissances qu'elle n'avait pas le temps, pour l'instant, d'examiner – ce savoir se trouvant de l'autre côté d'un gouffre. Son trouble projetait sur son passé un éclairage des plus insolites. Elle devait venir à bout de cet entretien, puis elle réfléchirait à tête reposée. Elle s'appliqua à écouter ce que Ralph était en train de dire. Il racontait qu'il avait loué une maison à Norfolk ; elle répondit qu'elle connaissait bien – ou peut-être qu'elle connaissait mal – cette région. Après un instant d'attention, elle repensa à Rodney et elle eut le sentiment tout nouveau qu'ils devinaient mutuellement leurs pensées. Si seulement Ralph n'avait pas été là, elle eût cédé au désir impérieux de prendre la main de William et de poser la tête sur son épaule ; c'était la seule chose qu'elle souhaitait en cet instant-là, quoique, à dire vrai, elle souhaitât par-dessus tout être seule – oui, c'était là son désir le plus cher. Elle était excédée de ces discussions ; un frisson l'envahit à l'idée des efforts que lui coûtait la révélation de ses sentiments. Elle avait oublié de répondre. C'était William qui parlait, à présent.

– Mais comment vous occupez-vous à la campagne ?

Elle avait posé cette question au hasard, interrompant une conversation qu'elle avait à peine suivie, si bien que Rodney et Ralph la regardèrent tous deux avec surprise. Dès qu'elle eut parlé, ce fut au tour de William de rester silencieux. Il n'écoutait plus ce qui se disait, même s'il intervenait de temps à autre, répétant nerveusement : « Mais oui, mais oui. » Au fur et à mesure que les minutes passaient, la présence de Ralph lui devenait de plus en plus intolérable ; il avait tant de choses à dire à Katherine ; ne pouvant plus lui parler, il était torturé par une incertitude affreuse et nombre de questions sans réponse ; il voulait se confier à Katherine, car elle seule pouvait l'aider désormais. S'il ne parvenait pas à être un moment en tête à tête avec elle, il en perdrait le sommeil. Jamais il ne saurait ce qu'il avait dit dans un accès de folie ; mais était-ce vraiment si fou ? Il ne savait plus. Il hochait la tête et répétait nerveusement : « Oui, oui. » Il regarda Katherine et la trouva belle ; il n'y avait personne au monde qu'il admirât davantage. L'émotion donnait à son visage une expression qu'il découvrait pour la première fois. Mais tandis qu'il tournait et retournait dans sa tête le moyen de lui parler seul à seul, elle se leva ; il fut pris au dépourvu car il avait escompté qu'elle resterait plus longtemps que Denham. La seule chance qui lui restait de lui parler en privé était de descendre avec elle et de l'accompagner dans la rue. Pendant qu'il hésitait, empêtré dans ses efforts pour exprimer une idée simple alors que la plus grande confusion régnait dans son esprit, un incident encore plus inattendu le cloua sur place : Denham se leva, regarda Katherine et dit :

– Je pars aussi. Permettez-moi de vous accompagner ?

Avant même que William eût pu trouver un prétexte quelconque pour le retenir – à moins qu'il ne fût préférable de retenir Katherine ? – Denham avait pris son chapeau, sa canne, et ouvert la porte pour laisser passer Katherine. William n'eut d'autre ressource que de se tenir en haut des marches pour leur dire au revoir. Il ne pouvait proposer de les accompagner, ni insister pour que Katherine restât. Il la regarda descendre lentement, dans la demi-obscurité de l'escalier, et quand il aperçut la tête de Denham et la tête de Katherine l'une près de l'autre, contre les lambris, la jalousie le piqua au vif ; s'il n'avait été en pantoufles, il aurait couru après eux. Mais, en l'occurrence, force lui était de se tenir coi. À l'endroit où l'escalier disparaissait, Katherine se retourna pour le regarder, cherchant par ce dernier regard à sceller leur pacte d'amitié. Au lieu de lui rendre son adieu silencieux, William grimaça un sourire et lui lança un coup d'œil sarcastique et haineux.

Elle s'arrêta net, descendit enfin, lentement, les dernières marches qui menaient dans la cour. Elle regarda de chaque côté, avant de lever les yeux vers le ciel. Denham pesait comme un roc sur ses pensées. Elle évalua la distance qu'il lui fallait encore parcourir avant d'être seule. Mais aucun taxi n'était en vue sur le Strand ; ce fut Denham qui rompit le silence :

– Apparemment, il n'y a pas de taxi. Marchons un peu.

– Oui, dit-elle sans faire attention à lui.

Qu'elle fût préoccupée, absorbée dans ses pensées, Ralph en avait conscience ; aussi se garda-t-il de rien ajouter, tandis qu'ils faisaient en silence un bout de chemin sur le Strand. Il s'efforçait de mettre de l'ordre dans ses pensées ; la résolution qu'il avait prise de ne parler qu'à bon escient l'empêchait de prendre la parole avant d'avoir trouvé les mots précis et même leur ordre dans la phrase. Le Strand était trop animé. Sans un mot d'explication, il tourna à gauche, dans une rue latérale qui menait au fleuve. En aucun cas, ils ne devaient se séparer, tant que quelque chose de la plus haute importance ne s'était pas produit. Il savait parfaitement ce qu'il voulait dire ; il était certain du fond et de la forme. Et pourtant, à présent qu'il était seul avec elle, parler lui semblait une épreuve insurmontable. De plus, il lui en voulait de le perturber à ce point, et de dresser – comme seule pouvait le faire à loisir une personne bénéficiant de privilèges – tant de pièges et de traquenards en travers de sa route. Il était résolu à l'interroger avec la même rigueur qu'il s'interrogeait lui-même, à justifier, une fois pour toutes, le pouvoir qu'elle exerçait ou à y renoncer. Mais plus ils avançaient, plus la sensation de sa présence à ses côtés le perturbait. Le vent fouettait sa jupe, agitait les plumes de son chapeau ; parfois elle le devançait de quelques pas, parfois il devait ralentir pour l'attendre.

Ce silence qui se prolongeait finit par attirer l'attention de Katherine sur Denham. Elle était surtout contrariée de ne pas trouver le taxi qui l'eût libérée de lui ; elle essayait de se souvenir de quelque chose que Mary avait dit pour le discréditer : qu'était-ce au juste ? Mais ce souvenir associé à ses façons dominatrices – pourquoi marchait-il si vite dans cette petite rue ? – lui donnait de plus en plus l'impression d'être en présence d'un homme d'une énergie à la fois tyrannique et singulière. Elle s'arrêta et chercha des yeux une voiture ; enfin, elle en aperçut une au loin, mais Denham prit brusquement la parole :

– Voulez-vous que nous marchions encore un peu ? Je voudrais vous dire quelque chose.

– Soit, répondit-elle, devinant que sa requête devait avoir un rapport avec Mary Datchet.

– Nous serons plus tranquilles près du fleuve, ajouta-t-il, traversant sans attendre. Je veux simplement vous demander ceci…

Mais il hésita si longuement qu'elle put voir sa tête se détacher sur le ciel, le profil de sa joue maigre et son nez fort se découpant nettement sur l'ombre de la nuit. Tandis qu'il hésitait, des mots complètement différents de ceux qu'il avait eu l'intention de proférer vinrent à ses lèvres.

– Je vous ai élue comme modèle dès la première fois où je vous ai vue. Je rêve de vous ; je ne pense qu'à vous ; vous êtes pour moi la seule réalité en ce monde.

Ses paroles et sa voix étrangement tendue donnaient l'impression qu'il ne s'adressait pas à la femme qui marchait auprès de lui, mais à quelqu'un d'autre, qui se trouverait ailleurs, infiniment loin.

– Et maintenant, les choses en sont au point que si je ne vous parle pas à cœur ouvert, je vais devenir fou. Vous représentez pour moi ce qu'il y a de plus beau, de plus vrai au monde », poursuivit-il dans un élan. Il sentait qu'il n'avait plus besoin, à présent, de choisir ses mots avec une exactitude savante, car ce qu'il voulait dire était très simple.

– Je vous vois partout, dans les étoiles, dans le fleuve ; vous êtes tout ce qui existe ; vous êtes la réalité de chaque chose. Vivre me serait impossible sans vous. Et ce que je voulais…

Elle avait écouté jusque-là, avec l'impression d'avoir laissé échapper un mot important qui aurait donné un sens à tout le reste ; elle ne pouvait plus l'entendre se perdre ainsi dans ses divagations ; elle avait l'impression de surprendre des paroles destinées à une autre.

– Je ne comprends pas, dit-elle. Vous ne pensez pas ce que vous dites.

– Je pense chaque mot que je dis », répondit-il d'un ton sans réplique. Il se tourna vers elle. Elle trouva les mots qu'elle cherchait tandis qu'il parlait : « Ralph Denham est amoureux de vous. » Elle se les rappela prononcés par Mary Datchet. La colère l'enflamma.

– J'ai vu Mary Datchet, cet après-midi, s'écria-t-elle.

Il eut un mouvement de surprise, mais répondit presque aussitôt :

– Elle a dû vous dire que je l'avais demandée en mariage.

– Non ! s'exclama Katherine, étonnée.

– C'est la vérité, pourtant. Cela s'est passé le jour où je vous ai rencontrée à Lincoln, poursuivit-il. Je voulais lui demander de m'épouser, mais j'ai regardé par la fenêtre et je vous ai vue. Après cela, je ne voulais plus demander aucune femme en mariage. Pourtant je l'ai fait ; elle savait que je n'étais pas sincère et c'est pourquoi elle a refusé. J'ai compris qu'elle m'aimait et je crois qu'elle m'aime encore. Je me suis très mal conduit. Mais je ne cherche pas à me justifier.

– Vous faites bien, dit Katherine, car vous n'avez aucune excuse. On ne peut pas se conduire plus mal.

Elle parlait avec une véhémence dirigée contre elle-même plus que contre Ralph.

– J'ai l'impression, ajouta-t-elle avec la même fougue, qu'on se doit d'être honnête. Rien ne peut excuser une telle attitude.

Elle revoyait l'expression de Mary Datchet.

Après un bref silence, Ralph ajouta :

– Je ne dis pas que je suis amoureux de vous. Je ne suis pas amoureux de vous.

– Je ne le pensais pas, répliqua-t-elle, légèrement déconcertée.

– Je n'ai pas dit un seul mot que je ne pense, ajouta-t-il.

– Que voulez-vous dire, alors ? demanda-t-elle enfin.

Comme avertis par le même instinct, ils s'arrêtèrent tous deux et, se penchant légèrement au-dessus du parapet, regardèrent l'eau couler.

– Vous dites que l'on se doit d'être honnête, commença Ralph. Fort bien. Je vais essayer d'énoncer les faits tels quels ; mais je vous préviens, vous allez me croire fou. C'était un fait pourtant que, depuis notre première rencontre, il y a quatre ou cinq mois, vous avez, contre toute attente, incarné mon idéal. J'ai honte de vous avouer tout ce que j'ai enduré. Rien d'autre ne compte plus pour moi. » Il s'arrêta un instant. « Sans rien savoir de vous, sinon que vous êtes belle, j'en suis venu à croire qu'il y avait entre nous comme une entente tacite, que nous cherchions la même chose, que nous avions la même vision… J'ai pris l'habitude de penser à vous ; je me demandais ce que vous diriez, ou feriez, en marchant dans les rues. Souvent je vous parle, je rêve de vous. Rêver, c'est une mauvaise habitude, une habitude de collégien ; c'est aussi un phénomène très répandu, chez beaucoup de gens… Tels sont les faits. »

Ils se remirent à marcher lentement.

– Si vous me connaissiez, vous ne sentiriez rien de tout cela, dit-elle. Nous ne nous connaissons pas – nous avons toujours été… – interrompus. Qu'alliez-vous me dire le jour où mes tantes sont arrivées ? demanda-t-elle, se souvenant de la scène.

Il baissa la tête.

– Le jour où vous m'avez annoncé vos fiançailles ?

Elle tressaillit à la pensée qu'elle n'était plus fiancée.

– Je refuse de croire que je n'éprouverais pas la même chose si je vous connaissais davantage, poursuivit-il. Mes sentiments seraient plus réfléchis, voilà tout. Je ne répéterais pas les sottises que j'ai dites ce soir… Mais ce ne sont pas des sottises, c'est la vérité, dit-il avec entêtement. C'est cela qui compte. Vous pouvez me forcer à parler comme si ce que j'éprouvais pour vous n'était qu'une hallucination, mais le sentiment est une hallucination. Au mieux, c'est une part d'illusion. Si mon sentiment pour vous, ajouta-t-il comme s'il se parlait à lui-même, n'était pas le plus authentique que je puisse éprouver, je ne changerais pas ma vie à cause de vous.

– Que voulez-vous dire ? demanda-t-elle.

– Je vous l'ai dit. J'ai loué une maison à la campagne. J'abandonne mon métier.

– À cause de moi ? répéta-t-elle, stupéfaite.

– Oui, à cause de vous, répondit-il sans autre explication.

– Mais je ne vous connais pas et je ne sais rien de vous, dit-elle enfin, tandis qu'il gardait le silence.

– Vous n'avez pas d'opinion sur moi ?

– Si, je pense en avoir une, dit-elle, hésitante.

Il se garda de la questionner et il eut le plaisir de l'entendre parler comme si elle cherchait à éclaircir sa pensée.

– Je pensais que vous me critiquiez – que peut-être vous ne m'aimiez pas. Je vous voyais comme un juge…

– Non, je me laisse porter par mon instinct, dit-il à voix basse.

– Dites-moi ce qui vous a amené à prendre cette décision, demanda-t-elle après un instant de silence.

Il lui raconta d'une façon calme et méthodique, avec application, tout ce qu'il avait voulu dire, depuis le début ; sa position à l'égard de ses frères et de ses sœurs ; ce que sa mère avait dit et ce que sa sœur Joan s'était abstenue de dire ; la somme exacte qu'il possédait à la banque ; les perspectives de son frère en Amérique ; quel montant de leurs revenus passait dans le loyer, et tant d'autres détails qu'il connaissait par cœur. Elle entendit tout cela, et, quand ils arrivèrent en vue du pont de Waterloo, elle aurait pu passer un examen sur l'histoire de sa vie ; pourtant elle n'écoutait pas plus qu'elle ne comptait les pavés de la rue. C'était la première fois de sa vie qu'elle se sentait aussi gaie. Si Denham avait pu voir les livres d'algèbre, les pages couvertes de points, de tirets et de parenthèses qui défilaient devant les yeux de Katherine tandis qu'ils longeaient le quai, sa joie secrète à la sentir si attentive se fût évanouie. Elle acquiesçait régulièrement : « Oui, je vois… mais comment cela pourrait-il vous aider ?… Votre frère a-t-il été reçu à son examen ? » avec tant d'à propos qu'il devait constamment garder son cerveau en éveil ; mais, au même moment, elle se voyait regarder au télescope des ombres blanches qui étaient d'autres mondes. Puis elle eut l'impression d'avoir deux corps, l'un marchant le long de la rivière avec Denham, l'autre, concentré sur une boule argentée, tout en haut, dans l'azur, au-dessus de l'écume recouvrant le visible. Elle regarda le ciel ; aucune étoile n'était suffisamment vive pour percer les nuages annonciateurs de pluie, qui couraient à vive allure sous le vent d'ouest. Elle baissa de nouveau les yeux. Elle ne trouvait pas de raison qui expliquât la joie qu'elle ressentait. Elle n'était pas libre ; elle n'était pas seule ; des milliers de fibres la retenaient à la terre ; chaque pas la rapprochait de chez elle. Néanmoins, elle exultait. L'air était plus frais, les lumières plus distinctes, la pierre du parapet plus froide et plus dure quand, par hasard ou volontairement, sa main la heurtait. Elle n'éprouvait plus aucune gêne avec Denham : il n'entravait plus en rien l'essor de son imagination, que ce fût en direction du ciel ou de chez elle ; mais elle était à cent lieues de supposer que cette impression eût un rapport avec lui ou quelque chose qu'il avait dit.

Ils pouvaient apercevoir à présent le flot des taxis et des omnibus qui se croisaient au-dessus de la Tamise ; le bruit de la circulation, les coups de klaxon des automobiles et le léger carillon des tramways se faisaient de plus en plus distincts et, avec l'accroissement du bruit, ils devinrent silencieux. Instinctivement, ils ralentirent le pas comme pour prolonger ce moment d'intimité qui leur était accordé. Pour Ralph, le plaisir de ces derniers pas auprès de Katherine était si vif qu'il ne pouvait concevoir le moment où elle ne serait plus là. Il n'avait pas envie d'occuper les ultimes instants passés en sa présence à ajouter d'autres paroles à celles qu'il avait déjà prononcées. Depuis qu'ils s'étaient tus, Katherine était moins une personne réelle que la femme de ses rêves ; mais dans ses rêveries solitaires il n'avait jamais ressenti sa présence avec autant d'acuité. Il se sentait en quelque sorte transfiguré. Il était complètement maître de lui. Pour la première fois, il se trouvait en possession de tous ses moyens. Des horizons insoupçonnés s'ouvraient à lui. Il se sentait délivré de sa fébrilité passée, de son désir anxieux d'ajouter un plaisir à un autre, qui avaient prédominé jusque-là, gâtant quelque peu ses imaginations les plus enchanteresses. Il était d'humeur à envisager lucidement la condition humaine, si bien qu'il ne fut pas du tout ennuyé de voir passer un taxi ; sans nervosité, il sentit que Katherine l'avait remarqué également et qu'elle tournait la tête dans sa direction. Leurs pas hésitants s'accordèrent pour héler le taxi ; ils s'arrêtèrent en même temps et lui firent signe.

– Faites-moi connaître votre décision le plus tôt possible, dit-il, la main sur la portière.

Elle hésita un instant. Elle ne se rappelait plus à quel propos il lui fallait prendre une décision.

– Je vous écrirai, dit-elle vaguement. Non, ajouta-t-elle aussitôt – songeant à la difficulté de se prononcer sur une chose à laquelle elle n'avait pas prêté attention –, non, cela me sera difficile.

Elle regardait Ralph, hésitant sur le marchepied. Il soupçonna son embarras ; il devina qu'elle n'avait rien écouté ; il comprit tout ce qui s'était passé en elle.

– Je connais un seul endroit, où l'on peut converser de façon satisfaisante, dit-il rapidement : c'est Kew.

– Kew ?

– Kew, répéta-t-il d'un ton décidé.

Il ferma la portière et donna l'adresse au chauffeur.

Elle fut entraînée aussitôt loin de lui et son taxi rejoignit le flot des véhicules, signalés chacun par une lumière mais indiscernables les uns des autres. Il resta immobile un moment, puis, comme arraché par une impulsion violente de l'endroit où ils s'étaient tenus ensemble, il fit demi-tour, traversa la rue d'un pas rapide et disparut.

Il marcha, soulevé par une exaltation presque surnaturelle jusqu'à une rue étroite qui, à cette heure, était déserte. Là, à cause des boutiques aux volets fermés, de la courbe légère et argentée du trottoir en bois, ou d'un repli naturel de ses émotions, son exaltation diminua peu à peu, puis finit par disparaître. C'est alors qu'il éprouva ce sentiment de perte qui suit les confidences ; il avait perdu quelque chose en parlant à Katherine, car, après tout, celle qu'il aimait était-elle la même que la vraie Katherine ? Elle l'avait transcendée par moments ; les mouvements de sa jupe, l'oscillation des plumes de son chapeau, le son de sa voix, il les avait vus et entendus ; oui, mais combien monstrueuse devient parfois la distance qui sépare la voix dans un rêve et la voix même de l'objet des rêves ! Il sentit un mélange de dégoût et de pitié pour la maladresse des êtres humains quand ils essaient de mener à bonne fin ce qu'ils ont conçu. Comme ils avaient semblé petits, Katherine et lui, quand s'était dissipée la nuée de leurs songes ! Il se souvint de quelques mots anodins, inexpressifs, par lesquels ils avaient tenté de communiquer ; il se les redit à lui-même. En se répétant les paroles de Katherine, il ressentit intensément sa présence et il l'adora plus que jamais. Mais elle était fiancée, elle allait se marier, se rappela-t-il en tressaillant. La force de sa passion lui fut révélée tout à coup. Il s'abandonna au désespoir et à une rage impuissante : l'image de Rodney lui apparut avec tout ce qu'elle représentait d'absurde et d'outrageant. Ce petit maître de danse aux joues roses allait-il épouser Katherine ? Cette espèce d'âne bâté à tête de singe ? ce fat, cet excentrique ? avec ses tragédies et ses comédies, ses dépits et ses susceptibilités ? Bonté divine ! Épouser Rodney ! Elle devait être aussi médiocre que lui. Plein d'amertume, il s'assit dans le coin d'un compartiment du métro, avec, sur son visage, le masque même de la sévérité. Une fois chez lui, il se mit devant son bureau et il écrivit à Katherine une longue lettre, passionnée et folle, la suppliant, dans leur intérêt commun, de rompre avec Rodney, l'implorant de ne pas faire ce qui détruirait à jamais la beauté, la vérité, l'espoir – de ne pas trahir, de ne pas déserter. Et il terminait par l'assurance tranquille que, quoi qu'elle fît ou ne fît pas, ce serait pour le mieux et qu'il lui en serait toujours reconnaissant. Il noircit des pages et des pages, et avant d'aller se coucher il entendit les premières charrettes qui partaient pour Londres.

XXIV

Les premiers signes du printemps, vers la mi-février, ne se reconnaissent pas seulement aux petites fleurs blanches et mauves qui poussent dans les coins les plus abrités des bois et des jardins ; ils font naître aussi dans le cœur des hommes et des femmes des désirs comparables à ces pétales dont les parfums et les couleurs sont si subtils. L'écorce rêche des vies figées par l'âge, qui reste impénétrable tant qu'il s'agit du présent, devient au printemps douce et fluide et reflète les formes et les couleurs du présent autant que celles du passé. Dans le cas de Mrs. Hilbery, ces premiers jours de printemps étaient particulièrement émouvants car ils stimulaient ses capacités d'émotion qui, à la vérité, n'avaient jamais beaucoup faibli. Mais au printemps, son désir de s'exprimer s'aiguisait infailliblement. Des bribes de phrases la hantaient. Elle trouvait un plaisir sensuel à la combinaison des mots. Elle les cherchait dans les pages de ses auteurs favoris. Elle les écrivait pour elle-même sur des bouts de papier et les citait avec délice, même quand une telle éloquence ne semblait pas de circonstance. Elle était encouragée dans ces digressions par la certitude qu'aucune langue ne pouvait l'emporter en beauté sur la mémoire de son père ; ses efforts ne favorisaient pas de façon notable l'achèvement de sa biographie, mais elle avait davantage l'impression de vivre dans son ombre à ces moments-là. Personne ne peut échapper au pouvoir du langage, encore moins les Anglais élevés depuis l'enfance, comme Mrs. Hilbery, tour à tour dans la clarté saxonne et la splendeur latine, abreuvés de souvenirs d'anciens poètes riches en vocables infinis. Même Katherine était légèrement contaminée par l'enthousiasme de sa mère. Non pas qu'elle reconnût la nécessité d'une étude des sonnets de Shakespeare en introduction au cinquième chapitre de la biographie de son grand-père. Sur un ton de badinage, Mrs. Hilbery avait bâti une théorie selon laquelle Anne Hathaway avait une manière à elle, entre autres choses, d'écrire les sonnets de Shakespeare ; l'idée lancée pour égayer une réception de professeurs – qui lui firent parvenir un grand nombre d'opuscules imprimés à leurs frais dans les jours qui suivirent – l'avait submergée sous un flot de littérature élizabéthaine ; elle s'était mise à croire plus ou moins à sa plaisanterie, qui valait bien, disait-elle, d'autres faits vécus, et toute son imagination, pour le moment, se déployait autour de Stratford-sur-Avon. Elle projetait, annonça-t-elle à Katherine – lorsque celle-ci entra dans son bureau légèrement plus tard qu'à l'accoutumée, le lendemain de sa promenade au bord du fleuve –, de visiter la tombe de Shakespeare. Tout fait concernant le poète était dans l'immédiat beaucoup plus important pour elle que le présent, et la certitude qu'il y avait en Angleterre un coin de terre où Shakespeare avait dû vivre, où ses os étaient enfouis sous vos pas, l'absorbait tellement qu'elle s'écria à la vue de sa fille :

– Crois-tu qu'il soit passé devant la maison ?

Katherine, surprise, pensa qu'elle voulait parler de Ralph Denham.

– Quand il est allé à Blackfriars, je veux dire, poursuivit Mrs. Hilbery, car tu ne sais pas la dernière nouvelle : il avait une maison là-bas.

Katherine la regardait toujours d'un air perplexe et Mrs. Hilbery ajouta :

– C'est bien la preuve qu'il n'était pas aussi pauvre qu'on l'a prétendu parfois. J'aimerais pouvoir me dire qu'il ne manquait de rien, mais je ne voudrais pour rien au monde qu'il eût été riche.

S'apercevant alors de l'air interrogateur de sa fille, Mrs. Hilbery éclata de rire.

– Mais, ma chérie, je ne parle pas de ton William à toi, bien que ce soit une raison supplémentaire de l'aimer. Je parle et je rêve de mon William à moi – William Shakespeare. N'est-ce pas curieux, murmura-t-elle d'un ton rêveur, debout près de la fenêtre, tapotant doucement le carreau, que cette brave vieille avec un chapeau bleu, qui traverse la rue, son panier sous le bras, n'ait probablement jamais entendu parler de l'existence d'un homme pareil ? Pourtant, la terre continue de tourner ; les hommes de loi se hâtent vers leurs affaires, les chauffeurs de taxis disputent du prix de la course, les petits garçons font rouler leurs cerceaux, les petites filles lancent du pain aux mouettes, comme si Shakespeare n'avait pas existé. J'aimerais me tenir au coin de cette rue toute la journée pour crier : « Ohé, bonnes gens, lisez Shakespeare ! »

Katherine s'assit à sa table et ouvrit une longue enveloppe poussiéreuse. Dans cette lettre, Shelley était mentionné ainsi qu'un vivant et cela lui donnait bien sûr une valeur considérable. Sa tâche immédiate était de décider s'il fallait faire imprimer le texte intégral de la lettre ou seulement le paragraphe où était mentionné le nom de Shelley ; elle prit une plume, prête à rendre son verdict. Mais sa plume resta suspendue en l'air. Presque subrepticement, elle glissa une feuille vierge devant elle, et se mit à dessiner des carrés, qu'elle divisa en deux puis en quatre par des traits rectilignes, et enfin des cercles qui subirent le même processus de dissection.

– Katherine ! J'ai une idée merveilleuse ! s'écria Mrs. Hilbery – consacrons, disons cent livres, à l'achat des œuvres de Shakespeare et distribuons-les aux ouvriers !

Certains de tes brillants amis qui organisent des meetings pourraient nous aider. Cela aboutirait à des représentations théâtrales où nous aurions tous un rôle. Tu serais Rosalinde – bien qu'il y ait en toi un peu de la vieille nourrice. Ton père serait un Hamlet qui aurait atteint l'âge de raison ; quant à moi, – eh bien, je suis un peu tous les personnages ; j'ai beaucoup en commun avec les fous, mais les fous, dans Shakespeare, sont ceux qui disent les choses les plus intelligentes. Et William ? Voyons… Un héros ? Hotspur ? Henri V ? Non, William est un peu Hamlet, lui aussi. J'imagine que William se parle à lui-même quand il est seul. Ah, Katherine, vous devez dire de bien belles choses quand vous êtes ensemble ! ajouta-t-elle en jetant un regard nostalgique sur sa fille qui n'avait pas soufflé mot du dîner de la veille.

– Oh, nous racontons beaucoup de folies, répondit Katherine qui, voyant sa mère approcher, dissimula prestement sa feuille de papier et posa devant elle la lettre où il était question de Shelley.

– Dans dix ans, tu ne penseras plus que ce sont des folies, dit Mrs. Hilbery. Crois-moi, Katherine, tu te souviendras de ces moments-là, tu te rappelleras toutes les folies que tu as dites, et tu te rendras compte que tu as bâti ta vie sur ces folies. Les plus beaux moments dans la vie reposent sur ce que nous disons quand nous sommes amoureux. Ce ne sont pas des folies, Katherine, insista-t-elle, c'est la vérité. La seule.

Katherine était sur le point d'interrompre sa mère pour se confier à elle. Elles étaient parfois étrangement proches l'une de l'autre. Mais tandis qu'elle hésitait, cherchant des formules qui ne fussent pas trop directes, sa mère eut de nouveau recours à Shakespeare, tournant les pages à la recherche d'une citation qui résumât l'amour beaucoup mieux qu'elle-même ne pouvait le faire ; aussi Katherine continuait-elle à remplir ses cercles au crayon noir, quand la sonnerie du téléphone retentit ; elle sortit de la pièce pour aller répondre.

Lorsqu'elle revint, Mrs. Hilbery avait trouvé non pas le passage qu'elle aurait souhaité, mais un autre, d'une beauté exquise, reconnut-elle avec équité, levant les yeux un instant pour demander à Katherine qui avait appelé.

– Mary Datchet, répondit brièvement Katherine.

– Ah… Je regrette presque de ne pas t'avoir appelée Mary, mais cela n'allait pas avec Hilbery, et cela n'irait pas avec Rodney. Bon, ce n'est pas le passage que je voulais (je ne peux jamais trouver ce que je veux). Mais c'est le printemps ; ce sont les jonquilles ; ce sont les champs verts ; ce sont les oiseaux.

La sonnerie impérieuse du téléphone retentit de nouveau, et Katherine quitta encore la pièce.

– Ma chère enfant, comme ces triomphes de la science sont odieux ! s'écria Mrs. Hilbery à son retour. Bientôt, on nous reliera à la lune par un fil – cette fois-ci, qui était-ce ?

– William, répondit Katherine encore plus brièvement.

– Je pardonne tout à William, car je suis sûre qu'il n'existe pas de William sur la lune. J'espère qu'il vient déjeuner ?

– Il vient prendre le thé.

– C'est mieux que rien ; je promets de vous laisser seuls.

– Ce n'est pas nécessaire, dit Katherine.

Elle lissa la feuille défraîchie avec la paume de sa main et se rapprocha énergiquement de la table, le dos bien droit, comme si elle refusait de perdre davantage son temps. Ce geste n'échappa pas à sa mère. C'était l'indice de quelque chose de sévère et d'inabordable dans le caractère de sa fille, et cela lui glaça le sang comme à la vue d'un mendiant ou d'un ivrogne, ou comme la logique avec laquelle Mr. Hilbery trouvait parfois bon de démolir sa foi en un prochain millénaire. Elle retourna à sa table, mit ses lunettes avec une étrange expression d'humilité et s'attela, pour la première fois depuis le début de la matinée, à la tâche placée sous ses yeux. Tout heurt avec un monde indifférent avait pour effet de l'assagir. Pour une fois, elle travailla avec plus de zèle que sa fille. Pour Katherine, le monde ne pouvait se réduire au seul fait que Harriet Martineau fût un personnage marquant et qu'elle avait des liens étroits avec un tel ou un tel. Chose curieuse, la sonnerie grêle du téléphone résonnait toujours à ses oreilles ; son corps et son esprit étaient tendus comme si, à tout instant, un autre appel pouvait retentir, plus important pour elle que tout le dix-neuvième siècle. Elle n'avait pas une idée bien définie de la nature de cet appel, mais, quand on a pris l'habitude d'écouter, on continue instinctivement de dresser l'oreille et Katherine passa la plus grande partie de la matinée à percevoir une grande variété de sons montant des rues populaires de Chelsea. Elle souhaita, probablement pour la première fois de sa vie, que Mrs. Hilbery ne fût pas aussi attentive à son travail. Une citation de Shakespeare n'eût pas été mal venue. De temps à autre, elle entendait sa mère soupirer, mais c'était la seule preuve sensible de son existence et Katherine ne pensa pas que ses soupirs eussent un rapport avec son attitude rigide, sinon peut-être eût-elle posé la plume pour donner à sa mère les raisons de sa nervosité. La seule chose qu'elle réussit à faire au cours de la matinée fut d'écrire une lettre à sa cousine Cassandra Otway – une longue lettre décousue, affectueuse, enjouée et autoritaire. Elle sommait Cassandra de remettre ses créatures aux soins d'un palefrenier et de venir chez eux pendant une semaine ou deux. Elles iraient écouter de la musique ensemble. L'antipathie de Cassandra pour la société, disait-elle, était une affectation qui se transformait en parti pris, et qui, à la longue, l'isolerait de toutes les personnes et de toutes les situations intéressantes. Elle terminait sa lettre quand l'appel qu'elle n'avait cessé d'attendre résonna vraiment à ses oreilles. Elle bondit, et claqua la porte avec une violence qui fit sursauter

Mrs. Hilbery. Où Katherine était-elle allée ? Absorbée dans son travail, elle n'avait pas entendu la sonnerie.

L'alcôve sous l'escalier, où se trouvait le téléphone, était dissimulée aux regards par un rideau de velours pourpre. C'était une petite chapelle consacrée aux biens superflus qui s'accumulent dans la plupart des maisons, servant de refuge au naufrage de trois générations. Des gravures de grands-oncles, fameux par leurs prouesses en Orient, étaient suspendues au-dessus de théières chinoises dont les côtés étaient constellés de petits points en or, et ces précieuses théières étaient à leur tour posées sur des rayons portant les œuvres complètes de William Cowper et de Sir Walter Scott. Katherine avait l'impression que le filet de voix sortant du combiné s'imprégnait toujours du décor qui l'entourait. Quelle était la voix qui allait à présent s'harmoniser avec lui, ou créer une discordance ?

« Qui est-ce ? » se demanda-t-elle en entendant un homme demander d'un ton résolu son numéro. Puis la voix inconnue demanda Miss Hilbery. Parmi toutes les voix qui se pressaient à l'autre bout du fil, parmi l'éventail gigantesque des possibilités, qui allait parler ? Une seconde de silence lui donna le temps de se poser la question qui fut résolue l'instant suivant :

– Il y a un train… Samedi en début d'après-midi, samedi, c'est ce qui me convient le mieux… C'est Ralph Denham… Je vous écrirai…

Avec le sentiment de se heurter à la pointe d'une dague, Katherine répondit :

– Je pense pouvoir venir. Je vais regarder dans mon agenda… Ne quittez pas.

Elle lâcha l'appareil et regarda fixement la gravure du grand-oncle qui n'avait cessé de contempler de son air d'autorité affable un monde qui, jusqu'à présent, ne montrait aucun indice de la révolte des Cipayes. Et, pourtant, se balançant doucement contre le mur, à l'intérieur du tube noir, il y avait une voix qui ne se souciait pas le moins du monde d'Oncle James, ni des théières chinoises, ni des rideaux de velours rouge. Elle regarda les oscillations du tube, et au même moment elle prit conscience de l'individualité de la maison dans laquelle elle se trouvait ; elle entendit les bruits domestiques d'une existence régulière dans l'escalier et aux étages, et perçut des mouvements à travers le mur la séparant de la maison adjacente. Elle n'avait pas une image très nette de Denham au moment où elle prit le téléphone pour répondre qu'elle pourrait se libérer samedi… Elle espérait qu'il ne raccrocherait pas tout de suite, bien qu'elle n'eût pas particulièrement le désir d'entendre ce qu'il allait dire ; tandis qu'il lui parlait, elle se prit même à penser à sa chambre avec ses livres, ses papiers glissés entre les pages des dictionnaires, et la table qui pouvait servir de bureau. Elle raccrocha d'un air pensif ; elle avait retrouvé son calme ; elle termina sans peine sa lettre à Cassandra, inscrivit l'adresse sur l'enveloppe et colla le timbre avec sa résolution et sa vivacité habituelles.

Un bouquet d'anémones attira l'attention de Mrs. Hilbery quand elles eurent fini de déjeuner. Le bleu, le violet et le blanc du bouquet baignant dans un flot de lumière chatoyante sur une table de Chippendale vernie, devant la fenêtre du salon, la fit s'arrêter net avec une exclamation de plaisir.

– Qui est cloué dans son lit par la maladie ? Lequel de nos amis a besoin de réconfort ? Qui s'est senti oublié, délaissé, abandonné de tous ? Qui n'a pas payé de taxe sur l'eau ? Qui a vu sa cuisinière partir sur un coup de tête sans attendre ses gages ? Il y a bien quelqu'un que je connais… », conclut-elle, mais pour le moment le nom de la personne qu'elle souhaitait gratifier lui échappait. La veuve d'un général demeurant dans Cromwell Road était, selon Katherine, la plus représentative de la corporation des malheureux dont la journée serait éclairée par un bouquet d'anémones. À défaut d'une personne véritablement sans ressources et mourant de faim, qui l'eût contentée davantage, Mrs. Hilbery fut forcée de reconnaître ses droits car, bien que disposant de moyens confortables, elle était très déprimée, dépourvue d'attrait, reliée d'une façon indirecte à la littérature, et elle avait été émue jusqu'aux larmes, un après-midi, par un appel téléphonique.

Mrs. Hilbery ayant déjà un engagement, ce fut à Katherine que revint la tâche d'apporter les fleurs à Cromwell Road. Elle prit aussi la lettre pour Cassandra, pensant la glisser dans la première boîte qu'elle verrait en chemin. Mais, une fois dehors, malgré l'invitation répétée des boîtes à lettres et des bureaux de poste à l'engloutir dans leur mâchoire rouge, elle s'abstint. Elle trouvait des excuses absurdes : elle ne voulait pas traverser, elle était sûre de passer devant un autre bureau de poste situé plus au centre, un peu plus loin. Plus elle avançait, avec sa lettre dans la main, plus les questions l'assaillaient. L'air semblait sonore, empli de voix qui désiraient savoir si elle était fiancée à William Rodney ou si ses fiançailles étaient rompues. Était-ce une bonne idée d'inviter Cassandra ? William Rodney était-il, ou allait-il tomber amoureux d'elle ? Les voix qui l'interpellaient ainsi se turent un moment puis se remirent à la questionner, comme si elles s'étaient brusquement avisées d'un autre aspect du problème. Qu'avait voulu dire Denham la veille ? Était-il amoureux ? Était-ce bien d'accepter une promenade avec lui ? Quels conseils lui donner en ce qui concerne l'avenir ? William Rodney a-t-il des raisons d'être jaloux ? Que faire au sujet de Mary Datchet ? Que dit le sens de l'honneur ?

– Mon Dieu ! s'exclama Katherine, après avoir entendu toutes ces voix. Il faut que je prenne une décision.

Mais ce débat était un assaut purement formel, un jeu pour gagner du temps. Comme tous les gens élevés dans une certaine tradition, Katherine était capable de ramener en moins de dix minutes tout problème moral à sa forme traditionnelle et de lui donner des réponses traditionnelles. Le livre de la sagesse était ouvert – sinon sur les genoux de sa mère – sur les genoux de nombreux oncles et tantes. Elle n'avait qu'à les consulter ; ils trouveraient tout de suite la bonne page et lui liraient à voix haute une réponse parfaitement adaptée à la situation. Les lois qui devaient gouverner la conduite d'une femme qui n'est pas mariée sont écrites à l'encre rouge, et gravées dans le marbre si, par quelque malformation de la nature, il advenait qu'elles ne fussent pas inscrites dans son cœur. Elle était prête à croire que certains ont la chance de rejeter, d'accepter, d'abandonner ou de sacrifier leur vie d'après une autorité traditionnelle. Elle pouvait les envier ; mais dans son cas, les questions perdaient leur sens dès qu'elle tentait sérieusement de leur trouver une réponse, ce qui prouvait combien les solutions traditionnelles ne lui étaient personnellement d'aucun secours. Pourtant, la tradition avait soutenu tant de gens, songea-t-elle en regardant les rangées de maisons de chaque côté de la rue : des familles dont les revenus devaient s'échelonner entre mille et quinze cents livres par an, habitaient là, entretenant peut-être trois servantes, accrochant à leurs fenêtres des rideaux épais, salis le plus souvent, qui maintenaient les pièces dans la pénombre puisque l'on ne pouvait qu'apercevoir le reflet d'un miroir au-dessus d'un buffet où était posé un plat rempli de pommes. Mais elle détourna le regard en se disant que ce n'était pas la bonne manière de résoudre ses difficultés.

La seule vérité qu'elle pouvait découvrir était la vérité de ce qu'elle-même sentait – un simple rai de lumière à côté des flots de lumière que renvoyaient les regards de tous ceux qui sont d'accord pour voir la même chose ; mais après avoir chassé l'assaut des voix visionnaires, elle n'avait d'autre ressource que de suivre cette lueur à travers les ténèbres qui l'entouraient. Elle tenta de ne pas la perdre de vue, avec sur son visage une expression que n'importe quel passant eût pris pour un détachement exagéré. On pouvait craindre que cette femme jeune et émouvante fût sur le point de faire quelque chose d'excentrique. Mais sa beauté la sauvait du pire sort qui guette un piéton : les gens la regardaient, mais ne riaient pas. Chercher un sentiment vrai dans le chaos d'indifférence ou de faux-semblants dont la vie est faite, le reconnaître après l'avoir trouvé, accepter les conséquences de cette découverte, voilà qui creuse des rides sur le front le plus lisse et donne de l'éclat au regard ; cette quête à la fois déroutante, avilissante, exaltante, et les découvertes de plus en plus nombreuses de Katherine lui étaient successivement des sujets de surprise, de honte et d'angoisse. Beaucoup de choses dépendaient, comme toujours, de l'interprétation du mot amour ; ce mot revenait sans cesse, qu'elle pensât à Rodney, à Denham, à Mary Datchet ou à elle-même ; dans chaque cas, il semblait signifier quelque chose de différent, et pourtant c'était toujours quelque chose de bien défini, qui ne pouvait être passé sous silence. Plus elle réfléchissait à leurs vies qui, au lieu de suivre des voies parallèles, s'étaient soudain entrecroisées, plus elle était persuadée qu'il n'y avait pour les guider que cette étrange lueur : le seul chemin pour eux était celui au bout duquel elle brillait. Son aveuglement face à Rodney, sa tentative pour harmoniser l'amour sincère qu'il ressentait avec l'amour qu'elle simulait était un échec qui ne serait jamais trop sévèrement condamné ; en vérité, il ne lui restait qu'à payer son tribut à cet échec qui laissait un jalon noir et nu dans sa mémoire.

À ces humiliations s'ajoutaient de nombreux motifs d'exaltation. Trois scènes particulières retinrent son attention : elle pensa à Mary, assise très droite et disant : « Je suis amoureuse – Je suis amoureuse » ; elle pensa à Rodney perdant contenance parmi les feuilles mortes et s'épanchant avec l'abandon d'un enfant ; elle pensa à Denham appuyé sur le parapet et apostrophant le ciel, comme pris de folie. Et ses pensées qui allaient de Mary à Denham, de William à Cassandra, et de Denham à elle-même – bien qu'elle doutât encore que l'esprit de Denham fût en corrélation avec le sien –, semblaient tracer une figure géométrique, une correspondance entre leurs vies, qui les investissait – sinon elle-même, du moins les autres – d'une puissance et d'une sorte de beauté tragiques. Elle eut d'eux une vision fantastique : ils soutenaient sur leurs dos courbés de splendides palais. Ils étaient les porteurs de lanternes ; leurs lumières, dispersées parmi la foule, s'éloignaient puis se rejoignaient, tissant une toile aux motifs changeants. Ainsi la portait son imagination, tandis qu'elle avançait à pas rapides dans les rues lugubres de South Kensington, et elle décida, quoi qu'il restât d'obscur par ailleurs, qu'elle devait favoriser les objectifs de Mary, de Denham, de William et de Cassandra. Aucune ligne de conduite ne lui sembla meilleure. Ses réflexions ne réussirent qu'à la convaincre qu'aucun risque n'était trop grand pour une telle cause ; et que, loin de s'imposer des règles ou d'en imposer aux autres, elle laisserait les difficultés s'amasser, les situations ouvrir leurs mâchoires inassouvies, en conservant courageusement une indépendance absolue. C'est ainsi qu'elle servirait le mieux les gens qu'elle aimait.

À la lumière de cette exaltation, les mots que sa mère avait crayonnés sur la carte attachée au bouquet d'anémones trouvaient un sens nouveau. La porte de la maison de Cromwell Road s'ouvrit, laissant apparaître un long couloir et un escalier sombres ; toute la lumière semblait concentrée sur un plateau d'argent rempli de cartes de visite dont la bordure noire témoignait que les amis de la veuve avaient tous compati à sa douleur. On ne pouvait guère s'attendre à ce que la femme de chambre comprît la signification du ton grave avec lequel la jeune dame offrit les fleurs, en y joignant toutes les amitiés de Mrs. Hilbery ; la porte se referma sur l'offrande.

La vue d'un visage, le claquement d'une porte, ont l'un et l'autre une action destructrice sur l'exaltation de la pensée. Marchant vers Chelsea, Katherine doutait s'il adviendrait quoi que ce soit de ses résolutions. Si l'on ne peut pas être certain des êtres, du moins peut-on s'appuyer sur les chiffres, et elle se pencha sur les données de problèmes familiers avec le même plaisir que celui qu'elle avait pris à réfléchir à la destinée de ses amis. Elle rentra chez elle, légèrement en retard pour le thé.

Sur le vieux coffre hollandais dans l'entrée, elle aperçut un ou deux chapeaux, des manteaux, des cannes, et devant la porte du salon, elle entendit un bruit de voix. Sa mère poussa un petit cri quand elle entra – un cri qui fit comprendre à Katherine qu'elle était en retard, que les tasses à thé et les petits pots de lait se révoltaient conjointement et qu'elle devait immédiatement reprendre sa place au bout de la table pour verser le thé aux invités. Augustus Pelham, qui tenait son journal intime, aimait raconter ses histoires dans une atmosphère paisible ; il aimait l'attention ; il aimait – grâce au témoignage de personnes aussi distinguées que Mrs. Hilbery – tirer au clair les petits faits, les petites histoires concernant le passé et les morts illustres, afin d'alimenter son journal, en considération duquel il fréquentait les thés et avalait chaque année une énorme quantité de toasts beurrés. Aussi accueillit-il Katherine avec soulagement et, dès qu'elle eut serré la main de Rodney et salué la dame américaine qui était venue voir les reliques, la conversation reprit sur les grands rails de la réminiscence.

Malgré le voile qui les séparait, Katherine ne pouvait s'empêcher de regarder Rodney, comme si elle devait découvrir ce qui s'était passé pour lui depuis leur dernière rencontre. Ce fut peine perdue. Ses vêtements, la perle à sa cravate, semblaient intercepter ses regards furtifs et proclamer l'inutilité d'une telle investigation sur la personne d'un homme du monde courtois et réservé, tenant en l'air sa tasse de thé, et posant en équilibre un toast beurré sur le bord de sa soucoupe. Elle ne rencontra pas son regard, mais cela n'avait rien d'étonnant, vu le zèle qu'il montrait à servir et à offrir ses services, et son empressement poli à répondre aux questions de l'Américaine.

Cette vision eût découragé n'importe quelle femme, la tête bourdonnante d'idées sur l'amour. Les voix des interlocuteurs invisibles se trouvèrent renforcées par cette scène autour de la table ; elles retentirent à ses oreilles avec une audace redoublée, comme si elles étaient soutenues par le bon sens de vingt générations, et l'approbation immédiate de Mr. Augustus Pelham, de Mrs. Vermont Bankes, de William Rodney, et peut-être de Mrs. Hilbery elle-même. Katherine serra les dents, et pas seulement au sens figuré car, dans un geste impulsif, elle posa sur la table une enveloppe qu'elle avait tenue jusque-là sans y penser. L'adresse était visible et, un instant plus tard, elle vit le regard de William Rodney s'y poser au moment où il se levait, une assiette à la main. Son expression changea subitement : il jeta sur Katherine un regard qui révélait suffisamment sa confusion pour qu'elle en sentît la réalité. Quelques secondes plus tard, il ne savait plus quoi dire à Mrs. Vermont Bankes. Mrs. Hilbery, consciente du silence, suggéra avec sa vivacité habituelle qu'il était temps peut-être de lui montrer les reliques.

Katherine se leva, et guida l'Américaine et Rodney vers la petite pièce contenant les tableaux et les livres.

Elle alluma les lampes et se mit à réciter de sa voix douce et grave : « C'est sur cette table que mon grand-père écrivait. C'est là qu'il a composé la plupart de ses derniers poèmes. Voici sa plume – la dernière dont il s'est servie. » Elle la souleva et marqua un temps d'arrêt minutieusement calculé. « Voici, poursuivit-elle, le manuscrit original de l'*Ode à l'hiver*. Les premiers manuscrits sont beaucoup moins corrigés que les derniers, comme vous allez pouvoir vous en rendre compte tout de suite… Je vous en prie, prenez-le », ajouta-t-elle à l'intention de Mrs. Bankes qui réclamait ce privilège d'une voix timide, tout en déboutonnant ses gants blancs en chevreau.

– Vous ressemblez étonnamment à votre grand-père, Miss Hilbery, observa l'Américaine en montrant le portrait.

Le regard surtout. Allez, je suis sûre qu'elle aussi écrit des poèmes, avouez-le ! dit-elle gaiement, se tournant vers William. C'est vraiment le poète idéal, ne trouvez-vous pas, Mr. Rodney ? Vous ne pouvez pas savoir ce que cela représente pour moi de me trouver ici, en présence de sa petite-fille. Votre grand-père est très célèbre en Amérique, Miss Hilbery. Nous avons des clubs où nous faisons la lecture de ses œuvres à haute voix. Oh ! Ses pantoufles... » Posant le manuscrit, elle s'empara des vieilles pantoufles et resta un moment sans mot dire, perdue dans sa contemplation.

Tandis que Katherine poursuivait résolument sa tâche de montreuse foraine, Rodney examinait avec une vive attention une rangée de petits dessins qu'il connaissait par cœur. Le désordre de ses pensées avait grand besoin de ce léger répit comme si, après avoir affronté des rafales de vent, il lui fallait remettre de l'ordre dans ses vêtements sous le premier abri venu. Son calme n'était qu'apparent et il le savait fort bien : il n'existait plus, ou presque plus, sous la carapace de sa cravate et de son gilet.

En s'arrachant de son lit, ce matin-là, il avait pris la décision de ne pas tenir compte de ce qui s'était dit la veille. La vue de Denham l'avait persuadé qu'il vouait à Katherine un amour passionné et, quand il lui avait parlé au téléphone dans la matinée, il avait voulu lui faire sentir, en adoptant un ton léger mais ferme, qu'après cette soirée extravagante ils étaient plus que jamais fiancés. Mais, arrivé au bureau, ses tourments recommencèrent. Une lettre de Cassandra l'attendait. Elle avait lu sa pièce et saisissait la première occasion pour lui faire savoir ce qu'elle en pensait. Ses compliments, disait-elle, n'avaient aucune valeur ; néanmoins, elle n'avait pas dormi de la nuit ; elle avait pensé à tel et tel détail, puis à tel autre ; son enthousiasme débordant disparaissait par endroits sous des ratures minutieuses, mais il restait suffisamment de termes élogieux pour flatter la vanité de William. Elle était assez intelligente pour bien dire les choses ou même, d'une façon encore plus charmante, pour les suggérer. À maints égards, c'était une lettre exquise. Elle lui parlait de sa musique, et d'une réunion en faveur du suffrage des femmes où l'avait amenée Henry ; à moitié sérieuse, elle affirmait qu'elle avait appris l'alphabet grec et que c'était « fascinant ». Le mot était souligné. Avait-elle ri en le soulignant ? Lui arrivait-il d'être sérieuse ? Cette lettre reflétait le plus délicieux mélange d'exaltation, d'esprit et de fantaisie, animé par la flamme d'une petite fille espiègle qui, toute la matinée, voltigea comme un feu follet dans l'esprit de Rodney. Il ne put résister au plaisir de lui répondre aussitôt. Il trouva délicieux d'employer un style plein de saluts et de révérences, d'approches et de replis caractéristiques d'une relation entre un homme et une femme existant parmi des millions d'autres. Katherine ne s'aventurait jamais sur ce terrain-là, se dit-il malgré lui ; Katherine – Cassandra ; Cassandra – Katherine. Toute la journée, elles se disputèrent ses pensées. C'était fort bien de s'habiller avec soin, de se composer un visage, de se mettre ponctuellement en route à quatre heures et demie pour prendre le thé dans Cheyne Walk, mais Dieu seul savait à quoi cela rimait : et lorsque Katherine, après être restée assise sans rien dire, immobile comme à son habitude, avait délibérément tiré de sa poche et posé sur la table une lettre adressée à Cassandra, n'avait-il pas perdu contenance ? Qu'avait-elle voulu lui faire comprendre ?

Il jeta un coup d'œil pénétrant par-dessus la rangée des petits tableaux : Katherine se libérait de la dame américaine d'une manière par trop expéditive. De toute évidence, la victime elle-même devait se rendre compte que la petite-fille du poète trouvait son enthousiasme outré. Katherine n'essayait jamais de partager les sentiments des autres, songea-t-il ; étant lui-même sensible à toutes les nuances entre les êtres, il interrompit le discours de commissaire-priseur que Katherine débitait, l'air de plus en plus absent, et il prit Mrs. Bankes sous sa protection, pénétré d'une étrange compassion.

Peu de temps après, la dame américaine termina sa visite, avec une légère inclination de la tête comme une révérence au poète et à ses pantoufles. Elle prit congé et suivit Rodney qui l'escorta en bas. Katherine resta seule dans la petite pièce. La cérémonie du culte à son ancêtre lui avait été plus pénible que jamais. Au surplus, cette pièce, très encombrée, était parvenue à la limite du désordre. Le matin même, ils avaient reçu d'Australie un document, assuré à haut prix, faisant état d'une variante dans un des textes célèbres du poète et qui, par conséquent, méritait un verre et un cadre. Mais où le mettre ? Devait-on le suspendre dans l'escalier, ou ôter une autre relique pour lui donner la place d'honneur ? Incapable de résoudre ce problème, Katherine jeta un coup d'œil sur le portrait de son grand-père, comme pour lui demander son avis. L'artiste qui avait peint le tableau était passé de mode et, à force de le montrer aux visiteurs, Katherine avait presque cessé d'y voir autre chose qu'un flamboiement de roses et de bruns, entouré d'une volute de feuilles de laurier dorées. Ce jeune homme qui était son grand-père regardait d'un air vague un point situé au-dessus de sa tête. Les lèvres sensuelles, légèrement entrouvertes, donnaient au visage une expression particulière : on eût dit qu'il apercevait quelque chose de ravissant ou d'extraordinaire à l'horizon. La même expression se répéta curieusement sur le visage de Katherine tandis qu'elle observait son grand-père. Ils avaient le même âge ou presque. Elle se demanda ce qu'il cherchait : voyait-il, lui aussi, des vagues déferlant sur une plage, des héros chevauchant dans des forêts luxuriantes ? Pour la première fois de sa vie peut-être, elle pensa à lui comme à un homme jeune, malheureux, passionné, plein de désirs et de défauts ; pour la première fois, elle pensa à lui par rapport à elle-même et non d'après le souvenir de sa mère. Elle songea qu'il aurait pu être son frère. Il lui sembla qu'ils se ressemblaient grâce aux liens mystérieux du sang qui permettent d'interpréter le spectacle que les yeux des morts regardent si intensément, et de croire qu'ils sont les témoins de nos joies et de nos peines. Il aurait compris, pensa-t-elle soudain ; et au lieu de poser des fleurs flétries sur son autel, elle lui offrit ses doutes – don plus précieux, peut-être, si les morts ont conscience de nos dons, que les fleurs, l'encens ou l'adoration. Les doutes, les questions et la tristesse qui habitaient Katherine tandis qu'elle le regardait, lui feraient plus plaisir que des offrandes et ce ne serait pour lui qu'un fardeau bien léger si elle lui demandait de partager ses épreuves et ses victoires. Les morts ne réclament ni fleurs ni regrets, mais une part de la vie qu'ils ont donnée, une part dans la vie qu'ils ont vécue.

Rodney la retrouva un instant plus tard, assise sous le portrait de son grand-père. D'un air amical, elle lui dit, posant la main sur le siège proche d'elle :

– Venez donc vous asseoir, William. J'étais si heureuse que vous soyez là ! Je sentais que je devenais de plus en plus mal élevée.

– Vous ne savez pas très bien cacher vos sentiments, répliqua-t-il sèchement.

– Oh, ne me grondez pas ! J'ai passé un après-midi épouvantable.

Elle lui raconta qu'elle avait apporté des fleurs à Mrs. McCormick, que South Kensington lui avait donné l'impression d'être une réserve de veuves d'officiers. Elle lui décrivit la porte d'entrée qui s'était ouverte sur une vision sinistre de bustes, de palmiers et de parapluies. Elle discourait avec légèreté et réussit à le mettre à l'aise. En fait, il fut rapidement trop à son aise pour s'en tenir à une neutralité joyeuse, et sentit qu'il perdait son calme. Katherine réussissait à lui faire trouver naturel qu'il lui demandât des conseils, et qu'il lui confiât sans ambages ce qui le préoccupait. La lettre de Cassandra pesait lourd dans sa poche. Il y avait aussi celle adressée à Cassandra, posée sur la table, dans la pièce voisine. L'atmosphère semblait tout empreinte de Cassandra. Mais, à moins que Katherine n'abordât d'elle-même ce sujet, il lui était impossible d'y faire allusion – il devait tout ignorer ; c'était le rôle d'un homme bien élevé de garder cette attitude qui était, autant que possible, celle d'un amoureux convaincu. De temps à autre, il poussait un profond soupir. Puis il parla avec une précipitation curieuse d'une représentation éventuelle de l'un des opéras de Mozart, durant l'été. Il avait reçu un programme, dit-il, exhibant tout à coup un portefeuille bourré de papiers parmi lesquels il se mit à fouiller. Il tenait une enveloppe épaisse entre le pouce et l'index, comme si le programme de la troupe d'opéra y était indissolublement attaché.

– Une lettre de Cassandra ? dit Katherine de la voix la plus naturelle du monde, regardant par-dessus son épaule. Je viens justement de lui écrire pour l'inviter à la maison, seulement j'ai oublié de poster ma lettre.

Il lui tendit l'enveloppe en silence. Elle la prit, sortit la lettre et la lut.

Rodney trouva cette lecture intolérablement longue.

– Oui, fit-elle enfin, c'est une lettre charmante.

Rodney détournait légèrement le visage comme par pudeur. La vue de son profil faillit la faire éclater de rire. Elle jeta un nouveau coup d'œil sur la lettre.

– Je ne vois aucun mal, lança William, à l'aider – en grec par exemple – si cela lui plaît.

– Je ne vois pas pourquoi cela ne lui plairait pas, dit Katherine, consultant la lettre une nouvelle fois. Ah oui, c'est ici : « L'alphabet grec est absolument *fascinant*. » Manifestement, le grec lui plaît beaucoup.

– Eh bien, le grec est peut-être une grande affaire. Je pensais surtout à l'anglais. Ses critiques de ma pièce, même si elles sont trop élogieuses – elle manque évidemment de maturité – elle n'a pas plus de vingt-deux ans, je crois ? –, ses critiques montrent en tout cas une chose essentielle : une grande sensibilité pour la poésie ; elle n'est pas mûre, certes, mais c'est là qu'est la racine de tout. Il n'y aurait aucun mal à lui prêter des livres ?

– Non. Certainement pas.

– Mais, si cela – hum – entraînait une correspondance ? Je veux dire, Katherine, sans entrer dans des problèmes qui me semblent un peu délicats, euh… – il bredouilla – de votre point de vue, cette idée ne vous est pas désagréable ? S'il en était autrement, dites-le moi et je n'y penserai plus.

Elle fut surprise de découvrir à quel point elle désirait, en effet, qu'il n'y pensât plus. Pendant un instant, il lui sembla impossible de renoncer, pour une autre femme, à une intimité qui, sans être l'intimité de l'amour, n'en était pas moins l'intimité d'une amitié sincère. Cassandra ne le comprendrait jamais – elle n'était pas assez fine pour lui. Sa lettre était une lettre de flatterie, une lettre qui s'adressait à sa faiblesse, et l'idée qu'une autre connût cette faiblesse la mit en colère. Mais non, il n'était pas faible ; il avait la force très rare de tenir ses promesses – elle n'avait qu'à dire un mot et il ne penserait jamais plus à Cassandra.

Elle se tut un moment. Rodney devina pourquoi. Il était stupéfait.

« Elle m'aime », se dit-il. La femme qu'il admirait plus que quiconque au monde l'aimait, au moment où il avait abandonné tout espoir qu'elle l'aimât jamais. Alors que, pour la première fois, il était sûr de son amour, il n'en fut pas heureux. Il ressentait cet amour comme une chaîne, comme un poids, quelque chose qui les rendait tous deux, et lui particulièrement, risibles. Il était complètement en son pouvoir, mais gardait les yeux ouverts ; il n'était plus son esclave ni sa dupe. Il serait son maître, à l'avenir. Le silence se prolongea ; Katherine prenait conscience de la force qui la poussait à dire les mots qui retiendraient William pour toujours, de la tentation indigne qui la pressait de faire le geste, ou de prononcer les mots qu'il lui avait si souvent réclamés et qu'elle était sur le point d'éprouver. Silencieuse, elle tenait la lettre à la main.

À cet instant, un mouvement se fit dans l'autre pièce : la voix de Mrs. Hilbery leur parvint ; elle parlait d'épreuves sauvées par miracle en Australie ; le rideau qui séparait les deux pièces s'écarta et Mrs. Hilbery, en compagnie d'Augustus Pelham, apparut sur le seuil. Mrs. Hilbery s'arrêta net. Elle regarda sa fille et l'homme que sa fille allait épouser, avec ce sourire singulier si proche de la moquerie.

– Voici mon plus grand trésor, Mr. Pelham ! s'exclama-t-elle. Ne bouge pas, Katherine ; restez assis, William. Mr. Pelham reviendra un autre jour.

Mr. Pelham regarda, sourit, salua, et, son hôtesse ayant fait demi-tour, il la suivit sans un mot. Le rideau fut à nouveau tiré par lui ou par Mrs. Hilbery.

D'une certaine façon, sa mère avait résolu la question. Katherine ne doutait plus.

– Comme je vous l'ai dit l'autre soir, dit-elle, je pense que, s'il y a une chance que vous aimiez Cassandra, votre devoir est de découvrir quels sont vos véritables sentiments à son égard. C'est votre devoir envers elle aussi bien qu'envers moi. Mais nous devons en parler à ma mère ; nous ne pouvons pas continuer à jouer la comédie.

– Je m'en remets entièrement à vous, dit Rodney, en reprenant aussitôt ses manières guindées d'homme d'honneur.

– Fort bien, dit Katherine.

Dès qu'il l'aurait quittée, elle irait voir sa mère et lui expliquerait que leurs fiançailles étaient rompues – ou serait-ce préférable qu'ils y aillent ensemble ?

– Mais, Katherine, commença Rodney, essayant nerveusement de glisser la lettre de Cassandra dans son enveloppe. Si Cassandra… est-ce que Cassandra… avez-vous invité Cassandra ?

– Oui ; mais je n'ai pas posté la lettre.

Il croisa les genoux dans un silence déçu. Selon son code de conduite, il était impossible de demander à une femme avec laquelle il venait juste de rompre ses fiançailles de l'aider à faire la connaissance d'une autre dans le dessein d'avoir une relation amoureuse avec elle. Si l'on annonçait que leurs fiançailles étaient rompues, une séparation longue et complète s'ensuivrait inévitablement. Dans de telles circonstances, lettres et cadeaux seraient rendus. Au bout de plusieurs années, le couple désuni se rencontrait à une soirée, s'effleurant les doigts d'un air gêné en échangeant une ou deux banalités. Il serait abandonné ; il ne pourrait plus compter que sur lui-même. Il ne pourrait jamais plus évoquer Cassandra devant Katherine. Pendant des mois, sans doute des années, il ne reverrait pas Katherine ; tout pouvait lui arriver pendant son absence.

Katherine était presque aussi décontenancée que lui. Elle devinait bien quelle serait la voie de la générosité mais, par orgueil, elle se débattait farouchement : rester fiancée avec Rodney blessait ce qui, en elle, était plus noble que la vanité.

« Je vais renoncer à ma liberté pendant un temps indéterminé, songea-t-elle, pour que William puisse voir Cassandra ici, comme il en a envie. Il n'a pas le courage de se décider tout seul ; il est trop lâche pour dire franchement ce qu'il veut. L'idée d'un scandale lui est insupportable. Il veut nous garder toutes les deux. »

Quand elle en fut là de ses réflexions, Rodney mit la lettre dans sa poche et regarda sa montre. Ce geste signifiait qu'il renonçait à Cassandra – car il reconnaissait son incompétence et n'avait pas confiance en lui-même ; il perdait Katherine également, à laquelle il était profondément attaché, mais n'avait pas d'autre choix. Il était forcé de s'en aller, de laisser sa liberté à Katherine, d'annoncer à sa mère que leurs fiançailles étaient rompues. Faire ce que le devoir exigeait de la part d'un homme d'honneur lui coûtait un effort qui, un ou deux jours auparavant, lui eût semblé insurmontable. Qu'une relation comme celle sur laquelle il avait jeté un regard d'envie fût possible entre lui et Katherine, il eût été le premier, deux jours plus tôt, à s'en défendre avec indignation. Maintenant sa vie était changée ; il avait changé ; ses sentiments n'étaient plus les mêmes ; de nouvelles perspectives et de nouveaux horizons, fascinants et irrésistibles, s'offraient à lui. Trente-cinq années d'existence ne l'avaient pas laissé sans défense ; il était encore maître de sa dignité ; il se leva, résolu à un adieu irrévocable.

– Je vous quitte, alors, dit-il, se levant et tendant la main avec un effort qui le fit pâlir mais lui conféra une certaine dignité, pour que vous puissiez prévenir votre mère que nos fiançailles sont rompues, selon votre désir.

Elle prit sa main et la serra.

– Vous n'avez pas confiance en moi ? demanda-t-elle.

– Si, répondit-il.

– Non, vous ne croyez pas que je puisse vous aider… Puis-je vous aider ?

– Je suis perdu si vous ne m'aidez pas ! s'écria-t-il avec feu, mais il retira sa main et fit demi-tour.

Quand il se retourna, elle pensa qu'elle le voyait pour la première fois sans masque.

– Il est inutile de faire semblant de ne pas comprendre ce que vous m'offrez, Katherine. J'avoue ce que vous avez dit. Pour parler franchement, je crois qu'en ce moment j'aime votre cousine ; il se peut qu'avec votre aide, je puisse – mais non… (il hésita), c'est impossible, c'est injuste – je suis infiniment coupable d'avoir permis cette situation…

– Asseyez-vous à côté de moi. Réfléchissons raisonnablement…

– Votre bon sens a été notre perte…, gémit-il.

– J'en prends la responsabilité.

– Mais puis-je accepter une chose pareille ? Cela voudrait dire – car nous devons regarder les choses en face, Katherine – que nous laissons croire à nos fiançailles pour le moment ; en fait, votre liberté serait totale, bien sûr.

– La vôtre aussi.

– Oui, nous serions tous les deux entièrement libres. Disons que je verrai Cassandra une fois, peut-être deux. Si, comme j'en suis sûr, cela s'avère être un rêve, nous en parlons immédiatement à votre mère. Pourquoi ne pas lui en parler dès maintenant, en lui demandant de garder le secret ?

– Pourquoi pas ? Tout Londres serait au courant en dix minutes et, de plus, elle ne comprendrait rien.

– À votre père, alors ? Ce secret est détestable – déshonorant.

– Mon père comprendrait encore moins.

– Qui pourrait comprendre ? gémit Rodney. C'est de notre point de vue que nous devons examiner la situation. Ce n'est pas seulement trop vous demander, c'est vous placer dans une situation dans laquelle je ne pourrais tolérer de voir ma propre sœur.

– Nous ne sommes pas frère et sœur, répondit-elle impatiemment, et si nous ne prenons pas de décision, qui le fera ? Je parle sérieusement, poursuivit-elle. J'ai réfléchi au problème, et je suis arrivée à la conclusion qu'il faut prendre des risques, même s'il est vrai que c'est une situation très pénible.

– Katherine, êtes-vous malheureuse ? Vous serez malheureuse.

– Non, dit-elle avec force. Je souffrirai mais je m'y suis préparée. Vous m'aiderez. Vous m'aiderez tous les deux. En fait, nous nous aiderons les uns les autres. C'est une doctrine chrétienne, n'est-ce pas ?

– Cela me semble plus proche du paganisme, marmonna Rodney, pensant à la situation dans laquelle cette doctrine chrétienne les plaçait.

Pourtant, force lui était d'admettre qu'un soulagement divin l'envahissait et que l'avenir, au lieu de porter un masque de plomb, devenait prometteur de feux de joie. Il allait voir Cassandra dans une semaine, peut-être avant, et il était plus pressé de connaître la date de son arrivée qu'il n'en avait conscience. Son empressement à cueillir ce fruit de la générosité exemplaire de Katherine et de sa propre lâcheté, lui paraissait ignoble. Mais de telles définitions, qui lui venaient machinalement à l'esprit, avaient perdu tout sens. Il ne se sentait pas rabaissé par ce qu'il avait fait. Quant à louer Katherine – n'étaient-ils pas des associés, des complices, unis dans la poursuite d'un même but, si bien que comparer son geste à un acte de générosité n'avait aucune signification. Il lui prit la main et la pressa, moins pour la remercier que dans un élan charmant de camaraderie.

– Nous nous aiderons les uns les autres, dit-il, répétant ses paroles et cherchant dans son regard l'enthousiasme de l'amitié.

Mais ses yeux étaient graves, sombres et tristes. « Il est déjà parti », songea-t-elle, « très loin – il ne pense plus à moi. » Alors qu'ils étaient assis l'un près de l'autre, la main dans la main, elle eut l'impression que la terre dressait entre eux un mur impénétrable qui s'élevait toujours plus haut. L'émotion qu'elle ressentait d'être ainsi séparée, pour toujours, de toute entente avec la personne qu'elle aimait le plus, s'apaisa, et, d'un commun accord, ils relâchèrent l'étreinte de leurs doigts ; les lèvres de Rodney effleurèrent les doigts de Katherine au moment où le rideau s'ouvrait. Mrs. Hilbery jeta un regard interrogateur dans la pièce, d'un air bienveillant et moqueur : Katherine se rappelait-elle si l'on était mardi ou mercredi, et si elle dînait à Westminster ?

– Très cher William, commença-t-elle, puis, marquant un temps d'arrêt, comme si elle ne pouvait résister au plaisir d'empiéter une seconde sur ce monde merveilleux de l'amour, du romanesque et des confidences… très chers enfants, conclut-elle, disparaissant soudain comme si elle s'obligeait à tirer le rideau sur une scène qu'elle se refusait à troubler.

XXV

À trois heures et quart, le samedi suivant, Ralph Denham, assis sur la rive du lac du parc de Kew, divisait de l'index le cadran de sa montre en quartiers.

La nature impartiale et inexorable du temps se reflétait dans l'expression de son visage. Il aurait pu être en train de composer un hymne à la lente marche incessante de cette divinité. Le visage austère, il semblait saluer l'écoulement des minutes et acquiescer à l'ordre inéluctable. Son regard était si grave, si serein, si impassible que, pour lui, visiblement, la fuite du temps avait une majesté qu'aucune irritation mesquine ne venait altérer, bien qu'avec le temps s'enfuissent aussi ses espoirs.

Son visage révélait assez bien ce qui se passait en lui. Il était dans un état d'exaltation incompatible avec la banalité de la vie quotidienne. Il ne pouvait supporter le fait qu'une jeune femme eût quinze minutes de retard à son rendez-vous, sans voir dans cet événement la plus grande déception de sa vie. Les yeux fixés sur sa montre, il parut scruter les ressorts de la destinée humaine et, à la lumière de ce qu'il vit, il mit le cap vers le nord et le soleil de minuit… Oui, il lui faudrait traverser en solitaire les glaces et les eaux sombres – mais dans quel dessein ? Il posa son doigt sur la demie et décida qu'il partirait lorsque la grande aiguille aurait atteint ce point ; en même temps, il répondait à une question posée par l'une des nombreuses voix de sa conscience, en répliquant qu'il devait y avoir un but mais qu'il fallait lutter à chaque instant avec acharnement pour rester dans la bonne direction. Le tic-tac inexorable des secondes semblait l'exhorter à refuser sciemment la médiocrité, à repousser la lâcheté, à ne pas céder, ne pas se compromettre. Le cadran de sa montre indiquait à présent trois heures vingt-cinq. Le monde, se dit-il – puisque Katherine Hilbery avait une demi-heure de retard –, n'offrait ni bonheur, ni havre de paix, ni certitude. Dans un contexte défavorable depuis le début, l'espoir était la seule erreur impardonnable. Abandonnant un instant le cadran de sa montre, il fixa des yeux la rive opposée, d'un air mélancolique, comme si la dureté de son regard était encore susceptible d'être adoucie. Une joie profonde éclaira bientôt son visage. Sur la pelouse, une femme avançait à sa rencontre d'un pas rapide et pourtant hésitant. Elle ne l'avait pas vu. La distance prêtait à sa silhouette une allure ineffable et le flottement d'un voile pourpre que l'air léger gonflait et enroulait autour de ses épaules la rendait irréelle.

« La voici tel un navire voguant à pleines voiles », se dit-il, se rappelant vaguement un vers d'une pièce ou d'un poème dans lequel l'héroïne arrivait ainsi, saluée par les alizés dans sa longue robe ondulant au vent. Le tapis de verdure et les arbres altiers alentour semblaient lui faire escorte. Il se leva, elle le vit ; son exclamation prouva qu'elle était heureuse de le trouver et qu'elle se reprochait son retard.

– Pourquoi ne m'en avoir rien dit ? Je ne savais pas que c'était comme cela », dit-elle en désignant le lac, les larges espaces verts, la perspective des arbres, l'or ridé de la Tamise dans le lointain, et le château ducal au milieu de la prairie. Elle salua la crinière rigide du lion ducal d'un éclat de rire incrédule.

– Vous n'étiez jamais venue à Kew ? demanda Denham.

En fait, elle y était déjà venue une fois dans son enfance,

mais la géographie des lieux était toute différente, et la faune comportait certainement des flamants roses, voire des dromadaires. Ils marchèrent en recréant ces jardins légendaires. Il sentit qu'elle était heureuse de flâner et de laisser son esprit vagabonder au fil des spectacles qui s'offraient à sa vue – un taillis, un gardien, une oie – comme si elle se détendait peu à peu. La chaleur de l'après-midi, pour la première fois en ce printemps, leur donna envie de s'asseoir sur un banc dans une clairière de hêtres où aboutissaient des allées verdoyantes. Elle poussa un profond soupir.

– Quelle paix ! dit-elle, comme pour excuser son soupir.

Il n'y avait personne, et le murmure du vent dans les branches, que les Londoniens ont si peu l'occasion d'entendre, lui semblait provenir d'océans d'air embaumé.

Tandis qu'elle respirait profondément et regardait autour d'elle, Denham dégagea, de la pointe de sa canne, un bouquet de pousses vertes, à demi recouvertes par les feuilles mortes. Il s'y prenait avec la délicatesse d'un botaniste. Il lui cita le nom latin de la plante verte qui masquait une petite fleur familière même à Chelsea ; amusée, elle se récria d'admiration devant son savoir.

Elle avoua sa propre ignorance qui était très grande. Quel était le nom de cet arbre en face, par exemple, à supposer qu'il daignât lui donner son nom anglais ? Hêtre, orme ou sycomore ? Une feuille morte révéla qu'il s'agissait d'un chêne ; le schéma que Denham dessina sur une enveloppe apprit rapidement à Katherine les distinctions essentielles entre les principaux arbres anglais. Puis elle demanda à Denham de lui parler des fleurs. Pour elle, les fleurs avaient des formes variées et des pétales colorés, et se balançaient à diverses époques de l'année sur des tiges vertes semblables les unes aux autres ; pour lui, les fleurs étaient d'abord des bulbes ou des graines, et, plus tard, des choses vivantes dotées d'un sexe, de pores et d'une sensibilité, qui réussissaient par toutes sortes de procédés ingénieux à s'adapter et à se reproduire. On pouvait leur donner une forme ramassée ou fuselée, des couleurs vives ou pastel, unies ou bigarrées, grâce à des processus susceptibles de révéler les secrets de l'existence humaine. Aucun discours n'aurait pu être plus doux à l'oreille de Katherine. Depuis des semaines elle n'avait pas entendu de musique plus suave, qui éveillait des résonances infinies dans le tréfonds de son être où la solitude avait si longtemps régné en maître absolu. Elle désirait qu'il continuât de parler des plantes et qu'il lui démontrât que la science pouvait comprendre la loi qui réglait leurs variations infinies. Une loi obscure peut-être, mais assurément toute-puissante, qui exerçait sur elle une fascination : elle ne trouvait rien de comparable dans la vie des hommes. Les circonstances l'avaient depuis longtemps contrainte, comme la plupart des femmes dans la fleur de l'âge, à prendre en considération avec minutie toute une part de la vie manifestement dénuée d'ordre : des états d'âme, des désirs, les nuances de la sympathie et de l'antipathie, ainsi que leur effet sur la destinée des êtres qui lui étaient chers, et elle avait été forcée de renoncer à la contemplation de cet autre versant de la vie, où la pensée élabore une destinée indépendante des êtres humains. Katherine écoutait Denham et réfléchissait à la portée de ses paroles avec une vivacité d'esprit qui trahissait une capacité de penser longtemps refrénée. Les arbres eux-mêmes et le tapis de verdure se fondant à l'horizon devinrent les symboles de ce vaste monde extérieur qui n'exhalait presque rien du bonheur, des mariages, ou de la mort. Afin de lui donner des exemples de ce qu'il avançait, Denham la conduisit au jardin de rocaille, puis à la serre aux orchidées.

Le tour qu'avait pris la conversation les mettait à l'abri. L'emphase de Denham provenait peut-être d'une émotion plus profonde que celle que lui inspirait la science, mais elle était masquée. Pourtant, quand il vit Katherine au milieu des orchidées, sa beauté étrangement rehaussée par les plantes fantastiques qui semblaient la regarder bouche bée du haut de leurs capuchons rayés et de leurs gorges charnues, son amour pour la botanique s'évanouit et céda la place à un sentiment plus complexe. Katherine se taisait : les orchidées semblaient lui inspirer des réflexions passionnantes. Au mépris des règlements, elle tendit sa main dégantée et frôla une fleur. La vue du rubis à son doigt le fit tressaillir et il se détourna. Mais il sut se maîtriser ; il la regarda promener au hasard son regard sur les formes étranges, avec l'expression méditative de quelqu'un qui ne voit pas vraiment ce qui est sous ses yeux, mais avance à l'aveuglette dans des régions inconnues. On ne lisait pas la moindre timidité dans son regard rêveur. Denham douta qu'elle se souvînt encore de sa présence. Il pouvait évidemment la lui rappeler par un mot ou par un geste – mais pourquoi ? Elle était plus heureuse ainsi. Elle n'avait pas besoin de ce qu'il pouvait lui donner. Et pour lui aussi, mieux valait rester à l'écart et se contenter de savoir qu'elle existait, afin de préserver ce qu'il possédait déjà – parfait, lointain, intact. Son air paisible au milieu des orchidées, dans cette atmosphère chaude, illustrait de façon étrange une scène qu'il avait imaginée chez lui dans sa chambre. Cette vision qui se confondait avec son souvenir lui fit garder le silence lorsque la porte se fut refermée et qu'ils eurent repris leur promenade.

Bien qu'elle ne parlât pas, Katherine ne pouvait s'empêcher de penser qu'il était égoïste de se taire. Il était égoïste de sa part de poursuivre, comme elle en avait envie, une discussion sur des sujets qui n'avaient aucun rapport avec les êtres humains. Elle s'efforça de définir plus précisément leur position sur la carte tumultueuse des sentiments. Ah oui ! il y avait la question de savoir si Ralph Denham irait vivre à la campagne pour écrire un livre ; il commençait à se faire tard, ils ne devaient pas perdre de temps ; Cassandra était attendue le soir même pour le dîner ; elle frissonna, se secoua et s'aperçut qu'elle aurait dû tenir quelque chose, mais ses mains gantées étaient vides. Elle poussa un cri.

– J'ai laissé mon sac quelque part, mais où ?

Le parc, pour elle, n'avait pas de points cardinaux. Elle avait marché presque toujours sur le gazon – c'est tout ce qu'elle savait. Même le chemin qui menait à la serre aux orchidées s'était divisé en trois. Elle devait l'avoir oublié sur le banc. Ils retournèrent sur leurs pas avec l'air préoccupé de ceux qui pensent à un objet qu'ils ont perdu. Comment était ce sac ? Que contenait-il ?

– Un porte-monnaie, un ticket, quelques lettres, des papiers », énuméra Katherine dont l'agitation grandissait au fur et à mesure que la liste s'allongeait. Denham marchait rapidement en avant et, à quelques pas du banc, elle l'entendit crier qu'il avait trouvé le sac. Pour s'assurer que rien n'y manquait, elle renversa le contenu sur ses genoux. Denham regardait avec le plus vif intérêt cette collection hétéroclite. Des pièces d'or étaient entortillées dans un mouchoir de dentelle ; il y avait des lettres intimes, deux ou trois clés, des listes de commissions marquées çà et là d'une croix. Mais elle ne sembla pas satisfaite avant d'avoir retrouvé une feuille de papier pliée de façon telle que Denham ne pût en deviner le contenu. Soulagée et reconnaissante, elle lui annonça subitement qu'elle avait réfléchi à ce dont il lui avait parlé.

– Laissons ces problèmes assommants, dit-il.

– Mais je croyais…

– C'est sans intérêt. Je n'aurais jamais dû vous ennuyer…

– Qu'avez-vous décidé ?

– Cela n'a aucune importance, dit-il avec impatience.

– Ah ! fit-elle.

– Je veux dire que c'est important pour moi, mais pas

pour les autres, poursuivit-il. Il n'y a aucune raison que je vous ennuie avec mes problèmes.

Elle pensa qu'elle avait dû montrer trop clairement son peu d'intérêt pour ce versant de sa vie.

– J'ai bien peur d'avoir été un peu distraite, dit-elle, se souvenant que William lui faisait souvent ce reproche.

– Vous avez beaucoup de raisons de l'être, répondit-il.

– Oui, répondit-elle en rougissant. – Non, ajouta-t-elle aussitôt. Pas spécialement. Je pensais aux plantes, qui m'ont beaucoup intéressée. En fait, j'ai rarement passé un après-midi aussi agréable. Mais j'aimerais bien savoir quelle décision vous avez prise si cela ne vous ennuie pas de m'en parler.

– Eh bien, voilà, répondit-il. J'irai dans cette affreuse maison pour écrire un mauvais livre.

– Comme je vous envie ! répondit-elle avec une sincérité totale.

– Les maisons à quinze shillings par semaine ne doivent pas manquer.

– Oui, sans doute, répondit-elle. Le problème, c'est… » Elle s'arrêta. « Deux pièces, c'est tout ce que je voudrais, ajouta-t-elle avec un étrange soupir ; une pour manger, une pour dormir. Non, il en faudrait une autre, une grande, en haut, et un petit jardin où l'on pourrait faire pousser des fleurs. Un chemin aussi, qui descendrait jusqu'à la rivière ou qui monterait jusqu'à un bois. La mer ne serait pas très loin ; la nuit, on entendrait le bruit des vagues et les bateaux disparaîtraient au-delà de l'horizon. » Elle s'interrompit. « Serez-vous près de la mer ?

– Pour moi, le bonheur, dit-il sans répondre à sa question, c'est de vivre comme vous venez de le dire.

– Cela vous est possible. Vous travaillerez, j'imagine, poursuivit-elle. Vous travaillerez toute la matinée et de nouveau après le thé et peut-être même le soir. Il n'y aura personne pour venir tout le temps vous interrompre.

– Combien de temps peut-on vivre seul ? demanda-t-il. Avez-vous déjà essayé ?

– Une fois, pendant trois semaines, répondit-elle. Mes parents sont allés en Italie et pour je ne sais quelle raison je n'ai pas pu les accompagner. J'ai vécu entièrement seule pendant trois semaines. La seule personne à qui j'ai parlé était un inconnu, dans un petit restaurant où je déjeunais – un homme qui portait une barbe. Puis je rentrais à la maison me consacrer à ce que j'aime. Cela ne me fait pas passer pour quelqu'un de très sociable, j'en ai bien peur, ajouta-t-elle, mais je ne peux pas supporter de vivre avec d'autres gens. Un homme barbu rencontré par hasard est quelqu'un de passionnant, quelqu'un d'impartial ; il me laisse suivre ma route, et nous savons que nous ne nous reverrons jamais plus. Ainsi, nous pouvions être parfaitement sincères – ce qui est impossible avec ses propres amis.

– C'est ridicule, répondit Denham brusquement.

– Pourquoi « ridicule » ? demanda-t-elle.

– Parce que vous ne pensez pas ce que vous dites, protesta-t-il.

– Vous êtes bien sûr de vous, dit-elle en riant.

Comme il était arbitraire, emporté, impétueux ! Il lui avait demandé de venir à Kew pour qu'elle lui donnât des conseils, mais sa décision était déjà prise et voilà qu'il lui faisait des reproches. Il était tout l'opposé de William, songea-t-elle : il était pauvrement mis, ses vêtements étaient mal coupés, son sens de la courtoisie laissait à désirer ; il était taciturne et maladroit au point d'effacer sa véritable personnalité. Il était gauchement silencieux, gauchement solennel. Et pourtant elle l'aimait bien.

– Je ne pense pas ce que je dis, répéta-t-elle avec bonne humeur.

– Je doute que vous mettiez la sincérité absolue au premier plan de vos préoccupations, répondit-il d'une voix lourde de sens.

Elle rougit. Il avait tout de suite deviné son point faible – ses fiançailles – et il avait raison. Elle fut heureuse de se rappeler que ses paroles n'étaient plus justifiées à présent ; mais elle ne pouvait rien lui dire et elle devait supporter en silence ses insinuations qui auraient dû avoir moins de sens dans la bouche d'un homme qui avait agi de la sorte. Néanmoins, ses paroles portaient ; cela tenait sans doute, se dit-elle, à ce qu'il semblait inconscient de ses torts envers Mary Datchet et au fait qu'il parlait toujours avec une véhémence qu'elle s'expliquait mal.

– Une sincérité absolue n'est pas toujours très facile, ne croyez-vous pas ? demanda-t-elle, non sans ironie.

– Il y a pourtant des êtres que l'on peut supposer sincères, répondit-il d'un air vague.

Il avait honte de son envie féroce de la blesser ; il ne cherchait pas à le faire par plaisir, elle qui était hors d'atteinte de ses flèches, mais pour mortifier son désir irrésistible de céder à l'impulsion qui, par moments, semblait devoir le soulever jusqu'aux confins de la terre… Elle l'émouvait au-delà de ce qu'il avait imaginé dans ses rêves les plus fous. Sous la surface étale de sa douceur presque pathétique, et accessible à toutes les exigences triviales de la vie quotidienne, il crut deviner une flamme qu'elle réprimait ou réservait pour d'autres occasions, pour ses moments de solitude peut-être, ou bien – était-ce possible ? – pour l'amour. Était-il donné à Rodney de la voir sans masque, sans retenue, insoucieuse de ses devoirs ? Une créature passionnée, éprise de liberté ? Non, il se refusait à le croire. C'était dans la solitude que Katherine devenait elle-même. « Je rentrais à la maison et je faisais ce que j'aime. » Elle le lui avait dit et ses paroles lui avaient donné une vision fugitive de possibilités, de confidences même, comme s'il était le seul à partager sa solitude ; à peine osait-il y penser que son cœur battit plus vite et que ses pensées se précipitèrent. Il se ressaisit avec toute la force dont il était capable. Il la vit rougir et, à l'intonation ironique de sa voix, perçut son ressentiment.

Il glissa sa montre en argent dans sa poche avec l'espoir de retrouver l'humeur fataliste et paisible qui était la sienne lorsqu'il regardait le cadran, assis au bord du lac ; quoiqu'il lui en coûtât, c'était l'attitude qu'il devait adopter dans ses rapports avec Katherine. Il avait parlé de gratitude et d'assentiment dans la lettre qu'il n'avait jamais envoyée ; il lui fallait à présent toute sa force de caractère pour réaliser ce souhait en sa présence.

Katherine, prise à partie, tâchait, pendant ce temps, d'analyser sa position. Elle voulait que Denham comprît.

– Ne pensez-vous pas qu'il est plus facile d'être sincère avec des gens que l'on connaît mal ? demanda-t-elle. C'est ce que je voulais dire. On n'a pas besoin de les flatter, on n'a pas d'obligation envers eux. Vous avez déjà dû sentir que dans votre famille vous ne pouviez pas parler de ce qui vous tient à cœur, du fait que vous vivez en troupeau, que vous êtes dans une conspiration, que c'est une situation fausse…

Son raisonnement décousu s'interrompit de lui-même car c'était un sujet complexe et après tout elle ignorait si Denham avait une famille. Denham reconnut l'effet destructeur du système familial mais il ne souhaitait pas discuter de ce problème pour le moment. Il aborda un sujet qui l'intéressait bien davantage :

– Je suis persuadé que dans certains cas une sincérité absolue est possible. Parfois il peut ne pas y avoir de rapport de dépendance entre des gens qui vivent ensemble ; des cas où chacun est libre et ne doit rien à l'autre.

– Au début, peut-être, dit-elle d'un air quelque peu découragé. Mais les obligations reviennent toujours. Il faut ménager les susceptibilités. Les gens ne sont pas simples et, même s'ils décident d'être raisonnables, on en arrive toujours… « à la situation dans laquelle je me trouve », aurait-elle voulu dire, mais elle ajouta : à un imbroglio.

– C'est, répliqua Denham, qu'ils n'essaient pas de s'expliquer au départ. Je veux m'engager sur-le-champ, poursuivit-il d'un air réfléchi et avec une parfaite maîtrise de soi, à fixer les clauses d'une amitié franche et sincère.

Elle était curieuse de les entendre, mais, outre que ce sujet cachait des dangers qu'elle connaissait mieux que lui, l'intonation de sa voix lui rappela son étrange déclaration sur les quais. Pour le moment, toute allusion à l'amour l'effrayait ; c'était une sensation aussi pénible que le frottement d'une plaie à vif.

Mais il poursuivit sans attendre qu'elle l'y invitât.

– D'abord, une telle amitié doit être dénuée de tout sentimentalisme, déclare-t-il solennellement. Au moins doit-il être entendu que si l'un ou l'autre choisit de tomber amoureux, il le fait à ses risques et périls. On ne doit avoir aucune obligation envers l'autre. On doit être libre de rompre ou de changer à tout moment. On doit pouvoir dire tout ce qu'on a envie de dire. Tout cela doit être clair.

– Et y gagne-t-on quelque chose qui en vaille la peine ? demanda-t-elle.

– Il y a un risque, bien sûr, il y a un risque, répondit-il.

C'était un mot qu'elle avait souvent employé ces derniers temps dans ses monologues intérieurs.

– Mais il n'y a pas d'autre solution si l'on pense que l'amitié est un enjeu qui n'a pas de prix, conclut-il.

– Peut-être dans ces conditions serait-ce possible, dit-elle, l'air pensif.

– Eh bien, c'est cette amitié que je veux vous offrir.

Elle s'y attendait ; néanmoins, cette proposition eut sur elle un effet de surprise mêlée de joie et de réticence.

– J'aimerais bien, fit-elle, mais…

– Cela déplairait-il à Rodney ?

– Oh non, répondit-elle vivement. Non, non, ce n'est pas cela, ajouta-t-elle avant de s'interrompre encore.

Elle avait été touchée de la manière directe mais solennelle dont il avait fait sa proposition d'amitié, mais cette générosité rendait d'autant plus nécessaire sa prudence. Elle pressentait qu'ils rencontreraient des difficultés ; mais arrivée à ce point de ses réflexions, c'est-à-dire pas très loin sur la voie de la sagesse, elle manqua de prévoyance. Elle chercha vers quelle catastrophe ils couraient, sans en trouver aucune. Les catastrophes lui semblaient fictives ; la vie continuait – la vie qui était toute différente de ce que disaient les gens. Katherine était non seulement à court de conseils de prudence ; mais la prudence lui parut soudain complètement superflue. Si quelqu'un était capable de se prendre en charge, c'était bien Ralph Denham ; il lui avait dit qu'il ne l'aimait pas. Et de plus, songea-t-elle, marchant sous les hêtres en balançant son parapluie, si dans ses méditations elle avait l'habitude d'agir en toute liberté, pourquoi dans la pratique appliquerait-elle toujours un critère différent ? Pourquoi, se demanda-t-elle, y aurait-il cet écart perpétuel entre la théorie et la pratique, entre la vie intérieure et la vie sociale, ce précipice stupéfiant où d'un côté son âme en pleine lumière était libre, et de l'autre aussi contemplative et sombre que la nuit ? Était-il impossible d'aller d'un bord à l'autre du gouffre, la tête haute et sans masque ? N'était-ce pas la chance qu'il lui offrait – la chance rare et merveilleuse de l'amitié ? En tout cas, elle dit à Denham qu'elle acceptait, avec un soupir dans lequel il décela à la fois de l'impatience et du soulagement. Elle pensait qu'il était honnête ; elle acceptait les clauses de son amitié.

– Maintenant, dit-elle, allons boire un thé.

En fait, une fois ces principes établis entre eux, ils se sentirent l'esprit léger. Ils avaient la conviction d'avoir réglé quelque chose de très important et ils pouvaient désormais accorder toute leur attention au thé, au parc. Ils traversèrent les serres, virent des lys nager dans les étangs, respirèrent le parfum de milliers d'œillets, et comparèrent leurs goûts respectifs en matière d'arbres et de lacs.

Tout en parlant exclusivement de ce qui s'offrait à leur

vue, de sorte que n'importe qui aurait pu suivre leur conversation, ils sentirent que le pacte qui les liait se trouvait renforcé et fortifié par les gens qui les croisaient et ne soupçonnaient rien.

Ils ne reparlèrent pas de la maison de Ralph ni de ses projets d'avenir.

XXVI

Bien que les vieilles diligences, avec leurs panneaux clinquants, la corne du postillon, les humeurs de la suspension et les vicissitudes de la route fussent depuis longtemps tombées en poussière et ne soient conservées dans les pages de nos romanciers que dans la mesure où elles sont évocatrices d'une époque, un voyage à Londres en train express peut représenter une aventure pleine de charme et de romanesque.

À vingt-deux ans, Cassandra Otway pouvait difficilement imaginer quelque chose de plus attrayant. Rassasiée par six mois de campagne, le premier alignement de pavillons d'artisans, dans la banlieue de Londres, était à ses yeux une chose importante, qui renforçait notablement le prestige de toutes les personnes assises dans son compartiment et qui, pour sa nature impressionnable, augmentait même la vitesse du train et donnait un caractère péremptoire au coup de sifflet de la locomotive. Ils roulaient vers Londres ; ils avaient priorité sur tous les autres véhicules qui n'allaient pas dans cette direction. Un comportement différent s'imposait dès lors que l'on posait le pied sur le quai de Liverpool Street, devenant du même coup l'un de ces citoyens pressés, préoccupés, au service desquels roulaient d'innombrables taxis, omnibus et rames de métro. Elle s'efforça de prendre le même air digne et soucieux, mais dans le taxi qui l'emportait avec une détermination quelque peu inquiétante, elle en vint à oublier son statut de Londonienne, tournant la tête de tous côtés pour regarder les vitrines ou apercevoir au passage un immeuble ou une scène de rue dont se repaissait sa curiosité insatiable. Durant ce trajet, personne n'était réel, rien n'était ordinaire : la foule, les ministères, la marée d'hommes et de femmes se pressant au pied des grandes vitrines en verre, tout demeurait abstrait et ne la touchait pas plus que si elle les avait vus sur la scène d'un théâtre.

Toutes ses sensations étaient entretenues, et en partie inspirées, par le fait que le terme de son voyage était un univers des plus romanesques à ses yeux. Des centaines de fois, au milieu de son décor champêtre, ses pensées avaient emprunté ce chemin et pénétré dans la maison de Chelsea pour monter directement dans la chambre de Katherine où, étant invisibles, elles avaient toutes les chances de se glisser dans l'intimité de l'adorable et mystérieuse maîtresse des lieux. Cassandra adorait sa cousine ; cette adoration aurait pu tourner au ridicule mais échappait à cet excès, et possédait un charme irrésistible à cause du tempérament volage de Cassandra. Elle avait adoré bien des êtres et des choses au cours de ses vingt-deux années d'existence. Tour à tour l'orgueil et le désespoir de ses professeurs, elle avait adoré l'architecture et la musique, l'histoire naturelle et le latin, la littérature et l'art, mais, au plus fort de son enthousiasme, toujours associé à une réussite brillante, elle changeait d'idée et achetait subrepticement une autre grammaire. Les conséquences terribles de cette dissipation intellectuelle, prédites par les gouvernantes successives, se concrétisaient maintenant que Cassandra avait vingt-deux ans : elle n'avait jamais passé un examen et se montrait chaque jour moins capable d'en réussir. La prédiction la plus grave, selon laquelle elle ne pourrait peut-être jamais gagner sa vie, se trouvait également vérifiée. Mais, à partir des fils ténus de ses talents, Cassandra élaborait un comportement et une tournure d'esprit qui, bien qu'inutiles, étaient jugés par certains comme des preuves de vivacité et de fraîcheur, deux vertus non méprisables. Katherine, par exemple, la considérait comme une compagne charmante. Les deux cousines présentaient à elles deux un large éventail de qualités, jamais réunies chez une seule personne et rarement chez plusieurs. Si Katherine était simple, Cassandra était complexe ; si Katherine était ferme et directe, Cassandra était vague et évasive. Bref, elles représentaient très bien les deux côtés masculin et féminin de la nature féminine, avec, à la base, l'harmonie profonde des liens du sang. Si Cassandra adorait Katherine, elle était incapable d'adorer quelqu'un sans se détendre l'esprit par des pointes fréquentes et Katherine aimait ses éclats de rire au moins autant que son respect. Mais en cet instant c'était assurément le respect qui prévalait dans l'esprit de Cassandra. Les fiançailles de Katherine avaient séduit son imagination comme les premières fiançailles, dans un cercle de contemporains, séduisent l'imagination des autres ; c'était solennel, beau, mystérieux, et conférait aux deux intéressés l'air important de ceux qui ont été initiés à un rite encore inconnu du reste du groupe. Pour l'amour de Katherine, Cassandra pensa que William était quelqu'un de très distingué et de très intéressant et elle avait accueilli sa conversation, puis son manuscrit, comme les marques d'une amitié qu'elle était flattée et ravie d'inspirer.

Katherine n'était pas encore rentrée quand elle arriva à Cheyne Walk. Après avoir salué son oncle et sa tante et reçu, comme d'habitude, d'oncle Trevor dont elle était la nièce favorite, deux pièces d'or pour ses « frais de taxi » et ses « divertissements », elle se changea et se rendit dans la chambre de Katherine pour l'attendre. Quel grand miroir ! se dit Cassandra – et comme tous les objets posés sur la coiffeuse avaient un caractère de maturité comparés aux siens ! Regardant autour d'elle, elle aperçut sur la cheminée des factures piquées sur une broche en guise d'ornement et elle pensa que cela ressemblait étonnamment à

Katherine. Il n'y avait pas de photographie de William en vue. La pièce, à la fois luxueuse et dépouillée, les peignoirs de soie et les pantoufles pourpres, le tapis fatigué et les murs nus, tout évoquait irrésistiblement Katherine ; debout au milieu de la pièce, elle savourait cette sensation ; puis, animée du désir de toucher du doigt les objets familiers de sa cousine, Cassandra commença à prendre un par un les livres alignés sur l'étagère au-dessus du lit. Dans la plupart des maisons, cette étagère est réservée aux derniers vestiges de croyances religieuses, comme si, tard dans la nuit, au cœur de l'intimité, les gens, sceptiques pendant la journée, s'abreuvaient à petites gorgées du vieux sortilège pour alléger les peines et les doutes qui peuvent resurgir dans le noir. Mais ici il n'y avait point de recueils de cantiques.

Les couvertures usées et le contenu énigmatique de ces livres firent penser à Cassandra qu'il s'agissait de vieux livres de classe ayant appartenu autrefois à oncle Trevor, et par quelque bizarrerie pieusement conservés par sa fille. La fantaisie de Katherine, songea-t-elle, était sans limites. Elle-même avait eu la passion de la géométrie et, couchée en boule sur l'édredon de sa cousine, elle essaya de mesurer l'étendue de ses lacunes. Katherine, qui arriva peu après, la trouva profondément absorbée par cette recherche.

– Ma chérie, s'écria Cassandra, agitant le livre en direction de sa cousine, ma vie ne sera jamais plus comme avant ! Il faut que j'écrive tout de suite le nom de cet homme, sinon je l'oublierai…

– Le nom de qui ? Quel livre ? Quelle vie ? » commença par s'informer Katherine. Puis elle enleva rapidement ses vêtements car elle était très en retard.

– Puis-je rester avec vous ? demanda Cassandra, en refermant le livre. Je me suis préparée exprès.

– Ah, vous êtes déjà prête ? dit Katherine, se tournant légèrement pour regarder Cassandra qui était assise, les genoux serrés, au bord du lit.

– Il y a un dîner ici ce soir, dit-elle, considérant Cassandra d'un autre œil.

Au bout d'un moment, la distinction et le charme irrégulier du petit visage, son long nez fin et ses yeux pétillants en amande paraissaient remarquables. Ses cheveux étaient relevés à partir du front d'une façon trop sévère mais, confiée aux soins attentifs d'un coiffeur et d'une couturière, la légère silhouette anguleuse serait comparable à celle de quelque noble dame française du dix-huitième siècle.

– Qui vient dîner ? demanda Cassandra, savourant à l'avance de nouvelles joies possibles.

– William, et aussi Tante Eleanor et Oncle Aubray, je crois.

– Je suis très heureuse que William vienne. Vous a-t-il dit qu'il m'avait envoyé son manuscrit ? Je le trouve fantastique – il est presque assez bien pour vous, Katherine.

– Vous vous assiérez à côté de lui et vous lui direz ce que vous pensez de lui.

– Je n'oserai jamais, affirma Cassandra.

– Pourquoi ? Vous avez peur de lui ?

– Un peu – parce qu'il est votre fiancé.

Katherine sourit.

– En ce cas, avec votre fidélité bien connue, et puisque vous allez rester ici au moins quinze jours, vous n'aurez plus d'illusions sur moi quand vous partirez. Je vous donne une semaine, Cassandra. Mon pouvoir s'effacera de jour en jour. Maintenant, il est à son apogée ; mais demain il aura déjà diminué. Je me demande ce que je vais mettre ? Trouvez-moi une robe bleue, Cassandra, dans la grande penderie.

Elle parlait de façon décousue, maniait brosse à cheveux et peigne, tirait les petits tiroirs de sa coiffeuse qu'elle laissait ouverts. Cassandra, assise au bord du lit derrière elle, voyait le reflet de sa cousine dans le miroir. Son visage était grave et réfléchi, apparemment préoccupé par autre chose que la simple rectitude de la raie qu'elle traçait pourtant aussi droite qu'une voie romaine, à travers la chevelure sombre. Cassandra fut une fois de plus frappée par la maturité de sa cousine : tandis qu'elle se drapait dans sa robe bleue, son reflet remplit presque entièrement le haut miroir pour en faire le cadre d'un tableau retenant l'effigie légèrement mouvante d'une jolie femme, ainsi que les formes et les couleurs des objets de l'arrière-plan. La jeune fille pensa qu'aucune image ne pouvait être plus romantique. Tout était en harmonie avec la chambre, la maison et la ville autour, car elle n'avait cessé de percevoir le bourdonnement de la circulation, dans le lointain.

Elles descendirent en retard malgré l'extrême rapidité avec laquelle Katherine s'était préparée. Pour Cassandra, le murmure des voix dans le salon ressemblait à l'accord des instruments d'un orchestre. Elle eut l'impression qu'il y avait beaucoup de gens, qu'ils étaient étrangers, beaux, habillés avec la plus grande distinction, bien qu'ils fussent en fait, pour la plupart, des membres de sa famille et que la distinction de leurs vêtements se bornât, aux yeux d'un observateur impartial, au gilet blanc que portait William. Mais ils se levèrent tous ensemble, ce qui en soi était déjà impressionnant ; ils s'exclamèrent et lui serrèrent la main ; on la présenta à Mr. Peyton ; la porte s'ouvrit, le dîner fut annoncé et ils sortirent en file, William Rodney lui offrant son bras noir légèrement courbé comme elle avait secrètement espéré qu'il le fît. Bref, si l'on n'avait regardé cette scène qu'à travers les yeux de Cassandra, on l'eût décrite comme une féerie.

Le motif des assiettes à soupe, les plis raides des serviettes disposées en arums à côté de chaque assiette, les longs morceaux de pain attachés par un ruban rose, les plats en argent et les coupes à champagne couleur d'océan au pied incrusté de paillettes d'or – tous ces détails, ajoutés à l'odeur étrangement pénétrante des gants en chevreau, contribuaient à une allégresse qu'elle devait contenir parce qu'elle était adulte et qu'il n'y avait rien d'autre au monde pour motiver son émerveillement. Certes, il n'y avait rien d'autre au monde pour le motiver, mais le monde était peuplé d'une foule de gens, et chaque personne possédait, dans l'esprit de Cassandra, un fragment de ce qu'elle appelait, dans son for intérieur, la « réalité ». C'était un don qu'ils transmettaient si on le leur demandait, et c'est pourquoi aucun dîner dans le monde ne pouvait être ennuyeux ; le petit Mr. Peyton, à sa droite, et William Rodney, à sa gauche, étaient l'un comme l'autre dotés de cette qualité qui lui semblait si reconnaissable et si précieuse que le fait que des gens puissent s'en désintéresser était pour elle une perpétuelle source d'étonnement. Elle n'aurait pas su dire, d'ailleurs, si elle parlait à Mr. Peyton ou à William Rodney. Mais à celui qui, peu à peu, lui apparut sous la forme d'un homme assez âgé, avec une moustache, elle décrivit son arrivée à Londres, cet après-midi-là, et son voyage en taxi dans les rues. Mr. Peyton, éditeur quinquagénaire, inclinait régulièrement sa tête chauve d'un air compréhensif. Du moins percevait-il qu'elle était très jeune et très jolie, et devinait-il son excitation, bien qu'il ne pût dans l'immédiat déduire d'après ses paroles, ni se rappeler d'après son expérience personnelle, quelle en était la raison.

– Les arbres étaient-ils en fleur ? demanda-t-il. Quelle ligne avez-vous prise ?

Cassandra coupa court à ces questions aimables ; elle voulait savoir s'il était de ceux qui lisent ou de ceux qui regardent par la fenêtre. Mr. Peyton ne savait où se situer. Il penchait plutôt pour les deux attitudes à la fois. On lui apprit qu'il venait de faire une confession dangereuse. Elle pouvait tout deviner de sa vie à partir de ce simple fait. Il l'en défia ; sur quoi elle décréta qu'il était un membre libéral du Parlement.

William, engagé dans une conversation intermittente avec Tante Eleanor, ne perdait pas un mot, et, profitant du fait que les dames âgées n'ont pas de conversation suivie, du moins avec ceux qu'elles prisent pour leur jeunesse et leur sexe, il signala sa présence par un petit rire nerveux.

Cassandra se tourna aussitôt vers lui. Elle était enchantée de découvrir que, sur-le-champ et tout naturellement, l'un de ces êtres fascinants mettait à sa portée une richesse incalculable.

– Je n'ai pas le moindre doute, William, sur ce que vous faites dans un wagon de chemin de fer, dit-elle en prononçant son prénom avec délice. Vous ne regardez pas une seule fois par la fenêtre : vous lisez absolument tout le temps.

– Et qu'en déduisez-vous ? demanda Mr. Peyton.

– Que c'est un poète, bien sûr ! dit Cassandra. Mais je dois avouer que je le savais déjà, aussi n'est-ce pas loyal. J'ai apporté votre manuscrit, poursuivit-elle, négligeant impudemment Mr. Peyton. J'ai beaucoup de choses à vous demander.

William inclina la tête et s'efforça de dissimuler le plaisir que cette remarque lui procurait. Mais son bonheur n'était pas parfait. Si sensible aux compliments qu'il pût l'être, William ne les supportait pas de la part de personnes qui témoignaient, en littérature, d'un goût grossier et émotif, et si Cassandra se trompait, même légèrement, sur ce qu'il jugeait capital, il exprimerait sa gêne en agitant nerveusement les mains, en plissant le front ; et il ne prendrait ensuite plus aucun plaisir à ses compliments.

– D'abord, ajouta-t-elle, je veux savoir pourquoi vous avez choisi d'écrire une pièce.

– Vous voulez dire qu'il n'y a pas d'intensité dramatique ?

– Je veux dire que je ne vois pas ce qu'elle gagnerait à être jouée. Mais Shakespeare y gagne-t-il quelque chose ? Henry et moi nous discutons souvent à propos de Shakespeare. Je suis sûre qu'il a tort, mais je ne peux pas le prouver parce que je n'ai vu qu'une seule pièce de Shakespeare, à Lincoln. Mais je suis certaine, répéta-t-elle avec insistance, que Shakespeare a écrit pour la scène.

– Vous avez parfaitement raison, s'écria Rodney. J'espérais que vous seriez de ce côté. Henry a tort, tout à fait tort. Bien sûr, j'ai échoué, comme tous les modernes. Ah, mon Dieu, j'aurais dû commencer par vous demander votre avis.

À partir de là, ils évoquèrent, de mémoire, les différents aspects de la pièce de Rodney. Elle ne dit rien qui l'irritât et son audace toute neuve eut le pouvoir de stimuler leur entretien au point que l'on vit souvent Rodney sa fourchette en l'air tandis qu'il discutait des premiers principes de l'Art. Mrs. Hilbery pensa en son for intérieur qu'elle ne l'avait jamais vu autant à son avantage ; oui, il était différent ; il lui rappelait quelqu'un qui était mort, quelqu'un de distingué dont elle avait oublié le nom.

Cassandra, fort animée, prit une voix plus perchée :

– Vous n'avez pas lu *l'Idiot* ! s'écria-t-elle.

– J'ai lu *Guerre et Paix*, répondit William avec humeur.

– *Guerre et Paix !* répéta-t-elle d'un ton moqueur.

– J'avoue que je ne comprends pas les Russes.

– Bravo ! Bravo ! rugit Oncle Aubray de l'autre côté de la table. Moi non plus. Et je pense qu'ils ne se comprennent pas eux-mêmes.

Le vieux monsieur avait gouverné une grande partie de l'Empire des Indes, mais répétait souvent qu'il eût préféré avoir écrit toute l'œuvre de Dickens. La table s'empara d'un sujet fort à son goût. Tante Eleanor manifesta les signes avant-coureurs d'une opinion personnelle. Bien que, depuis vingt-cinq ans, une certaine forme de philantropie eût émoussé son goût, elle reconnaissait d'instinct un parvenu ou un simulateur et savait ce que la littérature devait ou ne devait pas être. Elle était née pour le savoir et à peine était-ce pour elle un sujet de fierté.

– La folie n'est pas un bon sujet de roman, annonça-t-elle d'un ton catégorique.

– Il y a Hamlet, pourtant, intervint calmement Mr. Hilbery, avec une nuance d'ironie dans la voix.

– Ah, mais la poésie, c'est différent, Trevor, dit Tante

Eleanor, comme si elle parlait au nom de Shakespeare. C'est complètement différent. Et je n'ai jamais pensé, pour ma part, qu'Hamlet fût aussi fou qu'on le prétend.

Comme il y avait un ministre de la littérature présent en la personne de l'éditeur d'une revue estimée, elle s'en remit à son jugement.

Mr. Peyton appuya le dos sur sa chaise et, penchant la tête de côté, fit remarquer que c'était une question à laquelle il n'avait jamais pu répondre de façon pleinement satisfaisante. Il y avait beaucoup à dire d'un côté comme de l'autre, et tandis qu'il se demandait quelle position adopter pour en parler, Mrs. Hilbery interrompit ses subtiles méditations :

– Oh, douce Ophélie ! s'exclama-t-elle. Quelle merveille, la poésie ! Je me réveille le matin toute grognon ; dehors, il bruine ; la petite Emily allume la lumière en m'apportant mon thé et me dit : "Madame, l'eau a gelé dans la citerne et la cuisinière s'est coupé le doigt jusqu'à l'os." Puis j'ouvre un petit livre vert et les oiseaux chantent, les étoiles brillent, les fleurs embaument… » Elle regarda autour d'elle comme si ces présences s'étaient soudain manifestées autour de la table.

– Votre cuisinière s'est-elle gravement coupée ? demanda Tante Eleanor, se tournant tout naturellement vers Katherine.

– Le doigt de la cuisinière, ce n'est qu'une façon de parler, dit Mrs. Hilbery. Mais si elle s'était coupé le bras, Katherine le lui aurait recousu, ajouta-t-elle avec un regard affectueux vers sa fille qui avait l'air un peu triste. Voilà une idée bien affreuse, conclut-elle, posant sa serviette et repoussant sa chaise. Venez, nous trouverons des sujets de conversation plus joyeux au salon.

Au salon du premier étage, Cassandra découvrit de nouvelles sources de plaisir dans le spectacle imposant de la pièce et l'occasion qui se présentait à elle d'exercer sa baguette de sourcier sur un nouvel assortiment d'êtres humains. Mais la voix assourdie avec laquelle parlaient les femmes, leurs silences méditatifs, la beauté qui, pour elle du moins, rayonnait du satin noir et des boutons d'ambre qui entouraient les cous ridés, transforma son désir de bavarder en un autre désir, plus modeste : observer et chuchoter. Elle entra avec délices dans une atmosphère où les problèmes personnels étaient évoqués librement, presque par monosyllabes, entre les femmes plus âgées qui l'acceptaient maintenant comme l'une d'elles. Son expression se fit très douce, bienveillante, comme si elle aussi débordait de sollicitude pour le monde qui était en quelque sorte entre les mains de Tante Maggie et de Tante Eleanor.

Au bout d'un moment, elle s'aperçut que Katherine se tenait à l'écart et, oubliant soudain sa sagesse, sa douceur et ses préoccupations, elle éclata de rire.

– Pourquoi riez-vous ? demanda Katherine.

Une plaisanterie si sotte et si irrespectueuse ne valait pas d'être rapportée.

– Pour rien – c'est idiot – du plus mauvais goût, mais si vous plissiez les yeux et regardiez…

Katherine plissa les yeux et regarda, mais dans la mauvaise direction. Cassandra se mit à rire de plus belle ; elle riait toujours et faisait de son mieux pour expliquer à voix basse que Tante Eleanor, avec ses paupières mi-closes, ressemblait au perroquet de Stogdon House, quand les messieurs entrèrent ; Rodney alla droit vers elles et voulut connaître la raison de leur hilarité.

– Je me refuse absolument à vous le dire ! répondit Cassandra, se levant toute droite, les mains jointes, face à lui.

Rodney trouvait sa parodie charmante. La peur qu'elle se moquât de lui ne l'effleura pas un seul instant. Elle riait parce que la vie était adorable et délicieuse.

– Ah, que vous êtes cruelle de me rappeler l'inhumanité de mon sexe ! répondit-il, rassemblant les pieds et touchant du bout des doigts un haut-de-forme imaginaire ou une canne de jonc. Nous avons discuté de toutes sortes de choses ennuyeuses et maintenant je ne saurai jamais ce que je veux savoir plus que tout au monde.

– Vous ne nous abusez pas un seul instant ! s'écria-t-elle. Nous savons toutes deux que vous vous êtes énormément amusé, n'est-ce pas, Katherine ?

– Non, répondit-elle, je crois qu'il dit la vérité. Il n'aime pas beaucoup la politique.

Ses paroles, quoique prononcées simplement, produisirent un curieux changement dans l'atmosphère légère et moqueuse. William perdit tout de suite son air animé et dit d'un ton sérieux :

– Je déteste la politique.

– Je crois qu'aucun homme n'a le droit de dire cela, dit Cassandra, presque sévèrement.

– Vous avez raison. Je veux dire que je déteste les politiciens, corrigea-t-il aussitôt.

– Voyez-vous, je crois que Cassandra est ce que l'on appelle une féministe, dit Katherine. Ou plutôt, elle était féministe il y a six mois, mais l'est-elle encore ? C'est l'un de ses plus grands charmes à mes yeux. On ne sait jamais où elle en est. » Et elle lui sourit comme une sœur aînée.

– On se sent si affreusement petit près de vous, Katherine ! s'écria Cassandra.

– Mais non, ce n'est pas ce qu'elle veut dire, intervint Rodney. Je suis tout à fait d'accord sur le fait que les femmes ont sur nous un énorme avantage. On passe à côté de beaucoup de choses en essayant de connaître tout à fond.

– Il connaît parfaitement le grec, dit Katherine. Mais aussi beaucoup de choses en peinture, et en musique il est loin d'être ignorant. Il est très cultivé – c'est peut-être la personne la plus cultivée que je connaisse.

– Sans oublier la poésie, ajouta Cassandra.

– Oui, j'oubliais sa pièce, observa Katherine, et, tournant la tête comme si elle voyait quelque chose qui réclamait son attention dans un coin reculé, elle les quitta.

Ils restèrent silencieux un moment après ce qui paraissait une intention délibérée de les laisser l'un avec l'autre.

– Henry, dit-elle, soutient qu'une scène de théâtre ne devrait pas être plus grande que ce salon. Il voudrait que l'on puisse chanter et danser aussi bien qu'y jouer la comédie – tout à l'opposé de Wagner. Qu'en pensez-vous ?

Ils s'assirent et Katherine, se retournant après avoir atteint la fenêtre, vit William, la main levée et la bouche ouverte, prêt, semblait-il, à prendre la parole dès que Cassandra se serait tue.

Katherine oublia ou accomplit la tâche qui consistait à tirer un rideau ou à déplacer un fauteuil, puis elle demeura immobile près de la fenêtre. Les personnes d'âge s'étaient regroupées autour du feu. Elles donnaient l'impression de former une communauté à part, occupée de ses propres affaires. Elles se racontaient des histoires fort distinguées et s'écoutaient mutuellement avec bonne grâce. De toute évidence, il n'y avait pas de place pour elle.

« Si quelqu'un me fait une remarque, je dirai que je regarde la rivière », songea-t-elle, car, en esclave soumise aux traditions familiales, elle était prête à payer sa faute par un mensonge plausible. Elle écarta le store et regarda la rivière. Mais la nuit était sombre, et l'eau à peine visible. Des fiacres passaient ; des couples flânaient et longeaient le parapet bien que les arbres n'eussent pas encore de feuilles pour dissimuler dans l'ombre leurs étreintes. Katherine, abandonnée, se sentit seule. La soirée avait été une épreuve pour elle, chaque minute qui s'écoulait lui apportait la preuve que les choses se passeraient comme elle l'avait prévu. Elle avait affronté les voix, les gestes, les regards ; elle savait, le dos tourné, que William, même maintenant, plongeait à cœur joie dans les délices d'une entente inespérée avec Cassandra. Il avait presque dit à Katherine que c'était infiniment mieux que ce qu'il avait espéré. Elle regarda par la fenêtre, fermement décidée à oublier son infortune, à s'oublier, à oublier les destins individuels. Le regard plongé dans le ciel sombre, elle entendait les voix à l'intérieur de la pièce comme si elle se trouvait au-dehors. Ces voix semblaient venir d'un autre monde, un monde antérieur au sien, un monde qui était le prélude, l'antichambre de la réalité ; c'était comme si, morte depuis peu, elle entendait parler les vivants. La nature imaginaire de notre vie ne lui avait jamais paru aussi manifeste ; jamais la vie n'avait été, plus sûrement, une affaire entre quatre murs, dont la substance existait seulement dans l'espace délimité par des lumières électriques et des feux de cheminée ; au-delà, il n'y avait rien, rien d'autre que les ténèbres. C'était comme si son corps avait franchi en chair et en os la région où les lumières de l'illusion donnent envie de posséder, d'aimer, de lutter. Et pourtant elle ne trouvait aucune sérénité dans la mélancolie. Elle entendait toujours les voix à l'intérieur de la pièce. Ses désirs l'agitaient toujours. Elle souhaita ne plus en avoir. Elle souhaita, sans logique apparente, de rouler rapidement en voiture dans les rues ; elle eut soudain très envie d'être avec quelqu'un qui, après un moment d'incertitude, prit les traits de Mary Datchet. Elle tira les rideaux de façon à les faire se rejoindre en plis profonds au milieu de la fenêtre.

– Ah, la voici, dit Mr. Hilbery, oscillant sur ses pieds d'un air affable, le dos tourné au feu. Viens ici, Katherine. Je ne te voyais pas – nos enfants, fit-il observer entre parenthèses, ont leurs coutumes ; je voudrais que tu ailles dans mon bureau, Katherine ; sur le troisième rayon à droite de la porte, tu trouveras les *Souvenirs de Trelawny sur Shelley*, apporte-le moi. Peyton, vous serez bien obligé d'admettre devant nous tous que vous vous trompez.

– Les *Souvenirs de Trelawny sur Shelley*. Le troisième rayon à droite de la porte, répéta Katherine.

Après tout, on ne doit pas déranger les enfants qui jouent et on ne réveille pas les gens qui dorment. En allant vers la porte, elle passa devant William et Cassandra.

– N'y allez pas, Katherine, dit William comme s'il remarquait sa présence à contrecœur. Je le fais.

Après une seconde d'hésitation, il se leva, et elle comprit que cela lui coûtait. Elle mit un genou sur le canapé où Cassandra était assise et baissa les yeux sur le visage de sa cousine, encore frémissant du rythme précipité de ses paroles.

– Êtes-vous heureuse ? demanda-t-elle.

– Oh là là ! s'exclama Cassandra, comme si les mots étaient inutiles. Bien sûr, nous sommes en désaccord sur absolument tout, poursuivit-elle, mais je crois que c'est l'homme le plus intelligent que j'aie jamais rencontré – et vous êtes la plus belle des femmes, ajouta-t-elle en regardant Katherine, mais ce regard suffit à entamer son entrain et elle devint presque morose, solidaire de la tristesse de Katherine qui lui semblait le raffinement suprême de la distinction.

– Il est seulement dix heures, fit Katherine d'un air sombre.

– Si tard, déjà ? Mais…

Cassandra ne comprenait pas.

– À minuit, mes chevaux se transforment en rats. Je disparais. L'illusion s'évanouit. Mais j'accepte mon sort. Je fais les foins quand le soleil brille.

Cassandra la regarda d'un air dérouté.

– Katherine me parle de rats, de foin, et de toutes sortes de choses étranges, dit-elle lorsque William revint. Pouvez-vous résoudre cette énigme ?

Le léger froncement de sourcils et son hésitation firent comprendre à Katherine qu'il ne trouvait pas, présentement, ce problème à son goût. Elle se leva et annonça d'une voix changée :

– Je m'en vais pour de bon, William ; je compte sur vous pour donner une explication si quelqu'un fait une remarque. Je ne rentrerai pas tard, mais je dois aller voir quelqu'un.

– À cette heure-ci ? s'étonna Cassandra.

– Qui devez-vous voir ? demanda William.

– Une amie », dit-elle en tournant légèrement la tête vers lui. Elle savait qu'il souhaitait qu'elle restât, non pas avec eux mais à proximité, au cas où…

– Katherine a beaucoup d'amis, dit William d'un air maladroit, se rasseyant dès que Katherine eut quitté la pièce.

Ainsi qu'elle l'avait souhaité, elle roula bientôt à vive allure dans les rues éclairées par les réverbères. Elle aimait les lumières et la vitesse ; elle s'enchantait également à l'idée qu'elle était seule dehors, et qu'au bout de sa course elle retrouverait Mary dans son appartement haut perché et solitaire.

Elle monta précipitamment l'escalier à la lueur vacillante d'une lampe à gaz, notant au passage l'aspect singulier de sa robe de soie et de ses souliers bleus sur la poussière déposée par toutes les bottines de la journée.

Mary ouvrit la porte presque aussitôt et, en voyant Katherine, la surprise mais aussi un certain embarras se peignirent sur son visage. Elle l'accueillit cordialement, tandis que sans donner d'explication, Katherine passait directement au salon où elle se trouva en présence d'un jeune homme enfoncé dans un fauteuil, une feuille de papier à la main comme s'il s'apprêtait à terminer la phrase qu'il avait commencé de lire. L'irruption d'une femme inconnue en robe de soirée parut le déranger. Il retira sa pipe de sa bouche, se leva et se rassit d'un air guindé.

– Avez-vous dîné chez des amis ? demanda Mary.

– Êtes-vous en train de travailler ? demanda Katherine en même temps.

Le jeune homme secoua la tête avec une certaine irritation comme s'il refusait de se sentir concerné par la question.

– Pas exactement, répondit Mary. Mr. Basnett m'a apporté des documents. Nous les examinions, mais nous avons presque terminé… Racontez-nous votre soirée.

Mary était ébouriffée comme si elle avait passé les doigts dans ses cheveux pendant leur discussion ; elle était plus ou moins habillée comme une paysanne russe. Elle se rassit dans un fauteuil qui semblait avoir été occupé pendant des heures : la soucoupe posée sur un des bras contenait les cendres de nombreuses cigarettes. Mr. Basnett, un très jeune homme au teint frais, au front haut, les cheveux coiffés en arrière, faisait partie de ce groupe de « jeunes gens capables » soupçonnés, apparemment à juste titre, par Mr. Clacton d'exercer une influence sur Mary Darchet. Sorti depuis peu de l'université, il était à présent chargé de la réforme de la société. En liaison avec le groupe des « jeunes gens capables », il avait élaboré un projet pour la formation des travailleurs, pour la fusion de la classe moyenne et de la classe ouvrière, et pour une action de ces deux classes, liguées dans la Société pour l'avancement de la démocratie, contre le capital. Ce projet en était déjà au stade de la location des bureaux et du recrutement d'une secrétaire. Il avait été délégué auprès de Mary pour lui exposer le projet et lui proposer un travail auquel devait correspondre une petite rémunération. À sept heures du soir, il avait commencé à haute voix la lecture du document dans lequel était énoncée la charte des nouveaux réformateurs, mais sa lecture était si souvent interrompue par des discussions et il jugeait si souvent nécessaire d'informer Mary à titre « strictement confidentiel » des caractéristiques et des mauvais desseins de certains individus, qu'ils n'en étaient qu'à la moitié du manuscrit. Ni l'un ni l'autre n'avaient conscience d'avoir parlé depuis trois heures déjà, tant leur tâche les avait absorbés. Et pourtant, Mr. Basnett dans son exposé, autant que Mary dans ses questions, observait scrupuleusement une convention de nature à réprimer le penchant humain à la digression. Les questions de Mary commençaient souvent par : « Dois-je comprendre… » et il répondait invariablement au nom de quelqu'un nommé « nous ».

Au moment où Katherine les avait interrompus, Mary se sentait incluse dans ce « nous » et elle était d'accord avec Mr. Basnett sur le fait que leurs opinions, leur société, leur politique, représentaient quelque chose de tout à fait à part dans le corps social, une sorte d'empyrée pour ceux qui détenaient l'inspiration.

L'apparition de Katherine dans cette atmosphère avait quelque chose de saugrenu et rappela à Mary mille choses qu'elle souhaitait oublier.

– Avez-vous dîné chez des amis ? demanda-t-elle de nouveau, regardant avec un petit sourire la robe de soie bleue et les chaussures ornées de perles.

– Non, à la maison. Commencez-vous quelque chose de nouveau ? dit-elle d'une voix hésitante en jetant un coup d'œil aux papiers.

– Oui, se contenta de répondre Mr. Basnett.

– Je songe à quitter nos amis de Russel Square, expliqua Mary.

– Je vois. Vous allez faire autre chose.

– Oui. J'ai bien peur d'aimer le travail, dit Mary.

– Peur ? répéta Mr. Basnett, d'une façon qui donnait à penser qu'aucune personne raisonnable ne pouvait avoir peur d'aimer travailler.

– Oui, dit Katherine, comme s'il avait exprimé cette opinion à haute voix, j'aimerais faire quelque chose – faire quelque chose sans y être obligée – voilà ce qui me plairait.

– Oui, c'est l'idéal, dit Mr. Basnett, la regardant pour la première fois avec attention tout en bourrant sa pipe.

– Mais on ne peut pas limiter le travail, c'est ce que je veux dire, dit Mary. Personne ne travaille plus dur qu'une femme qui élève de jeunes enfants.

– Très juste, approuva Mr. Basnett. C'est précisément les femmes avec des bébés que nous voulons convaincre.

Il regarda son document, le roula entre ses doigts et contempla le feu. Katherine sentit que dans cette assemblée chaque parole était jugée à sa juste valeur. Il suffirait d'exprimer succinctement sa pensée avec l'impression curieuse que le nombre de choses auxquelles on pouvait penser correctement était strictement limité. La raideur de Mr. Basnett était toute de surface ; l'intelligence visible sur son visage suscitait l'intérêt de Katherine.

– Quand cela sera-t-il rendu public ? demanda-t-elle.

– Vous voulez parler de notre projet ? répondit Mr. Basnett avec un petit sourire.

– Cela dépend de bien des choses, dit Mary.

Les deux conspirateurs semblaient heureux comme si la question de Katherine leur réchauffait le cœur.

– Dans la société que nous voulons créer (nous ne pouvons pas en dire plus pour le moment), commença Mr. Basnett en hochant la tête, il y a deux réalités à ne pas oublier – la presse et le public. D'autres sociétés – que je ne nommerai pas – ont sombré parce qu'elle n'ont fait appel qu'à des fanatiques. Si l'on ne veut pas d'une société d'admiration mutuelle, qui meurt dès que les défauts des uns et des autres ont été découverts, il faut gagner la presse, il faut intéresser les gens.

– C'est la difficulté, dit Mary pensivement.

– C'est là où Mary entre en jeu, dit Mr. Basnett avec un signe de tête vers elle. Elle est la seule capitaliste parmi nous, quelqu'un qui peut travailler à plein temps. Moi, je suis cloué dans un bureau ; je ne peux donner que mes heures de loisir. Seriez-vous à la recherche d'un emploi, par hasard ? demanda-t-il à Katherine avec un curieux mélange de méfiance et de respect.

– Elle a déjà trouvé un emploi dans le mariage, répondit Mary à sa place.

– Oh, je vois, dit Mr. Basnett.

Il montra une certaine indulgence ; ses amis et lui avaient abordé la question sexuelle au même titre que les autres et ils lui avaient accordé une place convenable dans leur projet de société. C'est ce que Katherine sentit sous la rudesse de ses façons et il lui sembla qu'un monde confié aux soins de Mary Datchet et de Mr. Basnett serait un monde vertueux, mais sans beauté ni romantisme, ou, pour parler d'une manière figurée, un monde où aucune volute bleue ne lierait tendrement les arbres à l'horizon. L'espace d'un instant, elle crut voir sur son visage, penché à présent au-dessus du feu, les traits de l'homme originel dont nous nous souvenons encore de temps à autre, bien que nous ne connaissions de lui que les différentes variétés de l'employé, de l'avocat, du fonctionnaire ou de l'ouvrier. Non que Mr. Basnett, qui consacrait ses journées au commerce et ses heures de loisir aux réformes sociales, fût apte à refléter longtemps la plénitude, mais, pour le moment, avec sa jeunesse ardente, son esprit spéculatif, encore libre, on l'aurait volontiers imaginé citoyen d'un État plus noble que le nôtre. Katherine retourna dans sa tête son petit stock d'informations et chercha à définir leur projet de société. Puis elle se rappela qu'elle les empêchait de travailler ; elle se leva, sans cesser de penser à ce projet, et c'est avec cette idée en tête qu'elle dit à Mr. Basnett :

– J'espère que vous ferez appel à moi le moment venu.

Il hocha la tête et retira la pipe de sa bouche, mais il la remit en place car il ne trouvait rien à dire, bien qu'il eût été heureux qu'elle restât.

Mary insista pour accompagner Katherine ; elles restèrent dans la rue à chercher un taxi.

– Rentrez, insista Katherine, à la pensée de Mr. Basnett ses papiers à la main.

– Vous ne pouvez pas marcher seule dans les rues habillée de cette façon », dit Mary, mais le besoin de trouver un taxi n'était pas l'unique raison qui la faisait rester auprès de Katherine. Mr. Basnett et ses documents apparaissaient malheureusement à ses yeux comme une diversion fortuite au sérieux de la vie, à côté de ce qu'il y avait de merveilleux à se trouver seule avec Katherine.

Peut-être s'agissait-il de leur condition commune de femme.

– Avez-vous vu Ralph ? demanda-t-elle soudain sans préambule.

– Oui, répondit Katherine tout de suite, mais elle ne se souvenait ni où ni quand elle l'avait vu. Il lui fallut quelques instants pour se rappeler pourquoi Mary lui posait cette question.

– Je crois que je suis jalouse, dit Mary.

– C'est ridicule, Mary, dit Katherine distraitement en lui prenant le bras et en remontant la rue vers la grande avenue. Nous sommes allés à Kew et nous avons décidé d'être amis. Voilà ce qui s'est passé.

Mary gardait le silence, espérant que Katherine lui en dirait davantage. Mais celle-ci n'ajouta rien.

– Ce n'est pas d'amitié qu'il s'agit, s'écria Mary qui, à sa grande surprise, sentit monter sa colère. Vous savez bien que non. Je n'ai pas le droit d'intervenir… Je voudrais seulement que Ralph ne souffre pas.

– Il a l'air tout à fait capable de prendre soin de lui-même, fit observer Katherine.

Sans que ni l'une ni l'autre l'eût voulu, un sentiment d'hostilité s'était dressé entre elles.

– Croyez-vous vraiment que cela vaille la peine ? demanda Mary après un moment de silence.

– Comment savoir ? dit Katherine.

– Avez-vous déjà aimé ? demanda sottement Mary sans réfléchir.

– Je ne peux pas errer dans Londres à débattre de mes sentiments… – voici un taxi… – non, il n'est pas libre.

– Je ne veux pas me disputer, dit Mary.

– Aurais-je dû refuser d'être son amie ? demanda Katherine. Dois-je refuser ? Quelle raison lui donnerai-je ?

– Vous ne pouvez pas, bien sûr, dit Mary en se dominant.

– Il semble pourtant que je le doive, dit soudain Katherine.

– Je me suis mise en colère, Katherine ; je n'aurais pas dû vous parler ainsi.

– Tout cela est ridicule, reprit Katherine d'un ton péremptoire. Voilà ce que je pense. Cela n'en vaut pas la peine.

Elle parlait avec une véhémence superflue qui pourtant ne visait pas Mary Datchet. Leur animosité avait complètement disparu et au-dessus d'elles planaient maintenant de lourds nuages assombrissant l'avenir à travers lequel il leur fallait se frayer un chemin.

– Non, non, cela n'en vaut pas la peine, répéta Katherine. Admettons ce que vous dites, mais cette amitié est impossible ; il tombe amoureux de moi. Ce n'est pas ce que je veux. Mais, ajouta-t-elle, je crois que vous exagérez ; l'amour n'est pas tout ; même le mariage n'est qu'une des…

Elles avaient rejoint la grande artère, et regardaient les omnibus et les passants qui semblaient, en cet instant, illustrer ce que Katherine avait dit sur la diversité des intérêts humains. Un détachement total s'était fait en elles, comme en ces moments où il apparaît vain de porter encore sur ses épaules le fardeau du bonheur et d'une existence tyrannique. Elles assumaient soudain la présence de leurs prochains.

– Je ne veux pas vous imposer une ligne de conduite, dit Mary, se ressaisissant la première quand elles firent demi-tour après un long silence. Je veux simplement dire qu'il faut que vous sachiez à quoi vous en tenir ; mais je pense que vous le savez parfaitement.

Ce qu'elle savait des préparatifs de mariage de Katherine et l'effet que produisait sur elle sa compagnie sombre et secrète, plongeaient Mary dans la plus complète perplexité.

Elles refirent le même trajet en sens inverse et arrivèrent devant la maison de Mary. Elles s'arrêtèrent et restèrent là un moment sans rien dire.

– Rentrez, dit Katherine, sortant de sa torpeur. Il vous attend pour continuer sa lecture.

Elle leva les yeux vers la fenêtre éclairée, tout en haut de la maison, et elles la regardèrent toutes deux un moment. Des marches en demi-cercle montaient jusqu'à l'entrée de l'immeuble ; Mary gravit les deux ou trois premières, puis s'arrêta et baissa les yeux vers Katherine.

– Je crois que vous sous-estimez la valeur de ce sentiment », dit-elle lentement, d'une manière un peu maladroite. Elle monta une nouvelle marche et regarda une fois encore la silhouette partiellement éclairée en contrebas, qui tournait vers elle un visage pâle. Tandis que Mary hésitait, un taxi s'approcha et Katherine se retourna pour l'arrêter, disant, tandis qu'elle ouvrait la portière :

– N'oubliez pas que je veux faire partie de votre société – n'oubliez pas, ajouta-t-elle, élevant la voix pour être entendue ; le claquement de la portière étouffa le reste de ses paroles.

Mary gravit les marches une à une, comme si elle escaladait une montagne escarpée. Elle avait dû s'arracher de force à Katherine et chaque pas triomphait de son désir. Elle se cramponnait avec acharnement, s'encourageant comme si elle accomplissait réellement un effort physique surhumain pour vaincre un versant abrupt. Mr. Basnett, assis tout en haut de l'immeuble avec ses documents, offrait un solide point d'appui, mais encore fallait-il l'atteindre ! Cette idée lui procura une légère exaltation.

Mr. Basnett leva les yeux quand elle ouvrit la porte.

– Je reprends là où j'en étais resté, dit-il. Arrêtez-moi s'il y a quelque chose que vous ne comprenez pas.

Il avait relu le document et crayonné des notes dans la marge pendant son absence, et il reprit comme s'il n'y avait pas eu d'interruption. Mary s'assit parmi les coussins plats, alluma une nouvelle cigarette et écouta d'un air soucieux.

Enfoncée dans le coin arrière du taxi qui la conduisait à Chelsea, Katherine sentit une certaine lassitude mais prit conscience aussi de la nature sobre et satisfaisante du travail dont elle venait d'être témoin. Ce souvenir l'apaisa. Quand elle arriva chez elle, elle se faufila à l'intérieur le plus discrètement possible, avec l'espoir que toute la maisonnée serait déjà endormie. Mais son excursion avait pris moins de temps qu'elle ne l'avait pensé et elle prêta l'oreille aux signes d'animation qui résonnaient à l'étage au-dessus. Une porte s'ouvrit et Katherine s'engouffra dans une pièce du rez-de-chaussée, au cas où cela signifierait le départ de Mr. Peyton. D'où elle se trouvait, elle pouvait voir l'escalier sans être vue. Quelqu'un descendait : c'était William. Il avait l'air un peu bizarre comme s'il marchait en dormant et remua les lèvres comme s'il se jouait à lui-même quelque comédie. Il descendit très lentement, marche après marche, la main sur la rampe pour se guider. Il semblait dans un tel état d'exaltation qu'elle ne put supporter plus longtemps de l'observer à son insu. Elle s'avança dans le vestibule. Il sursauta en la voyant et s'arrêta.

– Katherine ! s'exclama-t-il. Êtes-vous sortie ?

– Oui… Ils sont encore là ?

Il ne répondit pas et entra dans la pièce du rez-de-chaussée.

– Je ne peux pas vous dire à quel point ce fut merveilleux, dit-il. Je suis incroyablement heureux.

Il ne s'adressait guère à elle, qui ne répondit rien. Pendant un moment, ils restèrent de part et d'autre de la table, sans mot dire. Puis, à brûle-pourpoint, il demanda :

– Mais, dites-moi, quelle impression avez-vous eue ? Qu'avez-vous pensé, Katherine ? Y a-t-il une chance qu'elle m'aime ? Répondez-moi !

Avant qu'elle pût répondre, le bruit d'une porte qui s'ouvrait sur le palier, à l'étage au-dessus, les troubla – troubla surtout William. Il eut un mouvement de recul, marcha rapidement jusqu'au vestibule et, affectant le plus grand naturel, dit d'une voix forte :

– Bonne nuit, Katherine. Allez dormir maintenant. À bientôt. J'espère que je pourrai venir demain.

L'instant d'après, il était parti. Elle monta l'escalier et trouva Cassandra sur le palier. Elle tenait deux ou trois livres à la main et se baissait pour en examiner d'autres dans une petite bibliothèque. Elle dit qu'elle ne savait jamais, entre la poésie, l'histoire et la métaphysique, ce qu'elle voulait lire avant de s'endormir.

– Que lisez-vous au lit, Katherine ? demanda-t-elle en montant à l'étage supérieur.

– Cela dépend, répondit Katherine d'un air vague.

Cassandra la regarda :

– Savez-vous que vous êtes bizarre ? dit-elle. Tout le monde me semble un peu bizarre. C'est peut-être Londres qui fait cet effet.

– William est-il bizarre, lui aussi ? demanda Katherine.

– Oui, je le trouve aussi un peu bizarre, répondit Cassandra. Bizarre mais fascinant. Je lirai Milton ce soir. Ce fut l'une des plus belles soirées de ma vie, Katherine, ajouta-t-elle, en regardant avec une dévotion timide le beau visage de sa cousine.

XXVII

À Londres, dans les premiers jours du printemps, les bourgeons éclatent, les fleurs secouent soudain leurs pétales blancs, mauves ou pourpres – comme dans les jardins, bien que ces fleurs citadines ne soient qu'autant de portes grandes ouvertes sur Bond Street et les environs – d'invitations à regarder des tableaux, à écouter une symphonie, ou à se mêler simplement à la foule sonore, fourmillante et bigarrée. Malgré tout la ville n'est pas une piètre rivale de la campagne à la paisible floraison végétale. Qu'il existe ou non, à l'origine, un sentiment généreux, un désir de partage et de communion, ou que cette animation ne soit qu'une réaction machinale et insensée, l'effet, tant qu'il dure, incite ceux qui sont jeunes ou ignorants à croire que le monde est un grand bazar, avec des bannières qui flottent au vent, et des divans où s'amoncellent pour leurs délices des butins provenant des quatre coins du globe.

Lorsque Cassandra Otway parcourait Londres, pourvue de shillings qui ouvraient des tourniquets, ou le plus souvent, de grandes cartes blanches qui faisaient fi des tourniquets, la ville lui semblait la plus prodigue et la plus hospitalière des hôtesses. Après une visite à la National Gallery ou à Hertford House, après un concert de Brahms ou de Beethoven au Bechstein Hall elle rentrait pour trouver une nouvelle personne qui l'attendait et possédait, enfouies dans son âme, quelques graines de la précieuse substance qu'elle continuait à nommer la « réalité » et qu'elle cherchait toujours à découvrir. Les Hilbery, comme on dit, « connaissaient tout le monde » et cette prétention se trouvait confirmée par le nombre des maisons qui, à une certaine distance alentour, allumaient leurs lampes, la nuit venue, ouvraient leurs portes à partir de trois heures de l'après-midi et accueillaient les Hilbery dans leur salle à manger environ une fois par mois. L'aisance et le magnétisme de la plupart des êtres qui vivaient dans ces maisons semblaient indiquer qu'en matière d'art, de musique ou de politique, ils étaient protégés, à l'intérieur des grilles, et pouvaient avoir un sourire indulgent pour l'énorme masse de l'humanité, forcée de patienter, de lutter, de payer pour entrer avec une vulgaire pièce de monnaie. Les grilles s'ouvraient automatiquement pour laisser passer Cassandra. Elle était naturellement portée à critiquer ce qui se passait à l'intérieur et encline à citer ce que Henry aurait dit mais, en son absence, elle réussissait souvent à le contredire et accordait invariablement à son voisin de table ou à l'adorable vieille dame qui se souvenait de sa grand-mère la faveur de croire que leurs propos avaient un sens. Par égard pour l'éclat de ses yeux avides, la force instinctive de son expression et un certain laisser-aller lui étaient en grande partie pardonnés. De l'avis général, ce serait une bonne recrue, au bout d'une ou deux années d'apprentissage, après qu'elle eut été confiée aux mains de bonnes couturières et soustraite aux mauvaises influences. Les vieilles dames – assises près du mur dans les salles de bal, prélevant des échantillons de l'humanité entre le pouce et l'index et respirant d'une respiration si régulière que les colliers qui se soulèvent et s'abaissent sur leur poitrine semblent subir quelque force naturelle comme le gonflement des vagues sur l'océan humain – concluaient en ébauchant un sourire, qu'elle ferait l'affaire. Elles voulaient dire par là que Cassandra épouserait probablement un jeune homme dont elles respectaient la mère.

William Rodney n'était jamais à court d'idées. Il connaissait de petites galeries, des concerts choisis, des représentations privées, et il trouverait le temps de voir Katherine et Cassandra, de leur offrir le thé, de les inviter à dîner ou à souper ensuite chez lui. À chacune des quatorze journées de Cassandra quelque féerie était donc promise. Dimanche approchait, le jour habituellement dédié à la Nature. Le temps était presque assez clément pour une expédition. Mais Cassandra rejeta Hampton Court, Greenwich, Richmond et Kew, pour le jardin zoologique. Autrefois, elle s'était vaguement intéressée à la psychologie animale et elle savait encore des choses sur les lois de l'hérédité. C'est ainsi que le dimanche après-midi, Katherine, Cassandra et William Rodney se rendirent au zoo. Comme leur taxi approchait de l'entrée, Katherine se pencha en avant et agita la main à l'adresse d'un jeune homme qui marchait rapidement dans la même direction.

– C'est Ralph Denham ! s'exclama-t-elle. Je lui ai donné rendez-vous ici, ajouta-t-elle.

Elle s'était même munie d'un ticket d'entrée pour lui, ce qui réfuta tout de suite l'objection de William selon qui on ne le laisserait pas entrer ; mais le salut que les deux hommes échangèrent était révélateur de ce qui allait suivre. Dès qu'ils eurent admiré les oiseaux dans la grande cage, William et Cassandra traînèrent à quelque distance de Ralph et de Katherine, qui allongèrent le pas. William trouvait cet arrangement tacite à sa convenance, mais il n'en était pas moins agacé. Il pensait que Katherine n'aurait pas dû inviter Denham sans lui en parler.

– C'est un ami de Katherine, expliqua-t-il sèchement.

Son irritation était manifeste, et Cassandra compatit à son amertume. Ils se trouvaient près de l'enclos d'un babiroussa et elle poussa doucement la bête du bout de son parapluie quand mille petits détails convergèrent en ce point et, chose étrange, une vive émotion lui fit battre le cœur plus fort. Étaient-ils heureux ? Elle chassa cette question de son esprit à l'instant même où elle se la posa, trouvant indigne d'appliquer une mesure si simple aux émotions splendides et rares d'un couple si remarquable. Elle adopta néanmoins une attitude différente comme si, pour la première fois, elle se sentait vraiment femme et comme s'il s'avérait possible que William souhaitât un jour ou l'autre se confier à elle. Cassandra oublia tout ce qu'elle savait sur la psychologie animale et la récurrence des yeux bleus ou bruns pour s'absorber dans ses sentiments de femme consolatrice ; elle espérait que Katherine resterait en avant avec Mr. Denham, comme un enfant qui joue à la grande personne espère que sa mère ne viendra pas contrarier son jeu. Mais n'était-ce pas plutôt qu'elle avait fini de jouer à la grande personne et prenait soudain conscience d'être pour de bon une adulte ?

Katherine et Ralph ne s'étaient toujours pas adressé la parole, mais les occupants des différentes cages s'employaient à meubler le silence.

– Qu'avez-vous fait depuis notre dernière rencontre ? demanda Ralph enfin.

– Qu'ai-je fait ? dit-elle en essayant de se souvenir. J'ai fait des visites chez les uns et les autres. Je me demande si ces animaux sont heureux, ajouta-t-elle en s'arrêtant devant un ours gris jouant avec un pompon qui avait peut-être appartenu jadis à l'ombrelle d'une dame.

– Rodney n'a pas l'air particulièrement content de me voir, fit remarquer Ralph.

– En effet. Mais cela ne durera pas longtemps, répondit-elle.

Le détachement perceptible dans sa voix laissa Ralph perplexe ; il aurait aimé qu'elle lui expliquât ce qu'elle avait voulu dire, mais il ne la questionnerait pas. Chaque instant devait être parfait sans rien devoir de sa plénitude à des explications, ni emprunter la physionomie riante ou sombre de l'avenir.

– Les ours ont l'air heureux, dit-il. Mais il faut leur

acheter quelque chose. Il y a un endroit on l'on vend des petits pains.

Ils marchèrent jusqu'au kiosque où étaient empilés des petits sacs en papier, et ils sortirent tous deux en même temps un shilling et le tendirent à la jeune femme qui, ne sachant si elle devait faire plaisir à la dame ou au monsieur, décida, en fin de compte, pour des raisons conventionnelles, que c'était au monsieur de payer.

– C'est mon tour, dit Ralph d'un ton décidé, refusant la pièce que Katherine lui tendait. J'ai mes raisons, ajouta-t-il, la voyant sourire devant son air résolu.

– Je crois que vous avez toujours une raison pour tout, dit-elle, partageant le petit pain en morceaux et les lançant aux ours, mais je ne crois pas que ce soit une bonne raison cette fois-ci. Donnez-la moi.

Il refusa de parler. Il ne pouvait pas lui expliquer qu'il lui offrait sciemment sa joie et qu'il souhaitait, de façon assez ridicule, verser tout ce qu'il possédait dans les flammes du bûcher funéraire, même son argent et son or. Il voulait garder cette distance entre eux – la distance qui sépare le dévot de la statue sur l'autel.

Les circonstances contribuaient à rendre les choses plus faciles que s'ils s'étaient trouvés par exemple dans un salon, assis autour d'un service à thé. Il la vit se détacher sur un fond de grottes gris pâle et de peaux luisantes : des dromadaires tournèrent vers elle leurs yeux lourds de sommeil ; des girafes la considérèrent avec dédain du haut de leur grandeur mélancolique et les trompes, fourrées de rose, des éléphants dérobèrent précautionneusement les petits pains sur sa main tendue. Puis il y eut les serres chaudes. Il la vit se pencher au-dessus des pythons enroulés dans le sable, contempler le roc brun émergeant de l'eau stagnante dans le bassin de l'alligator, scruter une minuscule portion de forêt équatoriale à la recherche de l'œil doré d'un lézard ou du mouvement inspiré des flancs de la grenouille verte. Il la vit se profiler sur les profondes eaux vertes où des escadrons de poissons argentés tournaient inlassablement et la lorgnaient un instant, leur bouche distendue pressée contre la vitre, la queue telle une traîne frémissante. Puis il y eut la serre aux insectes ; elle souleva les stores des petites cages et s'émerveilla des cercles pourpres peints sur les ailes soyeuses d'un papillon tout juste sorti de sa chrysalide et encore à demi inconscient, des chenilles immobiles semblables aux brindilles noueuses d'un arbre écorcé; des longs serpents verts frappant sans relâche la paroi en verre de leur langue fourchue. La chaleur, le lourd parfum des fleurs baignant dans l'eau ou se dressant de toute leur hauteur dans de grandes jarres rouges, ajoutés au spectacle insolite de formes fantastiques, créaient une atmosphère dans laquelle les êtres humains avaient tendance à paraître plus pâles et garder le silence.

Ouvrant la porte d'une serre qui retentissait du rire moqueur et profondément triste des singes, ils retrouvèrent William et Cassandra. William essayait de faire descendre de son perchoir un petit animal repoussant pour partager avec lui une moitié de pomme. Cassandra lisait d'une voix forte un compte rendu du caractère solitaire et des habitudes nocturnes de cette créature. Elle aperçut Katherine et s'écria :

– Ah, vous voilà ! Empêchez donc William de torturer ce malheureux aye-aye.

– Nous vous croyions perdus, dit William.

Il les regarda l'un après l'autre et parut remarquer la mise démodée de Denham. Il souhaitait, semblait-il, trouver un exutoire à sa malveillance ; n'en trouvant point, il resta silencieux mais le coup d'œil, le léger tremblement des lèvres, ne furent pas perdus pour Katherine.

– William ne sait pas s'y prendre avec les bêtes, dit-elle. Il ne sait pas ce qu'elles aiment.

– Je suppose que vous êtes mieux versé en cette matière, Denham, dit Rodney en retirant sa main.

– C'est surtout la manière de les caresser qui compte, répondit Denham.

– Où se trouve la serre des reptiles ? lui demanda Cassandra, cédant moins au désir sincère de voir les reptiles qu'à sa sensibilité féminine toute neuve qui l'engageait à charmer et à se concilier l'autre sexe. Tandis que Denham lui indiquait le chemin, Katherine et William avancèrent.

– J'espère que vous avez passé un agréable après-midi, dit William.

– J'aime bien Ralph Denham, répondit-elle.

– Ça se voit, répliqua William avec une fausse courtoisie.

Plusieurs ripostes étaient possibles mais, souhaitant avant tout la paix, Katherine demanda simplement :

– Rentrez-vous prendre le thé ?

– Cassandra et moi pensions aller dans un petit salon de thé à Portland Place, répondit-il. Denham et vous n'avez peut-être pas envie de nous accompagner.

– Je vais le lui demander », répondit-elle en tournant la tête dans sa direction. Mais Denham et Cassandra étaient de nouveau absorbés par le aye-aye.

William et Katherine les observèrent un moment et chacun regarda avec curiosité l'objet de la préférence de l'autre. Mais, posant son regard sur Cassandra à l'élégance de laquelle les couturières avaient enfin rendu justice, William observa d'un ton sec :

– Si vous venez, j'espère que vous ne ferez pas tout votre possible pour me rendre ridicule.

– Si c'est ce qui vous fait peur, je ne viendrai certainement pas, répondit Katherine.

Ils regardaient ostensiblement l'énorme cage centrale des singes et Katherine était à ce point exaspérée qu'elle compara William à un grand singe misanthrope enveloppé dans un vieux châle, lançant des regards suspicieux sur ses compagnons. Sa tolérance l'abandonna. Les événements de la semaine l'avaient épuisée. Elle était dans cette disposition d'esprit, qui n'est peut-être pas très spécifique de son sexe, où l'autre devient si étranger, d'une bassesse si méprisable, que la nécessité de former un couple en devient dégradante ; le lien qui, à ces moments-là, est extrêmement serré, gêne comme un licol autour du cou. Les exigences répétées de William, sa jalousie, avaient poussé Katherine dans quelque bas-fond de sa nature secrète où régnait encore la lutte primitive entre l'homme et la femme.

– On dirait que vous prenez un malin plaisir à me blesser, persista William. Pourquoi avez-vous dit cela tout à l'heure à propos des bêtes ?

Tout en parlant, il cognait sa canne contre les barreaux de la cage, donnant ainsi à ses paroles un fond sonore qui mettait à rude épreuve les nerfs de Katherine.

– Parce que c'est la vérité. Vous ne faites jamais attention à ce qu'éprouvent les autres, dit-elle. Vous ne pensez qu'à vous.

– Ce n'est pas vrai, dit William.

Mais son vacarme insistant avait attiré l'attention agitée d'une demi-douzaine de singes. Soucieux de les apaiser ou de leur montrer sa bienveillance, il leur offrit la pomme qu'il tenait à la main.

Le spectacle, malheureusement, illustrait de façon si drôle l'image qu'elle avait en tête, la ruse était si grossière, que Katherine éclata de rire. Elle rit aux éclats et William rougit. Aucune manifestation de colère n'aurait pu le blesser davantage. Non seulement elle se moquait de lui, mais le détachement perceptible dans le son de sa voix était horrible.

– Je ne vois pas ce qui vous fait rire », marmonna-t-il et, se détournant, il découvrit que l'autre couple les avait rejoints. Comme s'ils en étaient convenus secrètement, les couples se séparèrent une nouvelle fois ; Katherine et Denham sortirent de la serre sans regarder autour d'eux. Répondant intuitivement aux vœux de Katherine, Denham pressa le pas. Quelque chose avait changé en elle. Il associa ce changement à son éclat de rire et aux quelques paroles échangées avec Rodney : il la sentait hostile à présent. Elle parlait, mais de choses sans importance et quand il lui répondait, elle semblait penser à autre chose. Ce changement d'attitude l'attrista tout d'abord, puis il finit par le trouver salutaire. La bruine et la grisaille de cette journée l'affectaient également. Le charme qui l'avait envoûté était rompu ; son amour s'était transformé en respect amical et c'est avec joie qu'il se mit à penser au soulagement qu'il éprouverait à se retrouver, cette nuit même, seul dans sa chambre. Surpris par la soudaineté de ce revirement et l'étendue de sa liberté, il conçut un plan audacieux qui lui permettrait d'exorciser, plus efficacement que par la simple absence, le fantôme de Katherine. Il allait l'inviter à venir prendre le thé chez lui. Il la contraindrait à passer au laminoir de la vie de famille ; il la placerait sous une lumière crue qui ne laissât rien dans l'ombre. Sa famille ne trouverait en elle rien d'admirable et elle, il en était sûr, elle les mépriserait tous ; cela aussi l'aiderait. Il se sentait devenir de plus en plus impitoyable. Avec des mesures de ce genre, n'importe qui, songea-t-il, pouvait venir à bout de passions absurdes, qui sont cause de tant de souffrances et de gâchis. Il entrevit un temps où ses épreuves, sa découverte et son triomphe pourraient servir à ses frères plus jeunes logés à la même enseigne. Il regarda sa montre et fit observer que le zoo allait bientôt fermer.

– De toute façon, ajouta-t-il, je crois que nous avons vu assez de choses cet après-midi. Où sont passés les autres ?

Il regarda par-dessus son épaule et, ne les voyant nulle part, il ajouta aussitôt :

– Nous ferions mieux de ne pas les attendre. Je vous invite à prendre le thé chez moi.

– Pourquoi ne viendriez-vous pas chez moi ? demanda-t-elle.

– Parce que nous sommes tout près de Highgate, répondit-il avec précipitation.

Elle acquiesça, n'ayant qu'une vague notion de la distance entre Highgate et Regent's Park. Elle était simplement contente de retarder d'une heure ou deux son retour au thé familial de Chelsea.

Ils s'acheminèrent d'un pas résolu par les allées sinueuses de Regent's Park et les rues désolées du dimanche, vers la station de métro. Ignorant le chemin, elle s'en remit entièrement à Denham dont le silence lui permit de s'abandonner en toute liberté à sa colère contre Rodney.

Quand ils sortirent du métro dans la pénombre assombrie de Highgate, elle se demanda pour la première fois où il l'emmenait. Avait-il une famille ou vivait-il seul ? Tout compte fait, elle l'imaginait volontiers fils unique d'une mère âgée, peut-être invalide. Elle dessina, à grands traits, la petite maison blanche et la vieille dame tremblante se levant derrière la table à thé pour le saluer d'une voix hésitante, disant quelques mots sur les amis de son fils. Elle allait demander à Ralph de lui donner des précisions quand il ouvrit brusquement l'une des innombrables portes en bois rigoureusement semblable aux autres et suivit un chemin carrelé vers un porche de style alpestre.

Tandis que la sonnette retentissait au sous-sol, l'imagination fit défaut à Katherine et elle ne put combler la place vide laissée par l'effacement subit de sa vision.

– Je vous préviens que nous devons nous attendre à une réunion de famille, dit Denham. Ils sont presque toujours là, le dimanche. Nous pourrons monter dans ma chambre ensuite.

– Avez-vous des frères et des sœurs ? demanda-t-elle sans cacher sa consternation.

– Six ou sept, répondit-il d'un ton grave au moment où la porte s'ouvrait.

Pendant que Ralph ôtait son manteau, elle eut le temps de regarder les fougères, les photographies et les tentures, et d'entendre la rumeur confuse de multiples voix. Un accès de timidité la raidit. Le plus loin possible derrière Denham, elle le suivit dans une pièce vivement éclairée par des lampes sans abat-jour ; un grand nombre de personnes de tous âges étaient assises autour d'une table de salle à manger garnie de plats qu'éclairait stoïquement une flamme de gaz incandescent. Ralph se dirigea vers l'extrémité de la table.

– Mère, je vous présente Miss Hilbery, dit-il.

Une vieille dame corpulente, penchée au-dessus d'une lampe à alcool défectueuse, la regarda d'un air sévère.

– Excusez-moi, dit-elle, je croyais que vous étiez l'une de mes filles, Dorothy.

Sans reprendre son souffle, elle interpella la domestique qui allait quitter la pièce :

– Nous avons besoin d'alcool à brûler – à moins que ce ne soit la lampe elle-même qui soit détraquée. Si l'un de vous pouvait inventer une bonne lampe à brûler... », soupira-t-elle, regardant la table et cherchant, parmi les pièces de vaisselle, deux tasses propres pour les nouveaux venus.

La lumière crue révélait plus de laideur que Katherine n'en avait jamais vu dans une seule pièce depuis très longtemps. Quoi de plus laid que ces rideaux en peluche marron retenus par des embrasses, et garnis de festons, de pompons et de franges qui tombaient en gros plis et dissimulaient en partie des étagères débordant de manuels poussiéreux ! Le regard de Katherine s'arrêta sur des baguettes de bois sculptées, en croisillons sur le mur vert. Partout où il y avait une surface disponible, une fougère émergeait d'une potiche en porcelaine ou un cheval de bronze se cabrait si haut que la souche d'un arbre devait soutenir ses pattes de devant. Les eaux de la vie familiale semblèrent se gonfler et se refermer au-dessus de sa tête, et elle mangea en silence.

Finalement, Mrs. Denham leva les yeux et fit remarquer :

– Voyez-vous, Miss Hilbery, mes enfants arrivent tous à des heures différentes. Johnnie, monte le plateau si tu as terminé. Mon fils Charles est au lit avec un rhume. Comment s'en étonner ? Il joue au football sous la pluie. Nous avons essayé de prendre le thé au salon, mais cela n'a pas été un succès.

Un garçon de seize ans, qui s'avéra être Johnnie, répondit par un grognement moqueur à l'évocation du thé au salon et à l'ordre d'en apporter à son frère. Mais il était heureux que sa mère s'intéressât à lui et s'exécuta.

– C'est beaucoup mieux ainsi, dit Katherine qui coupait avec application sa part de gâteau.

On lui avait donné une part trop grosse. Elle savait que Mrs. Denham la soupçonnait de faire des comparaisons désobligeantes. Elle voyait aussi que son gâteau ne diminuait que fort lentement. Mrs. Denham l'avait regardée assez souvent pour que Katherine devinât qu'elle s'interrogeait sur sa présence et sur les motifs de l'invitation de Ralph. À l'heure qu'il était Mrs. Denham avait dû finir par découvrir cette bonne raison. Affichant une courtoisie laborieuse et désuète, elle s'était mise à parler des agréments de la vie à Highgate, de son essor et de sa position.

– Quand je me suis mariée, dit-elle, Highgate était complètement séparé de Londres, Miss Hilbery, et cette maison, aussi incroyable que cela puisse paraître, donnait sur des champs de pommiers. C'était avant que les Middleton construisent leur maison juste en face de la nôtre.

– Ce doit être un grand avantage d'habiter en haut d'une colline, dit Katherine.

Mrs. Denham approuva avec force comme si elle avait bien meilleure opinion de Katherine, à présent.

– Parfaitement. L'air est meilleur, dit-elle.

Et comme le font souvent ceux qui habitent en banlieue, elle expliqua que la vie était plus saine, plus facile et l'air moins pollué que dans toutes les autres banlieues. Son enthousiasme prouvait clairement qu'elle exprimait un point de vue impopulaire et que ses enfants ne partageaient pas son avis.

– Le plafond s'est encore écroulé dans le garde-manger, dit brusquement Hester, une jeune fille de dix-huit ans.

– Bientôt, c'est toute la maison qui s'écroulera, marmonna James.

– Vous dites des bêtises, reprit Mrs. Denham. Ce n'est qu'un peu de plâtre. Aucune maison ne pourrait vous résister longtemps.

Ces paroles furent accueillies par une plaisanterie familiale que Catherine ne comprit pas. Même Mrs. Denham éclata de rire malgré elle.

– Miss Hilbery doit nous prendre pour des sauvages, ajouta-t-elle d'un ton réprobateur.

Miss Hilbery sourit et fit non de la tête. Elle sentit se poser sur elle plusieurs paires d'yeux comme si les membres de la famille se disposaient à discuter d'elle après son départ. Peut-être à cause de ces regards critiques, Katherine estima la famille de Ralph Denham ordinaire et vulgaire, impression renforcée par la laideur du mobilier et du décor. Elle jeta un coup d'œil vers la cheminée où s'alignaient des chars de bronze, des vases en argent et des bibelots en porcelaine, tous plus grotesques les uns que les autres.

Elle n'inclut pas Ralph dans son jugement, du moins consciemment, mais lorsqu'elle le regarda, un instant plus tard, elle le méprisa plus qu'à aucun moment depuis le début de leur rencontre.

Il n'avait fait aucun effort pour dissiper le malaise suscité par l'apparition de Katherine, et discutait à présent avec son frère comme s'il avait oublié son existence. Elle avait dû compter sur son soutien à son insu, car cette indifférence, accentuée par la banalité environnante, lui fit ouvrir les yeux sur la laideur des lieux et sur sa propre sottise. Plusieurs scènes lui remontèrent à la mémoire, avec ce frisson qui est presque de la rougeur. Elle avait cru à ses promesses d'amitié. Elle avait cru qu'une flamme spirituelle brûlait fidèlement derrière la confusion et l'incohérence de la vie.

Cette flamme avait disparu soudain, comme étouffée. Seuls demeuraient le désordre de la table et les propos ennuyeux de Mrs. Denham : ils agissaient sur un esprit sans défense, profondément conscient de l'avilissement qui résulte d'un conflit, qu'il fût ou non victorieux ; elle pensa tristement à sa solitude, à la futilité de la vie et à la prose stérile de la réalité, à William Rodney, à sa mère et à la biographie inachevée.

Ses réponses à Mrs. Denham étaient distraites, à la limite de l'impolitesse, et Ralph, qui l'observait de près, la trouvait à cent lieues malgré sa proximité physique. Il la regarda à la dérobée, et poursuivit laborieusement la discussion, décidé à ce que toute illusion fût dissipée à la fin de cette expérience. L'instant d'après, un silence absolu régna parmi eux. Le silence autour de la table en désordre était énorme et monstrueux ; quelque chose d'horrible semblait devoir en surgir, mais ils l'endurèrent stoïquement. Une seconde plus tard, la porte s'ouvrit et il y eut un soulagement général ; des voix crièrent : « Hello Joan ! il n'y a plus rien à manger », rompant la concentration oppressante de tous ces regards posés sur la nappe, et les eaux vives de l'existence familiale déferlèrent de nouveau. Il était évident que Joan exerçait une influence mystérieuse et bienfaisante sur sa famille. Elle s'avança vers Katherine comme si elle avait déjà entendu parler d'elle et se réjouissait de la rencontrer enfin. Elle expliqua qu'elle avait rendu visite à un oncle malade qui l'avait retenue. Non, elle n'avait pas pris de thé, mais elle se contenterait d'une tranche de pain. Quelqu'un lui tendit un gâteau qui avait été tenu au chaud dans le foyer ; elle s'assit à côté de sa mère. Les inquiétudes de Mrs. Denham semblèrent s'envoler et chacun se mit à manger et à boire comme si c'était de nouveau l'heure. Hester expliqua spontanément à Katherine qu'elle travaillait pour passer un examen, parce qu'elle désirait plus que tout aller à Newham.

– Maintenant, j'aimerais t'entendre décliner *amo*-j'aime, demanda Johnnie.

– Non, Johnnie, pas de grec à table, dit Joan qui l'avait entendu par hasard. Elle veille toute la nuit sur ses livres, Miss Hilbery, mais je suis persuadée que ce n'est pas la bonne façon de préparer un examen, poursuivit-elle, adressant à Katherine le sourire plein d'humour de la sœur aînée qui considère ses frères et sœurs cadets comme ses propres enfants.

– Joan, crois-tu vraiment qu'*amo* soit du grec ? demanda Ralph.

– Est-ce que j'ai dit que c'était du grec ? Bah, cela ne fait rien. Pas de langue morte à l'heure du thé. Mon cher ! cela ne t'ennuierait pas de me préparer un toast…

– La fourchette à toast doit sûrement se trouver quelque part ! dit Mrs. Denham qui se figurait encore que le couteau à pain risquait d'être abîmé. L'un de vous n'a qu'à sonner et en demander une, ajouta-t-elle sans croire qu'on lui obéirait. Dans ce cas, il ferait mieux de nous envoyer Amy…

Et toute à sa joie mystérieuse d'en savoir davantage et de donner une opinion raisonnable, sur un ton chagrin qui indiquait assez qu'elle ne s'attendait pas à la voir partagée, Mrs. Denham oublia complètement la présence de la visiteuse élégante qu'il fallait informer des avantages de Highgate. Dès que Joan se fut assise, une discussion fusa autour de Katherine : l'Armée du Salut avait-elle ou non le droit de jouer des hymnes au coin de la rue, le dimanche matin, empiétant sur la liberté individuelle ?

– Vous comprenez, James est une vraie marmotte, expliqua Johnnie à Katherine.

Sur quoi James explosa et, la prenant à témoin, expliqua :

– C'est parce que le dimanche est le seul jour de la semaine où je peux dormir tranquillement. Johnnie tripote d'infects produits chimiques dans la resserre…

Ils appelèrent Katherine à leurs secours ; oubliant son gâteau, elle se mit à rire et à discuter avec une animation soudaine. Cette grande famille lui semblait si chaleureuse, si variée, qu'elle ne pensa plus à critiquer leur manque de goût en matière de faïences. Le litige opposant James et Johnnie donna lieu à une discussion qui manifestement n'était pas nouvelle et dont les rôles avaient déjà été distribués entre les divers membres de la famille, avec Ralph pour meneur ; Katherine fut son adversaire et la championne de la cause de Johnnie qui semblait perdre la tête et s'enflammer en discutant avec Ralph.

– Oui, oui, c'est ce que je veux dire. Elle a très bien compris, expliqua-t-il après que Katherine eut exposé son cas.

Katherine et Ralph soutenaient à eux deux presque tout le débat. Ils se toisaient comme des lutteurs qui essaient de prévoir les mouvements de l'adversaire ; quand Ralph parlait, Katherine se mordait les lèvres, prête à lui répondre. Ils étaient de force égale et chacun restait sur sa position.

Mais au moment le plus passionnant de la discussion, sans aucun motif perceptible pour Katherine, tout le monde repoussa sa chaise et les frères et les sœurs de Denham se levèrent l'un après l'autre et sortirent comme s'ils obéissaient à l'appel d'une sonnerie. Katherine n'était pas habituée à la précision d'horloge qui régente les familles nombreuses. Elle hésita, ne sachant que dire, puis se leva elle aussi. Mrs. Denham et Joan s'étaient rapprochées de la cheminée et discutaient ensemble ; leurs jupes relevées au-dessus de leurs chevilles devant le feu, elles discutaient, semblait-il, de choses graves et confidentielles. Elles avaient oublié la présence de Katherine. Ralph, qui avait ouvert la porte, l'attendait.

– Voulez-vous monter un instant dans ma chambre ? dit-il.

Et Katherine, lançant un regard à Joan qui lui sourit d'un air préoccupé, suivit Ralph dans l'escalier. Elle pensait toujours à leur discussion et quand il eut ouvert la porte, elle déclara aussitôt :

– En fait, il s'agit de savoir jusqu'à quel point un individu a le droit d'imposer sa volonté au détriment de la volonté de l'État.

Ils en débattirent quelque temps entre eux, puis l'intervalle entre chaque phrase s'allongea, ils entrèrent dans l'abstraction, leur pugnacité faiblit et ils finirent par se taire. Katherine poursuivit mentalement le débat, se rappelant de temps à autre une remarque judicieuse de James ou de Johnnie.

– Vos frères sont très intelligents, dit-elle. Vous devez avoir l'habitude de ce genre de discussion ?

– James et Johnnie peuvent continuer à argumenter ainsi pendant des heures, observa Ralph. Hester également, si on lance la conversation sur les dramaturges élizabéthains.

– Et la petite fille avec la natte ?

– Molly ? Elle n'a que dix ans. Mais ils discutent souvent avec elle.

L'éloge de ses frères et sœurs dans la bouche de Katherine le combla d'aise. Il eût aimé lui parler d'eux, mais il y renonça.

– Je comprends qu'il doit être difficile de les quitter, poursuivit Katherine.

La fierté qu'il tirait de sa famille lui apparut mieux que jamais et l'idée de se retrouver seul dans une maison à la campagne lui sembla absurde. Le sentiment profond des liens entre frères et sœurs, une enfance et un passé communs, l'équilibre, la camaraderie sans prétention, l'entente tacite de la vie de famille, lui revinrent en mémoire ; il pensa à eux tous comme à une troupe dont il était le chef, en partance pour une traversée difficile, monotone mais glorieuse. Et c'était Katherine qui lui avait ouvert les yeux.

Un bref gazouillis dans le coin de la chambre attira l'attention de celle-ci.

– Ma corneille, expliqua-t-il laconiquement. Un chat lui a coupé une patte.

Katherine regarda la corneille puis observa les objets un à un.

– Vous vous asseyez ici pour lire ? demanda-t-elle, les yeux fixés sur les livres.

Il répondit qu'il travaillait souvent là, le soir.

– Le seul avantage de Highgate, c'est la vue sur Londres. D'ici, j'ai une vue splendide, la nuit.

Il souhaitait ardemment qu'elle appréciât la vue que l'on avait de sa chambre et elle se leva pour aller la voir. Il faisait déjà sombre ; la lumière des réverbères avait coloré de jaune les nappes mouvantes de brume ; elle essaya de reconnaître les différents quartiers au-dessous d'elle. Ralph éprouva une satisfaction profonde à voir Katherine regarder par sa fenêtre. Quand elle se retourna, enfin, il était toujours assis, immobile, dans son fauteuil.

– Il se fait tard, dit-elle. Je dois partir. » Elle hésitait à s'en aller, se disant qu'elle n'avait pas envie de rentrer chez elle. William serait là et il trouverait le moyen d'être désagréable ; elle se souvint de leur querelle. Elle avait également remarqué la froideur de Ralph. Elle le regarda à la dérobée et, devant ses yeux fixes, se dit qu'il devait réfléchir à quelque théorie ou quelque discussion. Il avait peut-être précisé ses idées sur les limites de la liberté individuelle. Elle attendit en silence, méditant sur la liberté.

– Vous avez encore gagné, dit-il enfin, sans bouger.

– J'ai gagné ? répéta-t-elle, pensant à leur discussion.

– Plût au Ciel que vous ne fussiez jamais venue ! s'écria-t-il.

– Que voulez-vous dire ?

– Quand vous êtes là, tout est différent. Je suis heureux. Il suffit que vous marchiez jusqu'à la fenêtre – il suffit que vous parliez de la liberté. Quand je vous ai vue, en bas, parmi eux…

Il s'interrompit.

– Vous avez pensé que j'étais quelqu'un d'ordinaire.

– C'est ce que je voulais croire. Mais je vous ai trouvée encore plus merveilleuse.

Un soulagement infini et une réticence à goûter ce soulagement se mêlèrent dans le cœur de Katherine. Elle se laissa tomber dans le fauteuil.

– Je croyais que vous ne m'aimiez pas, dit-elle.

– Dieu m'est témoin que j'ai essayé, répliqua-t-il. J'ai fait de mon mieux pour vous voir telle que vous êtes, sans être bêtement romanesque. C'est pour cela que je vous ai demandé de venir ici, mais cela n'a fait qu'aggraver ma folie. Lorsque vous serez partie, je regarderai par cette fenêtre et je penserai à vous. Je passerai toute la soirée à penser à vous. J'y passerai toute ma vie, je crois.

Il se montrait si véhément que le soulagement de Katherine fut de courte durée ; elle prit un air sévère, et le ton de sa voix se durcit.

– Je vous l'avais dit. Nous ne pourrons que nous faire du mal. Regardez-moi, Ralph. Je vous assure que je suis bien plus quelconque que je n'en ai l'air. La beauté ne signifie rien. Les plus belles femmes sont souvent les plus sottes. Je ne suis pas tout à fait sotte, mais je suis une femme pratique, prosaïque et quelconque. Je commande les repas, je paie les factures, je tiens les comptes, je remonte les horloges et je n'ouvre jamais un livre.

– Vous oubliez…, commença-t-il, mais elle ne le laissa pas achever.

– Vous m'avez vue au milieu des fleurs et des tableaux, et vous m'avez trouvée mystérieuse, romantique… Comme vous êtes très inexpérimenté, très émotif, vous êtes rentré chez vous en m'imaginant à votre idée, et maintenant vous n'arrivez plus à distinguer en moi la femme réelle de la femme imaginée. J'imagine que vous appelez cela être amoureux. En vérité, ce n'est qu'une illusion. Les esprits romanesques sont tous pareils, ajouta-t-elle. Ma mère passe sa vie à inventer des histoires sur les gens qu'elle aime.

Mais je ne veux pas que vous fassiez la même chose avec moi.

– Vous n'y pouvez rien, répliqua-t-il.

– Je vous préviens que c'est la source de tous les maux.

– Et de toutes les joies, ajouta-t-il.

– Vous vous apercevrez que je ne suis pas telle que vous m'imaginez.

– Peut-être. Mais j'y gagnerai plus que je n'y perdrai.

– Si ce genre de profit en vaut la peine…

Ils restèrent un moment silencieux.

– C'est sans doute ce qu'il faut accepter, dit-il. Il n'y a peut-être rien d'autre. Rien d'autre que ce que nous imaginons.

– Cela peut expliquer notre solitude, dit-elle d'un air songeur.

– Quand allez-vous vous marier ? demanda-t-il à brûle-pourpoint, d'une voix changée.

– Pas avant septembre, je crois ; le mariage a été remis à plus tard.

– Vous ne serez plus seule, alors, dit-il. Si l'on en croit les autres, le mariage est une drôle d'histoire. On dit que cela ne ressemble à rien. C'est peut-être vrai. Je connais un ou deux cas où cela semble vrai.

Il espérait qu'elle poursuivrait sur ce sujet, mais elle ne répondit pas. Il avait fait de son mieux pour se maîtriser et parlait d'une voix neutre ; le silence de Katherine le tourmentait. Elle ne lui parlait jamais spontanément de William et sa réserve laissait tout un versant de son âme dans l'obscurité.

– Il sera peut-être remis une nouvelle fois, dit-elle, comme après coup. Un collègue est tombé malade au bureau et c'est William qui doit le remplacer. En fait, nous devrons attendre assez longtemps…

– Ce n'est pas de chance, dit Ralph.

– William a son travail, répliqua-t-elle. Beaucoup de choses l'intéressent… Je suis déjà allée là, ajouta-t-elle en montrant du doigt une photographie. Mais je ne sais plus où c'est. Oh, bien sûr, c'est Oxford. Et à propos, votre maison ?

– Je ne la prends pas.

– Comme vous êtes changeant ! dit-elle en souriant.

– Ce n'est pas ça, dit-il avec impatience. Je veux habiter là où je peux vous voir.

– Notre pacte tient-il toujours, malgré tout ce que je vous ai dit ? demanda-t-elle.

– Il durera toute la vie, en ce qui me concerne.

– Vous allez encore rêver et bâtir un roman à mon sujet en déambulant dans les rues, imaginer que nous allons à cheval dans une forêt ou que nous accostons sur une île…

– Non, je vous imaginerai en train de commander les repas, de régler les factures, de faire les comptes et de montrer des reliques à des vieilles dames…

– Voilà qui est mieux, dit-elle. Vous pouvez penser à moi demain matin quand je chercherai des dates dans le Dictionnaire des grands hommes.

– Et quand vous oubliez votre porte-monnaie, ajouta Ralph.

Elle eut un sourire qui s'évanouit aussitôt, soit à cause de ses paroles, soit à cause de sa façon de parler. Il lui arrivait d'oublier certaines choses, il l'avait remarqué. Mais qu'avait-il vu d'autre ? Un aspect qu'elle n'aurait jamais dévoilé à personne ? Une chose si secrète que l'idée qu'il en fût témoin la choquait presque ? Son sourire s'évanouit, elle fit mine de prendre la parole, mais, le regardant en silence, avec une expression qui semblait demander ce qu'elle ne pouvait dire avec des mots, elle fit demi-tour et lui souhaita bonne nuit.

XXVIII

Telle une phrase musicale, l'effet produit sur Ralph par la présence de Katherine se dissipa peu à peu ; il resta seul dans sa chambre. La musique s'était arrêtée sur une ligne mélodique ravissante. Ralph concentra toutes ses forces pour en retenir les échos suspendus ; pendant quelque temps, il jouit d'une paix profonde à ce souvenir ; quand celui-ci se fut effacé de sa mémoire, il se mit à marcher de long en large dans sa chambre, avec une telle avidité de réentendre cette mélodie que plus rien d'autre ne compta pour lui. Elle était partie sans un mot ; ouvrant brusquement en travers de sa route un gouffre où tout son être avait chaviré comme une marée engloutie, dispersée par les rochers. L'effet ravageant de sa détresse se marquait sur son corps. Il tremblait ; il était blême ; il se sentait exténué, comme pour un effort physique intense. Finalement, il se laissa tomber dans un fauteuil, face à celui qu'elle avait occupé et il se rendit compte machinalement, les yeux fixés sur l'horloge, qu'elle s'éloignait de plus en plus de lui et arrivait chez elle où elle retrouvait certainement Rodney. Mais il lui fallut du temps avant de pouvoir en prendre conscience ; le désir passionné de la voir le noyait sous un bouillonnement d'écume, l'étouffait sous un voile de brume qui mettait la réalité hors de sa portée et lui donnait une étrange impression d'éloignement, même par rapport aux murs de la pièce qui l'entouraient.

Maintenant que la force de sa passion lui était révélée, l'avenir l'épouvantait.

Le mariage aurait lieu en septembre, avait-elle dit ; il lui restait six mois complets pour connaître ces émotions intenses. Six mois de torture et ensuite le silence de la tombe, l'isolement des déments, l'exil des condamnés ; dans le meilleur des cas, une vie dépouillée à jamais de son bien le plus précieux. Un juge impartial aurait pu lui assurer que son principal espoir de guérison résidait dans son tempérament mystique, car il comparait une femme vivante à ce qu'aucun être humain ne possède longtemps aux yeux des autres ; elle passerait et le désir de Ralph pour elle s'éteindrait, mais il croirait toujours à ce qu'elle incarnait. Ces réflexions lui offrirent, peut-être, un peu de répit et doté d'un esprit qui s'élevait bien au-dessus du tumulte des sens, il tenta de calmer le flot incohérent de ses émotions. Son instinct de conservation était très fort et Katherine elle-même l'avait étrangement renforcé en le persuadant que sa famille avait besoin de lui et méritait son estime. Elle avait raison et, par égard pour eux, sinon pour lui, il fallait couper à la racine ou arracher cette passion qui ne pouvait porter de fruit, il fallait en dévoiler la nature chimérique dénoncée par Katherine. La meilleure façon d'y parvenir, ce n'était pas de la fuir mais de l'affronter et, une fois imprégné de ses qualités, convaincre son esprit qu'elles étaient, somme toute, comme elle le lui avait dit, différentes de celles qu'il avait imaginées. C'était une femme pratique, une épouse casanière pour poète mineur, dotée d'une beauté romantique par quelque monstruosité d'une Nature inintelligente. À coup sûr, la beauté de Katherine ne résisterait pas à un examen minutieux. Il avait au moins les moyens de résoudre ce point. Il possédait un livre de photographies de statues grecques ; la tête d'une déesse lui avait souvent donné le même sentiment d'ivresse que la présence de Katherine. Il prit le livre sur l'étagère et trouva la photo. Il ajouta le mot qu'elle lui avait envoyé pour l'inviter à la rejoindre au zoo. Il avait aussi gardé une fleur, cueillie dans le parc de Kew pour lui enseigner la botanique. C'étaient là tous ses souvenirs. Il les plaça devant lui et se représenta Katherine le plus objectivement possible de façon à éviter toute déception – toute illusion ; elle marchait à sa rencontre sur l'allée, dans le parc de Kew, le soleil zébrant sa robe de rayons obliques. Il la fit asseoir sur le fauteuil à côté de lui. Il entendit sa voix si douce et pourtant si résolue ; elle parlait d'une façon raisonnable de choses et d'autres. Il apercevait ses défauts et réfléchissait à ses mérites. Son pouls ralentit, son esprit se clarifia. Cette fois, elle ne pouvait plus lui échapper. L'illusion de sa présence était de plus en plus parfaite. C'était comme si leurs esprits correspondaient, se questionnaient et se répondaient, comme s'ils ne faisaient plus qu'un.

Ainsi uni à Katherine, il se sentit soulevé, exalté, pénétré d'une force créatrice qu'il n'avait jamais sentie auparavant. Une fois de plus, il récapitula les défauts de Katherine, de son visage et de son caractère ; il les connaissait bien ; mais ils se fondaient dans l'harmonie parfaite née de leur association. Ensemble, ils embrassaient du regard l'existence jusqu'à ses plus lointains horizons. Que la vie était vaste regardée depuis ce sommet ! Que la vie était belle ! Comme les choses les plus simples lui faisaient monter les larmes aux yeux ! Il oubliait les barrières inévitables, il oubliait son absence, il n'attachait plus aucune importance à ce que ce fût lui ou un autre qu'elle épousât ; plus rien ne comptait excepté le fait qu'elle vivait et qu'il l'aimait. Il prononçait à haute voix quelques-unes de ses réflexions, où revenaient ces mots : « Je l'aime ». C'était la première fois qu'il utilisait le mot « aimer » pour traduire ses sentiments ; la folie, le romanesque, l'hallucination – voilà les termes qu'il avait employés jusque-là ; mais après avoir trébuché par hasard, semblait-il, sur le mot « aimer », il le répétait inlassablement comme si c'était une révélation.

– Mais je vous aime ! s'écria-t-il, comme frappé de consternation.

Il s'appuya sur le rebord de la fenêtre pour contempler la ville qu'elle avait regardée. Tout était devenu miraculeusement différent, parfaitement distinct. Son amour était légitime et aucune autre explication n'était nécessaire. Il lui fallait absolument l'annoncer à quelqu'un parce que sa découverte était si importante qu'elle concernait aussi les autres. Il referma son livre, rangea ses souvenirs, descendit en trombe, attrapa son manteau et sortit.

On allumait les becs de gaz, mais les rues étaient suffisamment sombres et désertes pour lui permettre d'avancer à grandes enjambées et de parler tout haut. Il savait où il allait. Il allait chez Mary Datchet. Le désir de partager ce qu'il sentait avec quelqu'un qui le comprît était si impérieux qu'il ne se posa pas de question. Il arriva bientôt dans sa rue. Il monta l'escalier qui conduisait à son appartement sans penser une seule fois qu'elle pût être absente. En appuyant sur la sonnette, il eut l'impression d'être porteur d'un message merveilleux qui lui conférait un pouvoir et une autorité sur le monde entier. Mary vint lui ouvrir presque aussitôt. Il était parfaitement silencieux et, dans la pénombre, il avait l'air très pâle. Il la suivit dans le salon.

– Je ne sais pas si vous vous connaissez », dit-elle à Ralph, surpris de ne pas la trouver seule. Un jeune homme se leva et déclara qu'il connaissait Ralph de vue.

– Nous examinions quelques dossiers, dit Mary. Mr. Basnett doit m'aider parce que je ne connais pas encore très bien mon nouveau travail. C'est pour la nouvelle association, expliqua Mary. Je suis la secrétaire. J'ai quitté Russell Square.

Le ton avec lequel elle lui envoya cette information était si forcé qu'il en était presque dur.

– Quels sont vos projets ? demanda Ralph.

Il ne regardait ni Mary ni Mr. Basnett. Celui-ci pensa qu'il avait rencontré peu d'hommes aussi désagréables ou aussi effrayants que cet ami de Mary – ce Mr. Denham, avec son air sarcastique et son visage blême, qui semblait exiger comme allant de soi un compte rendu de leurs projets, qu'il critiquait avant même de les connaître. Il expliqua néanmoins ses projets le plus clairement possible, et se rendit compte qu'il souhaitait que Mr. Denham les appréciât.

– Je vois, dit Ralph quand il eut fini. Savez-vous, Mary, ajouta-t-il soudain, je crois que j'ai attrapé un rhume. Avez-vous de la quinine.

Le regard qu'il lui lança fit peur à Mary ; sans que peut-être il en eût conscience, une force profonde et sauvage éclaira ses yeux. Elle quitta immédiatement la pièce. Son cœur battait plus vite depuis l'arrivée de Ralph ; il cognait douloureusement, anxieusement. Elle resta un instant à écouter les voix dans la pièce voisine.

– Bien sûr, je suis d'accord avec vous, dit Ralph à Mr. Basnett, de cette voix étrange. Mais on pourrait faire davantage. Par exemple, avez-vous vu Judson ? Ne manquez pas d'entrer en contact avec lui.

Mary revint avec de la quinine.

– Quelle est l'adresse de Judson ? demanda Mr. Basnett en sortant son agenda, prêt à écrire. Pendant vingt minutes peut-être il transcrivit des noms, des adresses et des idées que Ralph lui suggéra.

Puis, quand Ralph se tut, Mr. Basnett sentit que sa présence était de trop ; il remercia Ralph de ses conseils, avec le sentiment d'être très jeune et très ignorant par rapport à lui, puis il leur dit au revoir.

– Mary, dit Ralph, dès que Mr. Basnett eut refermé la porte et qu'ils furent seuls. Mary, répéta-t-il.

Comme toujours, il éprouvait de la difficulté à se confier à elle et il ne put aller plus loin. Son désir de lui révéler son amour pour Katherine était toujours très vif, mais il avait senti, en voyant Mary, qu'il ne pouvait lui en parler. Cette impression s'était renforcée tandis qu'il parlait à

Mr. Basnett. Et pourtant, tout ce temps, il pensait à Katherine, s'émerveillant de son amour pour elle. Il avait prononcé le prénom de Mary d'une voix dure.

– Qu'y a-t-il, Ralph ? » demanda-t-elle, saisie par le ton de sa voix. Elle le regarda avec inquiétude et sa mine soucieuse montrait qu'elle s'efforçait en vain de le comprendre. Il devinait sa perplexité et cela l'irrita. Il songea qu'il l'avait toujours trouvée lente, gauche et appliquée. Il s'était très mal comporté envers elle et cela ne faisait qu'aviver son agacement. Sans attendre la réponse de Ralph, elle se leva comme s'il lui était indifférent qu'il répondît ou non, et se mit à ranger les papiers que Mr. Basnett avait laissés sur la table. Elle fredonna tout bas quelques mesures d'une mélodie et s'activa comme si son seul souci était de mettre un peu d'ordre.

– Restez-vous à dîner ? demanda-t-elle d'un ton désinvolte en revenant s'asseoir.

– Non, répliqua Ralph.

Elle n'insista pas davantage. Ils étaient assis l'un près de l'autre, sans parler, et Mary tendit la main vers sa boîte à couture, sortit son ouvrage et enfila une aiguille.

– C'est un garçon intelligent, dit Ralph, faisant allusion à Mr. Basnett.

– Je suis heureuse que vous le pensiez. C'est une occupation passionnante et, tout compte fait, je crois que nous avons fait du bon travail. Mais j'aurais tendance à croire, comme vous, que nous devrions nous montrer plus conciliants. Nous sommes ridiculement rigoureux. Il est difficile d'accepter qu'il y ait du bon sens dans ce que disent nos adversaires, quels qu'ils soient. Horace Basnett se montre certainement trop intransigeant. Je veillerai à ce qu'il écrive cette lettre à Judson. Vous êtes trop occupé, j'imagine, pour venir à notre comité, dit-elle avec détachement.

– Je ne serai peut-être pas à Londres, répondit Ralph d'une façon tout aussi désinvolte.

– Notre bureau se réunit une fois par semaine, fit-elle remarquer. Mais certains de nos membres ne viennent qu'une fois par mois. Les pires sont les membres du Parlement ; c'est une erreur, je crois, de les inviter.

Elle continua de coudre en silence.

– Vous n'avez pas pris la quinine, dit-elle, levant les yeux et apercevant les cachets sur la cheminée.

– Je n'en veux pas, dit Ralph sèchement.

– Vous êtes meilleur juge que moi, répondit-elle tranquillement.

– Mary, je suis une brute ! s'écria-t-il. Je viens chez vous, je vous fais perdre votre temps et je trouve toujours le moyen de me montrer désagréable.

– On se sent mal fichu avec un rhume, répondit-elle.

– Je ne suis pas enrhumé. Je vous ai menti. Je n'ai rien. Je suis fou, je crois. J'aurais dû avoir la décence de rester à l'écart. Mais je voulais vous voir – je suis amoureux, Mary ». Ce mot, au moment où il le prononça, lui sembla avoir perdu toute sa substance.

– Amoureux, dites-vous ? dit-elle calmement. Vous m'en voyez ravie.

– Je crois que je suis amoureux. En tout cas, j'ai perdu la tête. Je ne peux plus réfléchir. Je ne peux plus travailler. Tout m'est indifférent. Mon Dieu, Mary ! Je suis au supplice ! Je suis heureux et malheureux tour à tour. Je la hais une demi-heure et ensuite je donnerais ma vie entière pour être avec elle dix minutes ; je ne sais plus ce que je sens ni pourquoi ; c'est de la folie pure et pourtant c'est parfaitement raisonnable. Pouvez-vous y comprendre quelque chose ? Comprenez-vous ce qui m'arrive ? Oui, je délire ; ne m'écoutez pas, Mary ; continuez votre ouvrage.

Il se leva et se mit, selon son habitude, à arpenter la pièce. Il savait que ce qu'il venait de dire n'avait aucun rapport avec ce qu'il éprouvait, car la présence de Mary agissait sur lui comme un aimant puissant, lui arrachant des mots qui n'étaient pas ceux qu'il employait une fois seul et qui n'exprimaient pas ses sentiments les plus profonds. Il trouvait indigne d'avoir parlé comme il venait de le faire ; mais, d'une certaine façon, il y avait été contraint.

– Asseyez-vous, dit Mary soudain. Vous me rendez…

– Sa voix trahissait un agacement inhabituel et Ralph, surpris, s'assit immédiatement.

– Vous ne m'avez pas dit son nom – vous ne le souhaitez pas, je présume.

– Son nom ? Katherine Hilbery.

– Mais elle est fiancée…

– À Rodney. Ils vont se marier au mois de septembre.

– Je comprends, dit Mary.

Mais à vrai dire, depuis qu'il s'était de nouveau assis, le calme de Ralph l'enveloppait dans la présence de quelque chose que Mary devinait être si fort, si mystérieux, si déroutant que ce fut à peine si elle osa tenter de l'intercepter par un mot ou par une question. Elle jeta sur Ralph un regard dénué d'expression, le visage trahi par une sorte de crainte, les lèvres légèrement entrouvertes et les sourcils levés. Il ne semblait absolument pas conscient du regard fixe posé sur lui. Puis, comme si elle ne pouvait continuer plus longtemps, elle se renversa dans son fauteuil et ferma à moitié les yeux. La distance qui les séparait la faisait terriblement souffrir ; dans l'enchaînement de ses pensées, elle fut tentée plusieurs fois d'assaillir Ralph de questions, de l'obliger à se confier à elle, pour profiter une nouvelle fois de leur intimité. Mais elle refréna chacune de ses impulsions car elle ne pouvait parler sans aller à l'encontre d'une réserve qui s'était insinuée entre eux, les éloignant encore davantage l'un de l'autre, en sorte qu'elle lui trouvait un air digne et lointain comme si elle le connaissait à peine.

– Puis-je faire quelque chose pour vous ? demanda-t-elle enfin gentiment et même poliment.

– Vous pouvez la voir – non, ce n'est pas ce que je veux ; ne vous tracassez pas pour moi, Mary.

Il parlait lui aussi très doucement.

– Je crains qu'un tiers ne vous soit d'aucun secours, ajouta-t-elle.

– Oui, dit-il en secouant la tête. Katherine disait tout à l'heure que chacun est seul.

Elle vit l'effort avec lequel il prononça son nom et elle pensa qu'il se contraignait pour compenser ses réticences passées. Elle ne ressentait aucune colère ; elle éprouvait plutôt une sorte de pitié pour lui, condamné à endurer ce qu'elle-même avait enduré. Mais, par rapport à Katherine tout était différent ; elle était en colère contre elle.

– Il reste le travail, dit-elle avec une légère agressivité.

Ralph donna aussitôt des signes d'attention.

– Vous voulez travailler, maintenant, ajouta-t-il.

– Non, non, c'est dimanche, répondit-elle. Je pensais à Katherine. Il y a quelque chose qu'elle ne comprend pas à propos du travail. Elle n'a jamais eu besoin de travailler. Elle ne sait pas ce que c'est que travailler. Moi-même, je ne l'ai su qu'assez tard. Mais c'est ce qui nous sauve, j'en suis sûre.

– Ne pensez-vous pas qu'il existe autre chose que le travail ? demanda-t-il, hésitant.

– Rien sur quoi l'on puisse compter, répondit-elle. Après tout, les autres… » Elle s'arrêta mais se força à poursuivre. « Que serais-je devenue si je n'étais pas obligée d'aller au bureau tous les matins ? Des milliers de personnes vous diront la même chose – des milliers de femmes. C'est le travail qui m'a sauvée, Ralph, pas autre chose. »

Il contracta la bouche comme si les paroles de Mary pleuvaient sur lui sous forme de coups ; il paraissait décidé à supporter en silence tout ce qu'elle pourrait dire. Il l'avait mérité et il éprouverait un soulagement à l'avoir supporté. Mais elle s'interrompit et se leva comme pour aller chercher quelque chose dans la pièce voisine. Avant d'atteindre la porte, elle se retourna et le regarda avec un aplomb imperturbable qui la rendait provocante et redoutable.

– Tout s'est arrangé le mieux du monde pour moi, dit-elle. Ce sera pareil pour vous. J'en suis sûre. Parce qu'après tout, Katherine vaut bien ça.

– Mary ! » s'exclama-t-il. Mais elle avait détourné la tête et il ne put dire ce qu'il avait sur les lèvres. « Mary, vous êtes merveilleuse. »

Elle lui fit face et lui donna la main. Elle avait souffert et renoncé, elle avait vu son avenir prometteur se transformer en une matière aride et pourtant, au-delà de ses certitudes fragiles, et malgré des conséquences difficilement prévisibles, elle avait vaincu. Elle le laissa poser un baiser sur sa main.

Les rues étaient désertes le dimanche soir, et si les divertissements propres à ce jour n'avaient retenu les gens chez eux, un vent violent s'en serait probablement chargé. Ralph Denham avait conscience d'un tumulte au-dehors qui s'accordait avec son état d'âme. Les rafales qui balayaient le Strand semblaient dégager un pan de ciel étoilé où, l'espace d'un instant, fut visible la longue chevauchée de la lune d'argent parmi les nuages qui, pareils à des vagues, l'assiégeaient de toutes parts. Ils l'engloutirent mais elle revint à la surface ; ils déferlèrent sur elle et la submergèrent de nouveau, mais elle se dégagea, indomptable. Dans les campagnes, se dispersaient les épaves de l'hiver : les feuilles mortes, les fougères fanées, l'herbe sèche et jaunie ; mais aucun bouton, aucune pousse nouvellement apparue sur la terre ne souffrirait et, demain peut-être, une fissure dans leur habit vert laisserait voir un cercle bleu ou jaune. Mais le tourbillon de l'atmosphère n'existait que dans l'esprit de Denham ; sa vision des étoiles et de la floraison n'était qu'une lumière fugitive entre les amoncellements successifs des vagues. Il n'avait pas été incapable de parler à Mary, bien que la possibilité merveilleuse d'une complicité eût tenté celle-ci un instant. Mais le désir de transmettre un message de la plus haute importance le hantait ; il souhaitait toujours faire ce présent à quelqu'un ; il ne voulait pas être seul. Plus par instinct que par choix délibéré, ses pas le conduisirent chez Rodney. Il cogna à sa porte ; personne ne répondit. Il sonna. Il lui fallut un certain temps pour admettre que Rodney n'était pas chez lui. Quand il ne put feindre d'ignorer plus longtemps que le bruit du vent dans le vieil immeuble n'était pas celui de quelqu'un se levant de son fauteuil, il descendit en courant l'escalier comme s'il avait fait fausse route et que la bonne direction vînt juste de lui être communiquée. Il se dirigea vers Chelsea. Mais la fatigue physique – car il était à jeun et avait parcouru les rues à grands pas – le força à s'asseoir un instant sur un banc, le long des quais. L'un des occupants habituels de ces bancs, un vieil homme saoul, probablement sans travail et sans abri, se leva en titubant, quémanda une allumette et s'assit près de lui. C'était une nuit de grand vent, affirma-t-il ; les temps étaient durs ; suivit une longue histoire de malchance et d'injustice, racontée si souvent que l'homme semblait se parler à lui-même, à moins qu'il n'eût renoncé depuis longtemps à émouvoir des auditeurs inattentifs. Quand il se mit à parler, Ralph éprouva un violent désir de se confier, de le questionner, de lui faire comprendre. Il l'interrompit d'ailleurs une fois ; mais ce fut inutile. L'histoire bien connue de l'échec, de la guigne, des malheurs immérités était portée par le vent ; des syllabes isolées, ronflantes et étouffées tour à tour, parvenaient aux oreilles de Ralph, comme si le souvenir des injustices subies se ranimait puis faiblissait avant d'aboutir à un grognement résigné qui semblait représenter un ultime oubli dans le désespoir familier. La voix pitoyable peinait Ralph mais l'irritait également. Et tandis que le vieil homme, refusant d'écouter, murmurait sans discontinuer, Ralph eut soudain à l'esprit l'image étrange d'un phare encerclé par une nuée d'oiseaux égarés, que la tempête jetait sans connaissance contre le carreau. Il avait la sensation curieuse d'être à la fois le phare et les oiseaux ; il était solide et radieux ; et, en même temps, un tourbillon l'entraînait avec le reste et le jetait sans connaissance contre le carreau. Il se leva, donna une pièce d'argent en écot au vieux vagabond et marcha contre le vent. L'image du phare et de la tempête emplie d'oiseaux persista tandis qu'il longeait le palais de Westminster et suivait par Grosvenor Road le cours du fleuve. À cause de la fatigue, les détails se fondaient dans une perspective plus vaste dont les ténèbres flottantes et les lueurs intermittentes des réverbères et des maisons étaient les marques extérieures ; mais il n'oublia jamais qu'il marchait vers la maison de Katherine. Il était certain que quelque chose allait se passer et, alors qu'il avançait, une joie impatiente dilatait son cœur. À une certaine distance de chez elle, les rues le tenaient déjà sous le charme de sa présence. Chaque maison avait une individualité connue de Ralph à cause de l'individualité fantastique de la maison dans laquelle elle vivait. Quelques mètres avant d'atteindre l'entrée des Hilbery, il avança avec ravissement mais, au moment où il poussa la porte du petit jardin, il hésita. Il ne savait plus que faire. Rien ne pressait car la façade même lui procurait un plaisir dont il pouvait jouir quelque temps. Il traversa la rue et s'appuya contre le parapet, les yeux fixés sur la maison. Les trois hautes fenêtres du salon étaient éclairées. L'espace de cette pièce devint, dans la vision de Ralph, le centre des immenses ombres volantes de l'univers ; l'explication de la confusion indescriptible des alentours ; la lumière sereine qui, tel un phare, rayonnait au-dessus du néant. Dans ce petit sanctuaire, se trouvaient rassemblés des gens différents, mais leur individualité se fondait dans une sorte d'aura qui avait peut-être pour nom la civilisation ; en tout cas, on trouvait dans le salon des Hilbery la terre ferme, la sécurité, tout ce qui se dressait au-dessus des remous et avait conscience d'être en vie. Le dessein de ce monde était salutaire ; et pourtant placé si haut qu'il y avait quelque chose d'austère en lui, comme la lumière qui se répandait à l'extérieur tout en restant à l'écart. Il commença à distinguer plusieurs silhouettes à l'intérieur, mais il évita volontairement celle de Katherine. Ses pensées s'attardèrent sur Mrs. Hilbery et Cassandra ; puis son regard se tourna vers Rodney et Mr. Hilbery. Il les vit baigner dans la nappe de lumière dorée qui remplissait les longs rectangles des fenêtres ; leurs mouvements étaient superbes et Ralph pensa que leur langage était riche de sens, inexprimé mais empli de sous-entendus. Après toutes ces réflexions et ces dispositions à demi-conscientes, il s'autorisa à suivre la silhouette de Katherine, et, à l'instant, ses yeux se voilèrent de larmes. Il ne la voyait pas comme un être de chair et de sang, il avait l'impression qu'elle était une source lumineuse, qu'elle était la lumière même ; il avait l'impression, tant il était démuni et brisé de fatigue, d'être l'un de ces oiseaux fascinés par le phare, et plaqués contre le carreau par l'envoûtement du feu.

Ces pensées l'incitèrent à battre le pavé devant la maison des Hilbery. Il ne prit pas la peine de faire des plans pour l'avenir. Quelque chose d'indéterminé déciderait pour les mois et les heures à venir. Plusieurs fois, au cours de sa veille, il chercha des yeux la clarté des hautes fenêtres ou jeta un coup d'œil sur le rayon de lumière qui dorait quelques feuilles ou brins d'herbe dans le petit jardin. La lumière demeura constante un long moment. Il venait d'atteindre la limite de sa ronde et faisait demi-tour lorsque la porte s'ouvrit : l'aspect de la maison changea du tout au tout. Une silhouette noire emprunta la petite allée et s'arrêta devant la porte du jardin. Denham reconnut tout de suite Rodney. Sans hésitation, uniquement pénétré d'une grande bienveillance à l'égard de quiconque sortait de cette pièce éclairée, il se dirigea vers lui et l'accosta. Rodney eut un mouvement de recul au milieu des rafales de vent, comme s'il flairait un appel à son bon cœur. Il chercha à s'échapper, grommela quelque chose et, le reconnaissant, s'écria :

– Seigneur, Denham, que faites-vous ici ?

Ralph répondit vaguement qu'il rentrait chez lui. Ils avancèrent côte à côte, mais Rodney marchait du pas de quelqu'un qui souhaitait manifestement être seul.

Il était très malheureux. Cet après-midi, Cassandra l'avait repoussé ; il avait essayé de lui expliquer la complexité de la situation et d'évoquer la nature de ses sentiments pour elle, sans rien dire de précis ni de choquant. Mais il avait perdu la raison ; piqué par l'ironie de Katherine, il en avait trop dit et Cassandra, superbe, digne et sévère, avait refusé d'en entendre davantage ; elle l'avait menacé de rentrer immédiatement chez elle. L'agitation de William, après une soirée passée entre les deux femmes, était à son comble. Qui plus est, il ne pouvait s'empêcher de soupçonner que Ralph errait à cette heure près de la maison des Hilbery, pour des raisons qui n'étaient pas étrangères à Katherine. Il y avait probablement une sorte de complicité entre eux – non que ce genre de chose eût de l'importance dorénavant. Il était convaincu qu'il n'avait jamais aimé personne avant Cassandra, et l'avenir de Katherine ne le concernait plus. Tout haut, il déclara sèchement qu'il se sentait fort las et souhaitait trouver un taxi. Mais le dimanche soir, sur les quais, les taxis sont rares et Rodney dut faire un bout de chemin en compagnie de Denham. Celui-ci gardait le silence. L'irritation de Rodney tomba. Il trouvait le silence de son compagnon étrangement évocateur des qualités masculines pour lesquelles il éprouvait beaucoup de respect et dont, pour le moment, il avait le plus grand besoin. Après le mystère, la complicité et l'incertitude des rapports avec l'autre sexe, le commerce des hommes était possible et les faux-fuyants inutiles. Rodney aussi avait grand besoin d'un confident ; Katherine, malgré les promesses qu'elle lui avait faites de l'aider, l'avait trahi au moment crucial ; elle était partie avec Denham ; elle était peut-être en train de tourmenter celui-ci comme elle l'avait fait avec lui. Qu'il avait l'air grave et résolu, avec ce silence et ce pas décidé contrastant avec ce que Rodney connaissait de ses tourments et indécisions ! Il chercha comment raconter l'histoire de ses relations avec Katherine et Cassandra sans se rabaisser aux yeux de Denham. Puis il s'avisa que Katherine avait peut-être déjà fait des confidences à ce dernier ; ils avaient des points communs ; il était probable qu'ils avaient parlé de lui l'aprèsmidi. Le désir de savoir ce qu'ils avaient dit passa au premier plan de ses pensées. Le rire de Katherine retentit de nouveau à ses oreilles ; il se rappela qu'elle était partie en riant avec Denham.

– Êtes-vous restés longtemps après nous avoir quittés ? demanda-t-il à brûle-pourpoint.

– Non. Nous sommes allés chez moi.

Cela confirmait les suppositions de Rodney. Il ressassa quelque temps en silence cette pensée déplaisante.

– Les femmes sont des créatures incompréhensibles, Denham ! s'écria-t-il enfin.

– Hum ! » fit Denham, qui se sentait plein de compréhension, non seulement à l'égard des femmes mais de l'univers entier. Il pouvait lire en Rodney comme dans un livre. Il le savait malheureux, il avait de la compassion pour lui et souhaitait l'aider.

– Vous dites quelque chose et elles s'emportent. Ou bien, sans aucune raison, elles éclatent de rire. Je crois qu'aucune éducation… » Le vent violent contre lequel ils marchaient emporta le reste de sa phrase ; mais Denham comprit que c'était une allusion au fou rire de Katherine et que ce souvenir le faisait souffrir. Contrairement à Rodney, Denham se sentait très sûr de lui ; il vit en Rodney l'un de ces oiseaux égarés, projetés contre le phare, l'un de ces corps-fantômes dont l'air était empli. Katherine et lui étaient seuls ensemble, très haut dans le ciel, splendides, lumineux. Il avait pitié de la créature instable qui marchait près de lui ; il éprouvait le désir de le protéger, lui qui était exposé sans posséder la connaissance qui traçait si droit son propre chemin. Ils étaient unis comme le sont les aventuriers, bien que l'un atteignît son but et que l'autre pérît en route.

– On ne peut pas se moquer de quelqu'un que l'on aime.

Cette phrase qui, apparemment, ne s'adressait à nul être humain, parvint aux oreilles de Ralph. Le vent sembla l'étouffer et l'emporta aussitôt. Rodney avait-il réellement parlé ?

– Vous l'aimez.

Était-ce sa propre voix qu'il entendait dans l'air, à plusieurs mètres devant lui ?

– J'ai souffert le martyre, Denham, le martyre !

– Oui, oui, je sais.

– Elle s'est moquée de moi.

– De moi, jamais.

Le vent espaçait les mots – les entraînait si loin que l'on aurait pu croire qu'ils n'avaient pas été articulés.

– Je l'ai tant aimée !

Ces paroles avaient certainement été prononcées par l'homme qui marchait à côté de Denham. La voix portait la marque de son caractère et rappelait avec une vigueur étrange l'aspect de sa personne. Denham pouvait le voir se profiler sur les bâtiments et les tours à l'horizon, le visage digne, exalté et tragique, tel qu'il aurait pu apparaître s'il avait été seul chez lui au milieu de la nuit, absorbé dans la pensée de Katherine.

– Moi aussi, j'aime Katherine. C'est pour cela que je suis là, ce soir.

Ralph avait parlé distinctement et de façon délibérée, comme si la confession de Rodney avait rendu nécessaire cette déclaration.

Rodney bredouilla quelque chose.

– Je le savais, s'écria-t-il. Je l'ai su depuis le début. Vous l'épouserez !

Sa voix avait un accent de désespoir. De nouveau, le

vent intercepta leurs paroles. Ils se turent. Finalement, ils s'arrêtèrent sous un réverbère.

– Mon Dieu, Denham, quels idiots nous sommes ! s'écria Rodney.

Ils se regardèrent l'un l'autre, bizarrement, à la lueur de la lampe. Des idiots ! On aurait dit qu'ils s'avouaient toute l'étendue de leur bêtise. Pour le moment, ils semblaient conscients d'une connaissance commune qui supprimait toute rivalité éventuelle et les rendait plus proches l'un de l'autre que de quiconque au monde. Se saluant d'un petit signe de tête qui semblait confirmer cette entente tacite, ils se séparèrent sans ajouter un mot.

XXIX

Entre minuit et une heure du matin, ce même dimanche, Katherine était allongée sur son lit, dans cette région de clair-obscur où il nous est donné de survoler notre vie avec le sens de l'humour ; où le sommeil et l'oubli imminents tempèrent les réflexions graves qui peuvent être de rigueur.

Elle pensait à Ralph, à William, à Cassandra et à elle-même comme à des êtres sans substance qui, soustraits à la réalité, avaient une sorte de dignité.

Ainsi libérée de l'inconfort des ferveurs partisanes ou du fardeau des responsabilités, elle allait s'endormir lorsqu'on frappa doucement à la porte. Un instant plus tard, Cassandra était près d'elle, une bougie à la main, parlant à voix basse comme il convenait à cette heure de la nuit.

– Vous dormez, Katherine ?

– Non, je ne dors pas. Que se passe-t-il ?

Elle se souleva, s'assit et demanda à Cassandra ce qu'elle voulait.

– Je n'arrivais pas à dormir et j'ai eu envie de parler avec vous – pas longtemps, car je rentre chez moi, demain.

– Chez vous ? Pourquoi, qu'est-il arrivé ?

– Il s'est passé quelque chose aujourd'hui – quelque chose qui m'empêche de rester plus longtemps.

Cassandra avait un ton cérémonieux, presque solennel ; sa déclaration, qui avait été manifestement préparée à l'avance, était l'annonce d'un problème extrêmement grave. Elle poursuivit comme si elle récitait un discours appris par cœur :

– J'ai décidé de vous dire toute la vérité, Katherine. Aujourd'hui, William s'est conduit d'une façon qui m'a mise très mal à l'aise.

Katherine se réveilla tout à fait et retrouva ses esprits.

– Au zoo ? demanda-t-elle.

– Non, sur le chemin du retour. Lorsque nous avons pris le thé.

Comme si elle devinait que l'entretien serait long et la nuit froide, Katherine invita Cassandra à s'envelopper dans une couverture. Cassandra s'exécuta sans se départir de son sérieux.

– Il y a un train à onze heures, dit-elle. Je dirai à Tante Maggie que je dois absolument partir… Je prendrai comme prétexte la visite de Violet. Mais j'ai réfléchi et je ne vois pas comment je peux partir sans vous dire la vérité.

Elle faisait attention à ne pas regarder Katherine. Un léger silence s'ensuivit.

– Je ne comprends pas pourquoi vous êtes forcée de partir, dit finalement Katherine.

Le timbre de sa voix était si incroyablement monocorde que Cassandra lui jeta un coup d'œil. Rien ne permettait de croire qu'elle fût indignée ou simplement surprise ; assise dans son lit, les bras repliés autour de ses genoux, le front légèrement soucieux, elle semblait s'appliquer à résoudre un problème qui lui était indifférent.

– Parce que je ne peux pas accepter qu'un homme se conduise avec moi de cette façon, répliqua Cassandra et elle ajouta : Surtout quand je sais qu'il est fiancé à une autre femme.

– Mais vous l'aimez, n'est-ce pas ? demanda Katherine.

– Cela n'a rien à voir, s'écria Cassandra d'un air indigné. Sa conduite, dans les circonstances présentes, est déshonorante.

C'était la dernière phrase du discours qu'elle avait préparé ; après l'avoir dite, elle se sentit à court de phrases du même ordre. Et lorsque Katherine déclara : « Je crois plutôt que cela a beaucoup à voir », Cassandra perdit toute son assurance.

– Je ne vous comprends pas du tout, Katherine. Comment pouvez-vous réagir de cette façon ? Votre attitude à toujours été un mystère pour moi depuis que je viens ici.

– Vous vous êtes bien amusée, n'est-ce pas ? demanda Katherine.

– Oui, admit Cassandra.

– Mon attitude n'a quand même pas gâché votre séjour ?

– Non, reconnut de nouveau Cassandra.

Elle ne s'y retrouvait plus. En imaginant ce dialogue, elle avait prévu que Katherine, après un moment d'incrédulité, serait tombée d'accord sur le fait qu'elle devait rentrer chez elle au plus tôt. Mais Katherine, au contraire, l'avait écoutée sans montrer le moindre signe de mécontentement ou de surprise, un peu plus songeuse simplement que d'habitude. Cassandra fut reléguée du rang de femme mûre chargée d'une mission importante, à celui d'enfant candide.

– Pensez-vous que je me sois trompée ? » demanda-t-elle. Katherine ne répondit pas. Elle restait assise, délibérément silencieuse ; une certaine inquiétude s'empara de Cassandra. Ses paroles l'avaient peut-être atteinte plus durement qu'elle ne l'avait cru, jusqu'au fond de l'être insondable pour elle qu'était Katherine. Elle pensa soudain qu'elle avait joué avec des instruments très dangereux.

Katherine la regarda enfin et demanda lentement, comme si c'était une question difficile à poser :

– Mais aimez-vous William ?

Elle remarqua l'agitation et la confusion de la jeune fille qui détourna le regard.

– Vous voulez savoir si je suis amoureuse de lui ?

demanda Cassandra, le souffle court et remuant nerveusement les mains.

– Oui, amoureuse de lui, répéta Katherine.

– Comment pourrais-je aimer l'homme que vous allez épousez ? s'écria Cassandra.

– Il est peut-être amoureux de vous.

– Je crois que vous n'avez pas le droit de dire des choses pareilles, Katherine, répliqua Cassandra. Pourquoi dites-vous cela ? Vous moquez-vous complètement de la façon dont William se comporte avec d'autres femmes ? Si j'étais fiancée, je ne le supporterais pas.

– Nous ne sommes pas fiancés, dit Katherine au bout d'un moment.

– Katherine ! s'exclama Cassandra.

– Non, nous ne sommes pas fiancés, répéta Katherine. Personne ne le sait.

– Mais pourquoi – je ne comprends pas – vous n'êtes pas fiancée ? répéta Cassandra. Oh, cela explique tout !

– Nous ne sommes plus amoureux l'un de l'autre, dit Katherine, comme si elle en décidait pour toujours.

– Vous êtes si singulière, Katherine, si étrange, si différente des autres », dit Cassandra dont le corps et la voix parurent défaillir simultanément ; toute trace de colère ou d'agitation disparut ; seule subsistait une douce quiétude.

– Vous n'êtes pas amoureuse de lui ?

– Non. Mais je l'aime, dit Katherine.

Comme sous le poids de cette révélation, Cassandra garda un moment la tête baissée. Katherine se taisait elle aussi. Son attitude était celle de quelqu'un qui souhaite se soustraire le plus possible au regard des autres. Elle poussa un profond soupir ; elle était absolument silencieuse et apparemment perdue dans ses pensées.

– Savez-vous l'heure qu'il est ? dit-elle enfin, secouant son oreiller comme si elle s'apprêtait à dormir.

Obéissante, Cassandra se leva et reprit sa bougie. Sa robe de chambre blanche, ses cheveux défaits et quelque chose d'absent dans l'expression de son regard la faisaient ressembler à une somnambule. Ce fut du moins l'impression de Katherine.

– Ce n'est pas la peine que je rentre à la maison, alors ? demanda Cassandra. Après un instant de silence, elle ajouta : À moins que vous ne désiriez que je m'en aille, Katherine ? Que voulez-vous que je fasse ?

Pour la première fois, elle rencontra le regard de Katherine.

– Vous vouliez que nous tombions amoureux l'un de l'autre ? s'écria Cassandra comme si elle venait d'en avoir la certitude. Mais elle vit alors un spectacle surprenant : Katherine avait les yeux ruisselants de larmes contenues, des larmes d'émotion profonde reflétant tout à la fois joie, tristesse, renonciation – une émotion si complexe qu'il aurait été impossible de l'exprimer – et Cassandra, baissant la tête et recevant ces larmes sur sa joue, les accepta en silence comme la consécration de son amour.

– Mademoiselle, dit la bonne le lendemain matin vers onze heures, Mrs. Milvain est dans la cuisine.

Un long panier en osier plein de fleurs et de rameaux était arrivé de la campagne et Katherine les arrangeait, agenouillée sur le plancher du salon. Assise dans un fauteuil, Cassandra la regardait et, sans succès, lui proposait de temps à autre son aide d'un air absent. Le message de la bonne produisit un effet curieux sur Katherine.

Elle se leva, marcha jusqu'à la fenêtre et, une fois la bonne partie, déclara de manière tragique :

– Vous savez ce que cela signifie.

Cassandra ne savait pas.

– Tante Celia est dans la cuisine, répéta Katherine.

– Pourquoi dans la cuisine ? demanda Cassandra le plus naturellement du monde.

– Probablement parce qu'elle a découvert quelque chose, répondit Katherine.

Les pensées de Cassandra volèrent vers le cœur de ses préoccupations.

– À notre propos ? demanda-t-elle.

– Dieu seul le sait, répliqua Katherine. Mais je ne vais pas la laisser dans la cuisine. Je vais la faire monter ici.

Le ton sec avec lequel elle prononça ces paroles donnait à penser que faire monter Tante Celia était, d'une certaine façon, une mesure disciplinaire.

– Pour l'amour de Dieu, Katherine, s'écria Cassandra en se levant d'un bond de son fauteuil, avec des signes manifestes d'agitation, ne soyez pas imprudente. Ne la laissez rien soupçonner. Rappelez-vous, rien n'est sûr…

Katherine rassura celle-ci sur ce point en hochant la tête plusieurs fois, mais à la façon dont elle quitta la pièce, il était difficile d'avoir une confiance absolue en sa diplomatie.

Mrs. Milvain était assise, ou plus exactement perchée sur le bord d'une chaise dans la salle des domestiques. Qu'elle eût une bonne raison de choisir un endroit souterrain ou que cela s'accordât à l'esprit de sa démarche, Mrs. Milvain entrait immanquablement par la porte de derrière pour s'installer dans la salle des domestiques quand elle s'occupait de missions confidentielles au sein de la famille. À l'en croire, elle ne voulait point déranger Mr. et Mrs. Hilbery. Mais, en vérité, Mrs. Milvain comptait plus que la plupart des vieilles femmes de sa génération sur les émotions délicieuses de l'intimité et du mystère. Le frisson supplémentaire que procurait le sous-sol était de ceux que l'on ne doit pas sacrifier à la légère. Elle protesta d'une voix à moitié plaintive lorsque Katherine l'invita à monter.

– J'aimerais te dire quelque chose seul à seul, dit-elle, hésitant à contrecœur au seuil de son embuscade.

– Le salon est vide…

– Mais nous risquons de rencontrer ta mère dans l'escalier. Nous risquons de déranger ton père, protesta Mrs. Milvain parlant déjà à voix basse pour plus de prudence.

Mais comme la présence de Katherine était absolument nécessaire au succès de son entreprise et que Katherine se repliait obstinément dans l'escalier de la cuisine, Mrs. Milvain n'eut d'autre recours que de la suivre. Elle lança des regards furtifs autour d'elle quand elle posa le pied sur les premières marches, rassembla ses jupes, et passa à petits pas prudents devant toutes les portes, qu'elles fussent ouvertes ou fermées.

– Personne ne nous entendra ? chuchota-t-elle quand elles eurent atteint le relatif sanctuaire du salon. Je vois que je t'ai interrompue, ajouta-t-elle en jetant un regard sur les fleurs éparpillées sur le sol.

– Tu n'étais pas seule ? demanda-t-elle à la vue d'un mouchoir que Cassandra avait laissé tomber dans sa fuite.

– Cassandra m'aidait à mettre les fleurs dans l'eau, dit Katherine.

Elle parla d'une voix si forte que Mrs. Milvain lança un coup d'œil inquiet vers la grande porte puis vers le rideau qui séparait le salon de la petite pièce consacrée aux reliques.

– Ah ! Cassandra est encore avec vous, dit-elle. Et c'est William qui a envoyé ces fleurs ravissantes ?

Katherine s'assit en face de sa tante et ne répondit ni oui ni non. Elle semblait examiner d'un œil critique le motif des rideaux. L'autre avantage que présentait le sous-sol aux yeux de Mrs. Milvain était l'obligation dans laquelle on se trouvait d'être serrés les uns contre les autres, et, qui plus est, dans une relative pénombre en comparaison de la lumière qui ruisselait des trois fenêtres du salon sur Katherine et le panier de fleurs et entourait même d'un halo doré la silhouette légèrement anguleuse de Mrs. Milvain.

– Ces fleurs viennent de Stogdon House, répliqua Katherine sèchement.

Mrs. Milvain sentit qu'il eût été plus facile de dire à sa nièce ce dont elle souhaitait lui parler si elles s'étaient trouvées en contact réellement physique car la distance mentale qui les séparait était redoutable. Katherine ne tentait toujours aucun rapprochement et Mrs. Milvain, qui était non seulement courageuse mais téméraire, alla droit au fait :

– Les gens jasent, Katherine. C'est la raison de ma visite. Pardonne-moi de te dire des choses que je préférerais ne pas avoir à ébruiter. Je ne pense qu'à ton bien, ma chère enfant.

– Je n'ai encore rien à vous pardonner, Tante Celia, dit Katherine, apparemment de bonne humeur.

– Les gens racontent que William sort partout avec Cassandra et toi et qu'il est très empressé auprès d'elle. Au bal des Markham, il est resté assis avec elle pendant cinq danses. On les a vus tous les deux au zoo. Ils sont partis ensemble. Ils ne sont rentrés ici qu'à sept heures du soir. Mais ce n'est pas tout. On dit que l'attitude de William saute aux yeux : il est complètement différent quand elle est là.

Mrs. Milvain, qui avait parlé tout d'une traite et dont la voix avait pris finalement un accent d'indignation, se tut ; elle observa Katherine avec attention comme pour juger de l'effet de son discours. Les traits de Katherine s'étaient légèrement durcis. Elle serrait les lèvres. Ses yeux fixaient toujours obstinément le rideau. Ces changements superficiels dissimulaient un dégoût profond qu'aurait pu provoquer un spectacle hideux ou indécent. Le spectacle indécent, c'était son propre jeu vu pour la première fois du dehors ; les paroles de sa tante lui firent sentir à quel point le corps de la vie est repoussant lorsque l'âme est absente.

– Eh bien ? dit-elle enfin.

Mrs. Milvain esquissa un geste comme pour encourager sa nièce à se rapprocher, mais il resta sans résultat.

– Nous connaissons tous ta gentillesse, ton désintéressement, ton dévouement. Mais tu as été trop généreuse, Katherine. Tu as rendu Cassandra heureuse et elle a abusé de ta bonté.

– Je ne comprends pas, Tante Celia, dit Katherine. Qu'a-t-elle fait ?

– Cassandra s'est conduite d'une façon inimaginable, répondit avec chaleur Mrs. Milvain. Elle a été affreusement égoïste – sans cœur. Il faut que je lui parle avant de partir.

– Je ne comprends pas, répéta obstinément Katherine.

Mrs. Milvain la regarda. Était-il possible que Katherine doutât encore ? Qu'il y eût quelque chose que Mrs. Milvain elle-même ne comprît pas ? Elle se raidit et prononça la phrase terrible :

– Cassandra a volé l'amour de William.

Ces paroles, chose curieuse, n'eurent aucun effet.

– Voulez-vous dire qu'il est tombé amoureux d'elle ?

– Il existe des moyens de rendre un homme amoureux, Katherine.

Celle-ci resta silencieuse. Ce silence fit peur à Mrs. Milvain, qui s'empressa d'ajouter :

– Seul ton intérêt m'a conduite à te dire ces choses-là. Je ne voulais pas me mêler de tes affaires. Je ne voulais pas te faire de la peine. Je suis une vieille femme inutile. Je n'ai pas d'enfant. Je veux seulement que tu sois heureuse, Katherine.

De nouveau elle tendit les bras, mais ils restèrent vides.

– Vous n'allez pas répéter cela à Cassandra, dit soudain Katherine. Vous me l'avez dit : cela suffit.

Katherine parlait si doucement et le ton de sa voix était si mesuré que Mrs. Milvain dut faire un effort pour comprendre ce qu'elle disait, mais lorsqu'elle l'eut entendu elle en fut toute abasourdie.

– Je t'ai mise en colère ! Je savais bien que je te mettrais en colère, s'écria-t-elle.

Elle frissonna et fut secouée par un sanglot ; mais avoir provoqué la colère de Katherine lui procura finalement une sorte de soulagement et lui permit de connaître quelques-unes des douces sensations du martyre.

– Oui, dit Katherine en se levant. Je suis tellement en colère que je ne veux rien ajouter. Je pense que vous feriez mieux de partir, Tante Celia. Nous n'avons rien à nous dire.

À ces mots, Mrs. Milvain parut un instant terriblement inquiète ; elle regarda sa nièce, mais, ne lisant sur le visage de Katherine aucune compréhension, elle croisa les mains sur son sac de velours noir, dans une attitude qui était presque celle de la prière. Quelle que fût la divinité à laquelle elle s'adressait – si tant est qu'elle priait –, elle retrouva mystérieusement sa dignité et affronta sa nièce.

– L'amour conjugal, dit-elle lentement, en insistant sur chaque mot, est l'amour le plus sacré qui soit. L'amour entre mari et femme est l'amour béni par excellence. C'est la leçon que Maman a apprise à ses enfants ; ils ne l'oublieront jamais. J'ai essayé de parler comme elle eût aimé entendre parler sa fille. Tu es sa petite-fille.

Katherine parut évaluer exactement les arguments de la défense pour finalement la réfuter.

– Je ne vois aucune excuse à votre attitude, dit-elle.

À ces mots, Mrs. Milvain se leva et resta un moment immobile à côté de sa nièce. Elle n'avait jamais été traitée de cette façon et elle ne savait pas quelles armes employer contre le mur que dressait entre elles un être qui, en vertu de sa jeunesse, de sa beauté et de son sexe, aurait dû n'être que larmes et supplications. Mais Mrs. Milvain était obstinée ; sur une affaire de ce genre, elle n'admettait pas plus la défaite que l'erreur. Elle se voulait la championne de l'amour conjugal, dans sa pureté et sa primauté. Elle était bien incapable de dire ce qu'était sa nièce, mais les plus graves soupçons l'habitaient. La dame âgée et la jeune femme restèrent côte à côte sans briser le silence. Mrs. Milvain ne se décidait pas à partir alors que ses principes étaient menacés et que sa curiosité demeurait inassouvie. Elle fouilla dans sa mémoire pour trouver une question qui forcerait Katherine à s'expliquer, mais ses ressources étaient limitées, le choix délicat, et pendant qu'elle hésitait la porte s'ouvrit ; William Rodney entra. Il portait un magnifique bouquet de fleurs blanches et violettes et, soit qu'il ne vit pas Mrs. Milvain, ou qu'il ne fit pas attention à elle, il marcha sans hésiter jusqu'à Katherine et lui tendit les fleurs.

– C'est pour vous, Katherine, dit-il.

Katherine prit le bouquet avec un regard qui ne fut pas perdu pour Mrs. Milvain. Mais, malgré toute son expérience, elle ne sut comment l'interpréter. Elle guettait anxieusement quelque éclaircissement. William la salua sans montrer aucun signe de culpabilité ; il expliqua qu'il était en vacances ; Katherine et lui semblaient décidés à fêter ces vacances avec des fleurs et à les passer à Cheyne Walke. Un silence lui aussi très naturel, s'ensuivit. Mrs. Milvain commença de sentir qu'elle s'exposait à être accusée d'égoïsme si elle restait plus longtemps. La simple présence du jeune homme avait étrangement modifié son humeur et elle appelait de ses vœux une scène qui se terminât par un pardon ému. Elle aurait payé cher pour serrer son neveu et sa nièce sur son cœur. Mais elle ne pouvait espérer retrouver l'enthousiasme habituel.

– Je dois partir, dit-elle, consciente de dire une platitude. Ni l'un ni l'autre ne chercha à la retenir.

William l'escorta poliment jusqu'au rez-de-chaussée, et, au milieu de ses protestations et de sa confusion, Mrs. Milvain oublia de dire au revoir à Katherine. Elle s'en alla, balbutiant quelque chose sur la multitude des fleurs et la beauté du salon même au cœur de l'hiver.

William rejoignit Katherine ; il la retrouva debout, à l'endroit où il venait de la quitter.

– Je suis venu pour me faire pardonner, dit-il. Notre

dispute m'a été insupportable. Je n'ai pas dormi de la nuit. Vous ne m'en voulez pas, n'est-ce pas, Katherine ?

Elle ne pouvait se résoudre à lui répondre, tant qu'elle n'avait pas chassé de son esprit l'impression que lui avait laissée sa tante. Même les fleurs lui paraissaient contaminées, même le mouchoir de Cassandra, car Mrs. Milvain s'en était servi comme pièce à conviction dans son enquête.

– Elle nous a espionnés, dit-elle, elle nous a suivis dans Londres, elle a écouté les commérages.

– Mrs. Milvain ? s'exclama Rodney. Que vous a-t-elle dit ?

Son air aveuglément confiant disparut.

– On raconte que vous êtes amoureux de Cassandra et que vous ne m'aimez pas.

– Nous ont-ils vus ? demanda-t-il.

– Rien de ce que nous avons fait depuis quinze jours n'est passé inaperçu.

– Je vous avais bien dit que cela finirait ainsi, s'écria-t-il.

Il marcha jusqu'à la fenêtre, manifestement bouleversé. Katherine était trop irritée pour prêter attention à lui. Elle sentait la colère la submerger. Serrant les fleurs de Rodney, elle restait debout sans bouger.

Rodney tourna le dos à la fenêtre.

– Tout cela a été une erreur, dit-il. C'est moi qui suis responsable. J'aurais dû réfléchir. Je me suis laissé convaincre dans un moment d'égarement. Je vous demande de me pardonner ma folie, Katherine.

– Elle voulait même s'en prendre à Cassandra ! s'écria Katherine sans l'écouter. Elle a menacé d'aller lui parler. Elle en est capable – elle est capable de tout.

– Mrs. Milvain manque de tact, je sais, mais vous exagérez, Katherine. Les gens jasent. Elle a raison de nous prévenir. Cela ne fait que confirmer ce que je sens : cette situation est monstrueuse.

Katherine finit par comprendre le sens de ses propos.

– Vous ne voulez pas dire que cela vous influence, William ! dit-elle, stupéfaite.

– Si, répondit-il en rougissant. Cela m'est très pénible. Je ne supporte pas les commérages. Et puis il y a votre cousine, Cassandra…

Gêné, il s'arrêta.

– Katherine, reprit-il d'une voix changée, si je suis venu ce matin, c'est pour vous demander d'oublier ma sottise, mon humeur, ma conduite inadmissible. Katherine, je suis venu pour vous demander de revenir à la situation qui était la nôtre avant ce… vent de folie. Voulez-vous encore de moi, Katherine, pour toujours ?

Certes, la beauté de Katherine, que rehaussaient encore l'émotion et les fleurs aux couleurs vives, n'était pas sans effet sur Rodney et contribuait à raviver le charme passé. Mais une passion moins noble prenait peu à peu possession de lui. Une secrète jalousie le dévorait. La veille, Cassandra avait repoussé violemment sa timide déclaration d'amour et il pensait son jugement irrévocable. Il n'avait pas oublié non plus la confession de Denham. Et, en définitive, l'empire de Katherine sur lui était de ceux que les fièvres de la nuit ne pouvaient exorciser.

– J'étais autant à blâmer que vous, hier, dit-elle gentiment, ignorant sa question. Je vous avoue, William, que j'ai été jalouse en vous voyant avec Cassandra. Je n'ai pas pu me maîtriser. Je me suis moquée de vous, je le reconnais.

– Vous, jalouse ! s'exclama William. Je vous assure, Katherine, que vous n'avez pas la moindre raison d'être jalouse. Cassandra ne m'aime pas, si tant est qu'elle éprouve quoi que ce soit pour moi. J'ai été assez sot pour tenter de lui expliquer la nature de notre relation. Je n'ai pu m'empêcher de lui parler des sentiments que je croyais éprouver pour elle. Elle a refusé de m'écouter, à juste titre. Mais elle n'a pas caché le mépris que je lui inspirais.

Katherine hésita. Elle était confuse, inquiète, fatiguée, sans compter le profond malaise provoqué par sa tante qui vibrait encore en elle. Elle s'enfonça dans un fauteuil, laissant tomber les fleurs sur ses genoux.

– Elle m'a ensorcelée, poursuivit Rodney. Je croyais l'aimer. Mais c'est de l'histoire ancienne. Tout cela est fini, Katherine, c'était un rêve – une hallucination. Nous sommes autant à blâmer l'un que l'autre, mais rien n'est perdu si vous croyez à la sincérité de mon amour. Dites-moi que vous avez confiance en moi !

Il se pencha au-dessus d'elle comme pour capter son acquiescement. Juste à ce moment, peut-être à cause de la vicissitude de ses sentiments, elle perdit toute notion de l'amour comme en un instant une nappe de brume se dissipe au-dessus de la terre. Et quand la brume eut disparu, il ne resta qu'un monde squelettique et le néant, vision d'épouvante pour les vivants. Il vit l'air terrifié de Katherine et, sans en comprendre la raison, lui prit la main. Le sentiment de camaraderie fit naître en elle le désir d'accepter ce qu'il avait à lui donner, comme un enfant qui cherche un refuge, et en cet instant il semblait lui offrir la seule chose capable de rendre la vie supportable. Elle le laissa poser un baiser sur sa joue et inclina la tête sur son bras. Il triompha. Ce fut le seul moment où elle lui appartint et eut besoin de lui.

– Oui, oui, murmura-t-il, vous m'acceptez, Katherine, vous m'aimez.

Elle resta silencieuse un moment, puis il l'entendit chuchoter :

– Cassandra vous aime plus que moi.

– Cassandra ? murmura-t-il.

– Elle vous aime », répéta Katherine. Elle se leva et répéta la phrase une troisième fois : « Elle vous aime. »

William se leva lentement. Instinctivement, il croyait aux paroles de Katherine, mais il était incapable de dire ce que cela signifiait pour lui. Était-il possible que Cassandra l'aimât ? Était-il possible qu'elle eût confié à Katherine son amour ? Le désir de connaître la vérité ne pouvait attendre, les conséquences importaient peu. Le frisson du désir associé à la pensée de Cassandra l'envahit une nouvelle fois. Ce n'était plus le désir de l'anticipation et de l'ignorance ; c'était un désir qui dépassait le domaine du possible, car désormais il la connaissait et il avait une idée de leur lien réciproque. Mais qui pouvait lui en apporter la certitude ? Katherine, Katherine qu'il venait de serrer dans ses bras, Katherine, la plus admirée des femmes, le pouvait-elle ? Il la regarda, indécis et anxieux, sans mot dire.

– Oui, oui, dit-elle, devinant son besoin d'être rassuré, c'est vrai. Je connais ses sentiments pour vous.

– Elle m'aime ?

D'un signe de tête, Katherine acquiesça.

– Mais qui saura ce que je ressens ? Comment puis-je être sûr moi-même de ce que j'éprouve ? Il y a dix minutes, je vous demandais de m'épouser. Je le souhaite toujours – je ne sais pas ce que je veux…

Il serra les poings et se retourna. Puis il fit volte-face et demanda :

– Dites-moi quels sont vos sentiments pour Denham.

– Pour Ralph Denham ? Oui ! s'écria-t-elle comme si elle avait trouvé la réponse à un problème compliqué. Vous êtes jaloux, William, mais vous n'êtes pas amoureux de moi. Aussi, pour notre bien à tous deux, vous devez parler tout de suite à Cassandra.

Il essaya de se calmer. Il marcha de long en large dans la pièce ; il s'arrêta près de la fenêtre et regarda les fleu rs éparpillées sur le sol. Il désirait si fort la confirmation de la nouvelle annoncée par Katherine qu'il ne pouvait nier plus longtemps la force triomphante de son amour pour Cassandra.

– Vous avez raison, s'écria-t-il, s'immobilisant et tapant du poing sur une petite table où était posé un vase à long col. J'aime Cassandra.

À ces mots, les rideaux suspendus devant l'entrée de

la petite pièce s'écartèrent, et Cassandra en personne apparut…

– J'ai tout entendu, dit-elle.

Un silence suivit ses paroles. Rodney fit un pas en avant.

– Alors, vous savez ce que je veux vous demander, dit-il. Donnez-moi une réponse…

Elle cacha son visage dans ses mains, détourna la tête et sembla se dérober.

– C'est ce que Katherine a dit, murmura-t-il. Mais, ajouta-t-elle devant son visage inquiet, en sentant sur sa joue le baiser qui répondait à son aveu, comme tout cela est affreusement compliqué ! Nos sentiments, je veux dire… les vôtres, les miens et ceux de Katherine ! Katherine, dites-moi, est-ce bien d'agir comme nous le faisons ?

– Bien ? Mais évidemment, répondit William, si, après ce que vous avez entendu, vous pouvez épouser un homme aussi inexpliquablement indécis, aussi lamentablement…

– Taisez-vous, William, intervint Katherine. Cassandra nous a entendus ; elle peut nous juger ; elle en sait plus que nous ne pouvions lui dire.

Mais, la main de William toujours dans la sienne, maintes questions et maints désirs surgirent dans l'esprit de Cassandra. Avait-elle mal agi en écoutant ? Pourquoi Tante Celia la critiquait-elle ? Katherine lui donnait-elle raison ? Et surtout William l'aimait-il réellement, pour toujours, plus que quiconque ?

– Je dois être la première pour lui, Katherine ? s'écria-t-elle. Je ne veux pas le partager, même avec vous.

– Je n'ai jamais rien demandé de semblable, dit Katherine.

Elle s'éloigna doucement de l'endroit où ils étaient assis et se mit à arranger les fleurs, l'air légèrement absent.

– Mais vous avez partagé avec moi, dit Cassandra. Pourquoi ne puis-je partager avec vous ? Pourquoi suis-je si égoïste ? Je sais pourquoi, ajouta-t-elle. William et moi, nous nous comprenons. Vous ne vous êtes jamais compris. Vous êtes trop différents.

– Je n'ai jamais admiré quelqu'un davantage, intervint William.

– Ce n'est pas cela, essaya de lui expliquer Cassandra, il s'agit de compréhension.

– Ne vous ai-je jamais compris, Katherine ? Ai-je été égoïste ?

– Oui, répondit Cassandra. Vous avez fait appel à sa compassion et elle n'est pas compatissante. Vous avez souhaité qu'elle soit pratique et elle ne l'est pas. Vous avez été égoïste ; vous avez été exigeant – et Katherine aussi – mais personne n'est responsable.

Katherine avait suivi cette ébauche d'analyse avec beaucoup d'attention. Les paroles de Cassandra semblaient raviver la vieille image fanée de la vie et la rafraîchir si merveilleusement qu'elle avait de nouveau l'air neuf. Elle se tourna vers William.

– C'est tout à fait vrai, dit-elle. Personne n'est responsable.

– Il y a beaucoup de choses qu'il reviendra toujours chercher auprès de vous, poursuivit Cassandra, continuant la lecture de son livre invisible. Je l'accepte, Katherine. Je ne le contesterai jamais. Je veux être aussi généreuse que vous. Mais le fait d'être amoureuse me rend les choses plus difficiles.

Ils restèrent silencieux. Finalement, William rompit le silence :

– Il y a une chose que je vous demande humblement à toutes deux, dit-il – et sa vieille nervosité resurgit en regardant Katherine. Nous ne discuterons plus jamais de ces problèmes. Ce n'est pas que je sois timide et que j'aie des idées conventionnelles comme vous le pensez, Katherine. Seulement voilà, cela gâche les choses d'en parler, cela perturbe ; alors qu'à présent, nous sommes tous si heureux…

Cassandra, quant à elle, approuva cette conclusion et

William, après avoir connu le plaisir délicieux d'un regard confiant et débordant de tendresse, scruta Katherine.

– Oui, je suis heureuse, lui assura-t-elle. Et je suis de cet avis. Nous n'en reparlerons plus jamais.

– Oh, Katherine, Katherine ! s'écria Cassandra, ouvrant les bras, les joues baignées de larmes.

XXX

Il y avait trois personnes dans la maison pour qui ce jour était si différent des autres que le train-train de la vie quotidienne – la bonne servant à table, Mrs. Hilbery écrivant une lettre, l'horloge sonnant les heures, la porte s'ouvrant, et tous les autres signes d'habitudes établies depuis fort longtemps – parut soudain dénué de sens, si ce n'est qu'il maintenait Mr. et Mrs. Hilbery dans la conviction que rien d'inhabituel ne s'était produit. Mrs. Hilbery était déprimée, sans raison précise, à moins qu'une certaine rusticité proche de la vulgarité dans le genre de ses écrivains élizabéthains préférés pût être jugée responsable de son état. Quoi qu'il en soit, elle avait refermé *La Duchesse de Malfi* avec un soupir et, au dîner, elle demanda à Rodney s'il n'y avait pas de jeune écrivain doté d'un tant soit peu d'esprit – quelqu'un qui vous fît sentir que la vie était belle. Elle ne tira presque rien de Rodney et, après avoir déclamé son requiem sur la mort de la poésie, elle retrouva sa bonne humeur en se rappelant l'existence de Mozart.

Elle pria Cassandra de lui jouer un morceau et, dès qu'ils furent montés au salon, Cassandra se mit au piano et donna le meilleur d'elle-même pour créer une atmosphère de beauté pure. Dès les premières notes, Katherine et Rodney éprouvèrent tous deux un vif soulagement : la musique les autorisait à relâcher la surveillance qu'ils exerçaient sur eux-mêmes, et ils s'absorbèrent dans une profonde méditation. Mrs. Hilbery fut bientôt transportée comme par enchantement dans un état d'âme délicieux à la limite du rêve et de la somnolence, de la mélancolie et de la béatitude. Seul, Mr. Hilbery, était attentif. Il était extrêmement musicien et il fit sentir à Cassandra qu'il écoutait chaque note. Elle joua de son mieux et reçut son approbation.

Penchant légèrement le buste en avant et tournant entre ses doigts sa petite pierre verte, il suivait l'intention des phrases musicales d'un air approbateur ; il s'interrompit soudain pour se plaindre d'un bruit derrière lui. La fenêtre était mal fermée. Il fit un signe à Rodney qui traversa immédiatement la pièce pour remettre les choses en ordre. Il resta près de la fenêtre un peu plus longtemps peut-être qu'il n'était nécessaire, et sa mission accomplie, il rapprocha légèrement son fauteuil de celui de Katherine. Cassandra jouait toujours. À la faveur d'une ligne mélodique exquise, il se pencha vers elle et chuchota quelque chose. Elle regarda son père et sa mère et, un instant plus tard, quitta la pièce sans être remarquée, en compagnie de Rodney.

– Qu'y a-t-il ? demanda-t-elle dès que la porte se fut refermée.

Rodney ne répondit pas ; il la conduisit au rez-de-chaussée, dans la salle à manger, ferma la porte, marcha jusqu'à la fenêtre, ouvrit les rideaux. Il fit signe à Katherine de le rejoindre.

– Il est encore là, dit-il. Regardez, là-bas, sous le réverbère.

Katherine regarda. Elle ne comprenait pas ce qu'il voulait dire. Une appréhension la saisit. Elle vit un homme debout sous un réverbère, de l'autre côté de la rue. Au moment où ils regardèrent, la silhouette fit volte-face, s'avança de quelques pas, puis revint à sa position initiale. Elle eut l'impression qu'il la regardait fixement et qu'il était conscient de son regard posé sur lui. Elle sut, en un éclair, qui était l'homme qui les observait. Elle tira brusquement les rideaux.

– Denham, dit Rodney. Il était là aussi hier soir.

Il parlait d'un air sévère. Il faisait preuve tout à coup d'une grande autorité. Katherine se sentit presque accusée d'un crime. L'attitude insolite de Rodney et la vue de Ralph Denham expliquaient sa pâleur et sa confusion.

– S'il juge bon de venir…, dit-elle d'un air de défi.

– Vous ne pouvez pas le laisser attendre dehors. Je vais lui dire d'entrer.

Rodney parla d'un ton si décidé que, lorsqu'il souleva le bras, Katherine pensa qu'il allait écarter les rideaux. Elle lui saisit les mains en poussant un petit cri :

– Attendez ! s'écria-t-elle. Je vous interdis !

– Vous ne pouvez plus attendre, répliqua-t-il. Vous êtes allée trop loin. Pourquoi ne voulez-vous pas le reconnaître, Katherine ? » Il s'interrompit et la regarda avec une expression de mépris et de colère. « Vous l'aimez. Allez-vous le traiter comme vous m'avez traité ? »

Elle le regarda, s'étonnant, en dépit de son trouble, de l'ardeur qui animait Rodney.

– Je vous interdis d'ouvrir les rideaux, dit-elle.

Il réfléchit un instant, puis retira sa main.

– Je n'ai pas le droit de me mêler de vos affaires, conclut-il. Je vous laisse. À moins que nous ne retournions au salon, si vous préférez.

– Non. Je ne peux pas y retourner, dit-elle, secouant la tête en signe de refus. Puis elle baissa les yeux, perdue dans ses pensées.

– Vous l'aimez, Katherine, dit Rodney subitement.

Sa voix avait perdu de sa dureté, comme s'il encourageait un enfant à avouer une bêtise.

Elle leva les yeux et le regarda fixement.

– Je l'aime ? répéta-t-elle.

Il fit un signe de tête affirmatif. Elle cherchait sur son visage la confirmation de ce qu'il avait dit mais, comme il restait silencieux, elle se détourna une fois de plus et reprit le fil de ses pensées. Il l'observa attentivement, sans bouger, comme s'il lui laissait le temps de découvrir ce qu'elle avait à faire. La musique de Mozart résonnait au-dessus d'eux.

– Allons, dit-elle soudain, comme en proie au désespoir.

Se levant de son fauteuil, elle parut ordonner à Rodney de jouer son rôle. Il ouvrit aussitôt les rideaux et elle ne fit aucune tentative pour l'en empêcher. Leurs yeux cherchèrent le même point sous le réverbère.

– Il n'est plus là ! s'écria-t-elle.

William leva la fenêtre et regarda au-dehors. Il n'y avait personne. Le vent s'engouffra dans la pièce en même temps que le bruit des roues dans le lointain, le martèlement de pas se hâtant sur le trottoir et le mugissement des sirènes sur le fleuve.

– Denham ! cria William.

– Ralph ! dit Katherine, mais elle parlait à peine plus fort que si elle s'était adressée à quelqu'un qui fût dans la pièce. Les yeux fixés sur le côté opposé de la rue, ils ne remarquèrent pas la silhouette frôlant la balustrade qui séparait le jardin de la rue.

Denham avait traversé la rue et se tenait là. Sa voix toute proche les fit sursauter.

– Rodney !

– Ah, vous êtes là ! Entrez, Denham.

– Le voici, expliqua-t-il en introduisant Ralph dans la salle à manger où Katherine se tenait le dos à la fenêtre. Elle rencontra son regard. Denham avait l'air étourdi par la lumière et, emmitouflé dans son pardessus, les cheveux ébouriffés par le vent, il donnait l'impression d'être un naufragé. William s'empressa de refermer la fenêtre et de tirer les rideaux. Il montrait une détermination enjouée et savait exactement ce qu'il voulait faire.

– Vous êtes le premier à apprendre la nouvelle, Denham, dit-il. Katherine ne m'épouse pas.

– Où puis-je poser… ? commença Denham, l'air confus, tendant son chapeau et regardant autour de lui ; il le cala délicatement contre une coupe en argent posée sur le buffet. Puis il s'assit assez lourdement au bout de la table ovale. Rodney et Katherine se tenaient debout à côté de lui. Il paraissait présider une réunion dont la plupart des membres étaient absents. Dans l'expectative, il laissa errer son regard sur le dessus de la table d'acajou parfaitement cirée.

– William est fiancé à Cassandra, expliqua brièvement Katherine.

À ces mots, Denham regarda Rodney qui changea d'expression. Il perdit son assurance, esquissa un sourire timide, puis son attention sembla captivée par une phrase mélodique venant de l'étage. Pendant quelques instants, il parut oublier la présence des autres. Il regarda vers la porte.

– Mes félicitations, dit Denham.

– Oui, oui. Nous sommes tous fous – nous avons tous perdu la tête, Denham, dit-il. Katherine y est un peu pour quelque chose – mais moi aussi. Il promena un regard étrange tout autour de lui, comme s'il voulait s'assurer que la pièce dans laquelle il jouait un rôle était réelle.

– Complètement fous, répéta-t-il. Même Katherine…

Son regard se posa finalement sur elle comme si elle aussi était méconnaissable à ses yeux. Il lui adressa un sourire pour l'encourager.

– Katherine vous expliquera, dit-il, et avec un petit signe de tête à Denham, il quitta la pièce.

Katherine s'assit et appuya son menton dans ses mains. Tant que Rodney était resté dans la pièce, il avait paru diriger les débats qui avaient été comme irréels. Une fois seule avec Ralph, elle sentit tout de suite qu'ils étaient délivrés d'une contrainte. Elle sentit leur solitude au bas de la maison qui s'élevait d'étage en étage, au-dessus d'eux.

– Pourquoi attendiez-vous dehors ? demanda-t-elle.

– J'espérais vous voir, répondit-il.

– Sans William, vous auriez attendu toute la nuit. Il y a

beaucoup de vent. Vous avez dû avoir froid. Qu'espériez-vous voir ?

– Cela en valait la peine. Je vous ai entendu m'appeler.

– Je vous ai appelé ?

Elle l'avait appelé sans s'en rendre compte.

– Ils se sont fiancés ce matin, dit-elle au bout d'un moment.

– Êtes-vous contente ?

Elle baissa la tête.

– Oui, oui, fit-elle en soupirant. Mais vous ne savez pas à quel point il est bon – ce qu'il fait pour moi…

Ralph fit entendre un murmure compréhensif.

– Avez-vous attendu hier soir également ? demanda-t-elle.

– Oui, je suis capable d'attendre, répondit Denham.

À ces mots, une émotion se propagea dans la pièce, émotion que Katherine associa au bruit des roues dans le lointain, au martèlement des pas se hâtant sur le trottoir, au mugissement des sirènes sur le fleuve, à la nuit, au vent. Elle revit la silhouette debout sous le réverbère.

– Attendre dans le noir, dit-elle, regardant vers la fenêtre comme s'il avait la même vision qu'elle. Ah, mais c'est différent… » Elle s'interrompit. « Je ne suis pas celle que vous croyez. Tant que vous ne comprendrez pas cela, c'est impossible. »

Posant les coudes sur la table, elle fit glisser le rubis le long de son doigt, d'un air distrait. Elle regarda sévèrement les rangées de livres à la reliure de cuir, en face d'elle. Ralph la contempla ardemment, absorbée dans ses réflexions, très pâle, l'air grave, belle mais oublieuse d'elle-même au point de sembler loin de lui ; il y avait en elle quelque chose de distant et d'abstrait qui le transportait et le glaçait en même temps.

– Vous avez raison, dit-il, je ne vous connais pas. Je n'ai jamais su qui vous étiez réellement.

– Mais peut-être me connaissez-vous mieux que quiconque, dit-elle d'un air songeur.

Son instinct l'avertit qu'elle regardait un livre qui appartenait de droit à une autre partie de la maison. Elle marcha jusqu'à l'étagère, prit le livre et retourna s'asseoir en posant le livre sur la table. Ralph l'ouvrit et regarda sur le frontispice le portrait d'un homme qui portait un volumineux col blanc.

– Je vous connais, Katherine, affirma-t-il, en refermant le livre. Ce n'est que par moments que je deviens fou.

– Comme cette nuit, par exemple, et l'autre nuit ?

– Je vous jure que maintenant, en cet instant précis, je vous vois telle que vous êtes. Personne ne peut vous connaître mieux que moi… Seriez-vous allée chercher ce livre, à l'instant, si je ne vous connaissais pas ?

– C'est vrai, répondit-elle, mais vous ne pouvez savoir à quel point je suis partagée… à quel point je me sens bien avec vous. Je ne sais plus où j'en suis. Le sentiment d'étrangeté – le noir – l'attente dehors, dans le vent, – oui, quand vous me regardez sans me voir et que je ne vous vois pas non plus… Mais je vois, ajouta-t-elle aussitôt, changeant de position et reprenant un air grave. Je vois des tas de choses, pas seulement de vous.

– Dites-moi ce que vous voyez, dit-il.

Mais elle ne pouvait réduire sa vision à des mots, car il ne s'agissait pas d'une forme simple et colorée sur un fond noir, c'était plutôt une exaltation, une atmosphère, qui, lorsqu'elle essayait de la mettre en images, prenait la forme du vent dans les collines du nord et d'un rayon de soleil sur des champs de blé et des étangs.

– C'est impossible, soupira-t-elle en riant à l'idée de traduire cela en paroles.

– Essayez, Katherine, insista Ralph.

– Mais je ne peux pas. Ce sont des bêtises. Le genre de bêtises auxquelles on rêve.

L'expression mélancolique et désespérée du visage de Ralph la consternait.

– Je pensais à une montagne au nord de l'Angleterre, expliqua-t-elle. C'est trop bête, je ne peux pas en dire plus.

– Étions-nous ensemble ? demanda-t-il, insistant.

– Non. J'étais seule.

Ce fut comme si elle décevait les espoirs d'un enfant. Le visage de Ralph se rembrunit.

– Je ne peux pas vous expliquer.

Elle ne pouvait pas expliquer que sa solitude lui était indispensable. Ce n'est pas une montagne au nord de l'Angleterre. C'est un pays imaginaire – une histoire que je me raconte. Ne rêvez-vous pas vous aussi ?

– Vous êtes avec moi dans mes rêves. C'est vous que j'invente.

– Oh, je vois, soupira-t-elle, voilà pourquoi c'est impossible.

Elle se tourna vers lui avec une expression presque farouche :

– Il faut que vous essayiez d'arrêter, dit-elle.

– Non, dit-il brutalement, parce que…

Il s'arrêta. Il se rendit compte que le moment était venu d'annoncer la nouvelle capitale qu'il avait tenté d'annoncer à Mary Datchet, à Rodney sur le quai, à l'homme saoul sur le banc. Comment la communiquerait-il à Katherine ? D'un coup d'œil, il comprit qu'elle ne lui prêtait que peu d'attention ; seule une part d'elle-même demeurait accessible. Il en conçut un tel désespoir qu'il dut faire appel à toute sa volonté pour refréner son désir irrésistible de se lever et de quitter la maison. La main de Katherine, légèrement repliée, reposait sur la table. Il la saisit et la serra très fort pour s'assurer de sa réalité et de la sienne.

– Parce que je vous aime, Katherine, dit-il.

Il n'y avait pas dans sa voix la rondeur ou la chaleur nécessaires à une telle déclaration, et elle n'eut qu'à hocher légèrement la tête pour qu'il lâchât sa main et se détournât, honteux de sa faiblesse. Sans doute avait-elle deviné qu'il avait eu envie de la quitter. Elle avait senti une faille dans sa résolution, un point aveugle au cœur de sa vision. Il est vrai qu'il avait été plus heureux dans la rue, à penser à elle, qu'à présent où ils se trouvaient ensemble dans la même pièce. Il posa sur elle un regard confus. Mais Katherine n'avait l'air ni déçue, ni fâchée. Sa pose était naturelle et elle semblait perdue dans la contemplation de son rubis tournant comme une toupie sur la table vernie. Denham oublia son désespoir en se demandant quelles pensées l'occupaient.

– Vous ne me croyez pas ? demanda-t-il.

Le ton humble de sa voix la fit sourire.

– Dans la mesure où je vous comprends… mais que me conseilleriez-vous de faire de cette bague ? demanda-t-elle.

– Je vous conseillerais de me la confier, répondit-il, du même sérieux teinté d'humour.

– Après ce que vous avez dit, j'ai du mal à vous croire, à moins que vous ne reveniez sur vos paroles.

– Fort bien. Je ne suis pas amoureux de vous.

– Mais je crois que vous êtes amoureux de moi… comme je suis amoureuse de vous, ajouta-t-elle d'un air détaché. Du moins, dit-elle, glissant la bague à son doigt, il n'existe pas d'autre mot pour décrire l'état où nous sommes.

Elle le regarda d'un air grave et interrogateur comme si elle cherchait un appui.

– C'est lorsque je suis avec vous que je doute, pas quand je suis seul, affirma-t-il.

– C'est bien ce que je pensais, répondit-elle.

Afin de lui expliquer ce qu'il ressentait, Ralph lui raconta son expérience de la photographie, de la lettre et de la fleur cueillie à Kew. Elle écouta très sérieusement.

– Puis vous avez erré dans les rues en délirant, dit-elle, d'un air pensif. Je vous plains. Mais mon cas est pire que le vôtre parce que la réalité m'échappe. C'est une hallucination pure et simple – une intoxication… Peut-on être amoureux d'une pure idée ? demanda-t-elle. Car si vous aimez une vision, je crois que c'est d'une idée que je suis amoureuse.

Ralph trouva cette conclusion extravagante et il en fut déçu, mais il était mal placé, après les variations de ses propres sentiments durant la dernière demi-heure, pour accuser Katherine d'excès d'imagination.

– Rodney semble assez sûr de lui, dit-il avec une certaine amertume.

La musique qui s'était tue s'élevait de nouveau et la mélodie de Mozart semblait exprimer l'amour insouciant et exquis des deux jeunes gens à l'étage au-dessus.

Cassandra n'a jamais douté un seul instant, mais nous… – elle lui jeta un coup d'œil comme pour s'assurer de son état – nous ne nous voyons que de temps en temps…

– Comme des phares dans la tempête…

– Dans un ouragan, dit-elle, en entendant la fenêtre trembler sous la pression du vent.

Ils écoutèrent en silence.

Juste à ce moment, la porte s'ouvrit après bien des hésitations et Mrs. Hilbery risqua la tête à l'intérieur de la pièce puis, quand elle eut la totale assurance qu'elle s'était bien introduite dans la salle à manger et non dans quelque région moins familière, elle entra franchement et ne fut en aucune façon interloquée par le spectacle qui s'offrit à ses yeux. Elle semblait, comme d'habitude, engagée dans une quête personnelle, et chaque rencontre avec l'une de ces étranges cérémonies superflues auxquelles les autres jugeaient bon de s'adonner, constituait un temps d'arrêt agréable et inattendu.

– Ne vous dérangez pas pour moi, Mr. … » C'était un nom qui lui échappait une fois de plus et Katherine pensa qu'elle ne le reconnaissait pas. « J'espère que vous avez trouvé quelque chose d'intéressant à lire, ajouta-t-elle, montrant du doigt le livre sur la table. Byron – ah, Byron ! J'ai rencontré des gens qui connaissaient Byron, dit-elle. »

Katherine, confuse, s'était levée, mais elle ne pouvait s'empêcher de sourire à l'idée que sa mère trouvait parfaitement naturel et charmant que sa fille lût Byron dans la salle à manger, à une heure tardive, en compagnie d'un inconnu. Elle bénit une humeur si facile, et elle éprouva une grande tendresse pour sa mère et ses excentricités. Mais Ralph remarque que Mrs. Hilbery ne lisait pas une ligne du livre qu'elle tenait devant les yeux.

– Chère Maman, pourquoi n'êtes-vous pas au lit, s'écria Katherine qui, par un revirement surprenant, retrouva son bon sens coutumier.

– Je suis sûre que je préférerais vos vers à ceux de Lord Byron, dit Mrs. Hilbery à Ralph Denham.

– Mr. Denham n'écrit pas de poésie ; il a écrit des articles pour Père, dans la Revue, dit Katherine comme pour éveiller sa mémoire.

– Oh là là ! quelle tristesse ! s'exclama Mrs. Hilbery avec un éclat de rire qui déconcerta sa fille.

Ralph pensa qu'elle avait posé sur lui un regard vague et pénétrant.

– Mais vous lisez de la poésie, le soir, j'en suis sûre. Je me fie toujours à l'expression des yeux, poursuivit Mrs. Hilbery. « Les fenêtres de l'âme », ajouta-t-elle entre parenthèses. Je connais mal le droit bien qu'il y ait beaucoup d'hommes de loi dans ma famille. Certains d'entre eux sont très élégants quand ils portent leur perruque. Mais je crois ne pas trop méconnaître la poésie, précisa-t-elle. Et toutes les choses que l'on a écrites sur elle, mais… » Elle agita la main comme pour évoquer la richesse de la poésie non écrite : la nuit, les étoiles, l'aube qui se lève, les chalands remontant la rivière, les couchers de soleil… « Mon Dieu ! soupira-t-elle, oh oui ! les couchers de soleil sont très beaux aussi. Je pense parfois, Mr. Denham, que la poésie n'est pas tant ce que l'on écrit que ce que l'on ressent. »

Pendant le discours de sa mère, Katherine avait détourné la tête et Ralph sentit que Mrs. Hilbery s'adressait à lui avec le désir de vérifier sur lui une chose qu'elle masquait à dessein sous des propos vagues. Plus que ses paroles, c'était l'éclat de ses yeux qui, chose curieuse, semblait l'encourager et le réconforter. Malgré la distance qui les séparait à cause de l'âge et du sexe, elle semblait lui faire signe, comme un bateau disparaissant à l'horizon pourrait en saluer un autre qui part pour le même voyage. Il pencha la tête sans mot dire, mais il eut la certitude singulière qu'elle avait trouvé à sa question une réponse qui la satisfaisait. Quoi qu'il en fût, elle donna du palais de Justice une description à laquelle succéda une dénonciation de la justice anglaise, laquelle, à son avis, emprisonnait de pauvres gens incapables de payer leurs dettes.

– Dites-moi, demanda-t-elle, pourrions-nous nous en passer ?

Mais à ce moment, Katherine insista gentiment pour que sa mère allât se coucher.

Se retournant au milieu des escaliers, Katherine crut voir les yeux de Denham fixés sur elle avec la même expression que lorsqu'il contemplait les fenêtres, debout, de l'autre côté de la rue.

XXXI

Sur le plateau avec sa tasse de thé, le lendemain matin, Katherine découvrit un mot de sa mère où celle-ci lui annonçait son intention de prendre le jour-même dans la matinée un train pour Stratford-sur-Avon.

« Sois gentille, renseigne-toi sur la meilleure façon d'aller là-bas, lut Katherine. Télégraphie à Sir John Burdett de m'attendre et fais-lui toutes mes amitiés. J'air rêvé toute la nuit de toi et de Shakespeare, ma chérie. »

Ce n'était pas une impulsion passagère. Depuis six mois, Mrs. Hilbery rêvait de Shakespeare, caressant le projet d'une excursion dans la ville qu'elle considérait comme le berceau du monde civilisé. Se tenir à deux mètres au-dessus des os de Shakespeare, voir les pierres usées par ses pieds, se dire que la mère du plus vieil homme avait probablement vu la fille de Shakespeare – voilà des pensées qui soulevaient en elle une émotion qu'elle exprimait avec une passion qui n'eût pas été incongrue dans un pèlerinage vers un lieu saint. La seule chose étrange était qu'elle souhaitait y aller seule. Mais, bien sûr, elle ne manquait pas d'amis qui habitaient dans le voisinage de la tombe de Shakespeare et qui étaient ravis de la recevoir : elle partit donc un peu plus tard, d'humeur radieuse pour prendre son train. Un homme vendait des violettes dans la rue. C'était une belle journée. Elle n'oublierait pas d'envoyer à Mr. Hilbery la première jonquille qu'elle verrait. Et, comme elle revenait en courant dans le vestibule pour le dire à Katherine, elle sentit – elle l'avait toujours senti – que l'injonction de Shakespeare de laisser ses os en paix s'appliquait uniquement aux odieux marchands de curiosités – pas à ce cher Sir John ni à elle-même. Laissant à sa fille le soin d'imaginer la théorie des sonnets d'Anne Hathaway et les manuscrits enterrés qui s'y rapportaient et menaçaient implicitement le cœur de la civilisation, elle ferma vivement la portière de son taxi et roula bientôt à vive allure vers la première étape de son pèlerinage.

La maison semblait étrangement différente sans elle. Les domestiques avaient déjà pris possession de son bureau avec l'intention de le nettoyer à fond durant son absence. Katherine eut l'impression qu'elles avaient balayé une soixantaine d'années, d'un seul coup de leurs chiffons humides. Elle avait l'impression que le travail qu'elle avait essayé de faire dans cette pièce était réduit à un petit tas de poussière. Un bain d'eau chaude avait déjà fait reluire les bergères en porcelaine. Le secrétaire aurait pu être celui d'une intellectuelle à l'esprit méthodique.

Rassemblant quelques documents sur lesquels elle travaillait, Katherine se rendit dans sa chambre avec l'intention d'y jeter un coup d'œil dans le courant de la matinée. Mais dans l'escalier, elle rencontra Cassandra qui la suivit en gravissant chaque marche d'un pas si lent que Katherine sentit faiblir son courage avant qu'elles eussent atteint la porte. Cassandra se pencha par-dessus la rampe et regarda le tapis persan posé sur le sol du vestibule.

– Tout paraît bizarre ce matin, vous ne trouvez pas ? dit-elle. Allez-vous vraiment passer la matinée sur ces vieilles lettres sans intérêt ? Parce que dans ce cas…

Les vieilles lettres sans intérêt, qui auraient pu faire tourner la tête des plus grands collectionneurs, furent posées sur une table et, prenant soudain un air grave, Cassandra demanda à Katherine où elle pourrait dénicher, l'*Histoire d'Angleterre* de Lord Macaulay. Ce livre se trouvait au rez-de-chaussée dans le bureau de Mr. Hilbery. Les deux cousines descendirent ensemble le chercher. Elles passèrent par le salon pour la bonne raison que la porte était ouverte. Le portrait de Richard Alardyce attira leur attention.

– Je me demande comment il était ? C'est une question que Katherine s'était souvent posée, ces derniers temps.

– C'était un imposteur comme les autres – du moins, c'est ce que dit Henry, répondit Cassandra. Mais je ne crois pas du tout ce que dit Henry, ajouta-t-elle, légèrement sur la défensive.

Une fois au rez-de-chaussée, elles se rendirent dans le bureau de Mr. Hilbery où elles se mirent à regarder les livres. Cette inspection manquait à ce point d'enthousiasme qu'au bout d'un quart d'heure, elles n'avaient toujours pas découvert l'ouvrage qu'elles cherchaient.

– Êtes-vous obligée de lire l'histoire de Macaulay, Cassandra ? demanda Katherine en s'étirant.

– Oui, fit Cassandra.

– Bon, eh bien je vais vous laisser le chercher.

– Oh non, Katherine. Je vous en prie, restez avec moi – aidez-moi. Vous comprenez – j'ai dit à William que je lisais un petit peu chaque jour et je voudrais lui dire que j'ai commencé quand il viendra.

– Quand vient-il ? demanda Katherine en regardant de nouveau les étagères.

– À l'heure du thé, si cela ne vous dérange pas ?

– Si cela ne me dérange pas de m'absenter, vous voulez dire, je suppose.

– Oh, vous êtes horrible… Pourquoi ne voulez-vous pas ?…

– Oui ?

– Pourquoi ne voulez-vous pas être heureuse, vous aussi ?

– Je suis heureuse, répondit Katherine.

– Je veux dire comme je le suis. Katherine, dit-elle spontanément, marions-nous le même jour.

– Avec le même homme ?
– Mais non. Vous pourriez épouser… quelqu'un d'autre.
– Voici votre Macaulay, dit Katherine en se retournant, le livre à la main. Vous feriez aussi bien de vous y mettre tout de suite si vous voulez être instruite à l'heure du thé.
– Maudit Lord Macaulay ! s'écria Cassandra en jetant le livre sur la table. Ne préféreriez-vous pas parler un peu ?
– Nous avons assez parlé déjà, répondit évasivement Katherine.
– Je sais que je n'arriverai pas à concentrer mon attention sur Macaulay, dit Cassandra en regardant d'un air penaud la couverture rouge du volume, qui avait pourtant valeur du talisman puisque William l'admirait. Il lui avait conseillé une petite lecture chaque matin.
– Avez-vous lu Macaulay ? demanda Cassandra.
– Non. William n'a jamais essayé de m'instruire.
Tout en parlant, elle vit le visage de Cassandra s'assombrir comme si elle avait fait allusion à quelque autre relation, plus mystérieuse. Elle eut des remords. Comment avait-elle pu être imprudente au point d'influencer à ce point la vie de quelqu'un ?
– Nous n'étions pas sérieux, se hâta-t-elle d'ajouter.
– Mais moi je suis très sérieuse, dit Cassandra avec un léger frémissement et rien qu'à la voix, on devinait qu'elle disait la vérité. Elle se retourna et regarda Katherine comme elle ne l'avait jamais fait jusque-là. La peur se lisait dans son regard puis finalement elle baissa les yeux d'un air coupable. Katherine avait tout pour elle – la beauté, l'intelligence, la personnalité. Elle ne pourrait jamais rivaliser avec elle et ne serait jamais tranquille tant que Katherine la couverait, la dominerait, disposerait d'elle. Elle la trouvait aveugle, sans cœur, sans scrupule mais, chose curieuse, sa seule réaction fut de tendre la main pour saisir le livre d'histoire. À ce moment, la sonnerie du téléphone retentit et Katherine alla répondre. Cassandra libérée de toute surveillance laissa tomber son livre et serra les

poings. Durant ces quelques minutes, elle souffrit les pires tourments de sa vie et en apprit plus sur son aptitude à la sensibilité que jamais auparavant.

Lorsque Katherine réapparut, elle était calme avec une sorte de dignité nouvelle.

– C'était lui ? demanda-t-elle.

– C'était Ralph Denham, répondit Katherine.

– C'est ce que je voulais dire.

– Pourquoi parlez-vous de Ralph Denham ? Qu'est-ce que William vous a dit à son propos ?

Accuser Katherine d'être calme, sans cœur et indifférente relevait de l'impossible, vu l'animation de son regard. Cassandra n'eut pas le temps de trouver une réponse.

– Quand allez-vous épouser William ? demanda Katherine.

Cassandra ne répondit pas tout de suite. En vérité, il était très difficile de répondre à cette question. Au cours d'une conversation, la veille au soir, William avait confié à Cassandra que Katherine et Ralph Denham étaient probablement en train de se fiancer dans la salle à manger. Cassandra, à qui la vie souriait, avait été toute disposée à croire que c'était une affaire réglée. Mais ce matin elle avait reçu une lettre de William qui, s'il exprimait son amour pour elle dans un style des plus lyriques, lui laissait entendre également qu'il préférerait annoncer leurs fiançailles en même temps que celles de Katherine. Cassandra exhiba le document en question et le lut à haute voix avec force omissions et force hésitations :

« … de grâce – je crains que nous ne provoquions beaucoup de désagrément. Si d'autre part, mes suppositions s'avèrent exactes et se concrétisent comme il se devrait, dans un délai raisonnable – et la situation présente n'étant en aucune façon déshonorante pour vous – un délai servirait mieux nos intérêts qu'une explication prématurée susceptible de causer une surprise désagréable. »

– Je reconnais bien là William, s'écria Katherine qui

avait tiré la leçon de ces remarques avec une rapidité qui dérouta Cassandra.

– Je le comprends parfaitement, répondit Cassandra. Je partage mes sentiments. Je pense que ce serait beaucoup mieux d'attendre si vous avez l'intention d'épouser Mr. Denham.

– Mais si je ne me mariais pas avant des mois – ou si je ne me mariais pas du tout ?

Cassandra garda le silence. Cette idée l'épouvanta. Katherine avait parlé à Ralph Denham au téléphone ; elle avait l'air bizarre : Katherine devait être fiancée à Denham ou elle le serait très bientôt. Mais si Cassandra avait pu surprendre leur conversation téléphonique, elle n'eût pas été aussi certaine des projets de Katherine. Voici ce qu'elle aurait entendu :

– C'est Ralph, à l'appareil. J'ai retrouvé mes esprits.

– Combien de temps avez-vous attendu devant la maison ?

– Je suis rentré chez moi et je vous ai écrit une lettre. Je l'ai déchirée.

– Je déchirerai tout, moi aussi.

– Je vais venir.

– Oui. Venez, aujourd'hui.

– Il faut que je vous explique…

– Oui. Il faut que nous nous expliquions…

Un long silence suivit. Ralph commença une phrase qu'il annula en disant : « non, rien ». Puis au même instant, ils se dirent au revoir. Et pourtant, si le téléphone avait été relié par miracle à des couches d'air imprégné de la senteur du thym et de la saveur du sel, Katherine n'eût pas éprouvé une ivresse plus grande. Elle descendit l'escalier quatre à quatre dans cet état d'exaltation et tomba des nues en apprenant que William et Cassandra l'avaient déjà fiancée au propriétaire de la voix hachée qu'elle venait d'entendre au téléphone. Ses inclinations semblaient d'une nature différente et l'engageaient dans une direction opposée. Elle n'avait qu'à regarder Cassandra pour identifier l'amour qui mène aux fiançailles et au mariage.

Elle réfléchit un moment avant de dire :

– Si vous ne voulez pas l'annoncer vous-mêmes, je le ferai à votre place. Je sais que William a une susceptibilité en la matière qui l'empêche d'agir.

– C'est parce qu'il est très sensible à l'opinion des autres, répartit Cassandra. L'idée qu'il pourrait contrarier Tante Maggie ou Oncle Trevor le rendrait malade pendant des semaines.

Ce que Katherine avait coutume d'appeler l'esprit conventionnel de William était une nouveauté pour Cassandra. Elle sentit sur-le-champ que cette interprétation était juste.

– Oui, vous avez raison, dit-elle.

– Il a aussi le culte du beau. Il veut qu'en tout point la vie soit belle. N'avez-vous jamais remarqué comme tout ce qu'il fait est admirablement achevé ? Regardez l'adresse sur cette enveloppe, chaque lettre est un modèle de perfection.

Katherine n'était pas tout à fait certaine que sa théorie s'appliquât également aux sentiments exprimés dans la lettre ; mais la sollicitude que William montrait à Cassandra ne réussissait pas à l'irriter, comme c'était le cas lorsqu'elle en était l'objet ; cette sollicitude lui apparaissait même comme le fruit de son amour du beau, pour citer Cassandra.

– Oui, dit-elle, il aime ce qui est beau.

– J'espère que nous aurons beaucoup d'enfants, dit Cassandra. Il adore les enfants.

Plus que toute autre chose, cette remarque fit sentir à Katherine la profondeur de leur intimité ; la jalousie, puis l'humiliation, lui serrèrent le cœur. Elle connaissait William depuis des années mais elle n'avait jamais deviné qu'il aimait les enfants. Elle regarda l'étrange lueur d'exaltation dans les yeux de Cassandra, qui révélait un être humain authentique, et souhaita l'entendre parler indéfiniment de William. Cassandra ne se fit pas prier, et parla sans s'arrêter. La matinée passa. Katherine resta assise presque sans bouger sur le bord du bureau de son père et Cassandra n'ouvrit jamais l'*Histoire d'Angleterre*.

Mais il y avait des défaillances dans l'attention que Katherine portait à sa cousine : au milieu de cette atmosphère propice à la méditation, elle s'absorbait parfois dans une rêverie si profonde que Cassandra, marquant un temps d'arrêt, l'observait quelques instants, à son insu. À qui pouvait songer Katherine, sinon à Ralph Denham ? Certaines réponses, par trop imprécises, l'avaient convaincue que Katherine s'était quelque peu désintéressée des perfections de William. Mais Katherine n'en laissait rien voir. Elle ponctuait toujours ces pauses par une remarque si naturelle que Cassandra était portée à continuer de parler de son thème favori. Puis elles déjeunèrent et le seul signe d'inattention que montra Katherine fut d'oublier de prendre du dessert. Elle ressemblait tant à sa mère, assise là, oublieuse du pudding au tapioca que Cassandra, étonnée, s'écria :

– Comme vous ressemblez à Tante Maggie !

– Ne dites pas de bêtises ! dit Katherine avec une irritation disproportionnée avec la remarque de sa cousine.

En l'absence de sa mère, Katherine se sentait moins raisonnable que de coutume, mais, ainsi qu'elle cherchait à s'en persuader, le bon sens n'était plus aussi nécessaire. La matinée avait fait la preuve de sa grande aptitude à – comment dire ? – se perdre en des flâneries indéfinies, trop absurdes pour les avouer, et elle en était secrètement bouleversée. C'est ainsi, par exemple, qu'elle marchait sur une route dans le Northumberland au coucher du soleil, en plein mois d'août ; à l'auberge, elle laissait son compagnon, lequel n'était autre que Ralph Denham, pour se retrouver, mystérieusement transportée au sommet d'une colline. Les senteurs et les sons parmi les hautes bruyères, le contact de l'herbe contre la paume de ses mains, étaient si perceptibles qu'elle pouvait en apprécier chaque nuance. Elle explorait ensuite les ombres de l'air, elle se posait sur la mer que l'on découvrait à cet endroit, ou bien elle regagnait, avec une égale incohérence, son lit de feuilles sous les étoiles de minuit et visitait les vallées enneigées de la lune. Ces randonnées imaginaires n'avaient rien d'étrange car les cloisons de nos cerveaux sont décorées d'entrelacs à l'infini, mais Katherine s'absorba dans sa rêverie avec une telle ferveur qu'elle désira échanger sa vie réelle contre celle du rêve. Puis elle tressaillit et s'aperçut que Cassandra l'observait avec stupeur.

Cassandra aurait aimé être sûre que, lorsque Katherine ne répondait pas ou répondait à côté de la question, c'était parce qu'elle envisageait de se marier le plus tôt possible. Dans ce cas, il était difficile d'expliquer certaines de ses remarques concernant l'avenir. Ainsi avait-elle parlé plusieurs fois de son intention de passer l'été en randonnées solitaires, et mentionné des projets où intervenait le nom de plusieurs auberges.

Pour calmer son agitation, Cassandra décida d'aller se promener dans les rues de Chelsea, sous prétexte qu'elle devait faire des emplettes. Mais elle connaissait mal le quartier et elle eut peur d'être en retard ; à peine eut-elle trouvé la boutique de son choix qu'elle revint en toute hâte afin d'être à la maison quand William arriverait. Il arriva, en effet, cinq minutes après qu'elle se fut assise à la table où était servi le thé, et elle eut la joie de l'accueillir. La façon dont il la salua ne laissa aucun doute à Cassandra sur son affection pour elle, mais il demanda aussitôt :

– Katherine vous a-t-elle parlé ?

– Oui. Elle dit qu'elle n'est pas fiancée et semble à mille lieues de penser qu'elle se fiancera un jour. Ils se sont téléphoné ce matin ; et elle s'est comportée de façon tout à fait étrange : elle a oublié de prendre du dessert, ajouta Cassandra pour le réconforter, en le voyant si contrarié.

– Ma chère enfant, après ce que j'ai vu et entendu, la

nuit dernière ! C'est une devinette : ou bien elle est fiancée – ou alors…

Il laissa sa phrase en suspens car Katherine apparaissait en personne. Ayant encore à l'esprit la scène de la nuit précédente, il était trop gêné pour la regarder en face ; il ne leva les yeux que lorsqu'elle eut parlé de la visite de sa mère à Stratford-sur-Avon. Son soulagement fut manifeste. Il promena son regard à la ronde comme s'il se sentait parfaitement à l'aise, et Cassandra s'écria :

– Ne trouvez-vous pas que tout a l'air différent ?

– Vous avez déplacé le canapé ? dit-il.

– Non. On n'a touché à rien, dit Katherine. Tout est exactement comme avant.

Elle dit cela avec une fermeté qui donnait à entendre que le canapé n'était pas la seule chose à n'avoir pas changé, et tendit une tasse dans laquelle elle avait oublié de verser du thé. Quand on lui fit remarquer son étourderie, ses traits s'assombrirent ; elle expliqua que Cassandra la troublait. Le regard qu'elle lança à William et Cassandra, la façon résolue dont elle les entraîna dans la conversation, leur donnèrent à tous deux l'impression d'être des enfants pris en flagrant délit d'indiscrétion. Ils entrèrent docilement dans la conversation. Quiconque les eût entendus aurait pu croire qu'ils se connaissaient à peine. Puis leur hôtesse se rappela soudain une obligation urgente : Katherine jeta un coup d'œil à sa montre, et demanda l'heure exacte à William. Apprenant qu'il était cinq heures moins dix, elle se leva d'un bond en disant :

– Je suis désolée, mais je dois partir.

Elle quitta la pièce, sa tartine beurrée à la main. William regarda Cassandra, l'air soucieux :

– Elle est vraiment bizarre !

Il connaissait mieux Katherine que ne la connaissait Cassandra, mais lui non plus ne savait que penser. Une seconde plus tard, Katherine revint, prête à sortir, tenant toujours sa tartine de pain beurré à la main.

– Si je suis en retard, ne m'attendez pas, dit-elle. J'aurai dîné.

Sur ce, elle les quitta.

– Mais elle ne peut pas…, s'écria William quand la porte se referma, elle ne peut pas sortir sans ses gants, une tartine à la main ! » Ils coururent à la fenêtre et la virent marcher rapidement dans la rue en direction de la Cité. Puis elle disparut.

– Elle doit rejoindre Mr. Denham, suggéra Cassandra.

– Dieu seul le sait ! lança William.

L'incident leur apparut à tous deux lourd de menaces, au-delà de son apparente étrangeté.

– Tante Maggie se conduit exactement de la même façon, dit Cassandra en guise d'explication.

William hocha la tête et marcha de long en large dans la pièce, l'air fort inquiet.

– Je l'avais bien dit ! s'écria-t-il. Dès que l'on rejette les conventions !… – Dieu merci, Mrs. Hilbery est absente. Mais Mr. Hilbery est là. Qu'allons-nous lui dire ? Il faut que je vous laisse.

– Mais Oncle Trevor ne rentrera pas avant plusieurs heures, William ! supplia Cassandra.

– On ne peut savoir. Il est peut-être déjà en route. Imaginez que l'on fasse entrer Mrs. Milvain – votre tante Celia – ou Mrs. Cosham, ou n'importe laquelle de vos tantes, ou l'un de vos oncles, et qu'ils nous trouvent seuls ensemble. Vous savez ce que l'on dit sur notre compte déjà.

Cassandra était aussi impressionnée par l'agitation de William que consternée à l'idée de le voir partir.

– Nous pourrions nous cacher, s'écria-t-elle, jetant un coup d'œil sur les rideaux qui séparaient le salon de la pièce réservée aux reliques.

– Je refuse formellement d'aller sous la table, fit William d'un ton sarcastique.

Elle vit qu'il s'égarait devant la complexité de la situation ; son instinct lui souffla qu'il serait peu judicieux de lui demander des preuves de tendresse en cette occurrence. Elle se ressaisit, se versa une nouvelle tasse de thé et la but tranquillement à petites gorgées. Ce geste naturel, témoignant d'une maîtrise parfaite, et la montrant dans l'une de ces attitudes féminines que William trouvait adorables, fit plus que n'importe quel argument pour le calmer. Sa nature chevaleresque était piquée. Il accepta une tasse de thé. Elle lui demanda ensuite une part de gâteau ; quand le gâteau et le thé furent avalés, les problèmes personnels avaient fait place à une discussion sur la poésie. De la poésie dramatique en général, ils en vinrent à parler du texte que William avait dans sa poche et, lorsque la bonne entra pour débarrasser, William avait suggéré à Cassandra d'en lire un court passage à haute voix.

Cassandra baissa la tête en silence mais elle laissa entrevoir la flamme de son regard et, ainsi encouragé, William sentit que même Mrs. Milvain ne parviendrait pas à le décourager : il commença donc sa lecture.

Pendant ce temps, Katherine marchait rapidement dans la rue. L'eût-on mise en demeure d'expliquer son départ impulsif du salon, elle n'aurait pu qu'alléguer le regard échangé entre William et Cassandra. Pourtant, à cause de ce regard, elle trouvait sa position insupportable : il lui avait suffi d'oublier de verser du thé dans une tasse pour qu'ils en concluent automatiquement ses fiançailles avec Ralph. Elle savait que, dans une demi-heure environ, la porte s'ouvrirait et que celui-ci apparaîtrait. Elle ne pouvait rester assise là, imaginant les yeux de William et de Cassandra fixés sur eux pour évaluer le degré de leur intimité et arrêter le jour du mariage. Elle décida subitement de retrouver Ralph à l'extérieur ; elle avait encore le temps de gagner Lincoln's Inn Fields avant la sortie des bureaux. Elle héla un taxi et donna au chauffeur l'adresse d'une boutique dans Great Queen Street où l'on vendait des cartes de géographie, car elle ne voulait pas être déposée juste devant sa porte. Dans la boutique, elle acheta une grande carte du

Norfolk et, ainsi pourvue, elle se dirigea en toute hâte vers Lincoln's Inn Fields où elle s'assura de l'emplacement des bureaux de MM. Hoper et Grateley. De grands lustres à gaz brillaient derrière les fenêtres. Elle imagina Ralph sous l'un de ces lustres, dans la pièce aux trois hautes fenêtres sur la rue, assis devant une énorme table couverte de papiers, et elle se mit à faire les cent pas sur le trottoir. Personne ne sortait de l'immeuble. Elle scrutait chaque silhouette masculine qui venait vers elle et qui ressemblait vaguement à celle de Denham, à cause du vêtement, du pas pressé, du regard perçant qu'ils lui lançaient en se hâtant après leur journée de travail. La place elle-même, avec ses grandes maisons aux façades sévères, son atmosphère de puissance industrieuse, comme si même les moineaux et les enfants gagnaient leur pain quotidien, comme si le ciel lui-même, chargé de nuages gris et écarlates, réfléchissait les intentions sérieuses de la ville, évoquait la présence de Ralph. C'était l'endroit rêvé pour le rencontrer, pensa-t-elle, l'endroit rêvé pour songer à lui en marchant. Elle ne cessait de comparer ce quartier aux rues familiales de Chelsea. Cette comparaison en tête, elle fit quelques pas de plus et tourna dans la grande rue. Le large flot des camionnettes et des voitures descendait majestueusement Kingsway ; une marée humaine ruisselait de part et d'autre sur les trottoirs. Fascinée, elle resta à l'angle de la rue. Un grondement puissant remplissait ses oreilles. Ce tumulte mouvant avait la fascination indicible de la vie s'écoulant sans relâche avec un but qui, en cet instant, lui sembla le but même de la vie. Son indifférence totale envers les individus qu'elle avalait et charriait devant elle envahit Katherine d'une sorte d'exaltation passagère. La lumière artificielle mêlée à la lumière du jour, la rendait invisible et donnait aux gens qui la croisaient une sorte de transparence, déposant sur leur visage une pâleur d'ivoire dans laquelle seuls les yeux étaient noirs. Tous ces êtres alimentaient le courant impétueux, l'onde puissante, la marée insatiable. Katherine restait là, invisible, absorbée, s'enorgueillissant de l'ivresse cachée qui avait coulé en elle tout au long du jour. Elle se rappela soudain pourquoi elle était venue et s'arracha, à contrecœur, de sa contemplation du monde. Elle était venue pour voir Ralph Denham. Elle retourna précipitamment à Lincoln's Inn Fields et chercha son point de repère : les trois hautes fenêtres éclairées. Elle chercha en vain. Les façades des maisons se fondaient, maintenant, dans l'obscurité et elle eut du mal à localiser ce qu'elle cherchait. Les trois fenêtres de Ralph ne reflétaient plus sur leurs vitres opaques que l'image du ciel gris et vert. Elle tira d'un geste impérieux la sonnette placée sous le nom de la compagnie. Au bout d'un moment, la concierge vint ouvrir ; le seau et le balai qu'elle tenait à la main apprirent à Katherine que la journée était terminée et les employés repartis. Hormis peut-être Mr. Grateley, il n'y avait plus personne, dit-elle à Katherine ; tous les autres étaient partis depuis dix minutes.

La nouvelle réveilla complètement Katherine. En proie à une vive inquiétude, elle retourna en hâte vers Kingsway et regarda les gens qui avaient miraculeusement cessé d'être transparents. Elle courut jusqu'à la station de métro, rattrapant les clercs et les avocats l'un après l'autre. Aucun d'eux ne ressemblait, même vaguement, à Ralph Denham. Elle le voyait de plus en plus distinctement ; de plus en plus, il lui semblait différent des autres. Devant la station de métro, elle s'arrêta et tâcha de rassembler ses idées. Il était allé chez elle. En prenant un taxi, elle arriverait probablement avant lui. Mais elle se vit ouvrant la porte du salon, William et Casandra levant les yeux sur elle, l'entrée de Ralph quelques minutes plus tard – les regards, les insinuations… Non, elle ne pourrait pas le supporter. Elle allait lui écrire une lettre et la porter chez lui. Elle acheta du papier et un crayon au kiosque à journaux, entra dans un petit salon de thé où, en commandant une tasse de thé, elle put s'asseoir à une table inoccupée, et se mit tout de suite à écrire :

« Je suis allée vous chercher, mais je vous ai manqué. Je ne peux pas affronter William et Cassandra. Ils veulent nous… » Elle s'arrêta. « Ils insistent pour que nous nous fiancions, écrivit-elle. Il aurait été impossible de parler ou de s'expliquer. J'aimerais… » Ses désirs étaient si vastes, maintenant qu'elle communiquait avec Ralph, que son crayon était impuissant à les traduire sur le papier ; c'était comme si tout le torrent de Kingsway renaissait. Elle fixa intensément une affiche sur le mur opposé, incrusté de dorures… « J'aimerais dire tant de choses », ajouta-t-elle, écrivant chaque mot avec l'application d'une enfant. Mais quand elle leva de nouveau les yeux en réfléchissant à la phrase suivante, elle remarqua une serveuse dont l'expression signifiait : « Il est l'heure de fermer. » Et elle s'aperçut que presque tout le monde était parti. Elle prit sa lettre, paya son thé, et se retrouva dans la rue. Elle allait héler un taxi pour Highgate, quand elle s'avisa qu'elle avait oublié l'adresse. Cet obstacle dressa un barrage en travers de son désir. Elle interrogea désespérément sa mémoire pour retrouver le nom de la rue, cherchant d'abord à se rappeler l'aspect de la maison, puis essayant de retracer de mémoire les mots qu'elle avait écrits, au moins une fois, sur une enveloppe.

Mais plus elle harcelait ses souvenirs, plus les mots devenaient insaisissables. La maison s'appelait-elle Apple… quelque chose, et la rue, Mount… ? Elle renonça. Jamais, depuis son enfance, elle ne s'était sentie aussi anéantie, aussi seule. Alors lui vinrent à l'esprit, comme si elle sortait d'un rêve, toutes les conséquences de son indolence inexplicable. Elle imagina le visage de Ralph au moment où il partait de chez elle, sans un mot d'explication, recevant son congé comme un soufflet de sa main. Elle le suivit après qu'il eut tourné le dos à la maison ; mais il était beaucoup plus facile de le voir s'éloigner à grands pas, dans n'importe quelle direction, et pour un temps illimité, que de l'imaginer prenant la direction de Highgate. Peut-être essaierait-il une nouvelle fois de la voir à Cheyne Walk ? Qu'elle se remît en marche à l'instant où cette pensée lui traversa l'esprit témoignait de l'acuité avec laquelle elle le voyait ; elle faillit lever la main pour appeler un taxi. Non, il était trop fier pour revenir ; il repousserait son désir et il marcherait, marcherait... Si seulement elle pouvait lire le nom des rues qu'il suivait ! Mais là, son imagination la trahit ou la nargua en l'imprégnant de leur étrangeté, de leur éloignement, de leur obscurité. Au lieu de prendre une décision, elle meublait son esprit avec l'immense superficie de Londres et l'impossibilité de retrouver quelqu'un qui errait sans but, tournait à droite puis à gauche, s'engageait dans cette petite rue enfumée où les enfants jouaient au milieu de la chaussée, et... Elle haussa les épaules dans un mouvement d'impatience. Pressant le pas, elle remonta Holborn. Tout à coup, elle fit demi-tour et, sans ralentir son allure, revint sur ses pas. Cette indécision n'était pas seulement odieuse ; elle avait quelque chose d'alarmant ; une ou deux fois déjà, elle avait ressenti la même impression ce jour-là : elle se sentait incapable d'affronter la force de son désir. Pour une personne soumise à la puissance des habitudes, la libération soudaine de cette force irrationnelle avait quelque chose d'humiliant, d'angoissant. Une douleur musculaire dans la main droite l'avertit qu'elle serrait ses gants et la carte du Norfolk dans un étau qui aurait pu briser des objets plus solides. Elle relâcha son étreinte ; elle observa anxieusement les visages des passants pour voir s'ils posaient sur elle un regard surpris ou s'attardaient à la regarder. Mais quand elle eut défroissé ses gants, et fait de son mieux pour paraître naturelle, elle oublia les spectateurs et le désir éperdu de retrouver Ralph Denham l'occupa de nouveau tout entière. C'était maintenant un désir sauvage, mystérieux, comparable à ceux des enfants. Une nouvelle fois, elle se reprocha amèrement son étourderie. Quand elle se trouva à la hauteur de la station de métro, elle s'arrêta et réfléchit rapidement comme autrefois. C'est alors que l'idée d'aller chez Mary Datchet pour lui demander l'adresse de Ralph lui traversa l'esprit. Cette décision qui lui servait de prétexte à agir l'apaisa. Cela lui donnait un but, mais laissait le champ libre à son obsession et, lorsqu'elle sonna, elle ne pensa pas un seul instant à l'effet que sa démarche pouvait produire sur Mary. Mary, malheureusement, n'était pas chez elle ; ce fut une femme de ménage qui ouvrit la porte. En désespoir de cause, Katherine accepta d'attendre. Elle attendit peut-être un quart d'heure en faisant les cent pas dans la pièce. Quand elle entendit la clé tourner dans la serrure, elle s'arrêta devant la cheminée et Mary la trouva debout, l'air impatient et résolu, comme une personne chargée d'un message si important qu'elle ne peut attendre. Mary poussa un cri de surprise.

– Oui, oui, fit Katherine, écartant ses remarques comme des obstacles sur sa route.

– Avez-vous pris le thé ?

– Oui, oui, répéta-t-elle, pensant qu'elle avait pris le thé des centaines d'années auparavant elle ne savait plus où.

Mary se tut, ôta ses gants, et entreprit d'allumer le feu. Katherine l'arrêta avec un mouvement d'impatience.

– N'allumez pas le feu pour moi… Quelle est l'adresse de Ralph Denham ?

Elle tenait un crayon, prête à écrire sur l'enveloppe. Elle attendait avec une expression impérieuse.

– Apple Orchard, Mount Ararat Road, Highgate, prononça lentement Mary d'une voix étrange.

– Oui, je me souviens, maintenant ! s'écria Katherine, agacée de son oubli. Je suppose qu'il faut moins de vingt minutes pour aller là-bas en voiture ?

Elle ramassa son sac à main, ses gants, prête à partir.

– Mais vous ne le trouverez pas, dit Mary, s'arrêtant un instant, une allumette à la main.

Katherine, qui s'était déjà dirigée vers la porte, s'immobilisa et la regarda :

– Pourquoi ? Où est-il ?

– À son bureau, sans doute.

– Non, il a quitté son bureau, répliqua-t-elle. Le seul problème est de savoir s'il est déjà arrivé à la maison. Il avait rendez-vous avec moi à Chelsea ; j'ai voulu aller à sa rencontre, mais je l'ai manqué. On ne lui aura pas donné de message pour lui expliquer. C'est pour cela que je dois le retrouver le plus vite possible.

Mary jugeait la situation, sans se départir de son calme.

– Pourquoi ne pas téléphoner ? dit-elle.

Katherine laissa, sur-le-champ, tomber tout ce qu'elle tenait ? Son visage tendu retrouva sa sérénité et elle s'écria : « Bien sûr ! Pourquoi n'y ai-je pas pensé ? » Elle décrocha le récepteur et composa le numéro. Mary la regarda avec attention, puis sortit de la pièce. À travers toutes les strates superposées de Londres, Katherine entendit enfin le bruit mystérieux d'un pas montant dans sa propre maison jusqu'à la petite pièce où elle pouvait presque voir les tableaux et les livres ; elle écouta avec une extrême concentration les vibrations préalables, puis se nomma.

– Mr. Denham est-il venu ?

– Oui, Mademoiselle.

– M'a-t-il demandée ?

– Oui. Nous avons dit que vous étiez absente, Mademoiselle.

– A-t-il laissé un message ?

– Non. Il est parti. Il y a vingt minutes à peu près, Mademoiselle.

Katherine raccrocha. Elle traversa la pièce dans toute sa longueur avec un chagrin si vif qu'elle ne perçut pas tout de suite l'absence de Mary. Puis, d'un ton péremptoire et cassant, elle appela :

– Mary !

Mary enlevait son imperméable dans sa chambre.

– Oui, dit-elle, une seconde.

Mais la seconde s'éternisait, comme si Mary se complaisait à remettre de l'ordre dans sa toilette, à s'arranger avec coquetterie, à se parer. Au cours des derniers mois, elle avait franchi une étape de sa vie qui avait marqué son comportement de manière indélébile. Sa jeunesse et l'éclat de sa jeunesse avaient décliné ; les joues plus creuses, les lèvres plus fermes, l'expression moins rêveuse des yeux fixés désormais sur un but lointain, trahissaient sa résolution. Cette femme était devenue un être humain serviable, maître de sa destinée et donc, par quelques associations d'idées, mûre pour les parures en argent et les broches rutilantes. Elle entra sans se presser et demanda :

– Alors, avez-vous eu une réponse ?

– Il a quitté Chelsea, répondit Katherine.

– Mais il ne peut pas être déjà chez lui.

Une force irrésistible poussa de nouveau Katherine à contempler une carte imaginaire de Londres pour suivre les tours et les détours des rues anonymes.

– Je vais appeler pour savoir s'il est rentré.

Mary marcha jusqu'au téléphone et, après un bref dialogue, elle annonça :

– Sa sœur dit qu'il n'est pas encore là. Ah ! fit-elle, appliquant une nouvelle fois l'oreille contre le récepteur. Il a laissé un message. Il ne rentrera pas dîner.

– Que va-t-il faire ?

Très pâle, ses grands yeux scrutant moins le visage de Mary que des horizons imperceptibles, Katherine semblait s'adresser à l'esprit implacable qui la narguait de toutes parts.

Mary attendit un moment avant de répondre avec détachement :

– Vraiment, je ne sais pas.

Se renversant avec nonchalance dans son fauteuil, elle regarda les petites flammes qui commençaient à poindre, indifférentes, entre les braises.

Katherine réfléchit.

– Je vais attendre une demi-heure, dit-elle.

Mary se leva, marcha jusqu'à la table, étendit ses papiers

sous la lampe à l'abat-jour vert et, d'un geste qui lui était devenu habituel, enroula une mèche de ses cheveux autour de ses doigts. À un moment donné, elle observa à la dérobée sa visiteuse immobile comme une statue, le regard si profond qu'elle semblait contempler quelque chose, un visage peut-être, qui ne se tournait jamais vers elle. Mary était incapable d'écrire. Elle détourna les yeux, mais elle avait conscience de la présence à laquelle Katherine accordait toute son attention. Il y avait des fantômes dans la pièce, et, chose curieuse, l'un d'entre eux était le fantôme de Mary. Les minutes passèrent.

– Quelle heure peut-il être ? demanda Katherine enfin.

La demi-heure n'était pas encore écoulée.

– Je vais préparer le dîner, dit Mary en se levant.

– Eh bien, je m'en vais, dit Katherine.

– Pourquoi ne restez-vous pas ? Où allez-vous ?

Katherine regarda la pièce à la ronde, et son incertitude passa dans son regard.

– Je pourrai peut-être le retrouver, dit-elle d'un air songeur.

– Mais pourquoi est-ce si important ? Vous le verrez un autre jour !

Mary parlait avec une cruauté délibérée.

– J'ai eu tort de venir ici, lui répondit Katherine.

Elles échangèrent un regard hostile, mais ni l'une ni l'autre ne céda.

– C'était votre droit de venir, répondit Mary.

Un coup sec contre la porte les interrompit. Mary alla ouvrir et revint avec une note ou un paquet ; Katherine se détourna pour cacher sa déception.

– C'était votre droit de venir, répéta Mary en posant le mot sur la table.

– Non, dit Katherine. À moins que le désespoir ne donne une sorte de droit. Je suis désespérée. Comment saurais-je ce qu'il va faire, maintenant ? Il est capable de n'importe quoi. Il va peut-être errer toute la nuit dans les rues. Tout peut lui arriver !

C'était la première fois que Mary voyait Katherine parler avec un tel abandon.

– Vous exagérez ; vous dites des sottises, affirma-t-elle rudement.

– Mary, il faut que je vous dise… je dois vous dire…

– Vous n'avez rien besoin de me dire, l'interrompit Mary. J'ai des yeux pour voir.

– Non, non, s'exclama Katherine. Ce n'est pas cela…

Le regard de Katherine dépassa Mary pour suivre un point à l'extérieur de la pièce et au-delà des mots sauvages et passionnés qui lui venaient. Mary était déroutée ; elle essaya de se rappeler le moment où son amour pour Ralph était à son apogée. Pressant les doigts contre ses paupières, elle murmura :

– Vous oubliez que moi aussi, je l'ai aimé. Je pensais le connaître. Je le connaissais.

Mais au bout du compte, l'avait-elle connu ? Elle ne se souvenait de rien. Elle comprima ses paupières jusqu'à ce qu'elle vît dans le noir des étoiles et des soleils. Elle acquit la conviction qu'elle remuait des cendres, et renonça. Sa découverte l'étonna. Elle n'aimait plus Ralph. Tout étourdie, elle replongea son regard dans la pièce et ses yeux se posèrent sur la table couverte de papiers éclairés par la lampe. Le rayonnement serein sembla un instant se répercuter en elle. Elle ferma les yeux, les ouvrit, regarda encore la lampe ; un amour nouveau brûlait à la place de l'ancien : voilà ce qu'elle avait entrevu avec stupeur avant que la vision ne s'effaçât et que le décor familier ne reprît ses droits. Elle s'appuya contre la cheminée.

– Il y a diverses façons d'aimer, murmura-t-elle enfin, en partie pour elle-même.

Katherine ne répondit pas, mais avait-elle entendu ? Elle semblait absorbée dans ses pensées.

– Peut-être attend-il toujours dans la rue, s'écria-t-elle. J'y vais : je peux peut-être le retrouver.

– Il est peu probable qu'il vienne ici, dit Mary.

Katherine, après avoir réfléchi un instant, déclara :

– Alors je vais attendre une demi-heure de plus.

Elle se renversa de nouveau dans son fauteuil et reprit l'attitude que Mary avait comparée à celle de quelqu'un regardant un visage aveugle. À vrai dire, elle ne scrutait pas un visage mais une procession, la procession de la vie elle-même ; le bien, le mal, la raison, le passé, le présent, l'avenir défilaient devant ses yeux sans qu'elle eût honte de l'élan qui la poussait à se croire sur le pinacle où il incombait au monde de lui rendre hommage. Personne hormis Katherine ne savait ce que signifiait le fait d'avoir manqué Ralph Denham, cette nuit précisément. De grandes crises dans la vie n'auraient pas forcément éveillé les sentiments multiples nés de ce léger contretemps. Elle avait manqué Ralph et elle connaissait l'amertume de l'échec ; elle le désirait et connaissait les tourments de la passion. Peu importait la banalité des événements qui conduisaient à cet apogée. Peu importait qu'elle apparût extravagante ou qu'elle laissât voir ses sentiments.

Lorsque le dîner fut prêt, Mary l'appela ; elle obéit docilement comme si elle se laissait manœuvrer. Elles mangèrent et burent en silence, et quand Mary lui dit de manger davantage, elle mangea davantage ; quand Mary lui dit de boire du vin, elle but du vin. Mais Mary savait que, derrière cette soumission apparente, Katherine suivait librement le fil de ses idées. Elle était moins inattentive qu'absente ; elle semblait si aveugle, si préoccupée de quelque révélation intime que Mary ne se sentit pas seulement sa protectrice : la perspective d'un heurt entre Katherine et les forces du monde extérieur l'inquiéta sérieusement. Sitôt leur repas terminé, Katherine annonça son intention de partir.

– Mais où allez-vous ? demanda Mary qui, inconsciemment, désirait la retenir.

– À la maison – non, peut-être à Highgate.

Mary comprit que toute tentative pour la retenir était inutile. La seule chose qu'elle pouvait faire était d'insister pour l'accompagner, mais elle ne rencontra pas d'opposition : Katherine semblait indifférente à sa présence. Quelques minutes plus tard, elles marchaient sur le Strand. Elles marchaient si vite que Mary fut persuadée que Katherine savait où elle allait. Elle-même était légèrement distraite, heureuse de se promener à l'air libre dans les rues éclairées. Le cœur serré, plein de frayeurs mais aussi d'un espoir étrange, elle évaluait la découverte qu'elle avait faite par hasard ce soir-là. Elle retrouvait une fois de plus la liberté en échange d'un don, le plus beau peut-être qu'elle pouvait offrir, mais, Dieu merci, elle n'était plus amoureuse. Elle fut tentée d'employer ce premier moment de sa liberté à se distraire ; pourquoi pas au théâtre du Colisée, devant lequel elles passaient ? Pourquoi ne pas entrer fêter sa victoire sur la tyrannie de l'amour ? Ou mieux encore, pourquoi ne pas prendre place sur l'impériale d'un omnibus, à destination d'un lieu lointain, Camberwell, Sidcup ou Welsh Harp ? C'était la première fois depuis des semaines qu'elle remarquait ces noms peints sur de petites affiches. Elle pouvait aussi retourner chez elle et passer la nuit à mettre au point les détails d'un projet brillant. Parmi toutes ces possibilités, c'était surtout la dernière qui la tentait et lui rappelait le feu, la clarté de la lampe, la lueur fidèle qu'elle avait découverte là où brûlait autrefois une flamme plus ardente.

Katherine semblait hésiter, et Mary se rendit compte qu'en fait elle ne savait pas du tout où elle allait. Elle s'arrêta au carrefour, regarda de chaque côté et se décida enfin pour la direction de Haverstock Hill.

– Attendez – où allez-vous ? s'écria Mary en la rattrapant par la main. Nous prenons un taxi pour aller chez vous.

Elle héla un taxi et pria instamment Katherine de monter tandis qu'elle donnait au chauffeur l'adresse de Cheyne Walk.

Katherine se soumit.

– Fort bien, dit-elle. Là où ailleurs…

Un voile de tristesse l'enveloppait. Elle s'enfonça dans son coin, silencieuse, manifestement à bout de force. Mary était frappée par sa pâleur et sa mine défaite.

– Je suis sûre que nous allons le trouver, dit-elle plus doucement.

– Il est peut-être trop tard, répondit Katherine.

Sans la comprendre, Mary la plaignit d'endurer de tels tourments.

– Mais non, dit-elle, lui prenant la main et la pressant. Si nous ne le trouvons pas là-bas, nous le trouverons ailleurs.

– Mais, imaginez qu'il erre dans les rues – pendant des heures et des heures ?

Elle se pencha en avant et regarda par la fenêtre.

– Peut-être ne voudra-t-il plus jamais me voir, dit-elle à voix basse, comme pour elle-même.

Son exaltation était si grande que Mary renonça à y faire face. Elle craignait que Katherine n'ouvrît soudainement la portière pour sauter au-dehors. Katherine comprit peut-être le sens de cette pression sur son bras.

– Ne craignez rien, dit-elle avec un petit rire. Je ne sauterai pas. À quoi cela m'avancerait-il ?

À ces mots, Mary retira sa main.

– Je devrais m'excuser, poursuivit Katherine avec effort, je devrais m'excuser de vous avoir mêlée à cette histoire ; je ne vous ai presque rien dit. Je ne suis plus fiancée à William Rodney. Il va épouser Cassandra. Tout s'est arrangé pour le mieux… Et il a attendu des heures entières dans les rues. William m'a demandé de le faire entrer. Il était sous un réverbère, il regardait nos fenêtres. Il était très pâle quand il a pénétré dans la pièce. William nous a laissés seuls ; nous nous sommes assis et nous avons parlé. Il me semble que c'était il y a des siècles. Était-ce hier soir ? Suis-je sortie depuis longtemps ? Quelle heure est-il ?

Elle se pencha en avant pour apercevoir une horloge comme si l'heure exacte avait une importance essentielle.

– Huit heures et demie, seulement ! s'écria-t-elle. Alors il est peut-être encore là. Elle se pencha par la fenêtre et dit au chauffeur d'accélérer.

– Mais s'il n'est pas là, que vais-je faire ? Où puis-je le trouver ? Il y a tant de monde dans les rues.

– Nous le trouverons, répéta Mary.

Mary ne doutait pas qu'elles y parviennent. Et une fois qu'elles l'auraient retrouvé ? Elle se mit à penser à Ralph avec un sentiment d'étrangeté ; comment pourrait-il satisfaire cet extraordinaire désir ? Une fois de plus, elle chercha dans ses souvenirs l'image qu'elle avait gardée de lui et elle put, avec effort, se rappeler le halo entourant sa silhouette, le sentiment d'exaltation confuse qui la pénétrait à son approche, de sorte que plusieurs mois durant, à une époque, elle n'avait jamais vu son visage – c'était du moins le souvenir qu'elle en avait, à présent. La pensée de sa perte lui brisa le cœur. Rien ne pourrait le lui faire oublier – ni le succès, ni le bonheur, ni l'oubli. Mais à cette douleur succéda la conviction que désormais, elle connaissait la vérité ; Katherine, songea-t-elle, en la regardant à dérobée, ne connaissait pas la vérité ; oui, Katherine était immensément à plaindre.

Le taxi qui avait été pris dans la circulation filait enfin dans Sloane Street. Mary avait conscience de la tension avec laquelle Katherine suivait son parcours comme si tout son être était concentré sur un point devant elle. Sans mot dire, Mary commença à diriger ses pensées sur un point devant elle, par sympathie, tout d'abord, puis sans plus penser à sa compagne ; elle imagina un point éloigné telle une étoile située très bas sur l'horizon ténébreux. Là était l'idéal vers lequel elle aussi tendait ; là, enfin, se dénouerait la tension de leur âme ; elle n'aurait pas su dire où, ni pourquoi, mais elle était persuadée qu'elles étaient réunies dans cette quête, assises côte à côte dans ce taxi qui les emportait à vive allure dans les rues de Londres.

– Enfin, dit Katherine, quand le taxi s'arrêta devant la maison.

Elle bondit dehors et fouilla du regard le trottoir. Pendant ce temps, Mary sonnait à la porte qui s'ouvrit à l'instant où Katherine était obligée d'admettre qu'elle n'apercevait personne qui ressemblât à Ralph. En la voyant, la bonne dit aussitôt :

– Mr. Denham est revenu, Mademoiselle. Il vous attend.
Katherine disparut à l'intérieur de la maison. La porte se referma et Mary seule et pensive remonta la rue, à pas lents.

Katherine se dirigea immédiatement vers la salle à manger. Les doigts sur la poignée, elle hésita. Peut-être comprenait-elle que cet instant ne se représenterait jamais plus. Peut-être eut-elle l'impression fugitive que la réalité ne pourrait jamais égaler ses rêves. Peut-être était-elle arrêtée par une vague appréhension, qui lui faisait redouter tout changement. Mais si ces doutes ou ce bonheur suprême la retinrent, ce ne fut que l'espace d'un instant. Déjà, elle tournait la poignée et, se mordant les lèvres pour se dominer, elle ouvrit la porte. À la vue de Ralph Denham, elle eut un éclair de lucidité. Il lui apparut si petit, si unique, si distinct de tout le reste, lui qui avait été cause de tant d'émotions et d'aspirations extrêmes ! Elle aurait pu lui éclater de rire au nez, mais une vague de confusion, de soulagement, de certitude, d'humilité et de désir qu'il n'était plus temps de repousser ni d'analyser, la submergea, et sombrant dans ses bras, elle lui avoua son amour.

XXXII

Le lendemain, personne ne posa de questions à Katherine. L'eût-on interrogée, elle aurait pu répondre que personne ne lui avait adressé la parole. Elle travailla, écrivit un peu, commanda le déjeuner, et resta assise, un temps indéfini, la tête appuyée dans sa main, ses yeux contemplant la lettre ou le dictionnaire posés sur sa table, comme si se dévoilaient, devant son regard brillant et rêveur, des horizons insoupçonnés.

Elle se leva enfin, marcha jusqu'à la bibliothèque, prit le dictionnaire grec de son père, puis étala devant elle les pages sacrées, couvertes de symboles et de chiffres. Elle lissa les feuilles avec un mélange de tendresse amusée et d'espoir. D'autres yeux les regarderaient-elles un jour avec elle ? Cette pensée, depuis longtemps intolérable, lui devenait, maintenant, supportable.

Elle n'avait pas du tout conscience de l'anxiété avec laquelle son visage et chacun de ses gestes étaient épiés. Cassandra prenait soin de l'observer à la dérobée, mais leur conversation était si prosaïque qu'à part certains tressaillements entre les phrases, Mrs. Milvain elle-même, n'aurait rien pu surprendre de suspect.

En fin d'après-midi, William trouva Cassandra seule. Il apportait de graves nouvelles : Katherine ne l'avait pas reconnu dans la rue.

– Avec moi, ce n'est pas grave évidemment, mais imaginez que cela se soit passé avec quelqu'un d'autre ? Qu'en penserait-on ? Rien qu'à son air, tout le monde aurait des soupçons. Elle ressemblait – il hésita – à une somnambule.

Pour Cassandra, le fait significatif était que Katherine fût sortie sans la prévenir ; elle en déduisit qu'elle était allée retrouver Ralph Denham. À sa grande surprise, cette hypothèse ne réconforta pas William.

– Dès que l'on s'écarte des conventions, commença-t-il, dès que l'on agit à l'encontre des autres – car le fait d'aller retrouver un jeune homme ne prouve plus rien – si ce n'est, évidemment, que les gens jaseront…

Cassandra remarqua, avec un serrement de cœur combien il était soucieux que les gens ne médisent point de Katherine, comme si l'intérêt qu'il lui portait était plus possessif qu'amical. Comme ils ignoraient tous les deux la visite de Ralph, la veille, ils ne pouvaient trouver aucun réconfort à la pensée que le dénouement approchait. Les absences répétées de Katherine les exposaient à des doutes qui gâchaient leur plaisir d'être seuls ensemble. L'après-midi pluvieux interdisait toute sortie ; d'ailleurs, selon le code de William, il était beaucoup plus accablant d'être vus dans la rue que surpris à l'intérieur. Ils étaient tellement à la merci des sonnettes et des portes qu'ils parlèrent sans conviction de Macaulay, et William préféra reporter à un autre jour la lecture du second acte de sa tragédie.

Étant donné les circonstances, Cassandra se montra très en train. Elle s'associa aux angoisses de William et fit de son mieux pour les partager. Être seuls ensemble, courir des risques ensemble, être associés dans cette extraordinaire conspiration, était si passionnant qu'oubliant toute prudence, elle laissait échapper des exclamations de surprise ou d'admiration qui finirent par convaincre William que la situation, pour déplorable et vexante qu'elle fût, n'était pas sans charme.

Quand la porte s'ouvrit, il tressaillit, mais ne recula pas devant le danger. Non, ce n'était pas Mrs. Milvain, mais

Katherine, suivie par Ralph Denham. Avec une expression figée trahissant l'effort qu'elle faisait, Katherine soutint leur regard. « Nous ne vous dérangerons pas », dit-elle en conduisant Denham derrière le rideau isolant la pièce des reliques. Ce n'était pas de gaieté de cœur que Katherine avait fixé son choix sur ce refuge, mais les trottoirs mouillés avec pour seuls abris, un musée fermant tardivement ou des stations de métro, l'avaient décidée, par égard pour Ralph, à faire face à l'inconfort de sa propre maison. À la lueur des réverbères, elle l'avait trouvé fatigué et tendu.

Ainsi séparés, les deux couples restèrent occupés en tête à tête. Seuls de doux chuchotements filtraient à travers les rideaux. Au bout d'un certain temps, la bonne vint annoncer que Mr. Hilbery ne serait pas de retour à la maison pour le dîner : Katherine n'avait cure d'en être informée, mais William demanda l'avis de Cassandra, démontrant ainsi qu'il souhaitait s'entretenir avec elle.

Pour des motifs personnels, Cassandra l'en dissuada.

– Mais ne pensez-vous pas que cela témoigne d'un manque de sociabilité ? se risqua-t-il à dire. Pourquoi ne pas nous distraire un peu ? Aller au théâtre par exemple ? Et si nous demandions à Katherine et à Ralph ?

L'association de leurs prénoms fit bondir de joie le cœur de Cassandra.

– Ne pensez-vous pas qu'ils doivent être… ? commença-t-elle, mais William lui coupa la parole.

– Je n'en suis pas bien sûr. Je pensais seulement que nous pourrions profiter de l'absence de votre oncle pour nous distraire.

Il partit en ambassade, dans un état d'agitation confuse qui, au moment où il posait la main sur le rideau, lui fit détourner la tête et regarder fixement un portrait de femme que Mrs. Hilbery affirmait avantageusement être une œuvre de jeunesse de Sir Joshua Reynolds. Puis, avec des maladresses superflues, il écarta le rideau et les yeux fixés au sol, répéta son message et proposa d'aller passer la soirée au théâtre. Katherine accueillit cette proposition avec beaucoup d'enthousiasme sans avoir une idée précise sur le genre de spectacle qu'elle souhaitait voir.

Elle s'en remit entièrement au jugement de Ralph et de William qui délibérèrent fraternellement au-dessus d'un journal du soir. D'un commun accord, ils arrêtèrent leur choix sur un spectacle de music-hall. La chose étant convenue, l'humeur générale fut à l'enthousiasme. Cassandra n'était encore jamais allée au music-hall. Katherine l'instruisit des réjouissances d'un spectacle où des ours polaires suivent des femmes en robe longue et où la scène devient, tour à tour, un jardin mystérieux, un carton à chapeaux ou un petit restaurant dans Mile End Road. Quel que fût le programme exact de ce soir-là, il répondit aux souhaits de quatre des spectateurs présents.

Les acteurs et les auteurs n'eussent pas manqué d'être surpris en jugeant du succès de leurs efforts pour ce qui concernait ces yeux et ces oreilles-là ; mais ils n'auraient pu nier que l'effet général était de premier ordre. Les cuivres et les cordes prenaient tour à tour des accents solennels et mélancoliques. Les rouges et les ocres à l'arrière-plan, les lyres et les harpes, les urnes et les crânes, les renflements de plâtre, les franges de peluche écarlate, les feux intermittents d'innombrables lumières électriques égalaient en effets décoratifs l'œuvre de n'importe quel artiste de l'ancien ou du nouveau monde.

Et il fallait compter avec le public ; à l'orchestre, les femmes aux épaules nues, parées de leurs plus beaux atours, aux premières et deuxièmes galeries, les gens comme il faut, en liesse, et, au dernier balcon, le public en habit de tous les jours. S'ils différaient les uns des autres pris distinctement, ils partageaient la même nature bienveillante, murmurant, oscillant et frémissant tout le temps que se succédaient sur scène les danses, les jongleries et les scènes d'amour ; ils riaient puis s'arrêtaient de rire à regret ;

ils faisaient crépiter des applaudissements témoignant d'un enthousiasme souvent unanime et irrésistible. William vit Katherine se pencher en avant et frapper dans ses mains avec un abandon qui le stupéfia. Il entendit son rire se mêler aux éclats de rire des spectateurs.

Il resta un instant interdit comme si ce rire lui révélait un mystère insoupçonné. Puis il aperçut Cassandra ouvrant de grands yeux étonnés devant le clown, trop absorbée et trop étonnée pour pouvoir rire, et il la regarda comme si elle était une enfant.

Le spectacle prit fin. L'illusion s'évanouit progressivement. Certains se levèrent pour mettre leurs manteaux, d'autres, debout, chantèrent : « God Save the King » ; les musiciens plièrent leurs partitions et rangèrent leurs instruments ; les lumières s'éteignirent une à une, puis le théâtre se vida, silencieux, comme traversé d'ombres. Tournant la tête, au moment de franchir les portes derrière Ralph, Cassandra s'étonna que la scène eût déjà perdu de sa magie. Elle se demanda si l'on recouvrait vraiment chaque fauteuil d'une toile écrue tous les soirs.

Le succès de cette soirée les incita à former de nouveaux projets pour le lendemain qui était un samedi ; William et Ralph disposaient donc de leur après-midi pour visiter Greenwich où Cassandra n'était jamais allée et que Katherine confondait avec Dulwich. À cette occasion, Ralph leur servit de guide.

Quel besoin d'apparat, quels caprices de l'imagination donnèrent naissance à la mosaïque de lieux charmants qui entourent Londres ? Voilà qui importe peu à présent qu'ils se sont si admirablement adaptés aux loisirs du samedi des jeunes gens de vingt à trente ans. En vérité, si les fantômes portent un quelconque intérêt aux amours de ceux qui leur succèdent, ils doivent faire les plus belles moissons au retour des beaux jours, lorsque les amoureux, les touristes et les vacanciers sortent en foule des trains et des omnibus pour visiter les anciens jardins. Il est vrai que leurs noms, pour la plupart, sont tombés dans l'oubli, bien qu'en l'occurrence, William fût prêt à rendre aux architectes et aux peintres défunts un éloge qu'ils ont rarement l'occasion de recevoir en cours d'année. Ils marchaient le long de la rivière, Katherine et Ralph saisissant de loin en loin des bribes de cette conférence. Katherine sourit en entendant le son de cette voix ; elle l'écouta comme si elle lui était étrangère bien qu'elle la connût par cœur ; elle en mesura le timbre et lui découvrit une note d'assurance et de gaieté nouvelles : William était heureux. Chaque heure qui passait apprenait à Katherine combien elle avait méconnu certaines sources de son bonheur ! Elle ne lui avait jamais demandé de lui apprendre quoi que ce fût ; elle n'avait jamais consenti à lire Macaulay ; elle n'avait jamais prétendu que seules les œuvres de Shakespeare surpassaient sa pièce. Elle marchait d'un air rêveur dans leur sillage, souriant et prenant plaisir à écouter la voix de William qui suscitait le consentement ravi, sans être servile, de Cassandra.

« Comment Cassandra peut-elle… ? » murmura-t-elle, mais à l'opposé de sa propre interprétation, elle ajouta : « Comment a-t-elle pu être aussi aveugle ? » Après tout, qu'importaient ces énigmes, quand la présence de Ralph donnait matière à des questions autrement intéressantes, qui se fondaient dans la vision du petit bateau traversant le fleuve, à la Cité majestueuse, rongée par les soucis, aux grands vapeurs rentrant au pays avec leurs trésors ou qui partaient en quête de nouveaux butins, si bien qu'il faudrait un temps infini pour arriver à démêler tous ces éléments les uns des autres. Ralph s'arrêta et se renseigna auprès d'un vieux batelier sur les marées et les bateaux ; à le voir ainsi discuter au bord du fleuve avec, en arrière-plan, les flèches et les tours, il lui sembla différent. Son étrangeté, son romantisme, son aptitude à la quitter pour s'intéresser aux affaires des hommes, la possibilité de louer un bateau pour traverser le fleuve, la rapidité et l'extravagance de cette entreprise, enchantèrent son esprit ; l'amour uni à l'aventure la jeta dans un ravissement si profond que William et Cassandra se turent. Cette dernière s'écria : « Comme elle est belle ! », mais par déférence pour William, elle contint sa surprise de voir une femme en pâmoison au seul spectacle de Ralph Denham en pourparlers avec un batelier sur les berges de la Tamise.

Entre le thé, l'aspect insolite du tunnel de la Tamise et la nouveauté des lieux, l'après-midi passa si rapidement que le seul moyen de le prolonger fut de projeter une nouvelle excursion pour le lendemain. On se décida pour Hampton Court, de préférence à Hampstead, car bien que Cassandra eût rêvé, enfant, des brigands de Hampstead, elle avait, à présent, reporté toute son affection sur Guillaume III. Par un dimanche ensoleillé, ils arrivèrent à Hampton Court vers l'heure du déjeuner. La même expression admirative se peignait sur leurs visages au point que l'on aurait pu croire qu'ils avaient parcouru tout ce chemin à seule fin de s'assurer que ce palais était le plus beau du monde. Ils déambulèrent sur la terrasse tous les quatre, s'imaginant les maîtres des lieux et calculant les avantages que le monde y gagnerait.

– Notre seul espoir, dit Katherine, c'est que William mourra un jour et que Cassandra deviendra locataire, en sa qualité de veuve d'un poète éminent.

– À moins… commença Cassandra, mais elle se défendit d'envisager Katherine devenue la veuve d'un avocat éminent.

Le troisième jour des réjouissances, il était agaçant de devoir refouler des digressions aussi innocentes. Elle n'osait pas questionner William ; il était impénétrable ; il semblait même n'éprouver aucune curiosité pour l'autre couple quand ils venaient à se séparer, comme cela arrivait fréquemment, pour admirer une plante, ou pour examiner une fresque. Cassandra les épiait de dos ; elle remarqua qu'ils avançaient parfois d'un pas lent comme si leur intimité était profonde ; à d'autres moments, leur allure rapide dénotait une relation passionnée. Au retour, ils montraient un visage impassible.

« Nous nous sommes demandé s'il arrive parfois aux pêcheurs d'attraper des poissons... », ou bien « Nous devons partir à temps pour visiter le Labyrinthe » disaient-ils. Puis, pour la dérouter encore davantage, William et Ralph comblaient les intermèdes de palabres débonnaires ; ils discutaient politique, racontaient des histoires, faisaient des additions sur le dos de vieilles enveloppes. Cassandra soupçonnait Katherine d'être distraite, mais il était impossible de l'affirmer. Par moments, elle se sentait si jeune, si inexpérimentée qu'elle regrettait presque de n'être pas à Stodgon House parmi ses vers à soie, au lieu de voguer dans cette intrigue compliquée.

Mais ce n'était là que l'ombre ou le frisson nécessaires pour rendre plus réel son bonheur, qui n'assombrissaient en rien la splendeur de l'après-midi. L'air printanier, le ciel pur qui diffusait déjà une douce chaleur, semblaient la réponse octroyée par la Nature à ses élus – ces élus qui voisinaient avec les cerfs se chauffant au soleil, ou avec les poissons immobiles au milieu du courant, dans un état de grâce qui ne nécessitait pas de commentaire. Cassandra ne trouvait pas les mots pour exprimer la quiétude, la luminosité, le sentiment d'attente qui émanaient de la beauté disciplinée des allées de gazon et des chemins de gravier qu'ils suivaient tous les quatre ce dimanche-là. Les ombres silencieuses des arbres barraient la large voie ensoleillée ; de vastes pans de silence enveloppaient son cœur. L'immobilité frémissante du papillon frôlant la fleur entrouverte, les cerfs broutant au soleil, ce spectacle qui s'offrait à sa vue et que ses yeux recevaient comme une image d'elle-même, la faisait tressaillir de bonheur.

Mais l'après-midi avançait et il fut bientôt l'heure de quitter le parc. Comme ils revenaient en voiture de Waterloo à Chelsea, Katherine, à la pensée de son père, fut prise de scrupules qui, associés à l'ouverture des bureaux le lundi et à la nécessité de travailler, ne permirent guère de former de nouveaux projets pour le lendemain. Mr. Hilbery avait accepté, jusque-là, leur absence, avec une bienveillance toute paternelle, mais ils ne pouvaient pas en abuser indéfiniment. À vrai dire, à leur insu, il souffrait déjà et attendait impatiemment leur retour.

La solitude ne déplaisait pas à Mr. Hilbery, et le dimanche était un jour tout indiqué pour écrire des lettres, faire des visites ou aller au club. Juste au moment où il quittait la maison à l'heure du thé pour l'une de ces agréables expéditions, il rencontra, sur le pas de la porte, sa sœur, Mrs. Milvain. Au lieu de se retirer docilement en apprenant que la maison était vide, elle accepta l'invitation de son frère, prononcée du bout des lèvres et il se trouva contraint à devoir lui offrir le thé dans le salon. Elle fit comprendre assez vite que si elle s'imposait ainsi c'était pour parler affaires. La nouvelle fut loin d'enchanter Mr. Hilbery.

– Katherine est sortie, fit-il remarquer. Pourquoi ne pas revenir plus tard pour en discuter avec elle – tous ensemble ?

– Mon cher Trevor, j'ai mes raisons pour souhaiter te parler, seul à seul… Où est Katherine ? Elle est sortie avec son jeune homme, naturellement. Cassandra sert utilement de chaperon. Une charmante jeune femme – ma nièce préférée.

Tournant sa bague entre ses doigts, il conçut différentes méthodes pour détourner Celia de son idée fixe : Cyril et ses affaires probablement, encore et toujours.

– Avec Cassandra, répéta Mrs. Milvain d'un ton significatif. Avec Cassandra.

– Oui, avec Cassandra, concéda Mr. Hilbery, ravi de la diversion. Ils ont dit, si ma mémoire est bonne, qu'ils allaient à Hampton Court et qu'ils emmenaient avec eux un de mes protégés, Ralph Denham, un garçon très intelligent, pour distraire Cassandra. J'ai pensé que c'était un arrangement fort convenable.

Il était prêt à s'étendre quelque temps sur ce sujet qui ne comportait aucun risque, ne doutant pas que Katherine arriverait avant qu'il eût terminé.

– Hampton Court m'a toujours semblé le lieu rêvé pour des fiancés. Il y a le Labyrinthe, il y a un endroit charmant où prendre le thé – je ne me souviens plus du nom – et, si le jeune homme connaît son métier, il s'arrange pour emmener sa dame sur la rivière. Toute une foule de possibilités. Du cake, Celia ? ajouta Mr. Hilbery. Pour ma part, je me réserve pour le dîner, mais cela ne peut pas vous concerner. Vous n'avez jamais honoré ce festin, autant qu'il m'en souvienne.

L'affabilité de son frère ne trompa pas Mrs. Milvain ; elle en fut quelque peu attristée, mais savait à quoi s'en tenir. Aveugle et infatué de sa personne, toujours le même !

– Qui est ce Mr. Denham ? demanda-t-elle.

– Ralph Denham ? dit Mr. Hilbery, soulagé que Mrs. Milvain le suivît dans cette voie. Un jeune homme très intéressant. J'ai une grande confiance en lui. Il fait autorité en matière d'études médiévales, et s'il n'était pas obligé de gagner sa vie, il écrirait un livre passionnant.

– Il n'est pas très riche, alors ? demanda Mrs. Milvain.

– Il n'a pas le sou, j'en ai peur, plus une famille à charge.

– Une mère et des sœurs ? Il a perdu son père ?

– Oui, il a perdu son père il y a quelques années, dit Mr. Hilbery, tout disposé à s'en remettre à son imagination pour fournir à Mrs. Milvain des renseignements sur la vie privée de Ralph Denham puisque pour des raisons mystérieuses, ce sujet lui convenait.

– Son père est décédé et il a dû le remplacer…

– Une famille d'hommes de loi ? demanda Mrs. Milvain. Je crois avoir lu leur nom quelque part.

Mr. Hilbery secoua la tête.

– Je penserais plutôt qu'ils viennent d'un milieu différent, dit-il. Je crois bien que Denham m'a confié que son père était négociant en grains. À moins qu'il n'ait dit agent de change. Toujours est-il qu'il aurait eu des ennuis, comme on en a dans ces métiers. J'ai beaucoup de respect pour Denham, ajouta-t-il.

Sa remarque sonna malencontreusement comme une conclusion mais à son grand regret, il se trouva à court de ressources. Il examina attentivement le bout de ses doigts. Cassandra est devenue une jeune femme charmante, reprit-il. Charmante à regarder ; c'est aussi une charmante interlocutrice, bien que ses connaissances en histoire laissent un peu à désirer. Une autre tasse de thé ?

Mrs. Milvain avait poussé sa tasse avec un petit geste nerveux comme pour signifier un mécontentement passager. Elle refusa de reprendre du thé.

– Si je suis venue, c'est pour parler de Cassandra, commença-t-elle. Je dois vous dire que, malheureusement, Cassandra n'est pas du tout telle que vous l'imaginez, Trevor. Elle a abusé de votre gentillesse et de la gentillesse de Maggie. Elle s'est conduite dans cette maison d'une façon incroyable.

Interloqué, Mr. Hilbery resta silencieux une seconde.

– Tout ceci est obscur, observa-t-il d'un ton courtois, poursuivant l'examen de ses doigts. J'avoue que je n'ai pas la moindre idée de ce que vous voulez dire.

Mrs. Milvain se raidit et décocha son message comme une volée de flèches :

– Avec qui est sortie Cassandra ? Avec William Rodney. Avec qui est sortie Katherine ? Avec Ralph Denham. Pourquoi se rencontrent-ils toujours aux coins des rues, pourquoi vont-ils au music-hall et prennent-ils des taxis, à des heures tardives ? Pourquoi Katherine ne veut-elle pas me dire la vérité quand je la questionne ? Je comprends pourquoi, maintenant. Katherine s'est acoquinée avec cet avocat et cela l'arrange de fermer les yeux sur la conduite de Cassandra.

Il y eut de nouveau un bref silence

– Bien. Katherine aura certainement des explications à me donner, répartit Mr. Hilbery, imperturbable. C'est un peu trop compliqué pour moi, je l'avoue – vous m'excuserez, Celia, mais je crois que je vais aller à Knightsbridge.

Mrs. Milvain se leva immédiatement.

– Katherine a fermé les yeux sur la conduite de Cassandra et elle s'est acoquinée avec Ralph Denham, répéta-t-elle. Elle se tenait toute droite, avec l'air intrépide de quelqu'un qui témoigne en faveur de la vérité sans se soucier des conséquences. Les discussions passées lui avaient appris que la seule façon de contrer l'indolence et l'indifférence de son frère consistait à lui assener ses déductions brutalement, juste au moment de quitter la pièce. Elle s'interdit d'ajouter autre chose et quitta la maison avec la dignité d'une femme pleine d'aspirations vers l'idéal.

Elle avait assurément amené ses remarques de manière à empêcher son frère de se rendre dans le quartier de Knightsbridge. Il ne redoutait rien pour Katherine, mais il craignait en son for intérieur que Cassandra eût été placée, innocemment et par ignorance, dans une situation ridicule, à l'occasion de l'une de leurs sorties. Sa femme était un juge capricieux quant aux conventions ; lui-même était paresseux ; et Katherine, qui était distraite, tout naturellement… Arrivé à ce point, il fit de son mieux pour se souvenir des chefs d'accusation. « Elle a fermé les yeux sur la conduite de Cassandra et s'est acoquinée avec Ralph Denham. » Katherine dans ce cas, n'était pas si distraite. Mais laquelle des deux s'était acoquinée avec Ralph Denham ? Mr. Hilbery ne voyait aucun moyen de débrouiller ce nœud sans l'aide de Katherine ; aussi reporta-t-il avec philosophie son attention sur un livre.

Dès qu'il entendit les jeunes gens rentrer, il appela une domestique et l'envoya dire à Miss Katherine qu'il désirait lui parler dans son bureau. Elle retirait son manteau de fourrure dans le salon devant le feu. Ils étaient tous les quatre réunis, et n'avaient pas envie de se séparer. Katherine fut surprise par le message de son père et, à la voir sortir de la pièce, les autres éprouvèrent une vague appréhension.

Mr. Hilbery fut rassuré en voyant Katherine. Il se félicitait et s'enorgueillissait d'avoir une fille montrant le sens des responsabilités et une compréhension de la vie supérieure à celle des jeunes gens de son âge. Elle avait ce jour-là une apparence insolite ; il avait fini par ne plus remarquer qu'elle était belle ; à cet instant, il s'en souvint et sa beauté le surprit. Il pensa qu'il avait dû interrompre un moment heureux avec Rodney et il s'en excusa.

– Je regrette de te déranger, ma chérie. Mais je vous ai entendu rentrer et j'ai pensé qu'il valait mieux me rendre désagréable tout de suite – puisque les pères, hélas, sont supposés jouer ce rôle. Voilà : ta tante Celia est venue me voir ; elle s'est mis dans la tête que Cassandra et toi, vous vous étiez conduites – disons d'une manière un peu étourdie – ces sorties ensemble – ces petites réunions sympathiques – il y a certainement un malentendu. Je lui ai dit que je ne voyais rien de mal à tout cela, mais j'aimerais l'entendre de ta bouche. Cassandra s'est-elle trouvée un peu trop souvent en compagnie de Mr. Denham ?

Katherine ne répondit pas tout de suite et Mr. Hilbery donna de petits coups de tisonnier dans les braises, en guise d'encouragement. Puis elle répondit sans aucun embarras, et sans chercher d'excuses :

– Je ne vois pas pourquoi je devrais répondre aux insinuations de Tante Celia. Je lui ai déjà dit que je ne voulais pas le faire.

Mr. Hilbery fut soulagé et secrètement amusé à la pensée de cet entretien, même s'il ne pouvait encourager ouvertement l'irrespect de Katherine.

– Fort bien. Alors tu m'autorises à lui dire qu'elle s'est

trompée et qu'il n'est rien arrivé de sérieux ? Tu ne gardes aucun doute ? Nous sommes responsables de Cassandra et je ne veux pas que les gens jasent à son propos. Je suggère que tu fasses un petit peu plus attention, à l'avenir. Invitez-moi donc lors de votre prochaine sortie !

Ainsi qu'il l'avait espéré, elle ne fit aucune réponse, affectueuse ou ironique. Elle réfléchissait et il se dit que même sa fille ne différait pas des autres femmes dans sa propension à laisser aller les choses. Ou bien allait-elle faire une déclaration ?

– Te sens-tu coupable ? demanda-t-il d'un ton léger. Dis-le-moi, Katherine, insista-t-il plus gravement, frappé par l'expression de son regard.

– Cela fait quelque temps que je voulais vous en parler, dit-elle. Je ne veux pas épouser William.

– Tu ne veux pas… ! s'exclama-t-il, si surpris que le tisonnier lui glissa des mains. Pourquoi ? Depuis quand ? Explique-toi, Katherine.

– Oh, depuis quelque temps – une semaine, peut-être plus.

Katherine avait parlé précipitamment et sur un ton détaché comme si ce problème n'intéressait plus personne.

– Mais, puis-je te demander… pourquoi je n'en ai pas été averti – et ce que cela signifie ?

– Nous ne voulons pas nous marier – voilà tout.

– C'est autant le vœu de William que le tien ?

– Oui, nous sommes parfaitement d'accord.

Mr. Hilbery tombait des nues. Il trouvait que Katherine traitait ce problème avec trop de désinvolture ; c'est à peine si elle semblait se rendre compte de la gravité de ses paroles ; il n'y comprenait plus rien. Mais son désir d'aplanir toutes les difficultés le stimula. Il devait y avoir à l'origine quelque querelle : William était un bon garçon mais il n'était pas toujours facile ; il avait des lubies – chose qu'une femme pouvait arranger. Mais quoiqu'il fût enclin à n'assumer que les bons côtés de ses responsabilités, selon sa doctrine du moindre effort, il aimait trop sa fille pour laisser aller les choses.

– J'avoue que j'ai beaucoup de peine à te suivre. J'aimerais que William me donne sa version de cette histoire, dit-il avec humeur. Je pense qu'il aurait dû venir me parler, avant toute chose.

– C'est moi qui l'en ai empêché, dit Katherine. Je sais que cela peut vous paraître étrange, mais je vous assure, acceptez d'attendre un petit peu – le retour de Mère.

Cette proposition d'ajournement était faite pour plaire à Mr. Hilbery. Mais sa conscience ne pouvait s'en accommoder. Les gens jasaient. Il ne pouvait souffrir que l'on jugeât en mal la conduite de sa fille. Il se demanda si dans ces circonstances, le mieux ne serait pas de télégraphier à sa femme, d'envoyer chercher l'une de ses sœurs, d'interdire la maison à William, d'expédier Cassandra chez elle – car il avait vaguement conscience d'avoir des responsabilités vis-à-vis d'elle aussi. La multiplicité de ces soucis creusait des rides sur son front et il était fortement tenté de demander à Katherine de les résoudre à sa place, quand William Rodney ouvrit la porte. Un changement radical, non seulement d'attitude, mais aussi d'allure s'imposait.

– Voici William, s'exclama Katherine, avec soulagement. J'ai expliqué à Père que nous n'étions plus fiancés. Je lui ai dit que je vous avais empêché de le mettre au courant.

William resta tout ce qu'il y avait de plus guindé. Il salua Mr. Hilbery en inclinant le front, puis, très droit, tenant le revers de son manteau et fixant le feu, il attendit que Mr. Hilbery prît la parole.

À son tour, Mr. Hilbery afficha un air digne et redoutable. Il s'était levé et penchait légèrement le buste en avant.

– J'aimerais connaître votre avis sur cette affaire, Rodney – si Katherine ne s'y oppose pas ?

William attendit quelques secondes.

– Nous avons rompu nos fiançailles, dit-il avec une raideur extrême.

– Cela correspond-il à votre désir à tous deux ?

William baissa la tête en signe d'assentiment.

– Mais oui ! ratifia Katherine, après coup.

Mr. Hilbery oscilla d'avant en arrière sur ses jambes et remua les lèvres pour formuler des remarques qui restèrent inaudibles.

– Je ne peux que vous suggérer d'ajourner votre décision jusqu'à ce que ce malentendu soit éclairci. Vous vous connaissez… commença-t-il.

– Il n'y a aucun malentendu, intervint Katherine. Absolument aucun.

Elle fit quelques pas dans la pièce comme si elle s'apprêtait à les quitter. Son expression préoccupée, dénuée de toute affectation, contrastait étrangement avec la grandiloquence de son père et la raideur de William. Il n'avait pas levé une seule fois les yeux. Le regard de Katherine glissa sur les deux hommes, les rangées de livres, les tables, pour se tourner vers la porte. Elle semblait détachée de ce qui se passait. Son père, qui l'observait, prît un air triste et soucieux. Sa confiance dans l'équilibre et le bon sens de Katherine était sérieusement ébranlée. Il sentait qu'il ne pouvait plus lui confier la conduite de ses propres affaires après cette expérience malheureuse. Pour la première fois depuis de nombreuses années, il se sentit responsable de sa fille.

– Voyons, nous devons aller au fin fond de cette histoire, dit-il, abandonnant son attitude guindée et s'adressant à Rodney comme si Katherine n'était pas là. Alors, vous avez eu un petit différend ? Croyez-m'en, la plupart des couples connaissent ce genre de problèmes avant le mariage. De longues fiançailles causent plus d'ennuis que toute autre forme de sottise humaine. Suivez mon conseil, n'y pensez plus – ni l'un ni l'autre. Je vous prescris de vous abstenir totalement d'émotion. Allez visiter quelque plage à la mode, Rodney.

Il était impressionné par la mine de William, révélatrice d'un profond émoi, tenu stoïquement à distance.

Katherine avait dû se montrer insupportable, inconsciemment insupportable, et elle l'avait poussé à prendre une position contraire à sa propre volonté. Mr. Hilbery ne surestimait absolument pas les souffrances de William. De sa vie, ce dernier n'avait connu de secondes plus angoissantes. Il était confronté aux conséquences de sa folie. Il devait s'avouer fondamentalement différent de l'image que Mr. Hilbery avait de lui. Tout se liguait contre lui. Même le soir, même le feu dans la cheminée et le décor tranquille de la bibliothèque, étaient ses ennemis. Mr. Hilbery en appelait à l'homme du monde, et cela aussi jouait contre lui. Il n'était plus l'homme du monde que voyait en lui Mr. Hilbery. Mais une force irrésistible le soulevait, cette même force qui l'avait poussé à prendre position ici même, en cet instant précis, seul, sans l'aide de personne, sans espoir de récompense. Il chercha ses mots, avant de lancer :

– J'aime Cassandra.

Le visage de Mr. Hilbery prit une curieuse teinte cramoisie. Il regarda sa fille. Il hocha la tête comme pour lui intimer l'ordre de quitter la pièce ; mais elle ne le remarqua pas ou préféra ne pas obéir.

– Vous avez l'impudence… commença Mr. Hilbery d'une voix sourde qu'il entendait pour la première fois. Juste à ce moment, il y eut une bousculade, des exclamations dans le vestibule, et Cassandra qui donnait l'impression d'avoir passé outre aux objections d'une personne invisible, fit irruption dans la pièce.

– Oncle Trevor, s'exclama-t-elle, j'insiste pour vous dire la vérité !

Elle s'élança entre Rodney et son oncle, cherchant apparemment à intercepter leurs soufflets. Comme son oncle, fort et imposant, restait parfaitement immobile, et que personne ne parlait, elle recula un peu, et regarda Katherine et Rodney.

– Vous devez connaître la vérité, reprit-elle avec moins de conviction.

– Vous avez l'impudence de me dire cela en présence de Katherine ? poursuivit Mr. Hilbery, sans tenir compte de l'intervention de Cassandra.

– Je suis conscient, tout à fait conscient…

Les paroles de Rodney, décousues, arrachées au silence, tandis qu'il gardait les yeux rivés au sol, exprimaient néanmoins une résolution farouche.

– Je sais très bien ce que vous devez penser, dit-il, regardant pour la première fois Mr. Hilbery droit dans les yeux.

– Je pourrais vous faire part de mon point de vue sur ce sujet, d'une façon plus satisfaisante, si nous étions seuls, repartit Mr. Hilbery.

– Mais vous m'oubliez, dit Katherine.

Elle s'avança légèrement vers Rodney comme pour témoigner silencieusement de son respect pour lui et de leur alliance.

– Je pense que William s'est conduit tout à fait correctement et, après tout, c'est moi qui suis concernée, moi et Cassandra.

Cassandra eut un geste imperceptible qui parut conclure une alliance entre eux trois. Cette fois encore, le ton de Katherine et son regard déroutèrent Mr. Hildery qui se sentit dépassé, malheureux et irrité ; malgré un vide intérieur très pénible, il affecta un grand calme.

– Cassandra et Rodney ont parfaitement le droit d'arranger leurs affaires comme bon leur semble, mais je ne vois pas pourquoi ils devraient le faire dans mon bureau ou dans ma maison… en tout cas, je souhaite être très clair sur ce point : tes fiançailles avec Rodney sont rompues.

Il fit une pause et son silence sembla signifier qu'il se félicitait de la libération de sa fille.

Cassandra se tourna vers Katherine qui respira profondément comme pour dire quelque chose, mais elle hésita ; Rodney aussi paraissait attendre ; et son père la regardait comme s'il escomptait presque de nouvelles révélations. Elle resta muette. Dans le silence, ils entendirent distinctement des pas dans l'escalier. Katherine se dirigea vers la porte.

– Attends, ordonna Mr. Hilbery. Je désire te parler – seule, ajouta-t-il.

Elle s'arrêta, la porte entrouverte.

– Je reviens, dit-elle et elle sortit. Ils purent l'entendre parler avec quelqu'un dehors, mais leurs paroles étaient inaudibles.

Mr. Hilbery resta seul en présence du couple coupable, toujours debout comme s'ils n'acceptaient pas leur renvoi et comme si la disparition de Katherine avait quelque peu modifié la situation. C'était là aussi le sentiment profond de Mr. Hilbery qui ne pouvait s'expliquer d'une façon satisfaisante la conduite de sa fille.

– Oncle Trevor, s'exclama Cassandra, cédant à son impulsion. Je vous en prie, ne vous fâchez pas ! Je n'ai pas pu faire autrement ; je vous supplie de me pardonner !

Son oncle refusait toujours de reconnaître sa présence, parlant par-dessus sa tête comme si elle n'existait pas.

– Je suppose que vous êtes entrés en rapport avec les Otway ? dit-il à Rodney, l'air mécontent.

– Oncle Trevor, nous voulions vous en parler, répondit Cassandra à sa place. Nous attendions – elle lança un regard suppliant à Rodney qui secoua imperceptiblement la tête.

– Oui ? Qu'est-ce que vous attendiez ? demanda sèchement son oncle, la regardant enfin.

Les mots s'évanouirent sur ses lèvres. Il était manifeste que Cassandra tendait l'oreille comme pour saisir au vol quelque chose qui viendrait à son secours de l'extérieur. Il ne reçut pas de réponse.

– C’est une affaire déplaisante pour tout le monde, conclut-il en se laissant tomber dans son fauteuil, le dos voûté et les yeux fixés sur les flammes.

– Pourquoi ne vous asseyez-vous pas ? dit-il soudain.

Il parlait d’un ton bourru, mais sa colère paraissait retombée à moins que de nouveaux sujets de préoccupation ne l’eussent entraîné vers d’autres régions. Cassandra accepta son invite mais Rodney resta debout.

– Je pense que Cassandra pourra mieux s’expliquer si je m’absente, dit-il, et il quitta la pièce après que Mr. Hilbery eut donné son accord d’un léger signe de tête.

Pendant ce temps, dans la salle à manger, Denham et Katherine étaient assis, une fois de plus, devant la table en acajou. Ils semblaient reprendre une conversation interrompue comme si l’un et l’autre se rappelaient le point précis où ils avaient été interrompus et brûlaient d’impatience de poursuivre. Après que Katherine eut fait le récit de l’entretien avec son père, Denham constata simplement :

– En tout cas, rien ne nous empêche de nous voir.

– Ni de rester ensemble. Seul le mariage est hors de question, répondit Katherine.

– Et si je désirais vous voir de plus en plus souvent ?

– Et si nos absences s’avéraient de plus en plus fréquentes ?

Denham eut un soupir d’impatience et resta silencieux un moment avant d’ajouter :

– Au moins avons-nous établi que, d’une certaine façon, mes absences ont un rapport étrange avec vous ; les vôtres n’ont rien à voir avec moi. Katherine, ajouta-t-il, son agitation l’emportant sur sa raison, je vous assure que nous nous aimons, au sens où on l’entend habituellement. Rappelez-vous l’autre soir ! Nous n’avions aucun doute alors. Nous avons été parfaitement heureux pendant une demi-heure. Vous n’avez eu aucune absence jusqu’au lendemain ; je n’ai eu aucune absence jusqu’à hier matin. Nous avons été heureux par intervalles toute la journée, puis, j'ai eu un de mes accès et, bien sûr, cela vous a ennuyée.

– Ah ! fit-elle, comme si ces problèmes l'exaspéraient. Vous ne pouvez pas comprendre. Il ne s'agit pas d'ennui. Vous ne m'ennuyez jamais. Il s'agit du réel – le réel ! s'écria-t-elle en tapant du doigt sur la table comme pour souligner et peut-être, expliquer ce que ce mot signifiait pour elle. Je deviens irréelle pour vous. C'est de nouveau les visages dans la tempête – le vertige dans un ouragan. Nous sommes ensemble un moment, puis nous nous éloignons l'un de l'autre. C'est de ma faute aussi. Je suis aussi mauvaise que vous – pire, peut-être.

Ce n'était pas la première fois, comme en témoignaient leurs gestes las, et leurs interruptions fréquentes, qu'ils essayaient de s'expliquer ce que, dans leur langage, ils avaient baptisé : « leurs absences ». Depuis quelques jours, c'était pour eux une source perpétuelle d'affliction et la raison principale pour laquelle Ralph allait quitter la maison quand Katherine, qui prêtait une oreille inquiète et l'avait entendu descendre, l'avait empêché de partir. Quelle était donc la cause de ces absences ? Quand Katherine paraissait plus belle ou plus mystérieuse, quand elle était habillée différemment, quand elle disait quelque chose d'inattendu, Ralph se laissait gagner par une émotion irrésistible qui le rendait incapable de s'exprimer ; avec un entêtement diabolique, Katherine le rappelait alors à la réalité en lui témoignant de la dureté par une remarque prosaïque. La vision de Ralph s'évanouissait ; et il était alors convaincu de n'aimer que son ombre et de ne plus se soucier de la réalité. Dans le cas de Katherine, ces « absences » prenaient la forme d'un détachement progressif. Elle se perdait dans des pensées si captivantes qu'elle supportait mal jusqu'au souvenir de l'existence de son compagnon. À quoi bon rappeler que Ralph suscitait chez elle ces états d'hypnose, puisque dans ces moments-là, elle finissait presque toujours par l'oublier ? Le fait était qu'elle n'avait pas alors besoin de lui, et qu'elle répugnait à se souvenir de son existence. Comment dans ces conditions pouvaient-ils être amoureux l'un de l'autre ? La nature fragmentaire de leur relation apparaissait clairement.

Ils étaient assis devant la table de la salle à manger, silencieux et las, oublieux de tout ; pendant ce temps Rodney faisait les cent pas dans le salon, à l'étage au-dessus, dans un état d'agitation et d'exaltation qu'il n'eût jamais cru concevable ; Cassandra était restée seule avec son oncle. Finalement Ralph se leva et marcha tristement vers la fenêtre. Il s'appuya aux carreaux : dehors, se trouvaient la vérité, la liberté, l'infini, que seule la solitude permettait d'appréhender, sans qu'il fût jamais possible de les communiquer à autrui. Y avait-il pire sacrilège que de profaner sa perception en cherchant à la transmettre ? Un mouvement fit penser à Ralph que Katherine avait le pouvoir, si elle le voulait, d'incarner la femme dont ses rêves étaient nourris. Il se retourna brusquement pour lui demander son aide, mais son expression distante, trahissant un esprit absorbé par quelque pensée insaisissable, le glaça de nouveau. Comme si elle prenait conscience de son regard posé sur elle, elle se leva, marcha jusqu'à lui, et côte à côte, ils regardèrent la nuit. La proximité de leurs corps lui rappela avec amertume la distance spirituelle qui les séparait. Et pourtant, si éloignée qu'elle fût, sa présence à ses côtés transformait le monde. Il se vit accomplir des prouesses extraordinaires ; sauver des gens de la noyade, secourir les malheureux et, tout en s'impatientant contre cette forme de narcissisme, il ne pouvait abandonner l'idée que, d'une certaine façon, la vie était belle, romantique, – une maîtresse qu'il valait la peine de servir tant que Katherine serait là. Il ne souhaitait pas qu'elle parlât ; il ne la regarda pas, ni ne la toucha ; elle était perdue dans une rêverie profonde et l'avait oublié.

Ils n'entendirent pas la porte s'ouvrir. Mr. Hilbery promena son regard dans la pièce sans découvrir tout de suite les deux silhouettes près de la fenêtre. À la vue de Katherine et de Denham, il sursauta puis il les observa attentivement ; finalement, il esquissa un geste pour les avertir de sa présence. Ils se retournèrent immédiatement. Il fit signe à Katherine de venir le rejoindre et tout en évitant de regarder dans la direction de Denham, il la guida jusque dans son bureau. Quand Katherine fut entrée, il ferma soigneusement la porte derrière lui comme pour se protéger de quelque chose qu'il n'aimait pas.

– Alors, Katherine, dit-il reprenant sa place devant le feu, tu auras peut-être la gentillesse de m'expliquer ? Quelles conclusions dois-je tirer ? demanda-t-il sèchement... Tu me dis que tu n'es pas fiancée avec Rodney ; autant que j'aie pu en juger, tu es dans les meilleurs termes avec Ralph Denham. Que dois-je en conclure ? Et comme elle ne disait toujours rien : es-tu fiancée à Ralph Denham ?

– Non, répondit-elle.

Il éprouva un vif soulagement ; il avait eu la certitude que sa réponse confirmerait ses soupçons. Mais, une fois ses craintes dissipées, l'attitude de Katherine le contraria d'autant plus.

– Alors tout ce que je peux dire c'est que tu as une étrange conception des convenances... Les gens ont tiré certaines conclusions, ce qui d'ailleurs ne m'étonne pas... plus j'y pense, moins je comprends, poursuivit-il, sa colère montant au fur et à mesure qu'il parlait. Pourquoi me laisse-t-on dans l'ignorance de ce qui se passe chez moi ? Pourquoi dois-je apprendre ces événements de la bouche de ma sœur ? C'est très désagréable – très vexant. Que vais-je dire à ton oncle Francis ? Mais je m'en lave les mains. Cassandra part demain. J'ai interdit l'accès de la maison à Rodney. Quant à l'autre jeune homme, plus tôt il partira mieux ce sera. Katherine, moi qui avais placé toute ma confiance en toi...

Il s'interrompit, troublé par le silence menaçant contre lequel butaient ses paroles ; il observa sa fille et pour la seconde fois ce soir-là, il resta confondu. Il sentit à nouveau qu'elle ignorait ce qu'il disait ; elle guettait les bruits à l'extérieur et pendant quelque temps, il écouta, lui aussi. Il devait y avoir une sorte d'entente entre Denham et Katherine ; cette conviction qui lui traversa l'esprit, était accompagnée, cette fois, du pressentiment déplaisant de sa nature illicite, comme lui apparaissait illicite l'ensemble de la situation entre les quatre jeunes gens.

– Je vais parler à Denham, dit-il mû par ses soupçons, en faisant mine de partir.

– Je viens avec vous, dit Katherine aussitôt en avançant d'un pas.

– Non, tu vas rester ici, dit son père.

– Qu'allez-vous lui dire ? demanda-t-elle.

– N'ai-je pas le droit de parler comme je l'entends dans ma propre maison ? répliqua-t-il.

– Alors, j'irai, déclara-t-elle.

Ces paroles que l'on pouvait interpréter comme un désir de s'en aller pour toujours, incitèrent Mr. Hilbery à reprendre position près du feu ; il se balança un moment d'un pied sur l'autre sans faire de remarque.

– J'ai cru comprendre que vous n'étiez pas fiancés, dit-il enfin en regardant fixement sa fille.

– Nous ne sommes pas fiancés, dit-elle.

– Dans ces conditions, qu'il vienne ici ou non devrait t'être indifférent ! Et n'écoute pas ailleurs pendant que je te parle ! s'écria-t-il en colère, percevant un léger mouvement de sa part en direction de la porte. Réponds-moi franchement, quels sont tes liens avec ce jeune homme ?

– Ce n'est pas quelque chose que je puisse expliquer, dit-elle, l'air buté.

– Je n'obtiendrai pas d'autres précisions ? dit-il.

– Je refuse d'expliquer quoi que ce soit, répondit-elle au moment où la porte d'entrée claquait. Voilà ! Il est parti !

Elle foudroya son père du regard et il perdit son sang-froid.

– Pour l'amour de Dieu, Katherine, maîtrise-toi, s'écria-t-il.

Elle ressemblait à un animal sauvage emprisonné dans une demeure civilisée. Elle longea les murs couverts de livres comme si pendant une seconde, elle avait oublié l'emplacement de la porte. Puis elle fit mine de partir, mais son père posa la main sur son épaule, et la força à s'asseoir.

– Toutes ces émotions t'ont bouleversée, c'est bien normal, dit-il. Il avait retrouvé toute sa douceur et il parlait avec l'autorité apaisante d'un père. Tu as été placée dans une situation très difficile d'après ce que j'ai pu retenir des propos de Cassandra. Scellons un pacte ; nous ne parlerons plus de ces problèmes délicats pour le moment. Dans l'intervalle, tâchons de nous conduire comme des êtres civilisés. Lisons Sir Walter Scott. Que dirais-tu de *L'Antiquaire* ! Ou de *La Fiancée de Lammermoor* ?

Il choisit lui-même le livre avant que sa fille eût pu protester ou s'échapper, et elle se trouva métamorphosée par le truchement de Walter Scott en être humain civilisé.

Mr. Hilbery, tout en lisant, doutait fort que le procédé pût agir en profondeur. La civilisation, ce soir-là, avait subi une douloureuse défaite ; mais il était encore trop tôt pour estimer l'étendue du désastre ; il s'était mis en colère, état qu'il n'avait guère connu en l'espace d'une dizaine d'années et son esprit réclamait l'apaisement et le réconfort que donnent les classiques. Sa maison était en révolution ; sa mémoire gardait le souvenir de rencontres déplaisantes dans l'escalier ; ses repas seraient empoisonnés pendant des jours et des jours ; la littérature serait-elle un remède suffisant contre de tels maux ? D'une voix devenue caverneuse, il poursuivit sa lecture.

XXXIII

Mr. Hilbery vivait dans une maison qui comptait de nombreux amis, pour laquelle il remplissait des formulaires, payait un loyer, et cela, pendant les sept années à venir : il avait donc quelque excuse pour imposer des règles de conduite à ceux qui habitaient sous son toit. Cette raison, même si elle paraît légère, lui permit de manœuvrer utilement dans la période de déclin à laquelle il devait faire face. Conformément à ces lois, Rodney disparut ; Cassandra fut sommée de prendre le train de onze heures et demie le lundi matin ; on ne vit plus Denham ; seule demeura Katherine, l'occupante légitime des pièces du haut et Mr. Hilbery crut de son ressort de veiller à ce qu'elle ne se compromît pas davantage. En lui disant bonjour, le lendemain matin, il se rendit compte qu'il ignorait tout de ses pensées et, non sans une certaine amertume, il s'avisa du progrès que cela représentait par rapport aux matins précédents. Il alla dans son bureau, écrivit à sa femme une lettre qu'il déchira, en écrivit une autre, où il la priait de revenir en raison de problèmes domestiques qu'il laissa dans le vague à la seconde mouture. À supposer qu'elle partît dès réception de la lettre, elle ne serait pas de retour avant jeudi soir et il comptait d'un air lugubre le nombre d'heures qu'il lui restait à passer seul avec sa fille dans le rôle détestable de justicier.

Que faisait-elle maintenant ? se demanda-t-il, en écrivant l'adresse sur l'enveloppe. Il ne souhaitait pas contrôler le téléphone. Il ne voulait pas jouer aux espions. Elle pouvait prendre toutes les dispositions qu'elle voulait. Mais cette pensée le préoccupa moins que l'atmosphère étrange, déplaisante, illicite de la scène avec les jeunes gens, la veille au soir. À ce souvenir, il éprouva un grand malaise.

En fait, Katherine s'était repliée, physiquement et moralement, loin du téléphone. Elle était calfeutrée dans sa chambre, les dictionnaires grands ouverts sur sa table, truffés des feuilles amoncelées depuis tant d'années entre leurs pages. Elle travaillait avec la concentration soutenue qui suit un effort fructueux pour chasser une idée importune grâce à d'autres idées. Son esprit, qui avait laissé décanter les idées importunes, puisait dans cette victoire une vigueur redoublée ; sur une feuille de papier, des lignes de chiffres et de symboles écrits d'une main sûre, marquaient les différentes étapes de sa progression. Et pourtant, il faisait grand jour ; on entendait du remue-ménage, des coups de balai, preuves que les vivants étaient au travail, de l'autre côté de la porte. Cette porte qui pouvait s'ouvrir d'une seconde à l'autre était sa seule protection contre le monde extérieur. Mais elle était parvenue à imposer sa volonté dans son royaume, à assumer inconsciemment sa souveraineté.

Elle n'entendit pas les pas qui approchaient. Il est vrai que ces pas prenaient leur temps, rêvassaient et montaient avec la circonspection naturelle d'une sexagénaire qui, de surcroît, avait les bras chargés de feuillages et de fleurs ; mais ils se rapprochaient régulièrement et bientôt un frottement de branches de laurier contre la porte immobilisa le crayon de Katherine au moment où il se posait sur la feuille. Elle ne bougea pas, assise, le regard fixe, semblant attendre le moment où elle pourrait reprendre son travail. Mais la porte s'ouvrit. Au début, elle ne mit pas de nom sur la masse mouvante de verdure qui s'introduisit dans la pièce, indépendamment de toute forme humaine. Puis elle reconnut des parties du visage et de la silhouette de sa mère derrière les fleurs jaunes et le velours soyeux des bourgeons de palmes.

– De la tombe de Shakespeare ! s'écria Mrs. Hilbery en laissant tomber sa charge sur le sol en un geste qui ressemblait à une dédicace. Puis elle ouvrit tout grands ses bras et embrassa sa fille.

– Dieu merci, Katherine, s'exclama-t-elle. Dieu merci ! répéta-t-elle.

– Vous êtes rentrée ? dit Katherine d'un air distrait en se levant pour recevoir son baiser.

Bien qu'elle reconnût sa mère, elle était loin de prendre part à la scène ; pourtant, la présence de Mrs. Hilbery qui remerciait Dieu avec emphase pour des bienfaits inconnus et éparpillait à terre des fleurs et des feuillages cueillis près de la tombe de Shakespeare lui apparaissait étonnamment opportune.

– Il n'y a que cela qui compte dans la vie ! poursuivit Mrs. Hilbery. Le nom n'est pas tout ; c'est ce que l'on sent qui est important. Je n'avais pas besoin de gentilles lettres, sottes et indiscrètes. Je n'avais pas besoin que ton père me le dise. Je le savais. J'ai prié pour que cela fût ainsi.

– Vous le saviez ? dit doucement Katherine. Mais comment ? ajouta-t-elle comme une enfant, qui veut jouer avec un ruban de la cape de sa mère.

– Le premier soir où tu m'as parlé, Katherine. Oh, et puis des milliers de fois – à l'occasion de dîners – à propos de livres – la façon dont il est entré dans la pièce – ta voix quand tu parlais de lui.

Katherine sembla examiner ces preuves une par une, puis elle dit d'un air grave :

– Je n'épouserai pas William. Il y a Cassandra…

– Oui, il y a Cassandra, répéta Mrs. Hilbery. J'avoue que j'ai un peu rechigné au début, mais après tout, elle joue si délicieusement du piano. Dis-moi, Katherine, demanda-t-elle subitement, où es-tu allée le soir où elle jouait du Mozart et que tu me croyais endormie ?

Katherine fit appel à sa mémoire rebelle.

– Chez Mary Datchet, répondit-elle enfin.

– Ah ! fit Mrs. Hilbery avec une ombre de déception dans la voix. Je m'étais fait tout un roman – j'avais mes petites idées.

Elle regarda sa fille. Katherine chancela sous ce regard innocent et perspicace ; elle rougit, détourna la tête, puis leva des yeux étincelants.

– Je ne suis pas amoureuse de Ralph Denham, dit-elle.

– Ne te marie pas si tu n'es pas amoureuse ! dit rapidement Mrs. Hilbery. Mais, ajouta-t-elle en lançant un coup d'œil sur sa fille, n'y a-t-il pas différentes façons, Katherine… différentes façons de… ?

– Nous voulons nous voir aussi souvent que nous en aurons envie, mais rester libres, poursuivit Katherine.

– Vous voir ici, vous voir dans cette maison, vous voir dans la rue…

Mrs. Hilbery prononçait ces phrases comme si elle frappait des accords dissonants. Il était manifeste qu'elle avait eu ses sources d'information ; son sac était bourré en effet de « gentilles lettres », écrites de la main de sa belle-sœur.

– Oui. Ou aller vivre à la campagne, conclut Katherine.

Mrs. Hilbery, l'air triste, se tut un instant et chercha l'inspiration en regardant par la fenêtre.

– Sa présence dans cette boutique m'a tellement réconfortée – il m'a escortée – il a trouvé les ruines tout de suite – je me sentais tellement en sécurité avec lui !…

– En sécurité ? Mais c'est le contraire, il est terriblement téméraire – il prend toujours des risques. Il veut abandonner son métier et aller vivre à la campagne pour écrire des livres, et il n'a pas un sou et de nombreux frères et sœurs sont à sa charge.

– A-t-il sa mère ? demanda Mrs. Hilbery.

– Oui. Une vieille dame aux cheveux blancs, assez belle.

Katherine entreprit le récit de sa visite et Mrs. Hilbery fut mise au courant de la laideur de la maison, stoïquement supportée par Ralph, que chacun comptait sur lui et que, dans sa chambre, au sommet de la maison, d'où l'on avait une vue splendide sur Londres, il hébergeait une corneille.

– Un oiseau pitoyable, tout vieux, dans un coin, qui a perdu la moitié de ses plumes, dit-elle d'une voix qui semblait s'attendrir sur les misères de l'humanité mais qui ne laissait aucun doute sur l'aptitude de Ralph à les soulager. Mrs. Hilbery ne put s'empêcher de s'écrier :

– Mais, Katherine, tu es amoureuse !

Katherine rougit et sursauta comme si sa mère avait tenu des propos choquants, mais de la tête, elle fit signe que non.

Mrs. Hilbery s'empressa de demander d'autres précisions sur cette maison extraordinaire, intercalant quelques conjectures personnelles sur la rencontre entre Keats et Coleridge au bord d'un chemin, subterfuge qui permettait de surmonter son embarras momentané et encourageait Katherine à donner de plus amples détails. Il faut dire qu'elle trouva un plaisir rare à parler librement à une femme aussi sage que bonne, la mère de ses jeunes années qui, par son silence, semblait répondre à des questions informulées.

Mrs. Hilbery écouta fort longtemps sans faire une seule remarque. C'était en observant sa fille plus qu'en l'écoutant qu'elle semblait tirer ses propres conclusions. L'eût-on interrogée sur l'histoire de Ralph Denham, qu'elle en aurait probablement donné une version des plus inexactes, en dehors du fait qu'il était sans le sou, orphelin de père, et habitait à Highgate – autant d'éléments en sa faveur. Mais des regards furtifs avaient réussi à la persuader que Katherine était dans un état qui lui inspirait tour à tour les joies les plus exquises, et les inquiétudes les plus vives.

– Aujourd'hui, s'écria-t-elle enfin, dans un bureau d'état civil, tout se passe en cinq minutes, si le service religieux te paraît trop pompeux – c'est un peu vrai, mais il ne manque pas de noblesse.

– Mais nous ne voulons pas nous marier, répliqua Katherine et elle ajouta :

– Pourquoi ne peut-on vivre ensemble sans être mariés ?

De nouveau, Mrs. Hilbery parut troublée, et dans son trouble, elle souleva les feuilles posées sur la table, les retourna et lut :

– A, plus b, moins c, égale x y z. Quelle horreur, Katherine. C'est l'effet que cela me fait – quelle horreur ?

Katherine prit les feuilles des mains de sa mère et se mit à les rassembler d'un air absent ; son regard fixe montrait assez qu'elle avait d'autres sujets de préoccupation.

– En quoi est-ce tellement horrible ? dit-elle enfin.

– Ce n'est tout de même pas lui qui te l'a demandé ? s'exclama Mrs. Hilbery. Ce jeune homme sérieux, aux yeux bruns, au regard franc…

– Non, il ne me demande rien ni moi non plus.

– Si je pouvais t'aider, Katherine, à l'aide de mon expérience.

– Oui, je vous en prie.

Mrs. Hilbery, le regard perdu, scruta le long couloir des jours au bout duquel sa petite silhouette et celle de son mari apparurent, bizarrement vêtus, main dans la main, sur une plage au clair de lune, avec des rosiers dans le crépuscule.

– Il faisait nuit. Nous nous trouvions à bord d'un petit bateau nous conduisant à un steamer, commença-t-elle. Le soleil s'était couché et la lune montait au firmament. De ravissants reflets argentés jouaient sur les vagues et trois lumières vertes striaient le steamer au milieu de la baie. La tête de ton père qui se détachait contre le mât paraissait si extraordinaire ! C'était la vie, c'était la mort. La mer nous encerclait. C'était le voyage pour l'éternité.

Ce conte de fée désuet était doux à l'oreille de Katherine. Oui, il y avait bien l'espace infini de la mer ; et les trois lumières vertes sur le steamer et les silhouettes enveloppées dans leur manteau qui se hissaient sur le pont. Parcourant les eaux vertes et mauves, longeant les falaises, les lagunes sablonneuses et les ports où se mêlaient les mâts des bateaux et les clochers des églises, ils survenaient. Le fleuve semblait les avoir amenés et déposés à cet endroit précis. Pleine d'admiration, elle contempla sa mère, auréolée de ses anciens voyages.

– Qui sait, s'exclama Mrs. Hilbery poursuivant sa rêverie, vers quel port nous voguons ? À quelle fin ? Pour quelles découvertes ? Rien n'est sûr sinon que l'amour est notre foi – ah ! l'amour – fredonna-t-elle. Et sa voix mélodieuse, faisant palpiter les mots éteints, fut perçue par sa fille comme le ressac solennel de la mer sur le littoral qu'elle embrassait du regard. Elle eût aimé que sa mère répétât ce mot indéfiniment – mot si doux quand un autre le prononce ; rivet des fragments morcelés de l'univers. Mais au lieu de répéter le mot amour, Mrs. Hilbery s'adressa à sa fille d'un ton suppliant :

– Tu ne penseras plus à ces horreurs, n'est-ce pas Katherine ?

À ces mots, le navire que Katherine avait contemplé aborda au port comme s'il en avait fini de ses voyages au long cours. Elle éprouva le besoin sinon d'une réelle sympathie, du moins d'être conseillée, afin de voir clarifier ses problèmes par un tiers.

– Mais alors, dit-elle, ignorant les « horreurs », vous saviez que vous étiez amoureux ; pour nous, c'est différent. On dirait, poursuivit-elle, le regard légèrement assombri tandis qu'elle cherchait à préciser une sensation confuse – on dirait que brusquement quelque chose s'arrête – cède – s'efface – comme un mirage – comme si nous inventions que nous étions amoureux – comme si nous imaginions quelque chose qui n'existe pas. Voilà pourquoi il nous est impossible de nous marier un jour. Découvrir sans cesse que l'autre n'est qu'une illusion ; partir ; oublier ; ne jamais être sûr que l'on aime ou qu'il n'aime pas en vous quelqu'un d'autre ; le passage terrifiant de la joie à la tristesse, oui, voilà pourquoi nous ne pouvons pas nous marier. En même temps, ajouta-t-elle, il nous est impossible de vivre l'un sans l'autre, parce que…

Mrs. Hilbery attendit patiemment la fin de la phrase mais Katherine se tut et toucha du doigt ses feuilles couvertes de chiffres.

– Nous devons avoir foi en notre vision, reprit Mrs. Hilbery, jetant un coup d'œil sur les chiffres qui la mettaient mal à l'aise et s'associaient confusément dans son esprit avec les comptes du ménage – sinon, en effet…

Elle jeta un coup d'œil perçant vers les abîmes de la désillusion, qui ne lui étaient peut-être pas totalement inconnus.

– Crois-moi, Katherine, c'est la même chose pour tout le monde – pour moi aussi – pour ton père, dit-elle avec conviction, et elle soupira.

Ensemble, elles se penchèrent au-dessus du gouffre ; étant la plus âgée des deux, Mrs. Hilbery se ressaisit la première.

– Mais où est Ralph ? demanda-t-elle. Pourquoi ne vient-il pas me voir ?

L'expression de Katherine changea brusquement.

– Parce qu'on lui interdit de venir, répondit-elle amèrement.

D'un geste, Mrs. Hilbery balaya cet obstacle.

– Est-il encore temps de l'envoyer chercher avant le déjeuner ? demanda-t-elle.

Katherine regarda sa mère comme si elle était réellement une magicienne. Une nouvelle fois, elle sentit qu'au lieu d'être une femme mûre, habituée à conseiller et à commander, elle ne dépassait que de quelques centimètres les herbes et les petites fleurs ; elle était entièrement dépendante de cette silhouette de taille incertaine dont la tête touchait le ciel, et dont la main tenait la sienne pour lui montrer le chemin.

– Je ne suis pas heureuse sans lui, dit-elle simplement.

Mrs. Hilbery hocha la tête d'une manière qui indiquait une

parfaite compréhension et la conception immédiate des projets pour l'avenir. Elle ramassa ses fleurs, respira leur parfum et s'en alla en fredonnant une petite chanson sur la fille d'un meunier.

Ralph Denham n'accordait pas toute son attention au dossier sur lequel il travaillait cet après-midi-là ; pourtant, les affaires de feu John Leake de Dublin étaient suffisamment embrouillées pour réclamer tous les soins d'un avocat s'il était vrai que la veuve Leake et ses cinq enfants en bas âge n'avaient pas un sou pour vivre. Mais, ce jour-là, un appel aux sentiments humanitaires de Ralph avait peu de chances d'être entendu ; sa concentration exemplaire l'avait abandonné. La cloison soigneusement érigée entre les divers éléments de sa vie s'était écroulée et il avait beau fixer son attention sur les dernières volontés de feu John Leake, la page lui renvoyait l'image d'un certain salon dans Cheyne Walk.

Il essaya tous les stratagèmes qui avaient fait leur preuve par le passé pour maintenir le cloisonnement dans son esprit en attendant une heure décente pour rentrer chez lui. Mais Katherine l'assaillait sans répit, comme si elle surgissait de l'extérieur et il en vint à se lancer dans un entretien imaginaire avec elle. Elle abolit comme par enchantement une bibliothèque pleine de recueils de jurisprudence ; elle adoucit étrangement les angles et les arêtes de la pièce, lui donnant ce contour imprécis qui provoque une impression d'étrangeté éprouvée parfois au réveil. Peu à peu, il sentit des pulsations régulières propager ses pensées par vagues successives. Des mots s'enchaînèrent et, sans vraiment le vouloir, il se mit à écrire sur une feuille quelques lignes qui avaient l'apparence d'un poème. Il n'avait encore composé que quelques vers quand il jeta son stylo violemment comme s'il le tenait pour responsable de ses imperfections, puis il déchira la feuille en mille morceaux. C'était le signe que Katherine s'était imposée, qu'elle avait formulé quelque remarque sclérosant toute forme poétique. Sa remarque portait un coup fatal à la poésie dans la mesure où elle suggérait que la poésie n'avait rien à voir avec elle-même. Tous ses amis passaient leur vie à faire des phrases, disait-elle ; l'amour de Ralph n'était qu'une illusion ; et l'instant d'après, comme pour se railler de son impuissance, elle s'était absorbée dans l'une de ces rêveries qui ne tenaient plus du tout compte de son existence. Les tentatives désespérées de Ralph pour attirer l'attention de Katherine l'obligèrent en définitive à s'incliner devant le fait qu'il se trouvait dans son petit bureau de Lincoln's Inn Fields, à une distance considérable de Chelsea. L'éloignement accrut son désespoir. Il se mit à tourner en rond jusqu'à la nausée. Puis il prit une feuille de papier pour écrire une lettre qui, se jura-t-il avant de la commencer, partirait le soir même.

Il n'était pas facile de trouver les mots justes ; la poésie aurait été plus appropriée, mais il devait l'éviter. Il rédigea une quantité innombrable de brouillons pour lui faire partager l'idée que si les êtres humains sont cruellement incapables de communiquer, cette communion est encore la meilleure. Qui plus est, les êtres humains ont rendu possible l'accès à un autre monde, indépendant de nos problèmes personnels, un monde scientifique, un monde philosophique, et un univers plus étrange encore, qu'il avait entr'aperçu l'autre soir, quand ils avaient eu l'impression de partager, de créer quelque chose, un idéal, une vision. Si ce halo était aboli, si la vie n'était plus auréolée d'illusion (mais était-ce bien de l'illusion ?), elle serait alors trop triste pour être vécue ; il écrivit ainsi, dans un enthousiasme renouvelé. Cette conclusion, dans l'ensemble, lui semblait justifier leur relation, mais c'était une conclusion mystique et il se plongea dans la méditation. La difficulté qu'il avait éprouvée à rédiger ce texte, l'impossibilité de trouver ses mots, le besoin de corriger sans rien améliorer, l'amenèrent à abandonner son entreprise, convaincu qu'elle ne trouverait jamais grâce aux yeux de Katherine. Il se sentit plus éloigné d'elle que jamais. Ne pouvant continuer avec des mots, il se mit à dessiner de petites silhouettes dans les espaces vides, des têtes censées ressembler à la tête de Katherine, des points, frangés de flammes, qui représentaient… l'univers, peut-être. Il fut tiré de cette occupation par l'annonce d'une visite. Une dame désirait lui parler. À peine eut-il le temps de passer les doigts dans ses cheveux pour se donner le plus possible l'allure d'un avocat et de fourrer ses papiers dans sa poche, honteux à l'idée que d'autres puissent les voir, qu'il s'aperçut de l'inutilité de ces préparatifs. La dame était Mrs. Hilbery.

– J'espère que vous n'êtes pas en train de décider à la légère de la fortune de quelqu'un, fit-elle observer en jetant un coup d'œil sur les documents posés sur la table, ou d'opérer la substitution d'un héritage, parce que j'ai une faveur à vous demander. Et Anderson n'aime pas faire attendre ses chevaux. (Anderson est un vrai tyran mais il a conduit mon vénéré père à l'abbaye le jour de son enterrement.) J'ai pris la liberté de venir vous voir, Mr. Denham, non que je cherche précisément l'appui de la loi – du reste, si j'avais des ennuis, à qui vaudrait-il mieux que je m'adresse ? je l'ignore – si je suis venue, c'est pour vous demander de m'aider à régler des petits problèmes domestiques survenus en mon absence. J'étais à Stratford-sur-Avon (il faudra que je vous raconte cela un jour) et j'ai reçu une lettre de ma belle-sœur, une oie sans malice qui aime à se mêler des affaires des enfants des autres parce qu'elle n'en a pas. (Nous avons affreusement peur qu'elle perde l'usage d'un œil et mon intuition m'a toujours dit que nos maladies ont tendance à se transformer très facilement en maladies mentales. Je pense que Matthew Arnold a déclaré quelque chose de semblable sur Lord Byron.) Mais la question n'est pas là.

Ces parenthèses, qu'elles fussent introduites à dessein ou que Mrs. Hilbery les utilisât d'instinct pour enjoliver la nudité de son discours, donnèrent à Ralph le temps de comprendre qu'elle possédait tous les éléments de la situation et qu'elle était venue en qualité d'ambassadrice.

– Je ne suis pas ici pour vous parler de Lord Byron, poursuivit Mrs. Hilbery avec un petit rire, même si je sais que Katherine et vous, à la différence d'autres jeunes gens de votre génération, trouvez qu'il vaut encore la peine d'être lu.

Elle marqua un temps d'arrêt.

– Je suis si heureuse, s'écria-t-elle que vous ayez fait lire à Katherine de la poésie, Mr. Denham, et que vous la lui ayez fait sentir et aimer ! Il est trop tôt pour qu'elle le reconnaisse, mais cela viendra – j'en suis sûre !

Ralph, les poings serrés et la gorge sèche, trouva le moyen de dire qu'il se sentait parfois désespéré, complètement désespéré, sans en donner la raison.

– Mais l'aimez-vous ? demanda Mrs. Hilbery.

– Seigneur ! s'exclama-t-il avec une ardeur qui ne souffrait aucune réplique.

– C'est l'Église anglicane que vous désapprouvez tous les deux ? demanda innocemment Mrs. Hilbery.

– Je me moque pas mal des différentes sortes de culte.

– Vous pourriez l'épouser à l'abbaye de Westminster en mettant les choses au pire ? demanda Mrs. Hilbery.

– Je l'épouserai à la cathédrale Saint-Paul, répondit Ralph.

N'étant pas réveillés par la présence de Katherine, les doutes de Ralph s'étaient complètement dissipés, et son vœu le plus cher était de la rejoindre le plus vite possible. Chaque seconde d'absence l'entraînait loin de lui et il l'imaginait s'éloignant de plus en plus dans un monde où il n'existait même pas. Il désirait la dominer, la posséder.

– Dieu merci ! s'exclama Mrs. Hilbery.

Elle remerciait le ciel de plusieurs faveurs ; de la conviction avec laquelle le jeune homme parlait, mais aussi de la perspective d'un mariage pour sa fille où les nobles cadences, les périodes majestueuses et l'éloquence sacrée de la cérémonie retentiraient au-dessus d'une assistance distinguée, rassemblée près de l'endroit où son père reposait en paix avec les autres poètes d'Angleterre. Ses yeux se remplirent de larmes ; c'est alors qu'elle se souvint que sa voiture attendait et elle se dirigea vers la porte. Denham l'accompagna.

Ce fut un étrange voyage ; pour Denham, sans conteste, le plus déplaisant de sa vie. Il n'avait qu'un seul désir : aller le plus directement et le plus vite possible à Cheyne Walk ; mais Mrs. Hilbery s'en souciait comme d'une guigne et prenait plaisir à le décevoir en faisant toutes sortes de courses. Elle fit arrêter la voiture devant des bureaux de poste, des salons de thé et des magasins d'une honorabilité indiscutable où l'on se devait de saluer le personnel comme de vieux amis ; apercevant le dôme de Saint-Paul au-dessus des clochers irréguliers de Ludgate Hill, elle tira impulsivement le cordon et demanda à Anderson de les y conduire. Mais Anderson avait ses raisons pour décourager les dévotions de l'après-midi et il maintint obstinément les naseaux de son cheval vers l'ouest. Au bout de quelques minutes, Mrs. Hilbery comprit la situation et se soumit de bonne grâce, s'excusant auprès de Ralph de ce contretemps.

– Aucune importance, dit-elle. Nous irons à Saint-Paul un autre jour ; il se peut d'ailleurs, mais sans aucune garantie, qu'il nous fasse passer devant l'abbaye de Westminster, ce qui serait encore préférable.

Ralph écoutait à peine son papotage. L'esprit et le corps de Mrs. Hilbery semblaient avoir dérivé dans une mer de nuages recouvrant le monde d'un voile vaporeux. En même temps, il restait conscient de son désir impérieux, de son impuissance à réaliser le moindre de ses vœux, de son impatience grandissante.

Mrs. Hilbery tira soudain le cordon d'un geste si décidé que même Anderson ne put faire autrement que d'obéir à l'ordre lancé de la portière. L'équipage s'arrêta net au milieu de Whitehall, devant un grand bâtiment abritant un ministère. Un instant plus tard, Mrs. Hilbery gravissait les marches et Ralph, resté seul, se trouva dans un tel état d'irritation qu'il renonça à se demander la raison de la visite de Mrs. Hilbery au ministère de l'Éducation. Il allait sauter de la voiture et prendre un taxi quand celle-ci réapparut ; elle parlait cordialement à ne personne située derrière elle.

– Il y a de la place pour quatre, disait-elle. Nous pourrions trouver de la place pour quatre comme vous, William, ajouta-t-elle en ouvrant la portière.

Ralph reconnut Rodney. Les deux hommes échangèrent un regard rapide. Si la détresse, la honte et la gêne sous leur forme la plus aiguë furent jamais visibles sur un visage humain, Ralph les vit gravées sur celui de son malheureux compagnon avec une éloquence dépassant celle de la parole. Mais Mrs. Hilbery ne vit rien, à moins qu'elle n'eût décidé de ne rien voir. Elle s'adressait sans discontinuer aux deux jeunes gens, comme à la terre entière. Elle parlait de Shakespeare et apostrophait la race humaine, elle proclamait la vertu de la poésie divine, commençait à réciter des vers et s'interrompait au beau milieu. Ses bavardages avaient un grand avantage : ils se suffisaient à eux-mêmes. Quelques murmures d'approbation suffirent à soutenir la conversation jusqu'à Cheyne Walk.

– Voilà, dit-elle, descendant lestement de voiture devant chez elle, nous y sommes !

L'insouciance et l'ironie perceptibles dans son expression au moment où elle se retourna sur le seuil pour regarder Rodney et Denham leur fit regretter d'avoir remis leur sort entre les mains d'une telle ambassadrice ; Rodney hésitait vraiment à entrer et murmura à Denham :

– Après vous, Denham. Je…

Il allait s'enfuir mais la porte s'ouvrit, l'aspect familier de la maison exerça son charme et il entra dans le sillage des autres ; en se refermant la porte coupa toute retraite.

Mrs. Hilbery ouvrit la marche dans l'escalier. Elle les conduisit au salon. Le feu brûlait comme d'habitude, la vaisselle en porcelaine et l'argenterie étaient disposées sur les petites tables ; il n'y avait pas âme qui vive.

– Ah, dit-elle, Katherine n'est pas là. Elle doit être en haut, dans sa chambre. Vous avez quelque chose à lui dire, je crois, Mr. Denham. Vous pourrez trouver le chemin ?

D'un geste de la main, elle indiqua le plafond. Elle était subitement calme et grave, maîtresse des lieux. L'attitude avec laquelle elle le congédia reflétait une dignité que Ralph n'oublierait jamais. D'un seul signe de la main, elle semblait lui offrir tout ce qu'elle possédait.

La maison des Hilbery était grande ; elle comprenait plusieurs étages, des couloirs et des portes closes, autant de lieux inconnus de Ralph. Il monta tout en haut et frappa à la première porte.

– Puis-je entrer ? demanda-t-il.

De l'intérieur, une voix répondit :

– Oui.

Il devina une grande fenêtre, pleine de lumière, une table nue et un grand miroir. Katherine s'était levée et se tenait debout, des feuilles blanches à la main qui volèrent lentement jusqu'au sol lorsqu'elle aperçut Denham. L'explication fut des plus brèves ; des mots inarticulés ; personne à part eux n'aurait pu en saisir le sens. Comme si toutes les forces de l'univers étaient à l'œuvre pour les séparer, ils s'assirent en se tenant par la main, suffisamment près l'un de l'autre pour paraître un couple uni, d'une unité indivisible, même aux yeux malveillants du Temps.

– Ne bougez pas, restez-là, supplia-t-elle, quand il s'agenouilla pour ramasser les feuilles qu'elle avait laissé tomber. Mais il les prit entre ses doigts, et lui donnant à la place, dans un geste impulsif, son mémoire inachevé, ils se mirent à lire en silence leurs œuvres respectives.

Katherine lut la lettre de Ralph jusqu'au bout ; Ralph suivit les lignes de chiffres aussi loin que le lui permettaient ses connaissances en mathématiques. Ils vinrent à bout de leur tâche, à peu près au même moment, et restèrent assis un moment sans parler.

– C'étaient les feuilles que vous aviez oubliées sur le banc, à Kew, dit Ralph enfin. Vous les avez pliées si rapidement que je n'ai pas pu voir ce que c'était.

Elle s'empourpra et resta sans bouger, ne cherchant pas non plus à dissimuler son visage. Elle avait l'air sans défense ; Ralph la compara à un oiseau sauvage venant de se poser à portée de sa main et repliant ses ailes tremblantes. Le moment de la révélation avait été douloureux – la lumière était aveuglante. Il lui fallait s'habituer désormais à l'idée que quelqu'un partageait sa solitude. Un sentiment de honte, le prélude à une profonde allégresse, entretenaient son trouble. Mais, en même temps, elle avait conscience qu'en apparence, tout cela devait paraître absurde. Elle leva les yeux pour voir si Ralph souriait, mais il la regardait d'un air si grave qu'elle sut que loin d'avoir commis un sacrilège, elle s'était infiniment enrichie, et peut-être pour toujours. C'est à peine si elle osait se laisser aller à une douce béatitude. Mais le regard de Ralph semblait lui demander une réponse sur un autre sujet vital pour lui ! il la suppliait silencieusement de lui dire si elle avait trouvé dans sa lettre un sens, une vérité. Elle baissa de nouveau les yeux sur les feuilles qu'elle tenait à la main.

– J'aime bien votre petit point avec des flammes autour, dit-elle, l'air songeur.

De honte et de désespoir, Ralph allait déchirer la page en sa possession, quand il la vit contempler le symbole dessiné par lui en un moment d'énervement extrême.

Il était persuadé que ce symbole ne signifiait rien pour personne, alors que pour lui, il évoquait Katherine et tous les états d'âme qu'elle lui avait communiqués, dès le premier jour alors qu'elle versait le thé, un dimanche après-midi. Les traînées d'encre autour du point central étaient censées représenter la lueur diffuse qui enveloppait tant de choses de la vie, arrondissant leurs contours, de façon qu'il voyait certaines rues, certains livres et certaines situations sous un halo presque perceptible à l'œil nu. Avait-elle souri ? Avait-elle posé la feuille avec lassitude, découragée non seulement par sa maladresse mais aussi par ses conclusions erronées ? Allait-elle protester une fois de plus qu'il n'aimait qu'une vision d'elle ? Non ; elle ne pensa pas une seconde que ce schéma avait un rapport avec elle. Elle dit simplement, du même ton songeur :

– Oui, le monde m'apparaît un peu comme ça, à moi aussi.

Cette déclaration le remplit de joie. Discrètement, irrésistiblement, voilà que montait derrière l'écorce de la vie ce doux cercle de feu qui donnait à l'atmosphère ses reflets rouges et projetait sur la scène des ombres si denses qu'il semblait possible de les traverser et de les explorer toujours plus avant. Qu'il y eût ou non une correspondance entre les deux perspectives qui s'ouvraient maintenant devant eux, ils avaient tous deux l'impression que l'avenir était en suspens, vaste, mystérieux et infiniment riche d'ombres inexploitées que chacun d'eux dévoilerait pour l'autre. Dans l'immédiat, ce nouvel horizon suffisait à les emplir d'une adoration muette. Suivirent des tentatives qui furent interrompues par un coup frappé à la porte et l'entrée d'une domestique annonçant, avec tout le mystère requis, qu'une dame refusant de dire son nom, souhaitait voir Miss Hilbery.

Katherine se leva avec un soupir pour reprendre ses fonctions et Ralph la suivit ; ils descendirent en silence au rez-de-chaussée sans que ni l'un ni l'autre ne formulât d'hypothèse sur l'identité de l'inconnue. L'idée absurde d'une petite bossue noire prête à plonger un poignard dans le cœur de Katherine dut traverser l'esprit de Ralph, avant toute autre conjecture, car il se glissa le premier dans la salle à manger pour détourner le coup.

– Cassandra ! s'exclama-t-il alors avec tant d'enthousiasme, en l'apercevant, debout près de la table de la salle à manger, qu'elle posa un doigt sur ses lèvres et le supplia de se taire.

– Personne ne doit savoir que je suis ici, expliqua-t-elle d'une voix mourante. J'ai raté mon train. J'ai erré dans Londres toute la journée. Je n'en puis plus. Que dois-je faire, Katherine ?

Katherine avança une chaise ; Ralph s'empressa de trouver du vin et de lui en verser un verre. Peu s'en fallait qu'elle ne s'évanouît vraiment.

– William est là-haut, dit Ralph dès qu'elle eut repris ses esprits. Je vais aller le chercher.

Le bonheur lui avait donné l'intime conviction que le monde entier était fait pour être heureux. Mais Cassandra avait le courroux de son oncle encore trop présent à l'esprit pour oser défier son autorité. Elle commença à s'agiter, prétendant qu'elle devait quitter la maison sur-le-champ. Mais à supposer qu'ils lui trouvent un point de chute, elle n'était pas en état de partir. Le bon sens qui avait abandonné Katherine depuis une semaine ou deux, continuait de lui faire défaut.

– Mais où sont vos valises ? demanda-t-elle simplement, plus ou moins persuadée que la condition principale pour trouver une chambre dans une pension était une quantité suffisante de bagages.

– Je les ai perdus, dit Cassandra pour toute réponse, ce qui ne simplifiait pas les choses.

– Vous avez perdu vos bagages ? répéta-t-elle.

Son regard se posa sur Ralph avec une expression qui semblait traduire une gratitude infinie pour le seul fait qu'il existât, ou signifier une dévotion éternelle. Cassandra remarqua le regard de Katherine et vit qu'on le lui rendait ; ses yeux se remplirent de larmes. Sa voix se troubla. Elle reprit bravement la question d'une pension pour la nuit quand Katherine, qui semblait avoir dialogué en silence avec Ralph, et obtenu son assentiment, ôta le rubis qu'elle portait au doigt et le donna à Cassandra en disant :

– Je crois qu'il vous ira parfaitement.

Ces paroles n'eussent pas suffi à convaincre Cassandra si Ralph, prenant sa main dans la sienne, ne lui avait pas demandé :

– Pourquoi ne nous dites-vous pas que vous êtes heureuse ?

Cassandra était si heureuuse en effet que des larmes coulaient le long de ses joues. La certitude des fiançailles de Katherine la délivrait du remords et de mille craintes confuses, mais aussi du doute qui ces derniers temps, avait entamé sa confiance en Katherine. Elle retrouva sa foi en elle, reconnut cette étrange intensité qu'elle avait perdue, comme d'un être au-dessus des mortels, si bien que la vie, en sa présence, est plus noble, nous illumine, nous et le monde alentour. Elle compara son propre sort avec le leur et rendit la bague.

– Je ne la prendrai que des mains de William, dit-elle. Gardez-la pour moi, Katherine.

– Je vous assure que tout est pour le mieux, dit Ralph. Laissez-moi prévenir William…

En dépit des protestations de Cassandra, il était déjà à la porte lorsque Mrs. Hilbery, prévenue par la bonne, ou avertie grâce à son habituelle préscience, entra dans la pièce et les regarda en souriant.

– Ma chère Cassandra ! s'exclama-t-elle. Comme je suis ravie de te revoir ! Quelle coïncidence ! William est au premier. La bouilloire siffle. Je me demandais où était Katherine ; je pars à sa recherche et je tombe sur Cassandra !

Elle semblait ravie d'apporter une preuve bien que personne ne comprit précisément laquelle.

– Et je tombe sur Cassandra, répéta-t-elle.

– Elle a manqué son train, intervint Katherine, voyant celle-ci incapable de parler.

– La vie, commença Mrs. Hilbery, s'inspirant des portraits accrochés au mur, consiste à manquer des trains et à tomber sur…

Mais elle s'interrompit et fit remarquer que l'eau devait déborder.

Le trouble de Katherine était tel qu'elle imagina une bouilloire gigantesque – l'outil vengeur de ses tâches domestiques négligées – susceptible de noyer la maison sous des jets de vapeur continus. Elle courut au salon où les autres la suivirent car Mrs. Hilbery avait passé son bras sous celui de Cassandra pour la conduire au premier. Ils trouvèrent Rodney qui observait la bouilloire avec inquiétude, mais d'un air si absent que la catastrophe redoutée par Katherine était sur le point de se produire. Pour en venir au fait, il n'y eut pas d'échange de politesses, mais Rodney et Cassandra choisirent les fauteuils les plus éloignés l'un de l'autre et s'assirent avec l'air de gens qui ne font que passer. Soit que Mrs. Hilbery ne perçût pas leur embarras, soit qu'elle choisît de l'ignorer ou qu'elle trouvât qu'il était grandement temps de changer de sujet, elle parla exclusivement de la tombe de Shakespeare.

– Toute cette terre ; toute cette eau et cet esprit sublime planant sur l'univers, dit-elle pensive.

Elle entama ensuite son étrange chanson, à moitié terrestre, sur l'aube et les couchers de soleil, sur les poètes et l'esprit intact de l'amour noble qu'ils ont donné en exemple si bien que rien ne change, que les époques sont liées entre elles, que personne ne meurt et que nous serons tous spirituellement réunis. Elle finit par oublier qu'elle n'était pas seule dans la pièce. Mais soudain ses remarques semblèrent resserrer leur cercle immensément large pour atterrir avec désinvolture sur des problèmes plus immédiats.

– Katherine et Ralph, dit-elle comme pour apprécier les sonorités. William et Cassandra.

– Je me sens dans une position entièrement fausse, dit William d'un ton désespéré, profitant de cette brèche pour se jeter dans les réflexions de Mrs. Hilbery. Je n'ai pas le droit d'être ici. Mr. Hilbery m'a dit hier de quitter la maison. Je n'avais pas l'intention de revenir. Je devrais…

– Je sens la même chose, l'interrompit Cassandra. Après ce qu'Oncle Trevor m'a dit hier soir…

– Je vous ai mis dans une position odieuse, poursuivit Rodney se levant aussitôt, imité par Cassandra. Je n'avais pas le droit de vous parler avant d'avoir le consentement de votre père – dans cette maison surtout, où mon comportement… – où mon comportement a été répréhensible et injustifiable, se força-t-il à ajouter. J'ai tout expliqué à votre mère, Katherine. Elle est assez généreuse pour essayer de me faire croire que je n'ai rien fait de mal – vous l'avez convaincue que ma conduite, égoïste et lâche… égoïste et lâche, répéta-t-il, comme un orateur qui a perdu ses notes.

Katherine était en proie à des sentiments contradictoires : une irrésistible envie de rire devant le spectacle de William faisant un discours formel de l'autre côté de la table, et une envie de pleurer à la vue de son aspect enfantin et honnête qui la touchait indiciblement. À la surprise générale, elle se leva, tendit la main et dit :

– Vous n'avez rien à vous reprocher – vous avez toujours été… mais là, sa voix se troubla, des larmes montèrent à ses yeux et coulèrent le long de ses joues, tandis que William tout aussi ému, lui prenait la main et la portait à ses lèvres.

Personne n'avait entendu la porte du salon, ni aperçu Mr. Hilbery qui contemplait cette scène avec une expression de profond dégoût et de réprobation. Avant de se retirer discrètement, il s'arrêta un instant sur le palier pour tâcher de se dominer et décider quel parti prendre en gardant sa dignité. Sa femme avait mal compris le sens de ses instructions, c'était évident. Elle les avait tous plongés dans la confusion la plus totale. Il attendit un moment, puis manœuvrant ostensiblement la poignée, il ouvrit la porte une seconde fois. Tous avaient regagné leur place ; quelque incident absurde les avait amenés à regarder sous la table au milieu d'un fou rire général, si bien que son entrée passa momentanément inaperçue. Katherine, les joues rouges, releva la tête et dit :

– C'est bien la dernière fois que je m'essaie à l'art dramatique.

– C'est étonnant comme cela peut rouler loin, dit Ralph en se baissant pour relever le coin du tapis devant le foyer.

– Aucune importance. Ne vous tracassez pas. Nous le retrouverons, commença Mrs. Hilbery, puis elle aperçut son mari et s'exclama :

– Oh, Trevor, nous cherchons la bague de fiançailles de Cassandra !

Instinctivement, Mr. Hilbery regarda le tapis. Coïncidence remarquable, la bague avait roulé jusqu'à lui. Il vit le rubis à la pointe de sa bottine. La force de l'habitude est telle qu'il ne put s'empêcher de se baisser avec un absurde petit frisson de plaisir à l'idée d'être le premier à trouver ce que les autres cherchaient ; il ramassa la bague et l'offrit à Cassandra en s'inclinant avec une courtoisie parfaite. Que ce salut l'incitât ou non à la complaisance, Mr. Hilbery oublia à la seconde tout ressentiment. Cassandra se risqua à présenter sa joue et reçut son baiser. D'un bref signe de tête il salua Rodney et Denham qui s'étaient levés en le voyant, puis tout le monde s'assit. Mrs. Hilbery semblait avoir attendu son mari pour lui poser une question qu'elle avait sur le bout de la langue à en juger par l'ardeur avec laquelle elle la formula.

– Oh, Trevor, rappelez-moi la date de la première représentation de *Hamlet* ?

Afin de lui répondre, Mr. Hilbery dut faire appel à l'érudition infaillible de William Rodney et, avant d'avoir cité ses sources pour donner une crédibilité à son affirmation, Rodney se sentit admis une fois de plus dans la société des gens civilisés sous le patronage de Shakespeare en personne. Le pouvoir de la littérature qui avait abandonné temporairement Mr. Hilbery lui revint, déposant sur la plaie vive des affaires humaines un baume apaisant et lui fournissant un moule où couler en phrases les passions qu'il avait éprouvées si douloureusement la nuit précédente. En fin de compte, il fut suffisamment sûr de la maîtrise de son langage pour oser regarder Katherine, puis Denham. Cette conversation sur Shakespeare avait agi comme un soporifique, ou plutôt comme un charme, sur la jeune fille. Elle était renversée dans son fauteuil, en bout de table, parfaitement silencieuse, le regard perdu, écoutant flotter les idées générales parmi les tableaux, les murs aux teintes jaunes et les rideaux de velours pourpre. Denham, vers qui son regard se tourna ensuite, partageait son immobilité. Mais derrière sa retenue et son calme, se révélaient une détermination, une volonté qui faisaient apparaître étrangement inopportunes les expressions de Mr. Hilbery.

Quoi qu'il en soit, Denham ne soufflait mot. Mr. Hilbery le respectait ; c'était un jeune homme très capable ; il ferait probablement son chemin. Il pouvait, à sa vue, comprendre la préférence de Katherine, et cette pensée le déchira. Son mariage avec Rodney ne lui aurait pas causé le moindre pincement au cœur. Cet homme, elle l'aimait. Ou quelle était la nature exacte de leur relation ? Une émotion extraordinairement confuse s'empara de lui quand Mrs. Hilbery, qui avait remarqué l'enlisement de la conversation, et regardé une ou deux fois sa fille d'un air mélancolique, fit remarquer :

– Ne reste pas là, si tu veux partir, Katherine. Il y a la petite pièce, là-bas. Ralph et toi pourriez…

– Nous sommes fiancés, dit Katherine sortant brusquement de sa torpeur et regardant son père droit dans les yeux. La franchise de cette déclaration le confondit ; il poussa une exclamation comme s'il avait reçu un soufflet. L'avait-il aimée pour la voir emportée par ce torrent, pour que cette force incontrôlable la lui prît, et qu'il restât là, lui, désarmé, ignoré ? Oh, comme il l'aimait ! Comme il l'aimait ! Il adressa un signe de tête très courtois à l'adresse de Denham.

– C'est ce que j'ai cru comprendre plus ou moins hier soir, dit-il. J'espère que vous la mériterez.

Il sortit à grands pas de la pièce sans un regard pour sa fille, laissant dans l'esprit des femmes un sentiment où l'amusement et la crainte se mêlaient à la vue de ce mâle extravagant, inconsidéré, barbare, outragé, parti hurler dans sa tanière, et dont le rugissement retentit encore parfois dans les salons les plus distingués. Katherine, regardant la porte fermée, baissa les yeux pour cacher ses larmes.

XXXIV

Les lampes étaient allumées ; le bois poli reflétait la lumière ; un excellent vin circulait à table : peu après le début du repas, la civilisation avait triomphé et Mr. Hilbery présidait un festin animé augurant favorablement de l'avenir, à en juger par le regard de Katherine. Il réprima ce sentimentalisme naissant, versa le vin et dit à Denham de se servir.

Ils montèrent à l'étage supérieur et il vit Katherine et Denham s'isoler dès que Cassandra eut demandé si elle pouvait jouer du Mozart ou du Beethoven. Elle s'assit au piano et la porte se referma tout doucement derrière eux. Mr. Hilbery garda les yeux fixés sur elle, puis son regard perdit progressivement tout espoir, et avec un soupir, il se tourna vers le piano.

Katherine et Ralph étaient tacitement tombés d'accord sur leurs projets et, au bout d'un instant, ils se rejoignirent dans le vestibule, prêts à sortir. La nuit était calme et éclairée par la lune, idéale pour une promenade. Mais ils auraient trouvé n'importe quelle nuit idéale tant ils avaient soif de mouvement, de liberté, d'air et de silence.

« Enfin ! », soupira-t-elle lorsque la porte d'entrée se referma. Elle lui dit combien elle l'avait attendu et quelle inquiétude l'avait talonnée à l'idée qu'il ne viendrait jamais. Elle avait guetté le bruit des portes, s'attendant à le surprendre sous le réverbère, en train de regarder la maison. Ils se retournèrent et contemplèrent la façade paisible avec ses fenêtres dorées, cette maison devenue pour lui le haut lieu de son adoration. Malgré la gaieté de Katherine, il n'abandonnait pas sa foi mais avec sa main sur son bras, sa voix animée d'une émotion mystérieuse, il n'avait plus ce même penchant : d'autres objets attiraient son attention.

Comment en vinrent-ils à descendre une rue pleine de réverbères, une rue aux recoins inondés de lumière, encombrée d'un va-et-vient d'omnibus : ni l'un, ni l'autre, n'aurait su le dire ; ni expliquer pourquoi ils choisirent de monter dans l'un d'eux, aux tout premiers rangs de l'impériale. Après quelques méandres parmi des rues si étroites que les ombres derrière les stores se pressaient à moins d'un mètre de leurs visages, ils débouchèrent sur l'un de ces grands nœuds d'activité où les lumières se dispersent à nouveau. Ils se laissèrent porter jusqu'à ce qu'ils vissent les pâles flèches des églises de la ville se détacher sur le ciel comme dans un décor de carton-pâte.

– Vous n'avez pas froid ? demanda-t-il lorsqu'ils parvinrent devant Temple Bar.

– Un peu, répondit-elle, s'apercevant que la voie lumineuse tracée par les ondulations et les embardées superbes du monstre dans lequel elle était assise, s'était éteinte. Leurs pensées avaient suivi à peu près le même trajectoire ; ils avaient été portés en triomphe sur un char, assisté à un spectacle grandiose qui leur était dédié. Ils étaient les maîtres de la vie. Mais sur le trottoir, cette exaltation les quitta ; ils furent heureux de se retrouver seuls. Ralph s'arrêta un instant pour allumer sa pipe sous un bec de gaz.

Elle regarda son visage dans le halo de lumière.

– Ce cottage, dit-elle. Nous devons l'acheter et aller vivre là-bas.

– Et quitter tout cela ? demanda-t-il.

– Comme vous voudrez, répondit-elle.

Regardant le ciel au-dessus de Chancery Lane, elle

pensa que la voûte céleste était partout la même, et que tout cet azur avec ses fidèles lumières lui appartiendrait désormais ; où était la réalité, dans les chiffres, l'amour, ou la vérité ?

– Quelque chose me préoccupe, dit Ralph brusquement. Je pensais à Mary ; nous sommes tout près de chez elle. Cela vous ennuierait-il d'aller la voir ?

Elle s'était retournée avant de lui répondre. Elle ne désirait voir personne, ce soir-là ; il lui semblait que la grande énigme était résolue ; le tout avait été éclairci ; pendant un instant, elle avait tenu entre ses mains la sphère que nous passons notre vie à essayer de modeler à partir du chaos, afin de lui donner une forme pleine, parfaite. Voir Mary, c'était risquer de détruire cette sphère.

– Avez-vous mal agi envers elle ? demanda-t-elle machinalement.

– Je pourrais me justifier, dit-il d'un ton presque provocant. Mais, à quoi bon, si l'on a éprouvé un sentiment ? Je resterai à peine une minute, ajouta-t-il. Je veux juste lui dire…

– Bien sûr, vous devez le lui dire, dit Katherine.

Elle désirait qu'il fît ce qu'il jugeait bon ! Lui aussi devait tenir un instant une sphère ronde, entière, intacte.

– J'aimerais… j'aimerais…, dit-elle en soupirant, car la mélancolie s'insinuait en elle et obscurcissait en partie, du moins, sa vision. La sphère flottait devant elle, comme voilée de larmes.

– Je ne regrette rien, dit Ralph d'une voix ferme.

Elle se pencha vers lui. Elle le trouvait énigmatique, mais il lui apparaissait de plus en plus comme une flamme à travers la fumée, comme une source de vie.

– Poursuivez, dit-elle. Vous ne regrettez rien…

– Rien, rien, répéta-t-il.

– Quelle flamme ! pensa-t-elle. Elle l'imagina dans la nuit encore obscure : tenant son bras, comme elle le faisait, elle ne touchait que la frange opaque entourant le feu qui montait vers le ciel.

– Pourquoi rien ? demanda-t-elle vivement afin qu'il poursuivît, et rendît ainsi la flamme toujours plus vive et rougeoyante.

– À quoi pensez-vous, Katherine ? demanda-t-il d'un ton méfiant, remarquant son air rêveur et ses paroles distraites.

– Je pensais à vous – oui, je le jure. Je pense toujours à vous, mais vous prenez des formes si étranges dans mon esprit ! Vous avez détruit ma solitude. Vous dirais-je comment je vous vois ? Non, racontez-moi – racontez-moi tout, depuis le début.

En phrases hachées puis avec de plus en plus de faconde et de passion, il se raconta : il la sentait tout contre lui, qui l'écoutait avec l'émerveillement d'un enfant, et la reconnaissance d'une femme. De temps à autre, elle l'interrompait :

– Mais quelle folie de rester dehors à regarder les fenêtres ! Imaginez que William ne vous ait pas vu. Seriez-vous rentré chez vous ?

Il répondit à ce reproche en lui avouant son étonnement qu'une femme de son âge pût rester dans Kingsway à regarder la circulation jusqu'à en perdre le sentiment du réel.

– Mais c'est à ce moment-là que j'ai su que je vous aimais ! s'exclama-t-elle.

– Racontez-moi depuis le début, dit-il, à son tour.

– Non, j'en suis incapable, se défendit-elle. Je dirai des choses ridicules – je parlerai de flammes – de feu. Non, je ne peux pas vous raconter.

Mais il l'amena à lui faire, d'une voix entrecoupée, un récit qui lui parut très beau, et chargé d'une intense émotion. Quand elle parla de la fumée s'entrelaçant aux reflets rougeoyants du feu, il fut conscient d'avoir franchi le seuil de la grandeur secrète d'un autre esprit, riche en formes vastes et imprécises, dont l'on ne peut avoir qu'une fugitive vision. Entre-temps ils étaient arrivés dans la rue de Mary, mais captivés par ce qu'ils se disaient, ils dépassèrent l'escalier de sa maison sans lever les yeux. À cette heure de la nuit, il n'y avait plus aucune circulation, à peine quelques piétons, de sorte qu'ils pouvaient avancer en toute liberté, bras dessus, bras dessous, levant les mains de temps en temps pour dessiner une forme sur le vaste rideau bleu du ciel.

C'est ainsi qu'ils parvinrent au sein de la félicité et à cet état de clairvoyance où le moindre geste est chargé de sens, où chaque mot en dit plus qu'une phrase. Ils laissèrent le silence les envelopper doucement. Parcourant côte à côte les sombres chemins de la pensée, ils allaient vers quelque chose qu'ils discernaient dans le lointain et qui les attirait chaque instant davantage. Ils étaient les vainqueurs, les maîtres de la vie. Mais ils étaient eux-mêmes absorbés par la flamme, et consumaient leur vie pour rendre cette flamme plus vive et pour témoigner de leur foi. Ils avaient peut-être parcouru deux ou trois fois la rue de Mary Datchet, quand une lumière derrière un léger store jaune les immobilisa, ravivant leur mémoire.

– La lampe de Mary est allumée, dit Ralph. Elle doit être là. » Il désigna du doigt l'autre côté de la rue. Katherine regarda dans la même direction.

« Est-elle seule, travaille-t-elle à cette heure de la nuit ? Que fait-elle ? » se demanda-t-elle. « Pourquoi la dérangerions-nous ? Qu'avons-nous à lui offrir ? Elle est heureuse, elle aussi, ajouta-t-elle. Elle a son travail. »

Sa voix trembla légèrement, et la lumière vacilla comme un océan d'or derrière ses larmes.

– Vous ne voulez pas que j'aille la voir ? demanda Ralph.

– Allez-y, si vous le voulez ; dites-lui ce que vous avez envie de lui dire, répondit-elle.

Il traversa immédiatement la rue, monta les quelques

marches et pénétra dans la maison où habitait Mary. Katherine ne bougea pas ; elle regarda la fenêtre, s'attendant à voir une ombre passer ; mais elle ne vit rien : les stores ne laissaient rien filtrer ; la lumière demeura inchangée. Elle se répandait autour de Katherine à travers la rue sombre comme un signe de triomphe qui brillait là à jamais. Katherine laissa monter sa joie. « Comme ils brûlent ! » pensa-t-elle, car toute la nuit de Londres semblait éclairée de feux pétillants ; puis ses yeux revinrent à la fenêtre de Mary et ils ne s'en détachèrent plus. Elle attendit quelque temps. Une silhouette se découpa sur le pas de la porte et traversa la rue en hésitant jusqu'au lieu où elle se trouvait.

– Je n'y suis pas allé, je n'ai pas pu, dit-il.

Il était resté devant la porte de Mary, incapable de frapper ; si elle était sortie, elle l'aurait trouvé là, muet, les joues baignées de larmes.

Ils restèrent un moment, regardant les stores éclairés qui leur évoquaient la sérénité qui flottait dans l'esprit de cette femme assise là-bas de l'autre côté de la rue, élaborant des projets, si tard dans la nuit – des projets pour le bien d'un monde qu'aucun d'eux ne connaîtrait jamais. Puis d'autres silhouettes défilèrent dans leur mémoire, parmi lesquelles celle de Sally Seal.

– Vous sou venez-vous de Sally Seal ? demanda-t-il.

Katherine inclina la tête.

– Votre mère et Mary ? poursuivit-il. Rodney et Cassandra ? Cette chère Joan, à Highgate ?

Il mit fin à cette énumération, dans l'impossibilité d'expliquer le lien étrange qu'il devinait entre ces personnages.

Ils étaient devenus plus que de simples individus ; ils lui semblaient formés d'éléments disparates et pourtant cohérents. Sa vision du monde était celle d'un monde ordonné.

– Tout est si facile – tout est si simple, cita Katherine, en se rappelant les paroles de Sally Seal et souhaitant faire comprendre à Ralph qu'elle suivait le cheminement de sa pensée. Elle le sentait qui essayait de rassembler laborieusement des fragments de foi auxquels manquait l'unité des formules façonnées par les anciens croyants. Ensemble ils explorèrent cette région mystérieuse où l'inachevé, l'inaccompli, le non-écrit, le non-retour s'unissent dans une ronde fantomatique pour revêtir l'apparence de la plénitude. L'avenir apparaissait plus merveilleux que jamais à partir de cette construction du présent. Il fallait écrire des livres, et puisqu'il fallait écrire des livres dans une maison, celle-ci devait être aménagée et par-delà les fenêtres il fallait une campagne et un horizon au loin, avec peut-être des arbres, une colline ; ils esquissèrent leur maison contre la silhouette des grands bureaux du Strand et continuèrent à parler de l'avenir sur l'impériale de l'omnibus qui les ramenait à Chelsea, miraculeusement inondé d'une lumière dorée.

Comme la nuit était fort avancée, ils étaient seuls sur l'impériale, et les rues, à l'exception d'un couple occasionnel, qui avait l'air, même à minuit, de se méfier des oreilles indiscrètes, étaient désertes. Les quelques lumières encore allumées aux fenêtres des chambres s'éteignirent une à une sur leur passage.

Ils descendirent de l'omnibus et marchèrent jusqu'au fleuve. Elle sentit son bras se raidir sous sa main, et sut ainsi qu'ils avaient pénétré dans la région enchantée. Elle pouvait lui parler mais à qui répondait-il, avec cet étrange tremblement dans la voix, et ses yeux pleins d'une dévotion aveugle ? Quelle femme voyait-il ? Et elle, où allait-elle, qui était son compagnon ? Des instants, des fragments, une vision fugitive et puis les oscillations de l'eau, le vent qui disperse et dissipe ; et aussi le souvenir du chaos, le retour de la plénitude, de la terre ferme, splendide et brillante sous le soleil. Du cœur de ses ténèbres, Ralph fit son action de grâces et d'une région tout aussi lointaine, tout aussi secrète, elle lui fit écho. Par une nuit de juin, les rossignols chantent et se répondent ; on les entend sous les fenêtres, parmi les arbres des jardins. Ils s'arrêtèrent, regardèrent le fleuve sans cesse en mouvement, puis se retournèrent et contemplèrent la maison. Doucement, ils embrassèrent du regard ce lieu ami, éclairé à leur intention ou parce que Rodney bavardait encore avec Cassandra. Katherine poussa à demi la porte et s'arrêta sur le seuil. La lumière se répandait en grains dorés dans l'obscurité de la maison endormie. Ils attendirent un instant, puis se lâchèrent la main.

– Bonne nuit, dit-il dans un souffle.

– Bonne nuit, murmura-t-elle.

DU MÊME AUTEUR

La Mort de la phalène
Seuil, 1968
et « Points », nº P1193

L'Œuvre romanesque – vol. 1
La Chambre de Jacob, Mrs Dalloway, La Promenade au phare
Stock, 1973

L'Œuvre romanesque – vol. 2
Orlando, Les Vagues, Entre les actes
Stock, 1974[2]

Trois Guinées
Éditions des Femmes, 1977
et « 10/18 », nº 3451

Essais
Seghers, 1977

La Traversée des apparences
Flammarion, 1977
et « GF/Flammarion », nº 435

L'Œuvre romanesque – vol. 3
Flush, Les Années, Instants de vie
Stock, 1979

L'Art du roman
Seuil, « Le Don des Langues », 1979
et « Points Signatures », nº P2084

Journal – vol. 1
Stock, 1981

Freshwater
Éditions des femmes, 1981

Journal – vol. 2
Stock, 1982

Mrs Dalloway
LGF, « Le Livre de poche », n° 3012, 1982
Gallimard, « Folio », n° 2643

Les Vagues
LGF, « Le Livre de poche », n° 3011, 1982
Calmann-Lévy, 1993
et Christian Bourgois, 2008

Orlando
LGF, « Le Livre de poche », n° 3002, 1982, 2007
Stock, 1992 et 2001
et Actes Sud/Papiers, 1993

Journal – vol. 3
Stock, 1983

Les Fruits étrangers
Éditions des femmes, 1983

La Promenade au phare
LGF, « Le Livre de poche », n° 3019, 1983
réédité sous le titre Vers le phare
Gallimard, « Folio », n° 2816
et sous le titre Au phare
Stock, 2009

La Chambre de Jacob
LGF, « Le Livre de poche », n° 3049, 1984
et Stock, 2008

La Scène londonienne
Christian Bourgois, 1984, 1995
et « Titres », n° 26

Journal d'un écrivain
Christian Bourgois, 1984, 1994
et « 10/18 », n° 3225

Journal – vol. 4
Stock, 1985

Correspondance
Stock, 1985
et Le Promeneur, 2009

Beau Brummel
et autres essais
Obsidiane, 1985

Les Années
LGF, « Le Livre de poche », nº 3057, 1985
Mercure de France, 2004
et « Folio », nº 4651

Le Livre sans nom
Les Pargiter
Éditions des femmes, 1985

Entre les actes
LGF, « Le Livre de poche », nº 3068, 1986

Journal – vol. 5
Stock, 1986

Instants de vie
Stock, 1986, 2006
et LGF, « Le Livre de poche », nº 3090, 1988

Flush
LGF, « Le Livre de poche », nº 3069, 1987
et Le Bruit du temps, 2010

Journal – vol. 6
Stock, 1987

Journal – vol. 7
Stock, 1989

De la lecture
De la critique
Éditions des femmes, 1989

La Fascination de l'étang
Seuil, 1990
et « Points », nº P1145

Journal – vol. 8
Stock, 1990

Entre les livres
Essais sur les littératures
russe et anglo-américaine
La Différence, 1990

Une chambre à soi
Denoël, 1992
et « 10/18 », nº 2801

Lettres illustrées
Herscher, 1992

Journal d'adolescence
1897-1909
Stock, 1993

Lettres
Seuil, 1993
repris sous le titre
Ce que suis en réalité demeure inconnu
Lettres (1901-1941)
« Points », nº P2314

Romans et Nouvelles
1917-1941
LGF, « La Pochothèque », nº 3207, 1993 et 2010

Kew Gardens et autres nouvelles
LGF, « Le Livre de poche », nº 8767, 1993

Promenades européennes
Textes choisis
Éditions de La Quinzaine littéraire, 1995

Le Faux Roman
Mille et Une nuits, 1995

Quatre Lettres cachées
Christian Bourgois, 1995
et « Titres », nº 56

Lettre à un jeune poète
Arléa, 1996
et sous le titre

À John Lehmann
Lettre à un jeune poète
Mille et Une nuits, 1998

La Vie de Roger Fry
Payot/Rivages, 1999
et « Rivages-poche », n° 397

Romans et nouvelles
1917-1941
La Pochothèque, n° 3207, 2003

La Maison de Carlyle
Et autres esquisses
Mercure de France, 2004

Le Journal de Hyde Park Gate
Mercure de France, 2006

De la maladie
Rivages-poche, n° 562, 2007

Journal intégral 1915-1941
Stock, 2008

Journal d'adolescence
Stock, 2008

Comment lire un livre
Arche éditeur, 2008

Le temps passe
Le Bruit du temps, 2010

RÉALISATION : IGS-CP À L'ISLE-D'ESPAGNAC
NORMANDIE ROTO IMPRESSION S.A.S. À LONRAI
DÉPÔT LÉGAL : AVRIL 2011. Nº 104570-3 (11-4563)
IMPRIMÉ EN FRANCE